Arthur Conan Doyle

Estudio en escarlata
El signo de los cuatro
El regreso de Sherlock Holmes
El perro de los Baskerville

Copyright © EDIMAT LIBROS, S. A.
C/ Primavera, 35
Polígono Industrial El Malvar
28500 Arganda del Rey
MADRID-ESPAÑA
www.edimat.es

Colección: Obras selectas
Título: Arthur Conan Doyle
Obras incluidas:
    Estudio en escarlata
    El signo de los cuatro
    El regreso de Sherlock Holmes
    El perro de los Baskerville
Introducción: Javier Gómez Rea
Traducción: Realizada o adquirida por equipo editorial
Diseño de cubierta: Juan Manuel Domínguez
Impreso en: Grupo Gómez Aparicio

ISBN: 978-84-9794-150-1
Depósito legal: M-42159-2012

Reservados todos los derechos. El contenido de esta obra está protegido por la Ley, que establece penas de prisión y/o multas, además de las correspondientes indemnizaciones por daños y perjuicios, para quienes reprodujeren, plagiaren, distribuyeren o comunicaren públicamente, en todo o en parte, una obra literaria, artística o científica, o su transformación, interpretación o ejecución artística fijada en cualquier tipo de soporte o comunicada a través de cualquier medio, sin la preceptiva autorización.

IMPRESO EN ESPAÑA – *PRINTED IN SPAIN*

INTRODUCCIÓN

Javier Gómez Rea

Conan Doyle y los comienzos de la novela policíaca

El nacimiento del género policíaco tiene lugar a mediados del siglo XIX. El descubrimiento de un enigma o problema por parte del protagonista o héroe es antiguo y, tradicionalmente, se habla de *Edipo rey* o de *Hamlet* como antecedentes remotos del género. Pero son algunos cuentos de Edgar Allan Poe (1809-1849) los auténticos iniciadores de la novela policíaca. En efecto, *Los crímenes de la calle Morgue*, *El misterio de María Roget* y *La carta robada* contienen ya las características esenciales del género: crimen aparentemente inexplicable y detective que resolverá el caso. Auguste Dupin es el personaje de Poe que inicia, de alguna manera, la larga serie de investigadores, policías, detectives aficionados, etc., que, con mayor o menor fortuna, han poblado las páginas del género policíaco y en torno a los que se articula la trama narrativa. El auge de la prensa en este siglo, así como la modernización de los métodos policiales y la desaparición de la tortura o el crecimiento de las ciudades, colaboran a que el género se desarrolle en la segunda mitad del siglo XIX, y primer tercio del XX, con las variantes necesarias e incluso con derivaciones hacia subgéneros o géneros autónomos nacidos del policíaco. Por otra parte, autores de reconocida valía y escritores de novelas por entregas o folletines, cultivaron este tipo de literatura, aunque no de una forma continuada ni con la estructura narrativa específica del género.

La literatura anglosajona es la que va a llevar a la novela policíaca a su máximo esplendor, hasta tal punto que, durante muchos años, podría decirse que es un género típicamente anglosajón; autores de otras literaturas utilizan el medio geográfico de ciudades norteamericanas o inglesas y personajes de dichas ciudades son los protagonistas de obras escritas muy lejos de ellas. Este esplendor de la novela policíaca anglosajona se debe sobre todo a la obra de dos importantes escritores ingleses y a la fama que adquirieron los dos protagonistas de sus obras. Nos referimos a Arthur Conan Doyle (1859-1930) y a Gilbert Keith Chesterton (1874-1936), creadores, respectivamente, de Sherlock Holmes y del padre Brown (que aparece por primera vez en 1911 en *El candor del padre Brown*). Las narraciones de estos dos escritores son modélicas y servirán de punto de partida para tantas obras que serán sus contemporáneas o surgirán después de su muerte, utilizando en algunos casos los mismos personajes que ellos habían creado.

Novela policíaca y serie negra después de Conan Doyle

Los precedentes del francés Vidocq y del personaje de Auguste Dupin de E. A. Poe, no impiden que Sherlock Holmes sea el primer auténtico detective de la literatura policíaca. Su extraordinario éxito hizo que el género se desarrollara ampliamente y que la estructura misma de los relatos girara en torno al detective protagonista que, invariablemente, resolverá los casos por difíciles que sean. A Sherlock Holmes seguirá una larga nómina de detectives o de policías que se harán famosos en todo el mundo: Hércules Poirot y Miss Marple, de Agatha Christie; el inspector Maigret, del belga Georges Simenon, y todos los que la literatura norteamericana popularizó en el primer cuarto del siglo XX a través de las *detective stories*, de los seriales cinematográficos o de la prensa sensacionalista. El público estaba vivamente interesado en este tipo de literatura y se le suministró con generosidad. A los autores citados habría que añadir, sólo entre los más conocidos, a Edgar Wallace, William Irish, Erle Stanley Gardner, Ellery Queen (seudónimo de Frederic Dannay y Manfred B. Lee), etc.

En los años 30 del siglo XX surge en Estados Unidos lo que podría considerarse una variante de la novela policíaca: la serie negra. Desde hace años obligó al cambio en la orientación del género, desplazando el interés del relato del enigma al ambiente en que suceden los hechos. Se trataba así de reflejar una determinada realidad social, presentando el lugar donde sucedía el crimen de una forma realista, inmerso en una criminalidad difusa, semilegal, con lo que implícitamente se rechazaba esa realidad social. Fue una vía fecunda y todavía hoy la serie negra americana, ya sea a través de la literatura o del cine, cuenta con un público fiel y con unos autores especializados, aunque de muy desigual calidad. El tiempo ha ido añadiendo nuevos elementos a la narración, como el erotismo, tanto si constituye el móvil del crimen como si es un simple complemento o sirve de ambientación. A Ross MacDonald, a Ed McBain, a Pierre Boileau y a Thomas Narjerac, habría que añadir las aportaciones de Leonardo Sciascia, de John Le Carré y de Patricia Highsmith sobre todo, entre tantos otros.

Es de señalar también el uso que escritores prestigiosos en la literatura considerada culta, han hecho de la estructura o de algunos elementos de la novela policíaca y de la serie negra. Autores como Borges y Adolfo Bioy Casares, en Argentina; Alain Robbe-Grillet, en Francia, o Graham Greene, en Inglaterra, no han despreciado el género y lo han cultivado; en unos casos han utilizado la estructura o la trampa para crear una literatura de tipo muy personal y en otros han entrado de lleno, aunque esporádicamente, en la creación del relato policíaco. El último y más notorio caso es el del crítico y ensayista italiano Umberto Eco, que en 1980 publicó su primera novela, *El nombre de la rosa*, con estructura plenamente policíaca pero ambientada en la Edad Media. Para que el parecido con la narración policíaca sea todavía más evidente, el protagonista de la novela es un inglés, el padre Guillermo, y su ayudante es el narrador de la acción.

En España, los primeros intentos de escribir novelas de este género anteriores a la Guerra Civil, estaban totalmente influidos por los relatos anglosajones en cuanto a ambientes y a protagonistas. Los escritores Mario Lacruz y Tomás Salvador, en los años 50 del siglo XX, y sobre todo Francisco García Pavón con la serie del policía municipal Plinio, intentaron aclimatar el género a nuestro país. El tono costumbrista y la pretensión de crear una obra de calidad literaria superior a lo normal en el género, diferencian a las obras de García Pavón de las narraciones típicas del relato policíaco, con lo que se quedan a medio camino entre la obra de género en estricto sentido y la novela considerada de calidad literaria.

En la década de los 70, otros escritores intentaron el género de una forma más o menos asidua. En algunos casos, como el de Manuel Vázquez Montalbán, creador del detective Pepe Carvalho, se ha creado una serie de obras *(Tatuaje, Los mares del Sur, Asesinato en el Comité central)* con el mismo protagonista y las características del género, a las que se ha añadido otro tipo de componentes (humor, política); en otros casos, simplemente ha sido una incursión sin continuidad. Otros nombres que han intentado el género policíaco son Eduardo Mendoza (con su detective loco de *El misterio de la cripta embrujada* y *El laberinto de las aceitunas*), Lourdes Ortiz (*Picadura mortal*), Jorge Martínez Reverte (*Demasiado para Gálvez y Gálvez en Euskadi*), Juan Madrid, Eduardo Chamorro, Fernando Savater o el humorista P. García (*Gay Flower, un detective muy privado*).

La vida y la obra de Arthur Conan Doyle

Arthur Conan Doyle nació en Edimburgo en 1859. Sus padres, Charles Doyle y Mary Foley, educaron a su hijo como católicos que eran, lo que posteriormente crearía conflictos entre padres e hijo al abandonar éste la fe en que había sido criado. Educado por jesuitas hasta su entrada en la Universidad para cursar estudios de Medicina, carrera que finalizará en 1881, Conan Doyle sufre una crisis religiosa al comenzar sus estudios universitarios que provocaría en el futuro escritor conflictos familiares y tensiones espirituales que le hicieron derivar hacia teorías espiritistas que le absorberían los últimos años de su vida.

Terminada su carrera, ejerció la medicina entre 1882 y 1890 en Portsmouth y comenzó a escribir, creando el famoso personaje de Sherlock Holmes y de su ayudante, el doctor Watson, iniciando así una serie de obras que duraría hasta el final de su vida. Pero la literatura no le hizo abandonar su otra profesión, la de médico: como tal participó en la campaña del Sudán (1898) y en la guerra de los bóers (1899-1902) en el ejército británico. Precisamente por la defensa de la política inglesa en Sudáfrica recibió el título de sir.

Al estallar la Primera Guerra Mundial se alista como simple soldado raso. A partir de la guerra comienza su relación con el espiritismo, al que dedicó tiempo y energías, publicando en 1926 *History of Spiritualism*, y defendiéndolo hasta su muerte en 1930. La obra de Conan Doyle está compuesta de novelas policíacas, de anticipación e históricas, y de obras de historia. Entre las primeras, todas ellas con los protagonistas Sherlock Holmes y el doctor Watson, están *Estudio en escarlata* (1887), *El signo de los cuatro*, *El regreso de Sherlock Holmes* (1892), *Las memorias de Sherlock Holmes* (1894), *El perro de los Baskerville* (1902), *El regreso de Sherlock Holmes* (1905) y *Recuerdos de Sherlock Holmes* (1927). Algunos de estos títulos son recopilaciones de los relatos cortos que publicó en diarios y revistas, medio habitual en Conan Doyle e idóneo para este tipo de obras.

El mundo perdido (1912) y *El cinturón envenenado* (1913) son novelas de anticipación, y *Micah Clarke* (1889), *Rodney Stone*

(1896), *Sir Nigel* (1906) y *Las hazañas del brigadier Gerard* (1895), algunas de sus novelas históricas.

También publicó obras de historia como *La gran guerra bóer* (1900) y la citada *Historia del espiritismo* (1926).

Sherlock Holmes o la deducción

Hay escritores que llegan a ser anulados por sus propios personajes hasta el punto de que todo el mundo llega a saber quién es tal personaje y sus aventuras, pero ignora el nombre completo (e incluso, en algunos casos, desconoce quién es el creador del personaje) y los mínimos datos biográficos del escritor. Ello es todavía más frecuente en las obras de «género» como los folletines lacrimógenos del siglo XIX, la novela policíaca o la serie negra, o las novelas rosa; el público al que van dirigidas principalmente no suele ser un público especialmente exigente y las características de edición (prensa sensacionalista, entregas o seriales, colecciones descuidadas) señalan ya el destinatario de estas obras. Así se produce el desprestigio literario del género y también el de sus autores, al juzgarse todas las obras y a sus autores con los mismos criterios sin pararse a analizar sus valores individuales.

Sherlock Holmes adquirió tanta popularidad que se llegó a convertir en un mito literario, un personaje de ficción que oscureció a su propio creador, Conan Doyle. Realmente Sherlock Holmes es el auténtico mito de todo el género policíaco, habiendo llegado a convertirse por sí solo en un género literario, ya que no sólo obligó a Conan Doyle a resucitarlo (como se verá más adelante), sino que, después de muerto su creador, nació una larga serie de obras que continuaban las aventuras del inteligente detective, sin contar las versiones cinematográficas que se hicieron. Conan Doyle se convirtió así para muchos lectores en una especie de anotador de las historias que el médico Watson escribía sobre los extraordinarios casos que Sherlock Holmes resolvía; un Sherlock Holmes cada vez más real y, seguramente, personaje verídico para algunos lectores. Un Sherlock Holmes que ha originado gran cantidad de estudios críticos, como personaje literario, siendo probablemente uno de los personajes de ficción que más estudios ha merecido.

Posiblemente harto de esta popularidad que anulaba sus otras obras literarias y hasta su propia personalidad, Conan Doyle decidió matar al detective, pero tuvo que volverlo al mundo de los vivos (en la ficción literaria) ante la avidez de los lectores. El mito pudo más que el escritor. En *La aventura de la casa vacía* encontrará el lector esta resurrección de Sherlock Holmes, explicada con la misma lógica que caracteriza a todos los demás relatos de la serie. Cuando definitivamente Conan Doyle no pudo seguir escribiendo las aventuras del detective, es decir, después de su propia muerte, otros continuaron esta labor, bien en la misma línea que le había dado su creador, bien en otras muy diferentes.

Sherlock Holmes es un superhombre: es capaz de percibir los más nimios detalles, de hacer las más complicadas deducciones y sacar las más imprevistas conclusiones. Su inteligencia está por encima de la de los demás mortales, y no es sólo su inseparable e incondicional amigo el doctor Watson quien lo dice y lo reconoce al contarnos los distintos casos: el mismo Sherlock Holmes hace gala de ello, en afirmaciones tan inmodestas como definitorias. En *La aventura de la casa vacía* pueden leerse dos ejemplos de ello:

> «Los tres años pasados no habían suavizado la aspereza de Holmes ni su impaciencia, cuando se encontraba con una inteligencia inferior a la suya.
> Creo que la edad no marchita, ni la costumbre desgasta mi infinita variedad —dijo—, y yo reconocí en su voz el gozo y el orgullo que el artista tenía ante su propia obra.»

Si la característica principal de la novela policíaca es la existencia de un enigma que ha de ser resuelto, Sherlock Holmes cuenta con la clave para conseguirlo: su extraordinaria capacidad de deducción. La observación de detalles mínimos, sin importancia para el resto de los personajes o para el lector todavía no familiarizado con sus aventuras, le sirve para ir armando el rompecabezas de los diferentes casos, hasta dar con la última pieza que todo lo aclarará. Su método está reflejado en estas frases de *La aventura de los muñecos danzantes*:

> «(...) no es realmente difícil enlazar una serie de deducciones, cada una consecuencia de la anterior y a la vez simple en sí misma. Si, actuando así, uno encuentra todas las deducciones intermedias y sólo presenta a su auditorio los puntos inicial y final, puede lograr un sorprendente efecto, aunque, posiblemente, ello sea de mal gusto.»

Por eso Sherlock Holmes no se fija en los detalles que los investigadores oficiales, la policía, tiene por importantes, sino en todos los otros que son despreciados por las mentes normales de los funcionarios encargados del caso, a los que paternalistamente ayuda y regala, en ocasiones, el éxito, con lo que gana nuevos e incondicionales amigos que su vanidad personal necesita.

La caballerosidad de Sherlock Holmes y su trato galante con las mujeres son otro rasgo de su carácter. En *La aventura de la ciclista solitaria* dice:

> «—Desde luego, su problema no debe ser la salud —dijo, mientras sus penetrantes ojos se fijaban en ella—. Una ciclista tan lozana como usted debe estar llena de energía.»

Por último, y para señalar una de las características más notables de Sherlock Holmes a través de las palabras del propio personaje, hay que hacer notar que el detective tiene su propia norma, que no siempre coincide con la legal; él organiza el mundo según sus propios criterios, y juzga y decide según su propio dictamen. Así habla en *La aventura de Abbey Grange*:

> «—Mire, capitán Croker, resolveremos esto conforme a la Ley. Usted es el acusado; usted, Watson, el jurado, y conste que nunca hubo nadie más adecuado para este puesto, y yo soy el juez.
>
> Tenía un rostro vil y siniestro, con una frente amplia y una mandíbula sensual que hablaba de una gran inteligencia y propensión al mal. Sus crueles ojos azules, con cínicos párpados caídos, su nariz agresiva y la línea amenazadora de sus cejas, confirmaban esta impresión.»

Si es absurdo narrarle el argumento de cualquier novela o relato al lector en una introducción, lo es doblemente en las obras del género policíaco, ya que la intriga, el desarrollo del argumento, es lo más importante, pasando el estilo literario a un segundo plano en la mayoría de los casos. Por tanto, dejaremos disfrutar al lector con las aventuras de Sherlock Holmes y de su ayudante el doctor Watson y sólo llamaremos su atención sobre algunos detalles del estilo o del pensamiento de Conan Doyle que la voracidad lectora que nos asalta en estas obras puede encubrir. Por ejemplo: los personajes están tratados de una forma maniquea; los malos son malos en todos los aspectos y una simple mirada los define. La adjetivación del siguiente fragmento es buena muestra de ello.

El ambiente de la obra es muchas veces éste:

> «Era una noche fría y borrascosa, el viento soplaba cortante a lo largo de la calle y casi todas las personas que transitaban por ella iban envueltas en sus abrigos y gabardinas.»

Algunos rasgos de crítica irónica sobre la propia obra aparecen en las críticas que Sherlock Holmes hace al doctor Watson sobre su estilo literario:

> «Debo admitir que tiene usted una capacidad de selección que compensa sobradamente lo lamentable de sus narraciones, porque con su funesta costumbre de considerar los casos como historias, en vez de como ejercicios científicos, ha arruinado toda una serie de demostraciones instructivas e, incluso, clásicas. Ha menospreciado la habilidad y la delicadeza por extenderse en detalles sensacionalistas, que posiblemente excitarán al lector, pero que difícilmente le instruirán.»

Con ello, además, Conan Doyle nos está dando casi una definición del género que tan hábilmente cultivaba.

Finalmente, la crítica social también está presente, sobre todo en lo que respecta a unas leyes rígidas y anticuadas:

> «Es un crimen, una villanía, un sacrilegio, obligar a que un matrimonio semejante continúe unido, y les digo que estas monstruosas leyes de ustedes les traerán un castigo, porque el cielo no puede permitir una maldad tan grande.»

Otros aspectos podrían ejemplificarse, como el humor o la ironía sobre algunos detalles de la vida inglesa, pero no queremos demorar más la lectura de las aventuras del detective: ¡Sherlock Holmes entra en acción!

Estudio en escarlata

PRIMERA PARTE

Impreso a partir de las memorias de John H. Watson, doctor en medicina y médico militar.

1. MR. SHERLOCK HOLMES

En el año 1878, recién licenciado en medicina por la Universidad de Londres, me dirigí a Netley para seguir el reglamentario curso dirigido a los cirujanos militares. Una vez terminé mis estudios allí, me destinaron al Quinto Regimiento de Fusileros Northumberland en calidad de cirujano ayudante. El regimiento estaba en aquella época destacado en la India y antes de que pudiera reunirme con ellos estalló la segunda guerra afgana. Al llegar a Bombay me enteré de que mi ejército se había abierto paso y se había adentrado en territorio enemigo. Les seguí acompañado de muchos oficiales que estaban en mi misma situación y conseguimos llegar sanos y salvos a Candahar, donde encontré a mi regimiento y me incorporé de inmediato a mis obligaciones.

Esta campaña permitió el ascenso de muchos y proporcionó honores también a muchos, pero a mi sólo me trajo problemas y desgracias. Fui transferido de mi brigada a los Berkshires, con quienes serví durante la terrible batalla de Maiwand. Allí, una bala jezail me hirió en el hombro. La bala destrozó el hueso y rozó la vena subclavia. De no haber sido por el valor y devoción de Murray, mi ordenanza, quien me subió a lomos de un caballo de transporte y consiguió llevarme de regreso hasta las líneas británicas, hubiese caído con toda seguridad en manos de los sanguinarios Ghazis.

Doblegado por el dolor y muy debilitado debido a todas las penalidades sufridas, fui trasladado junto con un gran número de heridos al hospital base, situado en Peshawar. Allí me recuperé y ya había mejorado lo bastante como para dar paseos por los pabellones e incluso para holgazanear al sol en el porche, cuando sufrí unas fiebres intestinales, la maldición de nuestras colonias en la India. Durante meses me debatí entre la vida y la muerte y cuando, finalmente, me recuperé y me convertí en un convaleciente, un tribunal médico dictaminó que, dada mi debilidad y lo consumido que estaba, no debía perderse ni un segundo en enviarme de vuelta a

Inglaterra. De manera que me subieron a bordo del transporte de tropas *Orontes* y un mes más tarde desembarqué en el malecón de Portsmouth, con mi salud dañada de forma irreversible para siempre y un paternal permiso del Gobierno de nueve meses durante el que debía intentar mejorarla.

No tenía ni un solo pariente en Inglaterra y era, por tanto, libre como el viento. O al menos tan libre como permitieran serlo unos ingresos de once chelines y seis peniques al día. Dadas las circunstancias, como es natural, me asenté en Londres, ese gran pozo séptico que acaba engullendo a todos los vagos y maleantes del imperio. Durante algún tiempo me alojé en un hotel del Strand, tiempo en el que seguí una confortable existencia carente de cualquier propósito y durante el que gasté todo el dinero del que disponía con mucha más liberalidad de la aconsejada. El estado de mis finanzas llegó a ser tan alarmante que me di cuenta de que habría de abandonar la metrópoli y asentarme en alguna localidad más rústica o bien cambiar por completo mi estilo de vida. Una vez tuve claro que prefería la segunda opción, tuve claro también que tenía que abandonar el hotel y buscar un alojamiento menos pretencioso y más barato.

El mismo día en el que llegué a dicha conclusión, mientras estaba en el Bar Criterion, alguien me golpeó en un hombro por detrás y al girarme descubrí al joven Stamford, quien había sido ayudante en Bart's a mis órdenes. Hasta a un hombre solitario le agrada encontrarse con una cara conocida en la selva inhóspita que es Londres. En el pasado Stamford y yo no habíamos sido íntimos precisamente, pero en aquel momento le saludé con entusiasmo y aparentemente él estaba encantado de haberse encontrado conmigo. En un arranque de entusiasmo le invité a comer conmigo en Holborn y los dos nos montamos en un carruaje para dirigirnos allí.

—¿Qué has estado haciendo, Watson? —me dijo con un nada disimulado asombro mientras traqueteábamos a través de las transitadas calles de Londres—. Estás flaco como un palo y negro como un tito.

Le hice un resumen de mis aventuras y terminé mi relato prácticamente en el momento en el que llegábamos a nuestro destino.

—¡Pobrecillo! —dijo compasivamente después de escuchar el relato de todas mis desgracias—. ¿Y qué piensas hacer ahora?

—Encontrar alojamiento —respondí—. Intento encontrar una habitación confortable a buen precio.

—Es curioso —comentó—, eres la segunda persona que me dice esa frase hoy.

—¿Quién fue la primera? —pregunté.

—Un tipo del hospital que trabaja en el laboratorio de química. Esta mañana se lamentaba de no poder encontrar con quién compartir el alquiler de unas habitaciones muy agradables que había encontrado y que es excesivamente alto para su bolsillo.

—¡Por todos loe demonios! —exclamé—. Si de verdad quiere compartir el apartamento y los gastos, soy el hombre que está buscando. Prefiero vivir con alguien a seguir solo.

El joven Stamford me miró por encima de su copa de vino.

—Todavía no conoces s Sherlock Holmes —dijo—. A lo mejor no te gusta lo bastante como para tenerle de compañero todo el tiempo.

—¿Y eso? ¿Qué defectos tiene?

—Yo no he dicho que tenga ningún defecto. Tiene unas ideas un tanto particulares... Es un entusiasta de ciertos campos de la ciencia. Por lo que sé, es bastante buen tipo.

—Estudiante de medicina, supongo —dije.

—No. No tengo ni la menor idea de a qué se dedica. Creo que sabe bastante de anatomía y es un químico de primera; pero, por lo que sé, jamás ha seguido ningún curso de medicina. Sus conocimientos son excéntricos e inconexos, pero su nivel de conocimientos, por poco ortodoxo que sea el método con el que los ha conseguido, asombraría a cualquiera de sus profesores.

—¿Nunca le has preguntado a qué se dedica? —pregunté.

—No; no es fácil sonsacarle. Aunque es bastante comunicativo cuando decide serlo.

—Me gustaría conocerle —dije—. Si he de compartir alojamiento con alguien, prefiero que sea una persona tranquila y dedicada al estudio. Todavía no estoy lo suficientemente recuperado como para soportar jaleo y muchas emociones. Es más, he tenido más que de sobra de ambos en Afganistán hasta el fin de mis días. ¿Cómo podría ponerme en contacto con tu amigo?

—Seguro que está en el laboratorio —replicó mi compañero—. Tan pronto no aparece por allí en semanas como se mete dentro noche y día. Si te apetece, podemos pasarnos por allí después de comer.

—Desde luego —contesté, y la conversación rápidamente discurrió por otros derroteros.

Mientras íbamos hacia el hospital después de la comida en Holborn, Stamford me contó algo más del caballero con el que me proponía compartir alojamiento.

—No me eches la culpa si no consigues entenderte con él —dijo—. Lo único que sé de él es lo que he visto las pocas veces que me he encontrado con él en el laboratorio. Has sido tú quien ha propuesto este apaño; no quiero saber nada si no te llevas bien con él.

—Si no nos llevamos bien, será bien sencillo separarnos —respondí—. Me parece, Stamford —le dije mirándole fijamente—, que te lavas las manos de este asunto por algo. ¿Tan mal carácter tiene o qué demonios pasa con él? Habla claro y no te andes por las ramas.

—No es fácil ponerle palabras a algo así —respondió con una carcajada—. Holmes es excesivamente científico, para mí... es prácticamente falto de humanidad. Me lo imagino perfectamente inyectándole un alcaloide a un amigo suyo, no por maldad, no me malinterpretes, sino para comprobar qué efectos tiene exactamente, por puro espíritu científico. Siendo justo con él, creo que estaría igualmente dispuesto a inyectarse él mismo. Parece estar obsesionado con el conocimiento exacto.

—Eso es muy bueno.

—Sí, pero sin pasarse. Cuando ese afán lleva a golpear los cadáveres de la sala de autopsias con un palo, francamente empieza a dar un poco de miedo.

—¿Golpea los cadáveres?

—Sí. Para comprobar hasta qué punto pueden aparecer cardenales tras el fallecimiento del sujeto. Le he visto hacerlo con mis propios ojos.

—¿Y dices que no es estudiante de medicina?

—No. Dios sabe qué es lo que realmente estudia. Pero ya hemos llegado y debes formarte tu propia opinión acerca de él —mientras hablábamos habíamos avanzado por un sendero estrecho y habíamos atravesado una pequeña puerta lateral que nos introdujo en una de las alas del enorme hospital. Conocía el lugar y no necesité que me guiase por la blanquecina escalera de piedra, ni a través del pasillo blanqueado de puertas del mismo color que la arena. Cerca de su extremo más alejado, se abría un pasadizo abovedado de techo bajo que conducía al laboratorio químico.

Era ésta una estancia de altos techos abarrotada de innumerables frascos. Diseminadas por toda la sala había enormes mesas bajas llenas de retortas, tubos de ensayo y pequeños mecheros Bunsen en los que ardían, trémulas, sus llamas azules. En la habitación, un único estudiante, totalmente absorto en su trabajo, se inclinaba sobre una de las mesas. Al oír nuestros pasos, miró a su alrededor y se puso en pie de un salto con una exclamación de alegría.

—¡Lo encontré, lo encontré! —gritó a mi compañero mientras corría hacia nosotros empuñando un tubo de ensayo—. He encontrado un reactivo que precipita única y exclusivamente en presencia de hemoglobina —de haber descubierto una mina de oro, no habría demostrado más entusiasmo.

—Doctor Watson, éste es el señor Sherlock Holmes —dijo Stamford a modo de presentación.

—¿Cómo está usted? —me dijo estrujándome la mano con una fuerza de la que nunca le hubiese creído capaz—. Ha estado en Afganistán por lo que veo.

—¿Cómo demonios lo sabe? —le pregunté asombrado.

—Da lo mismo —dijo riéndose para sí—. Lo que importa ahora es la hemoglobina. No dudo que se dan cuenta de la importancia de este descubrimiento mío.

—Sin duda, tiene un cierto interés químico —respondí—, pero en el terreno práctico...

—Señor mío, se trata del descubrimiento en el campo de la medicina legal más útil y práctico en años. ¿No se da cuenta que proporciona un método infalible para detectar si una mancha es de sangre o no? ¡Venga aquí! —en su entusiasmo, me agarró por una de las mangas de mi abrigo y me arrastró hasta la mesa en la que había estado trabajando—. Tomemos algo de sangre fresca —dijo clavándose una aguja de gran longitud en uno de sus dedos y aspirando con una pipeta la gota que obtuvo—. Ahora introduciré está gota de sangre en un litro de agua. Como verá, la mezcla resultante parece agua pura. La proporción de sangre no puede ser superior a una parte de millón. Y, sin embargo, estoy seguro de que obtendré la reacción química característica —mientras hablaba echó dentro del mismo recipiente unos pocos pedazos de cristal blanco y unas gotas de un líquido transparente. En un momento el contenido se tornó de color caoba y en el fondo de la jarra de cristal precipitó un polvillo marrón.

—¡Ja, ja! —gritó, aplaudiendo y tan entusiasmado como un niño con zapatos nuevos—. ¿Qué le ha parecido?

—Parece un ensayo muy preciso —comenté.

—¡Es fantástico, fantástico! El antiguo ensayo que utilizaba madera de guayacán era demasiado pesado y poco fiable. Y lo mismo ocurre con la inspección al microscopio en busca de corpúsculos de sangre. El último, además, es inútil si las manchas de sangre tienen unas pocas horas. Sin embargo, parece que éste funciona igual de bien con sangre vieja que con sangre nueva. Si se hubiese inventado este ensayo antes, muchos hombres que hoy caminan libres por el mundo habrían pagado hace tiempo sus crímenes.

—¡Desde luego! —murmuré.

—Continuamente, en los juicios penales se llega a este punto. Se sospecha que un hombre es el culpable de un crimen que se cometió hace, quizá, meses. Al examinar sus ropas, se descubren manchas de color marrón en ellas. ¿Son de tierra, sangre, óxido, fruta o de qué exactamente? Es ésta una cuestión que durante tiempo ha despistado a todos los expertos. ¿Y por qué? Porque todavía no había ningún ensayo fiable. Pero ahora ya existe el ensayo Sherlock Holmes, con lo que toda dificultad desaparece.

Le brillaban los ojos al hablar y, con la mano en la cabeza, hizo una reverencia, como si saludase a una multitud producto de su imaginación.

—Hay que felicitarle —dije, muy sorprendido por su entusiasmo.

—Si este ensayo hubiese existido el año pasado cuando el caso Von Bischoff en Francfort, él habría acabado sin duda en la horca. Y luego tenemos a Mason en Bradford y el famoso Muller, y Lefevre en Montpellier, y el caso Samson en Nueva Orleáns. Puedo dar toda una lista de casos en los que habría sido decisiva esta prueba.

—Parece usted un anuario ambulante del crimen —dijo Stamford entre risas—. Podría publicar algo dedicado a ello y llamarlo *Crímenes del pasado*.

—Y sería de lo más interesante —comentó Sherlock Holmes mientras se ponía un emplasto sobre la punción de su dedo—. Debo tener cuidado —me dijo sonriendo—, pues trabajo mucho con venenos —me enseñó su mano y la tenía cubierta por emplastos similares y descolorida por los ácidos.

—Hemos venido para hablar de negocios —dijo Stamford sentándose en un alto taburete de tres patas; envió uno hacia mí con un pie—. Este amigo mío busca alojamiento y como le oí quejarse porque no tenía a nadie con quien compartir el que usted encontró, he pensado que lo mejor sería presentarles.

Sherlock Holmes pareció encantado ante la perspectiva de compartir alojamiento conmigo.

—He puesto mis ojos en un apartamento de Baker Street —dijo—, que nos iría estupendamente. Espero que no le moleste el aroma de tabaco fuerte.

—Yo mismo fumo *ship's* [1] —respondí.

---

[1] Ship's: Puritos finos, baratos, elaborados con tabaco de baja calidad y muy fuertes.

—Eso está bien. Normalmente llevo productos químicos a casa y de cuando en cuando realizo algún experimento, ¿le molestaría eso?

—En absoluto.

—Déjeme pensar qué otros defectos tengo. En ocasiones me vengo abajo y me paso días sin abrir la boca. No crea que estoy molesto con usted si me sucede tal cosa. No me haga ni caso y se me pasará rápidamente. ¿Qué tiene usted que confesar? Lo mejor es que dos tipos que pretenden vivir juntos sepan cuanto antes lo peor del otro.

Este interrogatorio me hizo reír.

—Tengo un cachorro —dije— y me molesta el jaleo porque tengo los nervios destrozados. Me levanto a cualquier hora y soy extremadamente perezoso. Tengo muchos otros vicios, pero creo que por el momento éstos son los más importantes.

—¿Clasifica el sonido del violín dentro del apartado «jaleo»? —preguntó preocupado.

—Depende del músico —respondí—. La música de un violín bien tocado es un placer de dioses, pero en caso contrario...

—Oh, eso no es problema —exclamó con alegres risas—. Me parece que está todo resuelto. Si le gustan las habitaciones, claro.

—¿Cuándo podemos verlas?

—Pase a recogerme aquí mismo mañana a las doce del mediodía e iremos juntos a dejarlo todo atado —respondió.

—De acuerdo, a las doce del mediodía en punto —le dije estrechando su mano.

Le dejamos allí, trabajando rodeado de sus productos químicos y caminamos juntos hacia mi hotel.

—Por cierto —pregunté de repente girándome hacia Stamford—, ¿cómo diablos supo que yo había estado en Afganistán?

Mi compañero me dirigió una sonrisa enigmática.

—Ésa es su gran habilidad —dijo—. A mucha gente le gustaría saber cómo consigue averiguar las cosas.

—¿Se trata de un misterio? —dije frotándome las manos—. Es de lo más estimulante. Te estoy muy agradecido por habernos presentado. Ya sabes: «El objeto de estudio de la humanidad debería ser el propio ser humano.»

—Ése es el caso que debes estudiar —me dijo Stamford al despedirse de mí—. Aunque creo que será un problema peliagudo de resolver. Apuesto a que él consigue saber más cosas de ti que tú de él. Adiós.

—Adiós —respondí. Y caminé hasta mi hotel vivamente interesado en mi recién conocido.

2. LA DEDUCCIÓN COMO CIENCIA

Al día siguiente nos encontramos tal como habíamos acordado y vimos juntos el apartamento del número 221B de Baker Street del que Holmes había hablado cuando nos conocimos. Consistía éste en un par de dormitorios agradables y un único y espacioso salón con muebles alegres e iluminado por dos grandes ventanales. Se trataba de un alojamiento tan bueno y por un precio tan razonable al dividir los gastos entre dos, que allí mismo cerramos el trato e inmediatamente tomamos posesión del mismo. Esa misma tarde abandoné el hotel y me trasladé al apartamento y Holmes me siguió a la mañana siguiente, trayendo varias cajas y baúles de viaje. Durante un día o dos estuvimos ocupados desembalando nuestras cosas e instalándolas lo mejor posible. Una vez terminamos con eso, nos dispusimos a aclimatarnos a nuestro nuevo entorno.

No era nada difícil vivir con Holmes. Era de costumbres tranquilas y hábitos regulares. Muy rara vez estaba despierto pasadas las diez de la noche y todos los días desayunaba y se marchaba de allí antes de que yo me hubiera levantado. En ocasiones pasaba el día en el laboratorio de química, otras veces en las salas de autopsia y, de cuando en cuando, dando largos paseos que, aparentemente, le llevaban hasta los barrios más marginales de la ciudad. Era imposible desplegar más energía que Holmes cuando la furia de la acción se apoderaba de él; pero una y otra vez caía en una reacción apática y yacía durante días, de la mañana a la noche, tirado en el sofá del salón sin casi decir ni una palabra ni mover un músculo. En esas ocasiones, me parecía que había en sus ojos una expresión soñadora y ausente que me habría hecho sospechar que consumía algún tipo de estupefaciente de no ser por la pulcritud y templanza con la que vivía y que hacía inconcebible algo así.

A medida que transcurrían las semanas, aumentaba mi interés y mi curiosidad por saber a qué dedicaba su vida. Su propia persona y aspecto bastaban para llamar la atención de cualquier observador.

Su estatura superaba los seis pies y era tan delgado que parecía aún más alto. Sus ojos eran penetrantes y duros, excepto durante esos intervalos de ensimismamiento a los que ya he aludido. Su nariz delgada de halcón contribuía a darle a su expresión ese aire de alerta y decisión. Su barbilla era cuadrada y prominente, como corresponde también a un hombre decidido. Tenía las manos permanentemente salpicadas de tinta y llenas de manchas producidas por productos químicos y eran extremadamente precisas y delicadas a la hora de manipular cualquier objeto, como había tenido ocasión de comprobar al verle manejar sus delicados instrumentos filosóficos.

El lector pensará que yo era un cotilla incorregible, ya que confieso lo mucho que este hombre estimulaba mi curiosidad y lo frecuente de las ocasiones en que me proponía romper el secretismo que mostraba en cualquier cosa relacionada con él mismo. Pero antes de juzgarme, debe recordarse lo carente de propósito que era mi vida y las pocas cosas que se ofrecían a mi interés. Mi salud era mala y sólo podía aventurarme a salir si el tiempo era excepcionalmente bueno y tampoco tenía amigos que pudiesen visitarme y poner fin a lo monótono de mi existencia diaria. Así que, dadas las circunstancias, recibí con entusiasmo el misterio que rodeaba a mi compañero y dediqué gran parte de mi tiempo a intentar resolverlo.

No era estudiante de medicina. Él mismo había confirmado la opinión de Stamford al respecto al responder a una pregunta directa. Tampoco parecía que hubiese seguido ningún tipo de curso o estudios oficiales en ninguna disciplina científica o en ninguna otra que le hubiese permitido el acceso a el mundo culto. A pesar de lo cual, su interés por algunas ramas del saber era impresionante y su nivel de conocimientos, dentro de sus excéntricos límites, era tan apabullante que sus comentarios solían dejarme anonadado. Estaba seguro de que ningún hombre trabajaría tan duramente ni haría el esfuerzo de conseguir recopilar tal cantidad de información sin un objetivo definido. Quienes leen de manera poco metódica no suelen destacar por la precisión de sus conocimientos. Ningún hombre sobrecarga su mente con pequeños detalles si no tiene un buen motivo para hacerlo.

Su ignorancia era tan apabullante como sus conocimientos. Aparentemente, no tenía ni idea de literatura contemporánea, filosofía o política. Después de que yo citase a Thomas Carlyle, me preguntó de la manera más inocente quién era este hombre y qué había hecho. Y sin embargo, mi sorpresa llegó a su clímax el día que descubrí por casualidad que no conocía la teoría copernicana y que ignoraba por completo la composición del sistema solar. Que en pleno siglo diecinueve hubiese un ser civilizado que no supiera que la Tierra giraba alrededor del Sol me pareció algo tan extraordinario que apenas podía creerlo.

—Parece realmente sorprendido —me dijo sonriente al ver mi cara de sorpresa—. Y ahora que lo sé, haré lo posible por olvidarlo cuanto antes.

—¡Olvidarlo!

—Mire —explicó—, tengo la teoría de que el cerebro de cada hombre es como un piso vacío que hay que amueblar. Un idiota coge todo lo que encuentra y lo coloca de cualquier manera. Y así los conocimientos que podrían resultarle de utilidad se apiñan de mala manera o se enredan con otra gran cantidad de cosas de manera que cuando los necesita no sabe dónde están. Pero el hombre que utiliza con habilidad su cerebro es muy cuidadoso con las cosas que introduce en él. Sólo elige aquellas herramientas que le son útiles en su trabajo, pero de éstas tiene un amplio surtido y perfectamente ordenadas. Es un error pensar que nuestro pequeño piso tiene las paredes elásticas y que podemos dilatarlas a voluntad. Llega un momento en que cada nuevo conocimiento supone el olvido de algo que se sabía y por tanto es de gran importancia no llegar al extremo de que conocimientos inútiles expulsen a los que son importantes.

—¡Pero se trata del sistema solar! —protesté.

—¿Y a mí qué rayos me importa? —me interrumpió impaciente—. Dice usted que giramos alrededor del Sol. Si girásemos alrededor de la Luna ni yo ni mi trabajo percibiríamos la diferencia.

Estuve a punto de preguntarle en qué consistía ese trabajo suyo, pero algo en su actitud me dio a entender que la pregunta no sería bien recibida. Reflexioné sobre esta conversación nuestra y me propuse extraer conclusiones de ella. Él dijo que no adquiriría ningún conocimiento que no fuese a serle de utilidad en su trabajo. Por tanto, los conocimientos que poseía sí le resultaban útiles. Hice una lista mental de las materias en las que me había demostrado estar excepcionalmente bien informado. Llegué a coger un lápiz y apuntarlas. No pude evitar sonreír al ver el escrito que acababa de completar. Decía así:

Sherlock Holmes: sus limitaciones

1. Conocimientos sobre literatura: ninguno.
2. Conocimientos sobre filosofía: ninguno.

3. Conocimientos sobre astronomía: ninguno.
4. Conocimientos sobre política: escasos.
5. Conocimientos sobre botánica: depende. Muy bueno en belladona, opio y venenos en general. No tiene ni idea de jardinería.
6. Conocimientos sobre geología: de índole práctica pero limitados. Es capaz de distinguir a simple vista un tipo de suelo de otro. Más de una vez, tras uno de sus paseos, me ha mostrado las salpicaduras de las perneras de sus pantalones y me ha dicho en qué parte de Londres los recibió atendiendo a su color y consistencia.
7. Conocimientos sobre química: profundos.
8. Conocimientos sobre anatomía: profundos, pero nada sistemáticos.
9. Conocimientos sobre literatura sensacionalista: inmensos. Aparentemente, lo sabe todo acerca de cualquier horror perpetrado este siglo.
10. Toca bien el violín.
11. Es un jugador experto de *singlestick*[2], buen boxeador y buen espadachín.
12. Conoce muy bien las leyes inglesas.

Una vez hube completado mi lista, la arroje desesperado al fuego. «Si pretendo averiguar a qué se dedica mi compañero a base de elaborar una lista con sus habilidades», pensé para mí, «e intentar dar con un oficio en el que éstas sean necesarias, más me vale darme ya por vencido.»

Veo que he mencionado su habilidad con el violín. Era ésta muy grande, pero tan excéntrica como cualquier otra habilidad suya. Sabía perfectamente que podía interpretar obras, algunas muy difíciles, porque a petición mía me había interpretado algunos de los *lieder* de Mendelsshon y alguna otra de mis piezas favoritas. Pero si tocaba a su aire, rara vez interpretaba algo reconocible o ningún tipo de melodía. Se recostaba en su sillón por la tarde, cerraba los ojos y, con el violín cruzado sobre sus rodillas, arrancaba sonidos de sus cuerdas despreocupadamente. En ocasiones sonaba soñador y alegre; en otras, sonoro y melancólico. Era evidente que los sonidos eran un reflejo de sus propios pensamientos, pero yo era incapaz de averiguar si los sonidos le ayudaban a alcanzar ese estado de ánimo

---

[2] *Singlestick:* Era un deporte muy popular en el siglo XIX parecido a la esgrima, pero que se practicaba con un arma de madera.

o, por el contrario, si su forma de tocar se debía a un capricho. Podría haber protestado a causa de estos desesperantes solos, pero normalmente los concluía con una rápida sucesión de piezas favoritas mías como si se disculpase por poner a prueba mi paciencia.

Durante la primera semana, más o menos, no tuvimos visitas y había empezado a pensar que mi compañero era tan poco sociable como yo mismo, pero descubrí al poco tiempo que tenía un gran número de conocidos y de todas las clases sociales. Apareció un tipo pequeño y cetrino, con cara de rata y ojillos pequeños que me presentaron como Lestrade, el cual nos visitó tres o cuatro veces en la misma semana. Una mañana pasó por casa una chica joven, vestida a la moda, la cual se quedó durante una media hora o algo más. Esa misma tarde vino un visitante de cabellera gris, algo sórdido, con aspecto de prestamista judío y que parecía estar muy alterado y a quien siguió una señora anciana de aspecto descuidado. En otra ocasión fue un anciano de blanca cabellera quien tuvo una entrevista con mi compañero; y en otra un cochero del ferrocarril con su uniforme de terciopelo y todo. En estas ocasiones en las que algún individuo de aspecto indescriptible venía a verle, Holmes me rogaba que le permitiera utilizar el salón en la intimidad y yo me retiraba a mi dormitorio. Se disculpaba constantemente por ocasionarme estas molestias. «Tengo que utilizar este cuarto como oficina —dijo—, estas personas son mis clientes.» Una vez más tuve en bandeja la oportunidad de hacerle la ansiada pregunta a bocajarro, y sin embargo mi prudencia me impedía forzar la confianza en mí de otro. Imaginé que él tendría algún motivo para no querer aludir a ello, pero él mismo se encargó de disipar esta idea de mi mente hablando del asunto por propia voluntad.

Sucedió el 4 de marzo, tengo buenas razones para recordar la fecha. Me levanté algo antes de lo habitual y me encontré con que Holmes todavía no había terminado su desayuno. La casera se había habituado ya a mis costumbres y mi lado de la mesa no estaba puesto ni tampoco tenía el café preparado. Con esa irracional petulancia del ser humano, toqué la campanilla y comuniqué que ya estaba en pie. En ese momento cogí una revista de la mesa y me dispuse a hacer tiempo mientras mi compañero mascaba en silencio su tostada. Uno de los artículos tenía una señal a lápiz en el título y, naturalmente, empecé a leerlo.

Su título, algo ambicioso, era «El libro de la vida» y pretendía demostrar todo lo que podía extraerse de la mera observación cuidadosa y sistemática de todo lo que nos rodea. Me llamó la atención por ser una sorprendente mezcla de tonterías y sagacidad. Los razonamientos que explicaba eran familiares y detallados, pero las conclusiones me parecieron descabelladas y exageradas. El autor pretendía ser capaz de deducir los pensamientos más ocultos de un hombre por uno de sus gestos: el movimiento de un músculo o una mirada. Según él, era imposible engañar a alguien entrenado en la observación y análisis. Sus conclusiones eran infalibles como los postulados de Euclides. Sus resultados parecerían nigromancia a los no iniciados hasta que no aprendiesen el proceso deductivo.

«De una gota de agua», decía el autor, «un lógico inferiría la posible existencia de un océano Atlántico o unas cataratas Niágara sin ni siquiera haber visto ninguna de estas dos cosas. Pues la vida es una gran cadena cuya naturaleza llegamos a conocer con sólo ver una parte de ella. Como cualquier otro arte, sólo se llega a dominar el arte de la deducción y el análisis a través de un largo y paciente estudio, sin que la vida de ningún mortal proporcione la posibilidad de llegar a dominarlas. Pero antes de pasar a aspectos morales o mentales de la cuestión, que son los que mayores dificultades presentan, el curioso debe empezar por resolver problemas más elementales. Por ejemplo, que al conocer a otro mortal, sea capaz de saber a qué gremio pertenece y algo de la historia de ese hombre. Aunque parezca un ejercicio pueril, agudiza la capacidad de observación y enseña a saber qué buscar y dónde hacerlo. Las uñas de un hombre, las mangas de su abrigo, su calzado, sus rodilleras, la callosidad de su índice y pulgar, su expresión o los puños de su camisa, cada una de estas cosas revela el oficio de un hombre. Es prácticamente inconcebible que todos estos datos no ayuden a un investigador competente a arrojar algo de luz en un caso.»

—¡Menuda sarta de estupideces! —exclamé dejando caer la revista sobre la mesa. No había leído una tontería tan grande en mi vida.

—¿De qué se trata? —preguntó Holmes.

—Este artículo —dije señalándolo con mi cucharilla mientras me sentaba a desayunar—. Veo que lo ha leído, pues lo ha marcado con el lápiz. No niego que está bien escrito, pero me irrita. Es evidente que lo ha escrito un teórico de salón que desarrolla todas estas bellas paradojas recluido en su despacho. No es real. Me gustaría verle hacinado en el Metro en un vagón de tercera diciéndome las profesiones de todos los que le rodean. Apostaría mil a uno a que no es capaz.

—Perdería —dijo Holmes tranquilamente—. Y por lo que respecta al artículo, lo he escrito yo.

—¡Usted!
—Sí. Tengo pasión por la deducción y la observación. Esas teorías que a usted le parecen meras quimeras son muy reales. Tan reales como que de ellas depende mi sustento.
—¿Cómo es eso posible? —pregunté sin querer.
—Bueno, tengo mi propio oficio. Creo que soy su único representante en el mundo. Soy un detective-consultor, si puede hacerse una idea de lo que eso significa. En Londres tenemos montones de detectives del Gobierno y muchísimos privados. Pero cuando éstos están perdidos, acuden a mí y yo me las ingenio para ponerles de nuevo sobre la buena pista. A mí me presentan todas las pruebas que tienen, y generalmente, con la ayuda de mis conocimientos sobre historia del crimen, puedo echarles un cable. Los crímenes se repiten bastante y si uno conoce los primeros mil al dedillo, será difícil que no consiga resolver el mil uno. Lestrade es un detective muy popular. No era capaz de resolver un caso de falsificación en el que andaba metido y por eso vino a verme.
—¿Y todos los demás?
—A la mayoría les envían agencias de investigación. Es gente que tiene algún tipo de problema y quieren que alguien les ayude. Les escucho, ellos escuchan mi opinión y cobro mi tarifa.
—¿Me está diciendo que sin salir de esta habitación es capaz de aclarar un misterio que otros hombres que han visto todos los detalles por sí mismos no son capaces de resolver?
—Exacto. Tengo una intuición muy buena para esas cosas. Pero de cuando en cuando un caso se complica y tengo que ir hasta allí y ver las cosas con mis propios ojos. Tengo conocimientos muy específicos que puedo aplicar a estos problemas y que simplifican enormemente las cosas. Esas reglas respecto a la deducción que incluí en ese artículo que tanto ha provocado su burla, no tienen precio en mi trabajo. La observación es un don natural en mí. Usted mismo se sorprendió cuando le dije que usted había estado en Afganistán.
—Se lo dijeron, sin duda.
—En absoluto. *Sabía* que había estado usted en Afganistán. Tras mi larga práctica, no siempre soy consciente de la cadena deductiva que siguen mis pensamientos y llego a la conclusión sin pensar en los pasos intermedios, aunque existen, claro está. En aquel caso fueron: «Aquí tenemos un caballero con aspecto de médico y porte militar. Claramente, se trata de un médico militar. Tiene la piel del rostro oscura y no es su color natural de piel, pues sus muñecas son claras, así que acaba de llegar del trópico. Las ha pasado canutas y está enfer-

mo como indica claramente su rostro ojeroso. Le han herido en el brazo izquierdo, pues lo sostiene de una manera rígida y poco natural. ¿En qué lugar del trópico pueden haber herido a un médico militar británico? Obviamente, en Afganistán.» En recorrer toda esta cadena de pensamientos lógicos no invertí ni un segundo. Comenté que había usted estado en Afganistán y usted se sorprendió.

—Una vez lo explica parece sencillo —dije sonriendo—. Me recuerda al personaje que Poe creó, Dupin. No tenía ni idea de que existiesen personas así a no ser en una novela.

Sherlock Holmes se puso en pie y encendió su pipa.

—Es evidente que cree halagarme al compararme con Dupin —observó—. Pero en mi opinión él es inferior a mí. Ese truco suyo de interrumpir los pensamientos de sus amigos con un comentario apropiado después de un cuarto de hora de silencio, es realmente algo muy superficial y fanfarrón. Tenía algo de genialidad analítica, sin duda, pero no era el genio que sin duda pensó que había creado.

—¿Ha leído a Gaboriau? —pregunté—. ¿Se parece Lecoq más a la idea que tiene usted de un detective?

Sherlock Holmes bufó sardónicamente.

—Lecoq era un inútil —dijo enfadado—, lo único bueno que tenía era su energía. Ese libro me puso enfermo. Se trataba de identificar a un prisionero desconocido; yo podría haberlo hecho en veinticuatro horas. A Lecoq le costó unos seis meses. Ese libro es el manual de lo que todo detective no debe hacer.

Me indigné al ver la displicencia con la que trataba a dos personajes a los que yo admiraba. Caminé por la habitación hacia la ventana y permanecí allí mirando la calle atestada de gente. «Este tipo debe ser muy inteligente», pensé, «pero desde luego es un engreído de cuidado.»

—Ya no hay crímenes ni criminales hoy en día —dijo en tono quejumbroso—. ¿De qué sirve ser inteligente en esta profesión? Sé bien que tengo cualidades para hacerme famoso. No existe ni ha existido nunca un hombre que haya dedicado tanto estudio ni tantas cualidades naturales al esclarecimiento del crimen como yo. ¿Y para qué? No hay crímenes que esclarecer. Como mucho, alguna tropelía de poca monta tan evidente que hasta incluso cualquier policía de Scotland Yard puede resolver.

Yo estaba todavía molesto por el comportamiento tan prepotente que Holmes estaba demostrando en la conversación y creí conveniente cambiar el tema de ella.

—¿Me gustaría saber qué es lo que está buscando ese tipo? —pregunté señalando a un individuo vestido de paisano y aspecto fornido que caminaba lentamente por la acera de enfrente mirando atentamente los números de los edificios de la calle. Llevaba un gran sobre azul en la mano y era, evidentemente, el portador del mensaje.

—¿Se refiere al sargento de marina retirado? —preguntó Sherlock Holmes.

—¡Rayos y truenos! —me dije a mí mismo—. Sabe que no puedo comprobar su afirmación.

Y justo cuando esa idea acababa de pasar por mi mente, el hombre que observábamos vio el número escrito sobre nuestra puerta y cruzó rápidamente la calzada. Escuchamos una potente llamada, una voz grave en la puerta y, a continuación, unos pasos pesados ascendiendo por la escalera.

—Para el señor Sherlock Holmes —dijo entrando en la habitación y poniendo la carta en manos de mi amigo.

Tenía la oportunidad de darle una lección. No se imaginaba lo que iba a suceder cuando lanzó aquel tiro a ciegas.

—¿Puedo preguntarle, amigo mío —dije al mensajero con mi voz más dulce—, cuál es su profesión?

—Conserje, señor —dijo en tono brusco—. Me están arreglando el uniforme.

—¿Y antes fue...? —pregunté echándole una maliciosa mirada a mi compañero.

—Sargento, señor; Infantería Ligera de la Marina Real, señor. ¿No envía respuesta? Muy bien, señor.

Hizo sonar sus talones, levantó su mano en señal de saludo y se marchó.

3. EL MISTERIO DE LAURISTON GARDENS

Confieso que esta demostración práctica de la exactitud de sus teorías me dejó francamente sorprendido. Y mi respeto por su capacidad de análisis creció como la espuma. Y sin embargo, seguía sospechando que toda aquella escena había estado organizada de antemano, aunque no era capaz de imaginar qué objetivo perseguía engañándome de esa manera. Cuando le miré, ya había terminado de leer la nota aquella y sus ojos tenían el aspecto ausente y carente de brillo que indicaba que estaba profundamente concentrado.

—¿Cómo demonios ha sido capaz de deducirlo? —pregunté.
—¿Deducir qué? —preguntó con petulancia.
—Caramba, que se trataba de un sargento de marina retirado.
—No tengo tiempo para tonterías —dijo con brusquedad. Y añadió con una sonrisa—: Disculpe mi mala educación. Interrumpió usted la cadena de mis pensamientos; pero quizá haya sido lo mejor. ¿Así que no se dio cuenta de que se trataba de un sargento de marina?
—En absoluto.
—Me resultó más sencillo darme cuenta de que lo era que explicar ahora cómo lo he sabido. Si a usted le pidiesen que demostrase que dos y dos son cuatro, por mucho que esté seguro de que así es, es posible que le resultase algo complicado hacerlo. Incluso desde el otro lado de la calle pude ver el ancla que lleva tatuada en el dorso de la mano. Eso sugiere inmediatamente el mar. Tiene porte militar y patillas reglamentarias. Ahí aparece la marina. Se trata de un hombre con aspecto autoritario y algo engreído. Es posible que se haya dado cuenta en su forma de mover la cabeza y de cómo sujeta el bastón. Un hombre de mediana edad, respetable y firme. Todo esto me indujo a pensar que se trataba de un antiguo sargento.
—¡Maravilloso! —exclamé.
—Elemental —dijo Holmes, aunque me pareció ver en su expresión que le encantaba ver mi sorpresa y admiración—. Acabo de decir que ya no existen criminales y parece ser que me equivoco... Lea esto —me acercó la nota que acababa de traer el conserje.

—¡Esto es terrible! —exclamé al leerlo.

—Parece ser algo distinto a lo habitual —comentó tranquilamente—. ¿Le importaría leerlo en voz alta?

Ésta es la carta que le leí:

«Mi querido señor Sherlock Holmes: Esta noche ha sucedido algo terrible en el número 3 de Lauriston Gardens, pasada Brixton Road. El hombre que hace la ronda vio una luz en ese lugar aproximadamente a las dos de la madrugada, y como se trata de una casa deshabitada, sospechó que algo no iba bien. Vio que la puerta estaba abierta y una vez en la habitación principal, que está desamueblada, descubrió el cadáver de un caballero bien vestido y en cuyo bolsillo se encontraron tarjetas en las que se lee "Enoch J. Drebber, Cleveland, Ohio, U.S.A." No se ha cometido ningún robo y no hay nada que haga sospechar cómo murió este hombre. Hay manchas de sangre en la habitación, pero el cadáver no presenta ninguna herida. No tenemos ni idea de cómo acabó en esta casa vacía. De hecho, todo el asunto es un misterio. Si llega a la casa antes de las doce me encontrará allí. Lo he dejado todo *in statu quo* hasta que reciba noticias suyas. Si no puede venir, le daré más detalles y le estaría inmensamente agradecido si accediese a darme su opinión sobre esto. Atentamente, TOBÍAS GREGSON.»

—Gregson es el más listo de todos los detectives de Scotland Yard —comentó mi amigo—; él y Lestrade son los únicos que se salvan de todo el lote. Ambos son enérgicos y decididos, pero muy convencionales, demasiado. Y además se llevan a matar. Tienen tantos celos el uno del otro que parecen dos primeras actrices. Será divertido verles trabajar juntos.

Me maravillaba la tranquilidad que Holmes demostraba.

—Seguro que no hay ni un minuto que perder —advertí—. ¿Quiere que baje y le busque un coche?

—No tengo claro si debo ir o no. Soy el hombre más perezoso de todo el planeta... mientras me dura la apatía. Pues puedo ser también muy dinámico.

—Bueno, pero se trata de la oportunidad que buscaba.

—Mi querido amigo, ¿qué tiene esto que ver conmigo? Supongamos que resuelvo el caso. Serán Lestrade, Gregson y compañía los que se colgarán las medallas, no le quepa duda. Eso es lo que pasa cuando no se trabaja de manera oficial.

—Le está suplicando que le ayude.

—Sabe que soy mejor que él y a mí me lo reconoce, pero se arrancaría la lengua antes de decírselo a otra persona. Aun así podríamos echar un vistazo. Lo resolveré por mi cuenta. Y a falta de algo mejor, me lo pasaré bien a su costa. ¡Vamos!

Se embutió a toda velocidad en su abrigo y empezó a correr por allí dando muestras de que el arrebato de actividad se había apoderado de él desplazando a su apatía.

—Coja su sombrero —dijo.

—¿Quiere que le acompañe?

—Sí. A no ser que tenga algo mejor que hacer —minutos más tarde estábamos los dos en un carruaje que avanzaba a toda velocidad a lo largo de Brixton Road.

La mañana era neblinosa y el cielo estaba encapotado. Sobre los tejados de las casas se cernía un velo de color ocre que parecía el reflejo del barro que cubría las calles. Mi compañero estaba de un humor excelente y no dejó de disertar sobre los violines de Cremona y sobre las diferencias entre los Stradivarius y los Amati. Yo permanecía en silencio. El día gris y lo melancólico del asunto que nos ocupaba me hacían sentir bastante abatido.

—No parece preocuparle mucho el asunto que nos ocupa —dije finalmente interrumpiendo la conferencia musical de Holmes.

—No dispongo de ningún dato todavía —respondió—. Es un completo error ponerse a teorizar sin disponer de toda la información, pues predispone el juicio.

—Pronto tendrá todos los datos que desea —comenté señalando con el dedo—. Ésta es Brixton Road y, o mucho me equivoco, o esa es la casa en cuestión.

—Exacto. ¡Pare, cochero, pare! —estábamos todavía a unas cien yardas de la casa, pero Holmes insistió que bajásemos del coche allí mismo y que finalizásemos el camino a pie.

El número 3 de Lauriston Gardens tenía aspecto siniestro, de casa maldita. Era una más de cuatro casas que estaban algo apartadas de lo que era la calle en sí, dos habitadas y las otras dos vacías. Estas últimas ofrecían al exterior tres hileras de melancólicas ventanas vacías, huecos de aspecto deprimente en los que no había nada salvo una catarata de carteles en algunos de los lastimosos cristales en los que podía leerse «Se alquila». Un pequeño jardín salpicado de pequeñas erupciones de plantas raquíticas separaba cada casa de la calle. Atravesaba el jardín un camino amarillento y estrecho formado aparentemente por una mezcla de arcilla y gravilla. La lluvia caída a lo largo de toda la noche había convertido aquel sitio en un lugar muy resbaladizo. Un pequeño muro de ladrillo de tres pies de altura cercaba cada jardín y estaba rematado por una barandilla de madera sobre la que estaba apoyado un sólido oficial de policía, rodeado por un pequeño grupo de curiosos que se afanaban en estirar el cuello y se estaban dejando las pestañas en intentar vislumbrar lo que estaba sucediendo dentro de la casa.

Había imaginado que Sherlock Holmes correría al interior de la casa y se habría abalanzado de lleno a estudiar el misterio. Nada podía estar más lejos de la realidad. Con un aire de despreocupación que, dadas las circunstancias, a mí me parecía próximo a la afectación, se paseó por la calzada con la mirada perdida en el suelo, oteando el cielo, las casas de enfrente y los cercados. Una vez finalizó su escrutinio, continuó caminando despacio por el camino, o más bien por la hilera de césped que flanqueaba el camino, con los ojos pegados al suelo. Se detuvo en dos ocasiones y en una de ellas le vi sonreír y le oí dar una exclamación de satisfacción. Sobre el embarrado suelo había una gran cantidad de huellas, pero como la policía había estado caminando sobre ellas, no podía imaginar qué información pretendía extraer de ellas mi compañero. A pesar de eso, ya había tenido suficientes muestras de sus sorprendentes facultades perceptivas como para no tener ninguna duda de que él era capaz de ver cosas que a mí se me escapaban.

En la puerta de la casa nos recibió un hombre alto, de pelo muy rubio, casi blanco, que llevaba un cuaderno de notas en la mano y que se adelantó rápidamente a estrechar con efusividad la mano de mi compañero.

—Ha sido muy amable por su parte venir —dijo—, no he tocado nada.

—Excepto eso —dijo mi compañero señalando el sendero—. Ni una manada de búfalos salvajes habría causado mayor destrozo. Pero estoy completamente seguro, Gregson, que usted extrajo sus propias conclusiones antes de permitir algo así.

—Tenía mucho trabajo dentro de la casa —contestó evasivamente el detective—. Mi colega, el señor Lestrade, también está aquí. Confié en que él se ocuparía de ello.

Holmes me miró y arqueó las cejas, sardónico.

—Con dos hombres como usted y Lestrade en el asunto, no creo que un tercero tenga mucho que hacer aquí —dijo Holmes.

Gregson se frotó las manos con satisfacción.

—Creo que hemos hecho todo lo que podía hacerse —respondió—, pero es un caso extraño y sé que le gustan estas cosas.

—¿Vino usted en un coche? —preguntó Holmes.

—No, señor.

—¿Tampoco Lestrade?
—No, señor.
—En ese caso vayamos adentro y echemos un vistazo a la habitación —y tras un comentario tan poco consecuente entró en la casa seguido por un atónito Gregson.

Un pasillo de poca longitud lleno de polvo y sin ningún tipo de alfombra daba paso a la cocina y demás habitaciones. En él, a izquierda y derecha, se abrían dos puertas. Una de ellas llevaba cerrada muchas semanas. La otra pertenecía al comedor de la casa y era donde había tenido lugar el misterioso suceso. Holmes entró en el comedor y yo le seguí, sobrecogido ante la presencia de la muerte en aquella habitación.

Era una habitación cuadrada, amplia, y con aspecto de ser todavía mayor debido a la ausencia de muebles. Un papel pintado vulgar y chillón cubría las paredes y en algunas partes podían verse manchas de moho. En otras, grandes jirones de papel medio caído dejaban al descubierto el amarillento revoque de la pared original. Justo enfrente de la puerta había una ostentosa chimenea sobre la que había una repisa de falso mármol de color blanco. En una de sus esquinas quedaban los restos de una vela de color rojo. El cristal de la única ventana de la estancia estaba tan sucio que la luz que entraba era débil e incierta, dando una tonalidad de color grisáceo a todo lo que había allí dentro. Sensación que la gran cantidad de polvo que había por todas partes contribuía a intensificar.

Pero de todo esto fui consciente más tarde. En aquel momento mi atención se centraba sobre la solitaria e inmóvil figura, lúgubre, que estaba tumbada sobre las planchas de tarima del suelo y tenía los ojos fijos en el descolorido techo. Era un varón de unos cuarenta y tres o cuarenta y cuatro años, de mediana estatura, anchos hombros, áspero pelo rizado de color negro y barba de unos días. Vestía una amplia y pesada levita, chaleco, pantalones de color claro e inmaculados puños y cuello. Una chistera, en perfecto estado, estaba a su lado en el suelo. Tenía los puños apretados y los brazos separados del cuerpo, mientras que las piernas estaban entrelazadas entre sí, como si su muerte hubiese sido muy dolorosa. En su petrificado rostro vi una expresión de horror y, me dio la impresión, de odio, como jamás vi antes a ningún otro ser humano. La mueca en la que estaban contraídos sus rasgos, junto con la frente baja, la nariz aplastada y la prominente mandíbula, le daban el aspecto de un simio, idea que se veía reforzada por la forzada y poco natural postura de su cuerpo. He visto tomar a la muerte muchos aspectos, pero ninguno tan sobrecogedor como en aquella deprimente y oscura habitación que se asomaba a una de las principales arterias de los suburbios londinenses.

Lestrade, delgado y con más aspecto de hurón que nunca, permanecía junto al umbral y nos saludó a mi compañero y a mí.

—Este caso causará sensación, caballeros —comentó—. Supera con creces cualquier cosa que haya visto antes y no soy ningún pardillo.

—¿No hay ninguna pista? —preguntó Gregson.

—Ninguna en absoluto —dijo Lestrade.

Sherlock Holmes se aproximó al cuerpo y, arrodillándose, lo examinó profusamente.

—¿Están seguros de que no hay ninguna herida? —preguntó señalando la gran cantidad de gotas y pequeños charquitos de sangre que había por todas partes.

—Del todo —dijeron a la vez ambos detectives.

—En ese caso, obviamente, esta sangre pertenece a otro individuo. Presumiblemente al asesino, si es que se ha cometido un asesinato. Me recuerda las circunstancias que rodearon la muerte de Van Jansen en Utrecht en el año 34. ¿Recuerda usted el caso, Gregson?

—No, señor.

—Lea sobre él; sería muy conveniente que lo hiciera. No hay nada nuevo bajo el sol: todo se ha hecho ya antes.

Mientras hablaba, sus ágiles dedos volaban aquí y allí, por todas partes, palpando, presionando y examinándolo todo. Tenía en los ojos esa expresión ausente a la que ya he aludido. El examen que realizó fue tan veloz que era casi imposible creer la minuciosidad con la que había sido llevado a cabo. Para terminar, olisqueó los labios del cadáver y echó una mirada a las suelas de sus botas de charol.

—¿No le han movido? —preguntó.

—Sólo lo imprescindible para poder examinarle.

—Ya pueden llevarle al depósito —dijo—. Ya no hay nada más que podamos obtener de él.

Gregson tenía preparada una camilla y cuatro hombres. En cuanto les llamó entraron en la habitación, levantaron al desconocido y se lo llevaron. Al levantarle cayó un anillo que rodó por el suelo. Lestrade se apoderó de él y se quedó mirándolo fijamente, totalmente desconcertado.

—¡Aquí ha estado una mujer! —exclamó—. Es una alianza de mujer.

Al hablar, mostró el anillo sobre la palma de su mano. Nos acercamos a donde él estaba para poder verlo. No había ninguna duda de que aquel pequeño círculo liso de oro había adornado el dedo de una novia en alguna ocasión.

—Esto complica aún más las cosas —dijo Gregson—. Y Dios sabe que ya era todo bastante complicado.

—¿Está usted seguro de que no las simplifica? —observó Holmes—. No vamos a sacar nada en claro del anillo por mucho que lo miremos. ¿Qué encontraron en sus bolsillos?

—Está todo ahí —dijo Gregson señalando un montón de objetos apilados en uno de los últimos escalones de las escaleras—: Un reloj de oro, número 97163, fabricado por Barraud, de Londres. Cadena de oro tipo Albert, maciza y muy pesada. Anillo de oro con un detalle masónico. Alfiler de oro: la cabeza de un bulldog con ojos de rubíes. Tarjetero de piel rusa en el que hay tarjetas a nombre de Enoch J. Drebber de Cleveland, nombre que se corresponde con las iniciales E. J. D que aparecen bordadas en la ropa interior. No lleva monedero, pero sí dinero suelto: siete libras y trece peniques. Una edición de bolsillo del *Decamerón* en cuya guarda se lee el nombre de Joseph Stangerson. Dos cartas: una dirigida a E. J. Drebber y la otra a Joseph Stangerson.

—¿A qué dirección?

—La oficina de American Exchange en el Strand. Debían permanecer allí hasta que las recogieran. El remitente de ambas es la empresa Guion Steamship y el contenido hace referencia a la partida de los barcos de dicha empresa desde Liverpool. Es evidente que este desdichado hombre se disponía a regresar a Nueva York.

—¿Ha hecho alguna indagación respecto a este hombre, Stangerson?

—Lo hice de inmediato, caballero —dijo Gregson—. He enviado un anuncio a todos los periódicos y uno de mis hombres ha ido al American Exchange, pero no ha regresado todavía.

—¿Ha enviado algo a Cleveland?

—Telegrafiamos esta misma mañana.

—¿Y qué es lo que les ha dicho exactamente?

—Me limité a describir las circunstancias y a decir que agradeceríamos cualquier tipo de información que pudieran proporcionarnos al respecto.

—No ha pedido información concreta sobre ningún aspecto en particular que le haya parecido crucial?

—Pedí información sobre Stangerson.

—¿Y nada más? ¿No hay nada más que influya en este caso? ¿No piensa telegrafiarles de nuevo?

—Les he dicho todo lo que tenía que decirles —dijo Gregson en tono ofendido.

Sherlock Holmes se rió para sí y parecía a punto de hacer algún comentario cuando Lestrade, que había permanecido en la habitación principal mientras nosotros manteníamos esta conversación en el recibidor, reapareció de nuevo en el escenario frotándose las manos pomposamente con aire de satisfacción.

—Señor Gregson —dijo—, acabo de hacer un descubrimiento de la mayor importancia y que habría pasado inadvertido de no ser porque he hecho una cuidadosa inspección de las paredes.

Los ojos del hombrecillo resplandecían mientras nos hablaba y era evidente que el hecho de anotarse un tanto frente a su colega le hacía sentir una exultación que se esforzaba en disimular.

—Vengan aquí —dijo entrando atropelladamente de nuevo en la habitación, habitación de atmósfera más agradable ahora que habían retirado la sobrecogedora presencia de su inquilino—. ¡Pónganse aquí!

Encendió una cerilla y la acercó a la pared.

—¡Miren eso! —exclamó triunfalmente.

Ya he dicho que el papel se había despegado en algunos puntos. En este punto de la habitación en concreto, el jirón caído era bastante grande y dejaba al descubierto un cuadrado de yeso amarillo en cuyo espacio en blanco aparecía garabateada con sangre una única palabra:

RACHE

—¿Qué les parece? —dijo el detective con una actitud similar a la del jefe de pista de un circo al presentar su espectáculo—. Pasó inadvertido porque ésta es la esquina más oscura de la habitación y a nadie se le ocurrió inspeccionar por aquí. El asesino o asesina lo escribió con su propia sangre. Fíjense en el goterón que ha resbalado pared abajo. Esto descarta el suicidio. ¿Por qué eligió esta pared para escribir el mensaje? Se lo diré. Miren dónde está la vela sobre la repisa de la chimenea. En aquel momento estaba encendida y éste era el lugar más iluminado de la habitación en vez del más oscuro.

—Y ya que usted lo ha encontrado, ¿podría decirnos qué *significa*? —preguntó Gregson con algo de desprecio.

—¿Que qué significa? Hombre, significa que quien escribió el mensaje estaba a punto de escribir un nombre de mujer, Rachel, y que algo le impidió terminar de hacerlo. Recuerden mis palabras: cuando este caso se aclare, se descubrirá que una tal Rachel estaba involucrada en él. Ríase señor Holmes, ríase todo lo que quiera. Es usted muy inteligente y muy astuto, pero quien ríe el último, ríe mejor. Ya lo verá.

—Le ruego que me disculpe —dijo mi compañero, quien había despertado las iras del hombrecillo al estallar en un ataque de risa—. El mérito de haber encontrado esto es todo suyo. Y tiene usted razón al afirmar que lo escribió el otro participante en los misteriosos sucesos de anoche. Todavía no he tenido oportunidad de examinar esta habitación, pero si me lo permiten, lo haré ahora mismo.

Mientras decía esto, sacó de su bolsillo una cinta métrica y una enorme lupa redonda. Armado con ambos instrumentos comenzó a caminar sin levantar ruido por toda la habitación. En ocasiones se detenía, en ocasiones se arrodillaba y una vez se tiró boca abajo cuan largo era sobre el suelo. Estaba tan concentrado en lo que hacía que parecía haberse olvidado de que estábamos allí; no dejaba de hablar entre dientes consigo mismo, lanzando una retahíla constante de exclamaciones, gruñidos y lo que parecían esperanzadores grititos de ánimo. Al mirarle no podía evitar pensar en un buen perro de caza de pura sangre que se mueve arriba y abajo por la espesura y que en su entusiasmo no deja de gimotear hasta que no encuentra el rastro perdido. Su investigación se prolongó durante unos veinte minutos en los que midió con exactitud la distancia entre marcas que eran del todo invisibles a mis ojos; en ocasiones, aplicó de la misma manera incomprensible la cinta métrica sobre las paredes. En un lugar en concreto tomó cuidadosamente una pequeña muestra de polvo gris del suelo y la introdujo en un sobre. Finalmente, examinó con su lupa la palabra escrita en la pared, desplazándose cuidadosamente sobre cada uno de los trazos de cada letra. Una vez terminó, parecía estar satisfecho, pues guardó su lupa y su cinta métrica de nuevo en su bolsillo.

—Dicen que la genialidad consiste en una infinita capacidad para tomarse molestias —comentó sonriendo—. Es una mala definición, pero sí es válida aplicada al trabajo de un detective.

Gregson y Lestrade habían observado las andanzas de su compañero no profesional con bastante curiosidad y no poco desprecio. Evidentemente, todavía no se habían dado cuenta de algo de lo que yo ya empezaba a ser consciente: hasta la más ínfima de las acciones de Holmes tenía un objetivo de índole práctica y bien definido.

—¿Qué opina usted? —preguntaron los dos.

—Les robaría el mérito si creyera que voy a poder servirles de ayuda —respondió mi amigo—. Lo están haciendo ustedes tan bien que si alguien se entremetiera en su trabajo sólo conseguiría hacer el ridículo —era imposible no percibir el sarcasmo de su voz—. Si son tan amables de mantenerme al tanto de sus investigaciones —continuó—, sería para mí un placer poder serles de ayuda. Mientras tanto, me gustaría poder hablar con el policía que descubrió el cuerpo. ¿Podrían proporcionarme su nombre y dirección?

Lestrade consultó su cuaderno de notas.

—John Rance —dijo—. Ahora mismo está fuera de servicio. Le encontrará en Audley Court, número 46, Kennington Park Gate.

Holmes apuntó la dirección.

—Vamos doctor —me dijo—, vayamos a conocerle. Les diré algo que puede que les resulte útil —dijo a los dos detectives—. Se ha cometido un asesinato y el asesino ha sido un hombre de más de seis pies de estatura y en la flor de la vida, sus pies son algo pequeños para su altura, lleva botas bastas de puntera cuadrada y fuma puros de tabaco Trichinopoly. Llegó hasta aquí con su víctima en un carruaje de cuatro ruedas del que tiraba un caballo con tres herraduras viejas y una nueva en su pata delantera derecha. Probablemente el rostro del asesino es rojizo y lleva las uñas de su mano derecha bastante largas. Son sólo unas pocas pistas, pero confío en que les serán de utilidad.

Lestrade y Gregson se miraron el uno al otro sonriendo incrédulamente.

—Si han asesinado a este hombre, ¿cómo lo hicieron? —preguntó el primero.

—Veneno —respondió brevemente Holmes. Y salió de allí—. Sólo una cosa más, Lestrade —añadió girándose al llegar a la puerta—: «Rache» significa «venganza» en alemán; no pierda su tiempo buscando a una dama llamada Rachel.

Y con este último disparo salió de allí, dejando detrás de sí a los dos enfrentados detectives boquiabiertos.

4. LO QUE SABÍA JOHN RANCE

Era la una en punto cuando nos marchamos del número 3 de Lauriston Gardens. Sherlock Holmes me llevó hasta la oficina de correos más cercana y allí envió un largo telegrama. Entonces buscó un coche y ordenó al cochero que nos llevara a la dirección que le había proporcionado Lestrade.

—No hay nada como inspeccionar uno mismo las pruebas —dijo—; de hecho, he resuelto por completo lo sucedido, pero es posible que quede por ahí algún dato que desconozco.

—Me sorprende usted, Holmes —le dije—. Es imposible que esté usted seguro de los detalles que ha proporcionado.

—No hay lugar a dudas —respondió—. De lo primero que me di cuenta al llegar es de que por allí había pasado dos veces un carruaje que había mantenido las ruedas próximas a la curva. Hasta anoche, hacía una semana que no llovía, así que las ruedas que dejaron unas huellas tan profundas tuvieron que pasar por allí anoche. Se apreciaban también las herraduras del caballo, uno de cuyos perfiles se veía con más nitidez que los demás, cosa que indica que se trataba de una herradura nueva. Ya que el carruaje llegó allí después de que comenzase a llover, y tenemos la palabra de Gregson de que por la mañana ya no estaba allí, concluí que fue en ese coche en el que llegaron ambos individuos a la casa.

—Eso parece sencillo de descubrir —dije—. Pero ¿cómo puede saber la estatura de ese tipo?

—Bueno, nueve de cada diez veces es posible estimar la estatura de un hombre a partir de la longitud de su zancada. Es un cálculo muy sencillo, pero no le voy a aburrir con números. He visto la zancada de este hombre en el barro que hay fuera de la casa y en el polvo del interior. Además tuve oportunidad de comprobar la veracidad de mi cálculo: cuando un hombre escribe en una pared, tiende a hacerlo instintivamente a la altura de sus propios ojos. Esa palabra estaba exactamente a seis pies del suelo. Ha sido un juego de niños.

—¿Y su edad? —pregunté.

—Un hombre que es capaz de saltar sin esfuerzo una longitud de cuatro pies y medio no puede ser muy anciano. Ésa es la anchura de uno de los charcos del jardín por el que, sin ninguna duda, pasó por encima. Las botas de charol lo rodearon y las de puntera cuadrada pasaron por encima. No hay ningún misterio en ello. Me limito a aplicar a la vida cotidiana los principios de observación y deducción a los que hacía referencia en ese artículo. ¿Hay algo más que le intrigue?

—La longitud de las uñas y el tabaco Trichinopoly.

—La palabra de la pared la escribió el índice de un varón mojado en sangre. Pude observar con mi lupa que al hacerlo arañó ligeramente el yeso de la pared, lo que no habría sucedido si las uñas del hombre fuesen recortadas. Y recogí algo de ceniza del suelo, esponjosa y oscura. Sólo el tabaco Trichinopoly deja ese tipo de ceniza. Me he dedicado a estudiar la ceniza que deja el tabaco. De hecho, he escrito una breve monografía al respecto. Presumo de poder reconocer a simple vista la ceniza dejada por cualquier marca conocida de cigarrillos o puros. Éstos son los detalles que distinguen a un buen detective de Gregson y Lestrade.

—¿Y lo del rostro rojizo? —pregunté.

—Eso ha sido algo más arriesgado, aunque no tengo ni la menor duda de que es una afirmación correcta. De todas formas, dado el punto en el que nos encontramos de la investigación, no debe preguntarme sobre ello.

Me pasé una mano por la frente.

—Me va a estallar la cabeza —dije—; cuanto más se piensa en ello, más misterioso resulta todo. ¿Por qué fueron esos dos hombres, si es que se trata de dos hombres, a una casa deshabitada? ¿Qué ha sido del cochero que les llevó hasta allí? ¿Cómo pudo uno de los hombres obligar al otro a tomar el veneno? ¿De dónde salió la sangre? ¿Qué pretendía el asesino, ya que descartamos el robo como móvil? ¿Qué pinta una alianza de mujer en todo este asunto? Y por encima de todo, ¿por qué escribió el segundo hombre antes de desaparecer la palabra RACHE en alemán? Confieso que no veo cómo aunar todos estos hechos.

Mi compañero sonrió, aprobador.

—Acaba de resumir todas las dificultades del caso de forma concisa y correcta —dijo—. Quedan todavía muchos puntos oscuros, aunque estoy bastante seguro de lo que ha sucedido. Y por lo que respecta al descubrimiento del pobre Lestrade, es un pueril intento de despistar a la policía sugiriendo la implicación de elementos socialistas y sociedades secretas en el asunto. No lo hizo un alemán. No sé si se fijó en que la letra A estaba escrita imitando la manera teutona de escribir esa letra. Ahora bien, un alemán auténtico escribe siempre en caracteres latinos; de donde podemos concluir con seguridad que no lo escribió uno de ellos, sino un imitador torpe que se sobreexcedió en su papel. Es un mero intento para desviar la investigación hacia canales erróneos. No voy a darle más detalles del caso, doctor. Como usted sabe, un mago pierde su encanto una vez desvela todos sus trucos. Y si le cuento mucho más acerca de mis métodos de trabajo, va a llegar usted a la conclusión de que soy, después de todo, un individuo bastante vulgar y corriente.

—Eso no sucederá nunca —respondí—, ha conseguido convertir la investigación en lo más próximo posible a una ciencia exacta.

Mis palabras y la sinceridad con que las pronuncié hicieron sonrojar de placer a mi compañero. Ya me había dado cuenta de que era sensible a los halagos respecto a sus habilidades de la misma manera que a una jovencita le gusta que alaben su belleza.

—Le diré una cosa más —dijo—: Las botas de charol y las de puntera cuadrada llegaron a la casa en el mismo coche y caminaron amistosamente por el sendero; probablemente iban cogidos del brazo. Una vez dentro, caminaron arriba y abajo por la habitación. Mejor dicho, el de las botas de puntera cuadrada caminó arriba y abajo mientras que el de las botas de charol permaneció de pie sin moverse. Lo vi en el polvo del suelo. Además, a medida que pasaba el tiempo, se excitaba cada vez más, pues sus zancadas aumentan de longitud. Habló sin parar hasta que estuvo realmente furioso. Y entonces sucedió la tragedia. Le he contado todo lo que sé, todo lo demás son meras conjeturas. Pero tenemos una buena base de partida para comenzar a trabajar. Tenemos que darnos prisa, pues quiero asistir esta tarde al concierto de Hallé interpretado por Norman-Neruda.

Esta conversación había tenido lugar mientras el coche recorría míseras callejuelas y tristes zonas apartadas. Al llegar a la calle más triste y mísera de todas, el coche se detuvo.

—Esa de ahí es Audley Court —dijo el cochero señalando una estrecha abertura entre las casas de mortecinos ladrillos—. Les espero aquí.

Audley Court no era un lugar acogedor. El estrecho pasadizo nos condujo a un cuadrado pavimentado con losetas y rodeado de sórdidas viviendas. Nos abrimos paso entre sucios chiquillos e hileras de ropa desteñida, hasta que conseguimos llegar al número 46, puerta que estaba decorada con una placa de color dorado en la que aparecía grabado el nombre Rance. Nos dijeron que el oficial de policía estaba en la cama y nos condujeron hasta un saloncito para que esperásemos a que apareciera.

Apareció de inmediato, irritado por haber sido molestado durante su sueño.

—Ya hice mi informe en la comisaría —dijo.

Holmes sacó medio soberano de su bolsillo y empezó a juguetear pensativamente con él.

—Pensamos que nos gustaría oírlo de sus propios labios —dijo.

—Me complacerá contarles todo lo que sé —dijo el policía con los ojos fijos en el pequeño círculo dorado.

—Cuéntenos con sus propias palabras lo que sucedió.

Rance se sentó en el sofá de pelo de caballo y frunció las cejas como si se esforzase por no olvidar nada de lo sucedido.

—Les contaré todo desde el principio —dijo—. Mi turno es de las diez de la noche a las seis de la mañana. A las once hubo una bronca en White Hart; pero, salvo eso, estaba todo bastante tranquilo. A la una empezó a llover y me encontré con Harry Murcher, que es quien hace la ronda por Holland Grove. Estuvimos hablando un rato en la esquina de Henrietta Street. A eso de las dos o quizá un poco más tarde, pensé que debía echar un vistazo por Brixton Road. Estaba completamente vacía. No vi ni a un alma, aunque uno o dos coches pasaron por mi lado. Caminaba por allí, entre nosotros les diré que estaba pensando lo bien que me sentaría un trago de ginebra, cuando me llamó la atención una luz a través de una de las ventanas de esa casa. Sabía que esas dos casas de Lauriston Gardens están deshabitadas porque el dueño se niega a reparar los desagües a pesar de que el último inquilino murió de fiebres tifoideas. Me sorprendió por tanto ver luz allí y pensé que algo no marchaba bien. Cuando llegué a la puerta...

—Se detuvo y regresó a la puerta del jardín —le interrumpió mi compañero—. ¿Por qué lo hizo?

Rance saltó violentamente y miró fijamente a Holmes vivamente sorprendido.

—Caramba, señor, es cierto, así fue —dijo—. Aunque sólo el cielo sabe cómo lo sabe usted. Verá, cuando llegué a la puerta todo seguía tan tranquilo y solitario que yo pensé que no me pasaría nada por ir allí dentro con alguien. No tengo miedo de nada que esté a este lado de la tumba, pero pensé que quizá el tipo que había muerto de fiebres tifoideas andaba revisando los desagües que le mataron. Me puse malo de pensarlo y retrocedí hacia la verja para intentar ver con la linterna de Murcher, pero no había ni rastro de él ni de nadie más.

—¿No había nadie por la calle?

—Ni un alma, señor, ni siquiera un perro. Hice un esfuerzo y volví de nuevo a la puerta de la casa y abrí la puerta. Dentro no se oía nada, así que fui a la habitación en la que ardía la vela. Sobre la repisa de la chimenea temblaba la llama de una vela, una de cera roja, y bajo su luz vi...

—Sí, sé lo que vio. Caminó alrededor de la habitación varias veces, se arrodilló al lado del cadáver y cruzó la habitación para intentar abrir la puerta de la cocina, y entonces...

John Rance se puso en pie de un salto, con la sospecha en sus ojos y cara de asustado.

—¿Dónde estaba escondido para poder ver todo eso? —gritó—. Me parece que sabe mucho más de lo que debería saber.

Holmes se rió y lanzó su tarjeta por encima de la mesa hacia el policía.

—No me detenga como autor del asesinato —dijo—. Yo soy uno de los buenos; los señores Gregson y Lestrade se lo confirmarán.

—Continúe, por favor: ¿qué hizo a continuación?

Rance se sentó de nuevo aunque no perdió su expresión atónita.

—Regresé a la puerta del jardín e hice sonar mi silbato. Eso hizo aparecer a Murcher y a otros dos allí.

—¿Seguía la calle vacía?

—Sí, por lo que respecta a gente que fuese útil.

—¿Qué significa eso?

La cara del policía se iluminó con una sonrisa.

—He visto a muchos borrachos en mi vida, pero a nadie con una cogorza como la de ese tipo. Estaba apoyándose en los listones de la verja cuando salí de nuevo a la calle y berreaba a pleno pulmón algo sobre el nuevo estandarte de *Colombina* o una canción similar. No podía ni sostenerse en pie, así que bastante menos servir de ayuda.

—¿Cómo era ese hombre? —preguntó Sherlock Holmes.

John Rance parecía molesto por esta interrupción.

—Era un hombre excepcionalmente borracho. De no ser por el lío que teníamos, habría acabado con sus huesos en comisaría.

—Su cara, su ropa, ¿no se fijó en nada de eso? —interrumpió Holmes impacientemente.

—Teniendo en cuenta que entre Murcher y yo tuvimos que tirar de él, sí creo que me fijé en eso. Era un tipo largo, con la cara colorada y la mitad inferior de ella envuelta...

—Eso basta —dijo Holmes—. ¿Qué fue de él?

—Teníamos bastantes cosas que hacer como para ocuparnos de él —contestó ofendido el policía—. Apuesto a que encontró solito el camino de vuelta a casa.

—¿Cómo iba vestido?

—Llevaba un abrigo marrón.

—¿Llevaba un látigo en la mano?

—¿Un látigo? No.

—Debió dejarlo atrás —musitó mi compañero.

—¿Vio u oyó algún carruaje después de ese incidente?

—No.

—Aquí tiene su medio soberano —dijo mi compañero poniéndose en pie y cogiendo su sombrero—. Me temo, Rance, que nunca ascenderá en el cuerpo. Esa cabeza suya sería igual de útil como pisapapeles que sobre sus hombros. Anoche tuvo la oportunidad de ganarse sus galones de sargento. Ese hombre que tuvo a su merced es el que posee la llave del misterio y es el hombre que estamos buscando. No tiene sentido darle vueltas. Marchémonos, doctor.

Fuimos hacia el coche, dejando a nuestro interrogado con cara de incredulidad, pero visiblemente incómodo.

—¡El muy idiota! —exclamó amargamente Holmes mientras regresábamos a casa—. Pensar que tuvo tamaño golpe de suerte y no fue capaz de aprovecharlo...

—Sigo en tinieblas. Cierto es que la descripción de ese hombre coincide con la que hizo usted del segundo protagonista de este misterio, pero no comprendo por qué había regresado a la casa. Un criminal no hace eso.

—El anillo, amigo mío, el anillo: por eso regresó. Si no somos capaces de dar con él por otros medios, siempre podremos usar el anillo como cebo. Le cogeré, doctor, le apuesto dos a uno a que le cojo. Debo darle las gracias por todo esto. De no haber sido por usted me habría perdido uno de los estudios más delicados con los que me he topado jamás: un estudio en escarlata. ¿Y por qué no habríamos de utilizar jerga artística para referirnos a este asunto? El cabo escarlata del crimen se entrelaza con la incolora madeja de la vida y nuestra misión es descubrirlo, aislarlo y darlo a conocer. Ahora, comamos y después Norman-Neruda. Su forma de atacar y de manejar el arco es espléndida. ¿Qué pieza de Chopin es la que toca tan extraordinariamente bien: tra-la-la-lira-la?

Y el sabueso aficionado se recostó en el asiento del coche cantando como un jilguero mientras yo reflexionaba sobre las innumerables facetas de la personalidad humana.

5. NUESTRO ANUNCIO ATRAE A UN VISITANTE

La actividad que desarrollamos a lo largo de toda la mañana fue excesiva para mi débil salud y por la tarde estaba completamente agotado. Después de que Holmes se marchase al concierto, me tumbé en el sofá y me dispuse a dormir durante un par de horas. Fue totalmente inútil. Mi mente estaba excesivamente excitada por todo lo ocurrido y a ella llegaban las ideas y suposiciones más descabelladas. Cada vez que cerraba los ojos veía delante de mí la cara deforme y de expresión simiesca del hombre asesinado. Me producía una impresión tan siniestra que no podía evitar sentir gratitud hacia el hombre que había eliminado a su propietario de este mundo. Si en alguna ocasión los rasgos de un rostro han delatado la corrupción de su propietario, han sido sin duda los de Enoch J. Drebber, originario de Cleveland. A pesar de ello, sé que debe hacerse justicia y que el que la víctima sea un depravado no justifica su asesinato.

Cuanto más pensaba sobre ello, más me asombraba la hipótesis de envenenamiento que sostenía mi compañero. Recordaba cómo había olido sus labios y estaba seguro de que había percibido algo que le había sugerido esa idea. Además, si no se trataba de un veneno, ¿cuál había sido la causa de la muerte? El cadáver no presentaba heridas ni huellas de estrangulamiento. Pero por otro lado ¿a quién pertenecía la sangre que tan abundantemente había por el suelo? No había señales de que se hubiese producido una pelea ni la víctima llevaba encima ningún arma con la que pudiese haber herido a su agresor. Tuve la impresión de que no conseguiría dormir con facilidad, ni Holmes tampoco, mientras todas estas cuestiones estuviesen sin resolver. Su seguridad y su tranquilidad me hacían pensar que había conseguido llegar a una explicación que tenía en cuenta todos los hechos. Aunque yo no fuese capaz de imaginar de qué podría tratarse.

Holmes tardó mucho en regresar a casa, tanto que era imposible que el concierto le hubiese entretenido durante todo ese tiempo. La cena llevaba servida algún rato cuando llegó.

—Ha sido un concierto magnífico —dijo al sentarse—. ¿Recuerda lo que dice Darwin acerca de la música? Él afirma que los humanos poseemos la capacidad para apreciarla desde antes de tener el don de la palabra. Quizá por eso su influencia en nosotros es tan sutil: conservamos en nuestras almas los recuerdos borrosos de esos siglos lejanos en los que el mundo comenzó a existir.

—Ésa es una interpretación un tanto libre —comenté.

—Nuestra mente debe ser tan libre como la propia naturaleza si ansiamos comprenderla —respondió—. ¿Qué le sucede? Parece que este asunto de Brixton Road le ha afectado.

—Pues para ser sincero, así ha sido —dije—. Debería ser más fuerte tras haber pasado por lo que pasé en Afganistán. En la batalla de Maiwand vi cómo destrozaban a mis propios camaradas sin perder los nervios.

—Lo entiendo. El misterio que rodea a este caso estimula la imaginación, y sin imaginación no hay horror. ¿Ha visto el periódico de la tarde?

—No.

—Trae un resumen bastante bueno de los hechos. Y no dice nada de que rodara por el suelo una alianza de mujer cuando se levantó el cadáver. Y eso está muy bien.

—¿Por qué?

—Mire este anuncio —respondió—. Esta mañana, justo después de enterarnos de este asunto, envié uno a cada periódico.

Me acercó el periódico y miré donde me había indicado. Era el primer anuncio que podía leerse en la columna de «Encontrado». El anuncio decía así: «Esta mañana en Brixton Road, alianza de mujer de oro liso, en la calzada entre la taberna White Hart y el jardín Holandés. Acúdase al domicilio del doctor Watson, Baker Street 221B, entre las ocho y las nueve de la noche de hoy.»

—Disculpe que haya utilizado su nombre —dijo—, pero si utilizo el mío, alguno de esos cabeza de chorlito podría verlo y seguro que intentarían inmiscuirse en el asunto.

—No se preocupe —respondí—. «Pero suponiendo que aparezca alguien por aquí, yo no tengo ningún anillo.

—Oh sí, sí lo tiene —me dijo dándome uno—. Éste servirá. Es prácticamente un calco del otro.

—¿Y quién cree que responderá a este anuncio?

—Naturalmente, el hombre del abrigo marrón, nuestro amigo de rostro rojizo y botas de puntera cuadrada. Si no viene en persona, enviará a algún cómplice.

—¿No creerá que es demasiado peligroso?

—En absoluto. Si mi interpretación del caso es correcta, y tengo motivos para creer que así es, correrá cualquier riesgo con tal de recuperar el anillo. Sospecho que se le cayó al inclinarse sobre Drebber y que no se dio cuenta de ello en ese momento. Una vez estuvo fuera de la casa, se dio cuenta de que lo había perdido y corrió de vuelta a la casa, pero se encontró con que, debido a su propio despiste, había dejado la vela encendida y que eso había atraído a la policía al lugar. Lo único que pudo hacer fue fingir que estaba borracho para evitar las sospechas que su presencia en la puerta habría levantado. Póngase ahora en el lugar de este hombre. Al hacer memoria de lo sucedido se le habrá ocurrido que tal vez perdió el anillo en la calle después de marcharse de la casa. ¿Qué haría entonces? Mirar ávidamente si se ha publicado en los periódicos de la tarde un anuncio en el que se comunique que se ha encontrado el anillo. Sin duda sus ojos se posarán sobre este anuncio y se alegrará enormemente. ¿Por qué habría de sospechar que se trata de una trampa? A sus ojos, no hay manera de relacionar el asesinato con este anillo. Y vendría. Vendrá. Le verá aquí dentro de una hora.

—¿Y entonces?

—Déjeme a mí. ¿Tiene algún tipo de arma?

—Tengo mi antiguo revólver reglamentario y unos pocos cartuchos.

—Será mejor que lo limpie y lo cargue. Es un hombre dispuesto a todo, y aunque le pillaremos por sorpresa, es mejor estar preparados.

Fui a mi dormitorio y seguí su consejo. Cuando regresé con la pistola habían recogido la mesa y Holmes estaba ocupado con su pasatiempo favorito: rasguear el violín.

—La cosa se complica —me dijo cuando entré—. Acabo de recibir la respuesta al telegrama que envié a Estados Unidos. Mi percepción del caso es correcta.

—¿Y es? —pregunté ansiosamente.

—A mi violín le sentarían estupendamente unas cuerdas nuevas —comentó—. Guarde su revólver en el bolsillo. Cuando ese tipo aparezca, háblele con toda normalidad. Deje que yo haga el resto. No le asuste por mirarle con excesivo interés.

—Son las ocho en punto —dije mirando mi reloj.

—Sí. Probablemente llegue en unos minutos. Abra ligeramente la puerta. Así está bien. Ponga la llave por dentro. ¡Gracias! Ayer encontré este libro tan inusual en un puesto callejero, *De Jure inter*

Gentes, publicado en latín en el año 1642 en Lieja, Países Bajos. El viejo Carlos tenía todavía la cabeza firme sobre sus hombros cuando este pequeño volumen marrón vio la luz.

—¿Quién lo publicó?

—Philippe de Croy, quienquiera que fuese. En la guarda puede leerse: «Ex libris Gulielmi Whyte». Me gustaría saber quién fue este William Whyte. Algún pragmático hombre de leyes del siglo diecisiete, supongo. Su caligrafía tiene un cierto aire legal. Creo que ahí viene nuestro hombre.

Mientras hablaba, se oyó un timbrazo seco en la puerta. Sherlock Holmes se levantó rápidamente y orientó su silla hacia la puerta. Oímos caminar a la criada a lo largo del recibidor y el seco ruido del pasador que ella descorrió para abrir la puerta.

—¿Vive aquí el doctor Watson? —preguntó una voz clara y algo ronca. No pudimos escuchar la respuesta de la criada, pero la puerta se cerró y alguien comenzó a subir por las escaleras. Las pisadas eran poco firmes y parecía que quien subía arrastraba un poco los pies. Mi compañero puso cara de sorpresa al escucharlo. Avanzó lentamente por el pasillo y oímos golpear débilmente a la puerta.

—Adelante —dije.

Y en vez del hombre violento que esperábamos, fue una mujer vieja y con la cara llena de arrugas quien entró cojeando en nuestro apartamento. Parecía deslumbrada por la fuerte iluminación y, después de hacer una pequeña reverencia, se nos quedó mirando sin dejar de pestañear. Tenía los ojos llorosos y las manos se movían nerviosamente dentro de los bolsillos. Miré a mi compañero y vi tal expresión de desconsuelo en su rostro que me costó trabajo mantener la compostura.

La vieja sacó un periódico vespertino y señaló nuestro anuncio.

—Es esto lo que me ha traído hasta aquí, amables caballeros —dijo, dejando caer otra reverencia—; la alianza de oro de Brixton Road. Pertenece a mi hija Sally, que se casó hace tan sólo doce meses. Su marido es marinero a bordo de uno de los barcos de la Unión y no quiero ni pensar cómo se pondría si regresa a casa y ella no lleva la alianza. Ya es bastante bruto cuando está de buenas, pero es mucho peor si ha bebido. Ella estuvo anoche en el circo con...

—¿Es éste el anillo de su hija? —pregunté.

—¡El señor sea loado! —exclamó la vieja—. Sally será una mujer feliz esta noche. ¡Ése es su anillo!

—¿Me dice su domicilio, por favor? —solicité cogiendo un lápiz.

—Duncan Street, número 13, Houndsditch. Bastante lejos de aquí.

—Brixton Road no está entre ningún circo y Houndsditch —dijo Holmes secamente.

La vieja giró la cabeza y le miró con franqueza desde sus pequeños ojos de borde rojizo.

—Este caballero me ha preguntado dónde vivo *yo* —respondió—. Sally vive en el número 3 de Mayfield Place en Peckham.

—¿Y su nombre es...?

—Mi apellido es Sawyer; el de ella es Dennis desde que se casó con Tom Dennis. Un tipo estupendo y de fiar mientras está embarcado y no hay mejor marinero que él en toda la compañía. Pero cuando desembarca, el alcohol y las pelanduscas...

—Tenga su anillo, señora Sawyer —la interrumpí obedeciendo a una señal de mi compañero—; es evidente que pertenece a su hija y me complace poder devolverlo a su legítimo dueño.

Tras muchas muestras de gratitud y murmurando gran cantidad de bendiciones, la vieja se guardó la alianza en el bolsillo y se arrastró escaleras abajo. Sherlock Holmes se puso en pie de un salto tan pronto ella salió y corrió dentro de su dormitorio. Segundos después salió envuelto en un grueso abrigo de esos que llaman ruso y una chalina.

—La seguiré —dijo apresuradamente—; debe ser un cómplice que me llevará hasta él. Espéreme levantado.

La puerta principal de la casa acababa de cerrarse detrás de nuestra visitante cuando Holmes se precipitaba ya escalera abajo. Miré por la ventana y pude ver cómo ella caminaba inestablemente por la otra acera con su perseguidor tras ella a algo de distancia. «O bien su teoría es completamente incorrecta», pensé para mí, «o se dirige al meollo de todo este misterio.» No había ninguna necesidad de que me pidiese que le esperase levantado, pues me resultaba completamente inútil intentar dormir hasta haber oído cómo terminaba su aventura.

Eran casi las nueve cuando se marchó. No tenía ni idea de cuánto tardaría en volver, así que me senté tranquilamente a fumar mi pipa y hojear un ejemplar de la *Vie de Bohème*, de Henri Murger. A las diez en punto oí los pasos de la doncella dirigiéndose a su dormitorio. A las once, los pasos más majestuosos de la dueña pasaron por delante de mi puerta con idéntico destino. Eran casi las doce cuando oí el sonoro chasquido del pasador de la puerta de la calle. Tan pronto como entró vi en su cara que su aventura no había sido exitosa. Se debatía entre la risa y el disgusto y finalmente ganó la primera y Holmes rompió en una abierta carcajada.

—No quisiera que los de Scotland Yard se enteraran por nada del mundo —exclamó dejándose caer en un sillón—; me he burlado tanto de ellos que no quiero ni imaginarme lo que durarían sus bromas. Puedo permitirme el reírme de ello porque sé que antes o después me haré justicia.

—¿Qué ha pasado? —pregunté.

—Bien, no tengo inconveniente en contar algo que demuestra que no soy perfecto. Ese ser no llevaba mucho tiempo caminando cuando empezó a cojear y a dar muestras de no poder caminar mucho más. El caso es que se detuvo y llamó a un carruaje de cuatro ruedas que acertaba a pasar por allí en aquel momento. Yo estaba cerca de ella y escuché la dirección que daba al cochero; pero no hubiese hecho falta que me tomase tantas molestias, ya que berreó tanto, que hubiese podido oír lo que dijo desde la acera de enfrente: «Al número 13 de Duncan Street en Houndsditch», dijo. Y yo pensé: parece que cuadra con lo que nos ha dicho. Como había visto que ella montaba en el interior del coche, me enganché a la parte posterior del mismo. Esto último es algo que todos los detectives deberían aprender a hacer. Y bien, allá que fuimos, traqueteando y sin aminorar la marcha hasta que llegamos a la calle en cuestión. Salté del coche antes de llegar al número indicado y me puse a caminar despreocupadamente por la calle. Vi detenerse el coche. El cochero bajó del pescante y vi cómo abría la portezuela y permanecía a la espera. No descendió nadie. Cuando llegué a su altura, el cochero estaba dejando patas arriba el interior del vacío carruaje y desgranando la retahíla de maldiciones más impresionante que he escuchado jamás. No había ni rastro de su pasajera y me temo que pasará mucho tiempo antes de que pueda cobrar su carrera. Cuando fuimos a investigar al número 13 de esa calle, descubrimos que su dueño es un respetable empapelador de nombre Keswick que jamás ha oído hablar de nadie llamado Sawyer o Dennis.

—¿Me está diciendo —pregunté completamente anonadado— que esa frágil e inestable anciana fue capaz de saltar del coche en marcha sin que usted se diese cuenta?

—¡Al diablo con la anciana! —dijo cortante Sherlock Holmes—. Nosotros fuimos las ancianas timadas. Era un hombre joven y en forma. Por no mencionar que un actor excelente. El disfraz era inmejorable. Sin duda alguna, se dio cuenta de que le seguía y me dio esquinazo. Esto demuestra que nuestro hombre no está tan solo como yo pensaba, sino que tiene amigos dispuestos a arriesgarse por él. Doctor, tiene usted mal aspecto. Hágame caso y váyase a dormir.

La verdad es que estaba agotado, así que hice caso de lo que me decía. Le dejé sentado delante de las ascuas que quedaban del fuego de la chimenea. Bien avanzada la noche, escuché los graves y melancólicos lamentos de su violín y supe que Holmes seguía meditando el extraño problema que se había propuesto resolver.

6. TOBÍAS GREGSON DEMUESTRA DE LO QUE ES CAPAZ

Los periódicos del día siguiente contenían un montón de artículos respecto a lo que habían bautizado como «el misterio de Brixton». En cada uno de ellos aparecía un largo relato de los hechos e incluso alguno de los diarios dedicaba parte del editorial a este caso. Algunos de los datos que proporcionaban eran completamente novedosos para mí. Todavía conservo en mi álbum algunos recortes de artículos y fragmentos de artículos que se dedicaron al tema. A continuación incluyo un breve resumen de algunos de ellos:

El *Daily Telegraph* hacía hincapié en que en los anales del crimen rara vez se había producido un caso con unas particularidades tan extrañas como las de éste. El apellido alemán de la víctima, la ausencia de cualquier otro móvil y la siniestra palabra escrita en la pared, todo ello parecía indicar que los responsables de este acto eran refugiados políticos y revolucionarios. Los socialistas habían conseguido asentarse en Norteamérica y el fallecido había, sin duda alguna, infringido alguna de sus normas no escritas y le habían perseguido hasta nuestro país. Y después de mencionar con gran vehemencia a la Vehmgericht, agua tofana, Carbinari, el marquesado de Brinvilliers, las teorías de Darwin, los principios de Malthus y los asesinatos de Ratcliff Highway, el artículo concluía con una severa advertencia al Gobierno y con la demanda de medidas de vigilancia más estrictas sobre los inmigrantes de este país.

El periódico *Standard* comentaba que los actos criminales de este tipo suelen producirse bajo gobiernos liberales y que el origen de estos hechos hay que buscarlo en los agitadores de masas y el consecuente debilitamiento de la autoridad. El fallecido era un caballero americano que llevaba unas pocas semanas residiendo en nuestra metrópoli, alojado en la residencia de Madame Charpentier, en Torquay Terrace, Camberwell. Le acompañaba en su viaje su secretario personal, el señor Stangerson. Ambos se despidieron de su casera el día 4 del presente mes, martes, y fueron a la estación de

Euston. Su intención era coger el expreso a Liverpool. Más tarde se les vio juntos en el andén. Y se pierde su pista hasta que, como se recordará, se encontró el cadáver de el señor Drebber en una casa abandonada de Brixton Road, a muchas millas de distancia de Euston. Cómo llegó allí y cómo encontró su trágico destino, sigue siendo un misterio. Se desconoce el paradero de Stangerson. Nos complace saber que son los detectives de Scotland Yard Gregson y Lestrade quienes se encargan de este caso y confiamos que estos conocidos investigadores arrojen muy pronto luz sobre este asunto.

El *Daily News* señalaba que no había ni la menor duda de que estábamos ante un crimen de móvil político. El despotismo y el odio que actuaban como motor de los gobiernos de la Europa continental habían originado la llegada a nuestras costas de muchos hombres que habrían sido ciudadanos ejemplares a no ser por los horrorosos recuerdos de las atrocidades vividas que les atormentaban. Entre estos hombres existía un estricto código de honor y cualquier infracción de este último se pagaba con la vida. No debían escatimarse esfuerzos a la hora de localizar al secretario, el señor Stangerson, para que éste confirmase algunos hábitos del finado. El descubrimiento del lugar donde ambos se habían hospedado había significado un gran avance; todo debido a la perspicacia y la energía del señor Gregson de Scotland Yard.

Sherlock Holmes y yo leímos todos estos artículos mientras desayunábamos y parecía que todos ellos conseguían despertar la hilaridad de Holmes.

—Ya se lo dije: pase lo que pase, el tanto se lo apuntarán Gregson y Lestrade.

—Eso dependerá de cómo acabe todo.

—¡Dios le bendiga! Eso es lo de menos. Si cazan a ese tipo, será *gracias a* sus esfuerzos. Y si se les escapa, habrá sido *a pesar de* todos sus esfuerzos. Vamos, si sale cara gano yo y si sale cruz tú pierdes. Hagan lo que hagan, tendrán partidarios. *Un sot trouve toujours un plus sot qui l'admire*[3].

—¿Qué demonios ocurre? —exclamé, pues en ese mismo instante se escuchó el golpeteo de muchos pies por el recibidor y escaleras arriba acompañados de los gritos de protesta de nuestra casera.

---

[3] *Un sot trouve toujours un plus sot qui l'admire:* Un imbécil siempre encuentra a un imbécil aún mayor que le admire.

—Es la representación de las fuerzas de la autoridad, división de Baker Street —dijo, muy serio, mi compañero; y mientras hablaba, la habitación se vio inundada por media docena de los moritos de la calle más zarrapastrosos y sucios que nunca había visto.

—¡Firmes! —dijo Holmes en tono seco. Y los seis pilluelos formaron en fila como si de estatuillas de poca monta se tratase—. De ahora en adelante sólo Wiggins subirá a informar y los demás le esperaréis en la calle. ¿Lo encontrasteis Wiggins?

—No, señor —dijo uno de los niños.

—No esperaba que lo hicieseis. Seguid hasta que lo consigáis. Vuestra paga —les dio un shilling a cada uno—. Ahora, salid de aquí y a ver si me traéis mejores informes la próxima vez.

Les despidió con un gesto de su mano y salieron disparados escaleras abajo como un tropel de ratas y al poco rato ya podíamos oír sus voces en la calle.

—Estos pequeños mendigos trabajan mejor que una docena de policías regulares —comentó Holmes—. Con sólo ver a alguien vestido de uniforme, la mayoría de las personas se callan como tumbas. Estos chiquillos, en cambio, pueden meterse en cualquier sitio y lo oyen todo. Y son astutos como zorros. Lo único que necesitan es algo de organización.

—¿Les está utilizando para el caso Brixton? —pregunté.

—Sí. Hay un detalle que quiero comprobar. Es sólo cuestión de tiempo. ¡Caramba! Vamos a saber lo que son novedades, pero de verdad. Por ahí viene Gregson con una expresión de beatitud en su rostro. Seguro que viene a vernos. Sí, se ha detenido. ¡Ahí está!

Alguien llamó violentamente al timbre y pocos segundos después el rubio detective subió los escalones de tres en tres hasta nuestras habitaciones e irrumpió en nuestro salón.

—Mi querido amigo —dijo estrechando la mano inerte de Holmes—, ¡felicíteme! Acabo de esclarecer por completo nuestro caso.

El expresivo rostro de mi compañero dio muestras de sentir algo de ansiedad.

—¿Quiere decir que va usted por el buen camino? —preguntó.

—¿El buen camino? ¡Le he arrestado!

—¿Y se llama?

—Arthur Carpentier, subteniente de la Marina Real —dijo Gregson pomposamente, frotándose las manos e hinchando el pecho.

Sherlock Holmes suspiró aliviado y su rostro se relajó en una sonrisa.

—Siéntese y coja uno de estos puros —dijo—. Estamos ansiosos por escuchar su relato. ¿Le apetece un whisky con agua?

—Pues la verdad es que me lo merezco —dijo el detective—. El esfuerzo de los últimos días ha sido agotador. No tanto por el esfuerzo físico sino mental. Usted sabrá de lo que le habló, señor Holmes, pues ambos estamos acostumbrados al esfuerzo mental.

—Me honra usted —dijo Holmes muy serio—. Cuéntenos cómo ha llegado a este resultado tan satisfactorio.

El detective se sentó en el sillón y dio unas caladas a su puro placenteramente. De repente, en un paroxismo de hilaridad, se palmeó en el muslo.

—Lo más divertido de todo es que ese idiota de Lestrade —exclamó—, que se cree tan listo, está siguiendo la pista equivocada. Está persiguiendo al secretario, a Stangerson, que está tan involucrado en el asesinato como un bebé de pecho. Estoy seguro de que ya le habrá pillado.

Esta última idea hizo tanta gracia a Gregson que empezó a reír de tal manera que se atragantó.

—¿Cómo consiguió usted su pista?

—Se lo contaré. Naturalmente, doctor Watson, esto es estrictamente confidencial. Lo más difícil era tener acceso a los antecedentes de este americano. Otra persona hubiese esperado a que los anuncios que habíamos puesto diesen su fruto o a que algún informador acudiese voluntariamente hasta nosotros, pero ésa no es la forma de trabajar de Tobías Gregson. ¿Recuerdan el sombrero que había al lado del cadáver?

—Sí —dijo Holmes—, fabricado por John Underwood e Hijos. Camberwell Road, número 129.

Gregson pareció muy alicaído.

—No tenía ni idea de que hubiese reparado en ello —dijo—. ¿Ha estado allí?

—No.

—¡Ajá! —exclamó aliviado Gregson—. No hay que despreciar ningún indicio, por poco relevante que parezca.

—Para una mente inteligente, ninguno lo es —contestó Holmes sentencioso.

—El caso es que fui a ver a Underwood y le pregunté si había vendido algún sombrero que se ajustase al tamaño y descripción. Consultó en sus libros y lo localizó al instante. Se lo había mandado al señor Drebber con residencia en la casa de huéspedes Charpentier, en Torquay Terrace. Así conseguí su dirección.

—Astuto, muy astuto —murmuró Holmes.

—Lo siguiente que hice fue visitar a la señora Charpentier —continuó el detective—. Encontré a esta señora muy pálida y angustiada. Su hija, una joven extraordinariamente bella, estaba también en la habitación. Me di cuenta de que tenía los ojos rojos y le temblaban los labios al hablar. Y la cosa empezó a olerme mal. Ya conoce la sensación, señor Holmes: cuando uno se da cuenta de que va por el buen camino, los sentidos se ponen alerta. «¿Se han enterado de la misteriosa muerte de su antiguo inquilino el señor Enoch J. Drebber de Cleveland?», les pregunté. La madre asintió. No parecía capaz de articular palabra. La hija rompió a llorar. Sentí que esta gente estaba implicada de alguna manera.

»—¿A qué hora se marchó de aquí el señor Drebber para coger su tren? —pregunté.

»—A las ocho en punto —respondió luchando por contener su agitación—. Su secretario el señor Stangerson dijo que podían coger dos trenes, uno a las 9.15 y otro a las 11. Deseaban coger el primero.

»—¿Fue ésa la última vez que le vieron?

»La expresión en su rostro al escuchar esta pregunta fue horrible. Se puso lívida. Transcurrieron unos segundos antes de que fuese capaz de pronunciar una única palabra: "Sí." Pero el tono en el que lo dijo era ronco y artificial.

»Hubo un silencio y la hija dijo con voz tranquila y clara: "No sacaremos nada bueno con mentiras, madre. Seamos sinceras con este caballero. *Volvimos a ver* al señor Drebber."

»—¡Que Dios te perdone! —gritó madame Charpentier llevándose las manos a la cabeza y hundiéndose en su sillón—. Acabas de condenar a tu hermano.

»—A Arthur le gustaría que dijésemos la verdad —respondió con firmeza la chica.

»—Será mejor que me lo cuenten todo. Una verdad a medias es peor que una mentira —les dije—. Además, no saben ustedes lo que nosotros sabemos.

»—¡Sobre tu conciencia, Alice! —gritó la madre; y se giró hacia mí y me dijo—: Se lo contaré todo. No crea que mi preocupación por mi hijo se debe a que crea que esté implicado en la muerte de ese hombre, pues es completamente inocente. Pero temo que a ojos de usted u otras personas parezca que tiene algo que ver. Aunque eso es del todo imposible: su noble carácter, su profesión, toda su vida lo impiden.

»—Lo mejor es que descargue toda su conciencia y me cuente lo que sucedió —respondí—. Si su hijo es realmente inocente, no dependerá de lo que usted nos cuente.

»—Quizá sea mejor que nos dejes a solas, Alice —dijo y su hija salió de la habitación—. Señor —continuó—, no tenía intención de contarle todo esto, pero ya que mi pobre hija ha comenzado a hablar, no tengo alternativa. Y ya que he decidido hablar, no omitiré ningún detalle.

»—Es lo más sensato por su parte —dije.

»—El señor Drebber estuvo con nosotros casi tres semanas. Él y su secretario, el señor Stangerson, habían estado viajando por el continente. Vi una etiqueta de Copenhague en sus baúles, así que ése fue su destino previo. Stangerson era un hombre tranquilo y reservado, pero su patrón he de decir que era todo lo contrario. Tenía modales rudos y vulgares. La misma noche en que llegaron bebió en exceso y era difícil verle sobrio pasadas las doce del mediodía. Su forma de comportarse con las doncellas era excesivamente familiar y libertina. Y lo peor es que decidió aplicar el mismo trato a mi hija Alice y le hablaba en unos términos que, afortunadamente, su inocencia no le permitía comprender. En una ocasión llegó a agarrarla y abrazarla; ultraje que hizo que su propio secretario le reprendiera por su poco caballeroso comportamiento.

»—¿Y por qué soportó usted todo esto? —pregunté—. Supongo que es usted muy libre de echar a sus huéspedes cuando lo desee.

»Madame Charpentier se sonrojó ante esta oportuna pregunta.

»—Ojalá le hubiese echado el mismo día que llegó aquí —dijo—. Pero la tentación fue más fuerte. Me pagaban una libra al día. Catorce libras a la semana. Y estamos en temporada baja. Soy viuda y he gastado mucho dinero en mi hijo, el que está ahora en la Marina. Creí que hacía lo correcto pensando en el dinero que iba a ganar. Sin embargo, eso fue la gota que colmó el vaso y les pedí que se marchasen. Ése fue el motivo de su partida.

»—¿Y bien?

»—Me alegré de verles partir. Mi hijo está de permiso ahora, pero no sabía nada de esto: quiere muchísimo a su hermana y tiene un temperamento muy fuerte. Cuando cerré la puerta tras ellos, fue como si me quitasen un peso de encima. Pero en menos de una hora, el señor Drebber había regresado. Estaba muy excitado y era obvio que estaba completamente borracho. Se abrió paso hasta la habitación donde mi hija y yo estábamos sentadas y dijo algo completamente incoherente acerca de haber perdido el tren. Miró a Alice y en mis propia cara le propuso que huyese con él. "Ya eres adulta," le dijo, "no hay ley que pueda impedírtelo y yo tengo dinero de sobra. Olvídate de la vieja y ven conmigo. Vivirás como una princesa." La pobre Alice estaba tan aterrorizada que huyó de él horrorizada, pero él la cogió por la muñeca e intentó arrastrarla hasta la puerta. Grité y en ese momento apareció mi hijo Arthur en la habitación. No sé qué es lo que pasó entonces. Oí maldiciones y el ruido de una pelea, pero estaba tan asustada que no me atreví a mirar. Cuando levanté la cabeza vi a Arthur riéndose en la puerta y con un bastón en la mano. "Dudo que ese tipo tan elegante se atreva a volver por aquí," dijo. "Le seguiré para ver qué hace." Y con esas palabras cogió su sombrero y salió a la calle. A la mañana siguiente nos enteramos de la misteriosa muerte del señor Drebber.

»La señora Charpentier hizo esta declaración con muchas pausas y jadeos. En ocasiones hablaba tan quedamente que casi no podía escuchar lo que decía. Tomé notas taquigráficas de toda su declaración para evitar confusiones posteriores.»

—Es muy interesante —dijo Holmes bostezando—. ¿Qué pasó después?

—Una vez madame Charpentier concluyó su relato —siguió diciendo el detective—, vi que todo el caso dependía de una única cosa. Fijé mi vista en ella, pues he descubierto que eso siempre funciona con las mujeres, y le pregunté a qué hora había regresado su hijo.

»—No lo sé —respondió.

»—¿No lo sabe?

»—No. Él tiene una llave y no es necesario abrirle.

»—¿Fue después de que se metiera usted en la cama?

»—Sí.

»—¿A qué hora se acostó usted?

»—Hacia las once.

»—O sea, que su hijo estuvo fuera dos horas por lo menos.

»—Sí.

»—¿Es posible que fuesen cuatro o cinco?

»—Sí.

»—¿Y qué hizo durante todo ese tiempo?

»—No lo sé —respondió, palideciendo por completo.

»Naturalmente, después de esto sólo podía hacer una cosa. Localicé al subteniente Charpentier y acompañado por dos policías me fui a arrestarle. Una vez le toqué en el hombro y le pedí que nos acompañase sin armar escándalo, nos respondió de lo más pincho que "si le arrestábamos por haber matado al sinvergüenza de Drebber". No habíamos dicho nada en absoluto del tema, así que esta alusión suya resulta de lo más sospechosa.»

—Y tanto —dijo Holmes.

—Todavía llevaba el pesado bastón de roble macizo que según su madre cogió cuando siguió a Drebber.

—Así pues, ¿cuál es su teoría?

—Creo que siguió a Drebber hasta Brixton Road y que una vez allí tuvieron un altercado durante el que Drebber resultó golpeado con el bastón, quizá en la boca del estómago. Y eso le mató sin dejar señales. Llovía tanto que no había nadie por allí, así que Charpentier arrastró el cuerpo hasta el interior de la casa deshabitada. Y por lo que respecta a la vela, la sangre, el mensaje en la pared y el anillo, bien pudiera tratarse de tretas para despistar a la policía.

—¡Muy bien hecho! —le animó Holmes—. La verdad es que lo ha hecho usted muy bien Gregson. Conseguiremos hacer carrera de usted.

—Me congratulo de haber conseguido resolverlo con bastante limpieza —respondió orgulloso el detective—. Ese joven hizo voluntariamente una declaración en la que afirma haber seguido a Drebber durante un rato, hasta que éste se dio cuenta de que le seguía y alquiló un coche para alejarse. De vuelta a casa se encontró con un marino amigo suyo y dio un largo paseo con él. Al preguntarle dónde vive éste hombre no ha sido capaz de proporcionar una respuesta satisfactoria. Creo que todo encaja excepcionalmente bien. Me hace gracia Lestrade, que está siguiendo una pista que no conduce a ningún sitio. Me temo que no va a sacar mucho en claro. ¡Demonios, si es él en persona!

Y de hecho, así era. Mientras hablábamos, Lestrade en persona había subido las escaleras y estaba ya en la habitación. La seguridad y jovialidad que caracterizaban su atuendo y actitud habían desaparecido. Tenía el rostro demudado y parecía preocupado. Sus ropas estaban sucias y mal compuestas. Había venido con la clara intención de consultar a Sherlock Holmes, pues al ver a su colega, dio la impresión de que sentía algo de embarazo y de que se sentía molesto. Permaneció de pie en el centro de la habitación, jugueteando nerviosamente con su sombrero y sin saber muy bien qué hacer.

—Éste es un caso de lo más sorprendente —dijo por fin—, totalmente incomprensible.

—¿Eso cree, señor Lestrade? —dijo Gregson triunfante—. Estaba seguro de que llegaría usted a esa conclusión. ¿Ha dado con el secretario, con el señor Joseph Stangerson?

—El señor Joseph Stangerson, el secretario —dijo Lestrade muy serio—, fue asesinado hacia las seis de esta mañana en el hotel Halliday.

7. UNA LUZ EN LA OSCURIDAD

La noticia con la que nos acababa de saludar Lestrade era de tal calibre y tan inesperada, que nos quedamos los tres pasmados. Gregson se puso en pie y apuró de un trago su whisky con agua. Yo miré en silencio a Sherlock Holmes. Apretaba los labios y tenía las cejas fruncidas.

—También Stangerson —murmuró—, la cosa se complica.

—Ya era bastante complicada antes de esto —gruñó Lestrade sentándose—. Parece que acabo de meterme en una especie de consejo de guerra.

—¿Está... está usted seguro de lo que acaba de contarnos? —tartamudeó Gregson.

—Acabo de salir de su habitación —respondió Lestrade—. Fui yo quien descubrió lo sucedido.

—Hemos tenido oportunidad de escuchar las teorías de Gregson acerca de este caso —dijo Holmes—. ¿Sería tan amable de darnos su punto de vista?

—No tengo ningún inconveniente —respondió Lestrade sentándose a su vez—. Confieso abiertamente que creía que Stangerson había tenido algo que ver en la muerte de Drebber, pero lo sucedido demuestra que estaba completamente equivocado. Convencido como estaba, me propuse encontrar a Stangerson. Se les vio juntos en la estación Euston hacia las ocho y media de la tarde del día tres. A las dos de la madrugada se encontró el cadáver de Drebber. Lo que me proponía averiguar era qué había hecho Stangerson entre las ocho y media y la hora en la que se cometió el crimen y lo que había sido de él después. Envié a Liverpool un telegrama con la descripción de este hombre y les pedí que vigilasen los buques con destino a Estados Unidos. Y empecé a buscar por todos los hoteles y casas de huéspedes próximos a la estación de Euston. Pensé que si Drebber y su acompañante se habían separado, lo más lógico sería que el segundo se alojase en algún lugar próximo a la estación, pasase allí la noche y que volviese de nuevo a la estación al día siguiente por la mañana.

—Lo más probable es que hubiesen acordado un punto de encuentro de antemano —comentó Holmes.

—Y así fue. Dediqué toda la tarde de ayer a intentar averiguar dónde estaba sin ningún resultado. Esta mañana comencé de nuevo muy temprano y a las ocho en punto estaba ya en el hotel Halliday, en Little George Street. Al preguntar si se alojaba allí el señor Stangerson, me respondieron afirmativamente de inmediato.

»—Sin duda, es usted el caballero al que espera —me dijeron—. Lleva dos días esperando a un caballero.

»—¿Dónde está ahora? —pregunté.

»—Durmiendo en su habitación. Pidió que le despertásemos a las nueve.

»—Voy a subir a verle ahora mismo —dije.

»—Me dio la impresión de que si me veía de improviso, tal vez se pusiese nervioso y me contase algo que no desease contar. El botones se ofreció a llevarme hasta la habitación, que estaba en el segundo piso. Se llegaba a ella a través de un pequeño pasillo. El botones me señaló qué puerta era y, estaba a punto de marcharse, cuando vi algo que me revolvió el estómago a pesar de mis veinte años de experiencia en el cuerpo. Por debajo de la puerta salía un reguero de sangre, que había fluido a lo ancho del pasillo y había formado un charco a lo largo de la pared de enfrente. Mi grito hizo que el botones regresara. Casi se desmayó al verlo. La puerta estaba cerrada por dentro, pero cargamos contra ella y conseguimos abrirla. La ventana de la habitación estaba abierta y al lado de ella, en un montón, estaba el cadáver de un hombre en pijama. Estaba muerto. Y a juzgar por la rigidez de sus miembros, llevaba muerto un buen rato. Le dimos la vuelta y el botones le reconoció de inmediato como el mismo hombre que había alquilado la habitación bajo el nombre de Joseph Stangerson. La muerte la había producido una profunda puñalada en el costado izquierdo que seguramente había atravesado el corazón. Y ahora viene lo más extraño de todo, ¿qué creen que había sobre el muerto?»

Sentí un presentimiento sobre el horror que se avecinaba, que hizo que se me pusiese la carne de gallina, antes incluso de que Sherlock Holmes dijese:

—La palabra RACHE escrita con sangre.

—Exacto —dijo Lestrade con voz sorprendida, y permanecimos todos en silencio durante un rato.

El comportamiento metódico e incomprensible del asesino hacía que sus crímenes fuesen especialmente repugnantes. A pesar de que estaba curtido en el campo de batalla, se me pusieron los nervios de punta.

—Pero vieron a nuestro hombre —continuó Lestrade—. Un repartidor de leche que iba a la lechería acertó a pasar por el camino que la une con los establos y que pasa por la parte trasera del hotel. Se dio cuenta de que había una escalera apoyada contra una ventana del segundo piso, que estaba completamente abierta. Después de haber pasado, se giró y vio a un hombre descender por la escalera. Bajó tan tranquilo y tan descuidadamente, que pensó que se trataba de un carpintero que estaba trabajando en el hotel. No le prestó especial atención, aunque le pareció que era un poco temprano para que estuviese ya trabajando. Cree que se trataba de un hombre alto, de rostro rojizo y que vestía un abrigo marrón largo. Tuvo que permanecer en la habitación algún tiempo después de haber cometido el asesinato pues encontramos agua manchada de sangre en la palangana y restos de sangre en la parte de las sábanas en las que deliberadamente limpió su cuchillo.

Miré a Holmes al oír la descripción del asesino, que se ajustaba perfectamente a la que él había proporcionado. Y sin embargo no tenía en absoluto expresión de alegría ni satisfacción.

—¿Encontró algo en la habitación que pudiera proporcionar una pista que conduzca al asesino?

—Nada. Stangerson llevaba en el bolsillo la cartera de Drebber, como parece ser era lo habitual, pues era él quien se encargaba de hacer los pagos. Contenía ochenta y pico libras y no se habían llevado nada. Sea cualquiera que sea el móvil de estos asesinatos, desde luego el robo no lo es. No había ni un solo papel ni informe en los bolsillos de Stangerson, salvo un telegrama con fecha de hace un mes y procedente de Cleveland que decía: «J. H. está en Europa.» Y nadie lo firma.

—¿No había nada más?

—Nada de interés. La novela que había estado leyendo antes de irse a dormir estaba sobre la cama, y su pipa estaba sobre una silla a su lado. Había un vaso de agua sobre la mesilla de noche y sobre el alféizar de la ventana una pequeña caja de ungüento desconchada, que contenía dos píldoras.

Sherlock Holmes saltó de su silla lanzando una exclamación de satisfacción.

—¡El último eslabón! —gritó, feliz—. Acabo de resolver por completo el caso.

Los dos detectives se quedaron mirándole boquiabiertos.

—Tengo en mis manos —dijo mi compañero con seguridad— todos los cabos de esta maraña. Por supuesto, no tengo todos los detalles, pero estoy completamente seguro de los hechos principales, desde que Drebber y Stangerson se separaron en la estación hasta que se descubrió el cadáver de este último, como si lo hubiese visto con mis propios ojos. Se lo demostraré. ¿Es posible que pueda conseguirme usted esas píldoras?

—Las tengo aquí —dijo Lestrade sacando una pequeña caja de color blanco—; cogí la caja, la cartera y el telegrama para ponerlo todo en un lugar seguro en la comisaría. Cogí estas píldoras de casualidad, pues estoy seguro que no tienen la menor relevancia en este caso.

—Démelas —dijo Holmes—. Y ahora, doctor, ¿le parece a usted que sean unas píldoras convencionales?

La verdad es que no lo eran. Eran de un color gris perlado, pequeñas, esféricas y casi transparentes a la luz.

—Por su ligereza y transparencia, me inclino a pensar que son solubles en agua —comenté.

—Exactamente —respondió Holmes—. ¿Le importaría bajar y traer al pobre terrier de nuestra casera, ese al que ella le pidió ayer a usted que pusiera fin a sus sufrimientos?

Bajé y subí al pobre animal en mis brazos. Su respiración era trabajosa y tenía un extraño brillo en los ojos que indicaba que no le quedaba mucha vida. De hecho tenía el morro completamente blanco. Había sobrepasado con mucho la longevidad habitual en la especie canina. Lo puse sobre un cojín encima de la alfombra.

—Partiré esta píldora por la mitad —dijo Holmes y, sacando su navaja, se puso manos a la obra—. Una mitad la dejamos en la caja para utilizarla más tarde y la otra la ponemos en esta copa de vino junto con una cucharada de agua. Efectivamente, se disuelve, como ha dicho nuestro amigo el doctor.

—Esto es seguramente muy interesante —dijo Lestrade en tono herido, como si pensase que Holmes se estaba burlando de él—; la lástima es que no soy capaz de ver qué relación tiene esto con la muerte del señor Joseph Stangerson.

—Paciencia, amigo mío, paciencia. Verá que está perfectamente relacionado con ella. Añadamos un poco de leche al mejunje para que sea más apetecible y, al dárselo al perro, vemos que lo toma bastante rápido.

Mientras hablaba, echó el contenido de la copa de vino en una bandeja y se lo puso al terrier delante, quien lamió a toda velocidad el contenido hasta finalizarlo. La actitud segura de sí mismo de Holmes nos había convencido de tal manera que permanecíamos todos sentados en silencio, mirando fijamente al animal, esperando algún acontecimiento asombroso. Pero nada sucedió. El perro siguió tumbado sobre el cojín y respirando con dificultad, de manera que no parecía que lo que había bebido hubiese tenido la menor influencia en su estado ni para bien ni para mal.

Holmes tenía su reloj en la mano y, a medida que transcurrían los minutos, podía verse en su rostro una expresión de completo disgusto y desilusión. Se mordía los labios y tamborileaba con los dedos sobre la mesa, dando muestras de una intensa impaciencia. Se le veía tan ansioso que empecé a sentir auténtica pena por él; en cambio los dos detectives sonreían burlones, en absoluto disgustados por el batacazo que Holmes se estaba dando.

—No puede tratarse de una mera coincidencia —exclamó al fin, saltando de su silla y caminando ferozmente arriba y abajo por la habitación—; no puede tratarse de una coincidencia. En el caso de Stangerson aparecen las píldoras que sospeché que se habían utilizado para acabar con Drebber. Y resultan ser inocuas. ¿Qué puede significar esto? Es imposible que toda mi cadena de deducciones sea incorrecta. ¡Es imposible! Y sin embargo, este maldito perro sigue igual. ¡Ah! ¡Lo tengo! ¡Lo tengo! —y con un grito de alegría corrió hacia la caja, partió en dos la otra píldora, la disolvió, añadió leche y presentó la mezcla al terrier. El pobre animal empezó a beber aquello y, no había casi mojado su lengua en el líquido, cuando todos sus miembros dieron una sacudida convulsiva y se quedó inmóvil y muerto como si acabase de caerle un rayo encima.

Sherlock Holmes dejó escapar un largo suspiro y se secó el sudor de la frente.

—Debería tener más fe —dijo—, a estas alturas debería saber ya que cuando un hecho parece no concordar con toda una cadena de deducciones, necesariamente significa que proporciona una nueva interpretación. De las dos píldoras de la caja una era completamente inocua mientras que la otra era terriblemente venenosa. Debería haberlo sabido desde el mismo instante en que vi la caja.

Esta última afirmación me pareció tan sorprendente que empecé a temer que no estuviera en sus cabales. Pero teníamos delante de nosotros el cadáver del perro que demostraba que todas sus teorías eran correctas. Me parecía incluso que la niebla que oscurecía mis ideas en mi cerebro comenzaba a levantarse y empezaba a percibir, vagamente, la verdad.

—Puede que todo esto les resulte raro —siguió hablando Holmes—, porque al principio de la investigación no se dieron cuenta de la importancia que tenía la única pista fundamental que tenían delante. Y yo tuve la suerte de no pasarla por alto. Y todo lo que ha sucedido a partir de ahí sólo ha servido para confirmar mis primeras intuiciones. Además de la secuencia lógica de los acontecimientos. Así pues, las cosas que más les han sorprendido y les han parecido que complicaban el caso, han sido las que me han sido útiles a mí y me han permitido reafirmarme en mis ideas. Es un error confundir lo poco usual con lo misterioso. El crimen más común es el más misterioso, porque no tiene ningún rasgo distintivo que permita resolverlo. Hubiese sido mucho más difícil resolver este caso si se hubiese encontrado el cuerpo de la víctima tirado en un camino y sin ninguna de estas características *outré* y sensacionales que le han conferido la categoría de único. Estos detalles poco convencionales no han complicado el caso; al contrario, lo han simplificado.

El señor Gregson, que hasta ese momento había estado escuchando con considerable impaciencia, no pudo contenerse ya más.

—Mire, señor Holmes —dijo—, todos estamos dispuestos a reconocer que es usted un tipo listo y que tiene sus propios métodos de trabajo. Pero ahora necesitamos algo más que teorías y sermones. Se trata de pescar a ese tipo. Creía que había resuelto el caso y todo demuestra que me equivoqué. Charpentier, ese joven, no ha podido estar involucrado en esta segunda muerte. Ha lanzado indirectas aquí y allá y parece que sabe mucho más que nosotros, y ha llegado ya el momento de que le preguntemos claramente qué sabe usted de todo este asunto. ¿Puede proporcionarnos el nombre del tipo que lo hizo?

—No puedo evitar estar completamente de acuerdo con Gregson, señor mío —dijo Lestrade—. Los dos lo hemos intentado y ambos hemos fallado. Desde que estoy en esta habitación usted ha afirmado en varias ocasiones que sabe quién lo ha hecho. Estoy seguro de que no nos lo ocultará durante más tiempo.

—Cualquier retraso en la detención del asesino —observé— podría significar una nueva atrocidad.

Presionado de esta manera por todos nosotros. Holmes dio muestras de indecisión. Siguió caminando arriba y abajo con la cabeza hundida en el pecho y las cejas fruncidas, como cuando estaba sumido en sus pensamientos.

—No habrá ningún otro asesinato —dijo finalmente, deteniéndose de golpe para mirarnos de frente—. No tengan ni la menor duda de ello. Me han preguntado si sé el nombre del asesino. Así es. Pero saber su nombre no es nada comparado con la posibilidad de atraparlo. Y espero hacer esto último muy pronto. Estoy convencido de que lo conseguiré por mis propios medios. Pero se trata de una operación muy delicada, pues estamos tratando con un hombre astuto y desesperado, que además, y como he tenido ocasión de comprobar, cuenta con la ayuda de alguien que es tan inteligente como él mismo. Mientras nuestro hombre no sospeche que está a punto de ser descubierto, tenemos alguna posibilidad. Pero si tuviese la menor sospecha, cambiaría de nombre y, en un instante, se desvanecería entre los cuatro millones de habitantes de esta gran ciudad. Sin pretender en absoluto herir sus sentimientos, creo que este hombre es una pieza excesivamente difícil de cobrar para la fuerza de policía y por ello no les he pedido ayuda. Si me equivoco, asumiré toda la responsabilidad y estoy preparado para ello. Ahora mismo lo que puedo prometerles es que en el mismo instante en que pueda desvelarles la identidad del asesino sin poner en peligro mis propios planes, lo haré.

Gregson y Lestrade no parecían en absoluto satisfechos por lo que Holmes acababa de prometer. Y bastante menos por su comentario respecto a las fuerzas de policía. El primero había enrojecido hasta la raíz de su rubio cabello mientras que los ojillos del segundo brillaban llenos de curiosidad y resentimiento. Pero ninguno de ellos tuvo opción de decir nada, pues se oyó una llamada en la puerta y el cabecilla de los moritos de la calle, Wiggins, introdujo su repugnante e insignificante persona en la habitación.

—Disculpe, señor —dijo haciendo una reverencia—, tengo el coche abajo.

—Buen chico —dijo Holmes con dulzura—. ¿Por qué no introducen este modelo en Scotland Yard? —siguió diciendo mientras sacaba un par de esposas de un cajón—. Miren qué bien funciona el muelle. Se cierran en un instante.

—El viejo modelo funciona perfectamente —puntualizó Lestrade—, cuando tenemos a quien ponérselas.

—Muy bien, muy bien —dijo Holmes sonriendo—. El cochero podrá ayudarme con mis baúles. Pídele que suba, Wiggins.

Me sorprendió que mi compañero hablase como si fuese a marcharse de viaje, pues a mí no me había dicho nada de ello. Había un pequeño baúl en la habitación y empezó a tirar de él para arrastrarlo.

—Écheme una mano con este baúl, cochero —dijo arrodillándose sobre el baúl y sin girar la cabeza.

El hombre avanzó con aire orgulloso y algo sombrío y se puso manos a la obra. En ese momento se oyó un sonoro chasquido, un tintineo metálico, y Sherlock Holmes se puso de nuevo en pie.

—Caballeros —dijo con ojos exultantes—, permítanme que les presente al señor Jefferson Hope, el asesino de Enoch Drebber y Joseph Stangerson.

Todo sucedió en un instante, tan rápido que no me dio tiempo a darme cuenta de ello. Recuerdo, perfectamente, la expresión de Holmes, triunfante, y del timbre de su voz, la cara aturdida y feroz del cochero al ver las relucientes esposas que habían aparecido por arte de magia en sus muñecas. Durante un par de segundos cualquiera hubiese pensado que éramos un grupo de estatuas. Entonces, con un bramido inarticulado de furia, el prisionero se libró del agarre de Holmes y se lanzó contra la ventana. Marco y cristal cedieron. Pero antes de que terminase de atravesarlo, Gregson, Lestrade y Holmes se lanzaron sobre él como perros de presa. Le arrastraron de nuevo al interior de la habitación y entonces comenzó una durísima pelea. El prisionero era tan fuerte y feroz que una y otra vez nos rechazaba a los cuatro. Parecía tener la fuerza de un hombre en pleno ataque epiléptico. Su cara y sus manos habían sufrido unas heridas horribles al pasar a través del cristal, pero la pérdida de sangre no afectaba en absoluto a su resistencia. Y hasta que Lestrade no consiguió introducir su mano en el cuello de sus ropas y medio estrangularlo, no conseguimos convencerle de que toda resistencia era inútil. A pesar de eso, no estuvimos tranquilos hasta que no le atamos de pies y manos. Cuando terminamos, nos pusimos en pie, sin aliento y jadeando.

—Tenemos su carruaje —dijo Sherlock Holmes—. Podemos utilizarlo para llevarle hasta Scotland Yard. Y ahora, caballeros, el misterio ha concluido. Pueden hacerme todas las preguntas que deseen. Y no teman, que responderé a todo.

SEGUNDA PARTE

El país de los Santos

1. EL GRAN DESIERTO SALADO

En la parte central del continente norteamericano existe un desierto árido y repulsivo que ha servido, durante muchos años, de muro de contención frente a la civilización. Desde Sierra Nevada hasta Nebraska y desde el río Yellowstone en el norte y hasta Colorado en el sur, es una región silenciosa y completamente desolada. Ni siquiera la naturaleza es capaz de ofrecer un único aspecto en todo este deprimente área. En él pueden encontrarse montañas de gran altura y cumbres nevadas y valles sombríos y tenebrosos. Hay ríos de rápidas aguas que atraviesan cortados cañones. Y hay enormes llanuras que se cubren de nieve durante el invierno y que en verano el polvo alcalino y salado transforma en superficies de color gris. Todas estos distintos paisajes tienen en común, sin embargo, su pobreza, su esterilidad y su inhospitalidad.

No hay nadie que habite esta tierra maldita. Es posible que una tribu de indios Pawnees o Pies Negros la atraviese de cuando en cuando para llegar a sus territorios de caza, pero hasta los más aguerridos de entre los valientes se alegran de perder de vista estas temibles llanuras y regresar a sus praderas. Por entre la maleza pueden encontrarse calaveras de coyotes y se escucha el pesado batir de las alas de los auras[1]. Los osos pardos se mueven pesadamente por los barrancos intentando procurarse su sustento por entre las rocas como pueden. Ellos son los únicos habitantes de esta tierra inhóspita.

Es imposible que haya en el mundo otra vista más desoladora que la que puede observarse desde la ladera norte de Sierra Blanco. A todo lo lejos que la vista alcanza, lo único que puede verse es la inmensa llanura, salpicada de manchas alcalinas y de matas de chaparrales enanos. A lo lejos, en el horizonte, puede verse una larga cadena montañosa con sus agrestes cumbres cubiertas de nieve. En esa vasta extensión del país no hay signos de vida, ni nada que la

---

[1] Aura: Ave rapaz diurna americana de la familia de los buitres.

recuerde. Ni un solo pájaro cruza por el cielo azul acero, ni nada se mueve por la monótona y gris superficie. Y sobre todo, el silencio es absoluto. Por mucha atención que uno preste, no hay ni el menor rastro de ningún sonido en ese desesperante desierto; sólo un completo y acongojante silencio.

Dicen que no hay nada que recuerde la vida sobre la vasta llanura, lo que no es completamente cierto. Mirando la llanura desde lo alto de Sierra Blanco se ve un camino trazado a lo largo del desierto que lo recorre en toda su longitud y se pierde en la distancia. Tiene sobre él las huellas de las ruedas de los carros y los pies de muchos aventureros. Aquí y allí se ven objetos que brillan bajo el sol y se distinguen contra los sedimentos alcalinos. ¡Acérquese el lector y examínelos! Son huesos: algunos rudos y de gran tamaño y otros más pequeños y delicados. Los primeros pertenecieron a ganado y los segundos a hombres. Estos restos esparcidos a lo largo de quinientas millas, pertenecientes a los que se quedaron por el camino, permiten rastrear el recorrido de esta fantasmal ruta de caravanas.

Y en este mismo escenario, el cuatro de mayo de mil ochocientos cuarenta y siete, podía verse a un viajero solitario. Por su aspecto podría pensarse que se trataba del genio o del mismísimo demonio del lugar. Para cualquier observador sería difícil decidir si estaba próximo a los cuarenta o a los sesenta años. Su cara era extremadamente delgada y ojerosa y tenía la oscura piel apergaminada tirante y pegada a los huesos. Su larga melena de color marrón tenía mechones blancos, al igual que la larga barba. Tenía los ojos hundidos en las cuencas y le ardían con un brillo poco natural. La mano que sostenía el rifle tenía poca más carne que un esqueleto. Se sostenía de pie apoyándose sobre su arma y, a pesar de ello, su alta figura y su gran estructura ósea sugería que se trataba de un hombre poderoso y de constitución fuerte. Era su cara consumida y sus ropas, tan holgadas que le bailaban alrededor de los esqueléticos miembros, en cambio, lo que le daba ese aspecto senil y decrépito. Se moría, se moría de hambre y de sed.

Se había arrastrado con dificultad por él hasta llegar a esta pequeña elevación del terreno con la vana esperanza de encontrar algún indicio de humedad. Ante sus ojos se extendía la gran llanura salina y la lejana cordillera de montañas, pero ni un solo signo de árboles ni vegetación que indicase la presencia de agua. No había ni una brizna de esperanza en esta tierra. Sus ojos inquisidores y desesperados miraron al norte, al este, al oeste. Y se dio cuenta de que había llegado al final de su camino y que iba a morir entre esos estériles pedruscos. «¿Y qué más da aquí que sobre un colchón de plumas dentro de veinte años?», murmuró mientras se sentaba al refugio de un gran peñasco.

Antes de sentarse había depositado sobre el suelo el inútil rifle y también un gran fardo de color gris que cargaba sobre su hombro derecho. Parecía más pesado que lo que sus fuerzas le permitían transportar, pues al descargarlo cayó con algo de violencia sobre el suelo. En ese instante se oyó un grito de protesta y de entre el hatillo salió una carita arañada de resplandecientes ojos marrones y dos puñitos apretados llenos de pecas.

—¡Me has hecho daño! —reprochó una voz infantil.

—Lo siento —respondió compungido el hombre—. No ha sido a propósito —mientras hablaba, deshacía el hatillo y sacaba de entre la tela a una bonita niña de unos cinco años de edad, cuyos delicados zapatos y primoroso vestido de color rosa delataban a una madre cariñosa. La niña estaba pálida y macilenta, pero sus brazos y piernas demostraban que había sufrido menos penurias que su compañero.

—¿Te sigue doliendo? —preguntó el hombre ansioso al ver que ella no dejaba de restregarse los rubios y ásperos tirabuzones que cubrían la parte posterior de su cabeza.

—Dale un besito para que se cure —dijo ella con total seriedad ofreciéndole la parte herida de su cuerpo—. Eso es lo que mamá solía hacer. ¿Dónde está mamá?

—Tú mamá se fue. Creo que no tardarás en volver a verla.

—¿Se fue? Qué raro que no se despidiera de mí. Se despedía de mí hasta cuando se iba a tomar el té a casa de la tía. Y ahora hace ya tres días que se marchó. Qué sed que hace, ¿verdad? ¿No tenemos nada para comer ni para beber?

—No, cariño, ya no nos queda nada. Si tienes un poco de paciencia en seguida te sentirás mejor. Apoya tu cabeza en mí así y ya verás cómo recobras las fuerzas. No es fácil hablar cuando tienes los labios como si fuesen de cuero, pero creo que es mejor que sepas cómo están las cosas. ¿Qué tienes ahí?

—¡Cosas muy bonitas! —dijo la niña enseñándole entusiasmada dos pedazos relucientes de mica—. Cuando regresemos a casa se las daré a mi hermano Bob.

—Muy pronto verás cosas aún más bonitas —dijo el hombre con el mismo tono de voz que si le estuviese contando un secreto—. Sólo tienes que esperar un poquito. Estaba a punto de contártelo. ¿Recuerdas que dejamos atrás el río?

—Claro.

—Bueno, nosotros esperábamos encontrar otro río pronto, ¿sabes?. Pero algo estaba mal: nuestros planos, las brújulas, lo que fuese. Y no conseguimos dar con él. Y nos quedamos sin agua. Sólo teníamos una poquita para los que erais como tú, y... y...

—Y ya no podías lavarte —le contestó ella muy seria mirando su mugrienta cara.

—No, ni beber tampoco. Y el señor Bender fue el primero en marcharse, y después Pete el indio, y luego la señora McGregor y después Johnny Hones, y luego cariño, tú mamá.

—¡Entonces mamá está muerta! —gritó la niñita dejando caer su cara sobre su delantal y sollozando amargamente.

—Sí, murieron todos menos tú y yo. Yo creía que podríamos encontrar agua viniendo hacia aquí y por eso te cargué a mi espalda e hicimos el camino juntos. Pero no parece que las cosas hayan mejorado mucho. Ya no tenemos muchas posibilidades de salir de ésta.

—¿Quieres decir que vamos a morir? —preguntó la niña dejando de sollozar y levantando hacia él su carita llena de lágrimas.

—Creo que sí.

—¿Y por qué no me lo has dicho antes? —dijo ella riendo feliz—. Me has asustado mucho. Pero claro, en cuanto nos muramos, nos reuniremos con mamá.

—Tú sí, preciosa.

—Y tú también. Le contaré lo bueno que has sido conmigo. Ya verás cómo está esperándonos a las puertas del cielo con una gran jarra de agua y muchas tortitas de trigo, recién hechas y tostadas por los dos lados, como nos gustaban a Bob y a mí. ¿Cuánto tardaremos?

—No lo sé, pero no mucho —el hombre miraba fijamente el horizonte hacia el norte. Bajo la azul bóveda celeste podían verse tres pequeñas manchas de color oscuro que no dejaban de aumentar de tamaño a toda velocidad, pues no dejaban de acercarse a ellos. Las figuras se definieron rápidamente y resultaron ser tres pájaros enormes que empezaron a volar en círculo sobre las cabezas de los dos viajeros y acabaron posándose sobre unas rocas por encima de ellos. Eran auras, los buitres del oeste. Los heraldos de la muerte.

—¡Gallos y gallinas! —dijo la niña alegremente, señalando con el dedo los animales de mal agüero y dando palmas para obligarles a levantar el vuelo—. Dime: ¿fue Dios quien hizo esta tierra?

—Claro que sí —respondió él bastante sorprendido por lo inesperado de la pregunta.

—Él hizo Illinois y fue Él quien hizo Missouri —siguió hablando la niña—. Pero creía que esta zona la había hecho alguien distinto. No parece que esté terminada. Se han olvidado del agua de los árboles.

—¿Qué te parece si rezas un poco? —preguntó el hombre algo inseguro.

—Todavía no es de noche —respondió ella.

—Da igual. No es muy habitual, pero seguro que a Él no le importa. Di una de las plegarias que solías decir por las noches en el carromato cuando estábamos por las llanuras.

—¿Y por qué no rezas tú una? —le preguntó la niña mirándole con ojos curiosos.

—He olvidado todas —respondió él—. No he rezado desde que era la mitad de alto que este fusil. Supongo que nunca es tarde. Di una oración y yo puedo estar a tu lado y repetir lo que digas.

—Entonces tendrás que arrodillarte. Y yo también —dijo mientras disponía para ello sobre el suelo el chal en el que el hombre la había llevado—. Junta así tus manos. Te hará sentir bueno.

De haber habido alguien además de los buitres para ver la escena, se habría sorprendido con seguridad ante la imagen de los dos arrodillados sobre el estrecho chal, uno al lado del otro, la dicharachera niñita y el valiente y endurecido aventurero. La carita gordezuela de ella y el consumido y ojeroso rostro de él estaban levantados hacia un cielo sin rastro de nubes, en sincera súplica, cara a cara, a ese temido Ser, mientras que sus voces (una aguda y clara y la otra profunda y ronca) se unían para pedir perdón y clemencia. Terminaron su plegaria y se sentaron de nuevo a la sombra de la gran roca hasta que la niña se durmió acurrucada sobre el ancho pecho de su protector. Él vigiló su sueño todo lo que pudo. Llevaba sin dormir y sin descansar tres días y tres noches. Poco a poco, se le cerraron los párpados sobre los cansados ojos y la cabeza se le hundió más y más sobre el pecho, hasta que su barba entrecana se mezcló con los rubios cabellos de su compañera y ambos cayeron en un profundo sueño sin sueños.

Si el aventurero hubiese sido capaz de permanecer despierto otra media hora, hubiese visto algo realmente extraño. En el extremo más alejado de la llanura alcalina comenzó a levantarse una pequeña polvareda, muy ligera al principio, pero que comenzó a aumentar de intensidad gradualmente y sin descanso hasta que se convirtió en una nube densa y de contornos bien definidos. La nube de polvo continuó aumentando de tamaño hasta que resultó evidente que sólo un gran número de criaturas en movimiento podrían levantar semejante polvareda. En una región más fértil, cualquier observador pensaría que se trataba de una de esas manadas de bisontes de los que pastan en las praderas aproximándose hacia él. Pero en aquel desierto estéril, eso era completamente imposible. A medida que el remolino de polvo se acercaba al solitario barranco sobre el que descansaban los dos proscritos, empezaron a ser visibles entre el polvo carromatos de techos de tela y jinetes armados, y la aparición resultó ser una gran caravana abriéndose paso hacia el oeste. ¡Y menuda caravana! Cuando la cabeza de la misma llegó al pie de las montañas, la cola quedaba más allá del horizonte. Sobre la gran llanura se extendía la enorme comitiva en todas direcciones: carros y carromatos, hombres a pie y a caballo, innumerables mujeres que avanzaban dificultosamente acarreando un gran peso sobre sus espaldas y niños que andaban vacilantes tras los carros o se asomaban al exterior a través de las blancas cubiertas de los mismos. No se trataba, evidentemente, de una partida convencional de inmigrantes, sino más bien de un grupo nómada que se había visto obligado por circunstancias adversas a procurarse un nuevo país. Sobre el puro aire se elevaba el estrépito y el retumbar que causaban un número tan enorme de personas, junto con el rechinar de las ruedas y los relinchos de los caballos. Y por ruidoso que fuere, no consiguió despertar a los dos cansados caminantes que dormían por encima de ellos.

Encabezaban la expedición una veintena de hombres de rostro pétreo que vestían trajes sencillos y austeros e iban armados con rifles. Se detuvieron al llegar al pie del barranco y celebraron un breve consejo entre ellos.

—Los pozos se encuentran a nuestra derecha, hermanos míos —dijo uno de ellos, un hombre de labios duros, cabellos grises y rostro perfectamente afeitado.

—Debemos ir hacia la derecha de Sierra Blanco para llegar hasta Río Grande —dijo otro.

—No os preocupéis por el agua —dijo un tercero—. Aquel que la hizo brotar de las rocas no abandonará a sus elegidos.

—Amén, amén —exclamó todo el grupo.

Estaban a punto de continuar su viaje cuando uno de los más jóvenes del grupo y de vista de lince dejó escapar una exclamación y señaló hacia la irregular pared de piedra que tenían por encima.

Sobre ella se veía ondear una manchita de color rosa que se recortaba claramente sobre las rocas. Al verla, hubo un refrenar general de caballos y todos los hombres echaron mano a sus fusiles. Un grupo se acercó cabalgando a fin de reforzar la vanguardia. De todas las bocas salía una única expresión: «Pieles rojas».

—Es imposible que haya Injuns por aquí —dijo el hombre más anciano y que parecía estar al mando—. Hemos dejado atrás a los Pawnees y no encontraremos más tribus indias hasta que lleguemos a la parte posterior de las montañas.

—¿Quieres que me adelante y compruebe de qué se trata, hermano Stangerson? —preguntó uno de los hombres.

—Yo también iré, yo también iré —gritaron una docena de voces.

—Dejad vuestros caballos; os esperaremos aquí —respondió el anciano. En un segundo los jóvenes habían desmontado, atado sus caballos y habían empezado a ascender por la escarpada ladera que conducía hacia el objeto que había despertado su curiosidad. Trepaban a gran velocidad y sigilosamente, con la seguridad y destreza de exploradores expertos. Quienes les observaban desde la llanura que habían dejado atrás podían verles saltar de roca en roca hasta que sus figuras se recortaron contra el cielo. El joven que había dado la voz de alarma era quien encabezaba la expedición. De repente, los que le seguían vieron cómo levantaba las manos como si no pudiera creerse lo que veía. Al alcanzarle y ver lo que miraba se quedaron tan sorprendidos como él.

Sobre la pequeña explanada que coronaba la desnuda colina había una única roca de gran tamaño. Apoyado sobre esta roca había un hombre sentado, alto, con larga barba y de rasgos muy pronunciados debido a su excesiva delgadez. La relajación de su rostro y el ritmo de su respiración indicaban que estaba profundamente dormido. A su lado estaba una niña pequeña que tenía los regordetes y blancos brazos rodeando el oscuro y vigoroso cuello del hombre y apoyaba su cabeza de dorados cabellos sobre la túnica de terciopelo de éste. La niña tenía los labios de color de rosa entreabiertos y dejaba ver unos dientecitos blancos como la nieve, perfectamente regulares, y una sonrisa iluminaba su rostro infantil. Había un gran contraste entre las piernecitas blancas y gordezuelas de la niña, vestidas con calcetines y unos zapatos de hebillas relucientes, y los largos y escuálidos miembros de su compañero. Sobre un saliente de la roca sobre la que se apoyaba esta extraña pareja había tres solemnes auras que, ante la vista de los recién llegados, graznaron desconsolados y se alejaron batiendo hoscamente sus alas.

Los graznidos de los enfurecidos pájaros despertaron a los dos durmientes que se les quedaron mirando incrédulos. El hombre se puso en pie como pudo y miró la llanura que había estado completamente vacía cuando se durmió y ahora rebosaba con este enorme ejército de hombres y bestias. Tenía la incredulidad pintada en el rostro y se pasó una huesuda mano por delante de los ojos. «Esto debe ser lo que llaman delirio», murmuró. La niña se aferraba de pie a los faldones de su guardapolvos sin decir nada, pero mirando a su alrededor con la curiosidad de la infancia.

El equipo de rescate consiguió convencer rápidamente a los dos vagabundos de que no se trataba de una ilusión de sus sentidos. Uno cogió a la niña y la montó a caballito sobre sus hombros mientras que entre otros dos sujetaban por los hombros a su demacrado compañero para ayudarle a llegar a donde estaban los carromatos.

—Me llamo John Ferrier —explicó el aventurero—; esa pequeña y yo somos los únicos supervivientes de un grupo de veintiuna personas. Todos los demás murieron de hambre y de sed allá en el sur.

—¿Es tuya esa niña? —preguntó alguien.

—Creo que ahora sí lo es —dijo el preguntado desafiante—; ya que la he salvado, es mía. De hoy en adelante será Lucy Ferrier. ¿Quiénes sois vosotros? —preguntó mirando con curiosidad a estos determinados y rescatadores de rostros quemados por el sol—. Parecéis un grupo muy grande.

—Somos casi diez mil —dijo uno de los jóvenes—; somos el pueblo perseguido de Dios, los que el ángel Moroni escogió.

—Jamás oí hablar de él. Desde luego que eligió a un montón de vosotros —dijo el aventurero.

—No te burles de lo que es sagrado —le reprendió duramente el otro—. Somos los que creemos en las sagradas palabras escritas con jeroglíficos egipcios en el libro de páginas de oro que fue mostrado a Joseph Smith[2] en Palmyra. Venimos desde Nauvoo,

---

[2] Joseph Smith: Fundador en 1830 de la Iglesia de Jesucristo de los Santos del Último Día, secta cristiana conocida como Comunidad Mormona. Se basó en una serie de visiones en las que el ángel Moroni le enseñó un libro de páginas de oro que le animó a restaurar el auténtico cristianismo. Basándose en estas visiones escribió *El Libro del Mormón*. Los mormones fueron muy perseguidos. Smith murió asesinado en 1844.

Illinois, lugar en el que fundamos nuestro templo, buscando refugio frente a los violentos y los impíos, aunque haya de ser en el corazón del desierto.

El nombre de Nauvoo tenía evidentemente algún significado para John Ferrier, pues dijo:

—Ya veo, sois mormones.

—Somos mormones —le respondieron sus compañeros al unísono.

—¿Adónde vais?

—No lo sabemos. Dios nos guía a través de nuestro Profeta. Debes presentarte ante él. Él decidirá qué hay que hacer contigo.

Para entonces habían llegado ya a la base de la colina y el resto de los peregrinos les rodeaban: mujeres de cutis blanco y expresión dócil, niños fuertes y risueños, y hombres inquietos de mirada escrutadora. Al ver la corta edad de uno de los rescatados y el mísero estado del otro, empezaron a oírse muchas exclamaciones de asombro y conmiseración. Sin embargo, su escolta no se detuvo, sino que se abrió paso a través de la gran muchedumbre de mormones hasta que llegaron a un carromato que resultaba sospechoso debido a su gran tamaño y a su llamativo y cuidado aspecto. Llevaba aparejados seis caballos mientras que de los demás sólo tiraban dos o, como mucho, cuatro caballos. Detrás del conductor estaba sentado un hombre que no sobrepasaba la treintena, pero que su enorme cabeza y su decidida expresión delataban como líder de la expedición. Leía un grueso libro de tapas marrones, pero al acercarse la multitud, lo dejó a un lado y escuchó atento el relato de lo sucedido. Cuando finalizó, se giró hacia los vagabundos.

—Si os unís a nosotros —dijo solemnemente—, seréis fieles observantes de nuestro credo. No admitiremos lobos dentro de nuestro rebaño. Más os valdría que vuestros huesos se blanqueasen bajo el sol de este desierto, que convertiros en la manzana podrida que pudre todo el cesto. ¿Os unís a nosotros bajo esta condición?

—Creo que nos uniríamos a vosotros bajo cualquier condición —respondió John Ferrier con tal determinación que los serios ancianos no pudieron por menos que sonreír. Sólo su líder mantuvo la expresión seria e impasible.

—Llévale contigo, hermano Stangerson —dijo—, dale comida y agua. Y a la niña también. Será también tu tarea enseñarle nuestra sagrada fe. Ya nos hemos retrasado bastante, ¡adelante! ¡Adelante hacia Sión!

—¡Adelante, adelante hacia Sión! —gritó la multitud de mormones. Y las palabras se repitieron de boca en boca por toda la caravana hasta que el murmullo se perdió en la distancia. Y con un restallar de látigos y crujir de ruedas, la enorme caravana se puso en marcha de nuevo. El anciano a cuyo cuidado habían sido puestos los dos desheredados les llevó hasta su propia carreta, donde les aguardaba ya preparada la comida.

—Te quedarás aquí —dijo—, dentro de unos días te habrás recuperado. Mientras tanto, recuerda que ahora eres uno de los nuestros. Brigham Young lo ha dicho y ha hablado con la voz de John Smith, que es la voz de Dios.

2. LA FLOR DE UTAH

No es éste lugar en donde consignar todas la penurias y tribulaciones que hubieron de sufrir los emigrantes mormones hasta que alcanzaron el ansiado paraíso. Con una constancia pocas veces vista antes, se abrieron paso desde las orillas del Mississipi hasta las laderas orientales de las Montañas Rocosas. Les atacaron las fieras salvajes, los indios, el hambre, la sed, la enfermedad... Hubieron de enfrentarse a todos los impedimentos que la Naturaleza fue capaz de ponerles delante. Y, con tenacidad anglosajona, vencieron todos los obstáculos. A pesar de todo, las penurias y horrores del largo viaje habían sacudido el corazón de los más fuertes de ellos. Ni uno solo dejó de arrodillarse y pronunciar una plegaria de agradecimiento cuando vieron el gran valle de Utah dorado por la luz del sol extenderse a sus pies. Su jefe les dijo que ésa era su tierra prometida y que esos acres de tierra virgen serían suyos por siempre jamás.

Young resultó ser un administrador competente y un jefe de ideas claras. Se prepararon mapas y planos en los que aparecía diseñada la ciudad del futuro. Las granjas que la rodeaban se distribuyeron en tamaño proporcional a la valía de cada individuo. Los comerciantes levantaron sus negocios y los artesanos desarrollaron sus oficios. Las calles y plazas aparecían como por arte de magia. En el campo se construyeron canalizaciones de agua, se pusieron cercados, se limpió la maleza y se plantaron los cultivos. Al verano siguiente todas las tierras de cultivo aparecían doradas por las espigas de trigo. Todo prosperaba en este extraño asentamiento. Y sobre todas las cosas, el gran templo que había construido en el centro de la ciudad no dejaba de crecer. Cada vez era más alto y más amplio. Desde las primeras luces del alba hasta el ocaso no dejaba de oírse el remachar del martillo y el serrar de las sierras sobre el monumento que los inmigrantes habían levantado para honrar a Él, que los había guiado a través de tantos peligros.

Los dos desheredados, John Ferrier y la niñita que compartió su destino y él adoptó como hija suya, acompañaron a los mormones a lo largo de todo su peregrinaje. La pequeña Lucy Ferrier fue cómodamente a bordo de la carreta del anciano Stangerson, un refugio que compartió con las tres esposas del mormón y su hijo, un testarudo y atrevido niño de doce años de edad. Con la rapidez de la infancia, Lucy se repuso de la pena que supuso la pérdida de su madre y se convirtió en la muñeca de las mujeres y se adaptó a la vida en su nuevo hogar móvil de techo de tela. Mientras tanto, Ferrier, repuesto de sus penalidades, se convirtió en un guía útil y en un cazador infatigable. Se ganó la estima de sus nuevos compañeros rápidamente y, cuando llegaron a su destino, todos acordaron que la porción de tierra que debía recibir debía ser tan fértil y del mismo tamaño que la de cualquier otro, con excepción de las del mismo Young, Stangerson, Kemball, Johnston y Drebber. Estos últimos eran los cuatro ancianos más importantes.

En la granja que recibió Ferrier construyó una casa de troncos de madera de buen tamaño que a lo largo de los años sufrió tantas ampliaciones, que acabó convertida en una amplia villa. Era un hombre de ideas claras, honesto en sus negocios y de manos hábiles. Su constitución de hierro le permitía trabajar día y noche para mejorar y cultivar sus tierras. Y así sucedió que su granja y todo lo que le pertenecía prosperó rápidamente. Tres años después de su llegada tenía más fortuna que sus vecinos, a los seis era adinerado, a los nueve era rico y a los doce años de su llegada no había ni media docena de hombres en Salt Lake City con una fortuna que pudiera compararse con la suya. Desde el Gran Lago Salado hasta las montañas Wahsatch no había un hombre más conocido que John Ferrier.

Pero había un punto que levantaba las suspicacias de sus correligionarios. No hubo forma de persuadirle para que formara una familia de mujeres al estilo de las de sus compañeros mormones. Jamás dio razón alguna de su negativa y se limitó a permanecer inflexible en su decisión. Algunos le acusaron de ser un seguidor poco convencido de su religión y otros le acusaron de ser demasiado tacaño y no desear incurrir en muchos gastos. Y no faltaron quienes hablaron de un asunto amoroso de su juventud que tuvo de protagonista a una muchacha de rubios cabellos y que lloraba su ausencia en las costas del Atlántico. Fuese cual fuese la razón, Ferrier permaneció estrictamente célibe. En todo lo demás aceptó los preceptos del nuevo asentamiento y adquirió fama de ser un recto y estricto observante.

Lucy Ferrier creció dentro de la casa de troncos y ayudó a su padre en todas sus labores. El aire puro de las montañas y el aroma balsámico de los pinos ocuparon el lugar de una madre. A medida que pasaban los años creció y se hizo más fuerte; sus mejillas se volvieron más rosadas, y su andar, más elástico. Muchos viajeros que pasaban por el elevado camino que pasaba cerca de la granja de Ferrier volvían a recordar sentimientos olvidados mucho tiempo atrás al ver a la ágil muchacha brincando por entre los campos de trigo o cabalgando el mustang de su padre y gobernándolo con la destreza de un auténtico hijo del Oeste. De esta manera el capullo floreció y se convirtió en una flor, y en el mismo año en que su padre se convertía en uno de los granjeros más ricos, ella se convirtió en una de las jovencitas más bellas de las laderas del Pacífico.

No fue su padre el primero en descubrir que su hija se había convertido en una mujer. Rara vez sucede así. El cambio es misterioso y tan gradual que no es posible medirlo día a día. Y tampoco la doncella se da cuenta del cambio hasta que una voz o el roce de una mano deja su corazón en tal estado de agitación que se da cuenta, con una mezcla de ilusión y temor, que una nueva naturaleza más poderosa acaba de nacer dentro de ella. Muy pocas son las que no recuerdan el día y el acontecimiento que significó el nacimiento de una nueva vida. En el caso de Lucy Ferrier, el incidente en cuestión fue bastante serio por sí mismo, aparte de por la influencia que tuvo tanto en su propio destino como en el de muchos otros.

Era una cálida mañana de junio y los habitantes de los Santos del Último Día estaban atareados como las abejas de cuyas colmenas han hecho su emblema. En el campo y en la ciudad, un enjambre se afanaba. A lo largo de las largas y polvorientas calles desfilaban recuas de mulas pesadamente cargadas que se dirigían al Oeste. La fiebre del oro acababa de desatarse en California y la ruta terrestre pasaba por la ciudad de los Elegidos. Había además rebaños de ovejas y de bueyes que procedían de los pastos más alejados, y largos grupos de cansados inmigrantes, caballos y hombres extenuados por el largo viaje. Y a través de esta multitud, cabalgando con destreza, se abría paso al galope Lucy Ferrier, con las mejillas coloreadas por el ejercicio físico y con la melena de color castaño flotando al viento. Tenía que realizar un encargo de su padre en la ciudad y, con la misma temeridad que otras veces, se acercaba a toda velocidad, pensando únicamente en cómo realizar la misión que su padre le había encomendado. Los aventureros, sucios por el viaje, la miraban asombrados y los normalmente poco emotivos indios, vestidos con sus pieles, perdían su usual estoicismo para maravillarse de la belleza de la mujer blanca.

Acababa de llegar a las afueras de la ciudad cuando se encontró que un gran rebaño de ganado bloqueaba el camino. Media docena de vaqueros de aspecto fiero procedentes de las llanuras lo conducían. Impaciente por rebasar el obstáculo, introdujo su caballo por lo que parecía ser un hueco entre el ganado. Pero tan pronto como lo hizo, los animales cerraron el hueco que había detrás de ella y se encontró en medio de la corriente de los bueyes de largos cuernos y feroz mirada. Estaba acostumbrada a trabajar con ganado, por lo que su situación no la intimidó e intentó hacer avanzar a su caballo, con la esperanza de abrirse paso entre los bueyes. Pero, por desgracia, uno de los cuernos de uno de los animales, tal vez por accidente o tal vez a propósito, entró en contacto violentamente con uno de los flancos del mustang, quien se volvió loco. Se encabritó al instante sobre las patas traseras furioso y comenzó a dar violentos bandazos de forma que hubiese desmontado a un jinete de menor pericia. La situación era muy peligrosa. Cada sacudida del caballo le hacia chocar contra la cornamenta de algún animal y lo enfurecía aún más. Lo único que la chica podía hacer era mantenerse sobre la silla de montar, pues de caer al suelo moriría aplastada entre las pezuñas de los animales aterrorizados y difíciles de manejar. Al no estar acostumbrada a emergencias de este tipo, la cabeza empezó a darle vueltas y comenzó a perder el agarre sobre la silla. La polvareda y la respiración de las bestias le hacía respirar con dificultad; estaba a punto de rendirse cuando oyó muy cerca una voz amable que la tranquilizaba. Al mismo tiempo una mano fuerte de piel oscura cogía al caballo por el freno y lo obligaba a salir de la corriente de animales. Pronto se encontraron fuera de la manada.

—Espero que no esté usted herida, señorita —dijo respetuosamente su salvador.

Ella miró su rostro oscuro y se rió pícaramente.

—Estoy terriblemente asustada —dijo con inocencia—. ¡Quién se iba a imaginar que *Poncho* iba a asustarse de semejante manera por culpa de un grupo de vacas!

—¡Gracias a Dios que se ha mantenido sobre la silla! —dijo el otro de corazón. Era un hombre joven, alto, de aspecto feroz y que montaba un fuerte caballo ruano y vestía como un cazador, con un rifle de gran longitud colgando de sus hombros—. «Supongo que es usted la hija de John Ferrier —comentó—. La he visto salir cabalgando desde su casa. Cuando le vea pregúntele si se acuerda de los

Hope de St Louis. Si se trata del mismo Ferrier, él y mi padre eran íntimos amigos.

—¿No sería mejor que viniese usted a vernos y se lo preguntase en persona? —preguntó ella con pudor.

El joven pareció encantado ante la sugerencia y sus ojos resplandecieron de alegría.

—Así lo haré —dijo—; llevamos dos meses en las montañas y no tenemos muchas oportunidades para ir de visita. Su padre tendrá que conformarse con lo que queda de mí.

—Tiene mucho que agradecerle a usted. Y yo también —respondió ella—. Mi padre me quiere mucho. Si esas vacas me hubiesen aplastado, no habría podido superarlo.

—Yo tampoco —dijo su compañero.

—¡Usted! La verdad es que no veo qué podría importarle a usted. Ni siquiera es amigo nuestro.

El bronceado rostro del joven cazador se tornó tan serio tras este comentario que Lucy Ferrier empezó a reírse a carcajadas.

—Caramba, no quise decir eso —dijo ella—; naturalmente que es usted un amigo nuestro ahora. Venga a visitarnos. Debo marcharme o mi padre no me encomendará ningún otro encargo nunca.

—Adiós —respondió él, levantando el sombrero de ancha ala e inclinándose sobre la pequeña mano de ella. Ella recondujo su caballo, lo golpeó con la fusta y salió disparada a lo largo de la gran calle envuelta en una nube de polvo.

El joven Jefferson Hope se reunió con sus compañeros serio y taciturno. Había estado buscando con ellos plata por las montañas Nevadas y regresaban a Salt Lake City con el objetivo de ganar bastante dinero como para explotar algunos filones que habían descubierto. Había estado tan interesado en este negocio como cualquier otro, hasta que este repentino incidente le había hecho replantearse sus intereses. La imagen de la hermosa muchacha, tan franca y saludable como la brisa de la sierra había sacudido su fogoso corazón indomable poderosamente. Cuando ella había desaparecido ya de su vista, se dio cuenta de que acababa de vivir un momento crucial de su vida y que ni las minas de plata ni ninguna otra cosa llegarían nunca a ser tan importantes para él como esta nueva obsesión. El amor que acababa de apoderarse de él no era el capricho voluble de un niño, sino la pasión salvaje y poderosa de un hombre de fuerte voluntad y temperamento imperioso. Estaba habituado a triunfar en todo lo que emprendía y se juró a sí mismo que no sería derrotado tampoco esta vez si el triunfo dependía de su esfuerzo y perseverancia.

Esa misma noche visitó la casa de John Ferrier y siguió haciéndolo en muchas más ocasiones hasta que resultó ser una presencia habitual en la casa. John había estado aislado en el valle trabajando sin descanso y no sabía nada de lo que había pasado en el mundo exterior en los últimos doce años. Y Jefferson Hope podía ponerle al día y hacerlo de manera que sus relatos interesasen tanto al padre como a la hija. Había sido uno de los pioneros en California y conocía muchas historias extrañas relativas a las grandes fortunas que en aquellos días, idílicos y sin reglas, se amasaban y se perdían. Había sido explorador, trampero, buscador de minas de plata y ranchero. Siempre que había existido alguna posibilidad de vivir una aventura excitante, allí había ido Jefferson Hope.

Muy pronto se convirtió en el favorito del viejo granjero, quien hablaba elocuentemente de sus virtudes. En esas ocasiones Lucy permanecía callada, pero el sonrojo de sus mejillas y el brillo feliz de su mirada demostraban que su joven corazón ya no le pertenecía. Es posible que su honesto padre no fuese consciente de ello, pero sus sentimientos eran perfectamente correspondidos por el hombre que los inspiraba.

Una tarde de verano él llegó galopando por el camino y se detuvo al llegar a la cancela del cercado. Ella estaba en el umbral de la puerta y salió a recibirle. Él ató las riendas del caballo a la cerca y caminó hacia la casa.

—Me voy Lucy —dijo tomando las manos de ella entre las suyas y mirando tiernamente su rostro—. No voy a pedirte que vengas conmigo ahora, pero ¿vendrás conmigo cuando yo regrese?

—¿Y cuándo será eso? —preguntó ella sonrojándose y riendo.

—Dentro de un par de meses como máximo. Pediré tu mano en cuanto regrese, mi amor. Nadie podrá separarnos.

—¿Y papá? —preguntó ella.

—Ha dado su consentimiento, siempre y cuando saquemos buen rendimiento de esas minas. Él no será un problema.

—Bueno, si tú y papá ya lo habéis hablado, ya no hay nada más que discutir —susurró ella apoyando su mejilla contra el ancho pecho de él.

—¡Gracias a Dios! —dijo él ronco por la emoción, inclinándose para besarla—. Entonces todo está decidido. Cuanto más tiempo me quede, más trabajo me costará marcharme. Me están esperando en el cañón. Adiós, amor mío, adiós. Dentro de dos meses me verás otra vez.

Hizo el esfuerzo de separarse de ella mientras hablaba y subió a su caballo. Se alejó al galope a toda velocidad sin mirar atrás ni una sola vez, como si temiese no ser capaz de mantener su decisión si veía lo que dejaba tras de sí. Ella permaneció de pie en la cancela, viendo cómo desaparecía en la distancia. Entonces, caminó hasta la casa, sintiéndose la chica más afortunada de todo Utah.

3. JOHN FERRIER TIENE UNA CONVERSACIÓN CON EL PROFETA

Habían pasado tres semanas desde que Jefferson Hope y sus amigos se habían marchado de Salt Lake City. A John Ferrier le dolía pensar en lo que sucedería cuando el joven regresase y perdiese a la hija que había adoptado. Pero al ver la radiante cara de felicidad de ella, aceptó los hechos de mucho mejor grado de lo que se hubiese conseguido con cualquier discusión. Siempre había tenido claro, en lo más profundo de su indómito corazón, que nada en este mundo podría hacerle consentir que su hija se casase con un mormón. Él no consideraba que este tipo de matrimonios fuese en absoluto un matrimonio, sino una vergüenza y una humillación. Pensase lo que pensase de las doctrinas mormonas, no admitía discusión sobre ese punto. Estaba obligado a no decir ni una palabra sobre el asunto, pues manifestar cualquier opinión que se apartase de la ortodoxia era algo muy peligroso en aquellos días en la Tierra de los Santos.

Algo muy peligroso, sí. Ni los más santos se atrevían a expresar, si no era con muchísimo cuidado, cualquier tipo de opinión al respecto, pues temían que cualquier cosa que saliese de su boca pudiese ser malinterpretada y les costase muy caro. Los que antaño habían sufrido la persecución se habían convertido ahora en perseguidores, y de los más temibles. Ni la Inquisición de Sevilla, ni la alemana Vehmgericht, ni las sociedades secretas italianas podían compararse a la formidable maquinaria que los mormones pusieron en funcionamiento y que consiguió ensombrecer todo el Estado de Utah.

Su invisibilidad y el misterio que la rodeaba la hacía doblemente terrorífica. Parecía ser omnipotente y omnipresente y, sin embargo, era totalmente invisible: ni se oía nada de ella. El hombre que manifestaba alguna opinión contraria a la doctrina de la Iglesia, simplemente desaparecía. Y nadie sabía ni adónde había ido ni qué había sido de él. Su mujer y sus hijos le esperaban inútilmente en casa, pues ninguno de esos padres de familia pudo nunca regresar para contar qué es lo que le había sucedido mientras estuvo en manos de esos jueces secretos. Un comentario imprudente o una acción poco meditada podía causar la propia aniquilación. Y nadie sabía quiénes eran los que ejercían este terrible poder sobre todos ellos. No resulta sorprendente que los hombres estuviesen atemorizados y que ni en medio del campo diesen rienda suelta a sus dudas.

Al principio, este poder incierto y terrible fue ejercido sólo sobre los recalcitrantes que, tras haber abrazado la fe mormona, pretendían más tarde desvirtuarla o abandonarla. Pero más tarde amplió sus objetivos. El número de mujeres adultas solteras no bastaba para mantener vivo el sistema de sociedad poligámica y comenzaron a circular vagos rumores acerca de asesinatos de inmigrantes y tiroteo de campamentos en zonas en las que jamás había habido indios. De repente comenzaron a aparecer nuevas mujeres en los harenes de los ancianos. Mujeres que no dejaban de llorar y que morían de pena y que llevaban pintadas en sus rostros las huellas de algún indescriptible horror. Quienes andaban por las montañas de noche hablaban de bandas de hombres armados y sigilosos que, sin hacer el menor ruido, pasaban cerca de donde estaban ellos. Estos rumores fueron cobrando forma y fueron corroborados una y otra vez hasta que acabaron concretándose en nombres específicos. Todavía hoy en día la Banda Danite o los Ángeles Vengadores son nombres siniestros y de mal agüero entre los habitantes de los ranchos solitarios del Oeste.

Saber que tal organización existía realmente no sirvió para aplacar el terror de los hombres, sino, al contrario, para avivarlo aún más. Nadie sabía los nombres de los miembros de esta organización implacable. Los nombres de los participantes en estos actos violentos y sangrientos cometidos en nombre de la religión eran un secreto muy bien guardado. El mismo amigo a quien confiabas tus recelos acerca del Profeta podía ser quien te visitase de noche para obligarte a reparar tu ofensa a sangre y fuego. Cada hombre desconfiaba de su vecino y nadie hablaba de las cosas que le angustiaban.

Una hermosa mañana, cuando John Ferrier se disponía a salir a sus tierras, oyó el cerrojo de la cancela y, al mirar por la ventana, vio a un hombre fuerte, de mediana edad y cabello muy rubio que avanzaba por el caminillo hacia su casa. El corazón se le puso en la boca, pues era nada más y nada menos que el mismo Brigham Young en persona. Lleno de agitación, pues sabía que esta visita no significaba nada bueno, Ferrier se apresuró a ir a la puerta para recibir al gran líder mormón. Este último recibió el saludo con frialdad y le siguió muy serio hasta el cuarto de estar.

—Hermano Ferrier —dijo sentándose y mirando fijamente al granjero por entre sus rubias pestañas—, los auténticos creyentes se han portado bien contigo. Te recogimos en el desierto cuando te morías de hambre y de sed, te alimentamos y cuando llegamos al Valle Elegido te dimos una porción justa de tierra y te hemos permitido hacerte rico bajo nuestra protección. ¿No ha sido así?

—Así ha sido —contestó Ferrier.

—Sólo te pusimos una condición: que abrazases nuestra fe y siguieses todos sus preceptos. Prometiste hacerlo y, si lo que dice la gente es cierto, has descuidado tus obligaciones.

—¿Cómo es eso posible? —dijo John Ferrier, extendiendo sus manos en señal de protesta—. ¿Acaso no he dado dinero a la comunidad? ¿No he acudido al templo? ¿No...?

—¿Dónde están tus esposas? —dijo Young mirando a su alrededor—. Llámalas para que pueda saludarlas.

—Es cierto, no me he casado —respondió Ferrier—. Hay pocas mujeres y muchos otros eran más dignos que yo. No estaba solo: mi hija podía satisfacer todas mis necesidades.

—De esa hija tuya es de lo que quiero hablarte —dijo el jefe mormón—. Se ha convertido en la flor de Utah y muchos de los hombres de esta tierra han puesto sus ojos en ella.

John Ferrier rugió para sí.

—Corren por ahí habladurías que preferiría que fuesen mentira; rumores según los cuales está prometida a un gentil. Supongo que se trata sólo de rumores infundados. ¿Cuál es el decimotercio mandamiento en la ley del Santo Smith? «Las doncellas de la fe verdadera contraerán matrimonio con uno de los elegidos, pues si se casan con un gentil cometerán un horrible pecado.» Es imposible por tanto que tú, que profesas el credo sagrado, consientas que tu hija lo viole.

John Ferrier no contestó y siguió jugando nerviosamente con su fusta.

—El Sagrado Consejo de los Cuatro ha decidido poner a prueba tu fe sobre este punto. La chica es joven y no queremos ni que se case cuando tenga los cabellos canos ni tampoco privarla de su poder de decisión. Los ancianos tenemos muchas novillas[3] a nuestro cargo, pero nuestros hijos también deben tener acceso a ellas.

---

[3] Novillas: Herber C. Kemball utilizó este simpático adjetivo para referirse a sus cien esposas en uno de sus sermones.

Stangerson tiene un hijo. Y Drebber también. Cualquiera de ellos recibiría gustosamente a tu hija en su casa. Que ella elija entre ellos dos. Son jóvenes, ricos y profesan la auténtica fe. ¿Qué me contestas?

Ferrier permaneció callado durante un rato con el entrecejo fruncido.

—Danos algún tiempo —contestó finalmente—. Mi hija es muy joven. Casi no tiene edad de contraer matrimonio.

—Tiene un mes para decidirse —replicó Young levantándose de su asiento—. Cuando finalice ese periodo, tendrá que dar su respuesta.

Traspasaba el umbral de la puerta cuando se giró con el rostro encendido y los ojos llameantes y dijo:

—¡Habría sido mejor para ti, John Ferrier —bramó—, que tus huesos y los de ella estuviesen ahora blanqueándose al sol en Sierra Blanco que tú te atrevas a desobedecer una orden de los Cuatro Santos!

Y con un gesto amenazante de su mano, giró de nuevo hacia la puerta y Ferrier oyó sus pesados pasos crujir por el empedrado del sendero.

Ferrier permanecía sentado con uno de sus codos apoyado sobre su rodilla, pensando en la manera de exponer el asunto a su hija, cuando una mano se posó suavemente sobre él y, al levantar la cabeza, la vio de pie a su lado. Al ver su rostro, pálido y asustado, se dio cuenta de que ella había escuchado lo sucedido.

—No pude evitarlo —dijo ella en respuesta a la mirada de él—. Su voz ha retumbado por toda la casa. ¡Padre, padre, qué vamos a hacer!

—No te asustes —le respondió acercándola a sí y acariciando los cabellos castaños de la muchacha con su grande y áspera mano—. De una manera u otra, saldremos de ésta. Ese chico te gusta todavía ¿verdad?

La única respuesta de ella fue un sollozo y un apretón a la mano de su padre.

—Claro que sí. No esperaba oírte decir otra cosa. Es un buen muchacho y es cristiano, mucho más que estos tipos de aquí, con todos sus rezos y sus sermones. Mañana sale una caravana hacia Nevada. Conseguiré hacerle llegar un mensaje contándole el lío en el que estamos metidos. O muy poco le conozco, o estará aquí a una velocidad tal que dejará en ridículo a la de los telegramas.

Lucy se rió a través de sus lágrimas al escuchar la descripción de su padre.

—Cuando llegue, él podrá aconsejarnos. Pero eres tú quién me preocupa, querido papá. Se oyen... se oyen tantas historias horribles sobre los que se atreven a oponerse al Profeta: siempre les acaba sucediendo algo terrible.

—No nos hemos opuesto a él todavía —respondió su padre—, pero cuando lo hagamos, nos meteremos en muchos problemas. Tenemos todavía todo un mes por delante. Y cuando finalice, sospecho que lo mejor que podremos hacer es abandonar Utah.

—¡Marcharnos de Utah!

—Sí, así es.

—¿Y la granja?

—Nos llevaremos todo lo que podamos en metálico y nos olvidaremos de todo lo demás. Para serte sincero, Lucy, no es la primera vez que lo pienso. No me gusta tener que doblar el espinazo ante cualquier hombre como hacen estos tipos ante su maldito Profeta. Soy un hombre libre y esto es nuevo para mí. Además, creo que ya soy algo mayor para aprender. Como vuelva a aparecer por aquí, tendrá que vérselas con un cubo volando hacia él.

—No dejarán que nos marchemos —dijo Lucy.

—Espera a que Jefferson Hope llegue y lo conseguiremos. Mientras tanto, no te preocupes y no llores, cariño mío. Si cuando regrese te ve con los ojos hinchados me hará pagar por ello. No tienes de qué preocuparte, no corremos ningún peligro.

John Ferrier la consoló de esta manera y utilizó un tono de voz muy convincente, pero ella se dio cuenta de que esa misma noche revisó con especial atención que todas las puertas estuviesen bien cerradas y que limpió cuidadosamente y cargó el viejo y oxidado rifle que colgaba de una de las paredes de su dormitorio.

4. LA HUIDA

La mañana que siguió a la conversación con el profeta mormón, John Ferrier fue a Salt Lake City, buscó a su conocido, quien estaba a punto de partir para las montañas de Nevada, y le confió el mensaje dirigido a Jefferson Hope. En este mensaje contaba al joven el peligro inminente en el que se encontraban y lo mucho que necesitaban que regresara. Una vez consiguió hacer esto, se sintió mucho más tranquilo y regresó contento a casa.

A medida que se acercaba a su casa vio sorprendido dos caballos atados a los postes de la cancela. Pero todavía le sorprendió más encontrar a dos jóvenes en su sala de estar, quienes habían tomado posesión del mismo. Uno de ellos, de cara alargada y pálida, estada repantigado en la mecedora y apoyaba los pies sobre la estufa. El otro, un joven de anchísimo cuello y rasgos toscos e hinchados, estaba de pie frente a la ventana, con las manos en los bolsillos y silbaba un conocido himno. Ambos saludaron a Ferrier con una inclinación de cabeza cuando entró. El que estaba en la mecedora inició la conversación.

—Es posible que usted no nos conozca —dijo—; ése es el hijo del anciano Drebber y yo soy Joseph Stangerson, que viajó contigo por el desierto cuando el señor alargó Su mano para recogerte y llevarte con el pueblo elegido.

—Como hará con todas las naciones cuando llegue el momento —dijo el otro con voz nasal—. Su cedazo es muy fino y trabaja muy despacio.

John Ferrier saludó fríamente con la cabeza a su vez. Había adivinado quiénes eran sus visitantes.

—Hemos venido hasta aquí —continuó Drebber—, siguiendo el consejo de nuestros padres, para solicitar la mano de su hija para aquel de nosotros que tanto usted como ella consideren apropiado. Como yo tengo cuatro esposas y el hermano Drebber aquí presente tiene ya siete, me parece que yo tengo más derecho a ella.

—De eso nada, hermano Stangerson —protestó el otro—; no se trata de cuántas esposas tiene cada uno, sino de cuántas puede mantener. Mi padre acaba de cederme sus molinos y yo soy más rico que tú.

—Pero mis expectativas son más prósperas que las tuyas —dijo el otro, airado—. Cuando el Señor reclame a mi padre a su lado, heredaré su fábrica de curtido de pieles. Además soy más mayor que tú y tengo un mejor cargo en la Iglesia.

—Que sea la dama quien decida —continuó el joven Drebber sonriendo con desdén a su propio reflejo en el cristal de la ventana—. Dejemos que elija ella.

Durante esta conversación Ferrier había permanecido en pie en el umbral, furioso y haciendo un gran esfuerzo por no golpear a ambos con su fusta.

—Mirad —dijo finalmente acercándose a ellos—, podréis volver cuando mi hija os llame, pero hasta ese momento no quiero volver a veros por aquí.

Los dos jóvenes mormones le miraron sin dar crédito a lo que oían. A sus ojos, disputarse la mano de la doncella era el mayor elogio que podía hacérsele tanto a ella como a su padre.

—Hay dos maneras de salir de esta habitación —bramó Ferrier—: una es por la puerta y la otra por la ventana. Avisadme cuando hayáis decidido cuál preferís.

Su rostro bronceado tenía un aspecto tan salvaje y sus enormes manos resultaban tan amenazantes, que sus huéspedes se pusieron en pie de un salto y comenzaron una retirada apresurada. El viejo granjero les siguió hasta la puerta.

—No olvidéis decirme el resultado de la disputa —les dijo sardónico.

—¡Te arrepentirás de esto! —gritó Stangerson, blanco de ira—. Has desafiado al Profeta y al Consejo de los Cuatro. Lo lamentarás hasta el fin de tus días.

—La mano del Señor caerá sobre ti con furia —dijo el joven Drebber—. Se levantará contra ti y te golpeará.

—En ese caso, yo daré el primer golpe —exclamó Ferrier furioso. De no haber sido por Lucy que le sujetó, habría corrido escaleras arriba en busca de su fusil. Antes que pudiera soltarse de ella, el sonido de las pezuñas de los caballos al galope le hizo saber que ya estaban fuera de su alcance.

—¡Los muy bribones! —gritó limpiándose el sudor de la frente—. Prefiero verte morir, hija mía, antes que verte casada con cualquiera de ellos.

—Yo también, padre —respondió ella con energía—, Jefferson estará pronto aquí.

—Sí, no tardará en regresar. Cuanto antes mejor; no sabemos cuál será el próximo movimiento de esta gente.

Era desde luego el momento en que era necesario que alguien capaz de aconsejar y echar una mano acudiese en ayuda del viejo y fuerte granjero y su hija adoptiva. Nunca jamás en la historia del asentamiento se había producido un caso de desobediencia a la autoridad de los ancianos comparable a éste. Si errores más livianos se penalizaban con tanta dureza, ¿cuál sería el destino reservado para semejante rebelde? Ferrier sabía que ni sus riquezas ni su posición en la comunidad le servirían de nada. Otros tan ricos y tan conocidos como él habían desaparecido y la Iglesia se había quedado con sus bienes. Era un hombre valiente, pero los vagos y siniestros terrores que se cernían sobre él le hacían temblar. No temía enfrentarse a nada conocido, pero esta incertidumbre le hacía perder los nervios. Sin embargo, no mostró sus miedos a su hija y le quitó hierro a todo el asunto, aunque ella, que le conocía bien, se dio cuenta de que él estaba lejos de estar tranquilo.

Él esperaba recibir algún tipo de mensaje o reprimenda de Young por su conducta. Y aunque así fue, no se produjo de la manera que él esperaba. A la mañana siguiente, justo después de que amaneciera, encontró para su sorpresa un papelito sujeto con un alfiler al cobertor de su cama. Justo a la altura del pecho. Llevaba escrito con letras mayúsculas desgarbadas:

«Tienes veintinueve días para arrepentirte. En caso contrario...».

Los puntos suspensivos resultaban más terroríficos que cualquier amenaza. Ferrier quedó completamente desconcertado por la manera en que esta advertencia había llegado hasta su habitación. Los sirvientes no dormían en esa casa y todas las puertas y ventanas estaban cerradas por dentro. Arrugó el papel y no le dijo nada a su hija, pero el incidente le heló el corazón. Era evidente que los veintinueve días eran los días restantes hasta que cumpliera el plazo dado por Young.

¿Con qué valor y con qué fuerza podía uno enfrentarse a un enemigo armado con un poder tan misterioso? La misma mano que había prendido el alfiler podría haberlo clavado en el corazón y jamás se habría sabido el nombre de su asesino.

A la mañana siguiente se quedó aún más sorprendido. Se había sentado a desayunar cuando Lucy dio un grito de sorpresa y señaló con el dedo hacia arriba. En el mismo centro del techo aparecía escrito, aparentemente con un tizón, el número 28. Para su hija no tenía el menor sentido y él no hizo nada para aclararle de qué se trataba. Esa misma noche se sentó a hacer guardia despierto y armado con su fusil. Por la mañana un gran 27 apareció pintado en su puerta.

De esta manera se sucedieron los días. Y al hacerse de día, tan seguro como que el sol sale todas las mañanas, descubría que sus enemigos seguían llevando la cuenta de los días que quedaban del mes que le habían concedido de gracia y se lo hacían saber. En ocasiones, los números fatales aparecían sobre las paredes, en ocasiones sobre el suelo y otras veces en pequeños carteles sujetos a la puerta del jardín o el cercado. A pesar de su vigilancia, John Ferrier no consiguió descubrir quién le amenazaba de esta manera diariamente. Comenzó a asaltarle un terror supersticioso cada vez que veía uno de estos avisos. Estaba ojeroso y nervioso y sus ojos tenían la mirada asustada de una criatura a la que están dando caza. Sólo le quedaba la esperanza de que el joven cazador regresase de Nevada.

Los días pasaron de veinte a quince, de quince a diez y seguían sin noticias del ausente. Los números fueron disminuyendo uno a uno y no había ni rastro de él. Cada vez que se oía acercarse un caballo o un conductor gritaba a su tiro, el viejo granjero corría hacia la puerta, convencido de que por fin llegaba la ayuda. Finalmente, cuando el cinco dio paso al cuatro y éste al tres, se descorazonó y perdió toda esperanza de escapar a su destino. Se daba perfectamente cuenta de que sin ayuda y con un conocimiento demasiado limitado de las montañas que les rodeaban, no tenía escapatoria. Los caminos más transitados estaban estrechamente vigilados y no se podía salir de ellos sin el correspondiente permiso del Consejo. Hiciera lo que hiciera, parecía no haber manera de esquivar el golpe. Y a pesar de todo, el anciano resolvió morir si era necesario antes que consentir que deshonrasen a su hija.

Estaba sentado una tarde, meditando sobre sus problemas e intentando vanamente dar con una solución. Esa mañana el número 2 había aparecido escrito sobre una de las paredes de su casa y al día siguiente se cumpliría el plazo que le habían concedido. ¿Qué sucedería entonces? Innumerables y terribles temores poblaron su mente. Y su hija: ¿qué le sucedería a ella una vez desapareciera él? ¿No había manera de escapar de la invisible telaraña que les rodeaba? Dejó caer la cabeza sobre la mesa y sollozó amargamente de pura impotencia.

¿Qué era eso? En medio del silencio le pareció escuchar un débil sonido, como si algo arañase. Sonaba muy débil, pero en el silencio de la noche era perfectamente audible. Procedía de la puerta de la casa. Ferrier se acercó al recibidor sigilosamente y escuchó con atención. Durante unos instantes se produjo una pausa y de nuevo comenzó a escucharse el insidioso sonido. Era evidente que alguien estaba golpeando con sumo cuidado los paneles de la puerta. ¿Era algún asesino nocturno que venía a cumplir la misión que el tribunal secreto le había encomendado? ¿O era algún agente que venía a señalar el último día del plazo? John Ferrier sintió que era mejor que llegara la muerte de una vez que seguir soportando esta incertidumbre que le estaba destrozando los nervios. Saltó hacia delante y abrió la puerta de par en par.

Fuera todo estaba tranquilo y silencioso. La noche era preciosa y las estrellas titilaban intensamente sobre su cabeza. Veía el pequeño jardín delantero rodeado por la cerca, con su puerta; pero ni allí ni en el camino había ni un alma. Con un suspiro de alivio, John Ferrier miró a derecha y a izquierda, hasta que, al mirar por casualidad a sus pies, vio para su sorpresa a un hombre tumbado de cara al suelo con los brazos y las piernas extendidos.

Se quedó tan desconcertado por lo que vio que reculó hasta la pared y se llevó las manos a la garganta para sofocar un grito. Lo primero que pensó fue que se trataba de algún herido o moribundo. Pero cuando le miró de nuevo vio cómo reptaba por el suelo hasta el interior de la casa con el sigilo y la rapidez de una serpiente. Una vez dentro de la casa, el hombre se puso en pie y para el asombro del anciano granjero, resultó ser el feroz y decidido Jefferson Hope.

—¡Dios mío! —masculló John Ferrier—. Me has asustado. ¿Cómo has venido así?

—Deme de comer —dijo el otro con voz ronca—. No he tenido tiempo de comer ni de beber en las últimas cuarenta y ocho horas —se tiró sobre los restos fríos de carne y pan que habían quedado sobre la mesa tras la cena y se puso a devorarlos con voracidad—. ¿Lucy está bien? —preguntó una vez hubo saciado su hambre.

—Sí —respondió su padre—. No es consciente del peligro.

—Mejor. La casa está rodeada por todas partes. Por eso repté hasta aquí. Por muy listos que sean, no son lo bastante listos como para atrapar a un cazador washoe.

John Ferrier se sentía hombre nuevo ahora que tenía un aliado en quien podía confiar. Agarró la curtida mano del joven y la estrechó con cordialidad.

—Eres un hombre del que se puede estar orgulloso —le dijo—; pocos habrían venido hasta aquí para compartir nuestros problemas.

—En eso tiene razón —respondió el joven cazador—. Le respeto, pero si fuese usted solo el que estuviese metido en el lío, me lo hubiese pensado dos veces antes de meterme en el avispero. He venido por Lucy. Antes de que nada malo le suceda a ella, habrá un miembro menos de la familia Hope en Utah.

—¿Qué vamos a hacer?

—Mañana es el último día y si no actuamos esta misma noche, estamos perdidos. Tengo dos caballos y una mula esperando en el barranco del Águila. ¿Cuánto dinero tiene?

—Unos dos mil dólares en oro y cinco mil en billetes.

—Eso bastará. Yo tengo una cantidad similar. Tenemos que abrirnos paso hasta Carson City a través de las montañas. Será mejor que despierte a Lucy. Es una suerte que los criados no duerman en la casa.

Mientras Ferrier preparaba a su hija para la huida, Jefferson Hope empaquetó todos los alimentos que pudo encontrar y formó un pequeño paquete con ellos. Llenó también un pequeño recipiente de piedra con agua, pues sabía por experiencia que una vez en las montañas los pozos de agua eran escasos y estaban muy alejados unos de otros. Acababa de terminar con sus preparativos cuando el granjero regresó con su hija, ya vestida y lista para partir. El reencuentro entre los dos amantes fue cariñoso pero breve, pues el tiempo era oro y todavía les quedaban muchas cosas por hacer.

—Debemos salir de inmediato —dijo Jefferson Hope, hablando con voz baja y decidida, como alguien que es consciente del peligro al que se enfrenta, pero está decidido a superarlo—. La entrada principal y la trasera están vigiladas, pero si tenemos cuidado podemos salir por la ventana lateral y desde ahí cruzar los campos de cultivo. Una vez lleguemos al camino, estaremos sólo a dos millas del barranco donde nos esperan los caballos. Cuando amanezca estaremos en medio de las montañas.

—¿Y si nos detienen? —preguntó Ferrier.

Hope dio una palmada a la culata del revólver que sobresalía por la parte frontal de su túnica.

—Si son muchos más que nosotros, podremos llevarnos por delante a dos o tres de ellos —dijo con una sonrisa siniestra.

Todas las luces en el interior de la casa estaban apagadas. A través de la oscura ventana Ferrier vio lo que hasta ese momento habían sido sus campos de cultivo y que se disponía a abandonar para siempre. Se había sacrificado trabajando duramente en esas tierras y, sin embargo, al pensar que estaba contribuyendo a salvaguardar el honor y la felicidad de su hija, no le importó dejar atrás toda su fortuna. Todo parecía tan tranquilo y alegre: el murmullo de las hojas de los árboles, la ancha franja de campos de cereales silenciosos... Era difícil imaginar que la siniestra sombra del asesinato se cernía sobre todos ellos. Y sin embargo, el rostro pálido y de expresión decidida del joven cazador era señal de que mientras se acercaba había visto algo que le había convencido de que así era.

Ferrier llevaba el saco con el oro y los billetes, Jefferson Hope las exiguas provisiones y el agua, y Lucy llevaba tan sólo un pequeño hatillo en el que había recogido unas pocas de sus más preciadas posesiones. Abrieron la ventana muy despacio y con mucho cuidado y esperaron a que una nube oscureciera la noche. Uno a uno salieron con cuidado por la ventana hasta el pequeño jardín. Contuvieron la respiración y avanzaron agachados hasta el seto. Una vez allí, lo siguieron hasta que alcanzaron la abertura del mismo a los campos de maíz. Acababan de llegar a este punto cuando Jefferson Hope tiró de ellos y les arrastró hasta las sombras. Allí se quedaron, temblando y en silencio.

El tiempo pasado en las praderas había dado a Jefferson Hope el oído de un lince. Acababan de agacharse cuando se escuchó el ulular melancólico de un búho a unas pocas yardas de donde se encontraban. Un ulular semejante y próximo respondió al anterior. En ese instante vieron a una vaga figura pasar por la abertura hacia la que se dirigían ellos. Realizó la misma llamada y esta vez un segundo hombre surgió de las sombras.

—Mañana a media noche —dijo el primero, que parecía ser el que estaba al mando—. Cuando suene por tercera vez el chotacabras.

—De acuerdo —contestó el otro—. ¿Aviso al hermano Drebber?

—Avísale y que él pase el aviso a los demás. ¡De nueve a siete!

—¡De siete a cinco! —dijo el otro y ambos se separaron siguiendo caminos distintos. Sus palabras finales parecían sin duda algún tipo de santo y seña. En el mismo instante en el que sus pasos se perdieron en la distancia, Jefferson Hope se puso en pie y ayudó a sus compañeros a pasar por la abertura en el seto. Hope dirigió la marcha a través de los campos de cultivo, llevándoles a toda velocidad, sirviendo de apoyo a la chica y llevándola en brazos cuando a ella le fallaban las fuerzas.

—¡Rápido, rápido! —decía de cuando en cuando—. Estamos dentro del alcance de los centinelas. Todo depende de lo rápidos que seamos. ¡Deprisa!

Una vez llegaron al camino principal, avanzaron más deprisa. Sólo en una ocasión se encontraron a alguien y les dio tiempo a esconderse entre el cereal antes de ser vistos. Antes de llegar a la ciudad el cazador les desvió por un estrecho y accidentado sendero que conducía a las montañas. Dos oscuros y serrados picos dominaban el terreno en la oscuridad por encima de ellos. Es desfiladero que discurría entre ambas montañas era el que recibía el nombre de Cañón del Águila. Allí les esperaban los caballos. Con un instinto certero, Jefferson Hope fue guiando su camino por entre enormes rocas y a lo largo del lecho de un río seco. Llegaron finalmente a un recodo cubierto por grandes rocas tras las que estaban escondidos los animales. A la chica le correspondió la mula y el viejo Ferrier y su saco con el dinero se acomodaron sobre uno de los caballos y Jefferson Hope sobre el otro. Hope les guió por el escarpado y peligroso sendero.

Era una ruta algo desconcertante para alguien que no estuviese acostumbrado a contemplar la naturaleza en su estado más salvaje. A un lado tenían un gran peñasco que sobrepasaba los mil pies de altura, negro, severo y amenazante, cuya rugosa superficie estaba cubierta por columnas basálticas de manera que semejaban las costillas de algún monstruo petrificado. Al otro lado, un completo caos de rocas y maleza impedía el paso. Por entre ambos discurría el irregular sendero, tan angosto que en algunos puntos se veían obligados a avanzar en fila india. Y tan accidentado que tan sólo jinetes experimentados podrían recorrerlo. A pesar de todas las dificultades, los fugitivos estaban más contentos a cada paso que daban, pues aumentaba la distancia entre ellos y la temible dictadura de la que huían.

Pronto vivieron una prueba palpable de que todavía estaban dentro de la jurisdicción de los Santos. Habían llegado a la parte más agreste y triste del desfiladero cuando la chica gritó asustada y señaló hacia arriba. Sobre una roca que dominaba el camino, podía verse recortada contra el cielo la silueta de un solitario centinela. Él les vio a ellos tan pronto como ellos se dieron cuenta de la presencia de él. Su marcial saludo «¿Quién va?» resonó por todo el silencioso desfiladero.

—Viajeros que se dirigen a Nevada —dijo Jefferson Hope con una mano sobre el rifle que colgaba de su silla de montar.

Vieron cómo el centinela cogía su revólver, poco satisfecho por la respuesta recibida, y les miraba con atención desde lo alto.

—¿Con permiso de quién? —preguntó.

—Los Cuatro Sagrados —respondió Ferrier. Su experiencia con los mormones le había demostrado que ésa era la máxima autoridad a quién se podía recurrir.

—De nueve a siete —gritó el centinela.

—De siete a cinco —respondió de inmediato Jefferson Hope, recordando el santo y seña escuchado en el jardín.

—Id, y que el Señor os acompañe —les dijo la voz desde allí arriba.

Más allá de este puesto de vigilancia, el camino se ensanchaba y pudieron poner los caballos al trote. Al mirar atrás vieron al solitario vigía empuñar su pistola y se dieron cuenta de que acababan de traspasar el último puesto fronterizo del pueblo elegido y que tenían frente a ellos la libertad.

5. LOS ÁNGELES VENGADORES

A lo largo de toda la noche su camino discurrió por intrincados desfiladeros e irregulares pasos de montaña. Se perdieron en más de una ocasión, pero el profundo conocimiento que Hope tenía de aquellas montañas les permitió regresar a su camino en todas las ocasiones. Cuando amaneció se encontraron con una maravillosa muestra de naturaleza en su estado más salvaje delante de ellos. Mirasen en la dirección que mirasen, enormes montañas de cumbres nevadas les cortaban el paso, asomándose unas sobre otras y perdiéndose en el horizonte. Las laderas por entre las que avanzaban eran tan escarpadas que los pinos y alerces parecían suspendidos por encima de sus cabezas, de manera que una leve racha de viento los haría desplomarse sobre ellos. Ese temor no era completamente injustificado, pues el estéril valle estaba lleno de troncos de árboles y grandes rocas que se habían desprendido de las laderas. De hecho, mientras cabalgaban por allí, una gran roca cayó rodando, chocando y retumbando contra todas las demás. El eco de su caída se extendió por los silenciosos barrancos y asustó a los exhaustos caballos que echaron a galopar.

A medida que el sol se elevaba en el horizonte por el este, las cumbres nevadas de las montañas que les rodeaban comenzaron a iluminarse una tras otra, como si se tratase de farolillos en una feria, hasta que finalmente acabaron todas refulgiendo con un color rojizo. El increíble espectáculo llenó de alegría el corazón de los fugitivos y les llenó de renovadas energías. Llegaron a un torrente que surgía de un barranco y en él dieron de beber a los caballos y tomaron un frugal desayuno. Tanto Lucy como su padre hubiesen deseado descansar durante más tiempo, pero Jefferson Hope era inflexible:

—Ya deben haber salido en nuestra persecución —dijo—. Todo depende de lo rápidos que seamos. Ya tendremos tiempo de descansar durante toda nuestra vida una vez estemos a salvo en Carson City.

Durante todo el día avanzaron penosamente por desfiladeros. Al caer la tarde calcularon que debían estar a unas treinta millas de sus enemigos. Eligieron para dormir la base de un empinado barranco, en donde las rocas les protegían del viento helado. Se juntaron entre ellos para poder darse algo de calor y durmieron durante unas pocas horas. Antes de que amaneciera, ya estaban de nuevo en pie y en marcha. No habían visto ni rastro de sus posibles perseguidores y Jefferson Hope empezaba a pensar que habían conseguido ponerse a salvo de la temible organización cuya enemistad se habían granjeado. Pero no sospechaba el alcance del brazo de hierro ni de lo próximo que estaba el momento en el que su garra caería sobre ellos.

Sus exiguas provisiones comenzaron a escasear a mediados del segundo día. El cazador no se inquietó mucho, pues existía caza por aquellas montañas y en más de una ocasión había tenido que recurrir a su rifle para proveerse de las necesidades más básicas. Eligió un rincón resguardado y con unas cuantas llamas secas encendió una hoguera para que sus acompañantes permaneciesen en calor, pues se encontraban a casi cinco mil pies sobre el nivel del mar y el aire era helador. Ató a los caballos, se despidió de Lucy y con el arma al hombro salió en busca de lo que el destino quisiera depararle. Al mirar atrás vio al viejo y a la joven, en cuclillas al lado del fuego, y los tres animales inmóviles tras ellos. Después, las rocas que se interpusieron entre ellos le impidieron seguir viéndoles.

Caminó durante un par de horas de barranco en barranco sin el menor éxito, aunque a juzgar por las marcas que encontró sobre los troncos de los árboles y algún otro indicativo, debía haber bastantes osos por allí. Finalmente, cuando ya habían transcurrido dos o tres horas de búsqueda infructuosa y estaba a punto de volver atrás derrotado, al levantar la vista vio algo que hizo que su corazón saltase de alegría. En lo alto de un elevado pináculo, trescientos o cuatrocientos pies por encima de donde él se encontraba, había una criatura que recordaba a una oveja, pero que tenía un par de cuernos gigantescos. El carnero estaba, probablemente, vigilando a un rebaño que quedaba fuera de la visión del cazador. Afortunadamente, miraba hacia el lado contrario y no se había dado cuenta de la presencia del cazador. Se tumbó boca abajo y apoyó su rifle sobre una piedra y apuntó cuidadosamente durante un buen rato antes de apretar el gatillo. El animal saltó en el aire, peleó durante unos instantes por recuperar el pie sobre el borde del precipicio y finalmente se desplomó en el valle. El animal era demasiado grande para poder transportarlo entero, así que el cazador se conformó con cortarle una de las patas traseras y parte del flanco. Se puso su trofeo sobre los hombros y se apresuró a deshacer sus pasos, pues comenzaba a caer la tarde. Sin embargo, nada más ponerse a ello se dio cuenta de que no iba a ser tarea fácil. En su afán por conseguir comida se había aventurado mucho más allá de los barrancos que conocía y no era sencillo reconocer por dónde había pasado. El valle en el que se encontraba estaba subdividido en muchas quebradas, tan parecidas unas a otras, que resultaba prácticamente imposible diferenciarlas. Caminó durante algo más de una milla hasta que llegó a un torrente de montaña que estaba seguro de no haber visto antes. Convencido de que había elegido el camino equivocado, probó por otro sendero con el mismo resultado. La noche se le estaba echando encima rápidamente y era prácticamente noche cerrada cuando consiguió llegar a un desfiladero que sí conocía. Ni aún entonces era fácil mantenerse en el buen camino, pues la luna no se había levantado todavía y los altos precipicios que tenía a ambos lados le mantenían en una profunda oscuridad. Doblado bajo el peso de su carga y agotado por todo el esfuerzo realizado, se obligaba a pensar que cada paso suyo le acercaba a Lucy un poco más y que él estaba llevando la comida que les permitiría completar su viaje.

Acababa de llegar a la boca de la garganta en donde les había dejado. Incluso en medio de aquella oscuridad, pudo reconocer la silueta de las paredes de piedra que lo rodeaban. Pensó que debían estar esperándole impacientes, pues había estado ausente durante casi cinco horas. Contento como estaba, se llevó las manos a la boca para dar un grito de saludo que resonase por el profundo y estrecho valle, señal de que ya se aproximaba a ellos. Se detuvo y esperó una respuesta. Pero no recibió más que los sonidos de su propio grito resonando contra las paredes de los barrancos en silencio y que regresó a él repitiéndose innumerables veces. Repitió su llamada gritando más fuerte esta vez y de nuevo no recibió como respuesta de sus amigos, de los que se había separado hacía tan poco tiempo, ni tan siquiera un susurro. Un vago terror sin nombre se apoderó de él y comenzó a correr desesperadamente hacia delante, dejando caer con su agitación la tan preciada comida.

Al girar un recodo tuvo la visión completa sobre el lugar en el que había ardido el fuego. Todavía quedaba una pila de rescoldos incandescentes, pero era evidente que nadie se había ocupado de mantenerlo vivo desde que él se había marchado. En todas partes a su alrededor sólo existía el mismo silencio. Ya los vagos temores habían tomado una forma definida y avanzó aún más deprisa. No había ni un alma alrededor de lo que había sido un fuego: animales, doncella y anciano habían desaparecido. Era demasiado evidente que algún terrible desastre había ocurrido durante su ausencia. Un desastre que les había golpeado a todos ellos sin dejar rastro.

Completamente desconcertado y aturdido por este golpe, Jefferson Hope sintió que la cabeza le daba vueltas y tuvo que apoyarse sobre su rifle para evitar desplomarse sobre el suelo. Pero él era intrínsecamente un hombre de acción y recobró rápidamente el sentido. Tomó un pedazo de madera medio quemado y sopló el ascua para prenderlo de nuevo. Con ayuda de la luz que le proporcionaba se dispuso a inspeccionar el pequeño campamento. El suelo estaba lleno de pisadas de caballo por todas partes. Una gran partida de hombres a caballo había caído sobre los fugitivos; por la dirección de las huellas, habían marchado en dirección a Salt Lake City. ¿Se habían llevado con ellos a sus dos compañeros? Jefferson Hope estaba casi convencido que eso era lo que debía haber pasado, cuando sus ojos repararon en un objeto que le hizo estremecerse. Un poco alejado del campamento había un pequeño montículo de arena rojiza que estaba completamente seguro que antes no estaba allí. No era otra cosa sino un tumba recién excavada. A medida que se acercaba a ella, el joven cazador fue consciente de que sobre ella habían clavado un palo atravesado por un papel sujeto por la hendidura de la horquilla. La inscripción en el papel era breve pero exacta:

JOHN FERRIER
Vecino de Salt Lake City
Muerto el 4 de agosto de 1860

El robusto anciano del que se había separado tan poco tiempo antes ya no existía y éste era todo su epitafio. Jefferson Hope buscó furiosamente una segunda tumba a su alrededor, pero no encontró ninguna. Sus feroces perseguidores habían conducido a Lucy a cumplir su destino original de convertirse en una esposa más en el harén del hijo de uno de los ancianos. Al darse cuenta de lo que iba a suceder irremediablemente sin que él pudiera hacer nada por impedirlo, el joven deseó ocupar también una tumba al lado del anciano.

Sin embargo, una vez más, su alma decidida le obligó a salir del letargo que surge de la desesperación. Si no podía hacer otra cosa, por lo menos dedicaría el resto de sus días a vengarse. Jefferson Hope no era sólo un hombre paciente y perseverante, sino que además era tremendamente vengativo, posiblemente a causa de todo el tiempo que había vivido con los indios. Mientras permanecía de pie al lado del fuego agonizante se dio cuenta de que lo único que podría mitigar su dolor sería la venganza. Venganza completa y sin piedad llevada a cabo por él mismo en la persona de sus enemigos. Decidió dedicar toda su energía y voluntad a este único objetivo. Pálido y desencajado, deshizo sus pasos hasta donde había dejado caer la comida, avivó las llamas y asó carne en cantidad suficiente como para que le durase unos días. Hizo un hatillo con ella y, a pesar de lo cansado que estaba, se puso a caminar por entre las montañas siguiendo el rastro de los Ángeles Vengadores.

Completamente exhausto y con los pies destrozados caminó durante cinco días, recorriendo de vuelta el mismo camino que ya había hecho a caballo. De noche se dejaba caer en cualquier grieta y dormía unas pocas horas. Antes de que amaneciera ya estaba de nuevo en marcha. El sexto día llegó al Cañón del Águila desde el que había comenzado su huida maldita. Desde allí tenía una panorámica completa sobre la ciudad de los Santos. Agotado, exhausto, se apoyó sobre su rifle y saludó ferozmente con su enorme mano a la extensa y silenciosa ciudad que tenía a sus pies. Mientras la observaba se dio cuenta de que había banderas en algunas calles importantes y alguna que otra señal de que celebraban una fiesta. Seguía intentando imaginar de qué podía tratarse cuando escuchó el repiqueteo de las herraduras de un caballo y vio que se acercaba a él un hombre a caballo. Cuando estuvo más cerca vio que se trataba de un mormón llamado Cowper, al que conocía por haber trabajado para él en alguna ocasión. En cuanto pudo, se acercó a él para preguntarle por el destino de Lucy.

—Soy Jefferson Hope —le dijo—, ¿me recuerdas?

El mormón le miró con un asombro imposible de disimular. Era muy difícil reconocer en este vagabundo andrajoso y sucio, de cara demacrada y feroz mirada, al apuesto y joven cazador de días pasados. Una vez que supo su identidad, el asombro pasó a convertirse en preocupación.

—Estás loco al venir aquí —exclamó—. Arriesgo mi propia vida al hablar contigo. Los Cuatro Sagrados te han puesto en busca y captura por ayudar a los Ferrier a escapar.

—No les temo ni a ellos ni a los que salgan en mi busca —dijo Hope vehementemente—. Tú tienes que estar al corriente de algunas cosas, Cowper. En nombre de todo lo que para ti sea sagrado, te ruego que me contestes a algunas preguntas. Siempre hemos sido amigos; por el amor de Dios, contéstame, por favor.

—¿Qué quieres saber? —respondió el mormón, inquieto—. Date prisa. Hasta las rocas oyen y los mismos árboles tienen ojos.

—¿Qué ha sido de Lucy Ferrier?

—Ayer se casó con el hijo de Drebber. No te caigas, hombre, sostente; estás medio muerto.

—No te preocupes por mí —respondió Hope completamente mareado. Estaba blanco como un muerto y tuvo que dejarse caer sobre una roca sobre la que se había estado apoyando—. ¿Dices que se ha casado?

—Ayer se casó. Por eso hay banderas en la Casa de Dotaciones[4]. Drebber y Stangerson discutieron acerca de quién tenía más derecho a casarse con ella. Ambos habían pertenecido a la partida que les persiguió y fue Stangerson quien mató a su padre. Eso parecía darle el derecho a casarse con ella, pero cuando el Consejo discutió el asunto, Drebber tenía más partidarios, así que el Profeta se la dio a él. Aunque ninguno habría podido disfrutar mucho de ella, porque ayer le vi a ella la muerte pintada en el rostro. Parecía más un fantasma que una mujer. ¿Te marchas?

—Sí, me marcho —respondió Jefferson Hope que acababa de levantarse de su asiento. La expresión de su rostro era tan dura y decidida que parecía que su cara había sido cincelada en mármol. En los ojos llevaba una mirada siniestra.

—¿Adónde vas?

—Eso es lo de menos —le respondió—. Deslizó su arma por encima de su hombro y se puso en marcha en dirección al barranco y de ahí al corazón de las montañas, el reino de las bestias salvajes. Ninguna de ellas era tan feroz y salvaje como él.

La predicción del mormón se cumplió al pie de la letra. Se debiese a la cruel muerte de su padre o al odioso matrimonio que le fue impuesto, el caso es que Lucy Ferrier languideció y murió de pena en menos de un mes. Su marido, que, además de ser un borracho, se había casado con ella para tener acceso a la fortuna de su padre, no demostró un gran dolor por su pérdida. Pero sus otras esposas, como manda la costumbre mormona, lloraron su muerte y velaron

---

[4] Casa de Dotaciones, *Endowment House* en el original. Se trataba del edificio original en el que los mormones de Salt Lake City celebraban sus rituales y ceremonias importantes antes de que terminasen de construir su templo.

su cadáver durante toda la noche que precedió a su entierro. Estaban todas reunidas alrededor de su ataúd cuando, para su completo asombro y terror, la puerta de la habitación se abrió de par en par de golpe y entró un hombre de feroz aspecto, abatido por la meteorología y harapiento. Sin ni siquiera echar una sola mirada a las aterrorizadas mujeres, se acercó a la blanca y silenciosa figura que una vez había contenido el alma pura de Lucy Ferrier; se inclinó sobre el cadáver y besó reverentemente su fría frente. Entonces, tomó su mano y le quitó del dedo la alianza de boda. «No la enterraréis con esto puesto», bramó con un feroz gruñido. Antes de que ellas pudiesen dar la voz de alarma, salió disparado escaleras abajo y desapareció. El episodio fue tan rápido e inusitado, que las veladoras no lo habrían creído ni hubiesen podido convencer a nadie de la veracidad de su relato, a no ser por el hecho innegable de que el círculo de oro que había rodeado su dedo señalando que había contraído matrimonio había desaparecido.

Durante algunos meses, Jefferson Hope vagó por las montañas y siguió un estilo de vida salvaje y agreste, cultivando en su corazón el deseo de venganza que se había apoderado de él. Por la ciudad circulaban historias acerca del extraño ser al que se veía merodeando por las afueras y que cazaba por los solitarios barrancos de las montañas. En una ocasión una bala silbó a través de una de las ventanas de Stangerson y se estrelló en una pared a menos de un pie de distancia de él. En otra, una gran roca se desprendió de una pared de piedra justo cuando Drebber pasaba bajo ella y salvó la vida de milagro al tirarse al suelo. Los dos jóvenes mormones no tardaron en descubrir la causa de estos atentados contra su vida. Repetidamente salieron partidas de hombres hacia las montañas con la intención de cazar a Hope y capturarle o darle muerte, pero no tuvieron éxito. A partir de ese momento ambos empezaron a tomar precauciones: nunca salían solos y jamás cuando se había puesto el sol, y ambos hicieron vigilar sus casas. Al cabo de un tiempo pudieron relajar algo estas medidas, pues no volvió a saberse nada de su enemigo y empezaron a sospechar que su afán de venganza se había mitigado.

Nada más lejos de la realidad: no sólo no había disminuido lo más mínimo sino que había aumentado. El cazador no estaba acostumbrado a rendirse y era un hombre de palabra. Su deseo de venganza se había apoderado de él por completo y ningún otro sentimiento tenía cabida dentro de él. Sin embargo, más que ninguna otra cosa, era un hombre de naturaleza práctica y muy pronto se dio cuenta de que ni su constitución de hierro podría soportar las condiciones de extrema adversidad a las que se estaba exponiendo. El vivir a la intemperie y la escasez de comida estaban agotándole por completo. Si él acababa muriendo como un perro en las montañas, ¿quién llevaría a cabo su venganza? Y si seguía así, era seguro que moriría pronto. Se dio cuenta de que su actitud beneficiaba a sus enemigos; así que, de mala gana, se volvió a las minas de Nevada, donde podría cuidar mejor su salud y conseguir el dinero que le permitiría cumplir sus objetivos sin privaciones de ningún tipo.

Tenía intención de estar fuera un año como máximo, pero un cúmulo de circunstancias imprevisibles le impidieron marcharse de las minas antes de que hubiesen transcurrido cinco años. Cuando pasó ese tiempo, sus deseos de venganza eran tan feroces como la noche en la que estuvo frente a la tumba de John Ferrier. Regresó a Salt Lake City disfrazado y utilizando un nombre falso, sin preocuparle un ápice lo que le sucediera siempre y cuando pudiera hacer lo que él entendía como justicia. Sin embargo, se encontró con algo que no esperaba. Pocos meses antes se había producido un cisma en el seno del Pueblo Elegido. Algunos de los miembros jóvenes de la Iglesia se habían rebelado en contra de la autoridad de los ancianos y el resultado había sido que algunos de los descontentos se habían marchado de Utah y se habían convertido en gentiles. Dos de ellos eran Drebber y Stangerson. Y nadie tenía ni idea de adónde habían ido. Corrían rumores de que Drebber había conseguido convertir gran parte de sus bienes en dinero en metálico y era un hombre acomodado, mientras que su compañero, Stangerson, era en comparación relativamente pobre. Pero no había ni el menor indicio de hacia adónde podían haber ido.

Cualquier otro hombre, por vengativo que fuese, habría decidido abandonar ahí ante las dificultades que la empresa ofrecía, pero no así Hope. A pesar de la poca preparación que poseía, se puso a buscar cualquier tipo de empleo que le permitiera perseguir a sus enemigos por todos los Estados Unidos. Pasaron los años, sus cabellos encanecieron y siguió viajando, convertido en un sabueso humano y con la idea fija en su mente de conseguir el único objetivo al que había decidido dedicar su vida. Finalmente, su perseverancia se vio recompensada. Fue tan sólo una mirada a través de una ventana, pero esa mirada le dijo que en Cleveland, Ohío, estaban los hombres a los que perseguía. Regresó a su miserable vivienda con un plan de venganza perfectamente trazado. Sucedió sin embargo que Drebber también miró por la ventana. Y reconoció al vagabundo de la calle al leer la muerte en sus ojos. Se apresuró a denunciar ante un juez, acompañado por Stangerson, que se había convertido en su secretario particular, y clamó ante él que ambos se encontraban en peligro de muerte a causa de los celos de un antiguo rival. Esa misma tarde Jefferson Hope fue puesto en prisión preventiva y, al no poder pagar una fianza, permaneció detenido varias semanas. Una vez fue puesto en libertad, se encontró con que Drebber había abandonado su casa y que tanto él como su secretario habían puesto rumbo a Europa.

De nuevo le habían burlado. Y de nuevo su odio reconcentrado le hizo salir tras ellos. Pero necesitaba dinero; así que durante un tiempo se vio obligado a trabajar y ahorrar cada dólar que ganaba para poder hacer el deseado viaje. Por fin, tras haber ahorrado todo el dinero posible, salvo el necesario para mantenerle con vida, salió hacia Europa y persiguió a sus enemigos de ciudad en ciudad, dedicándose a cualquier labor servil que le permitiera continuar su búsqueda. Pero jamás les alcanzaba. Cuando él llegó a San Petersburgo, acababan de partir hacia París; al llegar allí descubrió que acababan de salir hacia Copenhague. Una vez más, llegó un par de días tarde a la capital danesa, pues ellos acababan de salir hacia Londres. Y allí por fin les alcanzó. Para dar cuenta de lo que allí sucedió, lo mejor que podemos hacer es referirnos al relato del propio cazador que el doctor Watson recogió diligentemente en su propio diario. Y a ello nos disponemos de inmediato.

6. CONTINUACIÓN DE LOS RECUERDOS DEL DOCTOR WATSON

La feroz resistencia de nuestro prisionero no parecía indicar, sin embargo, ningún mal ánimo en nuestra contra, pues una vez se dio cuenta de que no tenía nada que hacer, nos sonrió de manera afable y nos dijo que esperaba no habernos herido durante la pelea.

—Sospecho que pretenden llevarme a la comisaría —comentó a Sherlock Holmes—. Mi coche está en la puerta. Si me desatan las piernas podré llegar hasta él. Ya no soy tan ligero y fácil de transportar como antaño.

Gregson y Lestrade se miraron como si la propuesta les pareciese totalmente descabellada, pero Sherlock Holmes tomó de inmediato la palabra del prisionero y desató la toalla que rodeaba sus tobillos. Se puso en pie y estiró las piernas como para asegurarse de que volvían a estar en libertad. Recuerdo que al mirarle pensé que en pocas ocasiones había visto un hombre de constitución tan fuerte. Su rostro quemado por el sol tenía tal expresión de firmeza y energía tan formidable como su extraordinaria presencia física.

—Si el puesto de jefe de policía se queda libre, deberían dárselo a usted —dijo con admiración a mi compañero de cuarto—. Su manera de rastrearme ha sido asombrosa.

—Será mejor que vengan conmigo —dijo Holmes a ambos detectives.

—Yo puedo conducir el carruaje —dijo Lestrade.

—Excelente; que Gregson venga entonces en el interior conmigo. Y usted también, doctor. Ha estado muy interesado en este caso y debe venir con nosotros.

Asentí contento y todos bajamos las escaleras. Nuestro prisionero no intentó escapar, sino que subió con calma al carruaje que había sido suyo y los demás subimos tras él. Lestrade subió al pescante, dio un latigazo al caballo y en poco tiempo nos llevó a nuestro destino. Nos ubicaron en una habitación pequeña en la que un inspector de policía anotó el nombre de nuestro prisionero y el nombre de los hombres de cuya muerte se le acusaba. El oficial era un hombre de tez blanca e inexpresivo que realizó su tarea de forma aburrida y mecánica.

—El prisionero estará en presencia de un juez dentro de una semana —dijo—. Mientras tanto ¿hay algo que desee decir, señor Hope? Debo informarle que todo lo que diga podrá ser utilizado en contra suya.

—Tengo muchas cosas que contar —dijo nuestro prisionero muy despacio—. Y deseo contárselo todo a ustedes, caballeros.

—¿No es mejor que se reserve para el juicio? —preguntó el inspector.

—Es posible que no llegue vivo al juicio —respondió—. No me mire así. No estoy pensando en suicidarme. ¿Es usted médico? —sus feroces ojos negros me miraban a mí mientras hacía esta última pregunta.

—Así es —respondí.

—En ese caso, ponga aquí su mano —dijo sonriendo mientras que con las manos maniatadas señalaba un lugar en su pecho.

Así lo hice. De inmediato percibí el continuo zumbido y la agitación en su interior. Las paredes de su pecho parecían temblar y vibrar como lo haría un frágil edificio en cuyo interior se instalase un potente motor. En el silencio de la habitación pude oír el sordo murmullo y zumbido que tenían el mismo origen.

—¡Padece usted un aneurisma aórtico!

—Así lo llaman —dijo tranquilamente—. Fui a un doctor la semana pasada y me dijo que está a punto de explotar. No ha dejado de empeorar con los años. Comenzó durante mis años de fatigas y privaciones en las montañas de Salt Lake City. Pero mi misión está cumplida y no me importa lo que tarde en marcharme de este mundo, pero quiero contar lo que ha pasado. No quiero que me recuerden como un carnicero más.

El inspector y los dos detectives empezaron a discutir sobre la conveniencia o no de dejarle contar su historia.

—¿Cree usted, doctor, que de verdad existe un riesgo inminente de que fallezca? —me preguntó el primero de ellos.

—Estoy convencido de ello —respondí.

—En ese caso, es nuestro deber en nombre de la justicia tomarle declaración —dijo el inspector—. Es libre de contarnos su versión de los hechos, pero me veo obligado a advertirle de nuevo que se tomará nota de ello.

—Me sentaré, con su permiso —dijo el prisionero uniendo palabras y acción—. Este aneurisma hace que me canse con facilidad y la pelea de hace media hora no ha servido para mejorar mi estado. Estoy con un pie en la tumba y no tiene ningún sentido que les mienta. Todo lo que voy a contarles es cierto y cómo lo usen no me importa.

Con estas palabras Jefferson Hope se recostó en su silla e inició un sorprendente relato. Habló de manera metódica y relajada, como si todo lo que contaba fuese algo de lo más corriente. Puedo garantizar la fidelidad de lo que a continuación transcribo, porque tuve acceso a las notas taquigráficas de Lestrade en las que se registraron minuciosamente todas las palabras del prisionero tal como él las pronunció.

—El porqué odiaba a estos hombres no es algo de su incumbencia —dijo—. Les basta con saber que fueron los responsables de la muerte de dos seres humanos, un padre y una hija, y que, por tanto, perdieron el derecho a conservar su propia vida. Tras el tiempo que transcurrió desde su crimen, me di cuenta de que no podría conseguir que ningún tribunal dictase una sentencia condenatoria en contra de ellos, así que decidí ser juez, jurado y verdugo todo en uno. De estar en mi pellejo y tener algo de sangre en las venas, ustedes hubiesen actuado como yo lo hice.

»La joven de la que he hablado iba a convertirse en mi esposa hace veinte años. La obligaron a casarse con Drebber y eso me destrozó el corazón. Tomé su alianza de su dedo una vez estaba muerta y me juré a mí mismo que los últimos pensamientos de Drebber serían acerca del crimen que le costaba la vida. He llevado el anillo siempre conmigo y les he seguido a él y a su cómplice por dos continentes hasta que les di caza. Pensaron que me aburrirían, pero no pudieron conseguirlo. Si muero mañana mismo, como es probable que suceda, moriré sabiendo que he cumplido con mi deber. Y que lo he hecho bien. Han muerto y por mi mano. Ya no queda nada en este mundo que yo pueda desear.

»Ellos eran ricos y yo era pobre, así que seguirles no ha sido tarea fácil. Cuando llegué a Londres estaba a punto de quedarme sin dinero y me di cuenta de que necesitaba conseguir algún empleo que me permitiera ganarme la vida. Conducir un carruaje y montar a caballo son para mí cosas tan naturales como caminar, así que solicité empleó en una oficina de cocheros. Y pronto lo conseguí. Debía dar una cierta cantidad de dinero al dueño del carruaje a la semana y todo lo que sobrepasase esa cantidad era para mí. Rara vez había mucho más, pero me las apañé para ir arañando algo. Lo que más trabajo me costó fue aprenderme esta ciudad, pues de todos los sitios en los que he estado, esta ciudad es la más complicada. Pero llevaba un plano conmigo y una vez hube aprendido dónde estaban los principales hoteles y estaciones, pude desenvolverme bastante bien.

»Pasó algún tiempo antes de que diese con el lugar en el que vivían mis dos caballeros. Pregunté y pregunté hasta que les localicé. Se alojaban en una casa de huéspedes en Camberwell al otro lado del río. Una vez di con ellos, estaba seguro de que les tenía a mi merced. Me había dejado barba para que no me reconocieran. Decidí seguirles hasta que tuviese oportunidad de llevar a cabo mi venganza: no se me escaparían de nuevo.

»Estaban a punto de conseguirlo. Fuesen a donde fuesen en Londres, yo estaba con ellos. Algunas veces les seguía con mi carruaje, otras a pie. Pero la primera manera era la mejor, pues así no conseguían librarse de mí. Sólo podía trabajar a primera hora de la mañana o de noche, así que empecé a retrasarme en los pagos con mi jefe. Pero mientras pudiese ponerles las manos encima, no me importaba.

»Eran astutos, sin embargo. Debieron pensar que tal vez les seguían, pues nunca salían por separado y jamás después de que se pusiese el sol. Durante dos semanas estuve tras ellos todos los días y ni una sola vez se separaron. Drebber estaba borracho la mitad del tiempo, pero Stangerson no se despistaba ni un momento. Les vigilé por la mañana temprano y tarde por la noche, pero jamás tuve la menor oportunidad; en ningún momento perdí la esperanza, pues algo me decía que mi oportunidad estaba próxima. Lo único que temía era que mi pecho no aguantase lo bastante como para permitirme cumplir mi misión.

»Por fin, una tarde que conducía mi coche arriba y abajo por Torquay Terrace, pues así se llama la calle en donde está la casa en la que se alojaban, vi detenerse un carruaje en su puerta. Sacaron algo de equipaje y posteriormente aparecieron Stangerson y Drebber, subieron al coche y se marcharon. Fustigué a mi caballo y les mantuve a mi vista. Yo estaba muy nervioso, pues me di cuenta de que abandonaban su domicilio. Se bajaron en la estación Euston, dejé a un chiquillo al cuidado de mi carruaje y les seguí al andén. Oí cómo pedían información sobre el tren a Liverpool y el agente les dijo que acababa de marcharse y pasarían horas antes del siguiente. Stangerson pareció muy descontento con la noticia, pero Drebber todo lo contrario. Estaba tan cerca de ellos que pude oír toda su conversación. Drebber dijo que tenía que resolver un asunto y que si el otro le esperaba, pronto se reuniría con él. Su compañero le reprendió y le recordó que habían acordado no separarse jamás. Drebber respondió que se trataba de un asunto delicado y que debía ir solo. No pude oír lo que Stangerson contestó a esto, pero Drebber comenzó a maldecir y le dijo que no era más que un criado al que se pagaba y que no tenía ningún derecho a darle instrucciones. El secretario se rindió y se limitó a decirle que si perdían el tren se reencontrarían en el Hotel Halliday. Drebber le dijo que estaría de vuelta en el andén antes de las once y se marchó de la estación.

»Por fin había llegado el momento que yo llevaba tanto tiempo esperando. Tenía a mis enemigos en mis manos. Si permanecían juntos podían protegerse el uno al otro, pero por separado estaban en mi poder. No actué precipitadamente. Ya lo tenía todo planeado. La venganza no reporta ningún placer salvo si la persona tiene ocasión de saber quién le ataca y de que se está llevando a cabo la venganza. Ya había planeado cómo mostraría al hombre que me había atacado que su antiguo pecado le había condenado. Dio la casualidad de que pocos días antes, un caballero que tenía como misión cuidar unas casas de Brixton Road perdió la llave de una de ellas en mi coche. Esa misma tarde reclamaron la llave y la devolví. Pero en ese lapso de tiempo hice que la copiaran. Así resultó que tuve acceso a un lugar en esta gran ciudad en donde podría actuar libremente sin ser interrumpido. El problema era cómo llevar a Drebber hasta esa casa.

»Caminó por la calle y se metió en una licorería o dos, permaneciendo una media hora en el interior de la última de ellas. Cuando salió no podía casi sostenerse en pie y era evidente que estaba bastante borracho. Había un coche justo delante de mí y lo cogió. Lo seguí tan de cerca que el morro de mi caballo estuvo a menos de una yarda del conductor durante todo el trayecto. Pasamos por el puente Waterloo y recorrimos calles y calles, hasta que, para mi asombro, llegamos a la casa en la que se habían hospedado. No tenía ni idea de qué intenciones tenía al volver allí, pero paré mi coche a unas cien yardas más o menos de la casa. Él entró y su carruaje se marchó. Denme un vaso de agua, por favor. Se me seca la boca con tanta charla.»

Le di un vaso de agua y lo apuró hasta el fondo.

—Esto está mejor —dijo—. Bien, esperé durante un cuarto de hora o más, cuando de repente oí una gran pelea dentro de la casa. Al momento, se abrió la puerta de par en par y aparecieron dos hombres. Drebber era uno de ellos. El otro era un chico joven que yo no había visto nunca. Este último tenía a Drebber cogido por el cuello. Cuando llegaron al pie de los escalones le dio tal patada que le mandó al otro lado de la calle. «¡Maldito perro!», gritó agitando su bastón frente a él. «¡Te enseñaré a ofender a una chica decente!» Estaba tan indignado que habría apaleado a Drebber con su bastón de no ser porque éste salió tambaleándose tan deprisa como le permitieron las piernas calle abajo. Llegó hasta la esquina y al ver mi coche me llamó y se montó. «Cochero, llévame al Hotel Halliday», dijo.

»Una vez le tuve dentro de mi coche, mi corazón saltó de alegría de tal manera que pensé que mi aneurisma empeoraba en este momento final. Marché despacio pensando cuál era mi mejor opción. Podía llevarle al campo y en algún camino apartado tener mi última conversación con él. Acababa de tomar esta decisión cuando él me resolvió el problema. La necesidad de beber se había apoderado de él de nuevo y me ordenó detenerme frente a un bar. Me dijo que le esperara y entró. Allí estuvo hasta que llegó la hora de cerrar y cuando salió, estaba tan borracho que me di cuenta de que le tenía completamente en mis manos.

»No crean que pensaba matarle a sangre fría. Hubiese sido justo, pero yo no hubiese sido capaz de hacerlo. Hacía mucho tiempo que había decidido que él tendría oportunidad de salvar su vida si decidía aprovecharla. Entre los muchos trabajos que desempeñé en Norteamérica mientras fui un vagabundo, fui portero y barrendero en los laboratorios de la Universidad de York. Un día el profesor dio una clase sobre venenos. Mostró a sus alumnos un alcaloide, como él lo llamó, que había obtenido de una punta de flecha envenenada utilizada en Sudamérica y que era tan potente que una cantidad ínfima era capaz de provocar la muerte de inmediato. Me fijé en la botella en la que guardaba el veneno y cuando todos se hubieron marchado saqué una pequeña cantidad de la botella. Yo era un farmacéutico bastante competente, así que fabriqué con este alcaloide un par de píldoras solubles en agua y coloqué cada una de ellas en una cajita con otra píldora idéntica pero sin veneno. Decidí que cuando llegara mi oportunidad, estos caballeros elegirían una de las píldoras de la caja y yo tomaría la que ellos dejasen. Sería tan mortífero como dispararles a través de un pañuelo y bastante menos ruidoso. A partir de ese día siempre llevé esas píldoras conmigo y por fin llegó el momento en que habría de usarlas.

»Era más bien la una de la madrugada que las doce. La noche era desapacible e inhóspita, soplaba un vendaval y llovía a cántaros. Y a pesar de lo deprimente de la noche, yo era feliz. Tan feliz que podría haberme puesto a gritar de gozo. Sólo si alguna vez en su vida, caballeros, han sufrido enormemente por algo y han deseado fervientemente durante veinte años que algo sucediera, y de repente se encontrasen con que tenían su sueño al alcance de su mano, serían ustedes capaces de entenderme. Encendí un puro y le di varias caladas a fin de tranquilizarme un poco, pero me seguían temblando las manos y el pulso me latía en las sienes. Mientras conducía el carruaje veía el rostro del viejo Ferrier y la dulce carita de Lucy sonriéndome en la oscuridad tan claramente como les veo ahora mismo a ustedes. Estuvieron enfrente de mí durante todo el trayecto, cada uno de ellos a un lado del caballo, hasta que llegamos a la casa de Brixton Road y detuve el carruaje.

»No se veía ni un alma ni se oía absolutamente nada aparte de la lluvia. Cuando miré a través de la ventanilla vi a Drebber acurrucado y completamente dormido por la borrachera. Cogí uno de sus brazos y le sacudí por él. "Es hora de bajar", le dije. "Cómo tú digas, cochero", me contestó él.

»Supongo que pensaba que habíamos llegado al hotel que me había dicho, pues sin decir ni una palabra más, bajó del coche y me siguió por el jardín. Tuve que sostenerle, pues iba todavía bastante cargado. Al llegar a la puerta la abrí y le conduje hasta la habitación principal. Y les juro que durante todo ese tiempo, el padre y la hija caminaron por delante de nosotros.

»—Está infernalmente oscuro —dijo tropezando por la habitación.

»—En seguida tendremos luz —dije mientras encendía una cerilla y con ella una vela que llevaba conmigo—. Y ahora, Enoch Drebber —le dije mientras me giraba hacia él y dejaba que la luz de la vela iluminase mi cara—, dime: ¿quién soy?

»Me miró confuso y con ojos de borracho durante un instante. De repente vi el terror en su mirada, el miedo le deformó los rasgos. Y supe que me había reconocido. Reculó, lívido y con la frente perlada de sudor. Le castañeaban los dientes. Al verle, me recosté contra la puerta y me reí a carcajadas. Siempre había sabido que la venganza me resultaría muy dulce, pero no había imaginado la felicidad que en ese momento embargó mi alma.

»—¡Maldito perro! —le grité—. Te he perseguido desde Salt Lake City a San Petersburgo y siempre te me escapaste. Y ahora, por fin, tu vida errabunda ha llegado a su fin, pues uno de nosotros dos no verá despuntar el día de mañana —mientras yo hablaba había intentado agazaparse lo más lejos posible de mí; me miraba como si estuviese convencido de que yo estaba loco. Y lo estaba realmente. El pulso me martilleaba las sienes y, de no haber sido porque empezó a manarme sangre por la nariz y eso alivió mi tensión, estoy seguro de que habría tenido algún tipo de ataque.

»—¿Qué piensas ahora de Lucy Ferrier? —grité cerrando la puerta con llave y sosteniéndola delante de él—. Has tardado mucho tiempo en recibir el castigo que merecías, pero tu hora ha llegado por fin —vi cómo le temblaban cobardemente los labios mientras me oía hablar. Sé que me hubiese suplicado que le perdonase la vida. Pero él sabía bien que era totalmente inútil.

»—¿Vas a asesinarme? —tartamudeó.

»—Matar a un perro rabioso no es un asesinato —respondí—. ¿Qué piedad tuviste tú con mi dulce amada cuando la separaste a rastras del cadáver de su padre asesinado y la obligaste a ser una más de tu maldito harén?

»—Yo no maté a su padre —gritó.

»—¡Pero fuiste tú quién le destrozó el corazón! —bramé lanzándole la caja—. Dejaremos que sea Dios quien juzgue. Elige una píldora y trágatela. Una de ellas te permitirá seguir viviendo y la otra no. Yo me tomaré la que tú dejes. Veamos si hay algo de justicia en este mundo o todo está en manos del azar.

»Reculó cobardemente suplicando piedad, pero le puse mi navaja en la garganta y allí la mantuve hasta que me obedeció. Entonces yo me tomé la píldora que él dejó y ambos permanecimos algún tiempo mirándonos, como un minuto o algo más, esperando a ver quién de los dos vivía y quién moría. ¿Podré olvidar alguna vez su mirada cuando se dio cuenta de que lo que sentía eran los primeros síntomas de que el veneno había llegado a su organismo? Empecé a reír tan pronto como me di cuenta y sostuve la alianza de bodas de Lucy delante de sus ojos. El alcaloide actúa muy deprisa, así que fue todo muy rápido. Un espasmo de dolor retorció su rostro, sus manos salieron disparadas hacia delante y con un grito desesperado cayó pesadamente al suelo. Le giré con el pie y coloqué una de mis manos sobre su corazón. No se movía. ¡Estaba muerto!

»Había estado sangrando todo ese tiempo por la nariz y no me había dado ni cuenta. No sé qué fue lo que me impulsó a escribir con ella en la pared. Es posible que fuese un intento de confundir a la policía poniéndoles sobre una pista falsa. Estaba exultante de alegría. Recordé que en Nueva York habían encontrado el cuerpo de un alemán que llevaba escrito encima la palabra RACHE. En los periódicos habían aparecido artículos que debatían sobre las sociedades secretas y su posible implicación en el caso. Pensé que lo que había despistado a los neoyorquinos bien podía despistar a los londinenses, así que mojé mi dedo en mi sangre y escribí con él sobre la pared en un lugar que fuese adecuado. Caminé hasta mi coche, vi que no había nadie por allí y que seguía haciendo una noche de perros. Había recorrido ya un trecho cuando metí mi mano en el bolsillo para tocar la alianza de Lucy, pues solía llevarla allí, cuando me di cuenta de que no estaba. Fue como un mazazo, pues era el único recuerdo que tenía de ella. Pensé que tal vez se me había caído cuando me incliné sobre el cuerpo de Drebber, así que retrocedí, deje el coche en la calle e, imprudentemente, intenté entrar de nuevo en la casa. Prefería enfrentarme a cualquier cosa antes que perder ese anillo. Al llegar choqué de bruces contra un policía que salía de la casa y tuve que fingir que estaba completamente borracho a fin de que no sospechara de mí.

»Así fue cómo la vida de Enoch Drebber llegó a su fin. Ya sólo me quedaba hacer algo similar con Stangerson y la deuda que éste tenía pendiente con Ferrier quedaría saldada. Sabía que se alojaba en el Hotel Halliday. Estuve por allí todo el día, pero él no salió en ningún momento. Imaginé que el que Drebber no hubiese aparecido le había hecho sospechar que lago sucedía. Stangerson era listo y estaba siempre en guardia. Si pensaba que podría escapar de mí simplemente permaneciendo dentro del hotel estaba muy equivocado. Pronto descubrí cuál de las ventanas era la de su dormitorio y a la mañana siguiente, muy temprano, aprovechando una de las escaleras de mano que estaban en el patio trasero del hotel, me introduje en su habitación durante la penumbra del amanecer. Le desperté y le dije que había llegado el momento de que pagase por la vida que había segado tanto tiempo atrás. Le conté cómo había muerto Drebber y le di opción a que eligiera una de las dos píldoras. Pero en vez de tomar la oportunidad que le ofrecía de salvar la vida, saltó de la cama y se me lanzó al cuello. Tuve que apuñalarle en defensa propia. Esto no alteró nada, pues la Divina Providencia no había permitido que eligiese otra píldora distinta a la emponzoñada.

»Tengo poco que añadir, lo cual es estupendo, pues estoy rendido. Seguí recorriendo la ciudad con mi coche durante un día, más o menos, intentando reunir dinero con el que regresar a Estados Unidos. Estaba en las cocheras cuando se me acercó un pilluelo preguntando por un cochero llamado Jefferson Hope y diciendo que un caballero le necesitaba en el número 221B de Baker Street. Allí fui sin sospechar nada y lo siguiente que recuerdo es a este joven caballero y un par de esposas en mis muñecas. Nunca vi atrapar a alguien con tanta limpieza. Y eso es todo caballeros. Puede que para ustedes no sea más que un asesino, pero para mí soy tan digno representante de la justicia como puedan serlo ustedes.»

El relato del hombre había sido tan emocionante y su forma de relatarlo tan impactante, que habíamos estado completamente absortos en lo que nos contaba. Incluso los dos detectives de la policía, habituados como debían estar a ver de todo, parecían estar vivamente interesados en el relato de aquel hombre. Una vez terminó, permanecimos sentados y callados durante un tiempo en el que sólo se escuchó el lápiz de Lestrade arañando la superficie del papel, dando los últimos retoques a las notas taquigráficas que había tomado de la declaración del hombre.

—Hay sólo una cosa más de la que desearía algo más de información —dijo Sherlock Holmes por fin—. ¿Quién vino en busca del anillo que yo anuncié en la prensa?

El prisionero guiñó pícaramente un ojo a mi amigo.

—Yo sólo desvelo mis propios secretos —dijo—, pero no voy por ahí metiendo en líos a otras personas. Leí su anuncio, pensé que podía tratarse de una trampa o ser mi anillo. Mi amigo se ofreció voluntario para ir a investigar el asunto. Sospecho que usted cree que lo hizo bien.

—Sin la menor duda —dijo Holmes convencido.

—Ahora, caballeros —dijo el inspector muy serio—, debemos cumplir las normas. El jueves este caballero se presentará frente a los jueces y se les pedirá a ustedes que asistan. Hasta ese momento queda bajo mi custodia —hizo sonar una campanilla mientras hablaba y un par de guardias se llevaron a Jefferson Hope. Mi amigo y yo salimos de la comisaría, cogimos un carruaje y regresamos a Baker Street.

7. Y FINAL

Se nos había hecho saber que debíamos estar presentes en el juicio que se celebraría el jueves, pero llegó el jueves y no tuvimos ocasión de prestar declaración. Un juez del Tribunal Supremo se había hecho cargo de este asunto y había convocado a Jefferson Hope a aparecer delante del tribunal que habría de juzgarle. La misma noche en que fue capturado su aneurisma reventó y le encontraron a la mañana siguiente tirado sobre el suelo de su celda, sonriendo plácidamente. Parecía que justo antes de morir había podido ver toda su vida en perspectiva y que moría con la satisfacción del deber cumplido.

—Esta muerte habrá hecho que Gregson y Lestrade estén subiéndose por las paredes —comentó Holmes a la mañana siguiente mientras charlábamos sobre ello—. Acaban de quedarse sin publicidad.

—No tuvieron mucho que ver con su captura, de todas formas —le respondí.

—Lo que uno hace realmente es lo de menos —replicó él amargamente—. Lo único que cuenta es lo que somos capaces de hacer creer a los demás que hemos hecho. Dejémoslo estar —dijo algo más alegre tras una pequeña pausa—. No me hubiese perdido esta investigación por nada del mundo. No recuerdo ningún otro caso comparable a éste. A pesar de su simplicidad, tenía muchos puntos de lo más instructivo.

—¡Simplicidad! —exclamé yo.

—Francamente, no hay ninguna otra manera de describirlo —dijo Holmes a quien mi sorpresa había hecho sonreír—. La prueba de su simplicidad intrínseca es que sin ninguna ayuda externa, exceptuando un par de deducciones elementales, pude capturar al criminal en tres días.

—Eso es cierto —admití.

—Ya le he explicado que aquellos hechos poco habituales, más que complicar un caso, lo que hacen es simplificarlo. A la hora de resolver un problema de este tipo, lo realmente necesario es ser capaz de razonar en el pasado. Es algo muy útil y sencillo, pero sin embargo la mayoría de las personas no lo practican. En nuestra vida diaria lo común es razonar pensando en lo que va a suceder, y acabamos descuidando el otro tipo de razonamiento. Por cada cincuenta personas capaces de razonar sintéticamente, hay una que puede hacerlo analíticamente.

—Le confieso —dije— que no le entiendo.

—Tampoco esperaba que lo hiciese. Veamos si puedo decírselo más claro. Si usted relata una sucesión de hechos, la mayoría de las personas son capaces de predecir qué sucederá a continuación. Relacionan todos los datos en su cerebro y llegan a la conclusión de que algo sucederá. Sin embargo, hay muy pocas personas que sean capaces de, conociendo un hecho, proporcionar la cadena de acontecimientos que lo causaron. A esa capacidad me refiero cuando hablo de razonar en el pasado o razonamiento analítico.

—Ya entiendo —dije.

—Éste era un caso en que partía del resultado y lo que había que hacer era descubrir todo lo demás. Permítame que intente desvelarle algunos de los pasos que seguí en mi razonamiento. Empecemos por el principio. Me acerqué a la casa, como recuerda, caminando y sin ninguna idea preconcebida acerca del caso. Naturalmente, comencé por estudiar la calzada y allí, como ya le he explicado, vi las huellas de un carruaje que, como confirmé luego, parecía haber estado allí durante la noche. Comprobé que se había tratado de un coche de alquiler y no de uno privado al fijarme en la anchura de las ruedas. En Londres, los coches de alquiler tienen las ruedas considerablemente más estrechas que cualquier carruaje de un caballero.

»Ya tenía algo asegurado. Entonces avancé despacio por el sendero del jardín, que resultó estar hecho de suelo arcilloso, y capaz por tanto de conservar muy bien cualquier huella. Sin duda, aquello a usted le parecería un barrizal revuelto, pero para mí, que ya estoy entrenado, cada una de las huellas tenía un significado. Para un detective, no hay otra rama del conocimiento que sea tan útil, y al tiempo quede siempre tan marginada, como el rastreo de huellas. Afortunadamente, siempre he tenido un gran interés en ello y he practicado tanto, que en mi caso es ya una habilidad natural. Vi las huellas pesadas del policía, y también las de dos hombres que habían cruzado el jardín antes que él. Era fácil llegar a la conclusión de que ellos habían sido los primeros en pasar por allí pues sus huellas habían sido pisoteadas por las de todos los demás. Ahí deduje el segundo punto importante: los visitantes nocturnos habían sido dos. Uno de ellos muy alto a juzgar por la longitud de su zancada y el otro elegantemente vestido a tenor de la huella pequeña y elegante que sus botas habían dejado.

»Al entrar en la casa pude comprobar este segundo punto. El hombre de bonitas botas estaba delante de mí. Entonces era el alto el que había cometido el asesinato. Si es que se trataba de un asesinato. No había ninguna huella de violencia en el cadáver, pero su rostro distorsionado indicaba que antes de morir había tenido tiempo de darse cuenta de lo que iba a sucederle. Una persona que muere de un ataque al corazón o tiene cualquier otro tipo de muerte repentina por causas naturales, nunca jamás muestra la menor agitación en su rostro. Al oler los labios del hombre percibí un ligero olor agrio y llegué a la conclusión de que le habían obligado a ingerir algún tipo de veneno. Deduje que le habían obligado a tomarlo por la expresión de odio y terror en su rostro. Llegué por exclusión a esta conclusión, pues ninguna otra explicación cumplía todas las premisas. No crea que se trata de un procedimiento desconocido hasta ahora: la administración forzada de algún tipo de veneno no es nada nuevo en los anales del crimen. Cualquier toxicólogo recordaría de inmediato el caso Dolsky en Odessa o el caso Leturier en Montpellier.

»Llegamos por fin al punto fundamental: el móvil. Desde luego, el robo no había sido el móvil del asesinato, pues nada se llevaron. ¿Se trataba de alguna razón política o había una mujer de por medio? Eso fue lo que intenté averiguar. Desde el primer momento me incliné por la segunda opción. Cualquier asesino, si su móvil es político, comete su crimen y desaparece. Y en cambio este asesinato había sido cuidadosamente planeado, el asesino había dejado sus huellas por toda la habitación, dejando bien claro en todo momento que había estado allí. Debía tratarse de algún asunto u ofensa de tipo personal. Una venganza así no podía haber sido motivada por una cuestión política. Cuando descubrimos el escrito de la pared, me incliné aún más a pensar que estaba en lo cierto. Se trataba sin duda de un intento de confundirnos. El anillo confirmó toda la cuestión. Era obvio que el asesino lo había utilizado para recordar a una mujer ya muerta o ausente. En ese momento pregunté a Gregson si en el telegrama que había enviado a Cleveland inquiría acerca de algún punto concreto de la biografía de Drebber. Recordará que respondió negativamente.

»Entonces me dispuse a examinar cuidadosamente la habitación. Ahí pude confirmar la altura del asesino y también tuve ocasión de recoger más pistas, como por ejemplo la relativa a los puros Trichinopoly o la longitud de sus uñas. Al no haber señales de una pelea, llegué a la conclusión que la sangre que había por todas partes debía ser la del propio asesino, que había manado espontáneamente de su nariz debido a la gran excitación de éste. Me fijé en que las huellas de sus pisadas corrían paralelas al rastro de sangre. Es muy poco frecuente que, por muy grande que sea la emoción a la que está sometido un hombre, ésta le haga sangrar por la nariz. Salvo que su tensión arterial sea enorme. De ahí deduje que había de tratarse de un hombre robusto y de tez rojiza. El tiempo acabó dándome la razón.

»Al abandonar la casa, hice lo que Gregson descuidó hacer. Telegrafié al jefe de policía de Cleveland y sólo solicité información relacionada con el estado civil de Enoch Drebber. La respuesta fue clarificadora. Me dijeron que Enoch Drebber había solicitado protección frente a un rival despechado por una cuestión de amores llamado Jefferson Hope, y que ese mismo Hope estaba ahora en Europa. Supe entonces que tenía todas las claves del misterio en mi mano. Lo único pendiente era atrapar al asesino.

»Tenía ya claro que el hombre que había entrado en la casa con Drebber era el mismo que había conducido el carruaje. Las huellas que había en la calle demostraban que el caballo había vagado por allí a su antojo, cosa que no habría sucedido si alguien hubiese estado en el pescante. ¿En qué otro lugar podría estar el cochero sino en el interior de la casa? De nuevo, es absurdo suponer que un hombre en su sano juicio cometería un crimen en las narices de un tercero. Es evidente que éste le traicionaría. Además, para concluir, si se desea rastrear a un hombre por Londres, ¿qué mejor método de conseguirlo que trabajando de cochero? Y así llegué a la conclusión de que Jefferson Hope era uno de los cocheros de la metrópoli.

»Si había trabajado como cochero, era absurdo suponer que hubiese dejado de hacerlo. Desde su punto de vista, cualquier cambio repentino sólo serviría para llamar la atención sobre él. Durante un tiempo, al menos, seguiría trabajando en el mismo sitio. No había motivos para suponer que habría cambiado su nombre: ¿para qué hacerlo en un país en el que nadie le conocía? Así que organicé a mi tropa de pequeños golfillos de la calle y les mandé a las cocheras de todos las compañías de carruajes de Londres sistemáticamente hasta que dieron con el hombre que yo buscaba. Seguro que recuerda lo bien y rápido que lo hicieron. El asesinato de Stangerson fue algo totalmente imprevisto y, en cualquier caso, imposible de evitar. Gracias a él pude conseguir las píldoras cuya existencia yo ya sospechaba. Si se da cuenta, todo el asunto sigue una cadena de hechos lógicos sin ningún tipo de fisura.»

—¡Es asombroso! —exclamé—. Su mérito debería tener reconocimiento público. Debería publicar una reseña del caso. Si usted no lo hace, yo mismo lo haré.

—Haga lo que estime oportuno, doctor —respondió—. ¡Mire! —continuó pasándome un periódico—. ¡Mire esto!

Se trataba del *Echo* del día y el párrafo que él me indicaba trataba de nuestro caso.

«El público —decía— se ha quedado sin un capítulo de excepcional interés debido a la repentina muerte de Jefferson Hope, presunto asesino del señor Enoch Drebber y del señor Joseph Stangerson. Probablemente nunca llegaremos a conocer los detalles de este caso. Aunque sí hemos podido saber de buenas fuentes que estos hechos fueron el resultado de una antigua disputa amorosa en la que el mormonismo también jugó un papel importante. Parece que ambas víctimas pertenecieron a los Santos del Último Día en su juventud y que Hope, el prisionero fallecido, también era natural de Salt Lake City. Este caso tiene como consecuencia, aunque sea la única, la prueba palpable de la eficiencia de nuestra policía metropolitana. Es además un aviso para todos los extranjeros que comprendan que es mejor que resuelvan sus disputas en sus países de origen y que no los traigan a suelo británico. Es un secreto a voces que los conocidos detectives de Scotland Yard, los señores Gregson y Lestrade, son los responsables de la captura del hombre. Parece ser que fue apresado en el domicilio de un detective aficionado, un tal Sherlock Holmes, quien también ha demostrado tener un cierto talento y quien con tales maestros es de esperar que con el tiempo llegará a tener parte de su maestría. Se espera que ambos detectives reciban algún tipo de recompensa por su trabajo.»

—¿Recuerda que se lo dije desde el primer momento? —rió Sherlock Holmes—. Éste es el resultado de nuestro *Estudio en escarlata:* que ellos reciben una recompensa.

—No se preocupe —respondí—, en mi diario están recogidos todos los hechos y la gente los conocerá. Mientras tanto, y como reza el conocido miserere en latín, deberá conformarse con ser consciente de su propio éxito:

«*Populus me sibilat, at mihi plaudo*
Ipse domi simul ac nummos contemplar in arca.»

El signo de los cuatro

1. LA DEDUCCIÓN COMO CIENCIA

Sherlock Holmes cogió de la esquina del mantel la ampolla y extrajo de su fino estuche marroquí la jeringuilla hipodérmica. Sus largos e inquietos dedos blancos ajustaron con delicadeza la aguja y arremangaron la manga izquierda de su camisa. Durante un instante sus ojos contemplaron el fibroso antebrazo y la muñeca, marcados con las señales de innumerables pinchazos. Por fin, dirigió la aguja a su destino, empujó el diminuto émbolo y, exhalando un suspiro de satisfacción, se hundió en el sillón ribeteado de terciopelo.

Llevaba muchos meses contemplando esta escena tres veces al día, pero su cotidianidad no conseguía que mi mente se habituase a ella. Más bien al contrario, su visión me irritaba más cada día y mi conciencia me reprochaba todas las noches la cobardía que me impedía oponerme a ella. Una y mil veces me había jurado a mí mismo protestar contra esta costumbre de Holmes, pero algo en el seguro y despreocupado talante de mi compañero me lo impedía. Era de la clase de personas con las que es difícil tomarse según qué confianzas. Su gran inteligencia y maestría y sus demás sorprendentes cualidades de las cuales había tenido conocimiento a lo largo de nuestras aventuras juntos, lastraban mi confianza en mí mismo y me acobardaban de tal manera que no era capaz de enfrentarme a él.

Y sin embargo, aquella sobremesa, tal vez debido al Beaune que había tomado en la comida o a la premeditación con la que se desarrolló la escena, mi exasperación estalló y sentí de repente que ya no podía soportarlo más:

—¿Qué toca hoy? —pregunté—. ¿Morfina o cocaína?

Levantó con languidez los ojos del viejo volumen de letras negras que había abierto.

—Es cocaína —respondió—, una solución al siete por ciento. ¿Le gustaría probarla?

—Desde luego que no —respondí bruscamente—. Todavía no me he recuperado de mis heridas durante la campaña afgana. No puedo permitirme el lujo de cometer excesos.

Mi vehemencia le hizo sonreír.

—Puede que tenga razón, Watson. Seguramente su efecto en el organismo no es bueno. Por otra parte, su efecto en la mente me parece tan profundamente estimulante y clarificador, que cualquier posible efecto secundario me resulta irrelevante.

—¡Piense! —dije con vehemencia—. Tenga en cuenta el precio. Es posible que, como usted dice, su cerebro se exalte y se excite. Pero es gracias a un proceso mórbido y patológico que causa un progresivo deterioro de los tejidos cerebrales y puede llegar a dañarlos de manera permanente. Usted conoce bien el túnel negro que sigue a la exaltación. No creo que la pieza a cobrar merezca el riesgo que usted corre. ¿Por qué, por un momento de placer pasajero, se arriesga a perder la inteligencia que le ha sido concedida? Recuerde que no hablo sólo como amigo suyo que soy, sino también como médico que se siente hasta cierto punto responsable de lo que le suceda.

Mis palabras no parecieron ofenderle. Al contrario. Juntó las yemas de sus dedos y dejó reposar los codos sobre los brazos del sofá, con el aspecto de alguien deseoso de entablar conversación.

—Mi mente se rebela ante la idea de estancarse —dijo—. Deme problemas, deme trabajo, deme el más oscuro criptograma o el más enrevesado acertijo y me encontraré en mi elemento sin necesidad de recurrir a estimulantes artificiales. Pero detesto la rutina de la mera existencia. Necesito ejercitar mi mente. Por este motivo elegí mi profesión. O mejor dicho, la creé, ya que soy su único representante en todo el mundo.

—¿El único detective privado? —dije arqueando las cejas.

—El único detective privado a quien recurrir cuando todo está perdido. Soy como el más alto tribunal de apelación en el campo detectivesco. Cada vez que Gregson, Lestrade o Athelney Jones quedan sobrepasados por lo que se traen entre manos —lo que, dicho sea de paso, es lo habitual—, el asunto llega hasta mí. Examino los datos y, como un especialista, doy mi diagnóstico. Sin reclamar ningún honor para mí en dichas ocasiones. Mi nombre no aparecerá en ningún periódico. El simple placer de ejercitar mi capacidad, el trabajo en sí mismo son mi más alta recompensa. Pero usted ya fue testigo de mi método de trabajo en el caso Jefferson Hope.

—Naturalmente —asentí cordialmente—. Nada en mi vida me ha sorprendido tanto. Incluso describí los acontecimientos en un breve relato al que di el fantasioso título de *Estudio en escarlata*.

Holmes agitó con desánimo su cabeza.

—Le eché un vistazo —respondió—. Con franqueza, no puedo felicitarle por ello. La deducción es, o debería ser, una ciencia exacta. Y de tal modo debe ser tratada: con objetividad y distanciamiento. Usted intentó teñirla con toques de romanticismo. Y eso es lo mismo que pretender entretejer una historia de amor o el relato de la fuga de dos amantes con el quinto postulado de Euclides.

—Pero el romance sucedió —protesté—. No podía modificar los hechos.

—Algunos hechos deberían suprimirse. O, por lo menos, recibir un tratamiento que respete su relevancia con justicia. Lo único que merecía la pena destacar de aquel caso es el curioso método de deducción, de los efectos a las causas, gracias al que conseguí desenmarañarlo.

Me molestó su crítica hacia un trabajo mío que había sido compuesto con el objetivo de halagarle. Y confieso que también me irritó el egoísmo que demostró al pretender que todas y cada una de las líneas de mi escrito estuviesen dedicadas a sus habilidades. A lo largo de los años que llevaba viviendo con él en Baker Street, ya había observado en alguna ocasión que bajo sus tranquilos modales de preceptor, escondía una pequeña vanidad. Sin embargo, no hice más comentarios y me senté masajeando mi pierna herida. Una bala «Jezail» la había atravesado tiempo atrás y, aunque podía andar sin dificultad, los cambios meteorológicos hacían que me doliera cansinamente.

—Mi fama ha llegado hasta el continente en los últimos tiempos —dijo Holmes tras una pausa, mientras llenaba su vieja pipa de raíz de madera de brezo—. La semana pasada François le Villard, quien, como usted seguramente sabe, ha destacado recientemente en los servicios de investigación franceses, se puso en contacto conmigo para hacerme una consulta. Posee la habilidad celta de la intuición pronta, pero carece todavía de un amplio espectro de conocimientos precisos, lo que es esencial para alcanzar un estadio avanzado en su disciplina. El caso estaba relacionado con un testamento y tenía algunas características que lo hacían interesante. Pude referirle otros dos casos paralelos, uno que tuvo lugar en Riga en 1857 y otro que sucedió en St. Louis en 1871, los cuales le inspiraron la solución correcta. Ésta es la carta que he recibido de él esta mañana en la que agradece mi colaboración.

Mientras hablaba, me alargó una hoja arrugada de papel de notas extranjero. Dejé correr mis ojos sobre él, apreciando la profusión de símbolos de admiración y los aislados *magnifiques, coup-de-maîtres* y *tours-de-forces,* que eran testimonio de la ardiente admiración que el francés profesaba a Holmes.

—Habla como lo haría un alumno a su maestro —comenté.

—Oh, valora mi ayuda excesivamente —dijo Holmes despreocupadamente—. Tiene muy buenas cualidades. De hecho tiene en su poder dos de las tres cualidades más relevantes que ha de tener el detective ideal. Tiene una gran capacidad para la observación y para la deducción. Tan sólo carece de experiencia y eso es cuestión de tiempo. Está traduciendo mis obras al francés.

—¿Sus obras?

—¿No lo sabía? —exclamó riéndose—. Sí, me confieso culpable de haber escrito varias monografías. Todas versan sobre cuestiones técnicas. Por ejemplo, una de ellas se titula *Acerca de la identificación de los distintos tipos de tabaco a partir de sus cenizas.* En ella enumero unos ciento cuarenta tipos distintos de tabaco, bien sea cigarrillos, puros o tabaco para pipa, acompañado cada uno de ellos de láminas en color que ilustran las diferencias entre las distintas cenizas. Este aspecto sale continuamente a relucir en los juicios penales y muchas veces proporciona pistas extraordinarias. Si, por ejemplo, podemos afirmar que un asesinato ha sido cometido por alguien que fuma *lunkah* indio, restringimos extraordinariamente el campo de búsqueda. A los ojos de un experto, la diferencia entre la ceniza negra del tabaco Trichinopoly y los esponjosos restos que deja la variedad bird's-eye es tan obvia como la que hay entre una col y una patata.

—Es usted de una minuciosidad sorprendente —apunté.

—Soy capaz de reconocer la importancia de los pequeños detalles. Aquí tengo mi monografía sobre el rastreo de huellas, en la que hago alguna referencia al método que utilizan en París para conservar las impresiones en escayola. También tengo aquí un pequeño escrito sobre la influencia que tienen los oficios en la forma de las manos de quienes lo ejercen, acompañado de moldes de las manos de pizarreros, marineros, corcheros, compositores, tejedores y talladores de diamantes. Es éste un tema de gran importancia práctica para la policía científica. Especialmente en casos relacionados con un cadáver que nadie reclama o para descubrir el pasado de un criminal. Pero le estoy aburriendo con mis aficiones.

—Nada de eso —respondí de corazón—. Lo encuentro sumamente interesante. Sobre todo teniendo en cuenta que he tenido la oportunidad de verle llevar sus conocimientos a la práctica. Pero habla usted de observación y deducción. Sin duda, la una implica hasta cierto punto a la otra.

—Más bien no —respondió mientras se recostaba cómodamente en su sillón y su pipa lanzaba al aire espesas volutas de humo—. Por ejemplo, mi capacidad de observación me dice que esta mañana usted ha estado en la oficina de correos de Wigmore Street. Y mediante deducción infiero que lo que ha hecho allí es enviar un telegrama.

—¡Correcto! —dije—. ¡Ambas afirmaciones son correctas! Pero le confieso que no veo cómo ha podido saberlo. Lo decidí de repente y no se lo he mencionado a nadie.

—Es de lo más sencillo —apuntó riéndose ante mi asombro—. Tan absurdamente sencillo que cualquier explicación resulta superflua. Pero, a pesar de ello, podría resultar de utilidad para establecer los límites entre observación y deducción. Gracias a mi capacidad de observación, sé que tiene adherida a la parte interna de sus zapatos un poco de barro rojizo. Justo enfrente de la oficina de correos de Wigmore Street han levantado la acera y han excavado en la tierra de tal manera que es casi imposible evitar pisarla al entrar en la oficina de correos. La tierra en ese lugar tiene ese peculiar color rojizo y, por lo que yo sé, no es posible encontrar en ningún otro punto de este barrio. Hasta ahí por lo que concierne a la observación. El resto es obra de la capacidad deductiva.

—¿Cómo llegó a deducir que había enviado un telegrama?

—Bueno, sabía perfectamente que usted no había escrito ninguna carta, ya que he estado sentado delante de usted toda la mañana. Su escritorio está abierto y puedo ver también una hoja de sellos y un buen fajo de tarjetas postales sobre él. ¿Qué otro motivo podría haberle llevado hasta la oficina de correos sino enviar un telegrama? Elimine todas las demás posibilidades y lo que quede deberá ser necesariamente la verdad.

—En este caso es así sin duda —respondí después de meditar unos instantes—. Se trataba sin embargo, como usted mismo dijo, de un problema muy sencillo. ¿Me tendría por un impertinente si pusiese sus teorías a prueba con un problema más complejo?

—Al contrario —respondió Holmes—, con ello evitaría que tomase una segunda dosis de cocaína. Estaré encantado de enfrentarme a cualquier problema que desee plantearme.

—Le he escuchado decir que es difícil que no dejemos nuestra impronta en los objetos de uso cotidiano que utilizamos diariamente. Y que cualquier observador experimentado puede leer estos datos. Pues bien, tengo aquí un reloj que ha llegado recientemente a mi poder. ¿Sería usted tan amable de darme su opinión acerca del carácter o costumbres de su anterior propietario?

Le di el reloj mientras sentía un secreto regocijo en mi corazón, ya que, en mi opinión, el problema era imposible de resolver. Mi intención con ello era darle un lección debido al tono dogmático que a veces Holmes utilizaba. Balanceó el reloj en su mano, observó la esfera detenidamente y abrió su tapa trasera para examinar sus engranajes. Primero lo hizo a simple vista y, a continuación, utilizó una potente lente de aumento. Casi no podía reprimir mi sonrisa al contemplar la alicaída expresión de su rostro cuando, por fin, cerró de golpe la tapa del reloj y me lo devolvió.

—Apenas proporciona información —comentó—. Este reloj ha sido limpiado recientemente y eso elimina la mayoría de los datos de relevancia.

—Tiene usted razón —respondí—. Lo limpiaron antes de enviármelo.

En mi corazón le acusé de buscar una pobre excusa con la que justificar su fracaso. ¿Qué información podría esperarse de un reloj que no hubiese sido limpiado?

—A pesar de no ser satisfactoria, mi inspección no ha sido totalmente estéril —puntualizó, mientras miraba al techo con ojos soñadores y carentes de brillo alguno—. Pendiente de que usted me corrija, diría que el reloj perteneció a su hermano mayor, quien lo heredó de su padre.

—Cosa que sin duda deduce por las iniciales H. W. grabadas en el dorso.

—Efectivamente. La W. sugiere su propio apellido. Ese reloj se fabricó hará unos cincuenta años. Y las iniciales datan también de entonces: por tanto, se hizo para alguien de una generación anterior. Es el hijo mayor el que suele heredar las piezas de joyería y suele, además, llamarse igual que el padre. Si no recuerdo mal, su padre murió hace muchos años. Por tanto, el reloj tuvo que estar en manos de su hermano mayor.

—Hasta aquí, todo es correcto —dije—. ¿Algo más?

—Era un hombre muy desaliñado. Muy desaliñado y muy descuidado. Heredó un buen capital, pero desperdició sus oportunidades; conoció la pobreza durante algún tiempo y tuvo breves intervalos de prosperidad. Finalmente, cayó en la bebida y falleció. Esto es todo lo que puedo averiguar.

Salté de mi silla y cojeé impacientemente por la habitación con el corazón rebosante de amargura.

—Esto no es propio de usted, Holmes —dije—. Jamás le creí capaz de caer tan bajo. Ha hecho averiguaciones acerca de mi desdichado hermano y ahora finge, de un modo extravagante, haberlo deducido. ¡No espere que me crea que todo esto lo ha sabido al mirar su viejo reloj! Es muy desconsiderado por su parte y, hablando claro, resulta propio de charlatanes.

—¡Mi querido doctor! —dijo Holmes afectuosamente—. Le ruego acepte mis disculpas. Al plantearme el problema como algo abstracto, he olvidado lo doloroso e íntimo que podría ser para usted. Le aseguro que jamás supe que usted tenía un hermano mayor hasta que me dejó ese reloj.

—¿Cómo, en nombre de lo más sagrado, supo entonces todo lo que dijo? Todos los detalles que mencionó son correctos.

—Ah, he tenido suerte. Me limité a mencionar los hechos de mayor probabilidad. No esperaba que todos fuesen totalmente correctos.

—¿No se trató entonces de meras suposiciones?

—No, no. Jamás supongo. Ése es un hábito muy desafortunado y que destruye la facultad lógica. Algunas cosas le resultan peculiares porque no está siguiendo mi cadena de pensamientos o porque no presta atención a los pequeños detalles de los cuales se pueden extraer importantes consecuencias. Por ejemplo, afirmé al principio que su hermano era un hombre muy descuidado. Si observa la parte inferior del reloj verá que no sólo tiene dos abolladuras, sino que está lleno de arañazos y rasguños debido a la costumbre de llevarlo en el mismo bolsillo en el que se guardan otros objetos como, por ejemplo, llaves y monedas. No es muy descabellado llegar a la conclusión de que un hombre que hace algo así con un reloj de cincuenta guineas es bastante descuidado. Y tampoco es una locura deducir que un hombre que ha heredado un objeto de tanto valor, habrá heredado también otros bienes similares.

Asentí para demostrar que seguía su razonamiento.

—Entre los prestamistas de Inglaterra está muy extendida la costumbre de utilizar una punta afilada para grabar, en el interior de la caja de los relojes que aceptan como empeño, el número correspondiente al recibo que extienden. Resulta mucho más cómodo que ponerle una etiqueta al reloj, ya que así no hay riesgo de que ésta se pierda o acabe en una pieza distinta. Con mi lupa he visto dentro de la caja de ese reloj no menos de cuatro números de las características mencionadas. Conclusión: su hermano estaba con frecuencia con el agua al cuello. Segunda conclusión: tuvo ocasionales períodos de prosperidad o no podría haber recuperado la pieza empeñada. En último lugar, le ruego que mire en el interior, donde está la cuerda. Mire los miles de arañazos que rodean el orificio. Todos ellos indican los lugares sobre los que patinó la llave. ¿Qué hombre sobrio habría podido rayar tanto el reloj al darle cuerda? En cambio, jamás verá un reloj de un borracho que carezca de tales marcas; le da cuerda por la noche y deja las huellas de su pulso inestable. ¿Dónde queda el misterio en todo esto?

—Resulta claro como el agua —respondí—. Lamento haber sido tan injusto con usted. Debería haber tenido más fe en sus sorprendentes habilidades. ¿Puedo preguntarle si se trae algún caso entre manos en la actualidad?

—Ninguno. De ahí que recurra a la cocaína. No puedo vivir si no tengo en qué ocupar mi cerebro. ¿De qué sirve si no la vida? Venga a la ventana. ¿Vio jamás un mundo más deprimente, sombrío y desaprovechado? Mire cómo la niebla amarilla se arremolina a lo largo de la calle y se extiende por entre las ocres casas. ¿Qué podría ser más desesperadamente prosaico y vulgar? ¿De qué sirve tener unas habilidades, doctor, si se carece del objeto al cual aplicarlas? El crimen es algo corriente, la existencia es algo corriente y nada que no sea corriente tiene lugar alguno en la tierra.

Había abierto la boca para responder a su diatriba cuando, precedida por un sonoro golpe en nuestra puerta, apareció nuestra casera llevando una tarjeta sobre una bandeja de latón.

—Una señorita desea verle, señor —dijo dirigiéndose a mi compañero.

—«Srta. Mary Morstan» —leyó Holmes—. ¡Hum!, no lo había oído antes. Dígale a esa señorita que pase, señora Hudson. No se vaya doctor. Preferiría que se quedase.

2. EL RELATO DEL MISTERIO

La señorita Morstan entró en la habitación con paso firme y actitud decidida. Era una dama joven, rubia, menuda y de aspecto delicado. Llevaba buenos guantes y vestía con un gusto irreprochable. Sin embargo, la sencillez y modestia de su atuendo mostraban que no nadaba en la abundancia. El vestido era de un sombrío beige grisáceo y no llevaba cintas ni adornos. Llevaba un turbante del mismo tono tristón, que sólo una apenas visible pluma blanca animaba un poco. No era un rostro de rasgos regulares ni tenía un cutis bello. Y sin embargo, su expresión era dulce y agradable y sus grandes ojos azules resultaban singularmente espirituales y comprensivos. Jamás en todo mi trato con mujeres, que se extiende a muchos países a lo largo de tres continentes, me había topado con un rostro que diera más que éste la impresión de pertenecer a alguien de naturaleza refinada y sensible. No pude evitar observar, mientras ella se sentaba en el lugar que Holmes disponía para ella, que sus labios y manos temblaban, y que toda ella daba muestra de estar sintiendo una profunda agitación interior.

—He venido a verle, señor Holmes, porque en una ocasión ayudó usted a mi patrona, la señora Cecil Forrester, a desentrañar un pequeño problema doméstico. Ella quedó muy impresionada por su destreza y amabilidad.

—La señora Cecil Forrester —repitió él pensativamente—. Creo que le fui de poca ayuda. Se trató, por lo que yo recuerdo, de un caso muy sencillo.

—Ella no lo cree así. Pero, por lo menos, no opinará usted lo mismo del mío. No podría imaginarme una situación más rara, que fuese más absolutamente inexplicable que en la que me encuentro yo ahora.

Holmes se frotó las manos. Sus ojos se iluminaron. Se inclinó hacia delante en su asiento, mostrando una intensa concentración en su rostro de definidos rasgos de halcón.

—Exponga su caso —dijo en un seco tono profesional.

Sentí que mi presencia resultaba embarazosa.

—Estoy seguro de que sabrán disculparme —dije levantándome de mi asiento.

Para mi sorpresa, la joven dama levantó su mano enguantada para detenerme.

—Si su amigo fuese tan amable de quedarse —dijo ella—, podría serme de inestimable ayuda.

Volví a mi asiento de nuevo.

—En pocas palabras —continuó—, se trata de lo siguiente: Mi padre era oficial en un regimiento británico en la India y me envió de vuelta a Inglaterra cuando yo era muy pequeña. Mi madre había fallecido y no tenía ningún pariente aquí. Me alojé en un cálido internado en Edimburgo y permanecí allí hasta que cumplí diecisiete años. En 1878 mi padre, que era capitán de su regimiento, consiguió un permiso de doce meses y regresó a Inglaterra. Me telegrafió desde Londres contándome que había llegado sano y salvo y pidiéndome que viniera inmediatamente a verle. Me proporcionó la dirección del hotel en el que se alojaba, Hotel Langham. Recuerdo que era un mensaje lleno de dulzura y amor. Al llegar a Londres me dirigí al Hotel Langham y allí me dijeron que, efectivamente, mi padre se hospedaba allí, pero que había salido la noche anterior y todavía no había regresado. Esperé allí todo el día, pero no recibí ninguna noticia suya. Aquella noche, siguiendo el consejo del director del hotel, puse el caso en conocimiento de la policía y a la mañana siguiente inserté un artículo en todos los periódicos. Todo nuestro esfuerzo resultó ser en vano, pues desde aquel día no he vuelto a saber nada de mi desdichado padre. Regresó a casa con el corazón rebosante de esperanza de encontrar algo de paz, de sosiego y en cambio...

Se llevó una mano a la garganta y un entrecortado sollozo la obligó a dejar la frase en suspenso.

—¿Fecha? —preguntó Holmes abriendo su bloc de notas.

—Desapareció el tres de diciembre de 1878. Hace casi diez años.

—¿Su equipaje?

—Permaneció en el hotel. No había en él nada que proporcionase ni la más pequeña pista. Tan sólo algo de ropa, algún libro y un número bastante considerable de recuerdos de las islas Andaman. Había sido uno de los oficiales al mando del penal.

—¿Tenía algún amigo en la ciudad?

—Que sepamos, sólo uno, el mayor Sholto, de su mismo regimiento, el Trigésimo Cuarto Regimiento de Infantería de Bombay. El mayor se había retirado poco tiempo antes y vivía en Upper

Norwood. Nos pusimos en contacto con él, naturalmente, pero ni siquiera sabía que su hermano de armas se encontraba en Inglaterra.

—Un caso curioso —comentó Holmes.

—Todavía no le he contado lo más curioso de todo. Hará unos seis años, el cuatro de mayo de 1882 para ser exactos, apareció un anuncio en el *Times* solicitando la dirección de la señorita Mary Morstan. El anuncio afirmaba que sería provechoso para ella darse a conocer. En el anuncio no aparecía ninguna dirección ni ningún nombre. En aquella época yo acababa de entrar al servicio de la familia de la señora Cecil Forrester en calidad de institutriz. Fue ella quien me aconsejó publicar mi dirección en la sección de anuncios por palabras. Ese mismo día recibí por correo una pequeña caja de cartón que contenía una resplandeciente perla de gran tamaño. Ni una sola palabra acompañaba el envío. Desde ese momento, todos los años recibo en dicha fecha una caja similar que contiene una perla de esas características y ninguna pista acerca de su remitente. Un experto que ha examinado las perlas ha dictaminado que pertenecen a una variedad muy poco frecuente y que son de gran valor. Usted mismo puede ver que son muy hermosas.

Mientras hablaba, abrió una caja plana y me mostró seis de las perlas más extraordinarias que había visto jamás.

—Su relato es de lo más interesante —dijo Holmes—. ¿Ha ocurrido algo más?

—Sí, ni más ni menos que hoy. Por ello he venido a verle. Esta mañana he recibido esta carta que tal vez sea mejor que lea usted mismo.

—Gracias —dijo Holmes—. Permítame también el sobre, por favor. Matasellada en el sudoeste de Londres. Fecha: 7 de julio. ¡Ajá! La huella de un pulgar masculino en una esquina, seguramente del cartero. Papel de la mejor calidad. Sobres de seis peniques el paquete. Hombre exigente por lo que se refiere a sus artículos de correspondencia. Sin remite.

Esté hoy a las siete en punto de la tarde en el tercer pilar empezando por la izquierda de la fachada del Teatro Liceo. Si no se fía, traiga con usted a dos amigos. Es usted una mujer injuriada y merece que se le haga justicia. No avise a la policía o todo será en vano. Su amigo desconocido.

—En fin, se trata de un misterio muy interesante. ¿Qué va a hacer, señorita Morstan?

—Eso es exactamente lo que he venido a preguntarle.

—En ese caso, debemos ir, naturalmente. Usted, yo y... sí, el doctor Watson es nuestro hombre, sin duda. El remitente dice dos amigos. Watson y yo hemos trabajado juntos antes.

—Pero, ¿querrá venir? —preguntó ella. Había una súplica en su voz y expresión.

—Será un honor para mí —dije fervientemente— serle de utilidad.

—Son ustedes muy amables —dijo ella—. He llevado una vida muy retirada y no tengo amigos a los que recurrir. ¿Les parece bien que esté aquí, digamos, a las seis?

—No se retrase —dijo Holmes—. Queda todavía otra cuestión. La letra de la carta ¿es la misma con la que está escrita su dirección en las cajas de las perlas?

—Las tengo aquí —replicó ella sacando media docena de notas.

—Es usted, sin ninguna duda, la cliente modelo. Sus intuiciones son correctas. Veamos —extendió las notas sobre la mesa y lanzó miradas penetrantes de una a otra—. La escritura está impostada en todas las notas excepto en la carta —dijo finalmente—; pero no hay ninguna duda sobre el autor de ellas. Miren cómo se destaca la *e* y observen el tirabuzón de las eses finales. Se trata indiscutiblemente de la misma persona. No quiero hacerle albergar falsas esperanzas, señorita Morstan, pero ¿hay algún parecido entre esta letra y la de su padre?

—No podrían ser más distintas.

—Esperaba oírla decir eso. Nos encontraremos entonces aquí a las seis. Le ruego que me permita quedarme con las notas. Eso me permitiría estudiarlas antes de nuestra cita. Son sólo las tres y media. *Au revoir*, pues.

—*Au revoir* —dijo nuestra visitante y, con una brillante y amable mirada de uno a otro de nosotros, guardó la caja de las perlas en su pecho y se marchó rápidamente.

De pie junto a la ventana, la observé caminar calle abajo con paso decidido hasta que el turbante gris y la pluma blanca no fueron más que una mancha entre la sombría multitud.

—¡Qué mujer más atractiva! —exclamé girándome hacia mi compañero.

Él había encendido nuevamente su pipa y estaba recostado en el sillón con los párpados entrecerrados.

—Ah, ¿sí? —dijo lánguidamente—. No me he dado cuenta.

—¡Es usted un autómata, una máquina calculadora! —exclamé—. Definitivamente, hay algo inhumano en usted algunas veces.

Holmes sonrió amablemente.

—Es de vital importancia —declaró Holmes— no consentir que las cualidades personales nublen el criterio. Un cliente es para mí una unidad, un mero factor de un problema. Las cualidades emocionales son antagónicas al razonamiento preciso. Le aseguro que la mujer más cautivadora que he conocido jamás fue ahorcada por envenenar a tres niños pequeños a fin de cobrar el dinero de su seguro. Y el hombre más físicamente desagradable que conozco es un filántropo que ha donado más de un cuarto de millón de libras esterlinas a los pobres de esta ciudad.

—Sin embargo, en este caso...

—Nunca hago excepciones. Las excepciones pervierten la regla. ¿Ha tenido alguna vez ocasión de estudiar grafología? ¿Qué le sugiere la escritura manuscrita de este hombre?

—Es clara y uniforme —respondí—. Un hombre de negocios y de carácter.

Holmes agitó su cabeza.

—Mire las letras altas —dijo—. Casi no se elevan sobre las demás. Esta *d* podría ser una *a*, y la *l* podría ser una *e*. Los hombres con carácter, en cambio, distinguen perfectamente sus letras altas de las bajas, independientemente de lo ilegible que resulte su escritura. Su manera de escribir la *k* indica vacilación y sus letras mayúsculas indican amor propio. Voy a salir, tengo que hacer algunas cosas. Permítame que le recomiende este libro, *El martirio del hombre*, el mejor libro escrito jamás. Estaré de vuelta en una hora.

Me senté al lado de la ventana con el volumen en mis manos. Mis pensamientos estaban lejos de las atrevidas especulaciones del autor. Mi mente estaba con nuestra visitante. Su manera de sonreír, su voz profunda, el extraño misterio que se proyectaba sobre su vida... Si tenía diecisiete años cuando su padre desapareció, ahora debía tener veintisiete. Una edad espléndida. La juventud ha perdido conciencia de sí misma y la experiencia la modera. Me quedé sentado, meditando, hasta que pensamientos tan peligrosos empezaron a discurrir por mi mente. Corrí a mi mesa y me sumergí furiosamente en el último tratado sobre patología. ¿Quién era yo, un cirujano de infantería retirado, con una pierna herida y una cuenta bancaria menos saludable todavía, para atreverme a pensar en tales cosas? Ella era sólo una unidad, un factor. Nada más. Si mi futuro no era prometedor, lo mejor sería afrontarlo como un hombre en vez de pretender endulzarlo con vanas quimeras.

3. EN BUSCA DE UNA SOLUCIÓN

Holmes regresó antes de las cinco y media. Estaba radiante, deseoso de entrar en acción y de un humor excelente, estado de ánimo que en su caso se alternaba con períodos del más profundo decaimiento.

—No hay nada extraordinariamente misterioso en todo este asunto —declaró mientras tomaba la taza de té que acababa de servirle—; aparentemente, existe una única explicación racional de los hechos.

—¿En serio? ¿Ya lo ha resuelto?

—Bueno, eso sería mucho decir. He descubierto un detalle muy sugerente, eso es todo. Pero, en cualquier caso, es *muy* sugerente. Todavía tengo que perfilar los detalles. Consultando números atrasados del *Times*, he descubierto que el mayor Sholto, de Upper Norwood y que perteneció al Trigésimo Cuarto Regimiento de Infantería de Bombay, falleció el veintiocho de abril de 1882.

—Debo ser realmente obtuso, Holmes, pero no soy capaz de ver a dónde conduce eso.

—¿En serio? Me sorprende usted. Mírelo de la siguiente forma. El capitán Morstan desaparece. La única persona en Londres a la que él podría haber visitado es el mayor Sholto. Sholto niega haber sabido que Morstan estaba en Londres. Cuatro años más tarde, Sholto muere. Esa misma semana la hija del capitán Morstan recibe un regalo de gran valor, que se repite año tras año. Y la cosa culmina ahora, momento en el que recibe una carta que la describe como una mujer con la que se ha cometido una injusticia. ¿A qué injusticia podrían referirse si no se trata de haberle arrebatado a su padre? ¿Y por qué empieza a recibir los regalos justo tras la muerte de Sholto, si no es porque uno de sus herederos sabe algo acerca del misterio y desea compensarla de alguna manera? ¿Tiene usted alguna teoría alternativa que explique los hechos?

—¡Vaya compensación más extraña! ¡Y qué forma más rara de realizarla! ¿Por qué escribir una carta ahora en vez de hace seis años?

Además, la carta habla de hacerle justicia a ella. ¿Qué justicia podría hacérsele? Es demasiado aventurado suponer que su padre sigue con vida. No se ha cometido ninguna otra injusticia contra ella.

—Sí, quedan cosas por resolver, no hay duda —dijo Holmes pensativamente—; pero nuestra expedición nocturna de hoy debería resolverlas todas. Ahí aparece un carruaje y la señorita Morstan está en él. ¿Está preparado? En ese caso deberíamos bajar, ya pasa un poco de la hora.

Cogí mi sombrero y mi bastón más pesado. Observé que Holmes cogía de un cajón su revólver y que lo deslizaba en su bolsillo. Era obvio que pensaba que la noche podría complicarse.

La señorita Morstan iba envuelta en una capa oscura y su dulce rostro aparecía sereno pero pálido. No hubiese sido una mujer si no hubiese sentido algo de inquietud ante la aventura que emprendíamos. A pesar de todo, su autocontrol era perfecto y respondió diligentemente a las pocas preguntas adicionales que Holmes le formuló.

—El mayor Sholto era un amigo muy apreciado por papá —dijo—. Sus cartas estaban llenas de alusiones al mayor. Papá y él estaban al mando de las tropas de las islas Andamán y estaban muy unidos. Por cierto, en el escritorio de papá se encontró un papel muy curioso y que nadie supo interpretar. No creo que tenga la menor relevancia, pero lo he traído. Aquí está.

Holmes desdobló cuidadosamente el papel y lo estiró sobre sus rodillas. A continuación, examinó toda su superficie con su lupa.

—Este papel es de manufactura india —observó—. Durante algún tiempo estuvo colgado de un tablón. El dibujo que aparece en él parece ser un plano de parte de un gran edificio con muchas salas, pasillos y pasadizos. En un punto aparece una cruz trazada con tinta roja y sobre ella, escrito en lápiz borroso, «3.37 por la izquierda». En la esquina izquierda puede verse un curioso jeroglífico. Parecen cuatro cruces alineadas cuyos brazos se tocan. A su lado, escrito en caracteres muy burdos y toscos, «la firma de los cuatro: Jonathan Small, Mahomet Singh, Abdullah Khan, Dost Akbar». No, confieso que no veo qué relación puede tener esto con nuestro asunto. A pesar de ello, debe tratarse de un documento importante, pues ha estado guardado cuidadosamente dentro de un libro de notas. Una de sus caras está más limpia que la otra.

—Lo encontramos dentro de su libro de notas.

—Guárdelo cuidadosamente entonces, señorita Morstan, pues podría resultarnos útil. Empiezo a creer que todo este asunto tiene aspectos más sutiles y profundos de los que en un principio pensé que tenía. Debo replantearme las cosas.

Se recostó en el carruaje y pude ver por su ceño fruncido y sus ojos ausentes que estaba pensando intensamente. La señorita Morstan y yo charlamos en voz baja sobre el resultado de la expedición en la que acabábamos de embarcarnos y su posible resultado, pero Holmes mantuvo su impenetrable reserva hasta que finalizó nuestro trayecto.

Era una tarde de septiembre y no eran todavía las siete en punto, pero el día había sido deprimente y una densa y húmeda niebla caía sobre la gran ciudad. Nubes de color fango colgaban mustias sobre las embarradas calles. A lo largo del paseo, las farolas no eran más que difusas manchas luminosas que difundían un débil halo circular sobre las resbaladizas aceras. El brillo amarillento de los escaparates de las tiendas se abría paso entre el aire lleno de humedad e iluminaba de manera turbia y trémula la transitada calle. A mi modo de ver, había algo siniestro y fantasmal en la incesante procesión de caras que cruzaban las estrechas zonas iluminadas: caras alegres, caras tristes. Caras ojerosas y caras felices. Al igual que el resto de la humanidad, pasaban de las tinieblas a la luz y, de nuevo, regresaban a las tinieblas. No soy fácilmente impresionable, pero la pesadez de la tarde se aliaba con el extraño asunto que nos ocupaba para deprimirme y ponerme nervioso. La actitud de la señorita Morstan me hizo comprender que sentía lo mismo que yo. Sólo Holmes era capaz de permanecer ajeno a influencias tan nimias. Mantenía su bloc de notas abierto sobre sus rodillas y, de cuando en cuando, apuntaba alguna cifra o algún dato a la luz de su linterna de bolsillo.

La multitud se agolpaba en los laterales del Teatro Liceo. En frente de él había un continuo discurrir de carruajes de los que descendían hombres parapetados tras sus pecheras y mujeres ataviadas con chales y diademas. Casi no nos había dado tiempo de llegar a la tercera columna del teatro, nuestro punto de encuentro, cuando un hombre pequeño, oscuro y nervioso que iba vestido como un cochero, se dirigió a nosotros.

—¿Son ustedes los acompañantes de la señorita Morstan? —preguntó.

—Yo soy la señorita Morstan y estos caballeros son amigos míos —respondió ella.

Unos ojos extraordinariamente penetrantes e inquisidores se posaron sobre nosotros.

—Perdóneme señorita —dijo él de manera un tanto lastimosa—, pero debo pedirle que me dé su palabra de que ninguno de estos caballeros es un oficial de policía.

—Le doy mi palabra —contestó ella.

Él dio un estridente silbido y un conductor árabe hizo detenerse delante de nosotros un carruaje y nos abrió la portezuela. El hombre que se había dirigido a nosotros subió al pescante del carruaje y nosotros nos acomodamos en su interior. Inmediatamente, restalló el látigo del cochero y comenzó un furioso viaje a toda velocidad por entre las calles llenas de niebla.

La situación era pintoresca. Nos llevaban a un destino desconocido, cuyo objeto tampoco conocíamos. Y, sin embargo, o bien el propósito de nuestra invitación era un completo engaño (lo que era una hipótesis del todo inconcebible) o, al contrario, teníamos indicios más que suficientes para suponer que cuestiones de vital importancia nos aguardaban al final de nuestro viaje. El comportamiento de la señorita Morstan era decidido y permanecía encerrada en ella misma como siempre. Me propuse entretenerla y divertirla con el relato de mis aventuras en Afganistán; pero, siendo sincero, estaba tan excitado a causa de nuestra situación y me intrigaba tanto a dónde nos dirigíamos, que mis historias no tenían mucho sentido. Todavía hoy, ella afirma que le conté una interesantísima anécdota en la que un mosquete entraba en mi tienda en lo más profundo de la noche y yo le disparaba con un cachorro de tigre de repetición. Al principio sabía más o menos por dónde avanzábamos; pero pronto, entre la velocidad que llevábamos, la niebla y mis limitados conocimientos de Londres, me desorienté por completo. Lo único que tenía claro es que nuestro viaje era muy largo. Sherlock Holmes, en cambio, no se despistó en ningún momento y de cuando en cuando, mientras el carruaje traqueteaba al atravesar plazas y callejones tortuosos, murmuraba el nombre de los lugares por los que pasábamos.

—Rochester Row —decía—. Ahora Vincent Square. Salimos a Vauxhall Bridge Road. Aparentemente, nos dirigimos hacia Surrey. Sí, eso es. Estamos sobre el puente. Pueden ver ustedes el río de tanto en tanto.

Efectivamente, tuvimos una fugaz visión del Támesis; las farolas se reflejaban sobre las anchas y silenciosas aguas. Pero nuestro carruaje giró y pronto se encontró en un laberinto de calles situado al otro lado del río.

—Wordsworth Road —dijo mi camarada—. Priory Road. Lark Hall Lane. Stockwell Place. Robert Street. Cold Harbour Lane. Nuestra misión no parece llevarnos a lugares muy distinguidos.

De hecho habíamos llegado a un barrio bastante cuestionable y poco aconsejable. Largas hileras de monótonas casas de ladrillo sólo se veían animadas por el brillo chabacano y agrio de los *pubs* en las esquinas. A continuación, empezaron a aparecer hileras de casitas de dos plantas que contaban con un jardín diminuto enfrente de ellas. Y entonces, de nuevo, interminables hileras de edificios recién construidos de ladrillo visto; los tentáculos de la gigantesca ciudad que comenzaban a invadir el campo. Por fin, el carruaje se detuvo en la tercera casa de una nueva hilera de casas adosadas. Ninguna de las casas vecinas estaba habitada. Y la casa frente a la que nos apeamos estaba tan oscura como las demás, excepto por una tenue luz procedente de la ventana de la cocina. A pesar de ello, nada más llamar a la puerta, un sirviente hindú la abrió de inmediato. Iba vestido con un turbante amarillo, blancas ropas holgadas y un fajín amarillo. Había algo extrañamente incongruente en esta figura oriental enmarcada por la puerta de una vulgar casa situada en una barriada de tercera fila.

—El *sahib* les espera —dijo.

Y mientras él hablaba, una voz aguda y aflautada procedente de una de las habitaciones interiores dijo:

—Tráelos ante mí, *khitmutgar* —dijo la voz—. Tráelos inmediatamente ante mí.

4. EL RELATO DEL HOMBRE SIN PELO

Seguimos al indio a lo largo de un pasadizo oscuro y vulgar, mal iluminado y peor amueblado, hasta que finalmente llegamos a una puerta a nuestra derecha que abrió de par en par. Cayó sobre nosotros un haz de luz amarilla. En medio del resplandor estaba un hombre de pequeña estatura y cabeza muy alargada. Alrededor de ella tenía una hilera de cabello rojo y su calva sobresalía como el pico de una montaña entre las copas de los árboles. Se retorcía las manos al tiempo que permanecía en pie y su rostro era una constante sucesión de muecas. Tan pronto sonreía como fruncía el ceño, pero sus rasgos jamás estaban en reposo. La madre Naturaleza le había dotado de un labio inferior colgante y una hilera demasiado visible de dientes irregulares que intentaba ocultar, sin demasiado éxito, pasándose continuamente una mano por la parte inferior de su cara. A pesar de su chocante calva, parecía ser bastante joven. De hecho, acababa de cumplir treinta años.

—Su humilde servidor, señorita Morstan —no dejaba de repetir con su aguda vocecilla—. Su humilde servidor, caballeros. Les ruego que pasen a mi santuario. Pequeño, pero amueblado enteramente a mi gusto, señorita. Un oasis artístico en este desolado desierto que es el sur de Londres.

El lugar en el que nos introdujo nos dejó asombrados. Dentro de aquella miserable casa estaba tan fuera de lugar como un diamante de la mejor calidad engarzado en latón. Las cortinas y tapices más ricos vestían las paredes, abriéndose aquí y allá para dejar al descubierto una pintura lujosamente enmarcada o un magnífico jarrón oriental. La alfombra era ámbar y negra, tan gruesa y mullida que los pies se hundían deliciosamente en ella como si de musgo se tratase. La sensación de lujo oriental se veía incrementada por dos magníficas pieles de tigre extendidas a ambos lados de la sala y un narguile colocado sobre una estera en una de las esquinas. Una lámpara de plata con forma de paloma colgaba sobre el centro de la sala por hilos dorados casi invisibles. Mientras quemaba, impregnaba el aire de un sutil aroma.

—Soy el señor Thaddeus Sholto —dijo el hombrecillo, que continuaba con sus muecas y sonrisas—. Ése es mi nombre. Usted es, naturalmente, la señorita Morstan. ¿Y estos caballeros son...?

—Éste es el señor Sherlock Holmes y éste es el doctor Watson.

—Vaya, ¡un doctor! —exclamó muy excitado—. ¿Trae su estetoscopio con usted? ¿Puedo pedirle...? Es decir, ¿sería usted tan amable de comprobar el estado de mi válvula mitral? Mi válvula aórtica no me preocupa, pero estoy muy interesado en conocer su opinión sobre mi válvula mitral.

Escuché su corazón como me pedía, pero no fui capaz de encontrar nada anormal en su funcionamiento; salvo que estaba en medio de un ataque de pánico, pues temblaba de la cabeza a los pies.

—Todo parece normal —le dije—. No tiene de qué preocuparse.

—Estoy seguro de que sabrá disculpar mi ansiedad, señorita Morstan —comentó con ligereza—. Sufro mucho y sospechaba desde hace tiempo que algo no iba bien con esa válvula. Me llena de alegría saber que están en perfecto estado. Si su padre, señorita Morstan, no hubiese exigido tanto de su pobre corazón, seguramente seguiría entre nosotros.

Sentí ganas de abofetearle por un comentario tan fuera de lugar y tan burdo sobre una cuestión tan delicada.

—Algo me decía que estaba muerto —respondió ella.

—Puedo darle todos los detalles —continuó él—. Y lo que es más importante: puedo conseguir que a usted se le haga justicia, y lo haré, independientemente de lo que diga mi hermano Bartholomew. Estoy muy contento de que haya traído a estos amigos con usted. Y no sólo la escoltarán a usted, sino que además serán testigos de todo lo que he de decir y hacer ahora. Los tres seremos un buen baluarte contra mi hermano Bartholomew. Pero no mezclemos a extraños en este asunto. Dejemos a la policía fuera. Podemos resolverlo todo nosotros mismos sin la injerencia de terceros. Nada molestaría más a mi hermano Bartholomew que cualquier tipo de publicidad.

Se sentó en un sofá bajo y nos miró con sus parpadeantes ojillos de color azul desvaído.

—Por lo que a mí respecta —dijo Holmes—, de mí no saldrá nada de lo que usted diga.

Asentí para manifestar mi compromiso.

—¡Eso está bien! ¡Eso está bien! —exclamó él—. ¿Puedo ofrecerle un vaso de Chianti, señorita Morstan? ¿Tal vez Tokay? No dispongo de ningún otro vino. ¿Desea que abra una botella? ¿No? En ese caso espero que no le moleste el humo del tabaco, el balsámico aroma del tabaco oriental. Estoy algo nervioso y mi narguile es un sedante de valor incalculable.

Encendió el fuego del narguile y el humo burbujeó alegremente en el agua de rosas. Nos sentamos en semicírculo, apoyando las mejillas de nuestras estiradas cabezas en las palmas de nuestras manos. Mientras, el extraño e inquieto hombrecillo de brillante calva exhalaba nerviosas bocanadas de humo.

—La primera vez que decidí ponerme en contacto directo con usted dudé si incluir mi dirección —dijo—, pero me dio miedo que pudiera usted venir acompañada de personas desagradables en contra de lo que yo le había pedido. Por eso me tomé la libertad de concertar la cita de manera que Williams, mi hombre, pudiese verles antes. Confío plenamente en la discreción de Williams. Él tenía orden de abortar el asunto si no quedaba completamente satisfecho por lo que viese. Sabrán disculpar tantas precauciones, pero soy un hombre retirado y de gustos, podríamos decir, refinados. Y no hay nada más antiestético que un policía. La vulgaridad me horroriza y hago todo lo posible para evitar el contacto con la burda humanidad. Ya ven que vivo rodeado de una atmósfera de cierta elegancia a mi alrededor. Me tengo por un protector de las artes. Es mi debilidad. Ese paisaje es un Corot auténtico. Un experto podría tener algunas dudas respecto a ese Salvatore Rosa, pero la autenticidad de ese Bourguerau queda fuera de toda duda. Soy un entusiasta de la escuela francesa.

—Perdóneme señor Sholto —dijo la señorita Morstan—, pero hasta aquí me ha traído un deseo suyo de verme para decirme algo que usted desea que sepa. Es muy tarde y preferiría que nuestra entrevista fuese lo más breve posible.

—Deberá prolongarse durante algún tiempo, me temo —respondió él—, pues debemos ir a Norwood y ver a mi hermano Bartholomew. Iremos y haremos lo posible por sacar lo mejor de él. Está muy enfadado conmigo por haber hecho lo que he estimado oportuno. Tuvimos algo más que palabras anoche. No se imaginan cuán terrible puede llegar a ser cuando se enfada.

—Si hemos de ir a Norwood, quizá sería mejor que partiésemos cuanto antes —me atreví a sugerir.

Se rió hasta que sus orejas enrojecieron.

—Eso sería poco conveniente —dijo—. No me imagino qué diría si les llevase allí de repente. No, debo prepararles para que sepan cómo debemos tratarnos unos a otros. En primer lugar debo decirles que hay algunos puntos de la historia que yo mismo ignoro. Sólo podré contarles hasta dónde yo sé.

»Como ya habrán imaginado, mi padre fue el mayor John Sholto y perteneció a las tropas británicas en la India. Se retiró hará unos once años y vino a vivir a Pondicherry Lodge, en Upper Norwood. Había hecho fortuna en la India y trajo con él una considerable suma de dinero, una gran colección de objetos exóticos valiosos y todo un equipo de sirvientes nativos. Con todo esto a su favor, compró una casa y comenzó a vivir en ella con gran lujo. Mi hermano gemelo Bartholomew y yo éramos sus únicos hijos.

»Recuerdo muy bien el revuelo que organizó la desaparición del capitán Morstan. Leímos todos los detalles en los periódicos y, como sabíamos que había sido amigo de nuestro padre, hablábamos abiertamente del tema en su presencia. Él también especuló con nosotros acerca de lo que podría haberle sucedido. Ni por un instante sospechamos que él guardaba escondida en su pecho toda la verdad, que él era el único hombre que conocía el fin que Arthur Morstan había tenido.

»Sabíamos en cambio que algún misterio, algún oscuro peligro se cernía sobre nuestro padre. Le aterrorizaba salir solo y siempre tuvo a su servicio a dos reconocidos boxeadores que hacían las veces de porteros en Pondicherry Lodge. Williams, el mismo que esta noche les condujo hasta aquí, fue campeón de los pesos ligeros. Nuestro padre jamás nos confesó a qué le tenía tanto miedo, pero lo cierto es que tenía especial aversión a los hombres que tenían una pata de palo. En una ocasión llegó a disparar su revólver contra un hombre que llevaba una pata de palo y que resultó ser un comerciante totalmente inofensivo que venía a ofrecernos su mercancía. Hubo que soltar una fuerte suma de dinero para silenciar todo el asunto. Mi hermano y yo pensábamos que se trataba únicamente de una manía de mi padre, pero la sucesión de hechos nos ha hecho cambiar de opinión.

»A principios de 1882 mi padre recibió una carta desde la India que le causó una gran impresión. Estaba sentado a la mesa durante el desayuno y casi perdió el conocimiento al abrirla. A partir de ese día su salud empeoró hasta que, finalmente, murió. Jamás supimos qué leyó en la carta, pero mientras la sostenía pude ver que era breve y las letras parecían garabatos. Durante años una inflamación de bazo le había hecho sufrir, pero a partir de ese momento empeoró rápidamente. A finales de abril nos dijeron que no tenía salvación posible y que quería vernos por última vez.

»Cuando entramos en su habitación respiraba con dificultad. Unos cojines le mantenían incorporado. Nos rogó que cerrásemos la puerta con llave y que nos sentásemos cada uno a un lado de su cama. Agarró con fuerza nuestras manos y con una voz rota no sólo por el dolor, sino también por la emoción, nos hizo un sorprendente relato. Intentaré ser lo más fiel posible a sus propias palabras.

"Hay una sola cosa", nos dijo, "que en este terrible momento pesa sobre mi conciencia. Y es cómo he tratado a la pobre huérfana que Morstan dejó. La maldita avaricia, que ha sido el pecado que me ha perseguido toda la vida, la ha mantenido apartada de un tesoro cuya mitad al menos debería haberle correspondido. Ni siquiera yo mismo, tan absurda y ciega es la avaricia, he disfrutado de él. El solo sentimiento de posesión me hacía tan feliz, que no era capaz de compartirlo con nadie. Ved ese rosario de perlas que está al lado de la botella de quinina. Ni siquiera he sido capaz de desprenderme de eso, a pesar de que mi intención era enviárselo a ella. Vosotros, hijos míos, le daréis una porción justa del tesoro de Agra. Pero no le enviéis nada, ni siquiera el rosario, hasta que yo no muera. A fin de cuentas, no sería el primer hombre en recuperarme de algo así.

"Os contaré cómo murió Morstan», continuó. «Durante años había padecido las consecuencias de tener un corazón enfermo sin decírselo a nadie. Sólo yo lo sabía. Durante nuestra estancia en la India, debido a un cúmulo de extraordinarias circunstancias, habíamos entrado en posesión de un magnífico tesoro. Yo lo traje conmigo a Inglaterra y, la misma noche en que él regresó a nuestro país, vino a verme para reclamarme su parte. Vino andando desde la estación y mi viejo y fiel Lal Chowdar, ya muerto, le dejó pasar. Morstan y yo no nos poníamos de acuerdo acerca de cómo dividir el tesoro entre los dos y nos acaloramos. Morstan se había levantado airadamente de su silla, cuando de repente se llevó las manos al costado. Su cara palideció rápidamente y cayó hacia atrás, abriéndose la cabeza con el cofre que contenía el tesoro. Al inclinarme sobre él, vi con horror que estaba muerto.

"Durante mucho rato me quedé sentado, trastornado, intentando pensar qué hacer. Mi primer impulso, por supuesto, fue pedir ayuda. Pero me di cuenta de que sería acusado de haberle asesinado. Había fallecido durante una fuerte discusión y tenía una brecha en la cabeza. Todo me apuntaba a mí como asesino suyo. Además, sería imposible pretender que se realizase una investigación oficial sin que saliese a relucir el tesoro. Y yo estaba ansioso por mantener su existencia en secreto. Él me había dicho que nadie sabía dónde estaba. No parecía haber ningún motivo para que no siguiese siendo así.

"Estaba reflexionando sobre el asunto todavía, cuando vi a mi criado Lal Chowdar en la puerta. Entró y cerró con llave. 'No tema, sahib', dijo, 'nadie tiene por qué saber que usted le ha matado. Escondámosle y, si pueden, que den con él.' 'No le he matado', dije. Lal Chowdar sacudió su cabeza y sonrió. 'Lo he oído todo, sahib', contestó. 'Escuché la pelea y el golpe que siguió. Pero mis labios están sellados. Todos duermen. Deshagámonos de él.' Esto terminó de decidirme. Si mi propio criado no creía en mi inocencia, ¿qué esperanza tenía de que un jurado compuesto por doce tenderos lo hiciera? Lal Chowdar y yo nos deshicimos del cadáver esa misma noche. A los pocos días todos los periódicos de Londres publicaban la noticia de la misteriosa desaparición del capitán Morstan. Podéis ver que yo no tengo ninguna culpa de lo que sucedió. Sólo soy culpable de haber escondido el cuerpo y el tesoro. Y también, de haberme quedado con la parte de Morstan. Pero deseo que vosotros rectifiquéis mi error. Acercad vuestros oídos. El tesoro está escondido en..."

»En ese instante su expresión cambió terriblemente; sus ojos quedaron fijos en un punto detrás de nosotros, su mandíbula cayó y, con una voz que jamás olvidaré, empezó a gritar: "¡Que no se acerque a mí! ¡Por Dios, que no se acerque a mí!" Los dos nos giramos para mirar hacia la ventana situada a nuestra espalda a la que él miraba fijamente. Una cara nos miraba desde el exterior. Podíamos ver cómo la zona de la nariz que estaba aplastada contra el cristal parecía ser más blanca que el resto de la cara. Era una cara con mucho vello y barba, ojos crueles, y tenía una expresión de maldad extrema. Mi hermano y yo corrimos a la ventana, pero el hombre había huido. Al regresar al lado de mi padre vimos que tenía la cabeza caída y carecía de pulso.

»Esa noche registramos en vano el jardín en busca del intruso. Lo único que encontramos fue la huella de un solo pie en el macizo de flores que había bajo la ventana de mi padre. De no ser por eso, podríamos haber pensado que la feroz cara había sido producto de nuestra imaginación. Sin embargo, pronto tuvimos otra prueba todavía más chocante de que algo misterioso sucedía a nuestro alrededor. A la mañana siguiente la ventana de la habitación de nuestro padre estaba abierta. Todos los cajones y cajas habían sido revueltos y sobre su pecho había una nota en la que alguien había garabateado "La firma de los cuatro". Nunca supimos qué significaba este mensaje ni quién pudo ser el visitante. Aparentemente, quienquiera que fuese, no se llevó nada. Se limitó a revolverlo todo. Como es natural, mi hermano y yo relacionamos este incidente con el miedo que había acosado a mi padre toda su vida, pero aún hoy sigue siendo un completo misterio para nosotros.»

El hombrecillo calló para reencender su narguile y dio unas cuantas caladas pensativamente. Durante la breve descripción de la muerte de su padre, la señorita Morstan se puso lívida y pensé que iba a desmayarse. Pero el beber un poco de agua que le serví discretamente de una botella veneciana que estaba sobre la mesita baja, pareció reponerla. Sherlock Holmes parecía estar muy concentrado. Se recostó en su silla y entrecerró los párpados, ocultando parcialmente el brillo en sus ojos. Al mirarle no pude evitar recordar sus quejas, ese mismo día, sobre la monotonía de la vida. Tenía delante un problema que exigiría hasta la última gota de su sagacidad. Thaddeus Sholto nos miró uno por uno orgulloso del efecto que su relato nos había causado. Dando continuas caladas a su enorme pipa de agua, siguió hablando.

—A mi hermano y a mí —dijo— nos excitó sobremanera, como pueden imaginarse, la declaración que nuestro padre hizo sobre la existencia del tesoro. Durante semanas y meses lo buscamos en vano por todo el jardín. Nos desesperaba saber que el escondite había estado en sus labios justo en el momento de morir. Podíamos imaginar la magnificencia del tesoro sólo con mirar el rosario que nuestro padre había sacado de él. Mi hermano Bartholomew y yo tuvimos alguna disputa a causa del rosario. Era evidente que se trataba de perlas de gran valor y él se oponía a separarse de ellas. En confianza, mi hermano ha heredado algo del defecto de mi padre. Él opinaba que si enviábamos el rosario, daríamos pie a rumores y acabaríamos por meternos en un lío. Lo más que conseguí de él fue que accediese a enviar las perlas una a una a la señorita Morstan a intervalos regulares y, de esta manera, ella nunca estaría en la miseria.

—Fue muy amable por su parte —dijo nuestra amiga sinceramente—, fue usted muy generoso.

El hombrecillo movió su mano quitándole importancia al asunto.

—Éramos sus albaceas —replicó él—; al menos, así lo entendí yo. Mi hermano Bartholomew no compartía enteramente esa visión. Nosotros teníamos ya mucho dinero, yo no deseaba más. Además, habría sido de muy mal gusto tratar a una señorita como usted de una forma tan desconsiderada. *Le mauvais goût mène au crime.* Los franceses tienen siempre una manera elegante de decir estas cosas. Nuestra opinión al respecto difería tanto que estimé oportuno mudarme a una casa propia. Así pues, dejé Pondicherry Lodge y me traje conmigo al viejo *khitmutgar* y a Williams. Ayer tuve noticias de un acontecimiento de vital importancia: Bartholomew había descubierto el tesoro. Al instante, me puse en contacto con la señorita Morstan. Lo único que nos queda por hacer es ponernos en marcha hacia Norwood y reclamar nuestra parte del tesoro. Le conté mis intenciones a Bartholomew anoche, así que, aunque no seremos bien recibidos, espera nuestra visita.

Thaddeus Sholto dejó de hablar y permaneció sentado, meneándose en su lujoso sofá. Nosotros permanecíamos callados pensando en el nuevo rumbo que tomaba el misterioso asunto. Holmes fue el primero en ponerse en pie.

—Ha hecho usted lo correcto, desde el principio hasta el final —dijo—. Es posible que podamos devolverle el favor arrojando alguna luz a la parte del misterio que todavía permanece oscura para usted. Pero, como ha dicho la señorita Morstan hace un momento, es ya tarde, y no deberíamos demorar más la resolución de este asunto.

Nuestro anfitrión enrolló con sumo cuidado el tubo de su narguile y sacó de detrás de una cortina un recargado sobretodo con los puños y cuello de astracán. A pesar de que la noche era muy calurosa, se lo abrochó hasta arriba y completó el conjunto con un gorro de piel de conejo con orejeras, de manera que lo único que podía verse de su cuerpo era su inquieto y paliducho rostro.

—Mi salud es bastante frágil —dijo al tiempo que nos conducía a lo largo del pasillo—. No tengo más remedio que ser algo hipocondríaco.

Nuestro coche nos esperaba y nuestro destino estaba previsto de antemano, pues el cochero arrancó a toda velocidad en cuanto subimos. Thaddeus Sholto hablaba sin parar y su voz se distinguía perfectamente sobre el traqueteo de las ruedas.

—Bartholomew es un hombre muy inteligente —dijo—. ¿Saben cómo descubrió el escondite del tesoro? Bartholomew había llegado a la conclusión de que el tesoro debía estar escondido dentro de la casa, así que la midió entera y calculó su volumen sin pasar por alto ni una pulgada. Entre otras cosas, descubrió que el edificio tenía setenta y cuatro pies de altura, mientras que la suma de las habitaciones una a una, teniendo en cuenta el espacio de separación entre ellas, no excedía de setenta pies. Había cuatro pies de diferencia que no había manera de contabilizar. Y debían estar en la parte alta de la casa. Abrió un agujero en la escayola del techo de la habitación más alta y allí descubrió una pequeña buhardilla sellada de cuya existencia nadie tenía noticia. En el centro, y apoyado sobre dos vigas, estaba el cofre que contiene el tesoro. Lo sacó por el agujero y allí lo tiene. Ha calculado que el valor de las joyas debe ser por lo menos de medio millón de libras esterlinas.

Esta cifra hizo que nos mirásemos los unos a los otros con los ojos como platos. Si conseguíamos defender sus intereses, la señorita Morstan dejaría de ser una modesta institutriz para convertirse en una de las herederas más ricas de toda Inglaterra. A pesar de que era el momento en el que un amigo debería alegrarse ante una buena noticia como ésta, en mi corazón pesaba como una losa. Farfullé unas pocas palabras de felicitación y me hundí en mi asiento, con la barbilla en mi pecho y sordo por completo a la perorata de Sholto. Era un hipocondríaco sin remedio, yo sólo era parcialmente consciente de la retahíla de síntomas que desgranaba y de sus súplicas acerca de información sobre innumerables remedios milagrosos, algunos de los cuales llevaba con él dentro de una cajita de piel en su bolsillo. Confío en que no recuerde ninguna de las cosas que le dije, pues Holmes asegura que me oyó prevenirle acerca de los riesgos de tomar más de dos gotas de aceite de castor mientras que animaba a que tomase grandes dosis de estricnina como medida en contra del insomnio. En cualquier caso, me alegré de que llegase el frenazo que detuvo el carruaje y de ver descender al cochero para abrirnos la puerta.

—Ésta, señorita Morstan, es Pondicherry Lodge —dijo el señor Sholto mientras le ofrecía su mano para que pudiera bajar del coche.

5. TRAGEDIA EN PONDICHERRY LODGE

Eran casi las once de la noche cuando llegamos por fin al último escenario de esta noche llena de aventuras. Habíamos dejado atrás la húmeda niebla de la capital y la noche era allí bastante agradable. Soplaba el viento templado del oeste y grandes nubes se desplazaban lentamente por el cielo. Por entre sus jirones, asomaba ocasionalmente una media luna. La luz que daba permitía ver hasta una distancia razonable por delante de nosotros, pero, a pesar de ello, Thaddeus Sholto cogió una de las lámparas laterales del coche para iluminar mejor nuestro camino.

Pondicherry Lodge se erguía dentro de la finca de idéntico nombre y estaba totalmente rodeada por un alto muro de piedra coronado por trozos de vidrio. La única manera de atravesarlo era a través de una estrecha puerta con refuerzos de hierro. Nuestro guía la golpeó con los nudillos según una curiosa secuencia de golpeteos.

—¿Quién anda ahí? —gruñó desde dentro una voz.

—Soy yo, McMurdo. Seguro que reconoces mi llamada a estas alturas.

Se oyó un refunfuño y el sonido metálico de unas llaves al chocar unas con otras. La puerta se abrió pesadamente y en su marco apareció un hombre de baja estatura y ancho pecho. La luz amarillenta de la lámpara brillaba sobre su rostro y sus desconfiados ojos.

—¿Es usted, señor Thaddeus? ¿Quiénes son los demás? El amo no me ha dicho nada sobre los demás.

—¿Cómo que no, McMurdo? ¡Me sorprendes! Le dije a mi hermano anoche que regresaría hoy con unos amigos.

—No ha salido de su habitación en todo el día, señor Thaddeus, y no tengo ninguna orden al respecto. De sobra sabe que debo ceñirme a mis órdenes. Puedo dejarle pasar a usted, pero sus amigos deben quedarse donde están.

Éste era un obstáculo con el que no contábamos. Thaddeus Sholto le miró perplejo y desesperado.

—¡No puedes hacerme esto McMurdo! —le dijo—. Debería bastarte con que yo les avale. Además, esta señorita no puede quedarse en la calle a estas horas.

—Lo lamento, señor Thaddeus —contestó impasiblemente el portero—. Esta gente puede ser amiga suya y no serlo del amo. Él me paga muy bien para que cumpla con mi obligación y eso es exactamente lo que haré. No conozco a ninguno de sus amigos.

—Claro que sí, McMurdo —dijo Sherlock Holmes cordialmente—. No creo que me hayas olvidado. ¿Ya no recuerdas al amateur que combatió tres asaltos contigo en casa de Alison la noche que ganaste el título hace cuatro años?

—¡No puede ser! ¡Sherlock Holmes! —rugió el campeón—. ¡Por todos los demonios! ¿Cómo no me he dado cuenta? Si en vez de estar ahí de pie, me hubiese dado uno de esos ganchos suyos a la mandíbula, le hubiese reconocido al instante. Ah, usted ha desperdiciado su talento. Si hubiese querido, podría haber llegado muy alto.

—¿Ve, Watson?, si todo lo demás me falla, todavía me quedará una ocupación científica con la que ganarme la vida —rió Holmes—. Estoy seguro de que nuestro amigo nos dejará pasar ahora.

—Pase, señor, pasen usted y sus amigos —respondió el portero—. Lo lamento señor Thaddeus, pero las órdenes son muy estrictas. Tenía que estar seguro de sus amigos antes de dejarles pasar.

En el interior, un camino de grava avanzaba a través de terreno desolado hasta un bloque enorme que era la casa. Simple y cuadrada, sumida en las sombras salvo por la esquina en la que un rayo de luna se reflejaba en una de las ventanas de una buhardilla. La inmensidad de la casa y el sombrío, mortal silencio helaban el corazón. Incluso Thaddeus Sholto parecía estar inquieto. La linterna no dejaba de temblar y oscilar en su mano.

—No lo entiendo —dijo—. Debe haber algún error. Le dije claramente a Bartholomew que vendríamos y no hay ninguna luz en su ventana. No sé qué pensar.

—¿Siempre hace vigilar la casa así? —preguntó Holmes.

—Sí. Ha mantenido la costumbre de mi padre. Él era el hijo favorito. A veces creo que mi padre le contó a él más cosas de las que me contó a mí. La ventana de Bartholomew es esa de ahí arriba que ilumina la luna. Brilla bastante, pero yo diría que la luz no procede del interior.

—No —dijo Holmes—. Pero veo un destello de luz en aquella ventana junto a la puerta.

—Ah, ésa es la habitación del ama de llaves. Ahí es donde vive la vieja señora Bernstone. Ella podrá decirnos qué sucede. Si no les molestase esperar aquí un momento... Si vamos todos a la vez y nadie le ha avisado de nuestra visita, podría alarmarse. Un momento, ¡silencio!. ¿Qué es eso?

Alzó la linterna. Su mano temblaba tanto que los círculos de luz oscilaban y bailaban a nuestro alrededor. La señorita Morstan agarró mi muñeca con fuerza y allí permanecimos los cuatro, con nuestros corazones palpitando con fuerza y aguzando el oído al máximo. A través de la silenciosa noche, de la gran casa a oscuras, nos llegaba el más triste y lastimero de los sonidos: el estridente y roto gemido de una mujer aterrorizada.

—Es la señora Bernstone —dijo Sholto—. Es la única mujer en la casa. Esperen aquí. Estaré de regreso en un minuto.

Corrió hasta la puerta y llamó a ella de su peculiar manera. Pudimos ver cómo una señora de cierta edad y elevada estatura le dejaba pasar y se movía de un lado a otro a causa de la alegría que sentía al verle.

—Señor Thaddeus, señor, ¡me alegro tanto de que esté aquí! ¡Me alegro tanto de que esté aquí, señor!

Oímos sus repetidas muestras de alegría al verle hasta que la puerta se cerró y la voz se convirtió en un murmullo apagado. Nuestro guía nos había dejado la linterna. Holmes la giró lentamente a nuestro alrededor y observó con detenimiento la casa y los grandes montones de porquería que cubrían el terreno. La señorita Morstan y yo permanecíamos juntos. Su mano estaba en la mía. El amor es un misterio maravilloso y sutil. Ahí estábamos los dos; nos habíamos visto por primera vez ese día, no habíamos intercambiado ni una sola mirada o palabra de afecto y, sin embargo, en un momento como éste, nuestras manos se buscaban instintivamente. Desde entonces me he maravillado al recordarlo, aunque en aquel momento parecía la acción más natural que yo me ofreciese a protegerla y, como ella me ha dicho varias veces después, algo le hizo buscar mi consuelo y mi protección instintivamente. Así que permanecimos cogidos de la mano y con nuestros corazones serenos a pesar de los oscuros acontecimientos que sucedían a nuestro alrededor.

—¡Qué sitio más extraño! —exclamó, mirando alrededor suyo.

—Parece como si hubiesen soltado aquí a todos los topos de Inglaterra. Vi algo parecido en una colina, cerca de Ballarart, en la que habían estado realizando prospecciones.

—El motivo aquí es el mismo —dijo Holmes—. Éstas son las huellas dejadas por la búsqueda del tesoro. No olvide que lo han estado buscando durante seis años. No es de extrañar que el suelo parezca una gravera.

En ese momento la puerta de la casa se abrió de repente y Thaddeus Sholto corrió hacia nosotros, con las manos extendidas hacia delante y los ojos llenos de terror.

—¡Algo le ocurre a Bartholomew! —gritó—. Tengo miedo. ¡Mis nervios no lo soportarán!

El miedo le hacía lloriquear y la inquieta y enfermiza cara sobresalía del cuello de astracán, parecía la de un niño indefenso y aterrorizado.

—Entremos en la casa —ordenó Holmes con su seco y firme tono.

—Sí, entremos —suplicó Sholto—. No sirvo para llevar la iniciativa.

Le seguimos hasta la habitación del ama de llaves, que estaba en el lado izquierdo del pasillo. La mujer no dejaba de pasear arriba y abajo. Estaba asustada y no podía dejar de mover los dedos, pero la aparición de la señorita Morstan pareció confortarla.

—¡Dios bendiga su dulce y sereno rostro! —exclamó dejando escapar un sollozo histérico—. Me hace tanto bien el verla... Ha sido un día espantoso para mí.

Nuestra amiga acarició sus delgadas manos, gastadas por el trabajo, y murmuró unas dulces y femeninas palabras de aliento que hicieron volver el color a las hasta ese momento pálidas mejillas.

—El amo se ha encerrado en su habitación y no me responde —explicó—. Llevo todo el día esperando oír alguna señal de él, pues sé que a menudo le apetece estar solo. Hace como una hora, sospeché que algo no marchaba bien, así que subí y miré por el ojo de la cerradura. Debe subir, señor Thaddeus. Debe subir y mirar usted mismo. A lo largo de estos diez años he visto al señor Bartholomew alegre y triste, pero jamás le había visto una expresión así.

Sherlock Holmes cogió la lámpara y se puso en marcha. A Thaddeus Sholto le castañeteaban todos los dientes. Tuve que sostenerle pasando mi mano por debajo de su brazo para ayudarle a subir las escaleras, pues estaba aterrorizado y le temblaban las rodillas. En dos ocasiones, mientras ascendíamos, Holmes sacó su lupa del bolsillo y examinó detenidamente lo que a mí me dio la impresión de ser informes manchas de polvo en la estera de fibra de coco que hacía las veces de alfombra en la escalera. Avanzaba despacio, de peldaño en peldaño, manteniendo la lámpara baja y lanzando penetrantes miradas a derecha e izquierda. La señorita Morstan se había quedado abajo con la asustada ama de llaves.

El tercer tramo de escaleras acababa en un pasillo recto bastante largo, de cuya pared derecha colgaba un enorme tapiz indio. En la pared izquierda había tres puertas. Holmes avanzó a lo largo del pasillo lenta y metódicamente con nosotros dos pegados a sus talones. Nuestras alargadas sombras se proyectaban a nuestra espalda en el pasillo. Nos dirigíamos a la tercera puerta. Holmes llamó a ella sin recibir respuesta y a continuación intentó girar el picaporte para abrirla. Estaba cerrada por dentro y la cerradura, como pudimos comprobar a la luz de la lámpara, era bien robusta. A pesar de la llave, algo podía verse a través de la cerradura. Holmes se inclinó para mirar por ella y se irguió casi inmediatamente con una breve inspiración.

—Hay algo demoníaco aquí, Watson —dijo Holmes, más impresionado de lo que nunca le había visto hasta ese momento—. ¿Qué opinión le merece esto?

Miré a través del ojo de la cerradura y retrocedí espantado. La luz de la luna se colaba en la habitación y la iluminaba de una manera vaga. Mirándome fijamente y aparentemente suspendido en el aire, pues todo a su alrededor quedaba sumido en las sombras, había un rostro. Un rostro idéntico al de nuestro acompañante Thaddeus Sholto. La misma cabeza alta y brillante, la misma franja de pelo rojo a su alrededor y el mismo pálido semblante. Sin embargo, sus rasgos estaban petrificados en una extraña sonrisa completamente antinatural que a la luz de la luna crispaba más los nervios que cualquier mueca. La cara de la habitación se parecía tanto a la de nuestro pequeño amigo, que me giré para comprobar que seguía con nosotros. Recordé entonces que había mencionado que él y su hermano eran gemelos.

—Esto es terrible —dije Holmes—. ¿Qué vamos a hacer?

—Hay que derribar esta puerta —respondió. Se lanzó contra ella apoyando todo su peso contra la cerradura.

Crujió pero no cedió. Nos lanzamos de nuevo juntos contra ella. Esta vez sí cedió y de repente nos encontramos dentro de los aposentos de Bartholomew Sholto.

Daba la impresión de que allí dentro se había montado un laboratorio químico. La pared de enfrente de la puerta estaba cubierta por frascos con tapón de cristal y la mesa estaba sepultada bajo mecheros Bunsen, tubos de ensayo y retortas. En las esquinas, dentro de cestas de mimbre, había garrafas de ácido. Aparentemente, una debía haberse roto, pues de ella partía un reguero de una sustancia oscura y el aire estaba impregnado de un olor penetrante que recordaba el alquitrán. En un lateral de la habitación había huellas de pasos entre restos de listones y escayola. Sobre ellos, en el techo, podíamos ver un agujero por el que podía pasar un hombre. Al pie de la escalera había una cuerda, tirada de cualquier manera.

Sentado a la mesa en un sillón de madera estaba el dueño de la casa, más bien espantado y con la cabeza caída sobre el hombro izquierdo y la espantosa e inescrutable sonrisa en su rostro. Estaba frío y rígido y, obviamente, llevaba muerto muchas horas. Me dio la impresión de que no sólo sus rasgos, sino también sus extremidades estaban retorcidas y adoptaban una postura poco natural. Sobre la mesa y al lado de su mano había un instrumento muy peculiar: un bastón marrón, de aspecto granuloso y con una cabeza de piedra atada a él de manera rudimentaria mediante una cuerda muy basta, como si fuese un martillo. Junto a él había una nota garabateada. Holmes le echó una ojeada y me la pasó.

—Mire —dijo con un significativo alzar de cejas.

A la luz de la lámpara leí con horror: «La firma de los cuatro».

—Por el amor de Dios, ¿qué significa esto? —pregunté.

—Significa muerte —dijo él deteniéndose junto al cadáver—. ¡Ajá!, era de esperar. Mire esto.

Señalaba algo que parecía un dardo clavado en la piel justo encima de la oreja.

—Parece un dardo —aventuré yo.

—Es un dardo. Retírelo si quiere. Pero tenga cuidado: está envenenado.

Lo cogí entre mi índice y mi pulgar. Salió con tanta facilidad que apenas dejó una pequeña señal, una diminuta mancha de sangre que indicaba dónde se había clavado.

—Esto es un completo misterio para mí —dije—. No sólo no se aclara, sino que cada vez se complica más.

—Al contrario —respondió—, se aclara por momentos. Sólo necesito un par de pistas más y lo tendré completamente resuelto.

Habíamos olvidado la presencia de nuestro acompañante desde que entramos en los aposentos. Seguía en la puerta, la viva estampa del terror, retorciéndose las manos y gimiendo. De repente, dejó escapar un lastimero quejido.

—¡El tesoro no está! —dijo—. ¡Le han robado el tesoro! Éste es el agujero por el que lo bajamos. Yo le ayudé a hacerlo. ¡Soy la última persona que le vio con vida! Le dejé aquí anoche y le oí cerrar con llave mientras bajaba por las escaleras.

—¿A qué hora fue eso?

—Eran las diez en punto. Y ahora está muerto y habrá que llamar a la policía y me acusarán de haber tenido algo que ver. Estoy seguro. Ustedes no creerán eso, ¿verdad? No les habría traído hasta aquí si lo hubiese hecho yo, ¿no creen? ¡Dios mío, Dios mío! Me volveré loco, lo sé.

Pataleaba y movía sus brazos convulsivamente.

—No tiene de qué preocuparse, señor Sholto —dijo Holmes amablemente cogiéndole por el hombro—; hágame caso, suba al carruaje, vaya a la comisaría e informe de este asunto. Póngase a su entera disposición para lo que necesiten. Esperaremos aquí hasta que usted regrese.

El hombrecillo le obedeció medio inconscientemente y le oímos trastabillar escaleras abajo en la oscuridad.

6. HOLMES DA UN RECITAL

—Bien, Watson —dijo Holmes frotándose las manos—. Tenemos media hora a nuestra disposición. No la desperdiciemos. Como ya le he dicho, tengo el caso prácticamente resuelto, pero no debemos pecar de exceso de confianza. A pesar de lo simple que resulta todo ahora, podríamos estar pasando algo por alto.
—¡Simple! —exclamé yo.
—Del todo —dijo él con el tono que un profesor emplearía al explicar una lección en clase—. Siéntese en aquella esquina donde sus huellas no puedan complicar las cosas. ¡Al trabajo! En primer lugar, ¿cómo entraron y cómo salieron de aquí? Nadie ha abierto la puerta desde anoche. ¿Por la ventana? —acercó la lámpara a la ventana mientras seguía hablando, más bien para sí mismo que conmigo—. La ventana está cerrada por dentro. El marco es resistente y no tiene bisagras en los laterales. Abrámosla. Ninguna cañería próxima a ella. Tejado bastante alejado. Y sin embargo, un hombre ha entrado por la ventana. Anoche llovió un poco. Aquí tenemos una huella de barro en el alféizar. Y aquí una marca circular y aquí otra en el suelo, y otra de nuevo junto a la mesa. Mire aquí, Watson. Esto parece un desfile.
Miré las circulares marcas de barro, perfectamente definidas.
—Eso no es la huella de un pie —objeté yo.
—Es algo mucho más importante para nosotros. Es la marca dejada por una pata de palo. En el alféizar puede ver la huella dejada por una bota pesada y con tacón metálico. Y a su lado, puede ver la huella dejada por el muñón de madera.
—El hombre con una pata de palo.
—Muy probablemente. Pero aquí ha estado alguien más, un aliado muy ágil y muy eficiente. ¿Podría usted trepar por esta pared, doctor?
Miré a través de la ventana abierta. La luna seguía iluminando aquella esquina de la casa. Estábamos a unos sesenta pies de altu-

ra sobre el suelo y, por más que miré, no descubrí ningún asidero ni punto de apoyo por el que subir, sino los resquicios entre los ladrillos.

—Es del todo imposible —declaré.

—Sin ayuda, desde luego. Pero imagine que un buen amigo desde aquí arriba le lanza esta resistente cuerda que tenemos allí en la esquina y asegura uno de los extremos en aquel gancho de la pared. En ese caso creo que, con pata de palo y todo, un hombre medianamente en forma podría subir hasta aquí. Saldría, naturalmente, de la misma manera. Su cómplice recogería la cuerda, la desataría del gancho de la pared, cerraría la ventana, echaría el pasador interno y saldría por el mismo sitio por el que entró. Y como detalle de poca relevancia —continuó Holmes— señalaría que nuestro amigo de la pata de palo, a pesar de ser buen escalador, desde luego no es un curtido marinero y sus manos están lejos de ser callosas. He podido observar con mi lupa más de una mancha de sangre a lo largo de la cuerda, sobre todo hacia el final de ella, en la zona donde con seguridad se deslizaba más deprisa y la cuerda le quemó la piel.

—Todo eso está muy bien —repliqué yo—, pero el asunto se complica más que nunca. ¿Qué pasa con este misterioso aliado? ¿Cómo entró él en la habitación?

—Sí, el aliado —repitió Holmes pensativamente—. Muchos detalles interesantes rodean a este aliado. Gracias a él este caso deja de ser trivial. Creo que este aliado es una novedad en los anales del crimen, por lo que respecta a este país. Aunque existen ciertos paralelismos con otros casos en la India y, si no me falla la memoria, en Senegambia.

—¿Pero cómo entró, entonces? —insistí—. La puerta estaba cerrada por dentro, la ventana resulta inaccesible. ¿A través de la chimenea?

—El hogar es demasiado pequeño —respondió—. Ya había considerado esa posibilidad.

—Y entonces, ¿cómo entró? —insistí nuevamente.

—No hay manera de que aplique usted mis métodos —dijo Holmes sacudiendo la cabeza—. ¿Cuántas veces habré de decirle que una vez que elimine todo lo que sea imposible, lo que quede, *por improbable que parezca*, habrá de ser necesariamente la verdad? Sabemos que no entró por la puerta, la ventana o la chimenea. Sabemos también que no pudo esperar escondido en la habitación porque no hay escondite posible. Por tanto, ¿por dónde entró?

—¡Entró por el techo! —exclamé.

—Naturalmente. No hay alternativa. Si fuese usted tan amable de sostener la lámpara... nuestro deber ahora es explorar la habitación encima de nosotros: el escondite en el que se encontró el tesoro.

Subió por la escalera y, agarrando una viga con cada mano, se impulsó dentro del agujero hasta la buhardilla. Una vez estuvo dentro, se tumbó boca abajo y sostuvo la lámpara para que yo pudiera seguirle.

La cámara en la que nos encontrábamos tenía unos diez pies en una dirección y unos seis en la otra. El suelo lo formaban las vigas y, entre ellas, listones de madera y yeso, de manera que para caminar por allí había que saltar de viga a viga. El techo se levantaba hasta un vértice que debía coincidir, evidentemente, con la estructura interna del auténtico techo de la casa. No había muebles de ningún tipo y el polvo de años se acumulaba sobre el suelo.

—Aquí lo tiene —dijo Sherlock Holmes, apoyando su mano sobre la inclinada pared—. Ésta es la trampilla que comunica con el tejado. Si tiro de ella, llego al tejado. Inclinado, pero con una pendiente poco pronunciada. Por aquí entró Número Uno. Veamos si podemos encontrar alguna otra muestra de su singularidad.

Acercó la lámpara al suelo y, mientras lo hizo, yo vi, por segunda vez aquella noche, una expresión de sorpresa y asombro en su rostro. Por lo que concierne a mí mismo, mi sangre se heló al seguir su mirada. El suelo estaba cubierto por pisadas de pies descalzos. Huellas claras y definidas de pies sin mácula, pero que asustaban por su tamaño, que apenas era la mitad del de un hombre normal.

—Holmes —susurré—, este crimen horrible ha sido obra de un niño.

Él ya había vuelto a ser el de siempre.

—Por un momento no supe qué pensar —dijo—, pero la cosa está clara. O mucho me equivoco, o debería haber sido capaz de predecirlo. Ya no queda nada por hacer aquí. Bajemos.

—¿Cuál es entonces su teoría respecto a esas huellas? —pregunté ansiosamente tan pronto regresamos de nuevo a la habitación inferior.

—Mi querido Watson, intente hacer algo de análisis por su cuenta —respondió con algo de impaciencia en su voz—. Usted conoce mis métodos. Apliquelos. Sería interesante poder comparar resultados.

—No soy capaz de imaginar nada que explique todos los hechos —respondí.

—Todo le resultará muy claro en breve —dijo de manera brusca—. Creo que ya no queda nada importante aquí, pero echaré una mirada.

Sacó su lupa y una cinta métrica y se desplazó de rodillas por toda la habitación midiendo, comparando y examinando, con su afilada nariz a pocas pulgadas del suelo. Sus ojos brillaban y miraban con profundidad como los de un pájaro. Se movía con tanta rapidez y, al mismo tiempo, de una manera tan queda y furtiva que no pude evitar pensar el terrible criminal que habría podido llegar a ser si su sagacidad y energía hubiesen trabajado en contra de la ley en vez de en su defensa. Parecía un perro de presa siguiendo un rastro. Mientras continuaba su rastreo seguía murmurando para sí, hasta que finalmente dio un grito de alegría.

—Estamos ciertamente de enhorabuena —dijo—. No deberíamos tener ya ningún problema. Número Uno ha tenido la mala suerte de pisar la creosota. Mire, aquí puede ver el contorno lateral de su pequeño pie dibujado en esta cosa de olor endemoniado. La garrafa se rompió y el líquido escapó.

—¿Y qué? —pregunté.

—Pues que ya le tenemos, eso es todo —dijo él—. Sé de un perro que seguiría ese rastro hasta el fin del mundo. Si una jauría puede rastrear un arenque, qué no conseguirá un perro especialmente entrenado si el rastro lo deja un olor tan penetrante como éste. Es tan obvio como que dos y dos son cuatro. Él nos conducirá a... ¡vaya! Aquí tenemos a los representantes oficiales de la ley.

Procedentes del piso inferior nos llegaba el sonido de pasos pesados y el clamor de voces, y la puerta principal se cerró de un portazo.

—Antes de que lleguen —dijo Holmes—, toque el brazo y la pierna de este desdichado. ¿Qué nota?

—Sus músculos están duros como piedras —respondí.

—Efectivamente. Están en un estado de contracción extrema, mucho más allá del *rigor mortis* habitual. Si a esto le suma la distorsión de sus rasgos, esa sonrisa hipocrática o, como la llamaban los antiguos, *risus sardonicus*, ¿a qué conclusión llega?

—Murió envenenado por la acción de un potente alcaloide vegetal —respondí—, alguna sustancia de la familia de la estricnina que produzca tétanos.

—Eso fue lo primero que pensé en cuanto vi el agarrotamiento de sus músculos faciales. Nada más entrar en la habitación busqué la vía de entrada del veneno al organismo. Ya vio que descubrí el dardo que había sido clavado o lanzado sin necesidad de ejercer una gran fuerza en el cuero cabelludo. Observe que la zona donde se clavó es la que queda directamente expuesta hacia el agujero que conduce a la buhardilla cuando se está sentado erguido en esta silla. Examinemos ahora el dardo.

Lo cogí cuidadosamente y lo sostuve a la luz de la linterna. Era largo, afilado y negro. Su extremo parecía estar cubierto de cristal, como si una sustancia pegajosa se hubiese secado sobre él. El extremo romo había sido cortado y redondeado con un cuchillo.

—¿Es esto un dardo inglés? —pregunté.

—Ciertamente no lo es.

—Con todos los datos que obran en su poder está en condiciones de sacar alguna conclusión. Pero aquí llega la fuerza oficial. Los suplentes debemos retirarnos.

Mientras hablaba, los pasos se habían ido aproximando a nosotros de manera ruidosa por el pasillo. Un hombre sólido y corpulento vestido con un traje gris entró pesadamente en la habitación. Tenía el rostro rojo, fornido y pletórico, con un par de pequeños ojos centelleantes que lanzaban miradas penetrantes desde el fondo de unas bolsas hinchadas. Le seguía un inspector de uniforme y el todavía tembloroso Thaddeus Sholto.

—¡Menudo lío! —exclamó con voz ronca y sorda—. ¡Menudo lío! ¿Quiénes son ellos? Esta casa parece estar llena como una madriguera.

—Estoy seguro de que me recuerda, señor Athelney Jones —dijo Holmes sosegadamente.

—¡Claro que le recuerdo! —silbó él—. Es el señor Sherlock Holmes, el teórico. ¡Recordarle! Jamás olvidaré su clase sobre causas, efectos y deducciones en el caso del joyero de Bishopgate. Cierto es que usted nos puso sobre la pista adecuada, pero usted mismo reconocerá que se debió más a la buena suerte que a un hecho deliberado.

—Se trató de simple deducción lógica.

—Vamos, vamos. Nunca se avergüence de reconocer la verdad. Pero, ¿qué es todo esto? Mal asunto, mal asunto. Hechos muy serios, no queda lugar aquí para teorías. Menos mal que estaba en Norwood por otro asunto. Estaba en comisaría cuando llegó el aviso. ¿Cómo cree que murió este hombre?

—Oh, este asunto no da pie a que yo teorice al respecto —contestó Holmes secamente.

—No, no. No se puede negar que, ocasionalmente, da usted en el clavo. Caramba, la puerta estaba cerrada, parece ser. Faltan joyas por valor de medio millón de libras esterlinas. ¿La ventana?

—Cerrada por dentro. Pero hay pisadas en el alféizar.

—Bien, bien. Si estaba cerrada por dentro, puede que las pisadas no signifiquen nada. Eso es de sentido común. Este hombre puede haber muerto de un ataque. Pero faltan las joyas. Tengo una teoría. Estos momentos de inspiración me vienen a veces. Salgan, por favor, usted sargento y el señor Sholto; su amigo puede quedarse. ¿Qué le parece esto, Holmes? Según su propia confesión, Sholto estuvo con su hermano la noche pasada. El hermano muere de un ataque y Sholto se lleva las joyas, ¿qué le parece?

—Pues que resulta extraordinario que el cadáver se levante y cierre la puerta por dentro.

—¡Hum! Sí, eso es un fallo. Apliquemos sentido común a este asunto. Thaddeus Sholto estaba con su hermano. Discutieron. Eso lo sabemos. El hermano está muerto y las joyas no están. Nadie ha visto al hermano desde que Thaddeus le dejó. Nadie ha dormido en su cama. Thaddeus está, de manera más que evidente, fuera de sí. Su aspecto no es, cómo decirlo, muy atractivo. Como verá, estoy tejiendo mi red alrededor de Thaddeus. Y empieza a acercarse a él.

—Todavía le queda familiarizarse con los hechos —dijo Holmes—. Esta astilla de madera, que todos lo indicios apuntan a que está envenenada, estaba en el cuero cabelludo del cadáver. Todavía puede ver la señal. Y esta nota, escrita como puede ver, estaba sobre la mesa junto a este curioso instrumento de cabeza de piedra. ¿Cómo encaja todo esto en su teoría?

—La confirma punto por punto —dijo el grueso detective pomposamente—. La casa está llena de recuerdos indios. Thaddeus trajo esto y si esta astilla está envenenada, Thaddeus puede hacer un uso tan delictivo de ella como cualquier otro hombre. Esta tarjeta está aquí para despistar. Lo único que queda por determinar es cómo salió. Ah, claro, el agujero en el techo.

Y dando muestra de una gran agilidad, teniendo en cuenta su gran volumen, subió los escalones y se introdujo con esfuerzo por el boquete que conducía a la buhardilla. Justo después le oímos proclamar exultante que había descubierto la trampilla.

—Es capaz de encontrar algunas cosas —puntualizó Holmes encogiéndose de hombros—; de cuando en cuando tiene auténticos destellos de sentido común. *Il n'y a pas de sots si incommodes que ceux qui ont de l'esprit?*

—¿Lo ve? —dijo Athelney Jones apareciendo nuevamente escaleras abajo—. Los hechos son mejores que cualquier teoría. Mi punto de vista acerca de este caso se confirma. Una trampilla comunica con el tejado y está parcialmente abierta.

—Yo la abrí.

—¿Sí? ¿También la vio usted? —parecía algo decepcionado al saberlo—. Bien, independientemente de quién lo haya visto, corrobora que nuestro hombre salió por allí. ¡Inspector!

—¿Sí, señor? —se oyó desde el pasillo.

—Dígale al señor Sholto que entre. Señor Sholto, debo informarle que cualquier cosa que diga podrá ser usada en contra suya. En nombre de su majestad la reina, queda usted detenido por el asesinato de su hermano.

—¡Lo sabía! Se lo dije a ustedes —gimió el hombrecillo extendiendo sus brazos hacia nosotros mientras nos miraba a uno y otro.

—No se preocupe, señor Sholto —dijo Holmes—. Puedo demostrar que usted es inocente.

—No prometa demasiado, señor Don Teórico. No prometa demasiado —ladró el detective—. Es posible que le resulte más difícil de lo que imagina.

—No sólo limpiaré el nombre del señor Sholto, Jones, sino que le obsequiaré con el nombre y una descripción de una de las dos personas que estuvieron anoche en esta habitación. Tengo muchos motivos para pensar que se llama Jonathan Small. Es un hombre casi sin estudios, pequeño, inquieto. Le falta la pierna derecha y lleva una pata de palo a la que le falta un pedazo en su lateral interno. La suela de su bota izquierda es más bien cuadrada por la puntera y basta. Y lleva una tira metálica alrededor del tacón. Es un hombre de mediana edad, tiene la piel muy tostada por el sol y ha estado en prisión. Estos pocos datos, junto con el detalle de que tiene las palmas de las manos heridas, deberían serle útiles. El otro hombre...

—Vaya, ¿el otro hombre? —preguntó Athelney Jones burlón, aunque me di cuenta de que no era capaz de disimular su asombro frente a la seguridad del otro.

—Es una persona muy interesante —dijo Sherlock Holmes girando sobre sus talones—. Espero poder presentarle a ambos muy pronto. Venga un momento, Watson.

Me llevó hasta la escalera.

—Este hecho inesperado nos ha hecho olvidar el objetivo inicial de nuestro viaje.

—Estaba pensando en ello —respondí—, no es apropiado que la señorita Morstan siga en esta casa desolada.

—No. Llévela a su casa. Vive con la señora Cecil Forrester en Lower Camberwell, no queda muy lejos. Le esperaré aquí si no le importa regresar aquí, ¿o está usted demasiado cansado?

—En absoluto. No podré descansar hasta que no sepa más cosas sobre este fantástico asunto. He tenido contacto con aspectos desagradables de la vida, pero le confieso que esta rápida sucesión de extrañas sorpresas esta noche me ha alterado los nervios. Sin embargo, me encantaría estar a su lado mientras resuelve este asunto, ya que he llegado hasta aquí.

—Su presencia me será de gran ayuda —respondió—. Trabajaremos de manera independiente y dejaremos que este tipo, Jones, se entretenga con cualquiera de las fantasías que él mismo imagine. Una vez haya dejado a la señorita Morstan en casa, vaya por favor al número 3 de Pinchin Lane, cerca de la orilla del río en Lambeth. La tercera casa en la acera de la derecha es la casa de un taxidermista de pájaros. Se llama Sherman. En la ventana hay una comadreja que sostiene a un pequeño conejo. Despiértele y ruéguele de mi parte que le deje a «Toby» al instante. Y de regreso, trae a «Toby» con usted en el coche.

—Un perro, imagino.

—Sí, un extraño perro callejero con el olfato más asombroso que pueda imaginar. Prefiero la ayuda de «Toby» que la de todos los detectives de Londres juntos.

—En ese caso le traeré conmigo —dije—. Es la una. Si consigo un caballo de refresco, debería haber regresado hacia las tres.

—Y yo —dijo Holmes— veré qué información puedo obtener de la señora Bernstone y del criado indio, que por lo que dice el señor Thaddeus duerme en la buhardilla contigua. Y a continuación, estudiaré los métodos del gran Jones y escucharé sus poco sutiles sarcasmos.

Wir sind gewohnt dass die Menschen werhöhnen was sie nicht verstehen[1].

—Goethe, siempre tan conciso.

---

[1] Nos hemos habituado a que los seres humanos hagan mofa de lo que no son capaces de comprender.

7. EL EPISODIO DEL BARRIL

La policía había llegado en un carruaje y éste fue el que yo utilicé para acompañar a la señorita Morstan hasta su casa. Mientras había tenido que ocuparse de alguien más débil que ella, había permanecido plácida y radiante. Y así la había encontrado al lado de la asustada ama de llaves. Parecía más un ángel que una mujer. Sin embargo, una vez estuvimos dentro del carruaje, se desmayó y a continuación tuvo una crisis de llanto, demostrando lo mucho que le habían afectado los sucesos de esa noche. Siempre me ha dicho que mi comportamiento durante ese trayecto me hizo parecer frío y distante a sus ojos. Ella no podía saber la lucha que libraba contra mí mismo en mi pecho. Ni cómo me esforzaba por controlarme. Toda mi compasión y mi amor estaban con ella como mi mano había estado en la suya en el jardín. Sentí que ese extraño día me había dado a conocer su dulce y valiente carácter mucho más que largos años de vida en común. Y sin embargo, dos cosas sellaban mis labios a cualquier palabra de afecto. Ella estaba cansada, desamparada y con los nervios deshechos. No hubiese sido ético aprovechar su situación y hablarle de amor en aquellos momentos. Y todavía peor: era rica. Si las investigaciones de Holmes eran satisfactorias, se convertiría en una rica heredera. ¿Era noble, digno por mi parte, un cirujano mal pagado, atreverme a intimar con ella aprovechándome de la situación en la que nos encontrábamos? ¿No era acaso muy posible que ella pensase que yo era un simple cazadotes? Bajo ninguna circunstancia estaba dispuesto a arriesgarme a que esa idea cruzase por su mente. El tesoro de Agra se había convertido en una barrera infranqueable entre los dos.

Eran ya casi las dos cuando llegamos a casa de la señora Cecil Forrester. Hacía horas que los criados se habían acostado, pero la señora Forrester había quedado tan intrigada a resultas del extraño mensaje que la señorita Morstan había recibido, que había permanecido levantada esperando su regreso. Ella misma nos abrió la puerta. Era una mujer de mediana edad, bastante agraciada. Me alegró ver cómo recibía maternalmente a la otra mujer y pasaba tiernamente su brazo alrededor de su cintura. Era evidente que no sólo era una empleada, sino además una amiga querida. La señorita Morstan me presentó y la señora Forrester me pidió sinceramente que pasase y le explicase lo sucedido. Le conté la importancia de la misión encomendada por Holmes y le prometí regresar y detallarle los progresos que hubiésemos conseguido en la resolución del caso. Mientras me marchaba miré hacia atrás y las vi, dos gráciles figuras abrazadas, la puerta medio abierta, la luz del *hall* brillando a través de la vidriera, el barómetro y las relucientes varillas que sujetaban la alfombra a la escalera. Era confortante, en medio de la rudeza de la aventura en la que nos encontrábamos inmersos, capturar aunque fuese brevemente la imagen de un tranquilo hogar inglés.

Y cuanto más vueltas le daba a lo que había sucedido, más oscuro y misterioso se volvía todo. Reviví la extraña sucesión de hechos mientras el coche avanzaba por las silenciosas calles que las farolas de gas iluminaban. Al menos el problema original estaba claro ahora. La muerte del capitán Morstan, el envío de las perlas, el anuncio en el periódico, la carta... eso ya no era un misterio. Pero estos hechos nos habían conducido a un misterio todavía más oscuro. El tesoro indio, el extraño plano encontrado entre el equipaje de Morstan, las extrañas circunstancias en las que murió el mayor Sholto, el tesoro redescubierto y la inmediata muerte de su descubridor, los misteriosos hechos que acompañaban a este crimen, las huellas, la curiosa arma utilizada, las palabras en la nota, idéntica a las halladas en el mapa del capitán Morstan... Todo esto constituía un misterio de tales proporciones que cualquier otro ser humano que no fuese mi poco corriente compañero de alojamiento jamás conseguiría desentrañar.

Pinchin Lane era una callejuela a lo largo de la que se alineaban edificios de ladrillo de dos plantas en el barrio más pobre de Lambeth. Tuve que llamar durante un buen rato a la puerta del número 3 de dicha calle antes de obtener respuesta alguna. Por fin, vi el resplandor de una vela tras las contraventanas y una cara que me miraba desde una de las ventanas superiores.

—Largo de aquí borracho —dijo la cara—. Si sigues armando escándalo, abriré las perreras y te azuzaré a los cuarenta y tres perros.

—Si fuese tan amable de dejar salir sólo uno de ellos; eso es lo que me ha traído hasta aquí —respondí.

—¡Largo de aquí! —gritó la voz—. Por Dios que tengo un limpiaventanas en esta bolsa y te lo lanzaré a la cabeza si no te largas.

—Quiero un perro —exclamé.

—No voy a discutir más —gritó el señor Sherman—. Entérate bien, a la de tres te tiro el limpiaventanas.

—El señor Sherlock Holmes —empecé a decir; pero las palabras tuvieron un efecto mágico, pues la ventana se cerró inmediatamente y, en menos de un minuto, descorrió el cerrojo y me abrió la puerta. El señor Sherman era un hombre larguirucho y delgado, de hombros caídos y cuello arrugado, que llevaba gafas de cristales azules.

—Un amigo del señor Holmes es siempre bien venido en esta casa —dijo—. Pase, señor. Ojo con el tejón, que muerde. Eres malo, ¿te gustaría morder al caballero, eh? —esto se lo decía a un armiño que lanzaba su horrible cabeza de ojos rojos por entre los barrotes de su jaula—. No se preocupe por eso, señor; es simplemente un gusano gordo: no tiene colmillos. La dejo suelta de cuando en cuando porque mantiene los escarabajos a raya. Perdone que haya sido un poco brusco al principio. Los niños me dan mucho la lata y más de un gamberro viene hasta aquí únicamente a despertarme. ¿Qué es lo que desea el señor Holmes, señor?

—Necesita uno de sus perros.

—Ajá, entonces debe ser «Toby».

—Sí, ése fue el nombre que dijo.

—«Toby» vive en el número siete de la izquierda.

Avanzó despacio con su vela por entre la extraña familia de animales que había reunido a su alrededor. Bajo aquella débil luz y entre las sombras que provocaba, pude ver vagamente los brillantes ojos que nos observaban desde cada rincón. Incluso las vigas sobre nuestras cabezas estaban habitadas por aves que pasaban perezosamente el peso de sus cuerpos de una pata a otra mientras nuestras voces perturbaban su reposo.

«Toby» resultó ser una criatura fea, de largo pelo y orejas cortas. Medio *spaniel*, medio perro de caza, marrón y blanco, y con torpes andares de pato. Después de algunas dudas, aceptó el terrón de azúcar que me había dado el viejo naturalista y así sellamos nuestra amistad. Me siguió hasta el carruaje y no puso reparos a venirse conmigo. Sonaban las tres en el reloj de palacio cuando estaba de regreso en Pondicherry Lodge. Descubrí que el excampeón de boxeo había sido arrestado como cómplice en el delito y que tanto él como el señor Sholto estaban en comisaría. Había dos policías apostados en la puerta, pero me dejaron pasar con el perro en cuanto mencioné el nombre del detective.

Sherlock Holmes estaba de pie sobre los escalones, con las manos en los bolsillos y fumando su pipa.

—¡Bien, lo trae con usted! —dijo—. ¡Buen perro! Athelney Jones se ha marchado. Hemos vivido un gran despliegue de actividad mientras usted no ha estado aquí. No sólo ha arrestado a nuestro amigo Thaddeus, sino también al portero, al ama de llaves y al criado indio. Tenemos este lugar a nuestra disposición, salvo por un guardia que está arriba. Deje aquí al perro y venga arriba conmigo.

Atamos a «Toby» a la mesa del recibidor y subimos una vez más las escaleras. La habitación estaba tal como la habíamos dejado; con la excepción de que una sábana cubría ahora a la figura central. Y un policía de aspecto cansado que se apoyaba en la esquina.

—Préstame su linterna, sargento —dijo mi compañero—. Ate este pedazo de cartón a mi cuello de manera que quede colgando por delante de mí. Gracias. Debo quitarme los zapatos y los calcetines. Espéreme abajo con ellos, Watson. Voy a escalar un poco y a mojar mi pañuelo en la creosota. Eso bastará. Pero suba un momento conmigo a la buhardilla.

Pasamos a través del agujero. Holmes iluminó de nuevo las huellas que había en el polvo.

—Me gustaría que se fijase en estas huellas —dijo Holmes—. ¿Hay algo en ellas que le llame especialmente la atención?

—Pertenecen —contesté— a una mujer o a un niño.

—Aparte de su tamaño, ¿no hay nada más que le llame la atención?

—Son huellas normales y corrientes.

—En absoluto. Mire, ésta corresponde a un pie derecho. Dejaré impresa a su lado una huella con mi pie derecho. ¿Cuál es la mayor diferencia entre ellas?

—Los dedos de su pie están todos juntos. En la otra huella los dedos están perfectamente diferenciados unos de otros.

—Efectivamente. Ése es el quid de la cuestión. No olvide este detalle. ¿Sería tan amable de acercarse a la ventana batiente y oler el marco? Sostendré aquí abajo este pañuelo mientras le espero.

Hice lo que me pidió e inmediatamente sentí el fuerte olor a alquitrán.

—Ahí es donde pisó al salir. Si *usted* ha sido capaz de percibirlo, dudo que «Toby» tenga la menor dificultad en seguir el rastro. Corra abajo, suelte al perro y no se pierda la actuación de Blondin[2].

Para cuando conseguí salir de la casa, Sherlock Holmes estaba ya en el tejado. Parecía una enorme luciérnaga mientras gateaba lentamente a lo largo de la arista. Desapareció de mi vista tras un grupo de chimeneas, para reaparecer de nuevo y finalmente desaparecer por el otro lado. Cuando conseguí llegar a donde él estaba, le encontré sentado en uno de los aleros de la esquina.

—Watson, ¿es usted? —gritó.

—Sí.

—Éste es el lugar. ¿Qué es eso negro de ahí abajo?

—Es un barril de agua.

—¿Tiene la tapa puesta?

—Sí.

—¿Hay alguna escalera por ahí?

—No.

—¡Maldito sea este tipo! Es de lo más sencillo abrirse la crisma en este sitio. Debería ser capaz de bajar por donde él fue capaz de subir. La cañería parece bien sujeta. Allá voy de todas formas.

Se oyó el roce de unos pies y la linterna comenzó a descender a ritmo constante por la pared. De un pequeño salto, pasó al barril y de ahí al suelo.

—Ha sido sencillo seguirle —dijo poniéndose sus calcetines y zapatos—. La tejas están sueltas por donde pasó y con las prisas perdió esto. Como diría un médico, esto confirma mi diagnóstico.

El objeto que me mostraba era una pequeña bolsa o monedero hecho de hierbas teñidas y tejidas entre sí y con unas vulgares cuentas a su alrededor. Su forma y tamaño recordaban las de una pitillera. Contenía media docena de astillas, afiladas por un extremo y redondeadas por el otro, iguales a la que había alcanzado a Bartholomew Sholto.

—Son realmente peligrosas —dijo Holmes—. Tenga cuidado de no pincharse con una. Me alegro de haberlas encontrado, pues lo más probable es que sean las únicas de las que dispone. Tenemos menos posibilidades de encontrarnos con una clavada en nuestro cuerpo. Personalmente, prefiero enfrentarme a una bala de un

---

[2] Blondin: Charles Blondin, famoso funámbulo francés que en 1859 cruzó sobre una maroma de Estados Unidos a Canadá sobre las cataratas del Niágara.

Martini[3]. ¿Se siente con fuerzas para caminar unas seis millas, Watson?

—Desde luego —respondí.

—¿Lo soportará su pierna?

—Sí.

—¡Estás aquí perrito! Hola «Toby», ¡buen perro! Huele, huele.

Puso el pañuelo impregnado de creosota bajo la nariz del perro. Aquella extraña criatura se mantenía de pie, con sus peludas patas separadas y una cómica cresta en la parte superior de su cabeza. Parecía un catador de vinos apreciando el *bouquet* de una buena cosecha. Holmes lanzó el pañuelo lejos, ató una cuerda resistente al collar del chucho y le llevó al pie del barril de agua. El animal empezó inmediatamente a emitir una serie de nerviosos y agudos aullidos, clavó la nariz en el suelo y, con la cola bien erguida, se puso en marcha siguiendo el rastro a una velocidad que tensaba su correa y nos hizo correr detrás de él.

Había empezado a amanecer por el este y la fría luz gris nos permitía ver a alguna distancia por delante de nosotros. La gran casa cuadrada, triste y desolada, con sus negras y vacías ventanas y sus altas y desnudas paredes, dominaba el espacio que quedaba a nuestras espaldas. Cruzamos el jardín atravesando las zanjas que lo recorrían y en él se cruzaban. Aquel lugar, lleno de montículos y matorrales sin cuidar, tenía un aspecto siniestro y maldito que encajaba perfectamente con la tragedia que se desarrollaba en él.

Al llegar a la tapia que delimitaba la propiedad, «Toby» corrió gimoteando ansiosamente a lo largo de ella y se detuvo finalmente en una esquina que quedaba oculta tras una haya. En el punto donde se unían las dos paredes faltaban varios ladrillos y los bordes del hueco estaban redondeados y gastados, como si hubiese sido utilizado con frecuencia. Holmes trepó a la pared y, cogiendo el perro que yo le alcanzaba, lo pasó al otro lado.

—Ahí está una señal dejada por la mano del hombre de la pata de palo —me indicó mientras yo trepaba tras él—. Observe la pequeña mancha de sangre en el yeso blanco. Hemos tenido suerte de que no haya llovido intensamente desde ayer. El rastro seguirá fresco en la calle a pesar de nuestras veintiocho horas de retraso.

---

[3] Martini: Fusiles británicos del siglo XIX. Muy utilizados en caza mayor.

Confieso que yo tenía mis dudas al respecto al considerar el denso tráfico que las calles de Londres habían soportado en ese intervalo. Sin embargo, mis temores se disiparon rápidamente. «Toby» jamás dudó ni se desvió bruscamente de su camino: siguió avanzando con sus peculiares andares de pato. Era obvio que el penetrante olor de la creosota se elevaba con claridad sobre todos los demás.

—No crea —dijo Holmes— que mi éxito en resolver este asunto depende exclusivamente del hecho accidental de que uno de estos tipos haya pisado la creosota. Tengo ya conocimientos suficientes para llegar hasta ellos a través de distintas vías. Pero ésta es la más rápida y, ya que la fortuna nos la ha traído a las manos, no puedo desperdiciarla. La lástima es que por su culpa este caso ha dejado de ser el pequeño reto intelectual que prometía ser en un principio. Habría tenido algún mérito resolverlo antes, pero ahora esto es una pista demasiado tangible.

—Tendrá mérito para dar y tomar —repliqué—. Le aseguro que me maravilla cómo ha conseguido llegar a sus conclusiones en este caso. Más incluso que cuando resolvió el caso Jefferson Hope. A mí me parece un problema más complejo e inexplicable. Por ejemplo, ¿cómo pudo describir con tanto detalle al hombre de la pata de palo?

—¡Bah, señor mío! Es de lo más fácil. No quiero ser teatral; todo ello es demasiado obvio. Dos oficiales al mando de una colonia penitenciaria se enteran de la existencia de un tesoro escondido. Un inglés de nombre Jonathan Small les dibuja un mapa. Recordará que vimos el nombre escrito en el mapa que se encontraba entre las posesiones del capitán Morstan. Jonathan Small lo firmó en su nombre y en el de sus socios. Él se refiere a ello, de forma algo melodramática, llamándolo «las cuatro firmas». Con la ayuda de este mapa, uno de los dos oficiales consigue el tesoro y lo trae a Inglaterra, con lo que hay que suponer que no cumple una de las condiciones bajo las que consigue acceder a dicho tesoro. Ahora bien, ¿por qué no recoge Jonathan Small en persona el tesoro? Obvio. La fecha en la que se dibujó el mapa corresponde a la época en la que Morstan estaba en contacto con presidiarios. Jonathan Small no podía recoger el tesoro porque tanto él como sus socios eran presidiarios.

—Pero todo eso es mera especulación —dije.

—Es más que eso. Es la única hipótesis que tiene en cuenta todos los hechos. Veamos qué tal se adecua a lo que sucedió después. El mayor Sholto vive en paz durante unos años, feliz con el tesoro que ha llegado a su poder. Y entonces recibe una carta desde la India que le aterroriza. ¿Qué decía esa carta?

—Una carta en la que le decían que el hombre a quien había estafado había sido puesto en libertad.

—O que había escapado. Esto es mucho más probable, puesto que Sholto sabía la duración de su condena y no se hubiese sorprendido. ¿Qué hace entonces? Se protege de un hombre que tiene una pata de palo. Fíjese que debe tratarse de un hombre blanco, ya que le confunde con un comerciante blanco y llega a dispararle. En el mapa hay un único nombre que pueda ser de un hombre blanco. Los demás corresponden a hindúes o musulmanes. Y no hay ningún otro nombre que pueda ser de un blanco. Esto nos permite afirmar con rotundidad que el hombre de la pata de palo debe ser Jonathan Small. ¿Le parece que este razonamiento es defectuoso en algún punto?

—No. Es claro y conciso.

—Bien, pongámonos ahora en el lugar de Jonathan Small. Pensemos como lo haría él. Regresa a Inglaterra con dos objetivos en mente: recuperar lo que cree que le pertenece y vengarse del hombre que le ha engañado. Descubre dónde vive Sholto y es muy posible que incluso se alíe con alguien del interior de la casa. No hemos visto al mayordomo ése, Lal Rao. La señora Bernstone no le tiene en muy alta estima. Sin embargo, Small no consigue enterarse dónde está el tesoro porque eso sólo lo sabían Sholto y un fiel sirviente ya muerto. De repente, Small se entera de que el mayor está en su lecho de muerte. Frenético, pues teme que el secreto de dónde está escondido el tesoro muera con Sholto, esquiva a los guardianes, llega hasta la ventana del moribundo y lo único que le impide entrar es la presencia de sus dos hijos. Rabioso de odio contra el muerto, entra en esa habitación durante la noche, registra sus papeles personales con la esperanza de encontrar una pista relativa al tesoro y finalmente deja un recuerdo de su visita al escribir la tarjeta. Sin duda alguna, había planeado de antemano que si asesinaba al mayor, dejaría sobre su cuerpo esa señal de que no se trataba de un crimen vulgar sino, desde el punto de vista de los cuatro socios, algo similar a un acto de justicia. Este tipo de actos extraños y caprichosos se repiten bastante en los anales del crimen y normalmente proporcionan datos de mucha importancia respecto al criminal. ¿Me sigue?

—Completamente.

—Veamos, ¿qué podía hacer Jonathan Small? Lo único que podía hacer era seguir alerta por si los esfuerzos destinados a descubrir el tesoro tenían fruto. Probablemente abandona Inglaterra y regresa de cuando en cuando. Se descubre la buhardilla e instantáneamente se le informa de ello. Esto nos indica una vez más la presencia en la casa de algún compinche. La pierna de Jonathan le imposibilita claramente llegar hasta la elevada habitación de Bartholomew Sholto. Le acompaña un cómplice bastante peculiar que resuelve este problema, pero pisa en la creosota. Y de aquí llegamos a «Toby» y a un oficial mal pagado y con un tendón de Aquiles dañado que va a cojear a lo largo de un paseo de seis millas.

—Pero entonces fue su cómplice y no Jonathan quién cometió el crimen.

—Efectivamente. Y a juzgar por su furiosa manera de caminar por la habitación una vez entró en ella, para su disgusto. No tenía nada en contra de Bartholomew Sholto y hubiese preferido atarle y amordazarle. No tenía ganas de ganarse la horca. Sin embargo, no pudo hacer nada para evitarlo: el instinto salvaje de su compañero se rebeló y el veneno cumplió con su labor. Así que Jonathan Small dejó su tarjeta de visita, llevó la caja del tesoro hasta el suelo y la siguió. Ésa es la sucesión de hechos hasta donde yo soy capaz de descifrarlos. Y por lo que respecta a su aspecto personal, naturalmente, debe ser un hombre de mediana edad y de piel bronceada, ya que ha cumplido condena en una parrilla como son las Andaman. Es fácil calcular su altura a partir de su zancada y sabemos que lleva barba. Este hecho impresionó fuertemente a Thaddeus Sholto cuando le vio en la ventana. Creo que no queda nada más.

—¿El cómplice?

—En eso no hay gran misterio. Pero pronto sabrá más sobre eso. El aire matutino es maravilloso. Mire esa nube rosa. Suspendida como si fuese la pluma de un flamenco. El rojo disco del sol se abre paso entre las nubes que cubren Londres. Brilla sobre muchos, pero apuesto que sobre nadie con una misión tan extraña como la suya y la mía. ¡Qué pequeños somos con nuestras insignificantes ambiciones y esfuerzos frente a las inconmensurables fuerzas de la Naturaleza! ¿Qué tal va con Jean Paul?

—Bastante bien. He regresado a él a través de Carlyle.

—Eso ha sido como remontar el río hasta llegar a sus fuentes. Una profunda y curiosa sentencia suya afirma que la auténtica grandeza de un hombre radica en su capacidad para apreciar su propia insignificancia. Ello implica una capacidad de apreciación y comparación que constituye en sí misma una prueba de nobleza. Richter hace pensar mucho. Lleva una pistola con usted, ¿no es así?

—Llevo mi bastón.

—Es posible que necesitemos algo así si llegamos a su escondite. Dejo a su discreción a Jonathan. Pero si el otro no se comporta, acabaré con él.

Sacó su revólver mientras hablaba y, después de haber cargado las dos cámaras, lo puso de nuevo dentro del bolsillo derecho de su chaqueta.

Todo este tiempo habíamos seguido a «Toby» a través de las calles llenas de casitas de dos plantas que recordaban un pueblo, las cuales conducían a la gran ciudad. Ahora empezábamos a avanzar por calles que bullían llenas de obreros y estibadores del puerto. Las mujeres abrían descuidadamente los postigos y barrían la entrada de las casas. En los *pubs* de las esquinas comenzaba la actividad y se podía ver a hombres de aspecto rudo frotándose con la manga las barbas después del trago matutino. Perros raros caminaban tranquilamente por la calle y nos miraban fijamente al pasar, pero nuestro inimitable «Toby» seguía trotando, sin mirar ni a derecha ni a izquierda, con la nariz pegada al suelo y dando de cuando en cuando un excitado aullido para dar a entender que había captado un rastro especialmente intenso.

Pasamos por Streatham, Brixton, Camberwell y ya estábamos en Kennington Lane. Nos acercábamos al Óvalo a través de calles laterales. Parecía que los hombres a los que perseguíamos habían zigzagueado por calles laterales para evitar que se reparase en ellos. No habían utilizado ni una sola calle principal si existía una lateral que les llevase a su destino. Al llegar al final de Kennington Lane se habían desviado bruscamente a la izquierda a través de Bond Street y Miles Street. En la intersección de esta última con Knight's Place, «Toby» dejó de avanzar y se puso a correr adelante y atrás con una oreja caída y la otra levantada. Era la viva imagen de la indecisión canina. Andaba torpemente en círculos mirándonos de cuando en cuando como si esperase vergonzoso recibir muestras de nuestra comprensión.

—¿Qué demonios le pasa al perro? —gruñó Holmes—. Sin duda que ni cogieron un carruaje ni salieron volando en globo.

—A lo mejor permanecieron aquí durante un rato —sugerí.

—¡Resuelto! Ya sigue —dijo con un suspiro de alivio mi compañero.

Estaba sin duda de nuevo en ruta, pues olfateando una vez más en círculo, tomó una decisión y salió disparado dando muestras de una energía y determinación que no habíamos visto hasta ese momento. Parecía que el rastro era más intenso que antes, pues nada más acercar la nariz al suelo, empezó a tirar de la correa e intentó echar a correr. El brillo en los ojos de Holmes me hizo entender que él creía que llegábamos al final de nuestro camino.

Nuestro camino nos llevó a descender por Nine Elms hasta que llegamos al almacén de madera Broderick y Nelson que está nada más pasar la taberna White Eagle. Allí el perro se volvió loco de excitación y entró por la puerta lateral del recinto donde los trabajadores serraban. El perro corrió por encima del serrín y las virutas de madera hasta un callejón formado por dos pilas de maderos que había al final de un pasillo. Finalmente, dando un ladrido de triunfo, saltó sobre un gran barril que todavía estaba sobre la carretilla con la que lo habían llevado hasta allí. «Toby» estaba sentado sobre el barril con la lengua fuera y guiñándonos sus ojos, mirando de uno a otro esperando una felicitación por nuestra parte. Las duelas del barril y las ruedas de la carretilla estaban manchadas de un líquido oscuro y en el aire se respiraba el fuerte olor a creosota.

Sherlock Holmes y yo nos miramos atónitos durante unos instantes y entonces estallamos simultáneamente en un ataque de risa incontrolable.

8. EL EQUIPO DE DETECTIVES NO OFICIALES DE BAKER STREET

—¿Y ahora qué? —pregunté—, «Toby» ha dejado de ser infalible.
—Actuó de acuerdo con sus luces —dijo Holmes levantando al perro del barril y sacándole del almacén de madera—. Si tiene en cuenta la cantidad de creosota que se mueve al cabo de un día por Londres, no es de extrañar que se hayan cruzado dos rastros. En esta época del año se utiliza muchísimo para tratar la madera. El pobre «Toby» no tiene la culpa.
—Supongo que debemos encontrar el rastro principal.
—Sí. Y afortunadamente no tenemos que ir muy lejos. Es evidente que lo que desconcertó al perro en la esquina de Knight's Place fue que se cruzaban dos rastros que seguían direcciones distintas. Y tomamos el que no debíamos. Es cuestión de tomar el otro.

Esto no supuso ningún problema. Al llevar a «Toby» hasta el lugar donde había cometido su error, dio un amplio círculo y finalmente salió disparado en una nueva dirección.
—Debemos tener cuidado de que no nos lleve al lugar de donde procede el barril —apunté.
—Ya lo había pensado. Pero fíjese que «Toby» se mantiene sobre la acera, mientras que el barril fue, seguro, por la calzada. No, ahora estamos siguiendo nuestro rastro.

El rastro seguía hacia la orilla del río, cruzando a través de Belmont Place y Prince's Street. Al llegar al final de Broad Street se dirigía directamente hacia el agua, en donde había un pequeño muelle de madera. «Toby» nos llevó hasta su extremo y se quedó allí, de pie y aullando, mirando fijamente las oscuras aguas que corrían debajo de nosotros.
—No estamos de suerte —dijo Holmes—. Aquí han tomado un bote.

En el agua y a lo largo del muelle había varias bateas y esquifes. Acercamos a «Toby» a cada uno de ellos pero, a pesar de que los olisqueó intensamente, no hizo ninguna señal.

Próxima al rudimentario embarcadero, había una pequeña casa de ladrillo de una de cuyas ventanas colgaba un cartelón de madera. En él, pintado con grandes letras: «Mordecai Smith» y debajo «Se alquilan botes por días u horas». Un segundo cartel sobre la puerta informaba de la existencia de una lancha a vapor. Y un gran montón de coque sobre el embarcadero respaldaba esta afirmación. Sherlock Holmes miró lentamente a su alrededor y en su rostro apareció una expresión inquietante.

—Esto tiene mala pinta —dijo—. Estos tipos son más listos de lo que creía. Parece que han borrado su rastro. Me temo que esto lo tenían pactado de antemano.

Se acercaba a la puerta de la casa cuando ésta se abrió de repente y un chavalillo de pelo rizado, de unos seis años, salió de ella corriendo. Detrás de él apareció una corpulenta mujer de rostro encarnado que llevaba una gran esponja en una mano.

—Vuelve aquí, Jack. Tiés que lavarte —gritó—. Ven pa cá, pequeño diablo. Si llega tu padre a casa y te encuentra así, te vas a enterar de lo que vale un peine.

—Qué niño tan encantador —dijo Holmes estratégicamente—. Vaya mofletes tienes pillín. Dime Jack, ¿hay algo que te gustaría tener?

El niño reflexionó un instante.

—Me gustaría tener un chelín —dijo.

—¿No prefieres otra cosa?

—Mejor dos chelines —respondió aquella maravilla después de pensárselo de nuevo.

—Entonces tuyos son, ¡cógelos! Precioso niño, señora Smith.

—Dios le bendiga, señor. Sí lo es. Eso y mucho más. Es mucho pá mi. Sobre tó cuando mi hombre falta de casa varios días.

—¿No está? —dijo Holmes decepcionado—. Lamento oír eso. Quería hablar con el señor Smith.

—Se marchó ayer por la mañana, señor. Y pá ser sincera, empiezo a preocuparme. Pero si lo que quiere es un bote, dígamelo a mi.

—Quería alquilar su lancha a vapor.

—Vaya por Dios. Se ha ido con la lancha a vapor. Eso es lo que me preocupa. No lleva más carbón que para llegar a Woolwich y vuelta. De haberse cogido la gabarra, no me preocuparía. Alguna vez se la lleva hasta Gravesend. Y si allí había trabajo, se quedaba la noche. Pero ¿pá qué quieres una lancha a vapor si no tiés carbón?

—Es posible que haya comprado carbón en algún muelle río abajo.

—Podía ser, señor, pero él no es así. Le he oído renegar muchas veces de los precios que cobran por un par de sacos. Además, no me gusta el tío ese de la pata de palo, con ese careto, ni ese hablar extranjero. Qué quiere, siempre dando la murga por aquí.

—¿Un hombre con una pata de palo? —dijo Holmes, ligeramente sorprendido.

—Sí, señor. Un tío renegrío con cara de mono que ha venío más de una vez en busca de mi hombre. Sabía que era el que le despertó anoche. Y lo que es peor, mi hombre sabía que iba a venir porque tenía la caldera de la lancha prepará. Hablando en plata, estoy preocupá.

—Pero, mi querida señora Smith —dijo Holmes encogiéndose de hombros—, se preocupa usted por una nimiedad. ¿Cómo es posible que sepa usted que la persona que vino anoche era ese hombre con la pata de palo? No veo cómo puede usted estar tan segura.

—Su voz, señor. Reconozco esa voz gruesa y ronca. Llamó a la ventana a eso de las tres. «Arriba, hombre», dijo; «es hora de que te muevas.» Mi hombre despertó a Jim, mi hijo mayor. Y los dos se largaron sin decirme a mí ni mu. Oí su pata golpear contra las piedras.

—Y el hombre éste de la pata de palo ¿estaba solo?

—No estoy segura, señor. No oí a nadie más.

—Pues lo siento, señora Smith, pues estaba interesado en alquilar su lancha. He oído hablar muy bien de ella. Veamos, ¿cómo se llama?

—*Aurora*, señor.

—Eso es. Es una vieja lancha, verde, con una franja amarilla y mucha manga, ¿no es así?

—No, señor. Es tan pequeña y esbelta como cualquiera otra lancha del río. Está recién pintá. Negra y con dos rayas rojas.

—Muchas gracias. Espero que tenga muy pronto noticias de su marido. Voy a ir río abajo; si me encuentro con el *Aurora*, le diré que está usted intranquila. ¿Dice que la chimenea es negra?

—No, señor. Negra y con una banda blanca.

—Sí, claro. Son los laterales los que son negros. Buenos días señora Smith. Watson, tenemos aquí un barquero y una barcaza. Tomémosla y crucemos el río.

—Lo primero que hay que tener presente al hablar con gente de ésta —dijo Holmes mientras nos sentábamos en la barcaza— es que no hay que demostrar nunca interés por nada de lo que digan. Si se dan cuenta que se necesita de ellos cierta información, se encerrarán en sí mismos como ostras. Si les escucha, dijéramos, como quien oye llover, probablemente consiga sacarles lo que quiere saber.

—Bueno, ahora parece bastante claro lo que debemos hacer —dije.

—¿Qué haría usted?

—Cogería una lancha e iría río abajo en busca del *Aurora*.

—Querido amigo, eso sería una tarea hercúlea. Puede haber atracado en cualquiera de los muelles que hay a ambos lados del río desde aquí hasta Greenwhich. Y por debajo del puente se extiende un magnífico laberinto que ocupa millas lleno de sitios en los que atracar. Llevaría muchos días peinarlos por completo si se embarca a ello sólo.

—Llame a la policía, pues.

—No. Seguramente llame a Athelney Jones en el último momento. No es un mal tipo y no deseo hacer nada que le desprestigie profesionalmente. Pero, ya que hemos llegado tan lejos, quiero resolverlo por mi cuenta.

—¿Ponemos entonces anuncios pidiendo información a los que andan por los muelles?

—Cada vez peor. Nuestros hombres sabrían que les pisamos los talones y seguramente saldrían del país. Tal como están las cosas es muy probable que se marchen, pero, siempre y cuando no se sientan amenazados, no tendrán prisa en hacerlo. En esto, la gran actividad que Jones despliega nos será útil, pues seguro que publicará en los periódicos sus teorías sobre este asunto y los fugitivos creerán que no tienen de qué preocuparse.

—¿Y qué hacemos entonces? —pregunté cuando atracábamos cerca de la cárcel de Millbank.

—Coger este coche, ir a casa, desayunar y dormir un rato. Es muy probable que esta noche estemos también de expedición. Cochero, pare en una oficina de telégrafos. «Toby» se quedará con nosotros, pues es posible que le necesitemos.

Nos detuvimos en la oficina de correos de Great Peter Street para que Holmes pudiera enviar su telegrama.

—¿Para quién cree que es? —preguntó una vez hubimos reanudado nuestro camino.

—No tengo ni la menor idea.

—¿Se acuerda de las fuerzas del orden no oficiales de Baker Street a quienes contraté en el caso Jefferson Hope?

—Bien me acuerdo —dije yo riéndome.

—Éste es el tipo de situación en el que pueden ser insustituibles. En caso de que fallen, dispongo de otros recursos, pero primero lo intentaré con ellos. El telegrama iba dirigido a mi pequeño y sucio lugarteniente Wiggins. Espero que él y toda su panda estén con nosotros antes de que hayamos terminado de desayunar.

Eran ya entre las ocho y media y las nueve y comenzaba a sentir los efectos de toda la serie de emociones de la noche. Estaba cansado y cojeaba, incapaz de pensar con claridad y con el cuerpo fatigado. Carecía del entusiasmo profesional que alimentaba a mi compañero y tampoco podía enfrentarme al caso como si fuese un mero problema intelectual. Por lo que concernía a la muerte de Bartholomew Sholto, no había oído hablar muy bien de él y no era capaz de sentir mucha antipatía por sus asesinos. Pero el tesoro era otra cuestión. El tesoro, o una parte de él, pertenecía a la señorita Morstan y, mientras existiese alguna oportunidad de recuperarlo, estaba dispuesto a dedicar mi vida a ello. Era verdad que, de recuperarlo, ella quedaría fuera de mi alcance para siempre; pero mi amor sería ridículo y extremadamente egoísta si eso me influyera. Si Holmes era capaz de dedicarse a localizar a los criminales, yo tenía una razón diez veces más poderosa que me urgía a encontrar el tesoro.

Un baño y un cambio de ropa en Baker Street consiguieron reanimarme de forma extraordinaria. Cuando bajé de nuevo a nuestras habitaciones me encontré el desayuno sobre la mesa y a Holmes sirviendo el café.

—Aquí está —dijo riéndose y señalando un periódico abierto—. El incansable Jones y el periodista con el don de la ubicuidad ya lo han resuelto entre ellos. Es mejor que coma primero sus huevos con jamón.

Cogí el periódico que me tendía y leí la noticia, que había sido titulada «Misterio en Upper Norwood».

La noche pasada, alrededor de las once (según el Standard) se encontró muerto en su habitación al señor Bartholomew Sholto de Pondicherry Lodge en Upper Norwood, en extrañas circunstancias. Por lo que se ha podido saber, no se han encontrado huellas de violencia sobre el cuerpo del señor Sholto, pero han desaparecido unas joyas de procedencia india de gran valor que el señor Sholto heredó de su padre. Los primeros en descubrir el cuerpo fueron el señor Sherlock Holmes y el doctor Watson, quienes habían acudido a la casa en compañía del señor Thaddeus Sholto, hermano del fallecido. Gracias a una afortunada coincidencia, el señor Athelney Jones, conocido miembro de las fuerzas del orden, resultó estar en la comisaría de Norwood y llegó al lugar de los hechos menos de media hora después de que saltase la alarma. Su experiencia y extraordinarias cualidades le hicieron descubrir inmediatamente a los criminales, con el satisfactorio resultado de haber detenido al hermano del fallecido, Thaddeus Sholto; al ama de llaves, la señora Bernstone; al mayordomo indio, Lal Rao, y al portero, de nombre McMurdo. Es sabido ya que el ladrón o ladrones conocían bien la casa, pues el gran sentido de la observación y capacidad de análisis del señor Jones le han hecho llegar a la irrefutable conclusión de que los malhechores no entraron por la puerta ni por la ventana, sino por una trampilla en el tejado que comunica con una habitación que permite acceder directamente a aquella en la que se encontró el cadáver. Este hecho, que ha quedado perfectamente demostrado, prueba que no se trató de un robo casual. La rápida y enérgica actuación de los representantes de la ley prueban una vez más la insuperable fortuna que supone tener en el lugar de los hechos una mente despierta y brillante. No podemos evitar pensar que estos hechos refuerzan la tesis de aquellos que defienden una descentralización de nuestros detectives que les permita estar en contacto más directo y efectivo con aquellos casos que su deber les obliga a investigar.

—¿No es genial? —dijo Holmes sonriendo por encima de su taza de café.

—Creo que nos hemos librado por los pelos de no haber sido arrestados también.

—Yo también lo creo. Y no garantizaría nuestra libertad si Jones sufre otro ataque de actividad.

Justo en ese momento se oyó un fuerte timbrazo en la puerta y a continuación oí un gemido consternado de nuestra casera, la señora Hudson.

—¡Cielos, Holmes! —exclamé poniéndome en pie—, creo que vienen a por nosotros después de todo.

—No, no es para tanto. Es la división de investigadores no oficiales de Baker Street.

Mientras hablaba, un resbalar de pies descalzos y un griterío de voces subía por la escalera. Y apareció una docena de sucios y harapientos niños árabes de las calles. Se apreciaba una cierta disciplina entre ellos a pesar de su ruidosa entrada, pues de inmediato formaron una línea y nos miraron con expectación. Uno, más mayor y más alto que los demás, dio un paso al frente, mostrando un aire de segura superioridad que resultaba cómico en aquella pandilla de zarrapastrosos.

—Recibí su mensaje, señor —dijo—, y les he traído pitando. Tres *bob*[4] y un *tanner*[5] por el transporte.

—Aquí tienes —dijo Holmes dándole unas monedas—. De aquí en adelante, que ellos te informen a ti y tú me informas a mí, Wiggins. No puedo permitirme este tipo de invasión de la casa. Sin embargo, es estupendo que hayáis venido todos porque así podéis escuchar directamente las instrucciones. Quiero localizar una lancha a vapor que se llama *Aurora*. El dueño se llama Mordecai Smith. Es negra con dos franjas rojas y la chimenea negra con una banda blanca. Está en algún lugar río abajo. Quiero que uno de vosotros esté en el embarcadero de Mordecai Smith, enfrente de Millbank, por si regresa. Tenéis que dividiros de manera que rastreéis las dos orillas por completo. Informadme en cuanto os enteréis de algo. ¿Claro?

—Sí, señor —dijo Wiggins.

—La tarifa habitual más una guinea para el chico que encuentre el barco. Os adelanto un día de paga. Y ahora, ¡a ello!

Dio un chelín a cada uno y salieron disparados escaleras abajo. Al momento les vi salir como una riada calle abajo.

—Si esa lancha sigue a flote la encontrarán —dijo Holmes mientras se levantaba de la mesa para encender su pipa—. Pueden ir a cualquier sitio, verlo todo y escucharlo todo sin ser vistos. Confío en saber antes de esta tarde que la han localizado. Hasta entonces no podemos hacer otra cosa salvo esperar. Para retomar nuestro rastro debemos localizar el *Aurora* o a Mordecai Smith.

—Creo que «Toby» podría dar buena cuenta de estas sobras. ¿Se va a la cama Holmes?

—No, no estoy cansado. Mi organismo es bastante peculiar. No recuerdo haberme cansado a causa del trabajo jamás, pero la inactividad me deja completamente exhausto. Voy a fumar y reflexionar sobre las extrañas características del caso que mi bella cliente ha traído hasta nosotros. Si alguna vez ha existido una tarea sencilla, debería ser ésta. No es frecuente encontrarse con un hombre con una pierna de madera, pero el otro ha de ser un hombre realmente único.

—¡El otro hombre, una vez más!

—No deseo que él sea un misterio para usted. A estas alturas debe haberse formado su propia opinión sobre él. Reflexione sobre los datos: huellas de pies diminutos que jamás han calzado un zapa-

---

[4] *Bob*: Nombre coloquial dado a la moneda de un chelín.

[5] *Tanner*: Nombre coloquial dado a la moneda de seis peniques.

to, una maza con una cabeza de piedra, muy ágil y pequeños dardos envenenados. ¿Qué le sugiere todo ello?

—¡Un salvaje! —exclamé—. Quizá uno de esos indios que eran socios de Jonathan Small.

—Eso es prácticamente imposible —dijo Holmes—. Cuando reparé en las extrañas armas utilizadas esa idea pasó por mi mente, pero la innegable peculiaridad de las huellas me hizo reconsiderar mi punto de vista. Algunos de los habitantes de la península india son de pequeño tamaño, pero ninguno podría haber dejado esas huellas. Los hindúes auténticos tienen los pies largos y delgados. Los mahometanos llevan sandalias sujetas mediante una tira que pasa entre el dedo gordo del pie y los demás, lo que hace que éste esté muy separado del resto. Los pequeños dardos sólo podían clavarse por uno de sus extremos. Se disparan mediante una cerbatana. Así que, ¿de dónde procede nuestro salvaje?

—Sudamérica —aventuré.

Alargó el brazo y cogió un grueso volumen de la estantería.

—Éste es el primer volumen de una enciclopedia geográfica que ha comenzado a publicarse. Podemos considerar que en la actualidad es la autoridad más completa en el tema. ¿Qué tenemos aquí? «Islas Andamán, situadas a 340 millas al norte de Sumatra en la bahía de Bengala.» ¡Hum, hum! A ver qué dice. «Clima húmedo, arrecifes de coral, tiburones, Port Blair, instalaciones penitenciarias, isla Rutland, cultivo de algodón...» ¡Aquí está! «Los aborígenes de las islas Andamán pueden quizá reclamar el honor de ser la raza de menor estatura del planeta, aunque algunos antropólogos confieren esa distinción a los bosquimanos de África, a los indios Digger de América o a los nativos de Tierra de Fuego. La estatura de un adulto es, por término medio, inferior a los cuatro pies, aunque es posible encontrar adultos mucho más bajos. Son fieros, con mal carácter e intratables. A pesar de esto, una vez ganada su confianza son capaces de desarrollar amistades muy profundas.» Recuerde este dato, Watson. Escuche esto: «Su apariencia física es poco agradable y su cabeza es de gran tamaño y extraña forma. Ojos pequeños y rasgos poco agraciados. Sus pies y manos son diminutos. Todos los esfuerzos de los oficiales británicos por ganarse su confianza han sido en vano debido a lo fieros y poco amigables que son. Siempre han sido el terror de los supervivientes de los naufragios, a quienes abren la cabeza de un mazazo con sus porras con forma de cabeza o les envenenan con sus dardos emponzoñados. Estas masacres concluyen invariablemente con un festín caníbal.» ¡Gente simpática y amistosa, Watson! De habérsele permitido actuar completamente a sus anchas, este asunto podría haber tomado un cariz todavía más siniestro. Creo que incluso, tal como están las cosas, Jonathan Small daría cualquier cosa por no haberse servido de él.

—Pero ¿cómo ha llegado a tener un compañero tan singular?

—Ah, eso ya no puedo saberlo. Pero partiendo del hecho de que sabíamos que Small había estado en las Andamán, no es descabellado que este isleño proceda de allí también. Sin duda, a su debido tiempo, sabremos todos los detalles. Mire, Watson, no tiene muy buen aspecto. Túmbese en el sofá y veamos si puedo ayudarle a conciliar el sueño.

Cogió su violín de la esquina y, mientras yo me estiraba, comenzó a tocar una melodía lenta, armoniosa y ensoñadora. Obra suya sin duda, pues estaba extraordinariamente dotado para la improvisación. Recuerdo vagamente sus delgados miembros, su expresión concentrada y las subidas y bajadas del arco. Me sentí alejarme flotando por un mar en calma que me llevó a una tierra soñada en la que el dulce rostro de Mary Morstan se inclinaba sobre mí.

9. SE ROMPE LA CADENA

La tarde estaba ya muy avanzada cuando me desperté, fortalecido y repuesto. Sherlock Holmes seguía sentado exactamente igual a como le había dejado, salvo por el hecho de que había dejado su violín y estaba sumergido en la lectura de un libro. Me miró mientras me estiraba y me di cuenta de que tenía una expresión oscura y preocupada en el rostro.

—Ha dormido profundamente —dijo—. Temí que nuestra charla le despertase.

—No he oído nada —respondí—. ¿Ha tenido noticias?

—Por desgracia, no. Confieso que estoy sorprendido y decepcionado. Esperaba saber algo concreto a estas horas. Wiggins acaba de estar aquí informándome. Dice que no hay ni rastro de la lancha. Y esto supone un jaque de importancia, pues cada hora que pasa es vital.

—¿Puedo hacer algo? Me encuentro perfectamente y preparado para otra noche de expedición.

—No, no podemos hacer nada. Esperar es lo único que podemos hacer. Si salimos el aviso podría llegar mientras estamos fuera y eso nos retrasaría más. Usted puede hacer lo que le plazca, pero yo debo quedarme de guardia.

—Entonces iré de nuevo a Camberwell a visitar a la señora Cecil Forrester. Ayer me pidió que lo hiciera.

—¿A la señora Cecil Forrester? —preguntó con un brillo pícaro en los ojos.

—Bueno, y a la señorita Morstan también, naturalmente. Estaban ansiosas por saber qué había pasado.

—Yo no les contaría demasiado —dijo Holmes—. Ni la mejor de las mujeres es digna de confianza. De confianza total al menos.

No me detuve a discutir un comentario tan atroz como éste.

—Estaré de vuelta en una o dos horas —dije.

—Muy bien, buena suerte. Pero, si no le importa, ya que cruza el río, devuelva a «Toby». Creo que es muy dudoso que volvamos a necesitarle de nuevo.

Cogí al chucho, por tanto, y le llevé de regreso a casa del viejo naturalista de Pinchin Lane, junto con medio soberano. En Camberwell encontré a la señorita Morstan un poco cansada después de nuestras aventuras nocturnas, pero deseosa de escuchar mis noticias. También la señora Forrester sentía muchísima curiosidad. Les conté todo lo que habíamos hecho, omitiendo, sin embargo, los detalles más desagradables de la tragedia. Así pues, si bien les conté que el señor Sholto estaba muerto, no di detalles acerca de la forma exacta en la que había fallecido. Y a pesar de todas mis omisiones, conseguí asombrarlas y asustarlas.

—¡Es como una novela! —exclamó la señora Forrester—. Una dama ultrajada, un tesoro por valor de medio millón y un caníbal negro y un rufián con una pata de palo que hacen las veces de dragón o conde perverso.

—Y dos caballeros andantes al rescate —añadió la señorita Morstan dirigiéndome una luminosa mirada.

—Bueno Mary, tu porvenir depende del éxito de esta búsqueda. Parece que no te importe mucho. ¡Imagina lo que debe suponer ser tan rica y tener el mundo a tus pies!

Me estremecí de alegría al ver lo poco que parecía entusiasmarle esa perspectiva. Al contrario, movió su orgullosa cabeza como si ese asunto no le importase lo más mínimo.

—Es el señor Thaddeus Sholto quien me preocupa —dijo—. Lo demás es irrelevante. Creo que se ha comportado en todo este asunto de la manera más amable y considerada. Debemos hacer todo lo posible para limpiar su nombre de una acusación tan horrible e infundada.

Era ya tarde cuando abandoné Camberwell y bastante de noche cuando llegué a casa. El libro y la pipa de mi compañero estaban al lado de su asiento, pero él había desaparecido. Miré por allí por si había dejado alguna nota, mas no vi nada.

—Supongo que el señor Sherlock Holmes ha debido salir —dije a la señora Hudson cuando subió a echar las persianas.

—No, señor. Está en su dormitorio. ¿Sabe, señor? —dijo con un inquieto susurro—. Me preocupa su salud.

—¿Y eso, señora Hudson?

—Bueno, es que ¡es tan raro! Después de que usted se marchase ha estado caminando. Arriba y abajo, arriba y abajo hasta que me desesperé de oír sus pasos. Le oí entonces hablar y murmurar solo y cada vez que sonaba el timbre de la puerta asomaba la cabeza por el hueco de la escalera y gritaba: «¿Quién es, señora Hudson?» Le he oído cerrar la puerta de su habitación de un portazo, pero sigo oyéndole caminar como antes. Espero que no enferme, señor. Me atreví a subir para ofrecerle una medicina contra el catarro, pero me miró de tal manera que todavía no sé cómo conseguí salir de aquella habitación.

—No creo que tenga nada de qué preocuparse, señora Hudson —respondí—. Ya le he visto así otras veces. Está dándole vueltas a un problema suyo y no consigue descansar.

Intenté dar impresión de despreocupación a nuestra valiosa casera, pero yo mismo me preocupé cuando a lo largo de toda la noche oí, de tanto en tanto, el pesado caminar de sus pies. Y sabía lo mucho que le irritaba esta inactividad forzosa.

A la hora del desayuno estaba ojeroso y parecía cansado. Tenía las mejillas afiebradas.

—Se está usted machacando, viejo amigo —comenté—. Le he oído caminar toda la noche.

—No puedo dormir —respondió—. Este maldito problema me está consumiendo. No soporto estar maniatado por una tontería como ésta cuando se han superado todas las demás dificultades. Sé quiénes son, sé de qué barco se trata. Todo. Y no recibo noticias. He puesto en marcha a más agentes y todos los recursos a mi alcance. Han rastreado completamente las dos orillas del río y sigue sin haber noticias del barco. Tampoco la señora Smith sabe nada de su marido. Acabaría llegando a la conclusión de que han hundido el barco de no ser por algunos inconvenientes que veo.

—O bien la señora Smith nos puso sobre una pista falsa.

—No. Creo que eso podemos descartarlo. He investigado y existe una lancha que responde a esa descripción.

—¿Puede haber ido río arriba?

—También he considerado esa posibilidad y un grupo de búsqueda está remontando el río hasta Richmond. Si hoy no recibimos noticias, yo mismo me pondré a la búsqueda mañana. Aunque en vez de buscar la lancha, me dedicaré a buscar a los hombres. Pero estoy seguro, estoy seguro, de que sabremos algo.

Pero no fue así. No recibimos ni una sola palabra ni de Wiggins ni de ninguno de los otros agentes. En la mayoría de los periódicos aparecían artículos sobre la tragedia de Norwood. Y el tono era bastante hostil con Thaddeus Sholto. Ninguno de ellos publicó ningún detalle novedoso respecto al caso, salvo que al día siguiente se realizaría una vista. Por la tarde fui paseando hasta Camberwell para informar a las damas de nuestra falta de resultados. A mi regreso encontré a Holmes desanimado y de bastante mal humor. Apenas respondió a mis preguntas y se concentró toda la tarde en una serie de abstrusos experimentos químicos que suponían un gran calentamiento de retortas y destilaciones y cuyo resultado fue un olor tal, que casi consigue que tuviese que abandonar el apartamento. Ya de madrugada, podía oír el ruido de sus tubos de ensayo chocando entre sí, lo que me indicaba que seguía enfrascado en su pestilente experimento.

Al amanecer, me desperté sobresaltado y me encontré a Holmes de pie al lado de mi cama, embutido en un rudo traje de marinero. Llevaba un chaquetón de marinero y una bufanda roja de aspecto basto alrededor del cuello.

—Me voy al río, Watson —dijo—. He estado dándole vueltas y sólo veo una solución. Y merece la pena intentarlo, pase lo que pase.

—¿Puedo ir con usted, entonces? —pregunté.

—No; me será usted mucho más útil si se queda aquí en calidad de representante mío. No me gusta tener que marcharme, pues es prácticamente seguro que llegará alguna noticia a lo largo del día. Aunque Wiggins estaba muy desalentado anoche. Quiero que abra todas las cartas y telegramas que lleguen dirigidos a mí y que actúe de acuerdo a su criterio si llega alguna novedad. ¿Puedo confiar en usted?

—Completamente.

—Me temo que no podrá mandarme ningún telegrama porque no sé por dónde voy a estar. Si tengo suerte, no tardaré mucho en estar de vuelta. Conseguiré enterarme de algo antes de regresar.

A la hora del desayuno todavía no sabía nada de él. Sin embargo, me encontré con novedades respecto al caso al abrir el *Standard*.

> Con respecto a la tragedia sucedida en Upper Norwood [señalaba] tenemos razones para creer que se trata de un asunto más complejo y misterioso de lo que en un principio se creía. Ha quedado probado recientemente que es materialmente imposible que el señor Thaddeus Sholto tenga nada que ver con el asunto y tanto él como el ama de llaves fueron puestos en libertad ayer por la tarde. Creemos, sin embargo, que la policía está tras una nueva pista que conducirá hasta los verdaderos culpables y que el señor Athelney Jones, utilizando toda su energía y sagacidad, será el encargado de seguirla. En cualquier momento puede producirse un nuevo arresto.

—Lo que cuentan es bueno —pensé—. Por lo menos Thaddeus Sholto ha quedado completamente a salvo. Me pregunto cuál será esa nueva pista. Aunque tiene pinta de ser una frase hecha que se dice cada vez que la policía mete la pata.

Dejé el periódico sobre la mesa y en ese instante reparé en un artículo insertado en la columna de desapariciones. Ponía así:

DESAPARECIDO – Mordecai Smith junto con su hijo Jim, dejaron el muelle de Smith a eso de las tres de la madrugada el pasado martes a bordo de la lancha a vapor Aurora. *Dicha lancha es negra y tiene dos rayas rojas. Se recompensará con cinco libras a la persona que pueda dar alguna pista sobre su paradero a la señora Smith en el muelle de Smith o en el 221B de Baker Street.*

Esto era sin duda cosa de Holmes; la dirección de Baker Street así lo confirmaba. Me sorprendió por ser una solución bastante ingeniosa: los fugitivos podrían leerlo sin sospechar más que se debía a la inquietud que sentía una esposa por su marido desaparecido.

Fue un día muy largo. Cada vez que alguien llamaba a la puerta o se oían pasos decididos por la calle, pensaba que se trataba de Holmes de regreso o bien de alguien que respondía al anuncio. Intenté leer, pero mis pensamientos vagaban alrededor de nuestra extraña búsqueda y los dos rufianes a los que perseguíamos. ¿Era posible que existiera algún error fatal en la cadena deductiva de mi compañero? ¿No podría ser que él sufriera un simple ataque de autocompasión? ¿Era posible que su ágil y especulativa mente hubiese elaborado toda su teoría basándose en alguna premisa falsa? Jamás le había visto equivocarse, pero hasta incluso el pensador más dotado puede cometer un error. Pensé que era posible que se equivocase debido al extremo grado de refinamiento con el que desarrollaba su lógica. A su preferencia por una explicación rara y sutil antes que cualquier otra más habitual y convencional. Y por otra parte, yo mismo había visto las pruebas y le había oído argumentar toda su teoría. Al repasar toda la cadena de circunstancias poco habituales, algunas irrelevantes en sí mismas, pero que todas apuntaban en la misma dirección, llegué a la conclusión de que incluso si las teorías de Holmes eran erróneas, la realidad debía ser igualmente sorprendente y extravagante.

A las tres del mediodía la campana de la puerta repicó con fuerza y desde el *hall* sonó una voz autoritaria. Y para mi sorpresa, era ni más ni menos que Athelney Jones en persona quien fue conducido hasta nuestro apartamento. Ya no era el brusco y genial maestro del sentido común que había tomado el caso con gran confianza en sí mismo en Upper Norwood. Tenía una expresión abatida y su actitud parecía dócil y arrepentida.

—Buenos días, caballero, buenos días —dijo—. Parece ser que el señor Holmes no está.

—Así es. Y no sé con seguridad cuándo regresará. Pero quizá desee esperarle aquí. Tome asiento y pruebe uno de estos puros.

—Gracias, no me importaría —dijo mientras se secaba el sudor de la frente con un pañuelo rojo.

—¿Un whisky con soda?

—De acuerdo, medio vaso. Hace mucho calor para la época del año en la que nos encontramos y tengo muchas preocupaciones encima. ¿Conoce mi teoría respecto al caso Norwood?

—Recuerdo que expuso usted una.

—Bien, me he visto obligado a reconsiderarla por completo. Estaba cerrando mi telaraña alrededor del señor Sholto, cuando de repente se abrió un boquete y se escapó por él. Consiguió una coartada irrefutable: desde que salió de la habitación de su hermano ha estado a la vista de alguien en todo momento. Así que no pudo ser él el que trepase al tejado y se colase por la trampilla. Se trata de un caso muy complejo y mi credibilidad profesional está en juego. Agradecería algo de ayuda.

—Todos necesitamos ayuda alguna vez.

—Su amigo el señor Holmes es un hombre excepcional —dijo en un confidencial susurro—. No hay quién le gane. Le he visto trabajar en muchos casos y no ha habido ni uno sólo que no consiguiera resolver. Sus métodos son poco ortodoxos y quizá se lanza a la elaboración de teorías con excesiva ligereza, pero creo que, a pesar de todo, se hubiese podido hacer de él un buen policía y lo repetiría delante de cualquiera. He recibido un telegrama suyo esta mañana del que deduzco que ha conseguido una buena pista en este asunto de los Sholto. Aquí está.

Sacó un telegrama de su bolsillo y me lo pasó. Había sido cursado desde Poplar a las doce en punto.

«Vaya inmediatamente a Baker Street [decía]. En caso de que no haya regresado, espéreme allí. Estoy pisándole los talones a la banda relacionada con el caso Sholto. Puede venir con nosotros esta noche si desea ver cómo termina todo esto.»

—Esto suena bien. Es evidente que ha retomado el hilo —dije.

—Ah, también él ha estado perdido —exclamó Jones con gran satisfacción—. Hasta incluso los mejores de nosotros nos equivocamos en alguna ocasión. Esto podría no ser más que una falsa alarma, pero mi obligación como agente de la ley es no dejar pasar ni una sola posibilidad. Alguien está en la puerta. Quizá sea él.

Pasos pesados ascendían por las escaleras, acompañados de los silbidos y ruidos propios de un hombre que tiene severas dificultades para respirar. En una o dos ocasiones se detuvo, como si subir las escaleras fuera un esfuerzo excesivo para él, pero finalmente llegó hasta nuestra puerta y entró. Su aspecto se correspondía con lo que habíamos estado oyendo. Se trataba de un anciano marinero que llevaba un chaquetón de marino abrochado hasta el cuello. Su espalda estaba doblada sobre unas inseguras rodillas y respiraba como un asmático. Mientras se apoyaba sobre una garrota de roble, sus hombros acusaban el esfuerzo de introducir aire en sus pulmones. Una bufanda de vivos colores rodeaba su barbilla y lo poco que se podía ver de su rostro era un par de penetrantes ojos oscuros bajo pobladas cejas blancas y sus grises patillas. Me daba la impresión se ser un respetable marinero al que los años y la pobreza habían derrotado.

—¿Qué desea, buen hombre? —pregunté.

Miró a su alrededor con el detenimiento que es propio de los ancianos.

—¿Está aquí el señor Holmes? —dijo.

—No, pero yo soy su representante. Puede decirme a mí cualquier cosa que desee decirle a él.

—Lo que quiero decirle se lo diré sólo a él —dijo.

—Ya le digo que soy su representante. ¿Se trata del barco de Mordecai Smith?

—Sí. Sé bien dónde está. Y sé dónde están los hombres que buscan. Y sé dónde está el tesoro. Lo sé todo.

—Dígamelo, pues, y yo se lo diré a él.

—Lo que quiero decirle se lo diré sólo a él —repitió con la obstinada petulancia de un hombre muy anciano.

—Bien, en ese caso deberá esperarle.

—No, no. No voy a perder todo un día para complacer a cualquiera. Si el señor Holmes no está aquí, tendrá que apañárselas solo. Me da igual quiénes sean ustedes, no pienso decir ni una palabra.

Se arrastró hacia la puerta, pero Athelney Jones se plantó delante de él.

—Deténgase un momento, amigo mío —le dijo—. Tiene en su poder información muy importante y no debe marcharse así. Se quedará con nosotros tanto si quiere como si no, hasta que regrese nuestro amigo.

El viejo intentó correr hacia la puerta pero Athelney Jones recostó su ancha espalda contra ella y el viejo se dio cuenta de la inutilidad de su resistencia.

—¡Esto es muy bonito! —chilló, golpeando el suelo con su garrota—. Vengo hasta aquí a entrevistarme con un caballero y ustedes dos, a quienes no he visto en mi vida, me retienen y me tratan de semejante manera!

—No tiene de qué preocuparse —le dije—. Se le recompensará por su tiempo. Siéntese en el sofá y no tendrá que esperar por mucho tiempo.

Se acercó con expresión dolida y se sentó ocultando la cara entre las manos. Jones y yo retomamos nuestra conversación y nuestros puros. De repente la voz de Holmes nos dijo:

—La verdad es que podrían ofrecerme uno de esos puros.

Dimos un respingo en nuestras sillas. Era Holmes quien claramente divertido estaba sentado a nuestro lado.

—¡Holmes! —exclamé—. ¡Está aquí! ¿Qué ha sido del viejo?

—Aquí está su viejo —dijo mostrando un puñado de pelo blanco—. Aquí está. Peluca, patillas, cejas y todo lo demás. Pensaba que era un buen disfraz, pero no imaginaba que hasta este punto.

—¡Maldito bribón! —exclamó Jones encantado—. Hubiese sido usted un magnífico actor. ¡Y de los buenos! Su tos era genuina y esas temblorosas piernas suyas valen más de diez libras a la semana. De todas formas, me pareció reconocer el brillo de sus ojos. No consiguió escapar de nosotros.

—He estado todo el día trabajando para desenmarañar este galimatías —nos dijo encendiendo su puro—. ¿Saben? Muchos criminales me conocen ya. Sobre todo desde que este amigo nuestro aquí presente ha empezado a dar publicidad a mi trabajo; así que sólo puedo adentrarme en las trincheras bajo un disfraz. ¿Recibió mi telegrama?

—Sí. Eso es lo que me ha traído hasta aquí.

—¿Cómo ha evolucionado su caso?

—Se vino abajo. Tuve que soltar a dos de mis prisioneros y no tengo ninguna prueba en contra de los otros dos.

—No se preocupe. Le proporcionaremos dos nuevos prisioneros. Pero debe usted acatar mis órdenes. Recibirá todo el reconocimiento oficial, pero debe seguir todas las directrices que yo le marque. ¿Está de acuerdo?

—Por completo, si me conduce a los culpables.

—En ese caso, lo primero que quiero es que un barco de la policía —una lancha a vapor— esté en las escaleras de Westminster a las siete en punto.

—Eso tiene fácil arreglo. Siempre hay alguna por allí. Por si acaso, puedo hacer una llamada desde la calle y asegurarme de que esté allí.

—También quiero dos hombres fornidos por si encontramos resistencia.

—En la lancha habrá dos o tres. ¿Qué más?

—En cuanto pillemos a los hombres, localizaremos el tesoro. Creo que mi amigo Watson estaría muy contento de llevar en persona la caja hasta la señorita a quien pertenece la mitad del tesoro. Dejemos que sea ella la primera persona en abrirlo. ¿Le parece bien, Watson?

—Sería un gran placer para mí.

—Se trata de un procedimiento muy irregular —dijo Jones sacudiendo la cabeza—. De todas formas, todo este asunto es bastante irregular, así que supongo que no quedará más remedio que hacer la vista gorda. Pero después habrá que poner el tesoro en manos de las autoridades hasta que concluya la investigación oficial.

—Por supuesto. Eso no revestirá ningún problema. Otra cosa: me gustaría muchísimo oír del propio Small algunos detalles relacionados con este asunto. Sabe que me gusta resolver mis propios casos hasta el final. Supongo que no habrá ningún problema en que tenga una entrevista privada con él aquí en mis habitaciones o en cualquier otro sitio, siempre que él esté bien custodiado, ¿no es así?

—En fin, usted manda. Todavía no tengo ninguna constancia de que ese Jonathan Small exista realmente, pero si usted le caza no tengo el menor inconveniente en que se entreviste con él.

—¿Todo claro, entonces?

—Perfectamente claro. ¿Algo más?

—Sólo que insisto en que se quede a cenar con nosotros. La cena estará lista en media hora. Tenemos ostras, un par de urogallos y una pequeña selección de vinos blancos. Watson, jamás le he oído reconocer mis virtudes como ama de casa.

10.   EL FIN DEL ISLEÑO

Nuestra cena fue muy alegre. Holmes era un conversador excelente si le apetecía serlo, y en aquella ocasión decidió serlo. Parecía estar muy excitado. Jamás le he visto tan deslumbrante. Habló de muchos temas en rápida sucesión: autos sacramentales, poesía medieval, violines Stradivarius, el budismo en Ceilán y sobre los barcos de guerra del futuro. Conversaba sobre cada cuestión como si hubiese hecho un estudio en profundidad sobre el tema. Su expansivo humor contrastaba con la profunda depresión de los días anteriores. Athelney Jones resultó ser un tipo sociable en su tiempo libre y se comportó como un *bon vivant* durante toda la cena. Y por lo que respecta a mí mismo, me sentía eufórico al presentir que el final de nuestra aventura estaba cerca y me contagié de la alegría de Holmes. Ninguno de nosotros hizo mención durante la cena a los hechos que nos habían llevado a reunirnos.

Una vez se retiró el mantel, Holmes miró su reloj y llenó tres vasos con oporto.

—Un brindis —dijo— por el éxito de nuestra pequeña expedición. Ya es hora de que nos marchemos. ¿Tiene usted una pistola, Watson?

—Tengo mi viejo revólver de servicio en mi mesa.

—Creo que es mejor que lo lleve con usted. Conviene ir preparados. El coche está en la puerta. Pedí que estuviese aquí a las seis y media.

Eran las siete pasadas cuando llegamos al muelle de Westminster y nuestra lancha nos estaba ya esperando. Holmes la inspeccionó con ojo crítico.

—¿Hay algo que la delate como embarcación de la policía?

—Sí, la luz verde en el costado.

—Retírenla.

Se realizó esa pequeña modificación, subimos a bordo y soltamos amarras. Jones, Holmes y yo nos sentamos a popa. Un hombre llevaba el timón, otro se encargaba de alimentar la caldera y por delante había dos fornidos inspectores de policía.

—¿Adónde vamos? —preguntó Jones.

—Hacia la Torre. Dígales que se detengan enfrente de Jacobson's Yard.

Nuestra embarcación era muy veloz. Pasamos por entre el tráfico de gabarras cargadas como si estuviesen detenidas. Holmes sonrió al ver cómo adelantábamos y dejábamos atrás una lancha a vapor.

—Deberíamos ser capaces de dar caza a cualquier embarcación del río —dijo.

—Bueno, no tanto. Pero hay pocas lanchas capaces de darnos esquinazo.

—Tenemos que cazar al *Aurora*. Y tiene fama de ser realmente rápida. Le contaré cómo andan las cosas. Watson, ¿recuerda lo molesto que estaba por estar atado de pies y manos por una cuestión tan nimia?

—Sí.

—Obligué a mi mente a descansar enfrascándome en un análisis químico. Uno de nuestros grandes estadistas dijo en una ocasión que la mejor manera de descansar es cambiar de ocupación. Y así es. Una vez conseguí disolver el hidrocarburo con el que me puse a trabajar, volví a reconsiderar esta cuestión. Mis muchachos habían rastreado el río en ambos sentidos sin resultado. La lancha no estaba en ningún muelle ni había regresado a casa. Y aunque siempre existió como última posibilidad que la hubiesen hundido para borrar sus huellas, no lo creía probable. Sabía que Small era capaz de un cierto grado de astucia, pero no muy refinada, pues ésta sólo se consigue normalmente gracias a una buena educación. Entonces me di cuenta de que él llevaba obviamente algún tiempo en Londres (pues había mantenido una estrecha vigilancia sobre Pondicherry Lodge) y que no podría simplemente salir huyendo. Necesitaría algo de tiempo para cerrar sus asuntos aquí. Aunque fuese sólo un día. Era lo más probable al menos.

—Parece un poco cogido por los pelos —dije—. Es más probable que lo hubiese zanjado todo antes de ponerse en marcha.

—No, no lo creo. Su guarida era demasiado vital en caso de emergencia como para que se hubiese deshecho de ella antes de estar seguro de que realmente no la necesitaba ya. Pero me di cuenta de un segundo punto. Jonathan Small tuvo que ser consciente de que el aspecto de su compañero, por muy bien disfrazado que fuera, llamaría la atención y que era posible que eso le relacionase con lo sucedido en Norwood. Es lo suficientemente inteligente como para darse cuenta de algo así. Salieron de su escondite protegidos por la noche y seguramente deseaban volver a él antes de que fuese pleno día. Según la señora Smith, cogieron la lancha a eso de las tres. En una hora sería de día y habría bastante gente por la calle. Por tanto, pensé, no les pudo dar tiempo a ir muy lejos. Dieron una buena suma a Smith para comprar su silencio, alquilaron su lancha para la huida final y corrieron a su escondite con la caja del tesoro. Al cabo de unos días, una vez viesen cómo andaban las cosas, y si había o no peligro, se dirigirían protegidos por la oscuridad de la noche a algún barco anclado en Gravesend o Downs para el que ya tendrían pasajes sin duda, y desde ahí pondrían rumbo a América o las colonias.

—¿Y qué pasa con la lancha? No pueden haberla escondido en su guarida.

—Efectivamente. Deduje que, a pesar de parecer invisible, la lancha no debía andar muy lejos. Me puse en el lugar de Small y me enfrenté al problema como lo hubiera hecho él. Seguramente se dio cuenta que dejar la lancha en cualquier muelle o enviarla de regreso era peligroso si la policía iba detrás de él. ¿Cómo conseguir esconderla y al mismo tiempo tenerla a mano? Imaginé qué haría yo de ser él. Y sólo se me ocurrió una posibilidad. Enviarla a un astillero o a un taller con la excusa de realizar una reparación de poca importancia. De esta manera sería retirada al astillero o a una nave y quedaría escondida sin dejar de estar disponible en pocas horas.

—Parece sencillo.

—Este tipo de cosas tan simples son las que con frecuencia se pasan por alto. Decidí actuar de acuerdo a esta posibilidad. Me puse el disfraz de marino e investigué en todos los astilleros que hay río abajo. No tuve éxito en quince de ellos, pero en el número dieciséis, Jacobson's, me dijeron que un hombre con una pata de palo les había llevado el *Aurora* hacía dos días; quería que revisasen el timón. «Ese timón está en perfecto estado», me dijo el capataz. «Ahí lo tiene, con sus rayas rojas.» En ese momento llegó Mordecai Smith, el dueño desaparecido. Estaba completamente borracho. No le hubiese reconocido, naturalmente, pero gritó su nombre y el de la lancha. «Quiero que esté lista a las ocho esta noche», dijo. «Atención, a las ocho en punto. Dos caballeros que no están dispuestos a esperar la necesitan.» Era obvio que le habían pagado bien, pues no hacía más que lanzar chelines a los trabajadores y presumir de dinero. Le seguí un trecho, pero se metió en una taberna. Así que regresé al astillero. De camino me encontré por casualidad con uno de mis muchachos y le dejé allí vigilando la lancha. Debe mantenerse en la orilla del río y ondear su pañuelo cuando la lancha se ponga en marcha. Estaremos esperando en el río y algo muy raro tendrá que pasar para que no capturemos hombres, tesoro y todo.

—Lo ha planeado todo muy bien, tanto si son los hombres que buscamos como si no —dijo Jones—, pero si yo estuviese al mando enviaría una patrulla de policía al astillero Jacobson's y les arrestaría en cuanto aparecieran.

—Lo que no sucedería jamás. Este Small es un hombre muy desconfiado. Mandará a alguien de avanzadilla y si ve algo sospechoso permanecerá oculto otra semana.

—Pero podría usted seguir a Mordecai Smith y que fuese él quien le guiase hasta su escondite —dije.

—En ese caso hubiese perdido todo el día. Es altamente probable que Smith no sepa dónde viven. Mientras le paguen bien y tenga todo el alcohol que quiera, ¿para qué va a hacer preguntas? Le dirán lo que debe hacer a través de mensajes. He considerado todas las alternativas posibles y ésta es la mejor.

Mientras se desarrollaba esta conversación habíamos estado pasando bajo el gran número de puentes que cruzan el río Támesis. Los últimos rayos de sol refulgían en la cruz de St. Paul's cuando pasábamos al lado de la City y ya caía el crepúsculo cuando llegamos a la Torre.

—Ése es el astillero Jacobson's —dijo Holmes señalando a un gran número de mástiles y jarcias del lado de Surrey—. Naveguen despacio arriba y abajo resguardándonos de esas luces —sacó del bolsillo un par de binoculares nocturnos y escudriñó la orilla durante un rato—. Veo a mi centinela en su puesto —señaló—, pero ni rastro de un pañuelo.

—¿Qué tal si avanzamos un poco río abajo y les esperamos allí? —sugirió muy excitado Jones.

Para entonces ya estábamos todos deseosos de entrar en acción. Incluso los policías y los fogoneros, quienes no tenían mucha idea de lo que estaba pasando.

—No podemos dar nada por sentado —respondió Holmes—. La probabilidad de que vayan río abajo es de diez a uno, pero no lo sabemos con seguridad. Desde donde estamos podemos ver la salida del astillero sin ser vistos. Será una noche clara y habrá mucha luz. Debemos quedarnos donde estamos. Miren el enjambre de hombres allá lejos a la luz de las farolas.

—Salen de trabajar en el astillero.

—Una pandilla de bribones de aspecto sucio. Supongo que cada uno de ellos encierra en su interior una chispa inmortal. Aunque nadie lo diría al mirarles. Nada lo indica *a priori*. ¡El ser humano es todo un enigma!

—Hay quien lo define como un alma encerrada en un animal —sugerí.

—Winwood Reade es un buen autor sobre el tema —dijo Holmes—. Él afirma que si bien el hombre como individuo es un enigma sin solución, con su conjunto se convierte en una ley matemática. Así, por ejemplo, es imposible predecir lo que hará un hombre en particular, pero sí se puede prever con precisión lo que hará un determinado número de ellos. Los individuos cambian, pero los porcentajes permanecen invariables. Al menos eso es lo que dice el experto en estadística. ¿Es eso un pañuelo? Seguro que se mueve algo blanco allá a lo lejos.

—Sí, es su chico —grité—. Puedo verle con claridad.

—Y ahí va el *Aurora* —exclamó Holmes— como si le persiguiera el diablo. A toda máquina ingeniero, siga a la lancha que lleva la luz amarilla. Por Dios que no me perdonaría jamás que se nos escapase.

La lancha se había deslizado inadvertidamente fuera del astillero, pasando por entre dos o tres embarcaciones pequeñas y había ganado velocidad antes de que la viésemos. Avanzaba corriente abajo, próxima a la orilla y a una velocidad endiablada. Jones miró la lancha con preocupación y sacudió su cabeza.

—Es una lancha muy rápida —dijo—. No creo que la alcancemos.

—¡*Debemos* alcanzarla! —exclamó Holmes entre dientes—. ¡Venga fogoneros! Llevad la máquina al límite. Tenemos que alcanzarles aunque destruyamos este barco.

Estábamos ya detrás de ella. Las calderas rugían y los potentes motores silbaban y resonaban como un gran corazón de metal. La proa afilada y elevada de nuestra lancha cortaba las aguas a nuestro paso, abriendo dos olas a cada uno de nuestros lados. La vibración de los motores la hacía temblar como si de un ser vivo se tratara. Un gran foco amarillo a proa lanzaba un gran chorro de luz oscilante por delante de nosotros. Mucho más adelante, una mancha oscura y borrosa indicaba la posición del *Aurora*. El torbellino de espuma blanca que dejaba como estela era señal de la gran velocidad a la que avanzaba. Pasamos como relámpagos al lado de vapores, barcos de carga y gabarras, zigzagueando entre ellos, detrás de éste y adelantando a aquel otro. Muchas voces nos gritaban desde la oscuridad, pero el *Aurora* seguía marchando como una centella y nos afanábamos en seguirlo.

—¡Más carbón, más carbón! —gritaba Holmes con la cabeza dentro del cuarto de máquinas. El brillo de las llamas iluminaba su rostro aquilino—. Saquen toda la potencia que pueda dar.

—Creo que nos estamos acercando —dijo Jones con los ojos puestos en el *Aurora*.

—Estoy seguro de ello —dije—. Estaremos a su altura en pocos minutos.

En ese maldito instante cruzó por delante de nosotros un remolcador tirando de un convoy de tres gabarras. Tuvimos que dar un golpe de timón para evitar el choque y para cuando conseguimos rodearlos y perseguir de nuevo al *Aurora*, éste nos ganaba ya por doscientas cincuenta buenas yardas. Seguía, sin embargo, a la vista mientras la turbia e incierta luz del crepúsculo daba paso a una brillante noche cuajada de estrellas. Nuestras calderas trabajaban todo lo que daban de sí, y el frágil casco temblaba y crujía debido a la velocidad de avance que le imponíamos. Cruzábamos el agua a toda velocidad y habíamos dejado atrás los muelles de la compañía West India, la parte del río conocida como Deptford Reach, y de nuevo íbamos en línea recta tras haber rodeado la isla de Dogs. La mancha borrosa que teníamos delante se clarificaba ya en el esbelto *Aurora*. Jones lo iluminó con nuestro foco y pudimos ver claramente las personas que iban sobre su cubierta. Un hombre estaba sentado a popa, inclinado sobre algo negro que sujetaba entre sus rodillas. A su lado había una masa oscura que parecía un perro Newfoundland. El chaval sujetaba la caña del timón y pude ver recortado sobre el rojo resplandor de la caldera a Smith, con el tronco desnudo, dando paletadas de carbón como si le fuera en ello la vida. Es posible que al principio no tuviesen claro si les perseguíamos o no, pero ahora que íbamos pegados a ellos en cada recodo y en cada giro que daban, no podían tener ni la menor duda. En Greenwich no podíamos estar a más de trescientos pasos de ellos. Al llegar a Blackwall estábamos a menos de doscientos cincuenta pasos. A lo largo de mi tumultuosa vida he tenido ocasión de ir tras muchas criaturas, pero jamás había sentido, durante la persecución de una pieza, una excitación semejante a la que esta cacería humana a lo largo del Támesis me hacía sentir. Poco a poco conseguíamos alcanzarles, yarda a yarda. En el silencio de la noche podíamos oír los gemidos y choques metálicos de su máquina. El hombre situado a popa seguía inclinado sobre algo y sus brazos se movían sin descanso realizando alguna labor. De tanto en tanto se giraba hacia nosotros para medir la distancia que nos separaba. Cada vez nos aproximábamos más. Jones les gritó que se detuvieran. No estábamos a más de cuatro cuerpos de distancia. Ambas embarcaciones parecían volar debido a la velocidad a la que nos movíamos. Llegamos a una parte del río sin apenas tráfico, con Barking Level a un lado y los melancólicos pantanos Plumstead al otro. Al oír nuestra orden, el hombre de popa se levantó de un salto y, agitando sus puños contra nosotros, empezó a maldecirnos en alta voz. Su voz restallaba como un látigo. Era un hombre de cierta envergadura y fuerte. Al ponerse en pie pude observar que de muslo para abajo, su pierna derecha la formaba un miembro de madera. Sus estridentes gritos hicieron que el montón arrebujado sobre el puente se moviera hasta convertirse en un diminuto hombrecillo, el más pequeño que he visto jamás, con una cabeza de extraña forma y de gran tamaño, a la que llevaba pegado un puñado de pelo revuelto y desaliñado. Holmes empuñaba ya su revólver y yo desenfundé el mío en cuanto vi a esta deforme criatura salvaje. Iba envuelto en una especie de túnica o sábana que sólo permitía ver su cara, pero simplemente la visión de ésta podía impedir conciliar el sueño. Nunca he visto unos rasgos en los que pueda apreciarse de semejante manera la bestialidad y la crueldad. Sus pequeños ojos brillaban de manera desasosegante y la mueca de sus gruesos labios dejaba al descubierto sus dientes, que hacía rechinar con la furia de un animal.

—Dispare en caso de que levante una mano —me dijo Holmes en voz baja.

Estábamos ya a menos de un cuerpo de ellos. Casi les podíamos tocar. Todavía puedo ver a los dos hombres de pie, el blanco con las piernas separadas y lanzando maldiciones contra nosotros y el enano maldito, de horrible rostro, rechinando los dientes a la luz de nuestro foco.

Fue providencial el que pudiésemos verle con tanta claridad, pues a pesar de que le estábamos observando, sacó de debajo de su túnica una pequeña pieza de madera que parecía una regla y se la llevó a los labios. Nuestras pistolas dispararon a la vez. Giró, levantó los brazos y, tras una tos ahogada, cayó al agua. El remolino de las aguas me permitió ver por un instante sus malvados y amenazantes ojos. En ese instante, el hombre de la pata de palo se lanzó contra el timón y lo bajó con fuerza. Esto hizo que su lancha se dirigiera rápidamente hacia la orilla sur mientras que nosotros les adelantábamos sin chocar contra su popa por unos pocos pies. Nos situamos detrás de ella en un instante, pero su lancha estaba prácticamente ya en la orilla. Era un lugar desolado y salvaje; la luz de la luna permitía ver una zona pantanosa de agua estancada y vegetación en proceso de descomposición. Tras un sonido sordo, la lancha saltó sobre el fango de la orilla, con la proa levantada y el timón hundido en el agua. Nuestro fugitivo saltó a tierra, pero el tocón de su pierna se hundió instantáneamente en el fango. Luchó y tironeó en vano. No podía ni avanzar ni retroceder. Impotente de rabia, gritaba y pateaba inútilmente en el barro con su otra pierna para sólo conseguir hundirse más. Una vez conseguimos aproximar nuestra lancha tuvimos que pasarle una cuerda alrededor de los hombros para conseguir sacarle del barro y arrastrarle, como si de un pez de gran tamaño se tratase, hasta nuestra cubierta. Los dos Smiths, padre e hijo, permanecían sentados en su lancha, apesadumbrados, pero vinieron a bordo de la nuestra sin oponer resistencia en cuanto se les conminó a ello. Desembarrancamos al *Aurora* y nos siguió próximo a nuestra popa. Sobre nuestra cubierta estaba el robusto arcón de hierro de artesanía india, el cual, sin duda, era el mismo que había custodiado el tesoro de triste sino de los Sholto. No tenía llave, pero pesaba bastante y lo trasladamos cuidadosamente a nuestro pequeño camarote. A medida que remontábamos el río lentamente, iluminábamos cuidadosamente las aguas con nuestro foco a fin de encontrar al isleño, pero no vimos ni rastro de él, con lo que en algún lugar del fondo del Támesis deben descansar los huesos de tan peculiar visitante.

—Mire esto —exclamó Holmes señalando la escotilla de madera—. Tardamos demasiado en disparar.

Y allí, justo detrás de nosotros clavado en la escotilla, estaba uno de los mortales dardos que conocíamos tan bien. Había pasado entre nosotros justo en el instante en el que abrimos fuego. Holmes sonrió y se encogió de hombros como si el hecho no tuviese la menor importancia, pero confieso que sentí pánico al pensar en la horrible muerte que nos había rondado tan cerca aquella noche.

11. EL MAGNÍFICO TESORO DE AGRA

Nuestro prisionero estaba sentado en nuestro camarote frente a la caja de hierro que tanto tiempo y esfuerzo le había costado conseguir. Era un tipo quemado por el sol, de aspecto temerario y cuyo rostro curtido estaba recorrido por un sinfín de arrugas. Todo en él indicaba que había llevado durante tiempo una dura vida al aire libre. La singular prominencia de su barbilla bajo la barba indicaba que no se trataba de alguien a quien se pudiese disuadir de sus propósitos con facilidad. Debía tener unos cincuenta años más o menos, pues sus oscuros y rizados cabellos poseían abundantes canas. Cuando estaba sereno, su rostro no era en absoluto desagradable, aunque las pobladas cejas y rotunda barbilla le conferían, como había tenido ocasión de ver recientemente, un aspecto aterrador cuando estaba furioso. Estaba sentado, esposado, con las manos sobre el regazo y la cabeza caída sobre el pecho, mirando con sus penetrantes y brillantes ojos la caja que había sido la causa de todas sus fechorías. Me dio la impresión de que sentía más dolor que rabia. Hubo un instante en el que me miró con lo que parecía un brillo de humor en la mirada.

—Vaya, Jonathan Small —dijo Holmes encendiendo un puro—, lamento que las cosas hayan terminado así.

—Yo también, caballero —respondió Small de todo corazón—. No creo que pueda salir bien librado de este asunto. Le doy mi palabra de que jamás levanté la mano contra el señor Sholto. Fue esa fiera salvaje de Tonga quien disparó uno de sus dardos envenenados contra él. Yo no tuve nada que ver. Lo lamenté tanto como si hubiese sido un familiar mío. Azoté al pequeño diablo con el extremo de la cuerda, pero ya no tenía remedio.

—Coja un puro —le dijo Holmes—; está usted empapado, será mejor que tome un trago de mi petaca. ¿Cómo pretendía usted que un hombre de una envergadura tan pequeña como la de éste controlara e inmovilizara al señor Sholto mientras usted trepaba por la cuerda?

—Parece saber lo que sucedió como si también hubiese estado allí. La verdad es que yo esperaba que no hubiese nadie en la habitación. Conocía las costumbres de los habitantes de la casa bastante bien y a esa hora el señor Sholto solía bajar a cenar. No ocultaré nada de lo que pasó. Lo mejor que puedo hacer en mi defensa es contar la pura verdad. Si se hubiese tratado del viejo mayor, me hubiese importado un cuerno que me ahorcasen por acabar con él. Para mí, clavarle un cuchillo hubiese supuesto lo mismo que fumarme este puro. Pero es mi maldita suerte que al final acabe pagando la muerte de este otro Sholto contra el que no tenía nada.

—Está usted al cargo del señor Athelney Jones. Él le llevará a mis habitaciones y allí yo le pediré que me haga un relato pormenorizado de los hechos. Le conviene contarlo todo; podría resultarle beneficioso. Creo que puedo demostrar que ese veneno es tan rápido que ese hombre estaba ya muerto antes de que usted llegase a la habitación.

—Así fue. Nada en mi vida me ha golpeado igual que cuando entré en la habitación y le vi, con la cabeza apoyada sobre un hombro y aquella sonrisa. Casi me caigo redondo. Habría matado a Tonga si no hubiese sido tan rápido quitándose de en medio. Así fue como olvidó su maza y algunos de sus dardos, por lo que me dijo. Sospecho que ello fue lo que le puso a usted sobre nuestra pista. Aunque me aspen si sé cómo consiguió dar con nosotros. No le guardo ningún rencor señor, pero es muy irónico —dijo con una amarga sonrisa— que yo, que soy el propietario de medio millón de libras, haya pasado la mitad de mi vida construyendo un espigón en las Andamán y ahora, probablemente, acabe pasando la otra mitad cavando desagües en Dartmoor. Maldito sea el día en el que vi al comerciante Achmet y me vi envuelto en el asunto del tesoro de Agra, que para lo único que ha servido ha sido para colmar de desgracias a su propietario. Fue la causa de la muerte de Achmet, al mayor Sholto le causó miedo y culpabilidad, y para mí va a significar la esclavitud de por vida.

En ese momento, los anchos hombros y la ruda cara de Athelney Jones hicieron irrupción en el camarote.

—Vaya, parece una reunión familiar —comentó—. Creo que daré un trago de esa petaca, Holmes. Deberíamos felicitarnos. Lástima que no pescáramos al otro con vida, pero fue irremediable. Apura usted mucho, Holmes; casi no conseguimos darles alcance.

—Nunca es tarde si la dicha es buena —dijo Holmes—. Pero, desde luego, no tenía ni idea de que el *Aurora* fuese así de veloz.

—Smith dice que es una de las lanchas más rápidas del río y que, de haber tenido otro hombre de fogonero con él, jamás les hubiésemos alcanzado. Jura que él no ha tenido nada que ver con todo el asunto éste de Norwood.

—Y es cierto —dijo nuestro prisionero—, ni una palabra. Elegí su lancha porque había oído que era muy rápida. No le contamos nada; pero le pagamos bien y, de haber conseguido llevarnos hasta Gravesend a nuestro barco, el *Esmeralda,* que tiene como destino Brasil, hubiese recibido un buen regalo.

—En ese caso, si no ha hecho nada malo, nada le sucederá. Somos rápidos capturando a los hombres, pero no lo somos tanto en condenarles —era divertido ver cómo el consecuente Jones empezaba a apuntarse un tanto por la captura. La ligera sonrisa que se dibujó en el rostro de Holmes indicaba que a él tampoco se le había pasado por alto ese detalle.

—Estamos a punto de llegar al puente Vauxhall —dijo Jones—, allí podrá desembarcar usted, doctor Watson, con el cofre del tesoro. Es algo muy irregular, y supongo que no es necesario que le recuerde que asumo una gran responsabilidad al consentirlo, pero un acuerdo es un acuerdo. Sin embargo, ya que llevará usted una mercancía tan valiosa, es mi deber hacer que le acompañe un policía. Irá en coche, supongo.

—Sí, cogeré un carruaje.

—Es una lástima que no tengamos la llave, pues podríamos hacer el inventario antes de que se lo lleve. Deberá forzar la cerradura. ¿Qué ha hecho con la llave, caballero?

—Tirarla al fondo del río —respondió secamente Small.

—No era necesario que causase usted tantas complicaciones, ya hemos tenido bastante con capturarle. No es necesario que le diga que debe tener mucho cuidado, doctor. Lleve el cofre de regreso a Baker Street, allí nos encontrará haciendo un alto antes de ir a la comisaría.

Me dejaron en Vauxhall, junto con la pesada caja de hierro y un policía campechano y genial. En un cuarto de hora, el coche nos llevó a casa de la señora Cecil Forrester. La criada pareció sorprendida de recibir una visita tan tarde. La señora Forrester había salido a pasar la tarde fuera y lo más probable es que regresase muy tarde. Pero la señorita Morstan estaba en el cuarto de estar. Y allí me dirigí, con el cofre en los brazos. El amable inspector se quedó en el coche.

Estaba sentada al lado de la ventana, que estaba abierta. Su vestido estaba confeccionado con un material diáfano de color blanco y tenía pequeños detalles en color rojo en el cuello y la cintura. La tenue luz de una lámpara caía sobre ella mientras permanecía recostada en el sillón de mimbre, jugueteando sobre sus rasgos y dando una tonalidad suavemente metálica a los rizos de su hermoso cabello. Uno de sus brazos colgaba fuera del sillón y toda su figura era la viva imagen de una profunda melancolía. Al oír mis pasos, se puso súbitamente en pie y sus pálidas mejillas se sonrojaron debido a la sorpresa y a la alegría.

—He oído que se acercaba un carruaje y pensé que la señora Forrester regresaba muy pronto, pero jamás imaginé que sería usted. ¿Tiene alguna noticia para mí?

—Le traigo algo mejor que noticias —dije aparentando una alegría y jovialidad que no sentía en mi corazón, poniendo la caja sobre la mesa—. Le traigo algo que vale más que cualquier noticia, le traigo una fortuna.

Miró el cofre de hierro.

—¿Es ésa la caja del tesoro? —preguntó con indiferencia.

—Sí, es el tesoro de Agra. La mitad le pertenece a usted y la otra mitad es de Sholto. Les corresponde un cuarto de millón a cada uno. ¡Piénselo! Unas rentas de más de diez mil libras al año. Habrá pocas damas más ricas que usted en toda Inglaterra. ¿No es estupendo?

Es posible que yo exagerase un poco, y ella detectase que mi alegría era fingida, pues arqueó ligeramente las cejas y me miró con curiosidad.

—Si está en mi poder —dijo—, se lo debo a usted.

—No, no —respondí—; no a mí, sino a mi amigo Sherlock Holmes. Por mucha voluntad que le hubiese puesto, jamás podría haber seguido las pistas que han puesto a prueba incluso su sorprendente inteligencia. De hecho, hemos estado a punto de echarlo todo a perder al final.

—Le ruego que se siente y me lo cuente todo, doctor Watson —me dijo.

Le conté brevemente todo lo que había sucedido desde la última vez que la vi. Referí el nuevo método de búsqueda que se le había ocurrido a Holmes, cómo habíamos dado con el paradero del *Aurora*, la visita de Athelney Jones, nuestra expedición nocturna y la furiosa caza Támesis abajo. Me escuchaba con la boca abierta y los ojos brillantes el relato de todas nuestras aventuras, pero cuando le conté lo cerca que habíamos estado de que nos alcanzase uno de los dardos envenenados, palideció tanto que pensé que iba a desmayarse.

—No es nada —me dijo cuando me apresuré a servirle un poco de agua—. Ya estoy bien. Me ha estremecido saber que he puesto a mis amigos en peligro.

—Ya ha pasado todo —respondí—. No ha sido para tanto. No le contaré más cosas desagradables. Pasemos a algo más agradable. Tenemos aquí el tesoro, ¿qué podría ser más agradable que eso? Se me ha autorizado a traerlo hasta aquí, pues pensamos que le gustaría verlo antes que nadie.

—Me gustaría mucho verlo —dijo.

Pero no había mucho entusiasmo en su voz. Sin duda se había dado cuenta de que podría resultar desconsiderado por su parte no demostrar interés por algo que tanto trabajo había costado conseguir.

—¡Qué caja más bonita! —dijo inclinándose sobre ella—. Supongo que se trata de artesanía india, ¿no es así?

—Sí, metalistería de Benares.

—¡Cómo pesa! —exclamó al intentar levantarla—. La misma caja debe ser valiosa. ¿Dónde está la llave?

—Small la tiró al río —contesté—. Tendré que utilizar el atizador de la señora Forrester.

El cofre tenía en su parte delantera un cierre ancho y grueso forjado en la imagen de Buda. Inserté bajo él el atizador y lo utilicé como palanca para hacer saltar el cierre, que saltó con un ruidoso chasquido. Me temblaba la mano cuando levanté la tapa. Ambos miramos sorprendidos el contenido, ¡la caja estaba vacía!

No era de extrañar que fuese tan pesada: toda ella tenía un grosor próximo a los dos tercios de pulgada. Era un cofre muy bien terminado, sólido y resistente, construido para guardar objetos de gran valor. Pero en su interior no quedaba ni rastro de algún metal precioso o joya alguna. Estaba completa y absolutamente vacío.

—El tesoro ha desaparecido —dijo tranquilamente la señorita Morstan.

Al escuchar sus palabras y darme cuenta de lo que significaban, fue como si me quitasen un losa de encima. No había sido consciente del peso que significaba este tesoro en mi alma hasta que no había desaparecido. Me sentía egoísta, culpable y traidor, pero me di cuenta que era nada más y nada menos que la barrera de oro que existía entre nosotros lo que acababa de desaparecer.

—¡Gracias a Dios! —exclamé sin poderme contener.

Ella me miró intrigada con una rápida sonrisa.

—¿Por qué dice eso? —preguntó.

—Porque vuelvo a aspirar a usted —dije tomándola de la mano. Ella no la apartó—. Mary, te amo. Más de lo que ningún hombre ha amado nunca a una mujer. Este tesoro, esta riqueza, sellaba mis labios. Ahora que ya no existe puedo decirte lo mucho que te amo. Por eso dije: «¡Gracias a Dios!»

—En ese caso, también yo diré: «¡Gracias a Dios!» —susurró mientras la apretaba contra mí.

Puede que alguien perdiera un tesoro, pero sabía que aquella noche yo acababa de encontrar uno.

12. EL SORPRENDENTE RELATO DE JONATHAN SMALL

El policía que me esperaba en el carruaje demostró ser un hombre paciente, pues pasó mucho rato antes de que me reuniese con él de nuevo. Su rostro se ensombreció cuando le mostré la caja vacía.

—¡Adiós a la recompensa entonces! —dijo con tristeza—. Si no hay dinero, no hay paga. De haber contenido el tesoro, esta noche de trabajo nos hubiese supuesto a Sam Brown y a mí diez libras.

—El señor Thaddeus Sholto es un hombre rico —le dije—; con tesoro o sin tesoro, les recompensará.

El policía agitó su cabeza, abatido, e insistió:

—Mal asunto. Y al señor Athelney Jones no le va a gustar nada.

Y acertó. El detective se quedó perplejo cuando al llegar a Baker Street le mostré el cofre vació. Acababan de llegar él, Holmes y el prisionero, pues decidieron pasar finalmente por comisaría antes de ir a Baker Street. Mi compañero estaba tirado en el sofá con su habitual expresión lánguida, mientras Small estaba sentado enfrente de él, impasible, con su pierna de madera cruzada sobre la buena. Cuando mostré la caja vacía, se rió ruidosamente.

—Esto es cosa suya —le dijo Jones airado.

—Sí, lo he puesto donde jamás lo encontrarán —explicó triunfante—. Ese tesoro es mío y si yo no puedo disfrutarlo, me he ocupado de que nadie más pueda hacerlo. Ningún hombre sobre el planeta tiene ningún derecho sobre él, salvo los tres hombres que siguen prisioneros en el penal de Andamán y yo. Sé que ni yo ni ellos podremos disfrutar de él y he actuado en consecuencia. Nos hemos mantenido firmes al documento que los cuatro firmamos. Sé que ellos hubiesen actuado como yo lo he hecho. Prefiero que el tesoro esté en el fondo del Támesis a que llegue a manos de ningún pariente de Sholto o Morstan. No acabamos con Achmet para que ellos se enriquecieran. Encontrará el tesoro en el mismo sitio donde están el pequeño cuerpo de Tonga y la llave. Cuando vi que nos darían ustedes alcance, puse el tesoro en donde no pudieran cogerlo. No van a conseguir propina por este trayecto.

—Miente Small —dijo Jones con severidad—; si de verdad se hubiese tirado el tesoro al Támesis, le habría sido más fácil lanzarlo con su cofre.

—Más fácil para mí y más fácil para que ustedes lo recuperaran —contestó con una sagaz mirada de soslayo—. El hombre que fue capaz de dar conmigo hubiese sido capaz de recuperar una caja de hierro del fondo del río. Ahora está esparcido a lo largo de unas cinco millas y resulta algo más difícil. Mi corazón se fue con él mientras lo lancé por la borda. Pero he pasado por muchas cosas en mi vida, me ha ido bien y me ha ido mal, y he aprendido a no mirar atrás.

—Esto es algo muy serio Small —dijo el detective—. Si hubiese colaborado con la justicia en vez de entorpecerla, podría haber tenido algo a su favor en el juicio.

—¡Justicia! —se mofó el expresidiario.— ¡Bonita justicia! ¿A quién pertenecía este tesoro si no era a nosotros? ¿Dónde está la justicia que debería aplicarse a los que jamás se lo ganaron? Miren lo que yo he conseguido: veinte años en una ciénaga podrida plagada de fiebre, trabajando en los manglares todo el día y encadenado en la barraca de los presidiarios por la noche, comido por los mosquitos, devorado por el paludismo y torturado por cualquier policía de color a quien le apeteciese tomarla con un blanco. Así fue cómo conseguí ser merecedor del tesoro de Agra, y ustedes ¡me hablan de justicia porque no me resigné a pagar semejante precio para luego permitir que otro hombre lo disfrute! Hubiese preferido dejarme ahorcar cien veces o recibir uno de los dardos de Tonga, antes que seguir viviendo en una celda sabiendo que otro hombre vive en un palacio gracias a mi dinero.

Small se había quitado la máscara de estoicismo. Su relato fue un torbellino feroz de palabras pronunciadas con ojos encendidos mientras las esposas no dejaban de sonar al seguir el apasionado movimiento de sus manos. Al verle demostrar la furia y pasión que sentía, comprendí que el terror que el mayor Sholto sentía al saberse perseguido por este presidiario ofendido no era infundado.

—Olvida que nosotros no sabemos nada de todo esto —le dijo Holmes con tranquilidad—. Todavía no hemos oído su versión y no podemos saber el grado de injusticia cometido con usted.

—Usted me habla con mucha consideración, aunque creo saber que es gracias a usted que llevo estas esposas. Pero no le guardo ningún rencor por ello; ha sido justo y sin trampas. No tengo nada que ocultar si lo que desea es escuchar mi historia. Todo lo que diga será la pura verdad. Gracias, ponga el vaso a mi lado si es tan amable y así puedo llevármelo a los labios, pues estoy seco.

»Soy del condado de Worcestershire, nací cerca de Pershore. Me atrevería a asegurar que hay una buena cantidad de Smalls por allí si le da por investigar. Alguna vez he sentido la tentación de volver por allí, pero la verdad es que mi familia nunca se sintió muy orgullosa de mí y dudo que se alegrasen de verme. Eran pequeños granjeros, gente trabajadora, de esos que van a la iglesia todos los domingos, conocidos y respetados en toda la comarca, mientras que yo en cambio siempre fui un vagabundo. Finalmente, cuando cumplí dieciocho años dejé de darles problemas, pues me metí en un lío de faldas del que sólo pude librarme alistándome al servicio de su majestad en el Tercer Regimiento, que partía hacia la India entonces.

»No estaba destinado a ser soldado durante mucho tiempo. Acababa de aprender a marcar el paso de la oca y a manejar mi mosquete cuando fui lo suficientemente estúpido como para meterme a nadar en el Ganges. Afortunadamente para mí, el sargento de mi compañía, John Holder, estaba en el agua conmigo y era uno de los mejores nadadores de la compañía. Un cocodrilo me atacó cuando estaba a medio camino de la orilla y me arrancó con la misma limpieza que un cirujano la pierna derecha, justo por encima de la rodilla. Entre el shock y la pérdida de sangre me desmayé y me hubiese ahogado de no ser por Holder, quien me agarró y me llevó a la orilla. Estuve ingresado en un hospital durante cinco meses y, cuando finalmente fui capaz de salir cojeando de allí con este miembro de madera sujeto a mi pierna, me encontré con que no era apto para el servicio ni para ninguna ocupación física.

»Como se pueden imaginar, estaba muy decaído, pues no era más que un inválido que todavía no había cumplido veinte años. Sin embargo, mi desgracia acabó convirtiéndose en una bendición. Un tal Abel White, cultivador de índigo, necesitaba un capataz que vigilase a sus *coolies* y les hiciese trabajar. Y resultó ser un gran amigo de nuestro coronel, quien se había interesado mucho por mí a raíz de mi accidente. Abreviando, nuestro coronel abogó por mí insistentemente y como gran parte del trabajo había que hacerlo a caballo y yo conservaba prácticamente todo el muslo, podía sujetarme a la silla sin problemas y mi pierna no suponía un obstáculo. Mi trabajo consistía en recorrer la plantación a caballo, vigilar a los hombres mientras trabajaban e informar de los que haraganeasen. La paga era buena, mi alojamiento cómodo y, en general, me sentía contento de pasar el resto de mi vida en la plantación de índigo. El señor Abel White era un hombre amable y con frecuencia se pasaba por mi cabaña a fumar una pipa en mi compañía, pues los blancos de por allí se vuelven más sociables entre ellos de lo que lo son por aquí.

»Las rachas de buena suerte nunca me duraron mucho. De repente, y sin previo aviso, se desató un gran motín. Un día la India era un lugar perfectamente pacífico y tranquilo, como pueden serlo Surrey o Kent, y al día siguiente todo era un auténtico infierno por el que campaban cien mil demonios negros. Pero, naturalmente, ustedes, caballeros, saben perfectamente de lo que hablo. Seguramente mejor que yo, ya que nunca fui amigo de leer mucho. Sólo sé lo que vi con mis propios ojos. Nuestra plantación estaba en un lugar llamado Muttra, próximo a la frontera con las provincias del norte. Todas las noches la oscuridad del cielo se iluminaba debido a los *bungalows* en llamas y todos los días veíamos grupos de europeos con sus mujeres e hijos que atravesaban nuestro estado hacia Agra, donde estaba el destacamento más cercano. El señor Abel White era un hombre muy terco. Se empeñó en que todo el asunto no era más que una exageración y que desaparecería de la misma manera que había aparecido. Se sentaba en su porche a beber whisky y fumar puros mientras que todo el país ardía a su alrededor. Naturalmente, permanecimos a su lado, yo y Dawson, quien junto con su mujer se encargaba de la administración y de la intendencia. Y entonces, un día todo se fue al garete. Yo había estado en una plantación lejana y cabalgaba lentamente de vuelta a casa por la tarde. Y de repente vi algo amontonado al final de un escarpado nullah[6]. Llevé al caballo hasta allí para ver qué era y me quedé helado al comprobar que se trataba de la mujer de Dawson, mutilada y medio devorada por chacales y perros salvajes. Un poco más adelante en el camino encontré a Dawson, boca abajo, muerto, con un revólver con el cargador vacío en la mano y cuatro cipayos muertos frente a él. Tiré de las riendas de mi caballo intentando decidir qué hacer, pero en ese momento vi las espirales de un humo muy denso que ascendían desde el *bungalow* de Abel White. Las llamas empezaban a prender en el techo. Supe que ya no podía hacer nada por mi patrón, salvo desperdiciar mi vida si intervenía. Desde donde estaba podía ver a cientos de nativos exaltados que todavía llevaban las chaquetas rojas

---

[6] *Nullah*: Barranco escarpado, acequia.

puestas y danzaban y aullaban alrededor de la casa en llamas. Algunos me señalaron con el dedo y un par de balas silbaron cerca de mi cabeza. Así que huí a través de los campos de arroz y esa noche me encontré a resguardo dentro de las murallas de Agra.

»Resultó que allí dentro tampoco existía mucha protección, pues todo el país era un enorme avispero. Los ingleses sólo eran capaces de proteger las pequeñas porciones de terreno que quedaban dentro del alcance de sus pistolas, pero fuera de ahí, no eran más que fugitivos desamparados. Unos cientos luchaban contra millones. Y lo más cruel es que los hombres contra quienes luchábamos, las tropas de a pie, la caballería y la artillería habían sido parte de nuestras tropas, entrenados por nosotros, a quienes habíamos armado y quienes habían compartido la vida militar con nosotros. En Agra quedaban el Tercer Regimiento de Fusileros Bengalíes, algunos *sikhs*, dos compañías de caballería y una batería de artillería. A pesar de mi pierna, me uní a un cuerpo de voluntarios recién formado integrado por oficinistas y comerciantes. A principios de julio fuimos hasta Shahgunge para enfrentarnos a los rebeldes y les mantuvimos a raya una temporada, pero nos quedamos sin pólvora y tuvimos que replegarnos de vuelta a la ciudad.

»Sólo recibíamos malas noticias, lo cual no es sorprendente si se tiene en cuenta que estábamos justo en el centro del meollo, como pueden comprobar si consultan un mapa. Lucknow está a unas cien millas al este y Cawnpore poco más o menos a la misma distancia hacia el sur. Desde cada punto cardinal sólo nos llegaban informes de torturas, asesinatos y atrocidades.

»Agra es una ciudad enorme, llena a rebosar de fanáticos y adoradores de cualquier tipo de demonio. Nuestros escasos hombres se perdían por las tortuosas y estrechas callejuelas. Nuestro líder cruzó el río y se atrincheró en el antiguo fuerte de Agra. No sé si alguno de ustedes, caballeros, ha leído u oído algo de ese viejo fuerte. Es un lugar muy inquietante; el lugar más inquietante en el que jamás estuve. Y he estado en sitios muy raros. Lo primero de todo es su descomunal tamaño. El recinto que encierra debe ser de acres y más acres. Tiene una parte moderna en la que se instalaron nuestras tropas, mujeres, niños, almacenes y todo lo demás, y sobró espacio. Pero la parte moderna no tiene nada que ver con la antigua, que nunca visita nadie y que es del dominio de ciempiés y escorpiones. Está llena de grandes salas desiertas, pasadizos tortuosos y largos pasillos que cambian continuamente de dirección, con lo que no es nada difícil perderse allí. Por eso, nadie solía ir por allí, aunque de cuando en cuando podía verse a alguna expedición de exploradores adentrarse por ella con antorchas en la mano.

»El río discurre a lo largo de la fachada principal del fuerte y lo protege así, pero los laterales y la parte trasera están llenos de puertas que hay que proteger, tanto en la parte antigua como en la moderna, donde estaban nuestras tropas. Estábamos desbordados, apenas teníamos hombres para cubrir las esquinas del edificio y las armas de fuego disponibles. Nos resultaba por tanto del todo imposible estacionar un gran número de hombres en todas las innumerables puertas. Lo que hicimos fue establecer un puesto de guardia principal en medio del fuerte y dejar cada puerta al cargo de un blanco y dos o tres nativos. Se me eligió para ser responsable de la vigilancia durante algunas horas de la noche de una pequeña puerta remota en el flanco sudoeste del edificio. Tenía dos soldados *sikhs* a mis órdenes y se me dijo que si algo iba mal y necesitaba refuerzos, disparase mi mosquete e inmediatamente recibiría ayuda del puesto principal. La verdad es que dudaba que en caso de que fuésemos atacados pudiese recibir ayuda a tiempo de ellos, pues estaban a más de doscientos pasos de distancia y, además, un laberinto de pasillos y pasadizos se interponía entre nosotros.

»La verdad es que me sentía muy orgulloso de que se me hubiese encomendado esta responsabilidad, pues no era más que un recluta recién llegado y además impedido de una pierna. Durante dos noches hice la guardia con mis punjabíes. Eran dos tipos altos y de aspecto fiero. Se llamaban Mahomet Singh y Adullah Khan. Habían sido militares durante mucho tiempo y habían combatido contra nosotros en Chilian Wallah. Hablaban inglés bastante bien, pero casi no conseguí hablar con ellos, pues preferían pasar el rato juntos hablando entre ellos en su rara jerga *sikh* toda la noche. Por mi parte, yo prefería pasar el rato fuera de la puerta, mirando al ancho y tortuoso río y las luces parpadeantes de la gran ciudad. Los tambores, el ruido de los tam-tams, los gritos y aullidos de los rebeldes, borrachos de opio y de éxito, bastaban para que no olvidásemos a los peligrosos vecinos que teníamos enfrente de nosotros. Cada dos horas el oficial de noche pasaba por todos los puestos de guardia para cerciorarse de que todo iba bien.

»Mi tercera noche de guardia resultó ser oscura y sucia, barrida por la lluvia. Resultaba deprimente permanecer hora tras hora, de pie en la puerta, con ese tiempo. Intenté insistentemente iniciar alguna conversación con los *sikhs,* pero no tuve mucho éxito. A las dos de la madrugada pasó la ronda y, por un momento, cesó la monotonía de la noche. Al darme cuenta de que era imposible entablar una conversación con mis compañeros, saqué mi pipa y dejé el mosquete en el suelo para encender la cerilla. En ese momento los dos *sikhs* se abalanzaron sobre mí. Uno cogió mi arma y me apuntó con ella a la cabeza mientras que el otro puso un enorme cuchillo en mi cuello y me juró entre dientes que lo hundiría en mí si intentaba moverme.

»Lo primero que pensé es que estos dos estaban conjurados con los rebeldes y que se trataba del inicio de un ataque. Si nuestra puerta pasaba a manos de los cipayos, todo el fuerte caería y las mujeres y niños recibirían el mismo trato que habían recibido en Cawnpore. Es posible que ustedes caballeros crean que lo único que estoy intentando es defenderme, pero les doy mi palabra de que en el momento en el que sentí la hoja del cuchillo en mi garganta pensé en dar un grito de alarma, aunque fuese el último que diese, y alertar a la guardia. El hombre que me sujetaba tuvo que darse cuenta de lo que yo estaba pensando porque, aunque me preparé para gritar, me susurró: "No haga ningún ruido. El fuerte no corre peligro. No hay ningún perro traidor a este lado del río". Sentí que había verdad en sus palabras y me di cuenta de que si gritaba era hombre muerto. Lo vi en sus ojos de color marrón. Esperé por tanto a que me dijesen qué era lo que querían de mí.

»"Escúchame, *sahib*", dijo el más alto y fiero de los dos, al que llamaban Abdullah Khan. "Debes elegir entre estar con nosotros o callar para siempre. El asunto es demasiado importante como para que podamos andarnos con contemplaciones. O bien juras sobre tu cruz cristiana estar de nuestro lado, o tu cuerpo irá a parar al foso esta misma noche y nosotros nos cruzaremos a la orilla en la que están nuestros hermanos rebeldes. No hay medias tintas, ¿qué decides, vivir o morir? Sólo podemos darte tres minutos para que tomes tu decisión. El tiempo pasa y debemos estar de acuerdo antes de que regrese la ronda."

»"¿Cómo puedo tomar una decisión si no me decís qué es lo que queréis de mí?", les dije. "Pero sí os digo que si implica poner en peligro la seguridad del fuerte, podéis hundir el cuchillo en mi cuanto antes, pues no colaboraré con vosotros."

»"No tiene nada que ver con la seguridad del fuerte", respondió él. "Sólo vamos a pedirte que hagas lo que tus compatriotas buscaban cuando vinieron a este país. Te pedimos que te hagas rico. Si te unes esta noche a nosotros, te juraremos sobre la hoja de este cuchillo, con el triple juramento que ningún *sikh* ha roto jamás, de que tendrás tu justa parte de nuestro botín. Un cuarto del tesoro será tuyo. Pero no podemos decirte nada más."

»"¿Y dónde está ese tesoro?", pregunté. "Estoy tan dispuesto a hacerme rico como podéis estarlo vosotros si me decís qué hay que hacer?"

»"Debes jurar entonces por los huesos de tu padre, la honra de tu madre y por la cruz de tu fe", dijo él, "que no levantarás tu mano ni conspirarás contra nosotros ni ahora ni nunca."

»"Lo juro", respondí, "siempre y cuando no signifique comprometer la seguridad del fuerte."

»"En ese caso mi camarada y yo te juramos que recibirás un cuarto del tesoro y que se repartirá equitativamente entre nosotros cuatro."

»"Sólo somos tres", dije.

»"No. Dost Akbar debe recibir su parte. Te contaremos la historia mientras les esperamos. Ve a la puerta, Mahomet Singh, y avísanos cuando se aproximen. Las cosas han sucedido así, sahib, y te las cuento porque sé que para un *feringhee*[7] un juramento es algo serio y podemos confiar en ti. Si hubieses sido un hindú embustero, aunque hubieses jurado por todos tus dioses en sus falsos templos, tu sangre hubiese corrido por el cuchillo y tu cuerpo hubiese acabado en el agua. Pero los *sikhs* conocemos a los ingleses y los ingleses conocen a los *sikhs*. Escucha pues lo que tengo que decir.

»"En la provincia del norte vive un rajá muy rico a pesar de que su territorio es pequeño. Gran parte de sus riquezas las ha heredado de su padre y una parte mayor todavía las ha conseguido él mismo, pues es de baja naturaleza y prefiere acumular su dinero a gastarlo. Cuando comenzaron los problemas, él decidió que sería amigo del tigre y del león. Mantendría la amistad con los cipayos y con los ejércitos del gobernador. Sin embargo, muy pronto fue de la opinión de que los días del hombre blanco en esta tierra tocaban a su fin y que lo único que les esperaba era su derrota y su aniquilación. Como era un hombre muy previsor, decidió que, pasara lo que pasara, él conservaría al menos la mitad de su tesoro. Así pues guardó oro y plata en las cámaras de seguridad de su palacio y guardó las piedras preciosas y las perlas, todas ellas joyas de inestimable valor, en un cofre de hierro que confió al cuidado de un criado fiel, quien,

---

[7] *Feringhee*: Extranjero. En la India se llamaba así sobre todo a los nacidos en ese país de padres extranjeros.

disfrazado de comerciante debía venir hasta Agra y permanecer aquí hasta que el país esté en paz. Así, en caso de que los rebeldes ganasen, él conservaría su dinero. Y si era el ejército del gobernador el que triunfaba, sus joyas estarían a salvo. Cuando hubo dividido su fortuna de esta manera, se pasó al bando de los cipayos, que eran el bando fuerte en su zona. Fíjate sahib que al obrar así, sus bienes quedan a disposición de los que han permanecido fieles a su honor.

»"Este falso comerciante, que viaja bajo el nombre de Achmet, está ahora mismo en la ciudad de Agra y está intentando llegar hasta aquí. Tiene como compañero de viaje a mi hermanastro Dost Akbar, el cual conoce su secreto. Dost Akbar le ha prometido traerle esta noche hasta una puerta lateral del fuerte. Y ha elegido ésta. Aquí vendrá y aquí encontrará a Mahomet Singh y a mí mismo esperándole. Es un lugar solitario y nadie espera su llegada. El mundo no tendrá más noticias del mercader Achmet, pero dividiremos el gran tesoro del rajá entre nosotros. ¿Qué dices a ello, sahib?"

»En Worcestershire la vida de un hombre es algo sagrado e intocable, pero cuando estás rodeado de sangre y fuego las cosas se ven de manera muy distinta. El que Achmet viviera o muriera no era algo que a mí me importase, pero la mención del tesoro me hizo decidirme. Pensé en todo lo que podría hacer en mi patria con él, y cómo se quedaría mi gente cuando viera regresar al que ellos tenían por bala perdida con los bolsillos llenos de monedas de oro. Así que me decidí. Abdullah Khan, pensando que yo seguía indeciso, insistió:

»"Piensa sahib que si el comandante o el gobernador apresan a este hombre, será fusilado o ahorcado y sus bienes confiscados por el Gobierno y no aprovecharán a nadie. Así que si acabamos con él, ¿por qué no habríamos de quedarnos también con todo lo demás? Las joyas estarán igual de bien servidas con nosotros que en los cofres del ejército. Habrá bastantes joyas como para que los cuatro seamos ricos y poderosos. Nadie se enterará, puesto que aquí estamos aislados del resto de los hombres. ¿Qué podría ser mejor? Dime de nuevo sahib si estás con nosotros o si debemos considerarte nuestro enemigo."

»"Estoy con vosotros en cuerpo y alma", le dije.

»"Estupendo", dijo devolviéndome mi arma de fuego. "Puedes ver que confiamos en que, al igual que nosotros, cumplirás tu palabra. Sólo nos falta que aparezcan el mercader y mi hermano."

»"¿Sabe tu hermano lo que vais a hacer?", pregunté.

»"El plan es suyo. Él lo ha pensado todo. Vayamos a la puerta y acompañemos a Mahomet Singh."

»Era el principio de la estación de las lluvias y seguía lloviendo con insistencia. Nubarrones de color marrón se desplazaban por el cielo y era difícil ver más allá de un tiro de piedra. Delante de nosotros teníamos un profundo foso lleno de agua, pero el agua se había secado en algunas zonas y no resultaba difícil cruzarlo. Me resultaba extraño estar allí, junto a dos punjabíes salvajes, esperando a un hombre que se aproximaba a su muerte.

»De repente vi el resplandor de un farol al otro lado del foso. Se desvaneció entre los montículos y reapareció avanzando hacia nosotros.

»"¡Ahí están!", exclamé.

»"Salúdales como de costumbre", susurró Abdulah. "No levantes sus sospechas. Ordénanos que le acompañemos al interior y nos ocuparemos de todo mientras tú sigues de guardia aquí fuera. Prepárate para destapar el farol para que podamos asegurarnos de que se trata de nuestro hombre."

»Su farol había temblado mientras se aproximaban, deteniéndose y avanzando. Ahora podía ver a dos figuras oscuras justo al otro lado del foso. Les dejé bajar trastabillando a lo largo de la escarpada pendiente, chapotear en el agua y ascender hasta medio camino de nuestra ladera del foso antes de darles el alto.

»"¿Quién anda ahí?", dije con voz autoritaria.

»"Amigos", respondieron. Destapé mi farol y les iluminé. El primero de ellos era un *sikh* enorme y con una gran barba negra que le llegaba casi hasta la faja. Salvo en un circo jamás había visto a un hombre tan grande. El otro era un hombrecillo rechoncho que llevaba un turbante amarillo y en la mano un hatillo hecho con un chal. Parecía tiritar de miedo y sus manos temblaban como si tuviese paludismo. Movía la cabeza de derecha a izquierda y miraba a todos los lados con sus brillantes ojillos que no dejaban de parpadear. Parecía un ratoncito aventurándose fuera de su agujero. Me heló la sangre pensar en matarle, pero el recuerdo del tesoro endureció mi corazón como si fuese pedernal. Al ver que yo era un blanco dio un gritito de alegría y vino corriendo hacia mí.

»"¡Protégeme sahib!", suplicó. "¡Protege al pobre mercader Achmet! He viajado cruzando todo el territorio de Rajpootana para poder refugiarme en el fuerte de Agra. Me han pegado y maltratado por permanecer fiel al gobernador. Ésta es una noche afortunada, pues tanto yo como mis humildes posesiones estamos de nuevo a salvo."

»"¿Qué es lo que llevas en el hatillo?", pregunté.

»"Una caja de hierro", respondió, "que tan sólo contiene uno o dos objetos familiares que carecen de valor para cualquier otro, pero que a mí me dolería perder. Aun con todo no soy un simple pordiosero y sabré recompensarte, joven sahib. Y también a tu gobernador si me deja acogerme a su protección como deseo."

»Me di cuenta de que no podía arriesgarme a seguir hablando con aquel hombre. Cuanto más miraba aquel gordezuelo rostro lleno de terror, más difícil parecía asesinarle a sangre fría. Había que terminar con aquello cuanto antes.

»"Llevadle al cuerpo central de guardia", dije. Los dos *sikhs* se situaron uno a cada uno de sus lados y el gigante se situó tras él. Jamás ningún hombre estuvo tan rodeado por la muerte. Permanecí en la puerta con la luz.

»Escuché el caminar pausado de sus pies al atravesar los solitarios pasillos. De repente, se detuvieron. Escuché gritos y algo de lucha y golpes. Un instante después, para mi horror, escuché unos rápidos pasos acercándose a mí y la respiración agitada de un hombre que corría. Iluminé con mi farol el largo y estrecho pasadizo y allí estaba el grueso hombrecillo, corriendo como el viento y con una mancha de sangre cubriendo su cara. Pisándole los talones, corriendo como si fuese un tigre persiguiendo una presa, pude ver al enorme *sikh* de la barba negra. Un cuchillo brillaba en su mano. Nunca he visto a un hombre correr tan deprisa como al pequeño comerciante. Empezaba a sacarle mucha ventaja al *sikh* y me di cuenta de que una vez saliese al aire libre por donde yo estaba, estaría a salvo. Sentí compasión por él, pero al pensar en su tesoro, me volví insensible y pétreo. Le hice la zancadilla con mi mosquete cuando pasó por mi lado. Rodó como un conejo. Antes de que pudiera ponerse en pie, el *sikh* le hundió dos veces su cuchillo en el costado. En ningún momento hizo ni el menor ruido ni movió un músculo, permaneció quieto en el lugar en el que había caído. Creo que debió romperse el cuello al caer. Ya ven, caballeros, que mantengo mi promesa de referirles las cosas tal como sucedieron, tanto si son en mi favor como si no.»

Se detuvo y alargó sus manos maniatadas para coger el vaso de whisky con agua que Holmes le había servido. Confieso que ahora detestaba profundamente a este hombre, no sólo por el horrible crimen a sangre fría que acababa de relatarnos, sino por la manera despreocupada y sin darle la menor importancia con la que la narraba. Cualquiera que fuera el castigo que le esperase, yo desde luego no iba a sentir la menor compasión por él. Sherlock Holmes y Jones permanecían sentados con las manos reposando sobre sus rodillas, escuchando atentamente el relato con una expresión de desagrado en sus rostros. Tuvo que darse cuenta de ello, porque apareció un deje de desafío en su voz y en su actitud cuando continuó.

—Estuvo mal, no voy a discutirlo —dijo—. Pero me gustaría saber cuántos en mi pellejo habrían rechazado un pellizco del botín, sabiendo que a cambio de sus remilgos sólo conseguirían que les rebanasen el cuello. Además, en cuanto entró en el fuerte era mi vida o la suya. Si se hubiese escapado, todo el asunto se hubiese hecho público, se me hubiese hecho un consejo y hubiese tenido tantas posibilidades de ser fusilado como de no serlo. En aquellos momentos la gente no era muy indulgente.

—Prosiga —dijo Holmes con sequedad.

—Bien, le metimos dentro del fuerte entre Abdullah, Akbar y yo. Pesaba mucho para la poca estatura que tenía. Mahomet Signh se quedó de guardia a la puerta. Le llevamos a un lugar que los *sikhs* habían preparado con anterioridad. Estaba alejado y se llegaba a él tras un recodo en un pasadizo que desembocaba en una amplia sala vacía cuyas paredes de ladrillo se estaban desmoronando. El suelo se había hundido en un punto, con lo que teníamos una tumba natural para Achmet. Una vez le metimos dentro, cubrimos su cuerpo con ladrillos sueltos. Tan pronto como acabamos, volvimos a ocuparnos del tesoro.

»Se había quedado en el mismo sitio donde Achmet cayó por primera vez al ser atacado. La caja es el mismo cofre que tienen ustedes sobre la mesa. De ese asa labrada en su parte superior colgaba un cordón de seda del que pendía una llave. Lo abrimos y bajo la luz de nuestro farol brilló una colección de gemas como sobre las que había leído y con las que había soñado cuando era un niño en Pershore. Era cegador contemplarlas. Una vez saciamos nuestros ojos con ellas, confeccionamos una lista. Había ciento cuarenta y tres diamantes de la mejor calidad, entre los que hay que incluir uno al que creo que han dado el nombre de "Gran Mogol" y del que se dice que es el segundo más grande que ha existido jamás. Además había noventa y siete extraordinarias esmeraldas y ciento setenta rubíes, algunos de los cuales eran de pequeño tamaño. Había también cuarenta carbúnculos, doscientos diez zafiros, sesenta y una ágatas y una gran cantidad de berilios, ónix, ojos de tigre, turquesas y otras muchas piedras cuyos nombres yo no sabía entonces, aunque me he familiarizado con ellos desde entonces. Además, había también casi trescientas perlas magníficas, doce de las cuales formaban parte de una tiara de oro. Por cierto, esta última ha desaparecido y no he podido recuperarla.

»Una vez hicimos recuento de nuestros bienes, volvimos a ponerlos de vuelta dentro de su caja y lo llevamos hasta la puerta para que Mahomet Singh pudiera verlo. Renovamos allí solemnemente nuestro juramento de permanecer unidos y no desvelar nuestro secreto a nadie. Acordamos esconder el botín en lugar seguro hasta que el país se calmase y dividirlo entonces en partes iguales entre nosotros. No tenía sentido repartirlo entonces, pues si nos encontraban piezas de tal valor encima, despertaríamos sospechas y tampoco había en el fuerte un lugar que garantizase suficiente privacidad. Llevamos por tanto la caja a la misma sala donde habíamos enterrado el cadáver y allí, bajo unos ladrillos en una de las paredes en mejor estado, hicimos un agujero y escondimos nuestro tesoro. Nos fijamos cuidadosamente en el lugar y al día siguiente dibujé cuatro planos, uno para cada uno de nosotros, y puse nuestras cuatro firmas debajo, pues habíamos jurado actuar siempre conjuntamente y que ninguno intentaría nunca aprovecharse de los demás. Y puedo jurar solemnemente que jamás he faltado a mi promesa.

»No hace falta que les cuente, caballeros, cómo terminó el motín en la India. Una vez Wilson tomó Delhi y sir Colin liberó Lucknow, la retaguardia rebelde quedó desarbolada y comenzaron a llegar tropas de refresco. Nana Sahib huyó a través de las fronteras. Una veloz columna de soldados bajo el mando del coronel Greathed llegó a Agra y echó de allí a todos los rebeldes. Parecía que la paz llegaba al país y los cuatro comenzábamos a creer que por fin llegaba el momento de marcharnos de allí cada uno con su parte del tesoro. Sin embargo, sin previo aviso, nuestras esperanzas se desvanecieron, pues fuimos arrestados acusados de haber asesinado a Achmet.

»Esto es lo que pasó. El rajá confió sus piedras preciosas a Achmet porque sabía que era un hombre fiel. Pero los hombres en Oriente son muy desconfiados, así que puso a un segundo hombre de aún más confianza a seguir al primero y espiarle. Este segundo hombre recibió la orden de no perder jamás de vista a Achmet y seguirle como si fuese su sombra. Estaba tras él aquella noche y le vio atravesar la puerta. Naturalmente, pensó que había buscado refugio en el fuerte y él mismo solicitó poder refugiarse también en el fuerte. Al día siguiente buscó a Achmet, pero no fue capaz de encontrar ni rastro de él. Le pareció algo tan raro que se lo contó al sargento de exploradores, quien se lo contó al comandante. Se realizó una búsqueda a fondo y apareció el cadáver. Así que en el mismo momento en el que pensábamos que por fin estábamos a salvo, fuimos detenidos y juzgados por asesinato. Tres de nosotros por estar de vigilancia en la puerta por la que entró y el cuarto por ser su acompañante. En el juicio no se dijo ni una palabra sobre las joyas, pues el rajá había sido depuesto y expulsado del país, con lo que no quedaba nadie que supiese de su existencia. El asesinato, en cambio, era algo probado y era obvio que nosotros cuatro habíamos estado implicados en él. Los tres *sikhs* fueron condenados a trabajos forzados de por vida y yo fui condenado a muerte, aunque más tarde me conmutaron la pena por la de trabajos forzados de por vida también.

»Nos encontrábamos en una situación singular. Estábamos atados de pies y manos con escasas posibilidades de escapar de nuestra situación y cada uno de nosotros conocía un secreto que, de haber podido disponer de él, nos hubiese permitido vivir en un palacio. Era como para volverse loco, estar allí aguantando los golpes de cualquier miserable uniformado, comer arroz y agua y saber que una magnífica fortuna estaba esperando que alguien dispusiera de ella. Podría haber enloquecido, pero siempre fui muy terco; así que me limité a esperar mi oportunidad.

»Y al final, ésta pareció llegar. Me transfirieron de Agra a Madrás y de allí a la isla Blair en las Andamán. Hay muy pocos prisioneros blancos allí y además mi conducta desde el primer momento había sido irreprochable, con lo que conseguí algunos privilegios. Me asignaron una choza en Hope Town, un asentamiento reducido en la ladera del monte Harriet, y me dejaron bastante en paz. Es un sitio bastante deprimente, muy castigado por las fiebres y rodeado por pueblos de caníbales muy peligrosos que disparaban dardos envenenados contra nosotros a la menor oportunidad. Teníamos que cavar zanjas, construir diques, cultivar ñames y muchas cosas más, así que estábamos bastante ocupados todo el día. Al caer la tarde disponíamos de algo de tiempo libre. Entre otras cosas, el médico me enseñó a preparar algunos medicamentos y aprendí algunas nociones de medicina. Me pasaba el tiempo buscando mi oportunidad de escapar, pero ese sitio está a cientos de millas de tierra firme y casi no hay viento para navegar. Era condenadamente difícil salir de allí.

»El médico, el doctor Somerton, era un tipo joven, extravertido y activo. Los demás oficiales jóvenes solían ir a sus habitaciones a jugar a las cartas por las tardes. La enfermería, que era donde yo preparaba los medicamentos, estaba al lado de la sala de estar del doctor, comunicada con ella por una pequeña ventana. A veces, cuando me sentía solo, apagaba la luz de la enfermería y permanecía allí, viendo cómo jugaban y escuchando sus conversaciones. Me gusta jugar a las cartas y ver jugar a otros es casi tan bueno como jugar. Los jugadores habituales eran el capitán Morstan, el mayor Sholto y el teniente Bromley Brown, todos ellos al mando de los soldados nativos; el doctor y dos o tres carceleros, buenos jugadores todos ellos y nada fulleros. Formaban un grupo muy agradable.

»Sólo una cosa me llamó desde el primer momento la atención: los soldados solían perder prácticamente siempre y los civiles solían ganar. No estoy diciendo con esto que hubiera algo raro en el juego, pero así eran las cosas. La verdad es que los guardianes no habían hecho apenas nada distinto a jugar a las cartas desde que llegaron a las Andamán y conocían perfectamente cada uno de ellos el juego del otro, mientras que los demás jugadores sólo jugaban por jugar y no se preocupaban en exceso de cómo tiraban las cartas. Cada noche que pasaba, los soldados abandonaban la mesa de juego siendo un poco más pobres y, cuanto más dinero perdían, más ganas de jugar tenían. El mayor Sholto era el que más pasión demostraba. Empezó saldando sus deudas a base de billetes y monedas de oro, pero al poco tiempo acabó dando pagarés por grandes sumas de dinero. De cuando en cuando ganaba durante un par de manos, como para darle confianza, y a continuación empezaba a perder más dinero que nunca. Pasaba el día andando por ahí, enfurecido. Y empezó a beber más de la cuenta.

»Una noche perdió más de lo habitual. Estaba sentado en mi choza cuando les oí a él y a Morstan, pues eran inseparables, pasar dando tumbos hacia sus habitaciones. El mayor se lamentaba de todo el dinero que había perdido.

»"Se acabó, Morstan", decía al pasar al lado de mi choza. "Tendré que presentar la dimisión, estoy completamente arruinado."

»"Tonterías, viejo amigo", dijo el otro, dándole una palmada en el hombro. "Yo tampoco he tenido suerte, pero..." Eso es todo lo que pude oír, pero me bastó para que se me ocurriese una idea.

»Unos días más tarde el mayor Sholto paseaba por la playa. Y me acerqué a hablar con él.

»"Necesito que me aconseje, mayor", le dije.

»"Tú dirás, Small", me contestó sacando el puro de su boca.

»"Quiero preguntarle", le dije "a quién cree usted que debería entregársele un tesoro escondido. Sé dónde se encuentra oculto uno por valor de medio millón de libras esterlinas, y ya que yo no puedo disponer de él, quizá lo mejor sería que lo entregase a las autoridades. Con ello tal vez conseguiría reducir mi sentencia."

»"¿Has dicho medio millón, Small?", dijo sin aliento. Me miraba fijamente, como para ver si mentía.

»"Sí, señor. Aproximadamente ese valor en piedras preciosas y perlas. Y lo más peculiar de todo es que su legítimo dueño es un proscrito que no puede reclamar ningún derecho sobre él. Así que pertenece a quien se haga con él."

»"Al Gobierno, Small", tartamudeó Sholto, "al Gobierno." Pero lo dijo de manera entrecortada y me di cuenta de que acababa de hacerle picar el anzuelo.

»"Señor, ¿cree entonces que debería informar al gobernador general?", pregunté tranquilamente.

»"Bueno, no creo que debas apresurarte o podrías arrepentirte. Cuéntame la historia, Small; dame todos los detalles."

»Le conté nuestra historia, introduciendo algún pequeño cambio para que no pudiera identificar los lugares en donde sucedían las cosas. Cuando terminé, permaneció quieto y pensativo. Le temblaban los labios y me di cuenta de que en su interior se libraba un feroz combate.

»"Se trata de un asunto muy importante, Small", dijo finalmente. "No debes decirle nada a nadie. Volveremos a vernos muy pronto."

»Dos noches después, él y su amigo el capitán Morstan vinieron con una luz en lo más oscuro de la noche hasta mi choza.

»"Quiero que el capitán Morstan escuche de tus labios lo mismo que me has contado a mí", me dijo.

»Repetí la misma historia que ya le había contado a él.

»"Parece verdad, ¿no es cierto?", dijo. "¿Crees que deberíamos hacer algo?"

»El capitán Morstan asintió.

»"Mira Small", dijo el mayor, "mi amigo y yo hemos estado hablando de este asunto y hemos llegado a la conclusión de que este secreto tuyo no concierne al Gobierno en absoluto, después de todo. Es asunto tuyo y eres tú quien debe decidir lo que deseas hacer con él. La cuestión es, ¿qué precio le pones? Estamos dispuestos a ayudarte si llegamos a un acuerdo." Intentó expresarse de manera fría e impersonal, pero estaba muy excitado y la codicia brillaba en sus ojos.

»"En fin, señores", respondí intentando sonar frío, pero lleno de la misma excitación que él, "dada mi posición sólo puedo hacer una oferta. Necesito que ustedes nos ayuden a mí y a mis compañeros a ganar nuestra libertad. Les incluiremos en nuestra sociedad y les daremos un quinto del tesoro para que lo dividan entre ustedes dos."

»"Vaya, un quinto", dijo. "No es una oferta muy tentadora."

»"Significa cincuenta mil libras esterlinas para cada uno de ustedes", les dije.

»"¿Pero cómo podemos conseguir que quedéis libres? Sabes de sobra que pides un imposible."

»"En absoluto", respondí. "Lo he planeado al detalle. El único inconveniente que impide nuestra fuga es la falta de una barca con las características adecuadas y provisiones para un viaje tan largo. Pero en Calcuta o Madrás hay innumerables yates o yolas que son perfectas para nuestro propósito. Traiga una hasta aquí. Nosotros nos encargaremos de subir a ella cuando sea de noche y, si nos desembarca en cualquier punto de la costa india, habrá cumplido con su parte del trato."

»"Si se tratase de ayudar a escapar a sólo una persona", dijo.

»"Todos o ninguno", respondí. "Lo hemos jurado. Siempre actuaremos juntos."

»"¿Lo ves, Morstan? Small es de fiar: no quiere traicionar a sus compañeros. Podemos confiar en él."

»"Es un asunto complicado", respondió éste, "pero, como dices, el dinero evitará que seamos destituidos."

»"Bien, Small", dijo el mayor, "supongo que debemos intentarlo. Aunque antes debemos verificar tu historia. Dime dónde está escondido el cofre, pediré un permiso para ir al continente con el barco mensual y comprobaré lo que dices."

»"No tan rápido", le dije, demostrando cada vez más desinterés a medida que él se apasionaba. "Mis camaradas deben estar conformes con el plan. Ya les he dicho que actuamos como un solo hombre."

»"¡Tonterías!", gritó. "¿Qué pintan tres moros en este asunto?"

»"Moros o cristianos", le dije, "están conmigo en esto y somos todos o ninguno."

»La cosa terminó con un segundo encuentro en el que también estuvieron presentes Mahomet Singh, Abdullah Khan y Dost Akbar. Discutimos el asunto una vez más y por fin llegamos a un acuerdo. Daríamos a cada uno de los dos oficiales un plano de parte del fuerte de Agra, indicando dónde estaba escondido el tesoro. El mayor Sholto iría a la India a comprobar la veracidad del relato y, si encontraba la caja, debía dejarla allí, enviarnos un pequeño yate con provisiones para nuestro viaje a la isla Rutland, quedando de nuestra cuenta el conseguir abordarlo y, finalmente, regresar a su puesto. Entonces el capitán Morstan pediría un permiso y se reuniría con nosotros en Agra, donde por fin repartiríamos el tesoro y le daríamos a él la parte del mayor y la suya. Sellamos nuestro acuerdo con los juramentos más solemnes que la mente pueda concebir y los labios profesar. Permanecí despierto toda la noche, dibujando, y por la mañana tuve listos los dos planos, en los que incluí las firmas de nosotros cuatro, esto es, las de Abdullah, Akbar, Mahomet y la mía.

»En fin, señores, no quiero aburrirles con mi largo relato y sé que mi amigo Jones arde en deseos de encerrarme en el trullo. Intentaré resumir lo que queda tanto como me sea posible. Sholto resultó ser un traidor que embarcó hacia la India y jamás regresó. Poco tiempo después el capitán Morstan me mostró su nombre entre los de los pasajeros de un barco correo. Su tío había fallecido dejándole en herencia una fortuna y había abandonado el ejército. Y cayó tan bajo como para tratar a cinco hombres como nosotros. Morstan fue al poco tiempo a Agra y, como esperábamos, descubrió que el tesoro ya no estaba allí. El miserable lo robó sin tener en cuenta ni una de las condiciones bajo las cuales le vendimos nuestro secreto. A partir de ese momento viví sólo para vengarme. Pensaba en ello durante el día y soñaba con ello por la noche. Pasó a ser una obsesión que me absorbía por completo. La ley o la horca empezaron a darme igual. Mi único pensamiento era conseguir escapar, encontrar a Sholto y acabar con él. El tesoro de Agra pasó a ser algo secundario comparado con matar a Sholto.

»Me he propuesto muchas cosas en mi vida y no hay ni una sola que no haya conseguido llevar a cabo. Pero tuve que esperar muchos años antes de que llegase mi oportunidad. Ya le he contado que había aprendido algo de medicina. Un día que el doctor Somerton estaba indispuesto a causa de las fiebres, un equipo de prisioneros trajo a uno de los pequeños nativos de la isla a quien habían encontrado en el bosque. Estaba muy enfermo y se había retirado a un lugar tranquilo para morir. A pesar de que era peligroso como una serpiente, me ocupé de él y al cabo de un par de meses había conseguido curarle y ya era capaz de caminar de nuevo. Me cogió cariño y no quiso regresar al bosque, sino que prefirió quedarse rondando mi choza. Aprendí algo de la jerigonza que él hablaba y eso le hizo tomarme aún más aprecio.

»Tonga —ése era su nombre— era un magnífico remero y tenía una estupenda y amplia canoa. Cuando me convencí de que sentía auténtica devoción por mí y de que haría cualquier cosa con tal de ayudarme, vi una posibilidad de escapar. Le conté mis planes. Una noche en concreto debía llevar su canoa a un muelle que nunca estaba vigilado y recogerme a mí allí. Le di instrucciones para que llevara varias calabazas con agua y muchos ñames, boniatos y cacahuetes.

»El pequeño Tonga era un amigo incondicional y fiel. Ningún hombre ha tenido un compañero más fiel que él. La noche acordada llevó su bote al muelle. Sin embargo, esa noche apareció por allí uno de los guardias, un desgraciado *pashto* que nunca había desperdiciado la oportunidad de insultarme o golpearme. Siempre juré vengarme de él, y por fin se presentaba mi oportunidad. Su propio destino le puso en aquel lugar aquella noche de forma que pudiéramos saldar deudas antes de que me marchase de aquella isla. Permanecía en la orilla de espaldas a mí y con la carabina al hombro. Busqué con la mirada una piedra con la que abrirle la cabeza, pero no vi ninguna por allí.

»En ese momento tuve un idea algo extraña y descubrí un arma. Me senté allí mismo en la oscuridad y desaté mi pierna de madera del muñón. Me bastaron tres largos saltos para estar junto a él. Se llevó la carabina al hombro, pero le golpeé con fuerza y le hundí la frente. Pueden ver la señal del golpe en mi pierna. Ambos caímos al suelo, pues perdí el equilibrio. Cuando me levanté, comprobé que no se movía. Llegué hasta el bote y en una hora ya estábamos en alta mar. Tonga había traído todas sus posesiones con él, sus armas y sus dioses. Entre otras cosas, llevaba una larga lanza de bambú y una especie de estera típica de las Andamán tejida con fibra de coco, con las que hice algo parecido a una vela. Durante diez días navegamos confiando en la suerte y el undécimo nos recogió un carguero que iba de Singapur a Jiddah y transportaba peregrinos malayos. Era una gente muy rara y Tonga y yo no tuvimos problemas para que nos aceptasen entre ellos. Tenían una gran virtud: no hacían preguntas.

»En fin, si tuviese que relatar todas las vicisitudes por las que pasamos el pequeño Tonga y yo no me estarían agradecidos, pues les tendría despiertos hasta el amanecer. Recorrimos el mundo dando tumbos de un lado a otro sin conseguir llegar a Londres. En todo ese tiempo, no olvidé mi propósito. Soñaba con Sholto por las noches. Le he debido matar cientos de veces durante mi descanso. Y por fin, hace tres o cuatro años, conseguimos llegar a Londres. No me costó trabajo averiguar dónde vivía Sholto y decidí averiguar si había dado buena cuenta del tesoro o todavía lo conservaba. Me hice amigo de alguien que podría ayudarme —no diré nombres, pues no deseo perjudicar a nadie— y pronto descubrí que las joyas seguían en su poder. Intenté llegar a él en varias ocasiones, pero era astuto y siempre le acompañaban para protegerle dos boxeadores, además de sus hijos y su *khitmutgar*.

»Un día recibí noticias de que se moría. Corrí hacia su jardín furioso ante la idea de que se escapase de mis garras de semejante manera. Al mirar por la ventana vi que se moría. Cada uno de sus hijos estaba a un lado de su lecho. Hubiese entrado a acabar con él, sin pensar en la suerte que correría yo cuando vi que su mandíbula caía y supe que acababa de morir. Esa misma noche entré en su habitación y revolví entre sus papeles con la esperanza de descubrir el paradero del tesoro. No encontré nada y me marché, amargado y furioso como ningún otro hombre lo estuvo jamás. Antes de marcharme decidí, por si alguna vez volvía a reunirme con mis compañeros *sikh*, que a ellos les gustaría saber que había dejado alguna señal de nuestro odio. Así que escribí en un papel nuestras cuatro firmas, tal como habían estado escritas en el plano y sujeté el papel a su pecho. Me pareció excesivo que se marchase a la tumba sin ni rastro siquiera de los hombres a los que había engañado y robado.

»Por aquella época nos ganábamos la vida exhibiendo al pobre Tonga por las ferias y sitios similares como "el caníbal negro". Comía algo de carne cruda y bailaba alguna de sus danzas tribales y con eso sacábamos un puñado de monedas al día con el que sobrevivir. Seguía al tanto de lo que sucedía en Pondicherry Lodge y durante años no hubo novedades, excepto que andaban tras el tesoro. Por fin, sucedió lo que esperé durante tanto tiempo, encontraron el tesoro. Estaba en la parte alta de la casa, en el laboratorio químico del señor Bartholomew Sholto. Fui de inmediato a inspeccionar el lugar, pero me di cuenta de que mi pata de palo me impedía el acceso. Me dijeron que existía una trampilla en el techo y la hora a la que Sholto bajaba a cenar. Me pareció que con la ayuda de Tonga el asunto era sencillo. Le llevé allí y rodeé su cintura con una larga cuerda. Él era capaz de trepar como un gato y llegó rápidamente hasta el tejado, pero la mala suerte quiso que Bartholomew Sholto estuviera todavía en aquella habitación. Y eso le costó la vida. Tonga estaba seguro de que al matarle había hecho una gran acción, pues cuando terminé de trepar por la cuerda le vi pavonearse por la habitación como un pavo real. Se sorprendió muchísimo cuando le azoté con la cuerda y le insulté por ser un maldito diablo sediento de sangre. Cogí el cofre del tesoro y lo bajé, entonces descendí yo. Pero antes dejé nuestras cuatro firmas sobre la mesa, para dejar constancia de que las piedras preciosas habían llegado por fin a sus legítimos propietarios. Tonga subió la cuerda, cerró la ventana y salió de la misma forma que había entrado.

»No sé si me queda algo por contarles. Había oído a un barquero hablar de lo rápida que era la lancha de Smith, el *Aurora*, y pensé que podría resultarnos útil para huir. Hablé con Smith y le dije que le daría una gran cantidad de dinero por llevarnos sanos y salvos hasta nuestro barco. Se dio cuenta sin duda de que había algo que no le conté, pero jamás supo nada. Esto es la pura verdad, y si se lo cuento todo caballeros, no es para entretenerles, pues ustedes no me han sido precisamente de mucha ayuda, sino porque estoy convencido que la mejor manera de defenderme es no ocultar nada, sino contar al mundo lo mal que el mayor Sholto se portó conmigo y lo poco que tuve que ver con la muerte de su hijo.»

—Un relato muy interesante —dijo Sherlock Holmes—. Y con una conclusión acorde. No ha habido nada nuevo para mí en la última parte de su relato, excepto el hecho de que llevó con usted su propia cuerda. Eso no lo sabía. Por cierto, pensaba que Tonga había perdido todos sus dardos y, sin embargo, nos disparó uno desde la lancha.

—Los perdió todos, señor, con excepción del que quedaba en la cerbatana.

—Claro, naturalmente —dijo Holmes—. No se me ocurrió.

—¿Desea hacerme alguna otra pregunta? —dijo amablemente el prisionero.

—No, muchísimas gracias —respondió Holmes.

—Bien, Holmes —dijo Athelney Jones—, hay que seguirle a usted su voluntad y es usted un experto en criminología, pero el deber es el deber y me he pasado ya de la raya satisfaciendo sus caprichos. Me sentiré mucho más tranquilo en cuanto tenga a este cuentacuentos encerrado. Tengo un coche y dos policías esperándome abajo. Estoy en deuda con usted por su ayuda. Se le llamará al estrado durante el juicio, naturalmente. Buenas noches.

—Buenas noches, caballeros —dijo Jonathan Small.

—Usted primero, Small —dijo Jones cuando salían por la puerta—. No quiero que me dé con su pierna de palo o lo que quiera que le hiciera al caballero de las Andamán.

—Y aquí termina la historia —dije después de que hubiésemos permanecido un rato fumando en silencio—. Creo que será la última vez en que tendré la oportunidad de ver su método de trabajo. La señorita Morstan me ha hecho el honor de aceptarme como esposo.

Lanzó un triste gruñido.

—Me lo temía —dijo—. Francamente, no puedo darle la enhorabuena.

Me sentí algo herido.

—¿Tiene algún motivo para no aprobar mi elección? —pregunté.

—Ninguno en absoluto. Creo que es una de las damas más encantadoras que he tenido nunca el placer de conocer y que su manera de actuar ha resultado de lo más conveniente para la satisfactoria resolución del caso. Ha sido muy hábil. Recuerde cómo apartó el plano de Agra de los demás papeles de su padre y lo guardó. Pero el amor es algo emocional. Y todo lo que sea emocional se opone a la razón pura, que para mí es lo más importante del mundo. Jamás me casaré, a no ser, claro, que pierda el juicio.

—Creo —dije riéndome— que mi juicio podrá sobrevivir a la experiencia. Parece usted cansado.

—Sí, sufro las consecuencias. Estaré hecho un trapo durante unas semanas.

—Es raro —dije— que los episodios de lo que en cualquier otro hombre recibiría el nombre de pereza, se alternen en su caso con episodios de extraordinaria energía y vigor.

—Sí —respondió—, llevo en mí a un auténtico holgazán y a un trabajador incansable. A veces pienso en esas frases de Goethe: *Schade dass die Natur nur einen Mensch aus dir schuf, Denn zum würdigen Mann war zum Schelmen der Stoff*[8]. Por cierto, a propósito del asunto éste de Norwood, como ya le dije tenían un cómplice en la casa: Lal Rao, el mayordomo. Así que a Jones le cabe el indiscutible honor de haber cazado a uno de los culpables en su redada.

—Me parece que el reparto no es justo —comenté—. Usted ha hecho todo el trabajo en este asunto. Yo consigo una esposa, Jones todo el mérito y ¿qué queda para usted?

—A mí —dijo Holmes— siempre me quedará el frasco de cocaína —y alargó su larga y blanca mano para cogerlo.

---

[8] Habría sido una lástima que la Naturaleza sólo hubiese creado a partir del mismo material un único tipo de hombre, del esposo al golfo.

El regreso de Sherlock Holmes

LA AVENTURA DE LOS SEIS NAPOLEONES

No resultaba extraordinario que el señor Lestrade, de Scotland Yard, viniese a vernos una tarde. Sus visitas eran siempre gratas para Sherlock Holmes, porque le permitían estar al tanto de lo que ocurría en el cuartel general de la policía. En compensación por las noticias que Lestrade nos traía, Holmes siempre estaba dispuesto a escuchar los detalles de algún caso en que estuviera envuelto el inspector, y era capaz de descubrir, sin ninguna intervención directa, algún detalle interesante, merced a su profundo conocimiento y experiencia.

Esa tarde, en particular, Lestrade nos había hablado del tiempo y de las noticias de los periódicos, quedándose después pensativo y en silencio, mientras fumaba.

Holmes le miró inquisitivamente y le interpeló:

—¿Algo interesante entre manos?

—No, señor Holmes, nada de particular.

—Entonces, hábleme de ello.

Lestrade sonrió.

—Bien, señor Holmes, no puedo negar que estoy dándole vueltas a algo. Es un asunto tan absurdo que no me he atrevido a hablarle de él, pero por otra parte, aunque trivial, es extraño y sé que usted siente predilección por todo lo que se sale de lo corriente. En mi opinión, está más en la línea del doctor Watson que en la nuestra.

—¿Enfermedad? —pregunté.

—Probablemente, locura y, además, extraña. Seguramente no creerá usted que en esta época haya alguien con tanto odio a Napoleón I que rompa cualquier retrato suyo que encuentre.

Holmes se retrepó en su sillón.

—No es un asunto que me atraiga —dijo.

—Eso mismo pensé yo, pero cuando el individuo roba figuras que no son suyas para romperlas, deja de ser problema del médico y pasa a serlo de la policía.

Holmes se enderezó nuevamente.

—¡Robo! Esto es más interesante. Cuénteme los detalles.

—El primer caso se presentó hace cuatro días. Ocurrió en la tienda de Morse Hudson, que tiene un negocio de venta de cuadros y estatuas en Kensington Road. El ayudante de Hudson había pasado a la trastienda por un momento, cuando oyó en la tienda un gran estrépito; salió rápidamente y se encontró en el suelo, hecho añicos, un busto de Napoleón que estaba encima del mostrador, junto con otras obras de arte. Salió rápidamente a la calle y aunque varios transeúntes declararon que habían visto a un hombre salir corriendo de la tienda, no pudo divisar a nadie ni encontrar el medio de identificar al autor. Parecía ser uno de esos actos de gamberrismo, sin sentido, que tienen lugar de cuando en cuando, y como tal se consideró al darle cuenta a un guardia. La figura de yeso no valía más que unos cuantos chelines y no se estimó que el asunto justificase una investigación. El segundo caso, sin embargo, fue más serio y también más singular. Sucedió la noche pasada. En Kensington Road, a unos cientos de yardas de la tienda de Morse Hudson, vive un médico muy conocido, el doctor Barricot, que tiene una gran clientela en el lado sur del Támesis. Su residencia y su consulta están en Kensington Road, pero tiene una clínica quirúrgica en Lower Brixton Road, unas dos millas más lejos. Este médico es un admirador de Napoleón y su casa está llena de libros, cuadros y reliquias del emperador francés. Hace poco tiempo le compró a Morse Hudson dos duplicados en yeso de la cabeza de Napoleón, obra del escultor francés Devine, colocando uno en el recibidor de la casa de Kensington y otro en la chimenea de la clínica de Lower Brixton. Pues bien, cuando el doctor Barricot bajó esta mañana a la consulta, descubrió que habían entrado en la casa durante la noche, pero que no habían tocado nada, excepto el busto de yeso del recibidor. Lo habían arrastrado y luego lo estrellaron contra la valla del jardín, tras de la cual se han encontrado fragmentos esta mañana.

Holmes se frotó las manos.

—Es un asunto verdaderamente novelesco.

—Pensé que le interesaría, pero no he acabado todavía. El doctor Barricot fue a la clínica a las doce, y cuál no sería su asombro al ver que durante la noche alguien entró por una ventana y le había hecho pedazos su segundo busto. En ninguno de los dos casos se encontró nada que nos pudiera orientar sobre el móvil de semejante fechoría. Y éstos son los hechos, señor Holmes.

—Son singulares, por no decir grotescos —dijo Holmes—. ¿Me puede decir si los dos bustos del doctor Barricot eran iguales al que fue destrozado en la tienda del señor Hudson?

—Fueron sacados del mismo molde.

—Tal hecho está en contra de la teoría de que el hombre que los rompe tiene un odio irrazonable contra Napoleón, ya que si consideramos los cientos de estatuas del emperador que hay en Londres, resulta muy aventurado suponer que un vulgar iconoclasta va a empezar a actuar sobre tres ejemplares del mismo busto.

—Eso mismo pensé yo —respondió Lestrade—. Pero, por otra parte, Morse Hudson es el único proveedor de bustos en este sector de Londres y los tres habían permanecido en su tienda durante cinco años, de manera que, aunque haya muchos cientos de estatuas en Londres, es muy probable que estas tres fuesen las únicas en el distrito y que un fanático local empezase por ellas. ¿Qué opina usted, doctor Watson?

—Las formas que puede adoptar la monomanía son muy variadas —contesté—. Está lo que los psiquiatras franceses modernos llaman la «idée fixe», que puede darse en cualquier hombre y estar acompañada de una salud mental completa en todos los demás aspectos. Un hombre que haya estudiado mucho a Napoleón o, por ejemplo, cuya familia sufriera cualquier agravio hereditario en la época de la gran guerra, puede tener tal «idée fixe» y, bajo su influencia, ser capaz de las mayores atrocidades.

—Esa explicación no sirve, querido Watson —dijo Holmes sacudiendo la cabeza—, porque ninguna clase de «idée fixe» haría capaz a su interesante monomaníaco de descubrir adónde habían ido a parar los tres bustos.

—Bien, y ¿cómo lo explica usted?

—No intento explicarlo. Sólo observaría que hay cierto método en los excéntricos procedimientos de este caballero. Por ejemplo, en el salón del doctor Barricot, donde cualquier ruido pondría sobre aviso a la familia, el busto fue sacado antes de romperlo, mientras que donde había menos peligro de alarma fue destrozado en el mismo sitio que ocupaba. Yo no consideraría este asunto como un caso trivial, y se lo digo porque algunos de mis casos más interesantes tuvieron, en sus comienzos, indicios menos reveladores que éste. Recordará usted, Watson, que en el trágico caso de la familia, lo primero que me llamó la atención fue la profundidad a que se había hundido el perejil en la mantequilla, en un día caluroso. No puedo, por tanto, sonreír ante sus tres bustos rotos, Lestrade, y le estaré muy agradecido si me tiene al corriente de cualquier novedad en esta singular cadena de acontecimientos.

La noticia vino más rápida y trágicamente de lo que mi amigo pudiera haberse imaginado. A la mañana siguiente, estaba vistiéndome en mi habitación, cuando entró Holmes con un telegrama en la mano y me lo leyó en voz alta.

«Venga en seguida al 131 de Pitt Street, Kebsington. LESTRADE.»

—¿Qué pasa? —pregunté.

—No lo sé. Quizá sea otra cosa, pero sospecho que es la continuación de la historia de las estatuas. Parece que nuestro amigo el destrozabustos ha ampliado sus operaciones a otro barrio de Londres. Hay café en la mesa y tengo un coche esperándonos en la calle.

En media hora habíamos llegado a Pitt Street, que era un tranquilo remanso entre las animadas avenidas de Londres. El número 131 formaba parte de una hilera uniforme de respetables y muy poco románticas casas en forma de caja.

Cuando nos acercábamos, vimos ante la verja un gran número de curiosos. Holmes dio un silbido.

—¡Por San Jorge! Será un intento de homicidio. Por menos de eso no se detiene un recadero en Londres. Se advierte que ha tenido lugar un acto de violencia; mire a ese muchacho con los hombros hacia delante y el cuello estirado. ¡Pero qué es esto! Las pisadas aquí mojadas y allí secas. ¡Demasiadas pisadas, de todos modos! Ahí está Lestrade, en la ventana delantera; pronto sabremos todo.

El oficial nos recibió con rostro grave y nos condujo a un cuarto de estar, donde un anciano, totalmente despeinado y vestido con un batín de franela, se paseaba agitadamente de un lado a otro de la habitación. Nos fue presentado como Horacio Harker, dueño de la casa y presidente del sindicato de la prensa central.

—Es el asunto del busto de Napoleón, otra vez —dijo Lestrade—. Parecía estar muy interesado anoche, señor Holmes; así que pensé que le gustaría estar presente, ahora que el caso ha tomado un giro mucho más grave.

—¿De qué se trata?

—De un asesinato. Señor Harker, ¿quiere contar a estos caballeros todo lo que ha ocurrido?

El hombre del batín se volvió hacia nosotros con rostro melancólico.

—Es algo sorprendente —dijo— que toda mi vida haya estado recogiendo noticias ajenas y ahora, que soy yo el protagonista de una verdadera noticia, esté tan confundido y aturdido que no pueda hilvanar una frase completa. Si hubiese venido aquí como periodista, me habría entrevistado a mí mismo y ocuparía dos columnas en el periódico de la tarde. Es para mí una auténtica prueba el contar mi historia una y otra vez a un montón de personas y no poder hacer uso de ella personalmente. Sin embargo, he oído hablar de usted, señor Holmes, y si encuentra explicación a este misterioso asunto, la molestia que supone contarle la historia quedará compensada.

Holmes se sentó y se dispuso a escuchar.

—Todo parece centrarse alrededor de ese busto de Napoleón que adquirí para esta habitación hace cuatro meses. Lo compré barato en los hermanos Harding, junto a la estación de High Street. La mayor parte de mi trabajo periodístico se hace por la noche y a menudo me quedo escribiendo hasta el amanecer. Así sucedió hoy. Estaba sentado en mi estudio, en la parte más alta de mi casa, cuando, alrededor de las tres, creí oír unos ruidos abajo. Escuché atentamente, pero no se repitieron y pensé que habían venido de fuera. De repente, al cabo de cinco minutos, oí el más espantoso aullido que pueda usted imaginarse y que sonará en mis oídos mientras viva, señor Holmes. Cogí el atizador y bajé; cuando entré en la habitación vi la ventana abierta y observé que el busto no estaba en la chimenea; desde luego, no entiendo para qué querría un ladrón algo así, ya que era de yeso y sin ningún valor. Puede darse cuenta de que cualquiera que salga por la ventana está a un paso de la verja y, evidentemente, ése fue el camino seguido por el ladrón. Salí, abrí la verja y andando en la oscuridad tropecé con el cuerpo de un hombre. Regresé corriendo por una luz y vi que el infeliz estaba muerto. Había recibido una enorme cuchillada en la garganta y yacía de espaldas, en medio de un charco de sangre, con las rodillas encogidas y la boca espantosamente abierta. Tuve el tiempo justo para dar aviso a la policía, ya que me desmayé inmediatamente y no me di cuenta de nada más hasta que encontré a un guardia junto a mí en el recibidor.

—¿Quién era el hombre asesinado? —preguntó Holmes.

—Lo ignoramos —respondió Lestrade—. Verá su cuerpo en el depósito, pero no sabemos nada de él, todavía. Era alto, quemado por el sol, muy fuerte y de unos treinta años. Iba pobremente vestido, aunque no tenía aspecto de obrero, y encontramos a su lado, en medio de un charco de sangre, un cuchillo con mango de asta. No sabemos si fue el arma homicida o le pertenecía a él. Su ropa no tenía iniciales ni etiquetas y en sus bolsillos sólo había una manzana, un trozo de cuerda, un mapa de Londres, un chelín y una fotografía. Aquí la tiene. Evidentemente, es una instantánea tomada con una cámara pequeña.

La fotografía representaba a un hombre simiesco, de rasgos muy marcados, con espesas cejas y una singular proyección de la parte inferior del rostro, como el hocico de un mandril.

—¿Qué ha sido del busto? —dijo Holmes, después de estudiar atentamente la fotografía.

—Lo descubrimos un momento antes de llegar usted. Ha sido encontrado en el jardín de una casa abandonada, en la calle Lampden Houes y está hecho pedazos. Voy ahora a verlo. ¿Quiere usted venir?

—Desde luego, pero antes voy a echar un vistazo —examinó la alfombra y la ventana—. El individuo o era muy ágil o tenía las piernas muy largas, porque, teniendo un patio debajo, es toda una hazaña alcanzar el alféizar de la ventana y abrirla después. Salir, en cambio, es relativamente fácil. ¿Viene con nosotros a ver los restos del busto, señor Harker?

El desconsolado periodista se sentó ante un escritorio.

—Debo intentar hacer algo, aunque no tengo ninguna duda de que las primeras ediciones de los periódicos de la tarde han salido ya con todos los detalles. ¡Tengo una suerte...! ¿Recuerda usted la tribuna que se hundió en Láncaster? Pues yo era el único periodista que estaba en ella y sólo mi periódico no tuvo la información, porque estuve demasiado excitado para escribirla. Y hoy, con un asesinato en mi propia casa, tampoco podré dar la noticia.

Cuando salíamos de la habitación oímos su pluma rasguear ásperamente sobre el papel.

El lugar donde se habían encontrado los restos del busto estaba solamente a unas cuantas yardas. Nuestros ojos contemplaron, por primera vez, la efigie del gran emperador, que parecía despertar aquel odio tan profundo y destructivo en la mente de un desconocido. Los pedazos del busto estaban esparcidos sobre la hierba y Holmes recogió varios de ellos, examinándolos con atención. Comprendí, por la expresión de su rostro y por su actitud resuelta, que estaba sobre la pista.

—¿Y bien? —preguntó Lestrade.

Holmes se encogió de hombros.

—Hay todavía un largo camino por delante —respondió—, pero ya tenemos algunos datos interesantes para empezar a actuar. El poseer este busto era más importante para este singular criminal, que una vida humana. Éste es un dato. Además, está el hecho notable de que no lo rompió en la casa o nada más salir de ella, como sería lógico, si el romperlo fuera el único propósito.

—Seguramente se aturdió al ver al otro individuo y no se dio cuenta de lo que hizo.

—Es posible. Pero quiero llamar su atención sobre cómo está situada en el jardín esta casa donde fue destruido el busto.

Lestrade miró a su alrededor.

—Era una casa vacía y pensó que no le molestaría nadie en el jardín.

—Bien, pero hay otra casa deshabitada más arriba y tuvo que pasar por ella antes de llegar a ésta. ¿Por qué no lo rompió allí? Cuanto más tiempo anduviese con el busto, más peligro corría de ser descubierto.

—Me doy por vencido —replicó Lestrade.

Holmes señaló la farola de la calle encima de nosotros.

—Aquí podía ver lo que estaba haciendo y allí no. Ése fue el motivo.

—¡Por Júpiter! Es cierto —dijo el detective—. Y, ahora que lo pienso, el busto del doctor Barricot fue roto no muy lejos de la luz roja. Bien, señor Holmes, ¿para qué nos sirve este dato?

—Para tenerlo en cuenta. Quizá nos sea de utilidad más tarde. ¿Qué piensa hacer ahora, Lestrade?

—Lo primero, tratar de identificar el cadáver. Una vez que sepamos quién es y quiénes son sus cómplices, tendremos un buen punto de partida para saber qué hacía en Pitt Street anoche, y quién fue el que le encontró y le mató en la puerta del señor Harker. ¿Qué le parece?

—Bien, pero yo no atacaría el caso de esta forma.

—¿Qué haría usted entonces?

—¡Oh!, no debe dejarse influir en absoluto. Le sugiero que sigamos cada uno nuestro camino, comparando después nuestras deducciones y complementando cada uno lo del otro.

—Muy bien —respondió Lestrade.

—Si regresa a Pitt Street, puede decirle al señor Harker que he cambiado de opinión y que lo cierto es que estuvo anoche en su casa un lunático homicida, muy peligroso. Será útil para su artículo.

Lestrade le miró:

—No creerá eso.

Holmes sonrió.

—Quizá no, pero estoy seguro de que le interesará al señor Harker y a los suscriptores del sindicato central de prensa. Creo, Watson, que nos espera un día de trabajo largo y bastante complicado. Me gustaría, Lestrade, que nos viésemos en Baker Street esta tarde, a las seis, y le ruego que me deje hasta entonces la fotografía que se ha encontrado en el bolsillo del cadáver. También es posible que le pida ayuda para una pequeña expedición que habrá que hacer esta noche, si mis suposiciones son correctas. Hasta entonces, ¡adiós y buena suerte!

Sherlock Holmes y yo fuimos, en primer lugar, a la tienda de los hermanos Harding, en High Street, donde se había comprado el busto. Un joven dependiente nos informó que el señor Harding estaría ausente hasta el mediodía y que él era nuevo en la casa y no podía darnos ninguna información. En el rostro de Holmes se pintó la desilusión.

—Bien, Watson, no todo nos va a salir bien —dijo finalmente—. Volveremos cuando esté el señor Harding. Se habrá dado cuenta de que estoy siguiendo la pista de estos bustos hasta el momento en que se hicieron, tratando de encontrar algo especial que explique su extraño destino. Visitaremos al señor Hudson, en Kensington Road, a ver si él puede aclararnos algo.

Una caminata de una hora nos llevó hasta el establecimiento del marchante de cuadros, que era un hombre ancho, de baja estatura, rostro sonrosado y afectados ademanes.

—Sí, señor, estaba en el mostrador. Con lo que pagamos de impuestos y contribuciones no sé cómo puede llegar un rufián y destrozar nuestros artículos. Sí, señor, yo fui quien vendió al doctor Barricot los dos bustos, ¡por desgracia! Un asunto nihilista; así es como yo lo considero. Sólo un anarquista iría rompiendo estatuas republicanas; anarquistas, eso es lo que son. ¿Quién me vendió las estatuas? No veo qué importancia puede tener eso. Bueno, si realmente quiere saberlo, las conseguí de Gelder y Compañía, en Church Street, en Stepheney; es una casa muy conocida, fundada hace veinte años. ¿Que cuántas tenía? Pues tres: dos y una, tres; dos del doctor Barricot y una que me destrozaron en mi propio mostrador. ¿El de la fotografía? No sé, digo sí. ¡Pero si es Beppo! Era un hombre que trabajaba bastante bien algunas piezas. Era italiano o algo así y me fue de gran utilidad, porque sabía tallar un poco, dorar marcos y hacer otros trabajos delicados. Se fue y no he vuelto a saber nada de él. No, no tuve queja mientras estuvo aquí. Se marchó dos días antes de que destrozaran el busto.

—Bien, creo que hemos obtenido de Morse Hudson todo lo que esperábamos —dijo Holmes cuando salimos de la tienda—. Tenemos a Beppo como factor común en Kensington y en Kebsington, y esto justifica un viaje de diez millas. Vamos a visitar a Gelder y Compañía, en Stepheney, que es de donde proceden los bustos y me sorprendería mucho que no encontrásemos algo allí.

Pasamos en rápida sucesión por el Londres de los hoteles, el Londres teatral, el literario, el comercial y, finalmente, el marítimo, hasta llegar a una ciudad ribereña de unas cien mil almas, cuyas casas de vecindad estaban quemadas y ennegrecidas por los desechos de Europa. Encontramos la fábrica que íbamos buscando, en una ancha calle cerrada, residencia en otro tiempo de acomodados mercaderes. La entrada conducía a un gran patio lleno de enormes figuras y después se pasaba a una nave en la que unos cincuenta trabajadores tallaban o moldeaban. El director, un alemán rubio y alto, nos recibió cortésmente y dio una respuesta clara a todas las preguntas de Holmes. Revisando sus libros, comprobamos que se habían hecho cientos de moldes de una copia en mármol, de la cabeza de Napoleón, de Devine. Sin embargo, las tres que habían sido enviadas a Morse Hudson, un año antes, eran la mitad de un lote de seis, y las otras tres se habían mandado a los hermanos Harding, de Kebsington. No había ninguna razón para pensar que aquellas seis figuras fueran distintas a las de los otros lotes, y tampoco se le ocurrió ninguna causa por la que alguien quisiera destruirlas; de hecho, la idea le produjo risa. Su precio de venta era seis chelines, pero el dueño de la tienda sacaría doce o más de beneficio. El molde se hizo partiendo de dos modelos de cada lado de la cabeza, uniéndose después estos dos perfiles para obtener el busto completo. Hacían el trabajo obreros italianos, en la nave donde estábamos, y después los bustos se ponían a secar sobre una mesa en el callejón, para almacenarlos más tarde. Eso era todo lo que nos podía decir. Sin embargo, la fotografía produjo un efecto sorprendente en el director, porque al verla su rostro enrojeció de ira y sus cejas se arrugaron sobre sus teutónicos ojos azules.

—¡Ah, el truhán! —exclamó—. Sí, le conozco muy bien. Éste ha sido siempre un establecimiento respetable y la única vez que entró la policía en él fue por causa de este tipo. Sucedió hace alrededor de un año. Acuchilló a otro italiano en plena calle y vino al taller con la policía pegada a sus talones; fue capturado aquí. Se llamaba Beppo y no supe nunca su apellido. Me estuvo bien empleado por contratar a un hombre con un rostro como el suyo, pero era un buen obrero, uno de los mejores que he tenido.

—¿A cuánto le condenaron?

—El otro vivió y a Beppo le condenaron a un año. Ya habrá salido seguramente, pero no se ha atrevido a volver. Ahora trabaja aquí un primo suyo y creo que él les podrá decir dónde se encuentra.

—No, no —gritó Holmes—, ni una palabra al primo, se lo ruego. Es un asunto muy delicado y cuanto más avanzo, más delicado me parece. Cuando nos enseñó la factura de aquellos bustos, observé que la fecha era del tres de junio del año pasado, ¿puede decirme cuándo fue arrestado Beppo?

—Puedo decírselo aproximadamente, si miro la lista de pago —respondió el director—. Sí —continuó, después de pasar las hojas—, le pagaron por última vez el veinte de mayo.

—Gracias —dijo Holmes—. Creo que ya hemos abusado bastante de su tiempo y de su paciencia.

Con una última advertencia acerca de la discreción que debía guardar sobre nuestras pesquisas, nos despedimos de él y regresamos hacia el oeste. La tarde estaba bastante avanzada, antes de que pudiésemos tomar una ligera merienda en un restaurante. En la puerta, un diario con grandes titulares rezaba: «Brutalidad en Kebsington. Asesinado por un loco», y en las páginas interiores del periódico comprobamos que el señor Harker había logrado, por fin, imprimir su relato. Una sensacional y florida interpretación de todo el suceso llenaba dos columnas. Holmes apoyó el periódico en las vinagreras y lo estuvo leyendo mientras comía, riendo, entre dientes, de cuando en cuando.

—Escuche esto, Watson —dijo—. «Es satisfactorio saber que existe una opinión unánime sobre este caso, ya que el señor Lestrade, uno de los hombres más expertos de la policía, y el señor Holmes, conocido consultor criminalista, han llegado a la conclusión de que la grotesca serie de incidentes que ha terminado de modo tan trágico es, más bien, consecuencia de un estado de locura, que un crimen premeditado. Opinan que sólo una aberración mental puede explicar los hechos.» La prensa, Watson, es un valioso instrumento, si se sabe utilizar adecuadamente. Si ha terminado, volvamos a Kebsington, a ver qué nos dice el gerente de los hermanos Harding.

El fundador de este gran emporio, resultó ser un hombre pequeño, frágil y vivaracho, que tenía una gran facilidad de palabra.

—Sí, he leído la noticia en el periódico de la tarde. El señor Harker es cliente nuestro y le vendimos el busto hace algunos meses. Era uno de los tres que ordenamos a Gelder y Compañía, de Stepheney. Están todos vendidos. ¿A quién?; creo que se lo podré decir si consulto el libro de ventas. Sí, tenemos el registro aquí, vea usted. Uno le fue vendido al señor Harker; otro al señor Josiah Brown, de Laburnum Lodge, en el valle Laburnum, Chiswiek, y el tercero al señor Sandford, de Lower Grove Road, en Reading. No, no he visto nunca esta cara. Seguro, porque es tan fea que no se olvida fácilmente. ¿Que si tenemos italianos? Hay varios entre nuestros trabajadores y encargados de la limpieza. Podrían echar una ojeada al libro de ventas si quisieran, pero no creo que exista motivo para que alguien desee verlos. Sí, ya sé que es un asunto muy extraño. Espero que me hará saber lo que encuentre en su investigación.

Holmes había tomado algunas notas durante la conversación con el señor Harding y me di cuenta de que estaba satisfecho del giro que adquirían los acontecimientos. A pesar de todo, no hizo ninguna observación, salvo que, si no nos dábamos prisa, llegaríamos tarde a nuestra cita con Lestrade.

Así sucedió, puesto que, cuando llegamos a Baker Street, el detective ya había llegado y nos esperaba, paseando arriba y abajo, con gran impaciencia. Su aspecto satisfecho mostraba que el día no había sido completamente inútil para él.

—Bien —preguntó—. ¿Qué tal, señor Holmes?

—Hemos tenido un día muy ocupado, bastante fructífero —contestó mi amigo—. Hemos visitado a todos los vendedores y al fabricante, y hemos seguido la pista de los bustos hasta la fábrica donde se fabricaron.

—¡Los bustos! —exclamó Lestrade—. Bien, usted tiene sus propios métodos y yo no soy quién para decir nada en contra de ellos, pero creo que he hecho mejor trabajo que usted. He identificado el cadáver.

—¡No me diga!

—Y además, he descubierto el móvil del crimen.

—¡Espléndido!

—Tenemos al inspector Hill trabajando en Saffon y el barrio italiano. El cadáver tenía un emblema católico alrededor del cuello, y esto, unido a su aspecto, me hizo pensar que podía ser italiano. El inspector Hill le reconoció en cuanto le vio. Se llama Pietro Venucci, napolitano, y estaba considerado como uno de los peores asesinos de Londres. Tenía relaciones con la Mafia que, como usted sabe, es una sociedad política, que utiliza el crimen para conseguir sus fines, y ahora vea cómo el asunto se empieza a aclarar. El otro tipo es probablemente italiano también, y miembro de la Mafia. En alguna forma, este individuo ha infringido las normas de la sociedad y Pietro le busca. Seguramente la fotografía que encontramos en su bolsillo era la del hombre que perseguía. Pues bien: le sigue, le ve entrar en la casa, le espera fuera y en la pelea resulta mortalmente herido. ¿No es así, señor Holmes?

Holmes aplaudió con calor.

—¡Excelente, Lestrade, excelente! Pero no he oído su explicación de la destrucción de los bustos.

—¡Los bustos! No puede usted olvidarse de eso. Después de todo, no significa nada; seis meses de arresto, como mucho. Es el asesinato lo que estamos investigando y le diré que tengo casi todos los cabos en la mano.

—¿Cuál será el próximo paso?

—Es muy simple. Iré con Hill al barrio italiano, buscaré al hombre de la fotografía y le arrestaré por asesinato. ¿Viene con nosotros?

—No. Creo que podemos atraparle de una forma más simple. No puedo asegurarlo, pues todo depende de un factor que está fuera de nuestro control, pero tengo grandes esperanzas; de hecho la apuesta es de dos contra uno, y si usted me acompaña esta noche le atrapará fácilmente.

—¿En el barrio italiano?

—No; creo que Chiswick es una dirección más apropiada para encontrarle. Si viene conmigo allí esta noche, le prometo que iré con usted mañana al barrio italiano, y el retraso no le causará ningún perjuicio. Ahora, creo que unas horas de sueño nos harán bien a todos, ya que no pienso salir antes de las once y es probable que estemos de regreso antes del amanecer. Cene con nosotros, Lestrade, y acepte nuestro sofá hasta la hora de salir. Otra cosa, Watson; llame a un mensajero de urgencia, porque tengo que enviar una carta y es importante que salga inmediatamente.

Holmes pasó la tarde revolviendo entre los montones de periódicos viejos que atestaban nuestro cuarto trasero y, cuando por fin bajó, sus ojos tenían un brillo de triunfo. Sin embargo, no nos dijo nada acerca del resultado de sus pesquisas. Personalmente, yo había seguido paso a paso las distintas etapas y había visto todos los recovecos de este complicado asunto, a medida que fueron apareciendo. Aunque todavía no podía divisar la meta, comprendía que Holmes esperaba que este grotesco criminal intentase algo sobre los dos bustos que quedaban, uno de los cuales estaba en Chiswick. Sin duda, el objeto de nuestro viaje era cogerle *in fraganti* y no pude por menos de admirar la astucia de mi amigo, que había insertado aquella pista falsa en el periódico de la tarde, para hacer creer al criminal que podía continuar impunemente su proyecto. No me sorprendió que Holmes me hiciese la sugerencia de llevar conmigo el revólver y él, a su vez, cogió el lazo ciego, que era su arma favorita.

Un coche nos llevó hasta un lugar al otro lado de Hammersmith y aquí ordenamos al cochero que esperase. Tras un corto paseo, llegamos a una calle apartada, flanqueada por hermosas casas con jardines. A la luz de un farol leímos en la puerta de una de ellas «Laburnum Ville». Sus moradores, probablemente, estarían descansando, ya que todo estaba oscuro, salvo el montante de la puerta de entrada, que arrojaba un borroso círculo de luz sobre el sendero del jardín. La valla de madera proyectaba una densa sombra negra en el interior del jardín, y allí nos ocultamos.

—Me temo que la espera va a ser larga y debemos estar agradecidos a que no llueva. No creo que debamos aventurarnos a fumar. A cambio de esto, hay dos probabilidades contra una de conseguir algo que nos compense la molestia.

Nuestra vigilancia no fue, sin embargo, tan larga como Holmes nos había hecho temer, y terminó de una forma rápida y singular. De improviso, sin el menor ruido que nos advirtiera, la verja del jardín se abrió y una delgada figura, rápida y ágil como un mono, se encaminó hacia la casa por el sendero del jardín. Al llegar a la zona iluminada por la luz de la puerta, se agachó y desapareció en la sombra oscura de la casa. Hubo un largo silencio, durante el cual contuvimos la respiración, y después un chirrido llegó a nuestros oídos. Había abierto una ventana. El ruido cesó y de nuevo hubo un largo silencio. El individuo había entrado en la casa y vimos el rápido reflejo de una linterna dentro de la habitación. Evidentemente, lo que buscaba no estaba allí, porque de nuevo vimos el reflejo a través de una mampara y después de otra más.

—Vamos hacia la ventana que está abierta y le cogeremos cuando salga —dijo Lestrade.

Pero antes de que pudiésemos movernos, el hombre había salido de nuevo y, cuando pasó por la zona iluminada, vimos que llevaba algo blanco bajo el brazo. Miró inquieto a su alrededor, pero el silencio de la calle desierta le tranquilizó. Nos dio la espalda, dejó el bulto en el suelo e inmediatamente se oyó un golpe agudo, seguido de un repiqueteante martilleo. El hombre estaba tan abstraído en lo que hacía que no oyó nuestros pasos cuando nos deslizábamos hacia él, a través del césped. Con un salto de tigre, Holmes cayó sobre su espalda y, un instante más tarde, Lestrade y yo le sujetamos por las muñecas y le pusimos las esposas. Cuando se volvió, vimos un rostro cetrino, lívido de ira y con los rasgos contraídos, que nos miraba, y entonces me di cuenta de que era el hombre de la fotografía.

Sin embargo, no fue a nuestro prisionero a quien Holmes dedicó su atención, sino que, agachado junto a la puerta, examinaba lo que el hombre había sacado de la casa. Era un busto de Napoleón, como el que vimos por la mañana, y aparecía roto en fragmentos del mismo tamaño. Holmes examinaba a la luz cada rostro con sumo cuidado, pero yo no veía ninguna diferencia entre cada pedazo de yeso; apenas había acabado su examen, cuando se encendieron las luces del recibidor, se abrió la puerta y apareció el propietario de la casa, un hombre redondo y juvenil, vestido con pantalones y camisa.

—¿El señor Brown, supongo? —dijo Holmes.

—Efectivamente, ¿y usted es, sin duda, el señor Holmes? Recibí la nota que me envió e hice exactamente lo que decía en ella. Cerramos todas las puertas por dentro y esperamos los acontecimientos. Bien, me alegra ver que ha atrapado al truhán. ¿Quieren pasar a tomar alguna cosa?

Pero Lestrade estaba ansioso por poner a aquel tipo en lugar seguro; así que llamamos a nuestro coche en seguida y nos pusimos en camino hacia Londres. Nuestro cautivo no dijo ni una sola palabra durante todo el camino, pero nos miraba torvamente desde la sombra, y una vez que creyó tener mi mano a su alcance, intentó mordérmela, como un lobo hambriento.

En la comisaría le registraron, encontrándole unos cuantos chelines y un largo cuchillo enfundado, en cuyo puño había manchas de sangre reciente.

—Todo marcha bien —dijo Lestrade cuando nos íbamos—. Hill conoce a toda esta gente y nos dirá cómo se llama. Habrá observado que mi teoría sobre la Mafia era correcta, pero de todos modos estoy en deuda con usted por la forma tan rápida en que me llevó hasta él. Eso es algo que todavía no he entendido bien.

—Hoy ya es un poco tarde para hacer aclaraciones —dijo Holmes—. Además, todavía hay uno o dos detalles sin completar, y éste es uno de esos casos en que hay que llegar hasta el final. Si viene mañana a mi casa, a las seis, verá que aún no ha captado del todo este asunto, que tiene algunos aspectos que le hacen realmente original.

Y usted Watson, que siempre toma notas de mis casos, animará sus páginas con la singular aventura de los bustos de Napoleón.

* * *

Cuando nos vimos de nuevo, la tarde siguiente, Lestrade nos dio abundante información sobre nuestro prisionero. Su nombre era Beppo, de apellido desconocido, y tenía fama de maleante entre la colonia italiana. Había sido un buen escultor y llevado una vida honrada, pero había tomado el mal camino y estuvo en la cárcel dos veces, una por robo y otra, como ya sabíamos, por herir a un compatriota. Los motivos que tenía para destruir los bustos eran todavía desconocidos y se negaba a contestar cualquier pregunta sobre el asunto. Sin embargo, la policía había descubierto que estos bustos podían haber sido hechos por él cuando estuvo trabajando en Gelder y Compañía.

Mientras nos daba toda esta información, mucha de la cual no ignorábamos, Holmes le escuchó cortésmente, pero yo, que le conocía muy bien, podía darme cuenta de que sus pensamientos estaban en otro sitio, y observé, bajo esa máscara cortés, una mezcla de desasosiego y expectación. Finalmente, se oyó la puerta de la calle y se incorporó en su asiento con los ojos brillantes. Un minuto más tarde oímos pasos en la escalera y entró en la habitación un anciano de rostro sonrosado y patillas grisáceas, el cual llevaba en su mano derecha un anticuado maletín que colocó sobre la mesa.

—¿Está aquí el señor Holmes?

Mi amigo hizo una inclinación y sonrió.

—¿El señor Sandford, de Reading, supongo?

—Sí. Me temo que he llegado un poco tarde, pero los trenes, ya se sabe... Me escribió acerca de un busto que poseo.

—Cierto.

—Tengo su carta aquí. Dice: «Deseo poseer una copia del Napoleón de Devine y estoy dispuesto a pagar diez libras por la que usted tiene.» ¿Es cierto eso?

—Sí, señor.

—Me ha sorprendido mucho su carta, porque no puedo imaginar cómo sabía usted que yo poseía semejante cosa.

—Comprendo que esté sorprendido, pero la explicación es muy simple. El señor Harding, de Hermanos Harding, me dijo que le había vendido a usted su última copia y me dio su dirección.

—¡Oh! Es eso. ¿Y le dijo lo que pagué por ella?
—No, no me lo dijo.
—Soy un hombre honrado, aunque no sea rico. El busto sólo me costó quince chelines y creo que debo decírselo antes de que me pague las diez libras.
—Este gesto le hace honor a usted, pero ya he ofrecido un precio y quiero mantenerlo.
—Bien, le quedo muy agradecido, señor Holmes. Traigo el busto conmigo, como usted me pidió. Aquí está.

Abrió la bolsa y por fin vimos ante nosotros un busto completo, después de haber visto varios hechos pedazos. Holmes sacó un papel de su bolsillo y puso sobre la mesa un billete de diez libras.

—¿Es usted tan amable de firmar un recibo en presencia de estos testigos, señor Sandford? Simplemente me transfiere usted todos los derechos que pueda tener usted sobre el busto. Soy un hombre metódico y nunca se sabe el giro que pueden tomar las cosas. Gracias; aquí tiene su dinero. Le deseo que pase una buena tarde.

La actitud de Sherlock Holmes, apenas hubo desaparecido nuestro visitante, fue lo suficientemente extraña como para llamar nuestra atención. Tomó primeramente una tela blanca de un cajón y la extendió encima de la mesa. Después colocó el busto recién adquirido en el centro de la tela y, finalmente, levantó el mango del lazo ciego y dio con él un golpe en la cabeza del Napoleón, que se rompió en fragmentos. Un instante después emitió un grito de triunfo, mientras levantaba un trozo en el que había incrustado un objeto redondo y oscuro, como una ciruela en un pastel.

—Caballeros, déjenme presentarles a la famosa perla negra de los Borgia.

Lestrade y yo permanecimos en silencio durante un instante, y después empezamos a aplaudir frenéticamente, como cuando se llega al momento culminante de una obra de teatro magistralmente llevada. El rubor cubrió las pálidas mejillas de Holmes, que se inclinó como un actor consumado al recibir el homenaje del público. En ese momento dejó de ser una máquina de razonar y descubrió su humana debilidad por la admiración y el aplauso. El hombre orgulloso y singular que despreciaba la notoriedad era capaz de conmoverse hasta lo más íntimo por la alabanza de un amigo.

—Sí, señores —dijo—, es la perla más famosa que existe en el mundo, y he tenido la suerte de poder seguirle la pista, mediante una cadena de deducciones consecutivas, desde el dormitorio de la princesa de Colonna, en el Hotel Dacre, donde se perdió, hasta el interior del último de los seis bustos de Napoleón, que fueron elaborados por Gelder y Compañía, de Stepheney. Recordará, Lestrade, la sensación que causó la desaparición de esta joya y los inútiles esfuerzos de la policía de Londres para recuperarla. Yo mismo fui consultado, pero no pude hacer nada. Las sospechas recayeron sobre la criada de la princesa, que era italiana, y se supo que tenía un hermano en Londres, pero no se pudo encontrar ninguna conexión entre ellos. El nombre de la criada era Lucrecia Venucci, y no tengo ninguna duda de que el tal Pietro, asesinado hace dos noches, era su hermano. He estado mirando las fechas en los periódicos viejos que tenemos y he descubierto que la desaparición de la perla tuvo lugar dos días antes de que Beppo fuera arrestado por un acto de violencia. Ahora verán el curso de los acontecimientos, aunque sea al revés de cómo se me fueron presentando a mí. Beppo tenía la perla en su poder. Se la pudo robar a Pietro, pudo ser su cómplice o, bien, el enlace entre Pietro y su hermana; no importa cuál sea la solución correcta. Lo importante es que tenía la perla y la llevaba encima cuando fue perseguido por la policía. Se dirigió a la fábrica en que trabajaba y allí comprendió que tenía pocos minutos para esconder la perla. Vio seis moldes de yeso de la cabeza de Napoleón, puestos a secar en el corredor, y comprobó que uno de ellos todavía estaba blando. En un instante, Beppo, que era un hábil artesano, hizo un agujero en la cabeza, metió la perla y con unos toques cubrió de nuevo el boquete. Era un escondite estupendo; nadie la encontraría allí. Pero Beppo fue condenado a un año y durante este tiempo los seis bustos fueron repartidos por Londres. No sabía cuál contenía su tesoro y sólo podía encontrarlo rompiéndolos, ya que ni siquiera sacudiéndolos podría saber dónde estaba, porque, como el molde estaba húmedo, era probable que la perla se adhiriese a él, como de hecho ocurrió. Beppo no desesperó y con gran perseverancia fue siguiendo la pista de los bustos. Por un primo suyo, que trabajaba en Gelder y Compañía, se enteró de los nombres de las tiendas que habían adquirido los bustos, y después se las arregló para encontrar empleo en la tienda de Morse Hudson, localizando de esta forma tres de los bustos. No encontró la perla y entonces, con la ayuda de algún empleado italiano, descubrió el paradero de los otros tres bustos. El primero estaba en casa de Harker y hacia allí se dirigió, siguiéndole su compinche, que le hizo responsable de la pérdida de la perla; lucharon y mató a Pietro.

—Pero si Beppo era su compinche, ¿por qué llevaba su fotografía?

—Para poder seguirle la pista y enseñarla cuando fuese necesario. Esto es evidente. Bien; después del asesinato, pensé que Beppo apresuraría sus pasos, más que retrasarlos, ya que tendría miedo a que la policía descubriese su secreto. Desde luego yo no sabía si había encontrado la perla en el busto de Harker y únicamente podía asegurar que buscaba algo, porque llevó el busto unas casas más arriba para romperlo en un jardín que estaba iluminado por un farol. Puesto que quedaban otros dos bustos, las probabilidades de que la perla estuviese allí eran, como les dije, de dos contra uno. Pensé que iría a buscar el busto de Londres en primer lugar y advertí a los inquilinos de la casa, para evitar una segunda tragedia. Fuimos allí, atrapamos a Beppo y tuve entonces la plena certeza de que era la perla de los Borgia lo que buscábamos. El nombre del hombre asesinado no era más que una confirmación de mis suposiciones. Ya sólo quedaba un busto, el de Reading, y la perla tenía que estar en él. Se lo compré a su poseedor delante de ustedes y aquí está la perla.

Permanecimos en silencio durante unos momentos.

—Bien —dijo Lestrade—, le he visto manejar muchos casos con verdadera maestría, señor Holmes, pero éste lo ha llevado extraordinariamente. No estamos celosos de usted en Scotland Yard, no señor, sino muy orgullosos, y si viene mañana, no habrá un solo hombre, desde el inspector más antiguo hasta el guardia más joven, que no se sienta orgulloso de estrechar su mano.

—¡Gracias! —respondió Holmes—. ¡Gracias! —y cuando se dio la vuelta, me pareció que estaba más emocionado que nunca. Sin embargo, un momento después apareció el pensador frío y práctico de siempre.

—Ponga la perla en lugar seguro, Watson —me dijo—, y saque los papeles del caso de la falsificación de Cork-Singleton. Adiós, Lestrade. Si tiene problemas me alegraré de poder hacerle alguna sugerencia.

LA AVENTURA DE LA ESCUELA DE LA PRIORÍA

He presenciado algunas llegadas y despedidas dramáticas en nuestro pequeño escenario de Baker Street, pero ninguna tan extraordinaria como la primera aparición del doctor Thorneycroft Huxtable, M. A. Ph. D., etc. Su tarjeta, demasiado pequeña para todas sus distinciones académicas, le precedió durante unos momentos y luego se presentó él, tan grande, pomposo y digno, que era como la personificación de la serenidad y la fuerza. Sin embargo, apenas se cerró la puerta detrás de él, empezó a tambalearse, chocó contra la mesa y cayó al suelo, donde su majestuosa figura quedó hundida e impasible sobre nuestra alfombra de piel de oso.

Nos pusimos en pie rápidamente y durante unos segundos miramos, con asombrado mutismo, a este gran personaje, cuyo aspecto nos hablaba de una repentina y fatal tormenta en su vida. Holmes se apresuró a llevarle un poco de brandy, así como un cojín para que reposara la cabeza. El grueso rostro del doctor estaba pálido y surcado por profundas arrugas, tenía grandes bolsas de color plomizo bajo sus párpados, la boca colgaba flácida en las comisuras y sus mejillas y sotabarba estaban sin afeitar. El cuello y la camisa denotaban el abandono de un largo viaje, y su cabeza, bien modelada, aparecía con los cabellos en desorden. Era un hombre profundamente afectado el que estaba tendido ante nosotros.

—¿Qué le sucede, Watson? —preguntó Holmes.

—Un gran agotamiento, posiblemente sólo hambre y fatiga —respondí, mientras comprobaba su pulso tenue y ligero.

—Billete de vuelta para Mackleton, en el norte de Inglaterra —dijo Holmes sacando un billete de ferrocarril del bolsillo del reloj—; sin embargo, no son aún las doce. Realmente, ha venido temprano.

Los cerrados párpados habían empezado a temblar y en seguida nos miraron, con expresión vacua, un par de ojos grises.

Un instante más tarde, el hombre estaba en pie, con el rostro enrojecido por la vergüenza.

—Perdónenme este momento de debilidad —dijo—. He estado demasiado sobreexcitado. Gracias por todo, pero en cuanto tome un vaso de leche y unos bizcochos me encontraré perfectamente, estoy seguro. Vine personalmente, señor Holmes, para asegurarme de que volvería usted conmigo, ya que temía que un telegrama no le convenciera de la absoluta urgencia del caso.

—Cuando esté totalmente restablecido...

—Estoy bastante bien, no me puedo imaginar cómo llegué a estar tan débil. Desearía, señor Holmes, que viniese conmigo a Mackleton en el próximo tren.

Mi amigo sacudió la cabeza.

—Mi colega, el doctor Watson, puede decirle lo ocupados que estamos ahora. Tengo el caso de los documentos Ferrers y el juicio del asesinato de Abergavenny está muy próximo. Sólo un suceso muy importante me haría moverme de Londres en estos momentos.

—¡Importante! —nuestro visitante levantó las manos—. ¿Ha oído hablar del rapto del único hijo del duque de Holdernesse?

—¿Qué? ¿Se refiere al último ministro del Gabinete?

—Exactamente. Hemos procurado que no llegue a los periódicos, pero ha aparecido un rumor en *El Globo* la pasada noche. Pensé que había llegado a sus oídos.

Holmes extendió su largo y delgado brazo y cogió el volumen «H» de su enciclopedia de referencia.

—«Holdernesse, sexto duque, K. G., P. C.» ¡La mitad del alfabeto! «Barón de Beverly, conde de Carlton.» ¡Dios mío, qué lista! «Lord lugarteniente de Hallamshire desde 1900. Casado con Edit, hija de sir Charles Appledore en 1888. Heredero e hijo único, lord Saltire. Propiedades de doscientos cincuenta mil acres. Minas en Lancashire y Gales. Dirección: Carlton House Terrace; Holdernesse Hall, Hallamshire; Carlton Castle, Bangor, Gales. Lord del Almirantazgo, 1872. Secretario jefe de estado para X». Bien, bien; este hombre es ciertamente uno de los personajes más importantes de la Corona.

—El más grande y quizá el más rico. Sé, señor Holmes, que usted tiene una gran categoría en su profesión y que trabaja por afición. Sin embargo, le diré que Su Gracia ha preparado un cheque de cinco mil libras para entregarlo a la persona que le diga dónde está su hijo, y otras mil para el que descubra qué persona o personas le han raptado.

—Es una oferta principesca —dijo Holmes—. Watson, creo que acompañaremos al doctor Huxtable al norte de Inglaterra. Y ahora, cuando se haya tomado esa leche, ¿querría usted tener la amabilidad de decirme cuándo y cómo sucedió todo y, además, qué tiene que ver con todo esto el doctor Thorneycroft Huxtable, de la Escuela de la Prioría, y por qué viene tres días después del suceso (he deducido esto por el estado de su barba), para solicitar mis humildes servicios?

Nuestro visitante se había tomado la leche y los bizcochos, con lo que el color había vuelto a sus mejillas y sus ojos brillaban animados, mientras se acomodaba para explicarnos la situación con toda precisión y lucidez.

—Debo informarles, caballeros —comenzó—, que la Prioría es una escuela preparatoria, fundada por mí y de la que soy director. *Ilustraciones sobre Horacio*, de Huxtable, les traerá, seguramente, mi nombre a la memoria. La Prioría es, sin ninguna duda, la escuela preparatoria mejor y más selecta de Inglaterra. Lord Levestoke, el conde de Blackwater y sir Cathcart Soames, entre otros, me habían confiado ya la educación de sus hijos, pero comprendí que mi escuela había llegado a su máximo prestigio cuando, hace tres semanas, el duque de Holdernesse me envió, por medio de su secretario, el señor James Wilder, la sugerencia de poner bajo mi tutela al joven lord Saltire, de diez años, su hijo y heredero. No podía yo imaginar que aquello era el preludio a la mayor tragedia de mi vida.

El muchacho llegó el primero de mayo, al comienzo del trimestre de verano. Era un joven encantador, que se amoldó rápidamente a nuestras costumbres, y puedo decirle, con lo cual no peco de indiscreto, ya que las confidencias a medias son absurdas en un caso como éste, que no era muy feliz en su casa. No es un secreto que el matrimonio del duque no ha sido muy afortunado y que terminó en una separación amistosa, marchándose la duquesa a su residencia del sur de Francia. Esto había sucedido poco antes y el muchacho había tenido siempre preferencia por su madre, quedando muy abatido después de su marcha de Holdernesse Hall, por lo que el duque quiso enviarle a mi establecimiento. A los quince días el muchacho se encontraba entre nosotros mejor que en su casa y era aparentemente feliz.

Fue visto por última vez la noche del 13 de mayo, es decir, la noche del lunes pasado. Su habitación estaba en el segundo piso, al lado de otra mayor en la que dormían dos muchachos, los cuales no vieron ni oyeron nada; de modo que el joven Saltire no debió pasar por allí. Su ventana estaba abierta y hay una gran planta de hiedra que llega desde la misma hasta el suelo. No encontramos ninguna huella debajo, pero parece que ésta es la única salida posible. Su ausencia fue descubierta a las siete de la mañana del martes, y antes de salir debió vestirse con el uniforme del colegio, esto es, chaqueta negra de Eton y pantalón gris oscuro. No había señales de que nadie hubiese entrado en la habitación y estoy seguro de que cualquier ruido, como gritos o lucha, se habría oído, dado que Counter, el chico mayor de la habitación de al lado, tiene un sueño muy ligero.

Cuando fue descubierta la desaparición de lord Saltire reuní inmediatamente a todo el personal de la Institución: alumnos, profesores y criados. Fue entonces cuando descubrimos que lord Saltire no se había marchado solo. Heiddegger, el profesor de alemán, había desaparecido también. Su habitación estaba en el segundo piso, al final del edificio, y daba a la misma fachada que la de lord Saltire. También había estado acostado, pero parece ser que se fue a medio vestir, porque su camisa y sus calcetines estaban por el suelo, y también sabemos que bajó por la hiedra, ya que vimos las huellas que dejó en el césped al saltar. Su bicicleta, que se guardaba en un pequeño cobertizo en el jardín, tampoco estaba.

Llevaba dos años conmigo y vino con las mejores referencias, pero era un hombre muy silencioso y reservado que no gozaba de gran popularidad entre los profesores y alumnos. No se encontraron huellas de los fugitivos y, hoy jueves, estamos como el martes. Desde luego, se hizo inmediatamente una investigación en Holdernesse Hall, porque está sólo a unas cuantas millas, y creímos que en un momento de añoranza, había decidido regresar con su padre. El duque está muy afectado, y en cuanto a mí ya han visto ustedes el estado de depresión nerviosa a que me ha reducido la incertidumbre. Señor Holmes, le ruego ponga usted en juego todas sus facultades, porque nunca habrá un caso donde sean más necesarias.

Sherlock Holmes había escuchado atentamente el relato del atribulado profesor, y las arrugas de su entrecejo mostraban que estaba reflexionando profundamente acerca de todo cuanto había oído. Sacó su cuaderno e hizo dos anotaciones.

—Ha sido un descuido imperdonable no venir a verme antes —dijo severamente—. Me ha hecho perder pistas que serían de gran utilidad, ya que, por ejemplo, la hiedra y el césped habrían suministrado muchos datos a un observador experto.

—No tengo la culpa, señor Holmes. Su Gracia quería evitar a toda costa un escándalo público, porque temía que la tragedia de su familia fuese aireada ante todo el mundo. Tiene verdadero horror a este tipo de cosas.

—Pero, ¿habrá habido alguna investigación oficial?

—Sí, señor, y ha sido decepcionante. Sólo se ha conseguido saber que un muchacho y un hombre fueron vistos tomando un tren, al amanecer, en la estación vecina. La noche pasada fueron detenidos en Liverpool y probaron que no tenían nada que ver con el asunto en cuestión. Fue a raíz de esto cuando, desesperado y hundido, y después de pasar la noche sin dormir, vine en el primer tren a verle a usted.

—¿Supongo que la investigación local quedó suspendida mientras se seguía esta falsa pista?

—Completamente.

—Así que se han perdido tres días. El asunto se ha llevado deplorablemente.

—Lo admito, y lo siento mucho.

—Sin embargo, creo que encontraremos la solución del problema. Es interesante el asunto. ¿Ha descubierto usted alguna relación entre el muchacho y el profesor de alemán?

—Ninguna.

—¿Estaba él en la clase del profesor?

—No, nunca intercambiaron palabra, que yo sepa.

—Esto es verdaderamente singular. ¿Tenía bicicleta el muchacho?

—No.

—¿Ha desaparecido alguna?

—No.

—¿Está seguro?

—Completamente.

—Bien, entonces, ¿sugiere usted que el profesor de alemán condujo la bicicleta en plena oscuridad llevando al muchacho en el manillar?

—No lo creo.

—¿Y cuál es su teoría?

—La bicicleta puede haber sido una pista falsa. La escondería en algún sitio y seguiría a pie.

—Puede ser, pero es bastante improbable. ¿Había otras bicicletas en el cobertizo?

—Varias.

—¿No habrían escondido dos bicicletas si hubiesen querido dar idea de que habían huido en ellas?
—Supongo que sí.
—Naturalmente. La teoría de la pista falsa no encaja, pero la bicicleta es un buen punto de partida para una investigación, ya que no es algo tan fácil de esconder o destruir. Otra pregunta: ¿fue alguien a ver al muchacho el día antes de su desaparición?
—No.
—¿Recibió alguna carta?
—Sí, una.
—¿De quién?
—De su padre.
—¿Abre usted las cartas de los muchachos?
—No.
—¿Cómo sabe usted que era de su padre?
—El escudo de armas del duque estaba en el sobre y la letra era de él. Además, el duque dijo que recordaba haber escrito.
—¿Cuándo tuvo anteriormente carta?
—Hacía varios días que no llegaba ninguna para él.
—¿Recibió alguna vez carta de Francia?
—No, nunca.
—Me imagino que ve adónde quiero ir a parar. El muchacho pudo ser llevado a la fuerza o haberse ido voluntariamente. En este último caso, tiene que haber necesariamente alguna relación con el exterior, dado que un chico de esa edad no toma por sí mismo una determinación de este tipo. Si no ha habido visitas, la incitación ha debido llegar por carta, y por eso quiero saber quién le escribió.
—Me temo que no pueda ayudarle mucho. Solamente tenía correspondencia con su padre.
—¿Eran amistosas las relaciones entre padre e hijo?
—Su Gracia no es nunca amistoso con nadie. Es un hombre completamente absorbido por los asuntos públicos y muy poco dado a las emociones. A pesar de todo, ha sido siempre amable, a su modo, con el muchacho.
—Pero las simpatías del chico están con su madre, ¿no?
—Sí.
—¿Se lo dijo él?
—No.
—¿El duque, entonces?
—¡No, por Dios!
—Y, ¿cómo lo sabe usted?

—Tuve una charla confidencial con el señor Wilder, secretario de Su Gracia, durante la cual me informó de los sentimientos de lord Saltire.

—Ya veo. ¿Fue encontrada la última carta del duque en la habitación del muchacho, después de su desaparición?

—No; se la llevó él. Creo, señor Holmes, que es hora ya de que nos marchemos a Euston.

—Pediré un coche de cuatro ruedas y dentro de un cuarto de hora estaremos a su servicio. Si telegrafía a casa, haga creer a la gente de la vecindad que la investigación todavía se desarrolla en Liverpool. De este modo trabajaremos sin que se den cuenta y quizá la pista no sea tan débil si la olfateamos dos sabuesos como Watson y yo.

Esa misma tarde estábamos respirando la fría y tonificante atmósfera de la agreste región en que estaba enclavada la famosa escuela del doctor Huxtable. Ya había oscurecido cuando llegamos. Al entrar vimos una tarjeta sobre la mesa del recibidor y el mayordomo susurró algo al oído del doctor, el cual se volvió a nosotros, reflejando una gran agitación en sus obesas facciones.

—El duque ha llegado. Él y el señor Wilder están en mi despacho. Vengan, caballeros, y les presentaré.

Yo estaba familiarizado con los retratos de los grandes hombres de Estado, pero éste era muy diferente a como lo representaban. Era alto, majestuoso, impecablemente vestido, con un óvalo de cara alargado y fino y una nariz grande y grotescamente curvada. Su rostro tenía una palidez mortal que parecía aún más intensa por el contraste que hacía con su barba pelirroja, la cual llegaba hasta su blanco chaleco, con la cadena del reloj brillando sobre su orla. Tal era la imponente figura que nos miraba duramente desde el centro del despacho del doctor Huxtable, y junto a él se encontraba un hombre muy joven, que debía ser su secretario, el señor Wilder. Era pequeño, nervioso, con inteligentes ojos de un claro azul y despiertas facciones. Él fue quien, con un tono agudo y servicial, empezó la conversación.

—Intenté hablarle esta mañana, doctor Huxtable, acerca de su visita a Londres, pero llegué demasiado tarde. Me enteré de que el objeto de la misma era confiar al señor Sherlock Holmes la dirección de este asunto. Su Gracia está sorprendido, señor Huxtable, de que usted haya dado este paso sin consultarle.

—Cuando comprendí que la policía no era capaz...

—Su Gracia cree que la policía está perfectamente capacitada.

—Pero, seguramente, señor Wilder...
—Usted sabe perfectamente que Su Gracia trata por todos los medios de que esto no sea un escándalo público. Prefiere que conozca este asunto el menor número posible de personas.
—El problema tiene fácil solución —dijo el doctor, intimidado—. El señor Holmes puede volver a Londres en el tren de la noche.
—Eso es difícil, doctor, es difícil —dijo Holmes, con voz muy suave—. Este aire del Norte es agradable y vigorizante y me voy a quedar unos días en sus páramos, entreteniendo mi mente lo mejor que pueda. Si me albergo bajo su techo o en la fonda del pueblo, lo decidirá usted, naturalmente.

El infortunado doctor estaba en un aprieto del que fue rescatado por la profunda voz del duque, que sonó con la gravedad de un gong.
—Estoy completamente de acuerdo con el señor Wilder, aunque usted habría hecho mucho mejor consultándome, doctor Huxtable, pero ya que el señor Holmes está al corriente de todo, creo que debemos aprovechar sus servicios. Señor Holmes, me agradaría mucho que viniese conmigo a Holdernesse Hall, en vez de ir a la fonda del pueblo.
—Estoy muy agradecido a Vuestra Gracia, pero creo que para el propósito de mi investigación, es mejor permanecer en la escena del suceso.
—Como usted guste, señor Holmes. Desde luego, cualquier información que el señor Wilder o yo podamos darle está a su disposición.
—Probablemente tendré que ir a Holdernesse Hall a verle —dijo Holmes—. Ahora quisiera preguntarle a usted, señor, si tiene alguna explicación para la misteriosa desaparición de su hijo.
—Ninguna.
—Excúseme si tengo que aludir a algo que es muy doloroso para usted, pero no tengo otra alternativa: ¿Cree que la duquesa tiene que ver algo en el asunto?

El gran político reflejó en su rostro una visible duda.
—No lo creo —dijo finalmente.
—Otra explicación es que el niño haya sido secuestrado con intención de pedir un rescate. ¿No ha tenido noticias en este sentido?
—No, señor.
—Una última cosa. Me han dicho que escribió a su hijo el día del suceso.
—No; le escribí el día anterior.

—Exactamente, pero recibió la carta ese día.
—Sí.
—¿Había algo en ella que pudiese haberle desequilibrado o inducido a dar este paso?
—Nada en absoluto.
—¿Envió la carta usted mismo?

La respuesta del noble fue interrumpida por su secretario, que dijo con calor:

—Su Gracia no tiene la costumbre de enviar personalmente las cartas. Esa carta, junto con otras, fue depositada sobre la mesa de despacho y yo mismo las eché al correo.

—¿Está usted seguro de que estaba entre ellas?
—Sí, la vi perfectamente.
—¿Cuántas cartas escribió Vuestra Gracia ese día?
—Veinte o treinta. Tengo mucha correspondencia. Pero esto me parece fuera de razón.
—No del todo —dijo Holmes.
—Por mi parte —continuó el duque— he avisado a la policía para que dirijan su atención al sur de Francia. Ya he advertido que no creo capaz a la duquesa de una acción tan monstruosa, pero como el muchacho tenía ideas equivocadas, es posible que haya tratado de reunirse con ella, ayudado por ese alemán. Doctor Huxtable, nos vamos a casa.

Observé que Holmes hubiera deseado hacer más preguntas, pero la actitud, un tanto brusca, del noble daba a entender que la entrevista había terminado.

Era evidente que le horrorizaba discutir los asuntos íntimos de la familia con un extraño, y temía que cualquier pregunta pusiese, crudamente, al descubierto las interioridades mejor protegidas de la misma. En cuanto el duque y su secretario se hubieron marchado, mi amigo se volcó en la investigación, con su acostumbrada vehemencia. La habitación del muchacho fue cuidadosamente examinada y no reveló nada, salvo la absoluta certeza de que éste sólo pudo escapar por la ventana. La habitación del profesor alemán, así como sus objetos personales, no dieron tampoco nuevas pistas. Observamos que la hiedra había cedido bajo su peso y, a la luz de una linterna, vimos las huellas de sus tacones en el césped. Ésta era la única señal de aquella inexplicable huida nocturna.

Sherlock Holmes se ausentó solo y regresó después de las once, trayendo consigo un mapa del vecindario, hecho por el servicio cartográfico de artillería. Lo trajo a mi habitación, lo puso sobre la cama, colocó la lámpara sobre él y empezó a fumar, observándolo y señalando, de cuando en cuando, con su pipa, los lugares que le parecían dignos de interés.

—Este caso me atrae enormemente, Watson. Hay algunos puntos muy interesantes en él. En primer lugar, quiero que vea estos datos geográficos que pueden ser muy importantes para nuestra investigación. Mire este mapa. El cuadrado en oscuro es la escuela y pondré un alfiler sobre ella. Esta línea es la carretera principal, que, como puede comprobar, va de este a oeste y pasa por la escuela. Vea también que no hay carreteras secundarias hasta pasada una milla. Si se fueron, fue evidentemente por ésta.

—No hay duda.

—Por una feliz y singular casualidad, podemos, en cierto modo, saber quién pasó por esta carretera la noche en cuestión. En este punto, donde descansa mi pipa, estuvo de servicio un alguacil del condado, desde las doce hasta las seis. Es, como puede advertir, el primer cruce del lado este. El hombre declaró que no se ausentó de su puesto ni un momento y está seguro de que nadie, muchacho u hombre, pudo pasar por allí sin ser visto. He hablado con este alguacil, hace un rato, y me parece un hombre digno de toda confianza. Esto en esa dirección. Ahora tenemos que investigar en la otra. Hay una fonda a este lado, «El Toro», cuya patrona estaba enferma y había enviado a buscar un doctor a Mackleton, pero éste no llegó hasta el día siguiente, porque había ido a visitar a otro paciente. La gente de la fonda estuvo esperando toda la noche su llegada y estuvieron vigilando continuamente la carretera, por turnos. Afirman que no pasó nadie y, si su testimonio es bueno, podemos descartar también el oeste y afirmar que los fugitivos no se fueron por la carretera.

—Pero, ¿y la bicicleta? —objeté.

—En seguida iremos a eso. Continuando con nuestro razonamiento, si no utilizaron la carretera, debieron haber ido por el campo, en dirección sur o norte. Estudiemos ambas posibilidades. Hacia el sur de la casa hay una gran extensión de terreno de labranza, que está dividido en pequeñas parcelas, separadas por cercados de piedra. Ir por allí con una bicicleta es imposible. Si nos dirigimos hacia el Norte, encontramos un bosquecillo denominado «Ragged Shaw» y más allá un páramo llamado «Lower Gill Moor», que se extiende a lo largo de diez millas y que se va haciendo cada vez más agreste. Aquí, a un lado, se encuentra Holdernesse Hall, a diez millas por carretera, pero sólo a seis si se va a través del páramo, que es una llanura completamente desolada, en la que sólo viven unos pocos granjeros que se dedican a criar algún ganado. Ellos, junto con el frailecillo y el chorlito, son los únicos seres vivos que se encuentran hasta llegar a la carretera de Chesterfield, donde hay una iglesia, unas cuantas casas y una fonda. Más allá las elevaciones se van haciendo cada vez más escarpadas. Creo, en resumen, que debemos buscar hacia el Norte.

—Pero, ¿y la bicicleta? —insistí.

—¡Está bien! ¡Está bien! —dijo Holmes con impaciencia—. Un buen ciclista no necesita ir por la carretera principal, y el páramo está entrecruzado por varios senderos. Además, aquella noche había luna llena. ¡Hola! ¿Qué pasa?

Oímos un rápido golpeteo en la puerta y un instante después el doctor Huxtable entró en la habitación, llevando en la mano una gorra azul de cricquet, con una borla en la punta.

—¡Por fin! —gritó— ¡Gracias a Dios! ¡Por fin tenemos una pista del muchacho! Ésta es su gorra.

—¿Dónde la encontró?

—La tenían unos gitanos, que estuvieron acampados en el páramo y que se fueron el martes. La encontró la policía al registrar hoy su caravana.

—¿Qué explicación dieron?

—Sólo evasivas y embustes. Dijeron que la encontraron en el páramo el martes por la mañana. ¡Los muy sinvergüenzas! Ellos saben qué ha sido del muchacho y gracias a Dios están todos a buen recaudo. El miedo a la ley o el oro del duque les hará decir todo lo que saben.

—Hasta ahora todo encaja —dijo Holmes, cuando el doctor hubo salido de la habitación—. Esto sustenta la teoría de que es en el lado de Lower Gill Moor donde podremos encontrar resultados. La policía no ha hecho nada más que arrestar a los gitanos. ¡Mire aquí, Watson! Hay un arroyo que atraviesa el páramo y se extiende formando lodazales en algunos sitios, sobre todo en la zona situada entre la escuela y Holdernesse Hall. Creo que es inútil buscar huellas en otra parte, en tiempo seco, pero aquí hay posibilidad de encontrar algún rastro. Le llamaré mañana temprano e iremos a mirar por allí.

Empezaba a amanecer cuando me desperté y vi la alta y delgada figura de Holmes al lado de mi cama. Estaba completamente vestido y parecía regresar de algún sitio.

—He estado revisando el césped y el cobertizo de las bicicletas —dijo— y he dado también una vuelta por Ragged Shaw. En la habitación de al lado tiene preparado un poco de cacao. Vístase deprisa, porque nos espera un día de mucho trabajo.

Sus ojos brillaban con la excitación del artista que se dispone a empezar su trabajo. Era un Holmes activo y despierto, muy diferente al introvertido y pálido soñador de Baker Street. Al mirar su figura nerviosa, flexible y llena de energía, comprendí que realmente nos esperaba un día muy ajetreado.

Sin embargo, el comienzo no nos trajo más que fracasos. Llenos de esperanza, nos internamos en el turbulento y áspero páramo, cruzado por infinidad de senderos de ovejas, hasta que llegamos a la ancha faja verde que señalaba el cenagal, situado entre la escuela y Holdernesse Hall. Si el muchacho fue hacia su casa, debió pasar por este lugar y tuvo que dejar rastro, pero no vimos ninguna señal suya ni del alemán. Mi amigo, con el rostro ensombrecido, iba caminando por la ribera, examinando cuidadosamente cada mancha de lodo sobre el suelo musgoso. Había rastro de ovejas, en gran cantidad, y unas millas más abajo se veían también señales de vacas, pero no encontramos nada más.

—Habrá que revisar nuestra primera hipótesis —dijo Holmes, mirando con desánimo la quebrada extensión del páramo—. Hay un cenagal más abajo con una zona seca en medio. ¡Eh! ¿Qué es esto?

Estábamos sobre la estrecha cinta negra de una vereda y en medio de ella, claramente señalada en su suelo húmedo, aparecía la huella de una bicicleta.

—¡Hurra! —grité—. Ya lo tenemos.

Holmes sacudió la cabeza y parecía más asombrado que contento.

—Una bicicleta, ciertamente, pero no «la» bicicleta —dijo—. Estoy familiarizado con las huellas que dejan los diferentes neumáticos, y éste es un «Dunlop», con un parche en la cubierta. Las ruedas de Heiddegger llevan neumáticos «Palmer», que dejan rayas longitudinales. Aveling, el profesor de matemáticas, afirma estar seguro de ello. Por consiguiente, éste no es el rastro de Heiddegger.

—¿Es del muchacho, entonces?

—Yo diría que es de él si pudiésemos probar que tenía una bicicleta, pero ya vimos que no es posible. Este rastro está hecho por un ciclista que viene de la escuela.

—También puede ir hacia ella.

—No, no, querido Watson. La impresión más profunda es la de la rueda de atrás, que es donde descansa el peso. Observe los diversos lugares por donde ha pasado y cómo se ha borrado la señal, más superficial, de la delantera. Sin duda se alejaba de la escuela. Podrá o no estar relacionada con nuestra investigación, pero la seguiremos hacia atrás, antes de continuar.

Así lo hicimos, pero al cabo de unos cientos de yardas perdimos el rastro, al salir de la zona pantanosa. Siguiendo aún más atrás, llegamos a un lugar en que una fuente empapaba el camino. Aquí aparecía de nuevo la huella, aunque casi borrada por las pezuñas de las vacas, y vimos que desde aquí el sendero iba derecho a Ragged Shaw, el bosque que estaba detrás del colegio. Holmes se sentó en una peña, apoyó su barbilla en las manos y permaneció en esa actitud, sin moverse, hasta que me hube fumado dos cigarrillos.

—¡Bien! ¡Bien! —dijo por fin—. Desde luego es posible que un hombre astuto cambiase los neumáticos de la bicicleta para dejar huellas falsas. Me gustaría encontrarme con un criminal capaz de tales recursos. Pero vamos a dejar por el momento esta cuestión y volvamos de nuevo a nuestro cenagal, porque hemos dejado una buena parte de él sin explorar.

Continuamos nuestra búsqueda por las riberas del arroyo, hasta que nuestra perseverencia fue espléndidamente recompensada. En la parte más baja de la zona pantanosa había un pequeño sendero y en su centro una huella que parecía hecha por un manojo de cables telegráficos. Eran, evidentemente, los neumáticos «Palmer». Holmes dio un grito de alegría.

—Aquí está Herr Heiddegger, estoy completamente seguro. Parece que mi razonamiento ha sido bastante bueno, Watson.

—Le felicito.

—Todavía nos queda mucho por hacer. El asunto se va aclarando. Sigamos el rastro, que me temo no nos va a llevar muy lejos.

Vimos, sin embargo, mientras avanzábamos, que esta parte del páramo estaba formada, en algunas zonas, por un terreno más blando y, aunque con frecuencia perdíamos la pista, pronto la encontrábamos de nuevo.

—¿Observa usted —dijo Holmes— que el ciclista está ahora forzando el paso? No hay duda de ello. Mire esta huella, donde aparecen claramente marcados ambos neumáticos con la misma profundidad, lo cual quiere decir que el peso del ciclista está cargado sobre el manillar, como hace alguien cuando va deprisa. ¡Por Júpiter! ¡Ha tenido una caída!

Había una señal profunda e irregular a lo largo de varias yardas, luego algunas huellas de pies y, finalmente, volvía a aparecer la marca del neumático.

—¿Un patinazo? —sugerí.

Holmes tomó una rama aplastada de aulaga en flor y observé, con asombro, que las flores amarillas estaban salpicadas de rojo. Inmediatamente me di cuenta de que entre el brezo, a un lado del camino, había manchas oscuras de sangre coagulada.

—¡Malo! ¡Malo! —dijo Holmes—. Esté preparado, Watson, pero no se mueva si no es necesario. ¿Qué veo aquí? Cayó herido, se levantó y continuó en la bicicleta. No hay huellas de ganado en esta parte del camino; por tanto, parece imposible que le cornease un toro. Sin embargo, no hay otras huellas. Sigamos este rastro de sangre, Watson, que me temo no llegue muy lejos.

Nuestra búsqueda no fue muy larga. Las huellas de los neumáticos empezaron a curvarse extrañamente en el sendero y, de repente, un brillo metálico hirió mis ojos a través de un espeso arbusto de argomón, del que sacamos una bicicleta con neumáticos «Palmer», con un pedal doblado y toda la parte delantera manchada de sangre. Había un zapato al otro lado de los arbustos y al correr hacia allí encontramos el cuerpo del infortunado ciclista. Era alto, con barba y anteojos, uno de cuyos cristales se había roto. En seguida nos dimos cuenta de que la causa de su muerte había sido un tremendo golpe en la cabeza, que le había aplastado parte del cráneo. El que siguiese caminando después de recibir un golpe como aquél, decía mucho acerca de la vitalidad y coraje de aquel hombre. Llevaba zapatos, pero no calcetines, y su chaqueta abierta dejaba ver una camisa de noche. Era, sin duda, el profesor alemán.

Holmes volvió el cuerpo con cuidado y lo examinó minuciosamente. Después se sentó, quedando sumido en profunda meditación durante un rato, y pude apreciar por su ceño fruncido que aquel horrible descubrimiento no nos había hecho avanzar, en su opinión, gran cosa en nuestras investigaciones.

—No sé qué hacer ahora, Watson —dijo por fin—. Mi intención es seguir adelante con esta investigación, porque hemos perdido mucho tiempo y no podemos retrasarnos otra hora más, pero, por otra parte, debemos informar a la policía y procurar que el cuerpo de este pobre hombre sea recogido.

—Puedo llevar una nota.

—Es que necesito que esté conmigo para ayudarme. ¡Espere un momento! Hay un sujeto sacando estiércol allí lejos. Tráigale aquí y él se encargará de guiar a la policía.

Traje al campesino, que quedó aterrado, y Holmes le envió con una nota para el doctor Huxtable.

—Bien, Watson —dijo luego—. Hemos encontrado dos pistas: una, la de los neumáticos «Palmer», que ya hemos visto adónde conducía, y la otra, la de los «Dunlop», con un parche. Antes de investigar esta última, intentaremos darnos cuenta de lo que estamos haciendo, para separar lo esencial de lo accidental y así trabajar con eficacia.

Y continuó:

—En primer lugar, quiero que observe que el muchacho se fue por su propia voluntad. Bajó por la ventana y se marchó solo o acompañado. Eso es seguro.

Hice un gesto de asentimiento.

—Bien, ahora volvamos al infortunado maestro. El chico estaba completamente vestido cuando se fue, lo cual indica que estaba preparado. Sin embargo, el alemán salió sin calcetines y con la chaqueta encima de la camisa de noche, lo cual nos indica que no pensaba salir, y tuvo que actuar con rapidez.

—Indudablemente.

—¿Por qué se fue? Evidentemente desde la ventana de su dormitorio vio huir al muchacho y quiso traerle de nuevo al colegio. Montó en su bicicleta y al perseguir al muchacho, encontró la muerte.

—Así parece.

—Ahora voy a la parte crítica de mi argumento. Lo natural en un hombre que persigue a un niño sería correr tras él, ya que sabe que le puede atrapar, pero el alemán no hace eso, sino que toma su bicicleta. Me han dicho que montaba muy bien, lo cual indica que el chico tenía algún medio para huir.

—La otra bicicleta.

—Sigamos con la reconstrucción de los hechos. Encuentra la muerte, no a causa de un disparo, que incluso pudo haber sido hecho por un muchacho, sino por un golpe salvaje descargado por un brazo vigoroso. La huida, además, fue rápida, ya que, hasta pasadas cinco millas, el chico no pudo ser alcanzado por un ciclista experto. Sin embargo, nosotros revisamos el terreno en los alrededores de la escena del crimen y no encontramos más que unos cuantos rastros de ganado y la ausencia de senderos en cinco yardas a la redonda. En este asesinato no ha tenido nada que ver otro ciclista. Ni siquiera había pisadas humanas.

—¡Holmes —grité—, esto es imposible!

—¡Admirable! —respondió—. Una observación extraordinaria. Es imposible tal como yo lo establezco, lo cual significa que hay algún error. Pero, ¿puede usted, que ha visto todo, sugerir dónde está?

—¿No puede haberse roto el cráneo en la caída?

—¿En un pantano, Watson?

—No se me ocurre otra cosa.

—Basta, basta; ya hemos resuelto algunos puntos, y además tenemos abundante material. Puesto que la pista del «Palmer» se ha seguido hasta el final, veamos a dónde nos lleva el «Dunlop» con la cubierta parcheada.

Seguimos el rastro durante un rato pero, una vez pasado el arroyo, el páramo empezaba a subir hacia un alto brezal, donde no se podía pensar en encontrar ni el más débil rastro. Desde el lugar donde vimos la última huella del «Dunlop», el ciclista, lo mismo se pudo haber dirigido hacia Holdernesse Hall, cuyas majestuosas torres se perfilaban a la izquierda, algunas millas al norte, que hacia un pueblo gris, de casas bajas, que apareció delante de nosotros y que señalaba la posición de la carretera de Chesterfield.

Mientras nos acercábamos a una fonda sórdida y pequeña con un letrero sobre la puerta, en el que aparecía un gallo de pelea, Holmes emitió un quejido y se apoyó en mi hombro para no caerse. Había tenido una torcedura de tobillo y no podía dar ni un paso. Dificultosamente logró llegar cojeando hasta la puerta, donde un anciano rechoncho fumaba en una negra pipa de arcilla.

—¿Cómo está usted, señor Reuben Hayes? —dijo Holmes.

—¿Quién es usted y cómo sabe mi nombre? —respondió el campesino con un brillo de desconfianza en sus ojos.

—Está escrito en el tablero que tiene sobre su cabeza y es fácil saber cuándo un hombre está en su propia casa. Supongo que no tendrá un coche en el establo...

—No, no lo tengo.

—Apenas puedo apoyar el pie en el suelo.

—Pues no lo hay.

—Es que no puedo andar.

—Pues vaya cojeando.

Los modales del señor Reuben Hayes distaban mucho de ser corteses, pero Holmes tomó todo con muy buen humor.

—Bien, amigo, es una solución bastante mala para mí. Pero no se preocupe, no tiene mayor importancia.

—No me preocupo —contestó el descortés posadero.

—Tengo que resolver un asunto urgente. Le ofrezco una libra si me deja una bicicleta.

El interés del posadero se despertó súbitamente.

—¿Adónde quiere ir?

—A Holdernesse Hall.

—Supongo que serán socios del duque... —dijo, mirando irónicamente nuestras ropas manchadas de barro.

Holmes seguía de buen humor.

—De todos modos, se alegrará de vernos.

—¿Por qué?

—Le traemos noticias del paradero de su hijo.

El mesonero tuvo un visible sobresalto.

—¿Es que están ustedes sobre su pista?

—Dicen que ha sido visto en Liverpool y esperan encontrarle en cualquier momento.

Vi cómo se operaba un súbito cambio en el rostro abotagado y sin afeitar de aquel hombre, y su comportamiento se hizo, repentinamente, más cordial.

—Tengo menos razones que nadie para estar agradecido al duque, porque fui su cochero una vez y no se portó bien conmigo. Me despidió sin darme ninguna explicación, fiándose más de la palabra de un campesino que de la mía. A pesar de todo, me alegro de que hayan encontrado al señorito en Liverpool y les ayudaré a llevar la buena noticia a la mansión.

—Gracias —dijo Holmes—. Comeremos algo primero y después nos traerá la bicicleta.

—No la tengo.

Holmes sacó una libra.

—Le he dicho que no tengo ninguna bicicleta. Puedo alquilarles un par de caballos para que vayan a la mansión.

—Bien —dijo Holmes—. Hablaremos de esto cuando hayamos comido algo.

En cuanto nos quedamos solos en la cocina de piedra, el tobillo de mi amigo se recuperó con asombrosa rapidez. Era ya el final de la tarde y no habíamos comido nada desde el amanecer, de modo que invertimos algún tiempo en hacerlo. Holmes estaba sumido en sus pensamientos, y por dos veces se dirigió a la ventana y miró por ella detenidamente. Se abría ésta a un patio raquítico, en un rincón del cual había una herrería, donde trabajaba un tipo mugriento. Los establos se abrían al otro lado. Acababa de sentarse Holmes, después de su viaje a la ventana, cuando, de repente, dio un salto en la silla y exclamó:

—¡Cielo santo, Watson, creo que ya lo tengo! Sí, debe ser así. ¿Recuerda haber visto antes huellas de vacas?

—Sí, varias veces.

—¿Dónde?

—Pues en muchos sitios. Las había en el pantano, en el sendero y también donde encontró la muerte el pobre Heiddegger.

—¡Exacto! Y ahora, Watson, ¿cuántas vacas vio en el páramo?

—No recuerdo haber visto ninguna.

—Es extraño que viéramos huellas de vacas durante todo nuestro recorrido, pero que no viéramos ninguna en todo el páramo. Es muy extraño.

—Lo es.

—¿Puede acordarse de aquellas huellas en el sendero?

—Sí.

—¿Recuerda que eran de esta forma —: : : : : : :—, a veces de ésta —: ˙ : ˙ : ˙ :— y a veces de ésta —. ˙ . ˙ . ˙ .—? —me explicó Holmes, disponiendo sobre la mesa migas de pan—. ¿Puede recordarlo?

—No.

—Yo sí, y podría jurar que eran como he dicho. Sin embargo, regresaremos para comprobarlo. ¡Qué ciego he estado para no ver esto!

—¿A qué se refiere?

—Se trata de una vaca que va al paso, al trote y al galope. ¡Por San Jorge!, Watson, pienso más torpemente que un labriego. No hay nadie cerca, salvo el tipo de la herrería; así es que vamos a tratar de salir sin ser vistos, para continuar nuestro trabajo.

En el desvencijado establo había dos toscos caballos, de áspero pelaje. Holmes levantó la pata de uno de ellos y rió en voz alta.

—Caballos herrados con herraduras viejas, pero las pezuñas son nuevas. Este caso merece figurar entre los clásicos. Vayamos a la herrería.

El tipo que habíamos visto antes continuaba su trabajo sin prestarnos atención. Vi cómo la mirada de Holmes inspeccionaba rápidamente todos los objetos de hierro y madera que estaban esparcidos por el suelo. De pronto oímos pasos detrás de nosotros y apareció el posadero con sus espesas cejas salvajemente arqueadas y las facciones crispadas por la ira. Cogió un trozo de hierro y avanzó de forma tan amenazadora que me alegré al sentir el revólver en mi bolsillo.

—¡Espías del demonio! ¿Qué están haciendo aquí?

—Pero, señor Hayes —dijo calmosamente Holmes—. Parece que tiene miedo de que encontremos algo.

El hombre consiguió dominarse haciendo un violento esfuerzo y su fea boca se distendió en una risa falsa, que era más siniestra aún que su enojo.

—Sean bien venidos a mi herrería para todo lo que gusten, pero mire, señor, aunque no tengo nada que ocultar, me quedaré más contento si me paga la cuenta y se marcha lo antes posible.

—Muy bien, señor Hayes. No hemos pretendido causarle ninguna molestia. Estábamos echando un vistazo a sus caballos, pero creo que iremos caminando, ya que no parece estar lejos.

—No hay más de dos millas, si van por la carretera.

El hombre nos estuvo observando adustamente hasta que hubimos abandonado su propiedad. En cuanto la curva de la carretera nos ocultó a sus ojos, Holmes se detuvo.

—Estuvimos sobre algo caliente, como dicen los niños, en esa posada y parece que me voy enfriando a medida que me alejo.

—Estoy seguro de que ese Reuben Hayes lo sabe todo —contesté—. Nunca vi otra cara de canalla como ésa.

—¡Oh! ¿Tanto le impresionó? Están los caballos y la fragua. Sí, es un lugar interesante este mesón del «Gallo de Pelea». Creo que echaremos otro vistazo sin que nos vean.

Detrás de nosotros se extendía un largo declive, moteado por grises guijarros de caliza. Dimos la vuelta y nos disponíamos a subir por él, cuando al mirar en dirección a Holdernesse Hall, vi a un ciclista que se acercaba rápidamente.

—¡Agáchese, Watson! —gritó Holmes, apoyando pesadamente su mano en mi hombro. Apenas nos habíamos escondido, cuando el hombre pasó velozmente por la carretera delante de nosotros. Entre una nube de polvo, pude ver un rostro pálido y agitado, con el terror pintado en cada uno de sus rasgos, la boca abierta y los ojos clavados con fijeza ante él. Era una extraña caricatura del James Wilder que habíamos visto la noche anterior.

—¡El secretario del duque! —gritó Holmes—. Veamos qué hace.

Trepamos de roca en roca y en poco tiempo llegamos a un alto desde el que podíamos ver la puerta delantera de la fonda. La bicicleta de Wilder estaba apoyada contra la pared. El lugar parecía desierto y tampoco pudimos ver a nadie a través de las ventanas. Se acercaba lentamente el crepúsculo y el sol iba desapareciendo tras las altas torres de Holdernesse Hall. Al poco tiempo, vimos encenderse, entre las primeras sombras de la noche, los dos faroles de un carruaje, en el patio del establo, y en seguida oímos el ruido de los cascos sobre la carretera, en veloz galope hacia Chesterfield.

—¿Qué piensa de esto, Watson? —musitó Holmes.

—Parece una huida.

—Creo que sólo había un hombre en el coche. Ciertamente no era el señor Wilder, porque acaba de aparecer en la puerta.

Un rectángulo de luz roja surgió en la oscuridad y en él se recortó la oscura silueta del secretario del duque, que asomó la cabeza mirando a través de las sombras. Era evidente que esperaba a alguien. Al poco tiempo se oyeron pasos en la carretera y una segunda figura se hizo visible durante un instante en el hueco rojizo de la puerta, tras lo cual ésta se cerró y todo volvió a quedar sumido en la más completa oscuridad. Cinco minutos más tarde, una luz se encendió en una habitación del primer piso.

—Es curiosa esta costumbre que rige en el «Gallo de Pelea» —dijo Holmes.

—El bar está en el otro lado —observé.

—Cierto. Éstos son los que podrían llamarse invitados privados. Pero, ¿qué demonios hará el señor Wilder en esta cueva a tales horas de la noche? Y, ¿quién será el compañero que viene a reunirse con él? Vamos, Watson, debemos arriesgarnos y tratar de investigar esto un poco más de cerca.

Nos escabullimos hacia la carretera y nos arrastramos hasta la puerta de la fonda. La bicicleta de Wilder estaba todavía apoyada contra la pared. Holmes se acercó a ella, encendió una cerilla, la acercó a la rueda trasera y oí su risita irónica cuando la luz cayó sobre un neumático «Dunlop» parcheado. Encima de nosotros brillaba la ventana encendida.

—Debo mirar a través de ella, Watson. Si se agacha un poco y se apoya contra la pared, creo que podré conseguirlo.

Un instante después, sus pies estaban sobre mis hombros. Sin embargo, apenas hubo subido, saltó al suelo.

—Vámonos, amigo mío —dijo—, nuestro día de trabajo ha sido bastante largo. Creo que hemos reunido toda la información que hemos podido. Tenemos que dar un largo paseo hasta la escuela y cuanto antes nos pongamos en camino, mejor.

Apenas abrió la boca durante el penoso recorrido de vuelta, a través del páramo, y no se dirigió a la escuela cuando llegamos a ella, sino a la estación de Mackleton, donde puso varios telegramas. Aquella noche, ya tarde, le oí consolar al doctor Huxtable, postrado por la trágica muerte del profesor, y después entró en mi habitación tan fresco y activo como cuando nos pusimos en marcha por la mañana.

—Todo va bien —dijo—. Me he propuesto aclarar definitivamente el misterio antes de mañana por la tarde.

* * *

A las once de la mañana del día siguiente, mi amigo y yo caminábamos por la famosa avenida de tejos de Holdernesse Hall. Desde la magnífica puerta de estilo isabelino, fuimos conducidos al estudio de Su Gracia y allí nos encontramos con el señor Wilder, grave y cortés, pero todavía con algún vestigio del salvaje terror de la noche pasada, reflejado en su mirada furtiva y en sus facciones crispadas.

—¿Han venido a ver a Su Gracia? Pues lo siento, pero el duque se encuentra bastante mal. Ha estado bastante turbado por las terribles noticias. Recibimos un telegrama del doctor Huxtable, ayer tarde, que nos hablaba de su trágico descubrimiento.

—Debo ver al duque, señor Wilder.
—Se encuentra en su habitación.
—Entonces iré allí.
—Creo que está en la cama.
—Le veré donde se encuentre.

La actitud fría e inexorable de Holmes hizo ver al secretario que era inútil discutir con él.

—Muy bien, señor Holmes, le diré que está usted aquí.

Al cabo de media hora apareció el noble, con el rostro más cadavérico que nunca, los hombros caídos y el aspecto más avejentado que en la mañana anterior. Nos saludó con majestuosa cortesía y se sentó ante su escritorio, con la roja barba flotando sobre la mesa.

—¿Y bien, señor Holmes?

Los ojos de mi amigo estaban fijos en el secretario, que permanecía en pie junto a la silla de su señor.

—Creo, señor, que hablaremos con más libertad si se ausenta Mr. Wilder.

El secretario palideció y dirigió una mirada malévola a Holmes.

—Si Vuestra Gracia lo desea...
—Sí, sí, váyase. Ahora, señor Holmes, ¿qué tiene que decir?

Mi amigo esperó hasta que la puerta se hubo cerrado tras el secretario.

—El hecho es, Su Gracia, que a mi colega, el doctor Watson, y a mí nos ha asegurado el doctor Huxtable que había sido ofrecida una recompensa por resolver este caso. Me gustaría ver confirmado esto por usted.

—Es cierto, señor Holmes.
—Dará, en total, si no estoy mal informado, cinco mil libras a cualquiera que le diga dónde está su hijo.

—Exactamente.

—Y otras mil a quien le diga qué persona o personas le tienen en su poder.

—También es cierto.

—En este último concepto están incluidos, sin duda, no sólo los que puedan haberle raptado, sino también aquellos que conspiran para mantenerle en su actual situación.

—Sí, sí —gritó el duque con impaciencia—. Si usted hace bien su trabajo, señor Holmes, no tendrá motivos para quejarse de un trato mezquino.

Mi amigo se frotó las manos ávidamente, lo cual me extrañó, pues conocía sus gustos frugales.

—Me gustaría ver el libro de cheques de Su Gracia encima de la mesa. Le agradecería me hiciese un cheque por seis mil libras. Quizá sea mejor para usted cruzarlo con mi banco, que es el de la capital y del condado, agencia de Oxford Street.

El duque se sentó severo y enhiesto en su sillón y miró duramente a mi amigo.

—Señor Holmes, no creo que este asunto sea para bromear.

—De ningún modo, Su Gracia. En mi vida he hablado más seriamente.

—¿Qué quiere decir entonces?

—Que he ganado la recompensa. Sé dónde está su hijo y conozco a algunos de los que le tienen en su poder.

La barba del duque parecía más roja que nunca, en contraste con su palidez cadavérica.

—¿Dónde está? —dijo entrecortadamente.

—Está, o estaba, en la posada del «Gallo de Pelea», a unas dos millas de la verja de su hacienda.

El duque se derrumbó en su silla.

—¿A quién acusa usted?

La contestación de Sherlock Holmes fue sorprendente. Se inclinó con rapidez hacia delante y tocó al duque en el hombro.

—Le acuso a usted —dijo—. Y ahora, Su Gracia, tengo que molestarle por lo del cheque.

Nunca olvidaré el aspecto del duque cuando se levantó y sus manos se engarfiaron, como las de alguien que se hunde en el abismo. Su educación aristocrática le permitió dominarse, haciendo un extraordinario esfuerzo. Se sentó, hundió el rostro entre las manos y transcurrieron algunos minutos antes de que empezase a hablar.

—¿Cómo lo supo?

—Les vi a ustedes dos juntos, en la posada, anoche.
—¿Lo sabe alguien más, exceptuando a su amigo?
—No se lo he dicho a nadie.

El duque cogió la pluma con dedos temblorosos y abrió su libro de cheques.

—Seré fiel a mi palabra, señor Holmes, y le haré el cheque, aunque la información que usted me ha traído sea tan poco grata para mí. Cuando hice esta oferta no me podía imaginar el giro que iban a tomar los acontecimientos. Pero usted y su amigo son personas discretas, ¿no es así, señor Holmes?

—No logro entenderle.

—Le hablaré con claridad, señor Holmes. Si sólo ustedes dos conocen la verdad, no hay ninguna razón para que trascienda. Creo que son doce mil libras lo que le debo, ¿no es cierto?

Holmes sonrió, sacudiendo la cabeza.

—Me temo, Su Gracia, que las cosas no se pueden arreglar tan fácilmente. Hay alguien que tiene que responder de la muerte del profesor.

—Pero James no sabía nada de eso. Usted no puede hacerle responsable, ya que fue obra del rufián a quien tuvo la desgracia de contratar.

—Soy de la opinión, Su Gracia, que cuando un hombre se mezcla en un crimen, es moralmente responsable de cualquier otro crimen que sea consecuencia del primero.

—En ese sentido, no hay duda de que está usted en lo cierto, señor Holmes, pero no ante la Ley. Un hombre no puede ser condenado por un asesinato en el que no estuvo presente y que le repugna tanto como a usted. En cuanto se enteró de él, me hizo una confesión completa. Estaba lleno de terror y remordimiento, e inmediatamente rompió su trato con el asesino. ¡Oh, señor Holmes, debe salvarle, debe salvarle! ¡Le digo que debe salvarle!

El duque dijo esta última frase como una orden, mientras paseaba por la habitación con el rostro crispado y las manos agarrotadas, agitándose en el aire. Finalmente, logró dominarse y se sentó de nuevo ante su escritorio.

—Le agradezco que haya venido aquí antes de hablar con nadie. Trataremos de reducir este escándalo todo lo posible.

—Estoy de acuerdo —dijo Holmes—, pero creo, Su Gracia, que esto sólo lo podremos conseguir teniendo una franqueza absoluta y total entre nosotros. Estoy dispuesto a ayudarle lo mejor que pueda; mas, para ello, debo saber hasta el último detalle acerca de cómo se han desarrollado los hechos. Entiendo que a quien se ha estado usted refiriendo es al señor James Wilder y él no es el asesino.

—No; el asesino ha escapado.

Sherlock Holmes esbozó una sonrisa.

—Su Gracia no debe conocer mucho mi reputación, pues de lo contrario no hubiese imaginado que es tan fácil que a mí se me escape un criminal. Reuben Hayes fue arrestado ayer a las once de la noche, en Chesterfield, merced a mi oportuna información. Recibí un telegrama del jefe de la policía local, antes de abandonar esta mañana la escuela.

El duque se apoyó en la silla y miró con asombro a mi amigo.

—Parece que tuviera usted poderes sobrenaturales —dijo—. Así que Reuben Hayes ha sido capturado. Me alegro mucho de ello, siempre que no perjudique el futuro de James.

—¿Su secretario?

—No, señor. Mi hijo.

Esta vez fue Holmes el asombrado.

—Confieso que esto es completamente nuevo para mí. Le ruego, Su Gracia, que sea más explícito.

—No voy a ocultarle nada. Estoy de acuerdo con usted en tener absoluta franqueza. Aunque ello sea muy desagradable para mí, es lo mejor para salir de esta situación a que nos han conducido los disparates y la envidia de James. Cuando era muy joven, señor Holmes, me enamoré como sólo ocurre una vez en la vida. Le pedí a aquella dama que se casara conmigo, pero ella rehusó, alegando que esto podría perjudicar mi carrera. Si hubiera vivido ella, ciertamente no me habría casado con otra, pero falleció y dejó a este hijo, a quien por ella he educado y cuidado. No podía, públicamente, reconocer mi paternidad, pero le di la mejor educación y desde que se hizo un hombre le he tenido a mi lado. Él supo mi secreto y continuamente se jactaba de poder provocar un escándalo, lo que sabía me horrorizaba. Suya es, en parte, la culpa del desastroso final de mi matrimonio y siempre ha odiado con encono a mi legítimo heredero. Se preguntará cómo, a pesar de todo esto, ha continuado James bajo mi techo. La respuesta es que, al verle, contemplaba a su madre y por su memoria no quería dar fin a mis sufrimientos. Cada gesto de él me la traía a la memoria con toda claridad y no podía alejarle de mí. Sin embargo, tenía pánico de que hiciese algún daño a Arthur, esto es, lord Saltire, y por ello le envié a la escuela del doctor Huxtable, creyendo que allí estaría seguro. James se puso en contacto con ese tipo, Hayes, que había sido arrendatario mío y con el que había tratado él como agente. Es un completo truhán, pero, no sé cómo, James se hizo gran amigo suyo. Siempre ha tenido inclinación a las malas compañías. Cuando decidió raptar a Arthur, se puso en contacto con este hombre y recordará usted que escribí a mi hijo el día anterior al secuestro. Bien, James abrió esa carta y puso en ella una nota diciéndole a Arthur que se encontrase con él en el bosquecillo llamado Ragged Shaw, que está detrás de la escuela, invocando el nombre de la duquesa para lograr que el muchacho acudiera. James fue en bicicleta hasta el bosquecillo aquella tarde (le estoy contando a usted la versión que él mismo me dio), y le dijo a Arthur que su madre anhelaba verle, que le esperaba en el páramo y que si regresaba al bosquecillo a medianoche, encontraría un hombre con un caballo, que le llevaría con ella. El muchacho cayó en la trampa y acudió a la cita, encontrándose con Hayes, que le esperaba con un poni alquilado, y parece ser, aunque James se enteró de esto más tarde, que alguien les persiguió y que Hayes golpeó al perseguidor, muriendo el hombre a consecuencia de las heridas. Hayes condujo a Arthur a la fonda, donde le encerró en el primer piso, quedando bajo la custodia de la señora Hayes, que es una buena mujer, pero completamente dominada por su marido. Bien, señor Holmes, así estaban las cosas cuando le vi hace dos días. No sabía más que ustedes acerca de todo esto. Si me pregunta por los motivos que tuvo James para hacer lo que hizo, le diré que había mucho de irrazonable en el odio que tenía a mi heredero. Él se consideraba como legítimo y único heredero de mis posesiones y le eran odiosas las normas sociales que hacían imposible esto. Al mismo tiempo, tenía también un motivo definido, ya que quería que desheredase a Arthur en beneficio suyo y suponía que estaba en mí poder hacerlo. Intentaba hacerme un chantaje: me devolvería a Arthur si yo le hacía heredero a él. Sabía que nunca pediría ayuda a la policía. No le dio tiempo a proponerme el trato, porque los acontecimientos se precipitaron y desbarataron sus planes. Lo que echó todo a perder fue su descubrimiento del cadáver de ese hombre, Heiddegger. Recibimos la noticia ayer, cuando estábamos en el despacho, por un telegrama que nos puso el doctor Huxtable. Vi a James tan abatido y asustado, que las sospechas que siempre había tenido se convirtieron en certeza y le acusé del hecho. Entonces me hizo una confesión completa y me rogó que guardase el secreto durante tres días, para dar oportunidad de huir a su miserable cómplice. Accedí, como siempre he accedido a todo lo que me ha pedido, e inmediatamente se dirigió al «Gallo de Pelea» para avisar a Hayes y proporcionarle los medios de huida. Yo no podía ir allí de día, pero, tan pronto anocheció, me encaminé a ver a mi querido Arthur. Le encontré sano y salvo, pero terriblemente asustado por el hecho que había presenciado, y, de acuerdo con mi promesa, consentí en dejarle allí tres días más, al cuidado de la señora Hayes, ya que era imposible informar a la policía dónde estaba y no decir el nombre del asesino. En aquel momento no vi la forma de castigar a éste sin perjudicar a mi infortunado James. Usted me pidió franqueza, señor Holmes, y he sido totalmente franco, ya que le he contado todo, sin engaños ni circunloquios. Le ruego que ahora tenga usted la misma franqueza conmigo.

—La tendré —respondió Holmes—. En primer lugar, debo decirle que su propia situación ante la Ley es muy delicada, puesto que ha sido encubridor de un crimen y ha ayudado a escapar al asesino; si no me equivoco, el dinero que James Wilder dio a su cómplice para ayudarle a huir procedía del bolsillo de Su Gracia.

El duque asintió.

—Verdaderamente es un asunto muy serio. Sin embargo, me parece más grave aún que haya dejado a su hijo pequeño en esa guarida durante tres días.

—Hice una promesa...

—¿Qué significan las promesas para gente como ésa? No tiene usted ninguna garantía de que no le vuelvan a raptar de nuevo. Por complacer a su hijo mayor, ha expuesto a su inocente hijo pequeño a un peligro innecesario. Es una acción injustificable.

El orgulloso señor de Holdernesse no estaba acostumbrado a ser tratado de esta forma en su propia mansión y una oleada de sangre inundó su rostro, aunque su conciencia le hizo enmudecer.

—Le ayudaré, si llama al lacayo y me permite darle las órdenes que crea oportunas —dijo Holmes.

Sin pronunciar una palabra, el duque apretó un timbre eléctrico y al poco tiempo apareció un criado, al que Holmes dijo:

—Le alegrará saber que su joven señor ha sido encontrado. El duque desea que vaya en coche inmediatamente a la taberna del «Gallo de Pelea» para traer a lord Saltire a su casa.

—Ahora —dijo Holmes cuando hubo salido el lacayo—, habiendo asegurado el futuro, podemos permitirnos ser más indulgentes con el pasado. No estoy aquí oficialmente y no hay ninguna razón, siempre que se haga justicia, para que yo descubra todo lo que sé. En cuanto a Hayes, la horca le espera y no pienso hacer nada para salvarle de ella. Lo que él confesará no lo sé, pero Su Gracia podrá hacerle comprender que debe permanecer callado por su propio interés. Para la policía, él habrá raptado al muchacho con el propósito de pedir un rescate. Si no descubren nada más por sí mismos, no veo la razón para que yo les sugiera adoptar un punto de vista más amplio. Su Gracia se dará cuenta de que la presencia de James Wilder en su casa sólo puede acarrearle desgracias.

—Sepa, señor Holmes, que ya hemos dispuesto que se marchará de aquí para siempre e irá a Australia a buscar fortuna.

—En ese caso y, puesto que usted me dijo que el desgraciado final de su matrimonio fue causado por su presencia, le sugeriría que pidiese perdón a la duquesa y tratasen de reanudar su vida conyugal.

—Eso también lo he arreglado, señor Holmes; escribí a la duquesa esta mañana.

—En ese caso, creo que mi amigo y yo podemos felicitarnos por los magníficos resultados de nuestra visita al Norte. Hay otro pequeño punto del que me gustaría saber algo. Ese tipo, Hayes, había herrado sus caballos con herraduras que imitaban las huellas de vacas. ¿Fue el señor Wilder quien le sugirió tan extraordinaria idea?

El duque permaneció pensativo unos momentos, con una expresión de intensa sorpresa pintada en el rostro. Después se levantó, abrió una puerta y pasamos a una espaciosa habitación amueblada como un museo. Se dirigió hacia una vitrina situada en un rincón y nos enseñó la inscripción que había en ella.

«Estas herraduras fueron encontradas en un pozo de Holdernesse Hall. Son para uso de los caballos, pero tienen forma de pezuña hendida, para despistar a los perseguidores. Se supone que pertenecieron a alguno de los barones de Holdernesse Hall y que fueron empleadas en sus correrías en la Edad Media.»

Holmes abrió la vitrina y humedeciéndose un dedo lo pasó por encima de la herradura. Sobre su piel quedó una lámina de barro reciente.

—Gracias —dijo, mientras cerraba la vitrina—. Es el segundo objeto interesante que he visto en el Norte.

—¿Cuál es el primero?

Holmes dobló cuidadosamente su cheque y lo metió en su cuaderno de notas.

—Soy un hombre pobre —dijo, dándole un golpecito afectuoso al cuaderno y guardándolo en lo más profundo de su bolsillo interior.

LA AVENTURA DE LOS LENTES DE ORO

Cuando repaso los tres abultados volúmenes que contienen nuestro trabajo del año 1894, confieso que es muy difícil para mí seleccionar, entre tal cantidad, los casos más interesantes en sí mismos, y que, a la vez, pongan de manifiesto las singulares y extraordinarias facultades que hicieron tan famoso a mi amigo. Hojeándolos, encuentro mis notas sobre la repulsiva historia de la sanguijuela roja y la terrible muerte del banquero Crosby. Veo también un resumen de la tragedia de los Addleton y el caso singular del antiguo túmulo británico. El famoso caso de Smith-Mortimer figura también entre los de esta época, así como la persecución y arresto de Huret, el asesino del Bulevar, hazaña que valió a Holmes una carta autógrafa del presidente de la República, con su felicitación, así como la Legión de Honor. Cada uno de ellos sería un buen relato, pero creo que ninguno tiene aspectos tan notables como el caso que tuvo lugar en el viejo solar de Yoxley, que incluye la desgraciada muerte del joven Willoughby Smith y los ulteriores acontecimientos que sirvieron para aclarar los curiosos motivos de este crimen.

* * *

Era una noche tempestuosa y cruda de finales del mes de noviembre. Holmes y yo habíamos estado sentados en silencio durante toda la tarde: él, absorto en descifrar, con la ayuda de una potente lupa, los restos de una inscripción original en un palimpsesto, y yo concentrado en un reciente trabajo de cirugía. El viento aullaba fuera, en Baker Street, y la lluvia golpeaba salvajemente los cristales. Era extraño que en el corazón de la ciudad, con diez millas de obra humana a cada lado de nosotros, sintiésemos el puño de hierro de la naturaleza y comprendí que, ante la fuerza colosal de los elementos, Londres no era más que una de las toperas que salpican los campos. Me acerqué a la ventana y miré hacia la calle desierta, donde los escasos faroles alumbraban las aceras y hacían brillar el pavimento. Un coche solitario chapoteaba en el extremo de la calle, procedente de Oxford Street.

—Bien, Watson, es una suerte que no tengamos que salir en una noche como ésta —dijo Holmes, dejando a un lado la lupa y enrollando el palimpsesto—. He estudiado con exceso y no conviene hacer trabajar demasiado la vista. No hay nada, que yo sepa, tan excitante como los relatos de una abadía de la segunda mitad del siglo quince. ¡Eh!, ¡eh!, ¿qué es esto?

Entre el zumbido del viento, oímos surgir el pateo de unos pasos y el chirriar de una rueda contra el encintado. El coche que había visto antes acababa de detenerse ante nuestra puerta.

—¿Qué puede querer? —exclamé, mientras veía a un hombre bajar de él.

—¡Querer! Nos quiere a nosotros, querido Watson, y nosotros queremos abrigos, bufandas, polainas, botines y todo lo que el hombre haya inventado para combatir el frío. Pero, ¡espere un poco! Se va el coche. Todavía hay esperanzas. Le habría hecho esperar, de haber querido que le acompañásemos. Vaya abajo y abra la puerta, querido amigo, porque la gente decente lleva ya un buen rato en la cama.

Cuando la luz del recibidor iluminó a nuestro visitante, reconocí inmediatamente al joven Stanley Hopkins, un prometedor detective, por cuya carrera Holmes había mostrado varias veces gran interés.

—¿Está él en casa? —preguntó ansiosamente.

—Suba, querido amigo —dijo la voz de Holmes, desde arriba—; espero que no nos hará salir en una noche como ésta.

El detective subió las escaleras y nuestra lámpara arrancó destellos de su brillante impermeable. Le ayudé a quitárselo, mientras Holmes atizaba el fuego.

—Ahora, mi querido Hopkins, extienda los pies y caliénteselos. Aquí tiene un cigarro y el doctor le dará una receta que contiene agua caliente y limón, lo cual es un excelente tónico en una noche como ésta. Debe ser algo importante lo que le ha hecho salir con semejante temporal.

—Lo es, señor Holmes. ¿Ha leído algo del caso Yoxley en las últimas ediciones?

—No he visto hoy nada posterior al siglo quince.

—Bien, sólo era una reseña y toda equivocada, así que no se ha perdido nada. No he dejado crecer la hierba bajo mis pies. Se trata de un lugar en Kent, a siete millas de Chatham y a tres de la línea de ferrocarril. Me telegrafiaron a las tres y cuarto, llegué a Yoxley a las cinco, hice mi investigación, llegué a Charing Cross en el último tren y vine aquí en coche inmediatamente.

—Lo que quiere decir que el caso no está muy claro para usted.

—Quiere decir que no tiene pies ni cabeza. Hasta donde he podido llegar, está tan embrollado como nunca estuvo ninguno de los que he resuelto, y, sin embargo, parecía muy sencillo al comienzo. No hay ningún móvil, señor Holmes, y eso es lo que me molesta. Aparentemente no existe razón para que alguien deseara hacerle daño.

Holmes encendió un cigarro, se recostó en su silla y dijo:

—Cuénteme todo.

—Los hechos son muy simples —contestó Stanley Hopkins—. Todo lo que deseo es saber su significado. La historia es ésta: Hace algunos años que esta casa de campo, llamada «El viejo solar de Yoxley», fue alquilada por un anciano señor que dijo llamarse profesor Coram. Era un inválido que pasaba la mitad del tiempo en la cama y el resto cojeando alrededor de la casa con la ayuda de un bastón, o bien, paseando por el campo en una silla de ruedas empujada por el jardinero. Según los vecinos que le trataban, era muy agradable y extraordinariamente culto. Su única compañía eran una anciana ama de llaves, la señora Marker, y una criada, Susan Tarlton. Ambas han estado con él desde su llegada y parecen ser mujeres de excelente conducta. El profesor está escribiendo un libro de consulta y necesitó, hace un año, contratar un secretario. Los dos primeros no fueron de su agrado, pero el tercero, un joven recién salido de la Universidad y llamado Willoughby Smith, parece ser que reunía todas las condiciones requeridas por el señor Coram. Su trabajo consistía en escribir al dictado del profesor durante toda la mañana, y por las tardes se ocupaba de buscar notas y referencias que debía entregar en el trabajo del día siguiente. No había nada desfavorable contra este muchacho, tanto durante su infancia, en Uppingham, como en su juventud, transcurrida en Cambridge. He visto sus referencias y siempre fue un muchacho decente, tranquilo y trabajador. Y, sin embargo, éste es el joven que ha encontrado la muerte esta mañana en el estudio del profesor, en unas circunstancias que parecen indicar un asesinato.

El viento seguía aullando y gimiendo en las ventanas, y Holmes y yo nos acercamos al fuego, mientras el joven inspector continuaba con su relato.

—Puestos a buscar en toda Inglaterra —continuó— no creo que se encuentre gente más independiente y libre de influencias extrañas que los de esa casa. Pasaban días enteros sin cruzar la valla del jardín. El profesor vivía siempre inmerso en su trabajo, sin pensar en otra cosa. El joven Smith no conocía a nadie en el vecindario y, además, su tipo de vida era muy parecido al de su jefe. Las criadas no tenían ningún motivo que las hiciera salir de casa, y Mortimer, el jardinero, que es el que empuja la silla de ruedas, es un veterano de Crimea, licenciado del ejército y de excelente carácter, que vive en una casita de tres habitaciones, al otro extremo del jardín. Éstas son todas las personas que habitan en el viejo lugar de Yoxley. Por otra parte, la verja del jardín está a cien yardas de la carretera principal Londres-Chatham y se abre con un simple cerrojo, de modo que es fácil para cualquiera entrar al jardín. Y ahora les voy a leer la declaración de Susan Tarlton, que es la única persona que ha dicho algo concreto. Sucedió por la mañana, entre las once y las doce. Ella estaba ocupada, en aquel momento, colgando unas cortinas en el dormitorio exterior de la planta alta. El profesor Coram estaba todavía en la cama, ya que, cuando hace mal tiempo, nunca se levanta antes de las doce. El ama de llaves estaba ocupada en algún quehacer, en la parte trasera de la casa. Willoughby había estado en su habitación, que utiliza como cuarto de estar, pero la criada le oyó pasar por el corredor y bajar al estudio que se encuentra exactamente debajo del dormitorio en que ella estaba. No le vio, pero dice que no pudo equivocarse respecto a sus rápidas y firmes pisadas. No oyó cerrarse la puerta del estudio y, aproximadamente un minuto más tarde, oyó en la habitación de abajo un horrible grito, salvaje y ronco, tan extraño y poco natural, que lo mismo pudo ser de hombre que de mujer. Después hubo un golpe pesado, que retumbó en toda la casa y luego todo quedó en silencio. La criada quedó paralizada durante un momento y después bajó corriendo, encontrándose cerrada la puerta del estudio. La abrió y encontró al joven Smith tendido en el suelo y, aunque al principio no pudo ver ninguna herida, al tratar de levantarle observó que la sangre manaba de un lado de su cuello. Tenía una herida pequeña, pero muy profunda, y la carótida estaba seccionada. El instrumento que habían utilizado para herirle estaba a su lado, sobre la alfombra. Se trataba de uno de esos pequeños cuchillos de cortar lacre, que se encuentran en los escritorios antiguos, con el puño de marfil y la hoja dura. Era uno de los útiles de trabajo del profesor. La criada creyó, en un principio, que el joven Smith estaba muerto, pero cuando le echó un poco de agua de la jarra sobre la frente, abrió un momento los ojos y murmuró: «El profesor. Fue ella...». La criada está dispuesta a jurar que éstas fueron las palabras exactas. Intentó decir algo más y levantó la mano derecha, pero en ese instante murió. El ama de llaves acudió también al estudio, ya demasiado tarde para oír las últimas palabras del joven. Dejó a Susan con el cadáver y se dirigió apresuradamente a la habitación del profesor, encontrándoselo sentado en la cama, preso de gran agitación, pues había oído lo suficiente para darse cuenta de que algo terrible había sucedido. Según la señora Marker, Coram tenía todavía puesta la ropa de dormir, lo que es lógico, ya que no puede vestirse por sí solo, ayudándole, normalmente, Mortimer, que tenía orden de venir a las doce. El profesor ha declarado que oyó el grito y que no sabe nada más. No encuentra explicación a las últimas palabras de Smith, pero cree que pudiera estar delirando. No puede imaginar que Willoughby tuviera enemigos y no se le ocurre ningún móvil para el crimen. Envió rápidamente al jardinero a buscar a la policía local y un poco más tarde me fueron a buscar. No tocaron nada hasta que yo llegué y se dieron órdenes estrictas de que nadie caminase por los senderos del jardín que conducen a la casa. Era una magnífica oportunidad para poner en práctica sus teorías, señor Holmes. No faltaba nada.

—Excepto Sherlock Holmes —dijo mi compañero con una irónica sonrisa—. Bien, cuéntenos la clase de trabajo que hizo.

—Vea, en primer lugar, este tosco plano que he hecho para que se forme una idea de la distribución de la casa del profesor y pueda ayudarme a continuar mi investigación.

Desdobló el plano sobre las rodillas de Holmes y yo me coloqué detrás de él, estudiándolo por encima de su hombro.

—Es muy incompleto, como puede ver, y sólo señala los lugares que me parecieron esenciales. Los demás los contemplará usted mismo más tarde. Vea, ahora, cómo entró el asesino en la casa. Indudablemente, vino por el sendero del jardín y entró por la puerta de atrás que conduce directamente al estudio. Otro procedimiento cualquiera hubiese sido excesivamente complicado. Debió huir por el mismo lugar, ya que las otras dos salidas de la habitación quedaron bloqueadas, una por Susan cuando bajaba corriendo por las escaleras, y la otra porque da a la habitación del profesor. En consecuencia, dirigí mi atención al sendero del jardín, que estaba empapado por la lluvia y debería tener algunas huellas. El examen me convenció de que estaba tratando con un cauteloso e inteligente criminal, pues no encontré ninguna señal en el camino. Sin embargo, no había duda de que alguien había pasado por el borde de la hierba, junto al sendero, con intención evidente de no dejar huellas. No pude encontrar ninguna clara, pero la hierba estaba aplastada por alguien que había pisado allí, y sólo pudo ser el asesino, porque ni el jardinero ni ninguna otra persona habían estado en ese lugar y la lluvia comenzó a medianoche.

—Un momento —dijo Holmes—. ¿Adónde conduce ese sendero?

—A la carretera.

—¿Qué longitud tiene?

—Unas cien yardas.

—En el camino, junto a la verja, podría haber recogido huellas seguramente.

—Hay losas en ese lugar.

—¿Y en la misma carretera?

—Está toda llena de fango pisoteado.

—Entonces, esas huellas sobre la hierba, ¿adónde conducían?

—Es imposible saberlo. No tenían ningún contorno.

—¿Pisadas largas o cortas?

—No se podía distinguir.

Holmes emitió una exclamación de impaciencia.

—Ha estado diluviando y ha soplado un huracán desde entonces. Será más difícil de leer ahora que el palimpsesto. Bien, no se puede evitar. Hopkins, ¿qué hizo cuando tuvo la certeza de que no tenía ninguna certeza?

—Me di cuenta de que, a pesar de todo, sabía mucho. Alguien había entrado cautelosamente en la casa. Después examiné el pasillo, que está revestido de una esterilla de coco, sin encontrar ninguna huella. Pasé luego al estudio, que es una habitación con poco mobiliario y cuyo mueble más importante es un escritorio con un buró que tiene dos filas de cajones, con una pequeña gaveta entre ellos. Los cajones estaban abiertos y la gaveta cerrada; los cajones, según parece, están siempre abiertos y no se guarda nada de valor en ellos, y en la gaveta se guardan algunos papeles importantes, pero no había señales de que la hubieran tocado y, además, el profesor asegura que no falta nada; de modo que no ha habido robo. Voy ahora con el cuerpo del joven: Fue encontrado junto al buró, en el lado izquierdo, como le he indicado en el plano. Tenía una herida en el lado derecho del cuello, de atrás hacia adelante, de manera que parece casi imposible que se la hiciese él mismo.

—A menos que cayese sobre el cuchillo —dijo Holmes.

—Exacto. Esta idea me pasó a mí también por la cabeza, pero la deseché, ya que encontramos el cuchillo a algunos pies del cadáver. Tenemos, además, las palabras que dijo antes de morir y, sobre todo, esta importante pieza para la investigación, que fue encontrada en el puño apretado del cadáver.

Stanley Hopkins extrajo de su bolsillo un pequeño envoltorio, del cual sacó unos lentes de pinza, de oro, que tenían en sus extremos dos pedazos de cordón de seda negro.

—Willoughby Smith tenía una vista excelente. No hay duda de que pertenecen al asesino —dijo Hopkins.

Sherlock Holmes cogió los anteojos y los examinó cuidadosamente. Se los puso en la nariz, se esforzó en leer con ellos, se acercó a la ventana y miró a través de ella con los anteojos puestos; los observó minuciosamente a la luz de la lámpara y finalmente se sentó sonriendo y escribió unas cuantas líneas sobre una hoja de papel, que pasó a Stanley Hopkins.

—Esto es todo lo que puedo hacer, de momento, por usted —dijo—. Quizá le sea de alguna utilidad.

El asombrado detective leyó la nota en voz alta. Decía: «Se busca una mujer de buen porte, elegantemente vestida, con una nariz bastante gruesa y los ojos juntos. Tiene la frente fruncida, expresión inquisitiva y probablemente sea también cargada de espaldas. Parece ser que ha visitado a un óptico, dos veces por lo menos, durante los dos últimos meses, y, dado que sus lentes son de considerable graduación y los ópticos no son muy numerosos, no resultará muy difícil localizarla.»

Holmes sonrió ante el asombro de Hopkins, que también debió reflejarse en mis facciones.

—Mis deducciones son de lo más sencillo —dijo—. Difícilmente encontrará un objeto que le proporcione información más abundante que unos lentes, sobre todo si se trata de unos lentes tan extraordinarios como éstos. Pertenecen a una mujer; esto lo deduzco por su forma y también, desde luego, por las últimas palabras del difunto. Que sean de una persona refinada y bien vestida lo sé porque, como verá, la montura es de oro macizo y es inconcebible que alguien que use tales lentes sea desaliñado en otros aspectos. Se dará cuenta de que las pinzas son demasiado anchas para su nariz, lo que demuestra que el puente de la nariz de la dama es bastante ancho. Este tipo de nariz suele ser también corta y ancha, pero hay algunas excepciones y por eso no he asegurado nada acerca de esto. Mi rostro es estrecho, y, sin embargo, no he podido mirar a través, o cerca del centro, de los cristales de estos lentes. Esto quiere decir que la dama en cuestión debe tener los ojos muy juntos. Observe, Watson, que los lentes son cóncavos y de graduación alta, y una señora que ha sido tan corta de vista durante toda su vida, tiene, seguramente, las características físicas en la frente, párpados y espaldas, de las personas con semejante visión.

—Sí —respondí—. He seguido perfectamente todos sus razonamientos, pero, sin embargo, confieso que soy incapaz de comprender cómo ha llegado a lo de las dos visitas al óptico.

—Observe que las pinzas están revestidas de unas pequeñas tiras de corcho, para suavizar la presión de éstas sobre la nariz. Una está descolorida y ligeramente gastada, pero la otra está nueva. Esto quiere decir que una se ha caído y ha sido reemplazada, y me atrevería a decir que la gastada no tiene más que unos meses. Ambas tiras son iguales, por lo que deduzco que la dama ha ido dos veces al mismo establecimiento.

—¡Por San Jorge! ¡Es maravilloso! —gritó Hopkins, dejándose llevar por la admiración—. Pensar que tuve toda esta información en la mano y no supe verla... Sin embargo, había pensado recorrerme todos los ópticos de Londres.

—Hágalo, desde luego. ¿Tiene algo más que contarnos acerca del caso?

—Nada, señor Holmes. Creo que sabe usted tanto como yo sobre él, o probablemente más. Estamos haciendo averiguaciones sobre cualquier extraño que haya sido visto en la carretera o en la estación, y hasta ahora no hemos obtenido resultados. Lo que me intriga es la absoluta falta de móviles para el crimen.

—¡Ah!, sobre eso no puedo ayudarle, pero supongo que querrá que vayamos mañana.

—Si no es mucho pedir, señor Holmes. A las seis de la mañana sale un tren de Charing Cross para Chatham y llegaríamos a Yoxley entre las ocho y las nueve.

—Pues lo tomaremos. Se trata de un caso con algunos aspectos muy interesantes y estaré encantado de trabajar en él. Bien, es casi la una y creo que debemos dormir un poco. En el sofá, delante del fuego, estará bien. Voy a hacerle una taza de café en la lámpara de alcohol.

* * *

Cuando salimos, a la mañana siguiente, el temporal había amainado por completo, pero la mañana era desagradable. Vimos levantarse el triste sol de invierno sobre los fangales del Támesis y la larga y sombría extensión del río, que asociaré siempre con la persecución de Adaman Islander, en los primeros días de nuestra carrera. Después de un largo y monótono viaje, nos bajamos en un apeadero, a algunas millas de Chatham. Hicimos un apresurado desayuno en la fonda del lugar, mientras enganchaban el caballo al coche, preparándonos así para nuestro trabajo del día en Yoxley.

Al llegar se nos acercó un guardia que estaba junto a la verja del jardín.

—Hola, Wilson, ¿hay alguna novedad?

—No, señor, ninguna.

—¿No se ha visto ningún extraño?

—No, señor. En la estación están seguros de que ningún extraño llegó o se fue ayer.

—¿Han investigado en fondas y hospederías?

—Sí. No se ha encontrado nada anormal.

—Bien, sólo un mediano paseo de aquí a Chatham. Alguien pudo hospedarse allí o tomar un tren sin ser visto. Éste es el sendero del jardín de que le hablé, señor Holmes. No había ninguna señal en él ayer.

—¿A qué lado quedaban las huellas sobre la hierba?

—A este lado, sobre este trozo de hierba que hay entre el camino y el macizo de flores. No veo los rastros ahora, pero ayer estaban claros.

—Sí, alguien ha pasado por aquí —dijo Holmes, deteniéndose junto al borde de la hierba—. Nuestra dama debe haber estudiado muy bien sus pasos, pues de lo contrario habría dejado huellas en el sendero o en la tierra esponjosa del macizo.

La expresión de Holmes se tornó resuelta:

—¿Dice usted que debió haber vuelto por aquí?

—Sí, señor; no hay otro camino.

—¿Por esta franja de hierba?

—Sí, por ella.

—¡Ya! Fue una acción extraordinaria realmente. Bien, no queda nada por ver del sendero. Prosigamos. La puerta del jardín está abierta normalmente. Esto quiere decir que entró fácilmente. No había pensado cometer el asesinato, pues de lo contrario habría traído consigo cualquier arma, en vez de coger el cuchillo del escritorio. Avanzó por el pasillo, sin dejar huellas en la estera de coco, y se encontró en este estudio. ¿Cuánto tiempo permaneció en él? No lo sabemos.

—Muy pocos minutos, señor Holmes. Se me olvidó decirle que la señora Marker, el ama de llaves, estuvo limpiando poco tiempo antes; un cuarto de hora antes, aproximadamente.

—Eso nos marca un límite. Nuestra dama entra en esta habitación y, ¿qué hace? Va al escritorio. ¿Con qué fin? Evidentemente para tomar algo encerrado en la gaveta, porque no es probable que hubiese nada de valor en los cajones abiertos. ¡Eh! ¿Qué es esta señal? Deme una cerilla, Watson. ¿Por qué no me habló de esto, Hopkins?

La marca empezaba en el lado derecho del forjado de bronce de la cerradura y se extendía cuatro pulgadas aproximadamente, llegando a arañar el barniz del mueble.

—Lo vi, señor Holmes, pero no le di importancia, porque siempre se encuentran pequeños rasguños alrededor de una cerradura.

—Éste es bastante reciente. Vea cómo brilla el bronce. Un rasguño antiguo tendría el mismo tono que la superficie. Mire a través de mi lente y verá el polvo del barniz a los lados del rasguño. ¿Puede venir la señora Marker?

A los pocos momentos entró en la habitación una anciana de rostro triste.

—¿Limpió usted el buró ayer por la mañana?

—Sí, señor.

—¿Observó esta señal?

—No, señor.

—Estoy seguro de que no la vio, porque un plumero habría barrido las partículas de barniz. ¿Quién tiene la llave de este buró?

—La guarda el profesor en su cadena del reloj.

—¿Es una llave corriente?

—No, señor; es una llave «Chubb».

—Muy bien, señora Marker, puede marcharse. Hemos progresado un poco. Nuestra dama entra en la habitación, avanza hacia el buró y lo abre, o intenta abrirlo. Cuando está ocupada en esto, ve aparecer a Willoughby Smith y, en su prisa por sacar la llave, hace este rasguño a la puerta. Él la sujeta y ella, tomando el primer objeto que encuentra, este cuchillo, le golpea para obligarle a soltarla y él cae al suelo herido mortalmente. La mujer escapa apresuradamente, con o sin el objeto que había venido a buscar. ¿Está aquí Susan, la doncella? Susan, ¿pudo alguien salir por esta puerta, a partir del momento en que oyó usted el grito?

—No, señor, de ningún modo. Mientras bajaba la escalera le habría visto en el pasillo y, además, no oí el ruido de la puerta.

—Esto aclara la huida. Sin duda, la dama se fue por el mismo sitio que vino. Creo que ese otro pasillo conduce únicamente a la habitación del profesor. ¿No hay salida por ahí?

—No, señor.

—Pues vamos por él y conozcamos al profesor. ¡Eh! Hopkins, esto es muy importante, verdaderamente importante. El pasillo del profesor tiene también estera de coco.

—Muy bien, ¿y qué quiere decir eso?

—¿No ve ninguna relación con el caso? Bien, no insistiré, pero es muy sugestivo, aunque quizá esté equivocado. Venga conmigo y preséntame al profesor.

Avanzamos por el corredor, que era de una longitud aproximada al que conducía al jardín, y al final encontramos un corto trecho de escalones que terminaba delante de una puerta. Nuestro guía llamó y nos introdujo en la habitación del profesor. Era una habitación muy grande, llena de libros, que al no caber ya en las estanterías de que estaba recubierta, yacían amontonados por el suelo. La cama aparecía en el centro de la habitación, y echado en ella y apoyado sobre almohadas, estaba el propietario de la casa. Pocas veces he visto un rostro tan singular como el que nos miraba. Era flaco y aguileño, y sus ojos, oscuros y penetrantes, parecían estar escondidos en dos cavernas, bajo sus salientes y espesas cejas. Tenía el cabello y la barba completamente blancos, pero esta última era de un curioso tono amarillo, alrededor de la boca. Se veía humear un cigarrillo entre aquella maraña de cabellos blancos, y el aire de la habitación era fétido. Cuando le tendió la mano a Holmes advertí que también amarilleaba por efecto de la nicotina.

—¿Es usted fumador, señor Holmes? —dijo, hablando en un inglés refinado, con un ligero matiz de afectación—. Tome un cigarrillo, por favor. ¿Y usted, señor? Se los recomiendo porque están especialmente preparados para mí, por Ionidas de Alejandría. Me envía mil cada vez, y siento reconocer que tengo que encargarle una nueva provisión cada quince días. Es malo, muy malo, pero un viejo tiene ya pocos placeres, y el tabaco y mi trabajo es todo lo que me queda.

Holmes encendió un cigarrillo y empezó a lanzar rápidas bocanadas por toda la habitación.

—Ahora sólo me queda el tabaco —continuó el anciano—. ¡Qué interrupción tan funesta! ¡Quién iba a imaginarse una catástrofe tan terrible! Era un joven de gran valía y, después de estos meses de aprendizaje, se había convertido en un ayudante inapreciable. ¿Qué piensa de todo este asunto, señor Holmes?

—Aún no he resuelto nada.

—Estaré siempre en deuda con usted, si puede arrojar alguna luz sobre este asunto, que está tan oscuro para nosotros. Para un inválido, pobre ratón de biblioteca, como yo, ha sido un golpe demoledor. Me parece que he perdido la facultad de pensar. Pero usted es un hombre de acción y estas circunstancias y situaciones son parte de su rutina diaria. Usted es capaz de conservar la serenidad y es una gran suerte tenerle a nuestro lado.

Holmes estuvo paseando por la habitación mientras el anciano profesor hablaba y observé que fumaba muy deprisa. Evidentemente, compartía el gusto del profesor por los frescos cigarrillos alejandrinos.

—Sí, señor, es un golpe aplastante —continuó el anciano—. Es mi *magnus opus* —dijo señalando un montón de cuartillas que había sobre la mesa—, un análisis de los documentos encontrados en los monasterios coptos de Siria y Egipto. Un trabajo que conmoverá los cimientos de la religión revelada; pero con mi debilitada salud no sé si podré completarlo, ahora que mi ayudante ha muerto. ¡Caramba, señor Holmes, es usted más fumador que yo!

Holmes sonrió.

—Sé apreciar lo bueno —dijo, mientras cogía otro cigarrillo de la caja, el cuarto, y lo encendía con la colilla del que había terminado—. No le molestaré con un largo interrogatorio, profesor Coram, porque creo que estaba en la cama en el momento del crimen y no pudo ver ni oír nada. Sólo le quiero preguntar esto: ¿Qué imagina que quiso decir el pobre muchacho con las palabras: «El profesor. Fue ella...»?

El profesor movió la cabeza.

—Susan es una chica del campo —dijo— y ya sabe lo estúpida que es esta gente. Me imagino que el pobre muchacho murmuró algunas palabras incoherentes y que ella las deformó en un mensaje sin sentido.

—¿Por lo que veo, usted no encuentra ninguna explicación a esta tragedia?

—Tal vez un accidente; posiblemente, sólo lo sugiero entre nosotros, un suicidio. Los jóvenes tienen problemas íntimos; por ejemplo un asunto amoroso, que nunca conoceremos. Es una suposición, más lógica que un asesinato.

—Pero, ¿y los lentes?

—¡Ah! Soy sólo un estudioso, un soñador, incapaz de explicar los aspectos prácticos de la vida. Sin embargo, amigo mío, los asuntos amorosos pueden tener matices extraños. Pero coja otro cigarrillo; es un placer ver que alguien los aprecia de esta manera. Un abanico, un guante, unos lentes, quién sabe el objeto que un hombre puede llevarse como recuerdo al tratar de poner fin a su vida. Este caballero habla de huellas en la hierba, pero, después de todo, es fácil equivocarse en eso: como también el infortunado Willoughby pudo arrojar el cuchillo mientras caía. Es posible que hable neciamente, pero mi opinión es que Willoughby Smith se suicidó.

Holmes pareció quedar impresionado por esta teoría y durante algún tiempo continuó paseando por la habitación, sumido en sus pensamientos y consumiendo cigarrillo tras cigarrillo.

—Dígame, profesor Coram —dijo por fin—: ¿qué hay en esa parte del buró?

—Nada que pudiera interesarle a un ladrón. Papeles familiares, cartas de mi pobre esposa, diplomas de la Universidad. Aquí está la llave; puede mirarlo usted mismo, si quiere.

Holmes cogió la llave, la miró durante unos momentos y se la devolvió otra vez.

—No; creo que no me servirán de mucho. Prefiero bajar tranquilamente al jardín y pensar un poco sobre el asunto, porque la teoría del suicidio, que usted ha expuesto, tiene algunos puntos interesantes. Discúlpenos por haberle molestado, profesor Coram; le prometo que le dejaremos tranquilo hasta después del almuerzo. A las dos volveremos otra vez y le informaremos de cualquier novedad que haya sucedido hasta entonces.

Holmes estaba curiosamente distraído, mientras caminábamos de un lado a otro, por el sendero del jardín, y permanecía en silencio.

—¿Tiene usted alguna pista? —pregunté por fin.

—Todavía no lo sé. Los cigarrillos que he fumado antes me lo dirán.

—¡Querido Holmes! —exclamé—. ¡Cómo demonios...!

—Bien, bien, ya lo verá. Si no resulta, no habremos perdido nada y siempre tendremos el rastro del óptico para continuar, pero me gusta tomar atajos cuando puedo. ¡Ah!, aquí está la señora Marker; creo que nos será muy provechoso charlar un rato con ella.

Quizá haya hecho notar, en otras ocasiones, la singular habilidad que tenía Holmes para congraciarse con las mujeres de cualquier edad o condición. A los pocos minutos había cautivado el ánimo del ama de llaves y charlaba con ella como si se conociesen de toda la vida.

—Pues sí, señor Holmes, como usted dice, fuma de una manera horrible, durante el día y, a veces, durante toda la noche. Ha habido mañanas que su habitación, señor, parecía llena de la niebla de Londres. El pobre señor Smith era también fumador, pero no como el profesor. En cuanto a su salud, no creo que el fumar le siente bien ni mal.

—Sí —dijo Holmes—, pero eso quita el apetito.

—Pues no sé qué decirle, señor.

—Supongo que el profesor comerá ahora muy poco.

—Es variable.

—Apostaría a que no desayunó esta mañana y a que no quiere ni probar la comida, después de todos los cigarrillos que le he visto consumir.

—Pues se equivoca, porque tomó un desayuno abundante. Desde que le conozco no le he visto hacer otro mejor, y ha pedido, además, un buen plato de chuletas para la comida. Estoy sorprendida, porque desde que entré en el estudio y vi al joven Smith tendido en el suelo no he podido probar bocado. Pero todos no somos iguales y el profesor no habrá querido perder el apetito.

Estuvimos holgazaneando por el jardín toda la mañana. Stanley Hopkins había bajado al pueblo para investigar los rumores de una extraña mujer que había sido vista por unos niños, en la carretera de Chatham, la mañana anterior. En cuanto a mi amigo, toda su habitual energía parecía haberle abandonado y nunca vi llevar un caso con tanta desgana. Ni siquiera la noticia que trajo Hopkins, de que había hablado con los niños y que éstos habían visto a una mujer cuyo aspecto coincidía perfectamente con la descripción de Holmes, despertó en él el menor signo de interés; pareció más interesado cuando Susan, que nos esperaba para comer, nos dijo que creía recordar que el señor Smith había salido a dar un paseo el día anterior por la mañana y que regresó sólo una hora antes de que ocurriese la tragedia. Yo no podía comprender entonces la importancia de este dato, pero advertí que Holmes lo había encajado en el esquema que tenía en su mente. De repente, se levantó de su silla y miró al reloj.

—Las dos en punto, caballeros —dijo—. Subamos a hablar con nuestro amigo, el profesor.

El anciano acababa de terminar de comer y, verdaderamente, su plato vacío constituía una buena muestra del apetito que su ama de llaves nos había anunciado. Era una fantástica figura, con su barba blanca, los brillantes ojos vueltos hacia nosotros y el eterno cigarrillo humeando en la boca. Se había vestido y permanecía sentado en un sillón junto al fuego.

—Bien, señor Holmes, ¿ha resuelto usted ya el misterio? —dijo, mientras adelantaba la caja de cigarrillos hacia mi compañero.

Holmes adelantó la mano al mismo tiempo y la caja cayó al suelo. Durante un par de minutos estuvimos todos de rodillas, buscando los cigarrillos extraviados por los lugares más inverosímiles. Cuando nos levantamos observé que los ojos de Holmes brillaban y sus mejillas se habían coloreado, señales inequívocas de que se aprestaba a la lucha.

—Sí, señor, lo he resuelto —respondió Holmes.

Hopkins y yo le miramos asombrados, mientras que en la cara del anciano profesor se dibujaba algo parecido a una burlona mueca de desprecio.

—¿De verdad? ¿En el jardín?

—No, aquí.

—¡Aquí! ¿Cuándo?

—En este momento.

—Sin duda bromea, señor Holmes, y me obliga a recordarle que se trata de un asunto muy serio para tratarlo de semejante forma.

—He forjado y he probado todos los eslabones de mi cadena, profesor Coram, y estoy seguro de que están completos. Cuáles son sus motivos y qué parte juega usted en este extraño asunto, es algo que todavía no sé, pero probablemente lo oiré de sus labios dentro de poco. Entre tanto reconstruiré lo que pasó, para que, en su propio beneficio, recuerde la información que todavía nos falta. Ayer entró en su estudio una dama, que venía con la intención de apoderarse de ciertos documentos que estaban en su buró. Tenía su propia llave, porque he examinado la de usted y no tenía esa ligera decoloración que el rasguño en el barniz le habría causado. Usted no tenía llave doble y, según la evidencia de que dispongo, ella vino a robarle sin que usted la esperara.

El profesor exhaló una nube de humo.

—Es muy interesante. ¿No tiene nada más que añadir? Seguramente, habiendo seguido la pista a esta dama desde tan lejos, sabrá también lo que ha sido de ella.

—Creo que sí. Fue descubierta por su secretario y ella le apuñaló para escapar. Me inclino a pensar que esta tragedia sólo fue un desgraciado accidente, porque creo que la dama no tenía intención de infligirle semejante herida, ya que un asesino no viene desarmado. Asustada de lo que había hecho, huyó de allí, sin fijarse adónde iba. Desgraciadamente para ella, había perdido los lentes en la lucha y estaba completamente desamparada sin ellos. Corrió por el pasillo, que imaginó era el mismo por el que había venido, ya que ambos tenían una estera de coco, y se dio cuenta demasiado tarde de que había cogido un corredor equivocado, encontrándose con el camino cortado. ¿Qué hacer? No podía regresar; así que subió los escalones, abrió la puerta y se encontró en su habitación.

El anciano, con la boca abierta, miraba fijamente a Holmes, pintándose el asombro y el miedo en sus facciones. Haciendo un gran esfuerzo, consiguió dominarse y se encogió de hombros, mientras emitía una artificiosa carcajada.

—Muy bien, señor Holmes —dijo—. Pero encuentro un pequeño fallo en su espléndida teoría, y es que yo estaba en la habitación y no la dejé en todo el día.

—Lo sé, profesor Coram.

—¿Y quiere decirme que no me di cuenta de que una mujer entraba en mi habitación?

—Yo no he dicho eso. Usted la vio entrar, habló con ella y la ayudó a ocultarse.

El profesor estalló de nuevo en una risa aguda. Se había incorporado y sus ojos brillaban como ascuas.

—¡Está usted loco! —gritó—. Habla como un insensato. ¿Que yo la oculté? Y, ¿dónde está ahora?

—Ahí —dijo Holmes, señalando una enorme librería, que ocupaba un rincón de la habitación.

Vi cómo el anciano levantaba los brazos y era sacudido por una terrible convulsión, para desplomarse después en el sillón. En ese momento, la librería que Holmes había señalado giró sobre una bisagra y apareció una mujer en la habitación.

—¡Está usted en lo cierto! —gritó con un extraño acento extranjero—. ¡Estoy aquí!

Sucia como estaba, por el polvo y las telarañas de las paredes de su escondite, y con el rostro tiznado, nunca se la hubiese podido considerar bella, porque tenía las características físicas que Holmes había descrito, y además unía a ello un saliente y voluntarioso mentón. Dada su miopía, el paso repentino de la oscuridad a la luz la deslumbró y permaneció aturdida durante un rato, mientras guiñaba los ojos, tratando de ver quiénes éramos y dónde estábamos. Sin embargo, a pesar de todas estas desventajas, había cierta nobleza en su porte y en su cabeza erguida, que imponía respeto y admiración. Stanley

Hopkins había puesto la mano en su brazo, reclamándola como prisionera, pero ella le apartó suavemente y, sin embargo, con firmeza. El anciano, hundido en su sillón, tenía el rostro crispado y la miraba con ternura.

—Sí, señor, soy su prisionera. He oído todo desde mi escondite y está usted en lo cierto. Yo maté al joven, pero, como usted dijo, fue un accidente. No sabía que era un cuchillo lo que cogí, porque en mi desesperación tomé lo primero que encontré sobre la mesa y le golpeé para que me dejara ir. Eso es todo lo que pasó.

—Señora —dijo Holmes—, estoy seguro de que ésa es la verdad. Pero creo que no se encuentra bien.

Bajo las ocuras manchas de suciedad, su rostro había adquirido una palidez cadavérica. Se sentó a un lado de la cama y reanudó la conversación.

—Me queda poco tiempo de estar aquí y tengo que decirles toda la verdad. Soy la esposa de este hombre. No es inglés, sino ruso, y no voy a decirles su nombre.

Por primera vez, el anciano se emocionó.

—¡Dios te bendiga, Anna! ¡Dios te bendiga! —gritó.

Ella le dirigió una mirada de profundo desprecio.

—¿Por qué estás tan apegado a tu miserable vida, Sergius? —dijo—. Has hecho mal a mucha gente y ningún bien a nadie, ni siquiera a ti mismo. Sin embargo, no quiero romper ni tu más débil fibra antes de que Dios lo disponga; ya he echado bastante sobre mi conciencia, desde que crucé el umbral de esta maldita casa. Pero debo seguir hablando, o será demasiado tarde. Ya les he dicho, caballeros, que yo era la esposa de este hombre. Él tenía cincuenta años y yo era una pobre infeliz de veinte cuando nos casamos en una ciudad de Rusia, con Universidad, que no voy a decir cuál es.

—¡Dios te bendiga, Anna! —exclamó el anciano otra vez.

—Éramos revolucionarios, reformadores y nihilistas; él, yo y muchos más. Se produjeron disturbios y un oficial de la policía resultó asesinado. Muchos de nosotros fuimos arrestados y se trató de obtener pruebas en contra nuestra. Por salvar su vida y obtener una gran recompensa, mi esposo traicionó a sus compañeros y a su propia esposa. Yo estaba entre estos últimos, pero mi condena no era a perpetuidad. Mi esposo vino a Inglaterra con la recompensa tan vilmente obtenida y ha vivido aquí tranquilamente aun sabiendo que si nuestra hermandad se enterase de dónde estaba, moriría inmediatamente.

El anciano alargó su mano temblorosa y tomó un cigarrillo.

—Estoy en tus manos, Anna —dijo—. Tú siempre fuiste buena conmigo.

—No he dicho aún hasta dónde llegó tu villanía. Entre nuestros camaradas, había uno, mi amigo más entrañable, que era noble, desprendido y cariñoso, todo lo que mi marido no era. Odiaba la violencia, y si los demás fuimos culpables de algo, él no lo fue en absoluto. Me escribía siempre, intentando disuadirme de mi conducta, y esas cartas le habrían salvado, así como mi diario, en el que, desde el primer día, había volcado todo lo que sentía por él y la manera de ver las cosas que teníamos cada uno. Mi marido encontró el diario y las cartas y los escondió, tratando así de acabar con la vida del joven, pero falló en esto, porque Alexis fue enviado a Siberia, donde está actualmente trabajando en una mina de sal. Piensa en eso, miserable; en este mismo instante, Alexis, un hombre cuyo nombre no tienes ni el valor de repetir, trabaja y vive como un esclavo, y yo, sin embargo, tengo tu vida en mis manos y te dejo ir.

—Siempre fuiste una mujer noble, Anna —dijo el anciano, dando una bocanada a su cigarrillo.

La mujer trató de incorporarse, pero cayó de nuevo con un grito de dolor.

—Debo acabar —dijo—. Cuando mi condena terminó, me dediqué a buscar el diario y las cartas, porque si lograba hacerlas llegar al Gobierno ruso, conseguiría la libertad de mi amigo. Sabía que mi marido había vuelto a Inglaterra y, después de meses de búsqueda, descubrí su paradero. Me constaba también que el diario estaba en su poder todavía, porque mientras estaba en Siberia recibí una carta suya, llena de reproches, y en ella citaba algunos párrafos de sus páginas. Sin embargo, estaba convencida de que, dado su carácter vengativo, nunca me lo daría por su propia voluntad; así que debía tomarlo por mí misma. Con este fin, contraté a un detective privado que se introdujo en la casa, haciéndose pasar por secretario; fue el segundo, Sergius, el que te abandonó tan repentinamente. Averigüé por él que los papeles estaban escondidos en la gaveta y se hizo con una copia de la llave, pero no quiso ir más lejos. Me proporcionó un plano de la casa y me dijo que por la mañana el estudio estaba siempre vacío, porque el secretario estaba trabajando en esta habitación. Así pues, me armé de valor y vine dispuesta a recuperar los papeles yo misma. Lo conseguí, ¡pero a qué precio! Acababa de coger los papeles y estaba cerrando la gaveta, cuando me descubrió el joven. Yo ya le había visto por la mañana, cuando le encontré en la carretera y le pedí me informara de dónde vivía el profesor Coram, sin suponer que pudiera ser un empleado suyo.

—¡Exactamente, exactamente! —dijo Holmes—. El secretario regresó y habló con el profesor de la mujer que había encontrado. Sus últimas palabras querían decir que había sido ella, la mujer que le había hablado.

—Déjeme seguir —dijo la mujer con voz imperiosa, mientras su rostro se contraía de dolor—. Cuando cayó al suelo, huí de la habitación por otra puerta y me encontré en la habitación de mi esposo. Quiso entregarme, pero le hice ver que si lo hacía, moriría también, ya que si él me entregaba a la policía, yo le denunciaría a la hermandad. Sólo me importaba vivir para cumplir mi propósito y él sabía que cumpliría lo que le había dicho. Su destino estaba unido al mío y fue por esa razón, y no por otra, por lo que me ocultó en ese oscuro escondite, una reliquia de años pasados, que sólo él conocía. Comía en su habitación y así podía darme parte de su comida. Convinimos en que, cuando la policía abandonase la casa, yo me iría de noche y no volvería nunca más. Sin embargo, usted consiguió enterarse de nuestros planes.

Sacó de su pecho un pequeño paquete y se dirigió a Holmes:

—Éstas son mis últimas palabras. Aquí, en este paquete, está la salvación de Alexis. Confío en su honor y en su amor a la justicia. ¡Cójalo y llévelo a la embajada rusa! Ahora he cumplido con mi deber y...

—¡Deténganla! —gritó Holmes, que atravesó la habitación de un salto y le arrancó de las manos una pequeña redoma.

—¡Demasiado tarde! —dijo ella, cayendo en la cama—. ¡Demasiado tarde! He tomado el veneno antes de salir de mi escondite. ¡La cabeza me da vueltas! ¡Me muero! ¡Señor, acuérdese del paquete!

* * *

—Un caso simple y sin embargo con algunos aspectos muy interesantes —dijo Holmes, mientras regresábamos a la ciudad—. La pista principal han sido los lentes. Si el muerto no llega a cogerlos, no sé cómo hubiéramos resuelto todo este asunto. Cuando vi el grosor de sus cristales, comprendí que su dueña debería estar casi ciega y completamente desamparada sin ellos, y por eso, cuando me dijo usted que creía que al huir había vuelto a pasar por aquella estrecha franja de hierba, yo observé, si recuerda bien, que me parecía una hazaña extraordinaria, porque era difícil que no hubiese dado un paso en falso, salvo en el caso improbable de que tuviese otros lentes. Consideré entonces seriamente la hipótesis de que estuviese escondida dentro de la casa, y al observar la similitud de los dos pasillos, comprendí que podía haberse equivocado fácilmente y, en ese caso, debería haber entrado donde se encontraba el profesor. Cuando entramos en la habitación la primera vez, traté de encontrar algo que sustentara esta hipótesis y examiné todo detenidamente, buscando algo que pareciese un escondite. La alfombra parecía estar clavada firmemente en el suelo, así que descarté la idea de una trampilla. Podía haber, también, un escondite detrás de los libros; ya sabe usted que tales artificios son corrientes en las viejas bibliotecas. Observé que los libros estaban apilados en el suelo y en otros sitios, pero que una estantería estaba vacía, y supuse que ésta debía ser la puerta. No había huellas que me lo confirmasen, pero vi que la alfombra era de un color pardo que se prestaba muy bien al examen; por eso fumé algunos de aquellos excelentes cigarrillos y fui dejando caer la ceniza delante de la estantería sospechosa. Era un truco muy simple, pero sumamente efectivo. Cuando salí de la habitación averigüé, delante de usted, Watson, y sin que comprendiese del todo mis intenciones, que el consumo de alimentos del profesor Coram había aumentado, lo cual era lógico, si tenía que dar de comer a otra persona más. Cuando subimos de nuevo a la habitación, tiré, a propósito, la caja de cigarrillos y pude ver detenidamente el suelo, dándome cuenta, por las huellas de ceniza, de que la mujer había salido de su escondite en nuestra ausencia. Bien, Hopkins, ya estamos en Charing Cross. Le felicito por haber resuelto tan satisfactoriamente el caso. Me imagino que irá inmediatamente a la comisaría. Watson y yo nos vamos ahora a la embajada rusa.

LA AVENTURA DE ABBEY GRANGE

Una fría y escarchada mañana del invierno de 1897, me despertó una brusca sacudida y vi a Holmes con una vela en la mano, que iluminaba su rostro impaciente y preocupado, lo cual me indicó que algo andaba mal.

—¡Vamos, Watson! —gritó—. Hay jaleo. No diga nada y vístase rápido, que nos vamos.

Diez minutos más tarde estábamos ambos en un coche, rodando por las silenciosas calles de Londres, camino de Charing Cross. El pálido amanecer del invierno empezaba a despuntar y vimos la figura vaga y desdibujada de un trabajador, que se movía en el alba nebulosa de Londres. Holmes se arrebujó, silencioso, en su abrigo y yo me alegré de poder hacer lo mismo, porque el aire era cortante y todavía no habíamos desayunado. Después de tomar un té caliente en la estación, nos instalamos en nuestros asientos del tren de Kentish y nos sentimos lo bastante animados, él para hablar y yo para escuchar. Empezó Holmes sacando una nota del bolsillo y leyéndomela en voz alta:

«Abbey Grange, Marsham, Kent
3:30 a. m.

Querido señor Holmes: Agradecería su asistencia inmediata en lo que promete ser un caso extraordinario. Es algo muy de su estilo. Salvo liberar a la dama, trataré de que todo se conserve exactamente igual que lo he encontrado, pero le ruego que no pierda ni un momento, porque es penoso dejar allí a sir Eustace.

Sinceramente suyo,

Stanley Hopkins.»

—Hopkins me ha llamado siete veces y sus requerimientos han estado siempre plenamente justificados —dijo Holmes—. Me imagino que cada uno de estos casos habrá encontrado un lugar en su colección, Watson. Debo admitir que tiene usted una capacidad de selección que compensa sobradamente lo lamentable de sus narraciones, porque con su funesta costumbre de considerar los casos como historias, en vez de como ejercicios científicos, ha arruinado toda una serie de demostraciones instructivas e, incluso, clásicas. Ha menospreciado la habilidad y la delicadeza por extenderse en detalles sensacionalistas, que posiblemente excitarán al lector, pero que difícilmente le instruirán.

—¿Por qué no las escribe usted mismo? —le dije algo molesto.

—Lo haré, querido Watson. Lo haré. De momento estoy, como usted sabe, totalmente ocupado, porque me propongo dedicar mis años de declive a componer un libro sobre el arte de la investigación, en un solo volumen. Nuestra presente investigación parece ser un caso de asesinato.

—¿Cree usted, entonces, que sir Eustace está muerto?

—Yo diría que sí. La escritura de Hopkins indica una gran agitación y él es un hombre tranquilo. Sí, me atrevo a decir que ha habido violencia y que quieren que examinemos el cuerpo, porque si se tratara de un simple suicidio, no me hubieran mandado llamar. En cuanto a lo de liberar a la dama, parece que fue encerrada en su habitación durante la tragedia. Estamos moviéndonos dentro de la alta sociedad, Watson; papel selecto, anagrama E. B., escudo de armas, residencia típica. Creo que nuestro amigo Hopkins mantendrá su reputación y que nosotros pasaremos una mañana entretenida. Desde luego, el crimen fue cometido antes de las doce de la noche.

—¿Cómo lo sabe?

—Por una simple ojeada al horario de los trenes y un cálculo del tiempo. Llamarían a la policía local anoche, y ellos tuvieron que comunicar con Scotland Yard. Hopkins salió y tuvo que enviar a buscarme. Todo eso significa una hermosa noche de trabajo. Bien, estamos llegando a Chislehurst y pronto saldremos de dudas.

Recorrimos un par de millas a través de un estrecho camino y llegamos a la verja de una finca, que nos abrió un anciano guarda, cuyo rostro ojeroso revelaba una gran tragedia.

Una avenida se extendía en medio de un magnífico parque, limitada por dos hileras de viejos olmos, y terminaba ante una casa baja y amplia, con columnas en la fachada, según la moda de Paladio. La parte central de la casa era, evidentemente, de gran antigüedad y estaba cubierta de hiedra, pero en las altas ventanas se advertían cambios recientes y un ala del edificio parecía completamente nueva. El joven inspector Stanley Hopkins nos esperaba impaciente en la puerta de la casa.

—Me alegro de que haya venido, señor Holmes, y usted también, doctor Watson. Pero si pudiese volver atrás, no les habría molestado, porque cuando la señora volvió en sí, nos dio un resumen tan claro del asunto, que no nos queda mucho por hacer. ¿Recuerda usted la banda de salteadores de Lewisham?

—¿Quién, los tres Randalls?

—Exactamente, el padre y los dos hijos. Pues no tengo ninguna duda de que es obra suya. Hace quince días cometieron un robo y fueron reconocidos. Es temerario volver a cometer otro tan pronto y tan cerca del anterior, pero desde luego es obra de ellos, y esta vez se han ganado la horca.

—Entonces, ¿sir Eustace ha muerto?

—Sí, le golpearon en la cabeza con el atizador.

—El cochero me dijo que se trata de sir Eustace Brackenstall.

—Así es; uno de los hombres más ricos de Kent. Lady Brackenstall está en su gabinete. La pobre señora ha sufrido una terrible experiencia. La primera vez que la vi parecía medio muerta. Creo que es mejor que la vea y escuche su versión de los hechos y después examinaremos el corredor juntos.

Lady Brackenstall no era una mujer vulgar. Pocas veces he visto una figura tan delicada y un rostro tan hermoso. Era rubia, con ojos azules y su tez, aunque hermosa, estaba alterada por todos los sufrimientos, tanto físicos como morales, que había padecido recientemente. En efecto, tenía un ojo terriblemente hinchado y amoratado, sobre el que su doncella, una mujer alta y austera, ponía, de cuando en cuando, compresas con vinagre.

La dama estaba tendida en un canapé, pero la mirada rápida e inquisitiva que nos dirigió cuando entramos en la habitación, y la expresión alerta de sus hermosos rasgos, mostraban que ni su inteligencia ni su coraje habían sufrido merma por tan terrible experiencia. Estaba envuelta en una holgada bata de color azul con tonos plateados, pero había un traje de noche, recubierto de pedrería, junto al canapé.

—Ya le he contado a usted todo lo que ocurrió, señor Hopkins —dijo con un gesto de cansancio—. ¿No podrá usted repetirlo por mí? Bien, si lo desea, contaré a estos caballeros lo que ocurrió. ¿Han estado ya en el comedor?

—Pensé que sería mejor que primero oyeran la historia de su señoría.

—Me alegrará que acabe usted cuanto antes con todo. Es horrible para mí pensar que él está todavía allí tendido —se estremeció y ocultó el rostro entre las manos, y entonces las mangas de la bata dejaron al descubierto sus antebrazos.

Holmes lanzó una exclamación:

—¡Tiene más heridas, señora! ¿Qué es esto?

Dos manchas de un rojo inmenso aparecían en uno de sus blancos antebrazos, pero ella se cubrió rápidamente.

—No es nada, y no tiene nada que ver con el espantoso asunto de esta noche. Hagan el favor de sentarse y les relataré todo lo que sé: Soy la esposa de sir Eustace Brackenstall. Nos casamos hace aproximadamente un año y no tiene objeto ocultar que nuestro matrimonio no ha sido feliz. Creo que todos nuestros vecinos se lo dirían, aunque yo intentase ocultarlo. Quizá la culpa sea mía, en parte, porque fui educada en el ambiente libre y poco convencional del sur de Australia, y la vida inglesa, con sus formulismos y sus escrúpulos, no va conmigo. Pero la causa principal es el hecho, conocido por todos, de que mi marido era un bebedor empedernido. Si estar una hora con un hombre así es desagradable, imagínense ustedes lo espantoso que tiene que ser, para una mujer sensible y espiritual, el permanecer atada a él día y noche. Es un crimen, una villanía, un sacrilegio, obligar a que un matrimonio semejante continúe unido, y les digo que estas monstruosas leyes de ustedes les traerán un castigo, porque el cielo no puede permitir una maldad tan grande.

Durante un momento se incorporó, sus mejillas enrojecieron y sus ojos brillaron bajo la terrible señal de la ceja. Entonces, la mano fuerte y reconfortante de la doncella llevó su cabeza hasta el cojín y la ira salvaje de la mujer se trocó en llanto convulsivo. Por fin se serenó y continuó su relato.

—Voy a contarles lo que sucedió la pasada noche. No sé si sabrán que nuestros criados duermen en el ala moderna. Este bloque central está compuesto por las habitaciones principales, con la cocina detrás y nuestro dormitorio arriba. Mi criada, Therese, duerme encima de mi habitación y es muy difícil que llegue ningún ruido hasta el ala de los criados. Todo eso debían saberlo muy bien los ladrones, o no habrían actuado como lo hicieron. Sir Eustace se retiró alrededor de las diez y media, y los criados se habían retirado ya. Sólo mi criada permaneció levantada y estaba en su habitación, en la parte más alta de la casa, esperando que yo la llamase para acostarme. Me quedé en esta habitación hasta las once, absorbida por la lectura de un libro, y a esa hora, antes de subir, di una vuelta para ver si estaba todo bien. Es una costumbre que tengo, porque sir Eustace, como ya les he dicho, no siempre era digno de confianza. Fui a la cocina, a la despensa del mayordomo, al armero, a la sala de billar, al salón y, finalmente, al comedor. Al pasar cerca de la ventana, noté que el viento me daba en la cara y vi que estaba abierta; así que corrí la cortina para cerrarla, y entonces me encontré frente a un hombre mayor, de hombros muy anchos, que acababa de entrar en la habitación. La ventana es de tipo francés, alta, y en realidad es una puerta que conduce al césped. A la luz de la vela que llevaba pude ver a otros dos hombres más que se disponían a entrar. Traté de huir, pero el tipo mayor se arrojó sobre mí y me cogió, primero por la muñeca y después por la garganta. Intenté gritar, pero me dio un puñetazo salvaje en un ojo y caí al suelo. Debí estar inconsciente durante un rato, porque cuando volví en mí me encontré atada, con el cordón del timbre de llamar, a una silla del comedor. Estaba atada tan fuertemente que no me podía mover y, además, una mordaza alrededor de mi boca me impedía articular ningún sonido. En ese momento, mi infortunado esposo entró en la habitación, atraído, sin duda, por algún ruido sospechoso. Venía vestido con camisa y pantalones y traía en la mano un bastón de endrino. Se lanzó contra uno de los ladrones, pero otro, el más viejo, se agachó rápidamente y, cogiendo el atizador de la parrilla, le dio un golpe terrible cuando pasó junto a él. Mi esposo cayó sin un gemido y no se volvió a mover. Yo me desmayé de nuevo, pero también durante un rato, pues cuando abrí los ojos vi que habían sacado la plata del aparador y que se estaban bebiendo una botella de vino que había allí. Creo haberle dicho que uno era mayor, con barba, y los otros más jóvenes, calvos, que parecían ser los hijos del viejo. Hablaban en susurros y al cabo de un rato se me acercaron, cerrando la ventana tras ellos. Tardé casi un cuarto de hora en librarme de la mordaza y, entonces, a mis gritos, acudió mi doncella, que me desató y dio aviso a los demás criados. Avisamos a la policía local, que inmediatamente se puso en contacto con Londres. Eso es todo lo que puedo contarles, caballeros, y espero que no tenga que repetir esta historia, tan desagradable, de nuevo.

—¿Alguna pregunta, señor Holmes? —dijo Hopkins.

—No quiero abusar más de la paciencia ni del tiempo de lady Brackenstall —respondió Holmes—, pero antes de entrar en el comedor me gustaría oír su relato —dijo dirigiéndose a la doncella.

—Vi a los hombres antes de que entraran en la casa —respondió ésta—. Cuando me senté junto a la ventana de mi dormitorio, divisé junto a la verja del parque, al lado del pabellón del guarda, a tres hombres, pero no le di mayor importancia. Aproximadamente una hora después oí gritar a mi señora y bajé al comedor, encontrándomela, ¡pobrecita!, como ella dice, y a él tendido en el suelo, en medio de un charco de sangre. Esto era más que suficiente para poner fuera de sí a cualquier mujer, atada allí, con el traje salpicado por la sangre de su esposo, pero ella, miss Mary Frazer, de Adelaida, y lady Brackenstall, de Abbey Grange, tienen todo el coraje que necesitan. Ya han hecho bastantes preguntas, caballeros. Ella se va ahora a su habitación con su vieja Therese, porque necesita descansar.

Con ternura maternal, la huesuda sirvienta pasó el brazo alrededor de su señora y la ayudó a salir de la habitación.

—Ha estado con ella toda la vida —dijo Hopkins—. La crió cuando era un bebé y se vino con ella a Inglaterra cuando se casó, hace dieciocho meses. Se llama Therese Wright y es de esa clase de doncellas que ya no se encuentran hoy día. Venga por aquí, si es tan amable, señor Holmes.

El vivo interés que al principio vi pintado en el rostro de Holmes había desaparecido. Quedaba todavía el arresto de unos criminales y él no se ensuciaba las manos con eso. El asombro y desencanto de mi amigo era el que experimentaría un sabio y profundo especialista que descubre que ha sido llamado para un caso de sarampión. Sin embargo, al entrar en el comedor de Abbey Grange, vi que algo llamaba la atención de mi amigo y despertaba de nuevo su interés.

Era una habitación grande, de alto techo recubierto de roble tallado y paredes, también de roble, adornadas por una colección de cabezas de venado y armas antiguas. Al fondo de la habitación, enfrente de la puerta, estaba la ventana de estilo francés que he citado antes. Tres ventanas más pequeñas en el lado derecho llenaban la estancia del frío sol de invierno. A la izquierda había una gran chimenea, con repisa también de roble, y junto a ella estaba una pesada silla de la misma madera, con brazos y travesaños labrados. En esta silla había un cordón rojo, cuyos extremos estaban asegurados en el travesaño de abajo. Al liberar a la dama habían aflojado el cordón, pero no habían soltado los nudos. De estos detalles nos dimos cuenta más tarde, porque lo primero que llamó nuestra atención fue el cuerpo de un hombre que yacía en una alfombra de piel de tigre, delante de la chimenea.

Era un hombre alto, bien formado, de unos cuarenta años de edad. Yacía boca arriba y se veían sus dientes blancos, entre su corta barba negra. Sus manos, vigorosas y bien formadas, estaban situadas por encima de su cabeza y apretaban fuertemente un pesado bastón de endrino. Las atractivas facciones aguileñas del hombre estaban crispadas en un gesto de odio, que daba a su rostro una expresión perversa. Evidentemente estaba en la cama cuando oyó a los ladrones, porque llevaba una camisa de dormir, primorosamente bordada, y estaba descalzo. Tenía la cabeza horriblemente destrozada y por toda la habitación había muestras de la salvaje ferocidad del golpe que le había derribado. Junto a él estaba el pesado atizador, doblado por la violencia del golpe. Holmes lo examinó detenidamente, así como el tremendo destrozo que había causado.

—Debe ser un hombre fuerte este Randall —observó Holmes.

—Sí —contestó Hopkins—. Tengo algunos recuerdos de él y es un individuo bastante violento.

—¿Tendrá alguna dificultad en atraparle?

—Absolutamente ninguna. Le hemos estado siguiendo la pista y teníamos idea de que se había ido a América, pero ahora que sabemos que la banda está aquí, no veo cómo puedan escapar. Hemos avisado a todos los puestos de policía y vamos a ofrecer una recompensa. Lo que no me explico es que hayan sido tan temerarios, pues sabían que la señora los reconocería y que nosotros los identificaríamos en seguida por su descripción.

—¡Exactamente! Parece lógico que hubieran silenciado también a lady Brackenstall.

—Quizá no se dieron cuenta de que se había recobrado de su desmayo —sugerí.

—Probablemente fue así. ¿Qué hay sobre este pobre hombre, Hopkins? He oído algunas historias extrañas acerca de él.

—Era un hombre de buen corazón cuando estaba sobrio, pero un perfecto salvaje cuando estaba borracho o medio borracho, que era casi siempre. Parecía estar poseído del demonio en tales ocasiones y un par de veces estuvo a punto de venir a parar a nuestras manos. En una ocasión empapó al perro de su mujer con petróleo y le prendió fuego. Se echó tierra al asunto y no pasó nada. En otra ocasión arrojó una botella a la criada Therese Wright y hubo jaleo con eso. Resumiendo, y entre nosotros, la casa está mejor sin él. ¿Qué mira?

Holmes se había arrodillado y examinaba con gran atención los nudos del cordón rojo con que habían atado a la señora. Después examinó cuidadosamente el extremo deshilachado por donde se había roto el cordón cuando el ladrón tiró de él.

—Cuando arrancaron esto, el timbre de la cocina debió sonar muy fuerte —observó.

—No lo oyó nadie, porque la cocina está en la parte de atrás de la casa.

—¿Cómo sabía el ladrón que nadie le oiría?

—Exactamente, señor Holmes, exactamente. Es la misma pregunta que me he estado haciendo continuamente. Es indudable que este tipo debía conocer perfectamente la casa y sus costumbres, que sabría que los criados estaban en la cama a esa hora relativamente temprana y que nadie podría oír el timbre. Parece evidente que debía estar compinchado con alguno de los criados, pero hay ocho en la casa y todos con buena reputación.

—Hay situaciones análogas —respondió Holmes—. Se podría sospechar de Therese, porque su señor la arrojó una botella, pero eso supondría traición hacia su señora y esta criada parece adorarla. Bien, es algo que no tiene importancia y en cuanto atrape a Randall no tendrá ninguna dificultad en atrapar a su cómplice. La historia de esta señora parece estar corroborada por todos los detalles que vemos ante nosotros. Se acercó a la ventana de estilo francés y la abrió. No hay señales aquí —dijo—, pero el marco es de hierro y es absurdo tratar de buscarlas. Veo que estas velas de la chimenea han sido encendidas.

—Sí, con su luz y con la de la vela de su habitación vio lady Brackenstall salir a los ladrones.

—¿Se llevaron mucho?

—Pues no; solamente media docena de objetos de plata del aparador. Lady Brackenstall cree que estaban tan alterados por la muerte de sir Eustace, que no buscaron por la casa, como habrían hecho de no suceder las cosas así.

—Parece razonable, pero en cambio estuvieron tomando vino.

—Para templar los nervios.

—Claro. Estos tres vasos del aparador no se han tocado, supongo.

—No, ni la botella tampoco.

—Veámoslo. ¡Eh! ¿Qué es esto?

Los tres vasos estaban juntos, manchados de vino, y en uno de ellos había algunos posos de madre. La botella estaba al lado, llena en sus dos terceras partes, y junto a ella estaba un corcho largo, manchado. El aspecto del corcho y el polvo de la botella indicaban que los asesinos se habían regalado con una vieja cosecha.

La actitud de Holmes era ahora distinta. El aire indiferente había desaparecido, para dejar paso a una luz de interés en sus ojos grises. Levantó el corcho y lo examinó minuciosamente.

—¿Cómo lo abrieron? —preguntó.

Hopkins señaló un cajón entreabierto, en el que había varios manteles de hilo y un gran sacacorchos.

—¿Dijo lady Brackenstall si usaron este sacacorchos para abrirla?

—No; recuerde que estaba sin sentido cuando abrieron la botella.

—Es cierto. Debo decirle que el sacacorchos no se usó, porque la botella se abrió con uno de bolsillo, probablemente uno de esos sacacorchos de navaja de varios usos y cuya longitud no excede de una pulgada y media. Si examina la parte superior del corcho, verá que tuvieron que meter tres veces el sacacorchos, para poderlo sacar, y que no ha sido traspasado. Si hubieran empleado el sacacorchos grande, habrían traspasado el corcho y lo habrían sacado de una sola vez. Cuando capturen a ese tipo comprobará que tiene una de esas navajas múltiples.

—¡Magnífico! —dijo Hopkins.

—Pero estos vasos me desconciertan, lo confieso. Lady Brackenstall vio beber a los tres hombres, ¿verdad?

—Sí; está segura de ello.

—Entonces, asunto concluido. ¿Qué voy a decir? Y sin embargo, debe admitir que los tres vasos son muy interesantes, Hopkins.

—Pues no veo nada extraordinario en ellos.

—Bueno, bueno, dejémoslo. Quizá cuando una persona tiene las facultades y la experiencia que tengo yo, trata de buscar una explicación complicada cuando existe una muy simple. Desde luego, lo de los vasos debe ser una casualidad. Bien, buenos días, Hopkins. El caso está aclarado y no creo que pueda ayudarle en nada más. Avíseme cuando capture a Randall y téngame al tanto de cualquier novedad que surja. Creo que, dentro de poco, le felicitaré por haber resuelto el caso satisfactoriamente. Vámonos, Watson; me imagino que podemos emplear nuestro tiempo en algo más provechoso.

Mientras regresábamos, advertí que Holmes estaba desconcertado por algo que había visto. De cuando en cuando, hacía un esfuerzo por olvidarlo y me hablaba como si considerase el asunto perfectamente claro, pero luego la duda volvía a apoderarse de él y, al ver sus cejas fruncidas y su mirada abstraída, me daba cuenta de que sus pensamientos habían vuelto al gran comedor de Abbey Grange. Finalmente, ya en el tren, y cuando éste salía de la estación, se dejó llevar por un súbito impulso y se lanzó desde la plataforma, obligándome a saltar detrás de él.

—Discúlpeme, querido amigo —me dijo, mientras los últimos vagones del tren desaparecían tras una curva—, por hacerle víctima de lo que puede parecer una extravagancia, pero no puedo dejar las cosas como están. Mi instinto me grita contra ello y juraría que todo es mentira. Sin embargo, la historia de lady Brackenstall parece verídica, tiene la confirmación de la doncella y todos los detalles coinciden. Y en contra de todo esto, sólo tengo tres vasos de vino. Eso es todo. Creo que si no hubiese dado por buenas muchas cosas, si lo hubiese examinado todo a fondo, sin tener en cuenta esa historia preparada para confundirme, habría encontrado algo más concreto. Ya lo creo que sí. Watson, siéntese en este banco hasta que llegue el tren de Chislehurst y déjeme exponerle todas las pruebas, rogándole de antemano que deseche de su mente todas las declaraciones de la doncella o de la señora. La encantadora personalidad de lady Branckenstall no debe influir en nuestro juicio crítico. Seguramente hay detalles en esta historia que, examinados fríamente, despertarían nuestras sospechas. Estos ladrones consiguieron un buen botín en Sydeham hace quince días. Los periódicos dieron una descripción de ellos y publicaron su retrato, y, como es natural, nadie se va a inventar una cosa así. Además, los ladrones que han dado un buen golpe están, por lo general, demasiado contentos disfrutando de los beneficios y no se embarcan en otra empresa arriesgada. Tampoco es frecuente entre ellos operar a una hora tan temprana ni golpear a una dama para evitar que grite, porque, entre otras cosas, es la forma más segura de que grite. Es poco usual también que cometan un asesinato, cuando son suficientes para dominar a un hombre, y que se conformen con un pequeño botín, cuando tienen mucho más a su alcance. Finalmente, es poco corriente entre los de su clase dejar una botella medio vacía. ¿Qué opina de todo ello, Watson?

—El efecto de todos estos detalles juntos es realmente notable, pero en cambio, considerados aisladamente, encajan bastante bien. Lo más chocante, me parece a mí, es que atasen a lady Brackenstall a una silla.

—Pues no, porque quizá les bastase con asegurarla de tal forma que no pudiese avisar inmediatamente. De cualquier manera, le he demostrado que hay algunos puntos débiles en la historia de lady Brackenstall. Y ahora, además de todo lo anterior, está el detalle de los tres vasos de vino.

—¿Qué pasa con los vasos de vino?

—¿Los recuerda bien?
—Los estoy viendo con toda claridad.
—Nos han dicho que bebieron tres hombres en ellos. ¿Lo cree posible?
—Pues sí. Había vino en cada vaso.
—Exactamente, pero había madre sólo en uno de ellos. Debe haberse dado cuenta de esto. ¿Qué le sugiere?
—Que el último vaso tendría, probablemente, más madre que los otros.
—De ninguna manera. La botella estaba llena de posos y es inconcebible que en los dos primeros vasos estuviese el vino limpio y en el tercero con posos. Hay dos posibles explicaciones y sólo dos: la primera es que agitasen la botella después de servir el segundo vaso, y el tercer vaso recibiese los posos, lo cual no parece tener sentido. Creo que mi suposición es la correcta.
—¿Y qué es lo que supone?
—Pues que sólo se usaron dos vasos, y el tercero lo utilizaron para descantar el vino de los otros dos y hacer creer, de este modo, que estuvieron bebiendo allí tres personas. Pero si ésta es la explicación correcta de esta pequeña anomalía, el caso deja de ser vulgar para alcanzar un extraordinario interés, ya que eso sólo puede significar que lady Brackenstall y su doncella nos han mentido descaradamente, y por tanto no podemos creer una sola palabra de su historia, que deben tener una razón muy poderosa para proteger al criminal, y, finalmente, que debemos resolver el caso por nuestra cuenta, sin esperar que nos ayuden en lo más mínimo. Ésta es la misión que tenemos por delante y aquí, Watson, está el tren de Chislehurst.

* * *

Los de Abbey Grange quedaron muy sorprendidos al vernos regresar, pero Sherlock Holmes, al enterarse de que Stanley Hopkins se había ido a informar al cuartel general, tomó posesión del comedor, se encerró en él y se dedicó, a lo largo de dos horas, a una de esas minuciosas investigaciones sobre las que asentaba todo el edificio de sus brillantes deducciones. Yo observaba, sentado en un rincón, todos los pasos de la investigación, igual que el estudiante aplicado observa las demostraciones de su profesor. La ventana, la alfombra, la silla, el cordón, uno detrás de otro, fueron examinados detenidamente. Se habían llevado ya el cuerpo del infortunado baronet, pero todo lo demás seguía igual que por la mañana. Después, ante mi asombro, Holmes se subió a la repisa de la chimenea y se puso a examinar el trozo de cordón rojo que había quedado unido al alambre. Durante un largo rato estuvo mirándolo y después trató de cogerlo, para lo que apoyó la rodilla en una ménsula, quedando entonces su mano a unas pocas pulgadas del cordón. Sin embargo, en ese momento, el cordón dejó de interesarle y fue la propia ménsula lo que atrajo su atención.

—Todo va estupendamente, Watson —dijo—. El caso está casi resuelto y es uno de los más interesantes de nuestra colección. Pero, Dios mío, qué torpe he sido y qué cerca he estado de cometer el mayor error de mi vida. Ahora creo que, salvo unos cuantos eslabones, la cadena está completa.

—¿Ya tiene a sus hombres?

—Hombre, Watson, hombre. Sólo uno, pero fuerte como un león —el atizador lo indica—, de seis pies y tres pulgadas de altura, ágil como una ardilla y de hábiles manos. Además, es extraordinariamente inteligente, porque toda esa ingeniosa historia es invención suya. Sí, Watson, estamos ante el trabajo de un individuo extraordinario que, sin embargo, nos ha dejado una pista clara en ese cordón de la campanilla.

—¿Dónde está la pista?

—Si usted tirase de un timbre de cordón, ¿dónde esperaría que se rompiese? Seguramente en el lugar donde está unido al alambre. ¿Por qué se iba a romper tres pulgadas por debajo?

—¿Porque estaba desgastado en ese sitio?

—Exactamente. Este extremo que podemos examinar de cerca está deshilachado —él tuvo la astucia de hacerlo con su cuchillo—, pero el otro extremo no está deshilachado. Usted no lo ve desde aquí, pero desde la repisa se advierte que fue cortado de un tajo y que no está deshilachado. Se puede reconstruir perfectamente lo ocurrido. El hombre necesitó el cordón y no quiso arrancarlo de golpe, por temor a dar la alarma. ¿Qué hizo entonces? Se subió a la repisa de la chimenea y, como no llegaba bien, apoyó la rodilla en la ménsula —aquí se ve la señal en el polvo— y sacó el cuchillo para cortar el cordón. A mí me faltan tres pulgadas, por lo menos, para llegar, de donde deduzco que es un hombre tres pulgadas más alto que yo. Mire esa señal en el asiento de la silla de roble. ¿Qué es?

—Sangre.

—Indudablemente. Sólo esto es suficiente para hacer inadmisible la historia de lady Brackenstall. Si estaba sentada en la silla cuando se cometió el crimen, ¿cómo puede estar manchada ésta? No, no, la ataron a la silla después de la muerte de su marido y apostaría a que el vestido negro tiene una mancha que se corresponde con ésta. Watson, no hemos encontrado todavía nuestro Waterloo, pero éste es nuestro Marengo, porque empieza en derrota y acaba en victoria. Me gustaría charlar un poco con su aya Therese. Ahora tenemos que ser cautelosos, si queremos obtener la información que necesitamos.

Era una persona interesante esta austera aya australiana. Taciturna, desconfiada y antipática, tardó algún tiempo en abrirse a los modales agradables de Holmes, que aceptaba todo cuando ella decía, despertando así entre ambos una simpatía recíproca. La mujer no intentó ocultar el odio que sentía por su difunto señor.

—Sí señor, me arrojó una botella. Le oí insultar a mi señora y le dije que no se atrevería a hablarla así si el hermano de ella estuviese aquí. Entonces él me tiró la botella, y no me habría importado que me tirase una docena, con tal de que dejase en paz a mi pobre pajarillo. La maltrataba continuamente, pero ella es muy orgullosa para quejarse, y ni siquiera a mí me diría todo lo que le ha hecho. Nunca hablaba de señales como esas que le vieron en el brazo esta mañana, pero yo sé muy bien que son pinchazos de un alfiler de sombrero. ¡El taimado diablo! Que Dios me perdone por hablar así de un muerto, pero era un demonio, si es que alguna vez ha habido alguno sobre la tierra. Cuando nos vimos por primera vez, hace sólo dieciocho meses, que parecen dieciocho años, era todo miel. Ella acababa de llegar a Londres. Sí, era su primer viaje. Nunca había salido de casa. La conquistó con su título, su dinero y sus falsos modales londinenses. Si cometió algún error, lo ha pagado con creces. ¿En qué mes le conocimos? Pues nada más llegar a Londres. Llegamos en junio y le conocimos en julio. Se casaron en enero del pasado año. Sí, ha vuelto a bajar al gabinete y creo que les recibirá; pero, por favor, no le hagan muchas preguntas, porque ya ha soportado todo lo que el cuerpo y el alma pueden soportar.

Lady Brackenstall estaba reclinada en el mismo canapé, pero parecía más animada que en la anterior entrevista. La doncella entró con nosotros y empezó a poner otra vez fomentos en la ceja de su señora.

—Espero —dijo lady Brackenstall— que no vendrán a interrogarme de nuevo.

—No —contestó Holmes con voz muy suave—, no voy a causarle ninguna molestia innecesaria, lady Brackenstall, y lo único que deseo es facilitarle las cosas, porque estoy convencido de que ha sufrido mucho. Si me trata como a un amigo y confía en mí, verá que sé justificar esa confianza.

—¿Qué quiere que haga?

—Decirme la verdad.

—¡Señor Holmes!

—No, no, lady Brackenstall, es inútil. Quizá haya oído hablar de la reputación que tengo. Pues bien, apuesto toda mi fama a que la historia que nos contó es una patraña.

La señora y la doncella miraron a Holmes con caras pálidas y ojos asustados.

—¡Es usted un indeseable! —gritó Therese—. ¿Quiere decir que mi señora les ha mentido?

Holmes se levantó de su silla.

—¿No tiene nada que decirme?

—Le he dicho todo.

—Piénselo otra vez, lady Brackenstall. ¿No sería mejor que fuese franca conmigo?

Por un momento se reflejó la duda en su hermoso rostro, pero luego apareció en él una expresión de firmeza que lo hizo parecer una máscara.

—Le he dicho todo lo que sé.

Holmes cogió su sombrero y se encogió de hombros.

—Lo siento —dijo y, sin añadir una palabra más, salió de la habitación y de la casa.

Había un estanque en el parque, junto al edificio, y hacia él se dirigió mi amigo. Su superficie estaba completamente helada, excepto un agujero que se había practicado en el hielo para comodidad de un solitario cisne. Examinó el agujero y luego se dirigió hacia la salida del parque, en donde dejó al guarda una breve nota para Stanley Hopkins.

—No sé si estaré en lo cierto o me habré equivocado, pero estamos obligados a hacer algo por el amigo Hopkins, aunque sólo sea para justificar esta segunda visita. Sin embargo, no quiero revelarle todavía todo lo que sé. Creo que nuestro siguiente campo de operaciones es la terminal de embarque de la línea Southampton-Adelaida, que está al final de Pall Mall, si mal no recuerdo. Hay otra línea secundaria de vapores que une el sur de Australia con Inglaterra, pero investigaremos primero en la línea principal.

La tarjeta de Holmes nos llevó inmediatamente ante el director, que le dio inmediatamente toda la información que pidió.

En julio del pasado año, sólo uno de sus barcos había tocado en un puerto inglés. Se trataba del *Rock of Gibraltar*, el mejor y más grande de sus paquebotes. Una ojeada a la lista de pasajeros nos confirmó que miss Frazer, de Adelaida, y su criada, viajaron en él. El barco estaba en ese momento camino de Australia, en algún lugar al sur del canal de Suez. Sus oficiales eran los mismos que en el año 95, con una excepción, el primer oficial, Jack Croker, que había ascendido a capitán y estaba esperando para tomar el mando de su nuevo barco, el *Bass Rock*, que zarparía dos días más tarde de Southampton. Vivía en Sidenham, pero tenía que presentarse aquella mañana para recibir instrucciones. Nos lo decía por si queríamos esperarle.

No; el señor Holmes no deseaba verle, pero quedaría muy agradecido si pudiese saber algo más de su carrera y de su carácter.

Su historial era magnífico, hasta el punto de que no había ningún oficial en la flota de aquella Compañía que pudiese comparársele. En cuanto a su carácter, era un fiel cumplidor de su deber, pero excitable y violento cuando estaba fuera del barco. Era, sin embargo, leal, honesto y de gran corazón. Ésta fue, en esencia, la información que Holmes obtuvo en las oficinas de la compañía naviera Adelaida-Southampton. Desde allí, nos dirigimos a Scotland Yard, pero cuando llegamos, en lugar de entrar, Holmes se quedó en el coche, con el ceño fruncido y sumergido en profundas meditaciones. Por fin, se encaminó a la oficina de Telégrafos de Charing Cross, envió un mensaje y luego volvimos a Baker Street.

* * *

—No, no puedo hacerlo, Watson —me dijo cuando entrábamos en nuestra casa—. Una vez dictado auto de procesamiento, nadie en el mundo podría salvar a este hombre. En una o dos ocasiones, a lo largo de mi carrera, he experimentado la sensación de que, descubriendo al criminal, he causado más daño que el que hubiera podido hacer él con su crimen. He aprendido a ser cauto y prefiero hacer trampa a la ley inglesa antes que hacérsela a mi propia conciencia. Trataremos de averiguar algo más antes de actuar.

Poco antes de anochecer recibimos la visita de Stanley Hopkins, al que no parecían irle muy bien las cosas.

—Usted debe ser brujo, señor Holmes. A veces creo que tiene poderes sobrenaturales. ¿Cómo demonios pudo saber que la plata robada estaba en el fondo del estanque?

—No lo sabía.

—Pero me dijo que lo examinara.
—¿La recuperó entonces?
—Sí, la recuperé.
—Me alegro de haber podido ayudarle.
—Precisamente lo que ha hecho ha sido confundirme más. ¿Qué clase de ladrones son los que arrojan la plata robada al estanque más cercano?
—Realmente es un comportamiento bastante extraño. En principio, pensé que la plata había sido robada por personas que no la querían como botín, sino simplemente para sugerir un robo y, en consecuencia, que estarían ansiosas por deshacerse de ella.
—Pero, ¿cómo se le ocurrió semejante idea?
—Pues me pareció posible. Cuando salieron por la ventana, se encontraron con el estanque, que tenía un tentador agujero en el hielo. ¿Qué mejor escondite que éste?
—¡Ah, un escondite! Eso ya está mejor —dijo Stanley Hopkins—. Sí, sí, ahora lo veo todo. Era temprano, había gente en la carretera y tuvieron miedo de ser vistos; así que arrojaron la plata al estanque con idea de volver a por ella cuando hubiese pasado el peligro. Excelente, señor Holmes; esto es mejor que su idea de una añagaza para despistarnos.
—Pues sí, y ya tiene usted una excelente teoría. No me importa admitir que mis ideas eran bastante extrañas, pero reconocerá que gracias a ellas se ha recuperado la plata.
—Sí, señor, la hemos encontrado gracias a usted. Sin embargo, yo he sufrido un grave retroceso.
—¿Un retroceso?
—Sí, señor Holmes. La banda de Randall fue detenida esta mañana en Nueva York.
—¡Caramba, Hopkins!, esto contradice su teoría de que ellos cometieron un asesinato en Kent anoche.
—La deshace por completo, señor Holmes, por completo. Sin embargo, hay varias bandas más formadas por tres individuos, o también puede ser una banda nueva de la que todavía no tenemos noticia.
—Pues sí, es perfectamente posible. Qué, ¿se va usted?
—Sí, señor Holmes. No descansaré hasta llegar al fondo del asunto. ¿No se le ocurre hacerme ninguna sugerencia?
—Ya le he hecho una.
—¿Cuál?
—Le sugerí que pudiera tratarse de una añagaza.

—Pero, ¿por qué, señor Holmes, por qué?

—¡Ah!, ésa es la cuestión. Le recomiendo que piense en ello. ¿No quiere quedarse a cenar? Pues adiós y téngame informado de los progresos que haga.

Cenamos y fue recogida la mesa, antes de que Holmes volviese a tocar el asunto. Encendió su pipa, acercó después sus pies a la alegre llama de la chimenea y miró el reloj.

—Espero progresos, Watson.

—¿Cuándo?

—Inmediatamente; dentro de algunos minutos. Usted pensará que me he portado mal con Stanley Hopkins hace un rato.

—Confío en su buen juicio.

—Una respuesta muy inteligente, Watson. Considérelo de esta forma: lo que yo sé no es oficial, y lo que él sabe sí lo es. Yo estoy en mi derecho si me niego a dar una opinión, pero él no. Debe revelar todo lo que sabe o sospecha, o de lo contrario será considerado desleal. No quiero, en la duda, ponerle en una situación tan difícil; de manera que no diré nada hasta que haya hecho mi propia composición de lugar.

—Y, ¿cuándo será esto?

—El momento ha llegado. Será espectador del último acto de un gran pequeño drama.

Se oyó ruido en las escaleras y la puerta de nuestra habitación se abrió para dar paso a un soberbio ejemplar de hombre. Era alto, con un bigote rubio, ojos azules, piel tostada por el sol tropical y con un paso elástico que indicaba tanta agilidad como fuerza en aquel voluminoso armazón. Cerró la puerta tras de él y quedó plantado delante de nosotros, con los puños cerrados y el pecho jadeante por la emoción que le embargaba.

—Siéntese, capitán Croker. ¿Recibió mi telegrama?

Nuestro visitante se dejó caer en un sillón y nos miró alternativamente con expresión interrogante.

—Recibí su telegrama y vine a la hora que me dijo. Supe que había estado en la oficina de la Compañía, y veo que es imposible escapar de usted. Oigamos lo peor, ¿qué va a hacer conmigo? ¿Arrestarme? ¡Hable! No puede quedarse ahí sentado jugando conmigo como el gato con el ratón.

—Dele un cigarro, Watson —dijo Holmes—. Muérdalo, capitán Croker, y no se deje dominar pos los nervios. Yo no estaría fumando aquí con usted si creyese que es un vulgar criminal. De eso puede estar seguro. Sea franco conmigo y llegaremos a buen fin. Trate de engañarme y le hundiré.

—¿Qué quiere que haga?

—Contarme todo lo que ocurrió en Abbey Grange anoche. Un resumen auténtico, sin faltas ni añadidos. Sé lo bastante para darme cuenta si se aparta, en lo más mínimo, de la verdad, y en ese caso soplaré este silbato de policía y el asunto se irá de mis manos para siempre.

El marino quedó pensativo durante un rato y luego se dio un golpe en la pierna con su enorme mano bronceada.

—Me arriesgaré —dijo—. Creo que es usted un hombre honrado y de palabra. Les contaré toda la historia, pero antes quiero decir que, por lo que a mí respecta, no lamento ni temo nada y que volvería a hacerlo de nuevo y estaría orgulloso de ello. ¡Maldita bestia! ¡Ojalá tuviese las vidas de un gato, para arrancárselas todas con mis manos! Es ella, Mary, Mary Frazer, porque nunca podría llamarla por ese maldito nombre, la que me preocupa. Cuando pienso que podría comprometerla yo, que daría mi vida por una sonrisa suya, se me parte el alma. Y sin embargo, ¿qué otra cosa podría haber hecho? Les contaré toda la historia, caballeros, y luego díganme si pude haber actuado de otra manera. Debo retroceder un poco. Parece estar usted enterado de todo, así que sabrá que la conocí cuando viajaba en el *Rock of Gibraltar,* donde yo era primer oficial. Desde el primer momento comprendí que era la única mujer de mi vida. Cada día que pasaba del viaje estaba más enamorado de ella, y muchas veces me arrodillé en la oscuridad de la noche para besar la cubierta del barco, porque sabía que su querido pie había pisado allí. Ella nunca me prometió nada, se portó noblemente conmigo y no me puedo quejar. Por mi parte era todo cariño y por la suya, camaradería y amistad. Cuando nos despedimos, ella era mujer completamente libre, pero yo nunca pude volver a serlo. A la vuelta de mi siguiente viaje, supe que se había casado. ¿Por qué no iba a casarse con quien deseara? Título y dinero, ¿quién podía llevarlos mejor que ella, que había nacido para todo lo que es hermoso y delicado? No me dolió su matrimonio, porque yo no era tan vil y egoísta como para sentir así. Me alegré de su buena suerte y de que no hubiese malgastado su vida con un marino sin blanca como yo. Así quería yo a Mary Frazer. No pensé volver a verla nunca más, pero después del último viaje fui ascendido y, como el nuevo barco no había sido botado aún, tuve que esperar en Sydeham con mi tripulación durante un par de meses. Paseando un día por el campo, encontré a Therese Whight, su anciana criada, que me habló de ella, de él y de todo. Crean, caballeros, que casi me vuelvo loco al saber que ese asqueroso borracho se atrevía a pegarla. ¡Él, que no la llegaba ni a la suela del zapato! Volví a ver a Therese y luego a la propia Mary en dos ocasiones, pero ella se negó a que siguiéramos viéndonos. Sin embargo, el otro día recibí la noticia de que partiría para mi viaje en una semana y tomé la determinación de verla por última vez antes de zarpar. Therese fue siempre muy buena amiga mía, porque amaba a Mary y odiaba a ese villano casi tanto como yo, y ella fue la que me dijo las costumbres de la casa. Mary acostumbraba a leer después de la cena, en su gabinete de la planta baja. Me acerqué por allí anoche y golpeé suavemente en una ventana. Al principio pensé que no me abriría, pero ahora sé que me quiere y que no podía dejarme en la fría noche. Me susurró que entrase por la ventana grande del comedor, la cual me encontré abierta. De nuevo volví a escuchar de sus labios cosas que me hicieron hervir la sangre, y de nuevo maldije a ese salvaje que trataba así a la mujer que yo adoraba. Pues bien, caballeros, estábamos hablando con toda inocencia, ¡el cielo es testigo!, cuando él entró como un loco en la habitación y la insultó con la palabra más vil que un hombre puede aplicar a una mujer, golpeándola después en la cara con un bastón que llevaba en la mano. Yo salté hacia el atizador y luchamos en igualdad de condiciones. Vean la señal que me dejó en el brazo cuando descargó el primer golpe. Después golpeé yo y le aplasté la cabeza como si fuese una calabaza podrida. ¿Creen que lo lamento? En absoluto. Era su vida o la mía o, mejor dicho, su vida o la de ella, porque, ¿cómo iba a dejarla en manos de ese loco después de lo que había pasado? Así fue como le maté. ¿Hice mal? En ese caso díganme lo que hubiera hecho cualquiera de ustedes de haber estado en mi lugar. Ella dio un grito cuando recibió el golpe y Therese bajó inmediatamente. Abrí una botella de vino que había en el aparador y vertí un poco entre los labios de Mary, que se había desvanecido de dolor. Therese estaba fría como el hielo y contribuyó a preparar la farsa tanto como yo. Debíamos presentar las cosas como si hubiese habido ladrones. Ella contó a su señora la historia que habíamos preparado, mientras yo me subía a cortar el cordón del timbre. Después la até a una silla y deshilaché el extremo del cordón, pues de otro modo se habrían preguntado por qué subió un ladrón a cortarlo. Luego reuní varias fuentes y objetos de plata, para hacer creer que había habido un robo, y dejé a las dos mujeres allí, aleccionándolas, antes de irme, para que diesen la alarma un cuarto de hora después de haberme ido. Tiré la plata al estanque y partí para Sydeham, con la sensación de que por una vez, al menos, había hecho algo bueno por la noche. Ésta es la verdad y toda la verdad, señor Holmes.

Holmes estuvo fumando un rato en silencio. Después cruzó la habitación y estrechó la mano de nuestro visitante, diciéndole:

—Vea lo que pienso. Sé que me ha dicho la verdad, porque casi todo lo que me ha dicho ya lo sabía yo. Nadie, sino un acróbata, o un marino, pudo llegar desde la ménsula al cordón, y solamente un marino pudo hacer los nudos que vi en el cordón que estaba atado a la silla. Sólo una vez tuvo esta dama contacto con marinos, y fue en su viaje a Inglaterra. Tuvo que ser alguien de su mismo nivel social, puesto que ella intentaba protegerle demostrando, de esta manera, que le amaba. ¿Ve lo fácil que fue para mí llegar hasta usted, una vez que estuve sobre la verdadera pista?

—Supuse que la policía no conseguiría ver la verdad a través de nuestro engaño.

—Y no lo ha conseguido, ni creo que lo consiga. Y ahora, capitán Croker, éste es un asunto muy serio, aunque he de admitir que usted actuó bajo la provocación más grave que puede hacerse a un hombre. Creo que se considerará un caso de legítima defensa, pero eso tiene que decirlo un jurado, y tengo tanta simpatía por usted, que si desaparece en las próximas veinticuatro horas, le prometo que nadie le detendrá.

—Y después de ese tiempo ¿se sabrá todo?

—Desde luego.

—¿Qué clase de proposición es ésa? Sé bastante de leyes como para comprender que Mary sería detenida como cómplice. ¿Y cree que la voy a dejar enfrentarse sola con las consecuencias de todo esto, mientras yo me escabullo? No, señor. Que me hagan lo que quieran, pero por Dios, señor Holmes, encuentre algún medio para alejarla a ella del tribunal.

Holmes estrechó nuevamente la mano del marino.

—Sólo estaba probándole, y de nuevo ha demostrado que es de buena madera. Bien, es una gran responsabilidad la que tomo sobre mí, pero ya le he dado a Hopkins una excelente sugerencia, y si él no sabe aprovecharla, no es culpa mía. Mire, capitán Croker, resolveremos esto conforme a la Ley. Usted es el acusado; usted, Watson, el jurado, y conste que nunca hubo nadie más adecuado para este puesto, y yo soy el juez. Ahora, señores del jurado, han oído el testimonio. ¿Encuentran al acusado culpable o inocente?

—Inocente, señoría —respondí.

—*Vox populi, vox Dei*. Está absuelto, capitán Croker. Siempre que no se acuse a una persona inocente, puede contar con mi silencio. Vuelva dentro de un año a buscar a su dama y ojalá justifiquen ambos, con su futuro, el juicio que hemos fallado esta noche.

LA AVENTURA DE LOS MUÑECOS DANZANTES

Holmes había estado sentado en silencio durante varias horas, con su larga y delgada espalda inclinada sobre su matraz, en el que estaba elaborando un producto particularmente hediondo. Con la barbilla hundida sobre el pecho, parecía, desde donde yo estaba, un extraño y esquelético pájaro de color gris apagado y negra cresta.

—¿Así que usted, Watson —dijo de repente—, no se propone invertir su dinero en acciones de Sudáfrica?

Di un salto de asombro. Aunque estaba acostumbrado a las singulares facultades de Holmes, esta inesperada intromisión en mis más íntimos pensamientos era completamente inexplicable.

—¿Cómo diablos sabe usted esto? —pregunté.

Hizo girar su taburete, llevando en la mano un tubo de ensayo humeante y con brillo divertido en sus penetrantes ojos.

—Ahora, Watson, confiese que está usted completamente tocado.

—Lo estoy.

—Debería hacerle firmar un papel.

—¿Por qué?

—Porque dentro de cinco minutos dirá que todo esto es una tontería.

—Estoy seguro de que no diré nada.

—Vea usted, querido Watson —dejó el tubo de ensayo en su soporte y se dirigió a mí con el tono de un catedrático que habla a un alumno—, que no es realmente difícil enlazar una serie de deducciones, cada una consecuencia de la anterior y a la vez simple en sí misma. Si, actuando así, uno encuentra todas las deducciones intermedias y sólo presenta a su auditorio los puntos inicial y final, puede lograr un sorprendente efecto, aunque, posiblemente, ello sea de mal gusto. Pues bien, no era realmente difícil, al ver la separación entre los dedos índice y pulgar de su mano izquierda, estar seguro de que usted no se proponía invertir su capital en los campos auríferos.

—No veo ninguna relación.

—Muy directa, no. Pero puedo mostrarle rápidamente una relación bastante próxima. Éstos son los eslabones perdidos de una cadena muy sencilla: 1) Usted tenía tiza entre sus dedos índice y pulgar, cuando volvió del club la pasada noche. 2) Usted se da tiza ahí cuando juega al billar, para asegurar el taco. 3) Usted no juega al billar si no es con Thurstom. 4) Me dijo hace cuatro semanas que Thurstom tenía opción sobre algunas propiedades de Sudáfrica, opción que expiraría dentro de un mes y que él deseaba compartir con usted. 5) Su libro de cheques está encerrado en mi gaveta y no me ha pedido la llave. 6) Por tanto, no se propone invertir su dinero en esta empresa.

—¡Qué absurdamente simple! —exclamé.

—¡Bastante! —dijo él, un poco irritado—. Todos los problemas llegan a ser muy simples una vez explicados; sin embargo, aquí hay uno que no tiene explicación. Vea lo que puede hacer con esto, amigo Watson —me dijo, arrojando sobre la mesa una hoja de papel y volviendo después a su análisis químico.

Miré con asombro el absurdo jeroglífico que había en el papel.

—¡Pero Holmes, éste es el dibujo de un niño! —exclamé.

—Eso es lo que usted cree.

—¿Qué otra cosa puede ser?

—Eso es lo que el señor Hilton Cubitt, de la mansión de Ridling Thorpe, en Norfolk, está deseando saber. Recibió este pequeño acertijo en el primer correo del día y él tenía que venir en el próximo tren. Llaman a la puerta y no me extrañaría nada que fuese él.

Unos pesados pasos se oyeron en las escaleras y, momentos más tarde, entró un caballero alto, de faz rubicunda y bien afeitada, cuyos ojos claros y lozanas mejillas me hablaban de una vida alejada de las neblinas de Baker Street. Parecía traer consigo una bocanada de aire costero, vigorizante y fresco. Después de darnos la mano, iba a sentarse, cuando sus ojos se posaron en el papel con aquellos curiosos trazos, que yo acababa de examinar y dejar encima de la mesa.

—Bien, señor Holmes, ¿qué puede hacer con esto? Me han dicho que usted era amigo de los misterios y no creo que pueda encontrar uno más extraño que éste. Le envié el papel por delante con el fin de que pudiera tener tiempo para estudiarlo antes de que yo llegara.

—Es, desde luego, algo bastante curioso —dijo Holmes—. A primera vista, parece ser una travesura de niño. Consiste en cierto número de absurdas figuritas que adoptan posturas de baile. ¿Quién daría importancia a un objeto tan grotesco?

—Yo nunca lo hubiera hecho, señor Holmes, pero sí mi esposa. Le asustó mucho y, aunque no me dice nada, puedo leer el terror en sus ojos. Por esto quiero llegar al fondo del asunto.

Holmes miró el papel a contraluz. Era una hoja arrancada de un cuaderno, y los dibujos, hechos a lápiz, iban de la siguiente forma:

Holmes lo examinó durante un rato y luego, doblándolo cuidadosamente, lo guardó en su cartera.

—Promete ser un caso muy interesante. Usted me dio algunos detalles en su carta, señor Cubitt, pero le agradecería mucho que me relatase todo de nuevo, en atención a mi amigo, el doctor Watson.

—No soy un buen narrador —dijo nuestro visitante, uniendo y separando nerviosamente sus grandes y fuertes manos—. Pregúntenme si alguna cosa no queda clara. Voy a comenzar hablando de cuando contraje matrimonio, el año pasado. Sin embargo, antes quiero decir que, aunque no soy un hombre rico, mi familia ha vivido en Ridling Thorpe durante cinco siglos y que no hay familia más conocida en Norfolk. El año pasado llegué a Londres por el Jubileo y me alojé en una casa de huéspedes en Russell Square, porque Parker, el vicario de nuestra parroquia, paraba en ella. Había allí una joven americana, de nombre Elsie Patrick, y ambos nos hicimos amigos. Cuando terminó el mes, estaba todo lo enamorado de ella que puede estarlo un hombre. Nos casamos civilmente y volvimos a Norfolk como marido y mujer. Considerará usted una locura, señor Holmes, que un hombre de una antigua y respetable familia se casase de esta forma, sin saber nada del pasado ni del origen de su esposa. Sin embargo, si usted la hubiese visto y la hubiese tratado, me comprendería. Es muy reservada acerca de todo esto que le he dicho. No es que ella no me dé oportunidad de sacarlo a relucir si yo lo deseo. Me dijo: «Tengo algunos recuerdos desagradables de mi vida que desearía olvidar totalmente. No me gusta recordar el pasado, porque es algo muy penoso para mí. Si tú me aceptas, Hilton, aceptarás a una mujer que no tiene nada de qué avergonzarse; pero tendrás que conformarte con mi palabra y me permitirás guardar silencio acerca de todo lo que pasó hasta que fui tuya. Si estas condiciones son demasiado duras, regresa a Norfolk y déjame seguir en la soledad en que me encontraste.» Estas palabras las dijo el día anterior a nuestra boda. Le contesté que la aceptaba tal como era y con las condiciones impuestas. Hasta hoy he cumplido mi palabra. Hace un año ahora que nos casamos y hemos sido muy felices. Sin embargo, hará un mes, a finales de junio observé, por vez primera, que algo raro pasaba. Mi esposa recibió carta de América, de lo cual me di cuenta por el sello, y la vi ponerse pálida como una muerta. Leyó la carta y la arrojó al fuego, sin hacer después ningún comentario. No la pregunté nada, pues no he olvidado mi promesa, pero no ha conocido un minuto de tranquilidad desde entonces. Siempre veo en su mirada expectación y miedo. Si se confiase a mí encontraría a su mejor amigo, pero mientras ella no hable, no puedo decir nada. Le aseguro, señor Holmes, que es una mujer sincera y que no es culpable de cualquier problema que pudiera haber habido en su pasado. Yo no soy más que un hacendado de Norfolk, pero no hay hombre en Inglaterra que dé más importancia que yo al honor de su familia. Ella lo sabe bien y lo sabía ya antes de casarse conmigo. Estoy seguro de que jamás hará nada deshonroso. Bien, ahora voy a lo misterioso de mi historia. El martes de la semana pasada encontré en el alféizar de una de las ventanas cierto número de absurdas figuritas danzantes, como estas del papel. Creí que había sido el mozo de cuadras el que las había dibujado, pero el muchacho juró que no sabía nada de ello. De la forma que fuese, habían ido a parar allí durante la noche. Las borré y sólo mencioné el asunto a mi esposa. Ante mi sorpresa, ella lo tomó muy en serio y me pidió que si aparecía algún dibujo más, la dejase verlos. No apareció ninguno durante una semana, pero ayer por la mañana encontré este papel encima del reloj de sol del jardín. Se lo mostré a Elsie y se desmayó. Desde entonces está siempre como aturdida y con el terror asomando a sus ojos. Fue entonces cuando le escribí y le envié el papel, señor Holmes, pues si lo hubiese llevado a la policía, se hubiesen reído de mí. Le ruego me diga qué debo hacer. No soy un hombre rico, pero si hay algún peligro que amenace a mi esposa, soy capaz de gastar hasta mi último penique para defenderla.

Era una persona encantadora este hombre de rancio estilo inglés, simple, directo y apacible, con grandes ojos azules y rostro ancho y bien parecido. El amor que sentía por su esposa y la confianza que tenía en ella se apreciaban en sus rasgos.

Holmes había escuchado su historia con la mayor atención y después se sentó durante algún tiempo en silenciosa meditación.

—¿No cree usted, señor Cubitt —dijo por fin—, que lo mejor sería recurrir directamente a su esposa y pedirle que comparta su secreto con usted?

Hilton Cubitt sacudió su sólida cabeza.

—Una promesa es una promesa, señor Holmes. Si Elsie me lo quisiese decir, ya lo habría hecho. Si no quiere hacerlo, no voy a forzarla. Yo ya estoy justificado para seguir mi propia línea de conducta.

—Le ayudaré, entonces, de todo corazón. En primer lugar, ¿sabe usted si se han visto extraños en su vecindario?

—No.

—Creo que es un sitio muy tranquilo. ¿Un rostro nuevo sería causa de comentarios?

—En la vecindad inmediata, sí. Pero, no muy lejos, hay algunos pequeños balnearios y los granjeros suelen tomar huéspedes.

—Estos jeroglíficos tienen, sin duda, un significado. Si es puramente arbitrario, puede ser imposible para nosotros resolverlo. Si, por el contrario, tienen una clave, no tengo ninguna duda de que llegaremos al fondo de todo ello. Sin embargo, esto que usted me ha traído es tan poca cosa que no puedo hacer nada y, por otra parte, los hechos que me ha relatado son tan vagos que no tenemos base para una investigación. Le sugiero que vuelva a Norfolk, que permanezca alerta y que haga una exacta copia de los muñecos danzantes que puedan aparecer. Es una verdadera pena que no tengamos una reproducción de los que hicieron con tiza en el alféizar de la ventana. Investigue también discretamente a los extraños que haya en el vecindario y cuando haya reunido algunas evidencia más vuelva a verme. Es el mejor consejo que puedo darle, señor Cubitt. Si hay noticias apremiantes, siempre estaré dispuesto a visitarle en su casa de Norfolk.

La entrevista dejó a Sherlock Homes muy pensativo; varias veces, durante el día, le vi coger la tira de papel y mirar larga y detenidamente las curiosas figuras. No hizo alusión al asunto durante algún tiempo, hasta que una tarde, unos quince días después de esta entrevista, cuando me disponía a salir, me dijo:

—Es mejor que se quede aquí, Watson.

—¿Por qué?

—Porque he recibido un telegrama de Hilton Cubitt esta mañana. ¿Recuerda usted a Hilton Cubitt, el de los hombrecitos danzantes? Llegaba a Liverpool Street a la una y veinte. Debe estar aquí de un momento a otro. Deduzco, por su telegrama, que ha habido nuevos incidentes de importancia.

No tuvimos que esperar mucho, ya que el hacendado de Norfolk vino rápidamente desde la estación en un cabriolé. Parecía preocupado y deprimido y tenía la mirada cansada.

—Este asunto me está alterando los nervios, señor Holmes —dijo, mientras se dejaba caer pesadamente en un sillón—. Es como sentirse uno rodeado de gente invisible y extraña que maquina algo contra ti. Y cuando, además de esto, sabes que tu propia esposa está sufriendo una lenta agonía, llegas al límite de lo que el cuerpo y el alma pueden resistir. La estoy viendo consumirse ante mí.

—¿No ha dicho ella nada todavía?

—No, señor Holmes, no ha dicho nada. Varias veces ha intentado hablar, pero al final no ha podido hacerlo. He intentado ayudarla, pero creo que sólo he conseguido intimidarla. Empezaba hablando de mi familia, de su reputación en el país, del orgullo por nuestro honor sin tacha y siempre creí que se estaba acercando al problema, pero no sé por qué se detenía antes de que llegásemos a él.

—¿Ha descubierto usted algo por su cuenta?

—Mucho, señor Holmes. Tengo varios dibujos más de muñequitos y, lo que es más importante, he visto al tipo.

—¿Qué dice? ¿Al hombre que los dibujó?

—Sí, le vi trabajando. Pero le voy a contar todo por orden. A la mañana siguiente del día que vine a verle, me encontré con otra colección de muñecos. Los habían dibujado con tiza sobre la puerta de madera negra del almacén de herramientas, que está al borde del prado y se ve perfectamente desde las ventanas de la fachada principal. Hice una copia exacta y se la he traído.

Desdobló un papel y lo puso encima de la mesa.

—¡Excelente! —dijo Holmes—. Continúe, por favor.

—Después de hacer la copia, borré las señales; sin embargo, dos semanas más tarde apareció otra inscripción. Tengo también copia de ella aquí.

Holmes se frotó las manos y soltó una risita de satisfacción.
—Nuestros datos están aumentando rápidamente —dijo.
—Tres días más tarde, un mensaje garabateado sobre un papel fue dejado debajo de una piedra, sobre el reloj de sol. Aquí está. Los caracteres, como se ve, son exactamente iguales que en el anterior. Después de esto, determiné estar a la espera; así que saqué mi revólver y me senté en mi estudio, que da al prado y al jardín. Alrededor de las dos de la mañana estaba sentado a oscuras junto a la ventana, sin más luz que la de la luna, cuando oí pasos detrás de mí. Era mi esposa, quien me rogó que me fuese a la cama. Le dije claramente que deseaba ver quién era el que estaba jugando de un modo tan absurdo con nosotros. Contestó que sería una broma sin ningún sentido y que no debía darle mayor importancia. «Si realmente te incomoda, Hilton —me dijo—, podemos hacer un viaje y evitar así estas tonterías.» «¿Qué dices? ¿Hacernos salir de nuestra casa un hábil bromista? —dije—. Se reiría todo el mundo de nosotros.» «Bien, vamos a la cama —dijo ella— y podremos discutirlo por la mañana.» De repente, la vi palidecer aún más de lo que estaba por la luz de la luna y sentí su mano agarrotarse sobre mi hombro. Algo se movía en la sombra del almacén de herramientas. Vi una oscura figura que, gateando, dobló la esquina del almacén y se agazapó delante de la puerta. Cogiendo mi pistola, me dispuse a salir, pero mi esposa se arrojó en mis brazos y me abrazó convulsivamente. Intenté apartarla de mí, pero ella se aferró desesperadamente. Por fin, conseguí desasirme y salí al jardín. Sin embargo, cuando llegué al almacén la figura había desaparecido. Había dejado una huella de su paso, ya que en la puerta estaba la misma distribución de hombres danzantes que habían aparecido dos veces y que yo había copiado en el papel. No había más rastros de aquel tipo por ninguna parte, aunque miré bien por todos los rincones del jardín, y lo más curioso es que debió estar cerca de allí durante todo el tiempo, porque, cuando volví a examinar la puerta la mañana siguiente, él había garabateado una línea de muñecos debajo de la que había visto ya.
—¿Tiene usted ese dibujo?
—Sí, es muy breve, pero hice una copia. Aquí la tiene.

Sacó otro papel. El nuevo baile tenía la forma que se describe a continuación:

🕺🏼🕺🏼🕺🏼🕺🏼 🕺🏼

—¿Me puede decir —preguntó Holmes, que parecía muy excitado— si éste es continuación del primero, o parecía estar totalmente separado?
—Estaba en la otra hoja de la puerta.
—¡Excelente! Esto es muy importante para nosotros. Tengo muchas esperanzas. Ahora, señor Cubitt, continúe, por favor, con su interesante exposición.
—No tengo más que decir, señor Holmes, excepto que estuve enfadado con mi mujer esa noche por haberme retenido, cuando podía haber cogido a este truhán. Ella me dijo que tenía miedo a que me hicieran daño. Por un instante cruzó por mi mente la idea de que, quizá, lo que realmente temía era que él pudiese sufrir algún daño, porque de lo que no cabe duda es de que sabía quién era el hombre y qué quería decir con esas extrañas señales. A pesar de todo, hay un tono en su voz y una mirada en sus ojos que me impiden dudar de ella. Estoy completamente convencido de que era mi propia seguridad lo que la preocupaba. Aquí tiene el caso completo y ahora quiero su consejo acerca de lo que debo hacer. He pensado esconder media docena de mis granjeros entre la maleza y, cuando este tipo vuelva, darle tal paliza que nos deje en paz para siempre.
—Me temo que es un caso demasiado complicado para un remedio tan simple —dijo Holmes—. ¿Cuánto tiempo va a estar usted en Londres?
—Tengo que regresar hoy. No quiero dejar sola a mi esposa durante la noche por ningún motivo. Está muy nerviosa y me pidió que regresara.
—Hace usted bien, pero si hubiera podido quedarse, yo me hubiera ido con usted dentro de uno o dos días. Mientras tanto, déjeme usted esos papeles y yo le visitaré en breve. Creo que entonces podremos tener alguna luz sobre el caso.
Sherlock Holmes conservó su calma profesional hasta que nuestro visitante nos hubo dejado, aunque era fácil para mí, que le conocía tan bien, ver que estaba profundamente excitado. En el momento en que la ancha espalda de Hilton Cubitt desapareció

por la puerta, mi compañero se inclinó sobre la mesa, colocó todas las hojas de papel que contenían los muñecos, delante de él, y se dedicó a un complicado y largo cálculo. Durante dos horas le observé mientras cubría hoja tras hoja de papel con figuras y letras, tan completamente absorto en su problema que parecía haber olvidado completamente mi presencia. A veces hacía progresos en su trabajo y cantaba y silbaba, y a veces quedaba desconcertado y permanecía durante largo rato con el ceño fruncido. Finalmente, se levantó de su silla con un grito de satisfacción y se paseó por la habitación frotándose las manos. Luego, sentándose de nuevo, redactó un largo cablegrama.

—Si mi contestación a esto es lo que yo espero, tendrá usted un bonito caso para añadir a su colección —dijo él—. Espero que podamos ir a Norfolk mañana y darle a nuestro amigo noticias concretas para aclarar el misterio que le rodea.

Confieso que estaba lleno de curiosidad, pero sabía que a Holmes le gustaba hacer sus revelaciones a su modo y en su momento; así que decidí esperar a que él quisiera hacerme sus confidencias.

Hubo un retraso en la contestación del telegrama y siguieron dos días de impaciente espera, durante los cuales Holmes aguzaba el oído cada vez que llamaban a la puerta. La tarde del segundo día llegó una carta de Hilton Cubitt, comunicando que todo era normal, salvo una larga inscripción que había aparecido esa mañana, sobre el pedestal del reloj del sol. Enviaba una copia de ella, copia que está aquí reproducida.

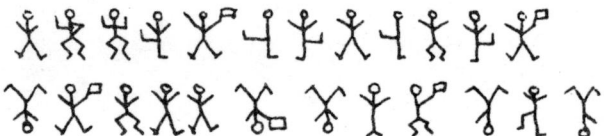

Holmes estuvo inclinado sobre este grotesco friso durante algunos minutos y, de repente, se puso en pie de un salto, con una exclamación de sorpresa y consternación. Su rostro tenía una expresión de impaciencia.

—Hemos dejado ir este asunto demasiado lejos —dijo—. ¿Hay un tren para North Walsham esta noche?

Miré el itinerario de trenes. El último acababa de salir.

—Entonces desayunaremos temprano y tomaremos el primer tren de la mañana. Necesitan de nuestra presencia urgentemente.

¡Ah!, aquí está nuestro cablegrama. Un momento, señora Hudson, puede tener contestación... Pero no, es tal como esperaba. Este mensaje hace aún más necesario el que nos pongamos en contacto con Hilton Cubitt sin pérdida de tiempo, para hacerle saber cómo van las cosas. Es una trama singular y peligrosa ésta en que nuestro amigo de Norfolk se ha enredado.

De este modo fui llegando, poco a poco, a la oscura conclusión de una historia que, en un principio, me había parecido infantil y grotesca, y experimenté, una vez más, consternación y horror. ¡Tuve un nuevo final brillante para contar a mis lectores! Sin embargo, debo seguir ordenadamente, hasta la crisis final, la extraña cadena de acontecimientos que por algunos días hicieron de la mansión Ridling Thorpe el tema de conversación de toda Inglaterra.

Apenas habíamos descendido del tren en North Walsham y mencionado el nombre de nuestro destino, cuando el jefe de estación vino corriendo hacia nosotros.

—Supongo que ustedes son los detectives de Londres... —dijo.

Una expresión de asombro asomó al rostro de Holmes.

—¿Qué le hace pensar tal cosa?

—Pues que el inspector Martin acaba de llegar. Pero tal vez sean ustedes los cirujanos. Ella no ha muerto, o al menos no estaba muerta, según las últimas noticias. Puede que lleguen a tiempo de salvarla, aunque sea para la horca.

El rostro de Holmes se ensombreció de ansiedad.

—Nosotros vamos a Ridling Thorpe —dijo—, pero no sabemos nada de lo que ha ocurrido allí.

—Ha sido algo terrible —dijo el jefe de estación—. El señor Cubitt y su esposa han recibido varios disparos. Según los criados, ella le disparó a él y después a sí misma. Él ha muerto y su vida se ha malogrado. ¡Una de las familias más antiguas y honorables de Norfolk!

Sin decir palabra, Holmes se dirigió apresuradamente a un coche y durante las siete largas millas de camino no abrió la boca. Pocas veces le he visto tan desalentado. Había notado ya su inquietud durante todo el viaje desde la ciudad y le vi leer los periódicos de la mañana con gran ansiedad. Esta repentina realización de sus peores temores le sumió en una oscura melancolía y, apoyado en su asiento, se perdió en profundas especulaciones. Sin embargo, había muchas cosas interesantes a nuestro alrededor, porque pasábamos a través del paisaje más singular de Inglaterra. Unas pocas casitas desperdigadas representaban la población actual, mientras que grandes iglesias de torres cuadradas, entre el paisaje verde y llano, hablaban de la gloria y la prosperidad de la antigua East Anglia. Finalmente, la franja violeta del mar apareció sobre la verde costa de Norfolk, y el conductor nos señaló con su látigo los dos antiguos frontones que aparecían detrás de una alameda.

—Ésa es la mansión Ridling Thorpe —dijo.

Mientras nos dirigíamos hacia la casa, observé delante de la misma, junto al campo de tenis, el oscuro almacén de herramientas y el reloj de sol sobre su pedestal, con los que teníamos tan extrañas relaciones. Un hombrecillo de rápidos ademanes y bigote engomado acababa de descender de un coche. Se presentó como el inspector Martin, de la policía rural de Norfolk, y se asombró mucho al oír el nombre de mi amigo.

—El crimen se cometió a las tres de la mañana, señor Holmes. ¿Cómo pudo usted enterarse en Londres y llegar aquí al mismo tiempo que yo?

—Lo esperaba y por eso vine, con la esperanza de prevenirlo.

—Entonces debe usted tener importantes pruebas, que nosotros ignoramos. Dicen que era una pareja muy unida.

—Sólo tengo la prueba de los hombres danzantes —dijo Holmes—. Le explicaré el asunto más tarde. Mientras tanto, y como ya es imposible evitar esta tragedia, quiero ponerme inmediatamente a trabajar, con el fin de que se haga justicia. ¿Me asociará a su investigación o prefiere que actúe independientemente?

—Me sentiría orgulloso de que actuásemos juntos, señor Holmes —dijo gravemente el inspector.

—En ese caso, me gustaría oír lo ocurrido y examinar las premisas lo antes posible.

El inspector Martín tuvo el buen sentido de permitir a mi amigo hacer las cosas a su modo, mientras él anotaba cuidadosamente los resultados. El cirujano local, un anciano de cabellos blancos, acababa de bajar de la habitación de la señora Cubitt y nos dijo que sus heridas eran serias, pero no necesariamente mortales. Tenía una herida en la frente y pasaría algún tiempo antes de que pudiera recobrar el conocimiento. A la pregunta de si se había recibido el disparo o se había herido ella misma, no se aventuró a expresar ninguna afirmación categórica. Ciertamente, la bala había sido disparada desde muy cerca. Sólo se encontró en la habitación un revólver, del cual faltaban dos balas. El señor Cubitt recibió el disparo en el corazón. Era igualmente posible que él le hubiese disparado a ella y después a sí mismo, o que ella hubiese sido la criminal, ya que el revólver yacía en el suelo, a mitad de camino entre ambos.

—¿Le han movido a él? —dijo Holmes.
—No, solamente a la señora, que estaba herida.
—¿Cuánto tiempo ha estado usted aquí, doctor?
—Desde las cuatro.
—¿Había alguien más con usted?
—Sí, el guardia que hay aquí.
—Y, ¿no ha tocado usted nada?
—Nada.
—Muy bien. ¿Quién fue a avisarle?
—La doncella Saunders.
—¿Dio ella la alarma?
—Sí, y la señora King, la cocinera.
—¿Dónde están ahora?
—En la cocina, creo.
—Entonces, opino que debemos oír su versión inmediatamente.

El viejo hall, con paredes de roble y altas ventanas, había sido convertido en oficina de investigación. Holmes se instaló en una anticuada y enorme silla, y sus penetrantes ojos brillaban en el demacrado rostro. Pude leer en ellos un firme propósito de dedicarse a este caso hasta que el cliente, a quien no pudo salvar, estuviese vengado. El atildado inspector Martin, el anciano doctor, yo mismo y un impasible policía completábamos esta extraña reunión.

Las dos mujeres contaron su historia con bastante claridad. Las despertó una explosión a la que siguió otra un minuto más tarde. Como dormían en habitaciones contiguas, la señora King se había ido en seguida a la de Saunders. Juntas habían bajado las escaleras. La puerta del estudio estaba abierta y una vela ardía sobre la mesa. Su señor yacía boca abajo en el centro de la habitación, muerto. Su esposa estaba junto a la ventana, con la cabeza apoyada en la pared, y tenía una horrible herida, cuya sangre le manchaba un lado del rostro. Aunque respiraba pesadamente, no pudo decir nada. Tanto el corredor como la habitación estaban llenos de humo y olían a pólvora. La ventana estaba cerrada por dentro. Las dos mujeres estaban seguras acerca de este punto. Inmediatamente avisaron al doctor y a la policía, y después, con la ayuda del lacayo y del mozo de cuadras, habían llevado a la señora a su habitación. Evidentemente, ambos habían estado antes en la cama, ya que bajo sus batines llevaban ropa de dormir. No se había tocado nada en el estudio. Tampoco recordaban que hubiera habido nunca una pelea entre marido y mujer, y habían parecido siempre una pareja muy unida.

Éstos fueron los principales puntos de la declaración de las criadas. Contestando al inspector Martin, declararon estar seguras de que todas las puertas y ventanas estaban cerradas por dentro, y de que nadie pudo haber escapado de la casa. En respuesta a una pregunta de Holmes, ambas manifestaron que se dieron cuenta del olor a pólvora desde el momento en que salieron de sus habitaciones.

—Le recomiendo anote con cuidado este hecho —dijo Holmes a su colega profesional—. Y ahora, creo que ha llegado el momento de llevar a cabo un examen a fondo del estudio.

Éste resultó ser una pequeña habitación con tres de las paredes cubiertas de libros y un escritorio frente a la ventana, que daba al jardín. Primeramente, dirigimos nuestra atención al cuerpo del infeliz hacendado, que estaba tendido en medio de la habitación. Su ropa, en desorden, indicaba que se había levantado apresuradamente del lecho. Le habían disparado de frente y la bala le había atravesado el corazón, sin que apareciese orificio de salida. Su muerte había sido instantánea y sin dolor. No había rastros de pólvora ni en su batín ni en sus manos. Según el cirujano local, la señora tenía manchas en el rostro, pero ninguna en las manos.

—La ausencia de esto último no significa nada, aunque su presencia sí puede decir algo —explicó Holmes—. A menos que la pólvora de un cartucho que encaja mal salga hacia atrás, uno puede hacer muchos disparos sin dejar señales. Sugiero que trasladen ya el cuerpo del señor Cubitt. Supongo, doctor, que no ha recobrado usted la bala que hirió a la señora.

—Sería necesaria una laboriosa operación, pero hay cuatro cartuchos en el revólver; dos han sido disparados y se han infligido dos heridas, de modo que cada bala está contada.

—Así parece a simple vista —dijo Holmes—. Quizá pueda usted añadir también la bala que ha dado en el marco de la ventana.

Se había vuelto repentinamente y señalaba un orificio en la parte baja del marco, a una pulgada del extremo.

—¡Por San Jorge! —gritó el inspector—. ¿Cómo vio usted esto?

—Simplemente, buscándolo.

—Estupendo —dijo el doctor—. Está usted en lo cierto, señor. Se ha hecho un tercer disparo, de modo que debe haber estado presente una tercera persona. Pero, ¿quién puede haber sido y cómo ha escapado?

—Ése es el problema que tenemos que resolver —dijo Sherlock Holmes—. ¿Usted recuerda, inspector Martin, que las criadas dijeron estar seguras de haber olido fuertemente a pólvora al salir de la habitación y que yo le señalé la importancia de ese punto?

—Sí, señor, pero confieso que no le presté mucha atención.

—Pues ello indica que, en el momento de disparar, las ventanas y la puerta estaban abiertas. De lo contrario, el olor a pólvora no podría haberse introducido tan rápidamente en la casa, ya que para ello era necesario que hubiera corriente en la habitación. Sin embargo, la puerta y la ventana estuvieron abiertas poco tiempo.

—¿Cómo sabe eso?

—Porque la vela no se había consumido.

—¡Extraordinario! —gritó el inspector—. ¡Extraordinario!

—Estando ya seguro de que la ventana había estado abierta en el momento de la tragedia, concebí la posibilidad de que hubiera una tercera persona que permaneció al otro lado de la ventana y disparó a través de ella. Cualquier disparo dirigido a esta persona pudo dar en el marco. Miré y allí estaba la señal de la bala.

—Pero, ¿cómo se cerró y aseguró la ventana?

—El primer impulso de la mujer fue cerrarla. Pero, ¿qué es esto?

Se trataba de un bolso de señora que estaba encima de la mesa del estudio, un elegante bolsillo de cocodrilo y plata. Holmes lo abrió y volcó su contenido. Solamente había veinticinco libras en billetes del Banco de Inglaterra, sujetos por una goma.

—Esto debe ser conservado, pues figurará como prueba en el juicio —dijo Holmes, mientras entregaba el bolso y su contenido al inspector.

—Ahora es necesario que tratemos de arrojar alguna luz acerca de esa tercera bala, que ha sido, evidentemente, disparada desde dentro de la habitación, según el astillado de la madera. Me gustaría ver otra vez a la señora King... Usted dijo, señora King, que le despertó una fuerte explosión. ¿Quería usted decir que le pareció más ruidosa que la segunda?

—Bien, señor, cómo me despertó es difícil saberlo, pero me pareció muy fuerte.

—¿No pensó en que pudiesen ser dos disparos hechos casi al mismo tiempo?

—No podría decirle, señor.

—Creo que, sin duda, sucedió así. Estoy convencido, inspector Martin, de que esta habitación no nos dirá nada más.

—Si usted es tan amable de dar una vuelta conmigo, veremos qué nuevas pistas nos ofrece el jardín.

Un macizo se extendía hacia la ventana del estudio y todos lanzamos una exclamación cuando nos acercamos a él. Las flores estaban pisoteadas y el suelo, blando, estaba lleno de huellas de unos enormes pies masculinos, extrañamente largos y puntiagudos. Holmes buscó entre la hierba y las hojas como un sabueso, hasta que, de repente, se agachó con un grito de satisfacción y cogió un pequeño casquillo de bronce.

—Lo que pensaba —dijo—. El revólver tenía un eyector y aquí está el tercer cartucho. Realmente creo, inspector Martin, que nuestro caso está casi resuelto.

El rostro del inspector mostraba el asombro que le causaban los rápidos progresos de la experta investigación de Holmes. Al principio, había intentado mantener su posición, pero ahora, vencido de admiración, estaba dispuesto, sin hacer nuevas preguntas, a seguir el camino que le indicara Holmes.

—¿De quién sospecha? —preguntó.

—Iré a ello más tarde. Hay varios puntos que no puedo explicar todavía y, habiendo llegado tan lejos, creo preferible continuar mi propio camino y aclararlo todo al final.

—Como usted desee, señor Holmes, con tal de que capturemos a nuestro hombre.

—No tengo intención de parecer misterioso, pero me es imposible, por el momento, darle el resto de las explicaciones, que son largas y complicadas. Tengo los hilos de este asunto en mis manos. Aunque esta señora no recobre nunca el conocimiento, podremos reconstruir los sucesos de la pasada noche y hacer justicia. En primer lugar, me gustaría saber si hay alguna posada en el vecindario conocida como «Elrige».

Los criados fueron interrogados, pero ninguno de ellos había oído hablar de ese lugar. El mozo de cuadras aclaró algo el asunto al recordar que un granjero llamado así vivía a unas millas en dirección a East Ruston.

—¿Es una granja solitaria?

—Muy solitaria, señor.

—¿Quizá no hayan oído hablar todavía de lo que ocurrió aquí durante la noche?

—Puede que no, señor.

Holmes meditó durante algunos momentos y, después, se dibujó en su rostro una extraña sonrisa.

—Ensille un caballo, muchacho —dijo—. Desearía que llevase una nota a la granja «Elrige».

Tomó de su bolsillo varias hojas de los muñecos danzantes y con ellas delante trabajó durante un rato en la mesa del estudio. Finalmente, dio una nota al muchacho, con la orden de ponerla en manos de la persona a quien iba dirigida y, sobre todo, de no contestar a preguntas de ninguna clase. Vi la parte de fuera de la nota con los caracteres dispersos e irregulares, característicos de Holmes. Estaba dirigida el señor Abe Slaney, Granja «Elrige», East Ruton, Norfolk.

—Creo, inspector —advirtió Holmes—, que haría bien si telegrafiase pidiendo una escolta, porque si mis cálculos resultan ciertos, va a tener que llevar a un enemigo especialmente peligroso a la cárcel del condado. El chico que lleva esta nota podría, sin duda, expedir también este telegrama. Si hay un tren por la tarde a la ciudad, Watson, creo que haríamos bien en tomarlo, porque tengo un análisis químico de cierto interés que quiero completar y esta investigación está llegando a su término rápidamente.

Cuando el joven fue enviado con la nota, Sherlock Holmes dio instrucciones a los criados. Si se presentaba alguien preguntando por la señora de Hilton Cubitt, no se le daría ninguna información sobre su estado, pero se le debía pasar inmediatamente a la sala. Recalcó estos puntos con la mayor seriedad. Finalmente, se dirigió a la sala, observando que el asunto estaba ahora fuera de nuestras manos y que deberíamos pasar el tiempo como mejor pudiéramos, hasta que viésemos lo que iba a suceder. El doctor se había marchado a atender a sus pacientes y sólo nos habíamos quedado el inspector y yo.

—Creo que puedo ayudarles a pasar una hora de un modo interesante y ventajoso —dijo Holmes, acercando su silla a la mesa y extendiendo frente a él los distintos papeles donde estaban anotadas las cabriolas de los muñecos danzantes—. Querido Watson, le debo toda clase de explicaciones por haber dejado de satisfacer su natural curiosidad durante tanto tiempo. En cuanto a usted, inspector, el caso completo puede servirle como un extraordinario estudio profesional. Le contaré, en primer lugar, las interesantes circunstancias relacionadas con las anteriores consultas que el señor Hilton Cubitt había tenido conmigo en Baker Street.

Después, recapituló los hechos que ya han sido relatados anteriormente.

—Ante mí tengo estas singulares composiciones, que harían reír si no fuese porque han sido precursoras de tan terrible tragedia. Estoy familiarizado con todos los tipos de escritura secreta, e incluso soy autor de una insignificante monografía sobre dicho tema, en la que analizo ciento sesenta tipos distintos; pero confieso que esto es completamente nuevo para mí. Parece ser que el objeto de quienes inventaron este sistema ha sido ocultar que estos caracteres transmiten un mensaje y hacer creer que se trata de dibujos infantiles, sin ningún sentido. Sin embargo, una vez reconocido que los símbolos sustituían a las letras, y aplicando las normas generales de la escritura secreta, la solución era bastante fácil. El primer mensaje era tan corto que no pude hacer más que decir con cierta seguridad que el símbolo

representaba la letra «E». Como ustedes saben, la «E» es la letra más común del alfabeto inglés y predomina tanto que, incluso en una frase corta, aparece más a menudo que las otras. De los quince símbolos del primer mensaje, cuatro eran iguales, de modo que parecía razonable admitir que representaban la «E». Ciertamente, en algunos casos, la figura llevaba una bandera y en otros no, pero era probable, dada la forma en que estaban distribuidas las banderas, que su papel fuese dividir la frase en palabras. Acepté esto como hipótesis y observé, de nuevo, que la «E» estaba representada por

Pero ahora llegaba la auténtica dificultad de la investigación. La frecuencia con que aparecen las letras del alfabeto inglés, después de la «F» está, sin duda, bien definida, pero cualquier preponderancia que pueda aparecer en el estudio de una hoja impresa puede no ser cierta para una frase corta. En líneas generales, el orden de las letras, según la frecuencia con que aparecen, es T, A, O, I, N, S, H, R, D y L; ahora bien, las letras T, A, O e I tienen frecuencias de aparición casi iguales, y sería interminable formar todas las combinaciones posibles hasta llegar a un significado. Por esto, esperé a recibir nuevos mensajes. En la segunda entrevista con el señor Cubitt, me entregó otras dos frases y un mensaje que parecía estar formado por una sola palabra; de cinco letras, aparecían las dos «F» situadas en segundo y cuarto lugar. Podía ser «sever» (severo), «lever» (palanca) o «never» (nunca). No cabe duda de que la última es la más adecuada como respuesta a una petición, y las circunstancias indicaban que se trataba de una contestación escrita por la señora. Aceptando todo esto como cierto, los símbolos

representan, respectivamente, la N, la V y la R. Aun con este descubrimiento, seguía habiendo dificultades, pero una idea feliz me permitió encontrar otras letras. Pensé que si estos avisos llegaban de alguien que había tenido intimidad con la señora anteriormente, una combinación que tuviese dos «E» con tres letras más, podía ser muy bien el nombre de Elsie. Al examinar el mensaje vi que una combinación de este tipo se repetía tres veces y aparecía al final. De este modo conseguí la L, la S y la I. Pero, ¿qué tipo de mensaje podía ser? La palabra que precedía a Elsie tenía sólo cuatro letras y terminaba en «E». Seguramente debía ser «come» (ven), ya que busqué otras combinaciones de cuatro letras terminando en «E», pero ninguna era adecuada. De este modo tuve la C, la O y la M y estaba en posición de atacar el primer mensaje, otra vez, dividiéndolo en palabras y poniendo puntos en lugar de los símbolos desconocidos. De esta forma resultaba

.M .ERE ..E SL.NE

La primera letra sólo podía ser «A», lo cual resultó el descubrimiento más útil, ya que aparece tres veces en tan corta frase. Además, parecía que la «H» debía figurar también en la segunda palabra. El resultado era

AM HERE A.E SLANE

y, llenando los huecos, con el nombre ABE SLANEY, quedaba

AM HERE ABE SLANEY (estoy aquí Abe Slaney)

Tenía tantas letras que podría intentar descifrar el segundo mensaje, el cual aparecía en la forma

A. ELRI.ES

Aquí sólo tenía sentido que las letras que faltaban fuesen una «T» y una «G» si se supone que el nombre era el de una casa o fonda, donde el escritor se alojaba.

El inspector Martin y yo habíamos escuchado con el mayor interés el relato de cómo mi amigo había llegado a los resultados que permitieron superar tan extraordinariamente nuestras dificultades.

—¿Qué hizo usted entonces, señor?

—Supuse, acertadamente, que el tal Abe Slaney era un americano, dado que Abe es una contracción usual en América y, además, el punto de partida de todo este asunto había sido una carta de América. También pensé, razonablemente, que había algún secreto criminal en todo ello. Las alusiones de la señora a su pasado y su negativa de hacer confidencias a su esposo apuntaban en este sentido. En vista de ello, mandé un cablegrama a mi amigo Wilson Hargreave, del departamento de policía de Nueva York, que había hecho uso, más de una vez, de mis conocimientos del bajo mundo de Londres. Le pregunté si el nombre de Abe Slaney le era familiar. Su respuesta fue: «El criminal más peligroso de Chicago.» La misma tarde que recibí esa contestación, Hilton Cubitt me envió el último mensaje de Slaney. Trabajando con letras conocidas, tomó esta forma:

ELSIE .RE.ARE TO MEET THY GO.

Añadiendo dos «P» en la segunda palabra y una «D» en la última, se completaba un mensaje (ELSIE, PREPÁRATE A ENCONTRARTE CON TU DIOS), que me indicaba que el bellaco pasaba de la persuasión a las amenazas, y mis informes acerca de los asesinatos de Chicago me decían que, así mismo, era capaz de pasar rápidamente de las palabras a los hechos. Vine inmediatamente a Norfolk con mi amigo y colega, el doctor Watson, pero lo que me temía ya había ocurrido.

—Es un privilegio trabajar con usted en un caso —dijo el inspector, calurosamente—. Me perdonará, sin embargo, si le hablo con franqueza. Usted no tiene que dar cuenta a nadie, pero yo tengo que responder ante mis superiores. Si el tal Abe Slaney, que vive en Elrige, es realmente el asesino y se ha escapado mientras estoy sentado aquí, me veré envuelto en un serio problema.

—No se preocupe. No intentará escapar.

—¿Cómo lo sabe?

—Huir sería una confesión.

—Entonces, arrestémosle.

—Le espero aquí de un momento a otro.
—Pero, ¿por qué va a venir?
—Porque le he escrito y se lo he pedido.
—¡Pero esto es increíble, señor Holmes! ¿Cree que va a venir porque usted se lo haya pedido? ¿No le hará sospechar su petición y escapará?
—Creo que he sabido redactar la carta adecuadamente —dijo Holmes—. Si no me equivoco, aquí viene el caballero, paseando por la calzada.

Un hombre venía andando a grandes zancadas por el sendero que conducía a la casa. Era alto, moreno, atractivo y vestía un traje de franela gris y un sombrero de jipijapa. Llevaba una barba negra erizada y tenía una nariz aguileña, grande y agresiva. Caminaba con arrogancia, blandiendo un bastón, como si el lugar le perteneciese. Al cabo de un rato, oímos su llamada firme y resuelta.

—Creo, caballeros —dijo Holmes, tranquilamente—, que es mejor tomar posiciones detrás de la puerta. Toda precaución es poca con semejante individuo. Prepare las esposas, inspector, y déjeme a mí la charla.

Esperamos en silencio durante un minuto, de esos que nunca se olvidan, al cabo del cual la puerta se abrió y entró el hombre. Inmediatamente, Holmes le puso una pistola en la sien, mientras el inspector Martin cerraba las esposas alrededor de sus muñecas. Todo se desarrolló con tal rapidez y destreza, que el individuo se encontró totalmente indefenso antes de que pudiese reaccionar. Nos miró sucesivamente con sus ojos negros y brillantes y después estalló en una amarga risa.

—Bien, caballeros, me atraparon esta vez. Parece que he dado con algo duro. Pero vine en contestación a una carta de la señora Cubitt. No me digan que ella intervino en esta trampa.

—La señora de Hilton Cubitt fue herida de gravedad y está a las puertas de la muerte.

El hombre emitió un ronco grito de dolor que resonó en toda la casa.

—¡Usted está loco! —gritó con furor—. El herido fue él, no ella. ¿Quién sería capaz de herir a la pequeña Elsie? Yo puedo haberla amenazado, que Dios me perdone, pero nunca tocaría un pelo de su cabeza. ¡Diga que es mentira! ¡Diga que no está herida!

—Se la encontró gravemente herida al lado del cadáver de su esposo.

Se hundió en el canapé con un profundo gemido y escondió el rostro entre sus manos esposadas. Durante cinco minutos permaneció en silencio, después levantó el rostro de nuevo y empezó a hablar con la fría tranquilidad que da la desesperación.

—No tengo nada que ocultarles, caballeros —dijo—. Si yo disparé a ese hombre, también él me disparó a mí, y eso no es asesinato, pero si usted cree que yo pude disparar contra esa mujer es que no nos conoce ni a mí ni a ella. No ha habido un hombre que amase así a una mujer. Tengo un derecho, además, ya que se prometió conmigo hace años. ¿Quién era ese inglés para interponerse entre nosotros? Soy el primero y no he hecho más que reclamar lo que es mío.

—Se alejó de usted cuando descubrió qué clase de hombre es —dijo Holmes gravemente—. Huyó de América para evitarle y se casó con un honorable caballero en Inglaterra. Usted siguió sus pasos y quiso convertir su vida en algo despreciable, al inducirla a abandonar a su esposo, a quien amaba y respetaba, para irse con usted, a quien temía y odiaba. Lo que ha conseguido es la muerte de un hombre honorable e inducir a su esposa al suicidio. Ése ha sido su papel en este asunto, señor Abe Slaney, y tendrá que responder ante la Ley por ello.

—Si Elsie muere, no me importa lo que pueda sucederme —dijo el americano, mientras abría una mano y miraba la nota arrugada que había en ella.

—Mire aquí, señor —gritó con un destello de sospecha en sus ojos—. ¿No habrá querido asustarme? Si la señora está tan malherida como dice, ¿quién escribió esto? —y arrojó la nota sobre la mesa.

—Yo, para hacerle venir.

—¿Usted lo escribió? No hay nadie en el mundo, fuera de nuestro grupo, que conozca el secreto de los muñecos danzantes. ¿Cómo pudo escribirlo?

—Lo que un hombre inventa, otro puede entenderlo —contestó Holmes—. Hay un coche que viene a llevarle a Norwich, señor Slaney, pero todavía tiene tiempo para reparar el daño que ha hecho. ¿Está enterado de que pesa una grave sospecha de asesinato sobre la señora de Hilton Cubitt y que únicamente mi presencia aquí y mis conocimientos acerca de lo ocurrido la han salvado de dicha acusación? Lo menos que puede usted hacer por ella es explicar a todo el mundo que no fue directa ni indirectamente responsable del trágico final de su esposo.

—No deseo otra cosa —respondió el americano—. Además, creo que lo mejor para mí es la verdad desnuda.

—Es mi deber advertirle que todo lo que diga será usado en su contra —dijo el inspector, poniendo así de manifiesto las garantías de la Ley inglesa.

Slaney se encogió de hombros.

—Correré ese riesgo —dijo—. En primer lugar, caballeros, quiero que sepan que conozco a esta señora desde su infancia. Siete hombres formábamos una banda de malhechores en Chicago, siendo el jefe el padre de Elsie. Era un hombre listo el viejo Patrick. Fue él quien inventó esa escritura que pasa por un garabato de niño, a menos que se sepa la clave. Elsie aprendió algunas de nuestras costumbres, pero no pudo resistirlo y, como tenía algún dinero ganado honradamente, huyó de nosotros y se vino a Londres. Estábamos prometidos; se habría casado conmigo si yo hubiese cambiado de profesión, y no sería ahora un desgraciado. Sólo conseguí localizarla después de su boda con este inglés. La escribí, pero al no tener contestación, crucé el Atlántico y, en vista de que las cartas no servían, puse mis mensajes donde pudiera leerlos. Llevo aquí un mes viviendo en la granja, donde tengo una habitación en el piso de abajo, lo que me ha permitido entrar y salir por las noches sin que nadie se enterase. Intenté, por todos los medios, convencer a Elsie. Sabía que leía los mensajes, porque una vez me escribió una contestación debajo de uno de ellos. Mi mal carácter se adueñó de mí y empecé a amenazarla. Me e scribió rogando que me marchara, diciéndome que le destrozaría el corazón si daba un escándalo a su marido y que bajaría a las tres de la mañana, cuando él estuviese dormido, y me hablaría desde la última ventana, si le prometía irme después y dejarla tranquila. Vino y trajo dinero con ella, intentando sobornarme para que me marchase, lo que me puso fuera de mí y la cogí de un brazo intentando sacarla por la ventana. En ese momento, apareció el marido con un revólver en la mano; Elsie cayó al suelo desmayada y nosotros quedamos frente a frente. Me vi atrapado y eché mano de mi pistola para asustarle y que me dejase salir. Disparó y falló. Yo disparé casi al mismo tiempo y cayó al suelo. Escapé por el jardín y, mientras huía, la ventana se cerró tras de mí. Ésta es toda la verdad, caballeros. No supe nada más hasta que el muchacho vino a caballo con una nota que me hizo venir aquí y caer en sus manos como un necio patán.

El coche había llegado mientras el americano estaba hablando, Dos policías de uniforme estaban sentados dentro. El inspector Martin se levantó y tocó a su prisionero en el hombro.

—Es hora de irnos.

—¿Puedo verla primero?

—No, está todavía inconsciente. Señor Holmes, sólo espero que, si otra vez tengo algún caso importante que resolver, pueda contar con su ayuda.

Desde la ventana, vimos cómo se alejaba el coche y, cuando me volví, mis ojos se encontraron con la bola de papel que el prisionero había arrojado sobre la mesa. Era la nota que Holmes le había puesto de señuelo.

—Trate de leerla, Watson —dijo sonriendo.

—No contenía palabras, sino estos pequeños muñequitos danzantes:

—Si usa el método que le he enseñado —dijo Holmes—, encontrará que simplemente significa: «Ven aquí en seguida.» Estaba convencido de que no iba a rehusar esta invitación, dado que no podría imaginar que viniese de nadie que no fuera la señora. De este modo, los muñecos danzantes han sido, por una vez, agentes del bien, cuando tantas veces lo han sido del mal, y creo que he cumplido mi promesa de darle algo poco corriente para su cuaderno. Nuestro tren es el de las 3:40. Me imagino que estaremos de regreso en Baker Street para la cena.

* * *

Sólo unas palabras de epílogo. El americano Abe Slaney fue condenado a muerte por el tribunal de Norwich, pero su pena fue conmutada por trabajos forzados, en consideración a circunstancias atenuantes y a que Hilton Cubitt disparó primero. De la señora Cubitt he oído que se recobró completamente y que todavía permanece viuda, dedicando su vida al cuidado de los pobres y a la administración de las propiedades del que fue su marido.

LA AVENTURA DE LA CASA VACÍA

En la primavera de 1894, todo Londres, y en particular la alta sociedad, estaba consternado por la muerte del honorable Ronald Adair, ocurrida en las más extrañas circunstancias. El público conocía, a través de la investigación policíaca, hasta los más pequeños detalles del crimen, aunque muchos resultaron inútiles desde el momento en que las pruebas que poseía el fiscal eran tan abrumadoras que no fue necesario poner de manifiesto todos los hechos. Sólo ahora, al cabo de los diez años, se me permite traer a la luz los eslabones perdidos que completaban aquella cadena tan singular. El crimen, interesante en sí mismo, no tenía, a pesar de ello, comparación con la increíble serie de sucesos que produjeron en mi ánimo la mayor impresión de mi azarosa existencia. Incluso ahora, después del tiempo transcurrido, tiemblo al pensar en ello y mi mente queda inundada por contradictorios sentimientos de gozo, asombro e incredulidad. Deseo decir al público que ha mostrado algún interés en mis pequeños esbozos sobre los hechos y pensamientos de un hombre extraordinario, que no me culpe si no he compartido con él todos mis conocimientos, lo que habría considerado mi primer deber, si no me lo hubiese impedido una prohibición de sus propios labios, que me ha sido retirada recientemente.

Mi intimidad con Sherlock Holmes me había hecho interesarme en el crimen en sí mismo, y después de su desaparición nunca dejé de leer cuidadosamente los diferentes casos que se presentaban ante el público, e incluso me aventuré, más de una vez, a emplear sus métodos en la solución de casos complicados, aunque con éxito relativo. Cuando leía alguna información judicial que conducía a un veredicto de asesinato premeditado contra persona o personas desconocidas, comprendía yo más claramente que nunca la pérdida que la comunidad había sufrido con la muerte de Sherlock Holmes. Había puntos en este extraño asunto que indudablemente habría esclarecido él, y que los esfuerzos de la policía hubieran sido suplidos, o al menos anticipados, por la experiencia y la mente siempre alerta del primer agente criminalista de Europa.

Durante todo el día examiné el asunto desde distintos puntos de vista y no encontré ninguna explicación adecuada. Ante el riesgo de caer en una posible repetición, recapitularé los hechos tal como fueron presentados ante el público en la resolución final del caso.

El honorable Ronald Adair era el segundo hijo del conde de Maynooth, gobernador, entonces, de las colonias australianas. Su madre había regresado de Australia para operarse de cataratas y, con sus hijos, Hilda y Ronald, vivía en el número 427 de Park Lane. Al joven, que alternaba con la mejor sociedad londinense, no se le conocían enemigos ni vicios. Estaba prometido a miss Edith Woodley, de Corstair, pero el noviazgo se había deshecho de mutuo acuerdo, varios meses antes, y no hay que suponer que dejase tras sí sentimientos profundos. Por lo demás, la vida del joven se desarrollaba en un círculo reducido y convencional; sus costumbres eran tranquilas y su naturaleza poco dada a emociones. Sin embargo, precisamente a este joven fue a quien se presentó la muerte de la forma más extraña e inesperada, entre las diez y las once y veinte de la noche del 30 de marzo de 1891. A Ronald Adair le gustaba mucho jugar a las cartas y lo hacía a menudo, pero sin exponer demasiado. Era miembro de los clubs de Baldwin, Cavendish y Bagatelle. Se sabe a ciencia cierta que el día de su muerte, después de cenar, había jugado una partida de whist en el último de estos clubes. Adair pudo llegar a perder como máximo cinco libras, y siendo su fortuna considerable, tal pérdida no pudo, en modo alguno, afectarle. Jugaba casi todos los días en un club u otro, pero, como ya hemos dicho, era cauteloso y ganaba con mucha frecuencia. Se testificó en el juicio que, teniendo como pareja al coronel Moran, había ganado en una mano, hacía poco, la fuerte suma de cuatrocientas veinte libras a Godfrey Milner y a lord Balmoral.

La tarde del crimen regresó del club exactamente a las diez. Su madre y su hermana habían salido a visitar a un familiar y la doncella atestiguó que le oyó entrar por la puerta principal del segundo piso y dejó abierta la ventana, a causa del humo, no oyendo ningún ruido en la habitación hasta las once y veinte, hora de llegada de lady Maynooth y su hija. Al ir a dar la primera las buenas noches a su hijo, observó que la puerta estaba cerrada por dentro y no recibió contestación a sus gritos y llamadas. Solicitada ayuda, forzó la puerta, encontrándose al infortunado joven tendido junto a la mesa y con la cabeza horriblemente mutilada por un disparo de revólver, pero no se halló arma alguna en la habitación.

Sobre la mesa había un billete de diez libras y diecisiete libras más en monedas de oro y plata, en pequeños montones. Había también algunas monedas sobre una lista de nombres de unos amigos del club, de lo que se dedujo que, poco antes de su muerte, trataba de saber lo que había ganado o perdido en el juego.

Un examen superficial de lo ocurrido habría servido sólo para hacer el caso más complejo. En primer lugar, no había razón alguna para que el joven se hubiera encerrado por dentro; existía la posibilidad de que lo hubiera hecho el asesino para huir más tarde por la ventana; sin embargo, el salto era de veinte pies, por lo menos; había un macizo de azafranes en flor completamente debajo, pero ni la tierra ni las flores mostraban señales de haber sido removidas; tampoco había rastros sobre la estrecha franja de hierba que separaba la casa de la carretera. Por consiguiente, parecía haber sido el joven quien había cerrado la puerta. ¿Cómo le sobrevino entonces la muerte? Nadie pudo haber trepado por la ventana sin dejar huellas. Suponiendo que un hombre hubiera disparado a través de la ventana, el disparo tenía que haber sido de una precisión extraordinaria para producir una herida de muerte semejante con un revólver. Además, Park Lane es una calle muy frecuentada y con una parada de coches a unos cientos de yardas de la casa. Nadie oyó el disparo y, sin embargo, había un hombre muerto y una bala de revólver que produjo una gravísima herida y, probablemente, la muerte instantánea.

Éstos fueron los hechos del misterio de Park Lane, tan complicados por la ausencia de un móvil, ya que, como hemos dicho, al joven Adair no se le conocían enemigos y no hubo siquiera intento de robo.

Durante todo el día seguí dándole vueltas al asunto, esforzándome en dar con una teoría donde encajasen todos estos datos y que me permitiera encontrar ese punto débil que mi infortunado amigo consideraba el arranque de toda investigación, pero confieso que hice pocos progresos.

Por la tarde, paseando por el parque, me encontré, alrededor de las seis, en Oxford Street, al final de Park Lane. Un grupo de gente desocupada me orientó hacia la casa que había venido a ver. Un hombre alto y delgado, con gafas de color, al que consideré un policía vestido de paisano, enunciaba sus propias teorías, mientras la gente a su alrededor se arremolinaba para oírle. Me acerqué todo lo que pude, pero sus observaciones me parecieron tan absurdas que me separé de allí malhumorado. Al marcharme choqué con un viejo deforme que estaba detrás de mí y le tiré varios libros que llevaba. Recuerdo que mientras los recogía, observé el título de uno de ellos: *Los Orígenes de la Adoración al Árbol*, y me chocó que aquel viejo pudiera ser un bibliófilo de tan baja estofa, ya lo hiciese por afición o por comerciar con tan extraños volúmenes. Intenté disculparme, pero resultaba evidente que estos libros tenían un gran valor para su propietario, el cual, con un gruñido de desprecio, giró sobre sus talones, desapareciendo entre la muchedumbre con su curvada espalda y sus blancas patillas.

Mis observaciones en el 427 de Park Lane apenas sirvieron para aclarar el asunto. La casa estaba separada de la calle por una valla, cuya altura no excedía de cinco pies. Evidentemente, era muy fácil para cualquiera entrar en el jardín, siendo, sin embargo, la ventana completamente inaccesible, ya que no había tuberías ni ninguna otra cosa que pudiese ayudar al hombre más ágil a llegar hasta ella. Más desconcertado que nunca, regresé a Kensington. No llevaba cinco minutos en mi estudio cuando la criada entró para decirme que una persona deseaba verme. ¡Cuál no sería mi asombro al ver ante mí al viejo coleccionista de libros, con sus preciosos volúmenes, una docena por lo menos, bajo su brazo derecho!

—Se sorprenderá de verme, señor —dijo con extraña y gangosa voz—, pero es que soy un hombre educado. Como venía renqueando detrás de usted, cuando le vi entrar en la casa me dije a mí mismo: «Voy a decir a este señor tan amable que si antes fui un poco áspero en mi comportamiento no era con mala intención y que le estoy agradecido por recogerme los libros.»

—Me parece que le da usted demasiada importancia a una tontería —comenté—, y podría preguntarle cómo supo usted quién era yo.

—Está bien, señor, si no es mucha libertad por mi parte. Soy vecino suyo. Encontrará mi pequeña librería en la esquina de Church Street y tengo mucho gusto en haberle conocido. Puede que a usted le interesen los libros. Aquí tengo *Pájaros ingleses*, *Cátulo* y la *Guerra Santa*, unas verdaderas gangas. Son cinco volúmenes que podrían llenar ese hueco del segundo estante que da sensación de abandono, ¿verdad?

Miré en dirección al gabinete y, cuando volví la cabeza, Sherlock Holmes sonreía al otro lado de mi mesa de trabajo. Me puse en pie de un salto, le miré durante unos segundos con gran asombro y, según parece, debí desmayarme por primera y última vez en mi vida. Una especie de niebla se puso ante mis ojos y, cuando se disipó, noté que mi cuello estaba desabrochado y sabor a brandy en mis labios. Holmes estaba inclinado sobre mi sillón con la botella en la mano.

—Mi querido Watson —dijo la tan conocida voz—, le debo mil disculpas. No podía imaginarme que le iba a afectar tanto.

Le cogí por el brazo y grité:

—¡Holmes!, ¿es usted realmente? ¿Es posible que esté vivo y que haya podido escapar de aquel terrible abismo?

—Un momento —dijo él—, no está usted en condiciones de discutir nada. Le acabo de producir una terrible impresión con mi reaparición, innecesariamente dramática.

—Estoy perfectamente, pero le aseguro, Holmes, que apenas puedo creer lo que ven mis ojos. ¡Dios mío!, pensar que está usted aquí en pie en mi estudio.

Le agarré de nuevo por la manga y sentí su delgado y fibroso brazo.

—Bien, por lo menos no es usted un espíritu —dije—. Querido compañero, estoy contentísimo de verle. Siéntese a mi lado y cuénteme cómo salió vivo de aquel horrible precipicio.

Se instaló frente a mí y encendió un cigarrillo con ademán impasible, tan característico en él. Iba vestido con la levita andrajosa del mercader de libros, pero el resto de aquel individuo se había convertido en un montón de cabello blanco y unos cuantos libros viejos que estaban sobre la mesa. Holmes parecía más delgado que en su caracterización de viejo y había un tinte ceniciento en su rostro aquilino que me indicaba que su vida no había sido muy saludable últimamente.

—Me gusta desperezarme, Watson —dijo—. No es ninguna broma que un hombre alto tenga que encoger un pie de su estatura y permanecer así varias horas sin poder sentarse. Ahora, querido amigo, después de este preámbulo, tenemos una noche de peligroso y duro trabajo, si es que puedo contar con su ayuda. Quizá sería mejor que le diese cuenta de la situación en que me encuentro cuando este trabajo esté terminado.

—Estoy lleno de curiosidad por saberlo todo y preferiría oírlo ahora.

—¿Vendrá conmigo esta noche?

—Cuando usted guste y como guste.

—Otra vez como en los viejos tiempos ¿eh? Tendremos tiempo de tomar algo antes de salir y, volviendo a lo del abismo, le diré que no tuvo grandes dificultades salir de él, por la sencilla razón de que nunca estuve allí.
—¿Que no estuvo nunca en él?
—No, Watson, nunca. La nota que le envié era auténtica. Estaba casi seguro de haber llegado al final de mi carrera desde el momento en que distinguí la siniestra figura del profesor Moriarty, situada en el estrecho sendero que me hubiera conducido a lugar seguro. Leí un inexorable propósito en sus ojos grises. Cambié algunas observaciones con él y obtuve su cortés permiso para redactar la breve nota que más tarde recibió usted. La dejé con mi caja de cigarrillos y mi bastón, y caminé a lo largo del sendero con Moriarty pegado a mis talones. No sacó ningún arma, sino que se abalanzó sobre mí y trató de apresarme con sus largos brazos. Sabía que había descubierto todo su juego y estaba ansioso de vengarse. Vacilamos juntos al borde del abismo. Sin embargo, sé algo de «barit-su», un sistema japonés de lucha que me ha sido de gran utilidad más de una vez. Escapé de su presa y él, con un horrible grito, pateó y trató de asirse en el vacío, con ambas manos, durante algunos segundos. A pesar de sus esfuerzos, no pudo conservar el equilibrio y cayó definitivamente. Me asomé al borde del abismo y le vi caer durante largo rato, hasta que su cuerpo chocó contra una roca, rebotó y se estrelló contra el agua.

Escuché con asombro este relato que Holmes me hizo entre bocanada y bocanada de su cigarrillo.

—Pero las pistas... —grité—. Vi con mis propios ojos cómo dos personas bajaron por el camino y nadie regresó.

—Sucedió de esta forma: En el instante en que murió el profesor, me di cuenta de la extraordinaria oportunidad que el destino había puesto en mi camino. Sabía que Moriarty no era el único que había jurado matarme. Por lo menos existían otros tres, cuyos deseos de venganza hacia mí aumentarían con la muerte de su jefe. Eran todos hombres peligrosísimos y, más tarde o más temprano, alguno de ellos me hubiese atrapado. Si todo el mundo estaba convencido de que yo había muerto, estos hombres se irían confiando hasta mostrarse como eran y en el momento adecuado los destruiría. Más tarde, podría anunciar que aún estaba en el mundo de los vivos. Tan rápidamente actúa el cerebro que creo que había pensado todo antes de que el profesor Moriarty alcanzase el fondo del abismo de Riechenbach. Permanecí un momento examinando la pared de roca que había detrás de mí. En un pintoresco resumen del asunto, que leí unos meses más tarde con gran interés, se afirmaba que la pared era completamente escarpada. No es totalmente cierto, ya que había algunas desigualdades donde poder aferrarse. El acantilado es tan alto que escalarlo del todo es totalmente imposible y también lo era recorrer el camino embarrado sin dejar huellas. Podía, es verdad, ponerme las botas del revés, como había hecho otras veces, pero la vista de tres clases de pisadas en la misma dirección habrían sugerido inmediatamente una falsa pista. Lo mejor era que me arriesgase a trepar, lo cual no fue nada divertido. El precipicio rugía a mis pies y yo no soy un fantástico, pero juraría que entonces oí la voz de Moriarty que me llamaba desde el abismo. Una equivocación habría sido fatal y más de una vez, al asirme a un saliente, me quedaba con un manojo de hierba en la mano o bien mi pie se escurría en los húmedos cortes de la roca. Entonces pensaba que no sadría vivo de aquella aventura. Sin embargo, seguí subiendo hasta que alcancé una cornisa de varios pies de profundidad y cubierta de un suave musgo, donde me pude esconder con toda comodidad. Allí permanecí tumbado, mientras usted y todos los que le seguían estuvieron investigando las circunstancias de mi muerte, de la forma más simpática e ineficiente. Por último, cuando todos ustedes llegaron a sus inevitables conclusiones, totalmente erróneas, se fue usted al hotel y me quedé solo. Creí que había llegado al final de mis aventuras, cuando un accidente inesperado me mostró que aún me esperaban sorpresas en abundancia. Una enorme roca cayó desde arriba, golpeó el camino a mi lado y, rebotando de nuevo, cayó al precipicio. Por un instante pensé que había sido un accidente, pero poco después, al mirar hacia arriba, vi la cabeza de un hombre dibujada contra el cielo oscuro y otra piedra golpeó la cornisa sobre la que me encontraba, a un pie de mi cabeza. La cosa no podía estar más clara. Moriarty no había estado solo, sino que tenía un cómplice, y con una ojeada vi lo peligroso que este hombre resultaba. Indudablemente, había montado guardia mientras el profesor me atacaba. Desde lejos, fuera del alcance de mi vista, había sido testigo de la muerte de su amigo y de mi huida. Esperó y, subiendo a la cima del acantilado, se había esforzado por llevar a feliz término lo que sus camaradas habían fallado. No me costó mucho llegar a una conclusión, amigo Watson. De nuevo vi el horrible rostro que me miraba desde el acantilado y comprendí que era el precursor de otra piedra. Descendía de nuevo al camino, lo que resultaba mucho más difícil que la subida, pero no tuve tiempo de pensar en el peligro, porque otra piedra pasó junto a mí cuando me encontraba suspendido sobre el abismo. A mitad del recorrido resbalé, pero sin consecuencias, ya que, gracias a Dios, conseguí llegar al camino, aunque sangrante y con la ropa desgarrada. Sacando fuerzas de flaqueza, caminé diez millas a través de las montañas, en completa oscuridad. Una semana más tarde me encontraba en Florencia, con la certeza de que nadie en el mundo sabía lo que había sido de mí. Tengo un único confidente, mi hermano Mycroft. Le debo muchas disculpas, querido Watson, pero era de trascendental importancia que se creyera que yo estaba muerto y realmente usted no hubiese escrito un resumen tan convincente de mi propio final, si no hubiese creído firmemente que era cierto. Varias veces, durante los últimos tres años, he cogido la pluma para escribirle, pero siempre temí que su afecto hacia mí le llevase a cometer alguna indiscreción que traicionaría mi secreto. Por esta razón me alejé de usted esta tarde cuando me tiró los libros, ya que estaba en peligro en ese momento y cualquier muestra de emoción o sorpresa por su parte podía haber atraído la atención sobre mí, lo que hubiese tenido funestas consecuencias. En cuanto a mi hermano Mycroft, que, como usted sabe, es mi único confidente, hube de confiarme a él para conseguir el dinero que necesitaba. El curso de los acontecimientos en Londres no fue tan bueno como yo esperaba, porque el juicio a la banda de Moriarty dejó en libertad a dos de sus más peligrosos miembros, que son los enemigos más vengativos que he tenido. Viajé durante dos años por el Tíbet y disfruté mucho visitando Lhassa y pasando unos días con el Dalai-Lama. Puede que haya usted leído las extraordinarias exploraciones de un noruego llamado Higerson, pero estoy seguro de que nunca se le ocurrió pensar que, en realidad, recibía noticias mías. Pasé a través de Persia, llegué a La Meca y visité brevemente al califa de Jartum. Los resultados de este viaje los he comunicado al Foreign Office. Al volver a Francia pasé varios meses trabajando en una investigación sobre los derivados del alquitrán de hulla, cuyos resultados dejé en el laboratorio de Montpellier, al sur de Francia. Habiendo terminado este asunto con entera satisfacción, al enterarme de que sólo uno de mis enemigos se encontraba en Londres y estando ya a punto de regresar, recibí noticias de este extraordinario crimen de Park Lane, que no sólo me atrajo por sus peculiares características, sino que, además, era particularmente interesante para mí. Cuando llegué a Londres, me dirigí rápidamente a Baker Street, con lo cual puse a la señora Hudson al borde de la histeria, y comprobé que Mycroft había conservado mis habitaciones y mis papeles exactamente igual que habían estado siempre. Así fue, querido Watson, cómo hoy pude encontrarme a las dos en punto instalado en el sillón de mi antigua habitación, echando sólo de menos a mi viejo amigo sentado frente a mí.

Tal fue la sorprendente narración que escuché esa tarde de abril y que me habría resultado completamente increíble, si no hubiera estado confirmada por la presencia de aquella figura alta y flaca, y de aquel rostro astuto y vehemente que creí no volvería a ver nunca más. De algún modo, él se había dado cuenta de mi asombro y me mostró su simpatía, más en sus ademanes que en sus palabras.

—El trabajo es el mejor antídoto contra las impresiones, querido Watson —dijo—, y tengo algo para los dos, esta misma noche, que si conseguimos llevarlo a cabo satisfactoriamente, justificará por sí sólo la vida de un hombre.

En vano le rogué que me contase más cosas.

—Oirá y verá usted lo suficiente antes de mañana —contestó—. Tenemos tres años del pasado para hablar. Esperemos que sea suficiente hasta las nueve y media, cuando empecemos la interesante aventura de la casa vacía.

Verdaderamente era como en los viejos tiempos cuando, a esa hora, me encontré sentado junto a él en un cabriolé, con un revólver en el bolsillo y la emoción de la aventura en mi corazón. Holmes estaba frío, sereno y silencioso. Cuando la luz de los faroles de la calle brilló sobre sus austeras facciones, vi que sus cejas estaban arqueadas en ademán pensativo y sus finos labios fuertemente apretados. No sabía qué bestia salvaje íbamos a cazar en la oscura jungla de los bajos fondos de Londres, pero estaba bien seguro, por el aspecto de este diestro cazador, de que la aventura era una de las más peligrosas, mientras que la sardónica sonrisa, que ocasionalmente aparecía a través de su ascética melancolía, presagiaba pocas cosas buenas para el objeto de nuestras pesquisas. Había imaginado que íbamos hacia Baker Street, pero Holmes paró el coche en la esquina de Cavendish Square. Observé que, mientras se bajaba, miró cuidadosamente a derecha e izquierda y que en todas las esquinas tomaba las mayores precauciones para asegurarse de que no le seguían.

Nuestro itinerario era de lo más singular. El conocimiento que Holmes tenía de las callejuelas de Londres resultaba extraordinario, y en esta ocasión pasó, rápidamente y con gran seguridad, a través de una red de callejuelas cuya existencia me era totalmente desconocida. Aparecimos, finalmente, en una calle de casas viejas y tenebrosas que conducía a Manchester Street y a Blandfortd Street. Dobló entonces por un estrecho pasaje y por una puerta de madera llegó hasta un patio desierto, donde con una llave abrió la puerta de atrás de una casa. Entramos y cerró tras nosotros. El lugar estaba muy oscuro, pero era evidente que se trataba de una casa vacía. Nuestros pies crujieron sobre el desnudo entarimado y al alargar la mano toqué una pared cuyo empapelado colgaba a tiras. Los fríos y delgados dedos de Holmes, cerrados alrededor de mi muñeca, me condujeron hacia abajo por un largo pasadizo hasta que oscuramente percibí el mugriento montante de la puerta. Holmes torció rápidamente a la derecha y nos encontramos en una gran habitación cuadrada. Los rincones estaban oscuros, pero en el centro había un ligero reflejo de las luces de la calle. No había ningún farol cerca y las ventanas estaban sucias de barro, de modo que sólo se podía percibir la silueta del otro. Mi amigo, poniéndome su mano en mi hombro, acercó sus labios a mi oído.

—¿Sabe dónde estamos? —musitó.

—Seguramente en Baker Street —contesté, mirando a través de la ventana empañada.

—Exactamente. Estamos en Candem House, frente a nuestro antiguo cuartel general.

—Pero, ¿por qué estamos aquí?

—Porque se domina una excelente vista de ese pintoresco edificio. ¿Le molestaría, querido Watson, acercarse un poco más a la ventana, tomando todas las precauciones para no ser visto, y mirar a nuestras antiguas habitaciones, punto de partida de tantas aventuras? Veamos si mis tres años de ausencia me han quitado todo poder de sorprenderle.

Me acerqué cautelosamente y miré a la ventana tan familiar. Cuando mis ojos cayeron sobre ella, di un grito de asombro. La persiana estaba bajada y una fuerte luz ardía en la habitación. La sombra de un hombre sentado en un sillón aparecía en oscuro contraste sobre la iluminada mampara de la ventana. No había ningún error posible en el reposo de aquella cabeza, el cuadrado perfil de los hombros y la agudeza de los rasgos. Tenía el rostro medio vuelto y parecía una de esas negras siluetas que a nuestros abuelos encantaba enmarcar. Era, en resumen, una perfecta reproducción de Holmes. Tan asombrado estaba yo, que extendí mi mano para asegurarme de que el auténtico Sherlock Holmes estaba a mi lado. Él se reía en silencio.

—Bien —dijo.

—¡Por todos los santos! —grité—. ¡Es maravilloso!

—Creo que la edad no marchita, ni la costumbre desgasta mi infinita variedad —dijo.

Yo reconocí en su voz el gozo y el orgullo que el artista tenía ante su propia obra.

—¿A que es igual a mí? —añadió.

—¡Juraría que es usted mismo!

—La ejecución se debe a monsieur Meunier, de Grenoble, que pasó varios días haciendo el boceto. Es un busto de cera. El resto lo arreglé yo mismo durante mi visita a Baker Street, esta tarde.

—Pero, ¿por qué?

—Querido Watson, tengo razones muy poderosas para desear que ciertas personas piensen que estoy allí cuando en realidad me encuentro en otro sitio.

—¿Creyó que las habitaciones estaban vigiladas?

—Sabía que estaban vigiladas.

—¿Por quién?

—Por mis viejos enemigos, Watson. Por la encantadora sociedad cuyo jefe yace en el barranco de Reichenbach. Debe recordar que solamente ellos sabían que yo estaba vivo y que volvería más tarde o más temprano. Vigilaron continuamente y esta mañana me vieron llegar.

—¿Cómo lo sabe?

—Porque reconocí a su centinela cuando miré por la ventana. Es un tipo muy peligroso, estrangulador de profesión, que se llama Parker. Él no me preocupa en absoluto, sino el personaje que está detrás, el amigo íntimo de Moriarty, que me arrojó las rocas por el acantilado y que es el más astuto y peligroso criminal de Londres. Ése es el hombre que me persigue esta noche, Watson, y que desconoce que estamos detrás de él.

Los planes de mi amigo se fueron perfilando gradualmente y, desde nuestro estratégico retiro, los vigilantes eran vigilados y los rastreadores rastreados. La sombra angulosa que teníamos enfrente era el anzuelo y nosotros los pescadores. Permanecimos en silencio vigilando las figuras que pasaban continuamente por delante de nosotros y, aunque Holmes estaba silencioso e inmóvil, yo estaba seguro de que permanecía alerta y que sus ojos se fijaban atentamente en todo lo que pasaba. Era una noche fría y borrascosa, el viento soplaba cortante a lo largo de la calle y casi todas las personas que transitaban por ella iban envueltas en sus abrigos y gabardinas. Una o dos veces me pareció ver la misma figura y observé, de manera especial, a dos hombres que parecían resguardarse del viento en el portal de una casa, un poco más arriba de la calle. Intenté desviar la atención de mi compañero hacia ellos, pero él emitió una ligera exclamación de contrariedad y siguió mirando a la calle. Continuamente movía los pies con impaciencia y hacía tabalear sus dedos sobre la pared, lo cual era una señal de que estaba inquieto y de que las cosas no estaban saliendo como él había previsto. Finalmente, cuando al acercarse la medianoche se fue aclarando la calle, empezó a pasearse de un lado a otro de la habitación, fuertemente agitado. Iba a hacerle alguna observación, cuando al mirar hacia la ventana encendida experimenté de nuevo otra gran sorpresa. Apreté el brazo de Holmes y señalé hacia arriba.

—¡La sombra se ha movido! —grité.

No era el perfil, sino la espalda, lo que estaba vuelto hacia nosotros. Los tres años pasados no habían suavizado la aspereza de Holmes ni su impaciencia cuando se encontraba con una inteligencia inferior a la suya.

—¡Naturalmente que se ha movido! —respondió—. ¿Se ha creído que soy acaso un ridículo chapucero que coloca un maniquí, evidentemente rígido y falso, y espera de este modo engañar a algunos de los hombres más hábiles de Europa? Hemos permanecido aquí dos horas y la señora Hudson ha cambiado ocho veces el maniquí, una vez cada cuarto de hora, trabajando de manera que no se vea su sombra. ¡Ah! —exclamó de repente.

A la luz confusa de la habitación vi su cabeza inclinada hacia adelante y todo su cuerpo rígido en atenta escucha. La calle estaba completamente desierta y, aunque es posible que los dos hombres estuviesen todavía resguardados en el portal, yo no pude verlos. Todo permanecía quieto y oscuro, salvo la brillante mampara amarilla, en la cual se perfilaba la negra sombra del maniquí. De nuevo, en el más completo silencio, volví a oír esa fina y aguda exclamación que denotaba una intensa excitación reprimida. Inmediatamente me empujó hacia el rincón más oscuro de la habitación y sentí la advertencia de sus manos en mis labios, notando que las manos de mi amigo temblaban. Nunca le había visto tan excitado y, sin embargo, la calle permanecía solitaria e inmóvil.

Repentinamente comprendí lo que sus sentidos, más agudos que los míos, habían percibido. Un ligero y apenas perceptible sonido llegó a mis oídos, pero no provenía de Baker Street, sino de la puerta de atrás de la casa en que estábamos escondidos. Una puerta se abrió y se cerró, y un instante más tarde rechinaron en el corredor unos pasos que querían ser silenciosos, pero que resonaban ásperamente en la casa vacía. Holmes se agachó junto a la pared y yo hice lo mismo empuñando mi revólver.

Escudriñando en la oscuridad, vi la confusa figura de un hombre, como una sombra más fuerte en la negrura de la puerta abierta. Se detuvo un momento y avanzó amenazante hacia la ventana, pasando junto a nosotros y, muy suavemente y sin ruido, la levantó medio pie. Se inclinó al nivel de la abertura y la luz de la calle dio de lleno en su rostro.

El individuo parecía excitado, sus ojos brillaban como ascuas y sus rasgos se deformaban convulsivamente. Era un hombre mayor, de rostro delgado y moreno surcado por profundas arrugas, calvo, de larga nariz y con un gran bigote entrecano. Llevaba el sombrero echado hacia atrás y se veía brillar la pechera de su traje a través de su abrigo entreabierto. Tenía en sus manos algo semejante a un palo, que al chocar contra el suelo produjo un sonido metálico. Del bolsillo de su abrigo sacó un voluminoso objeto y durante un rato estuvo trabajando en él hasta que se oyó un ruido fuerte y seco, como si un muelle o cerrojo hubiera encajado en su sitio. Después, todavía arrodillado, cargó todo su cuerpo haciendo palanca sobre el objeto con la barra metálica y se oyó como si girase algo, terminando en el ruido fuerte y seco que había oído anteriormente. Cuando se enderezó, tenía en sus manos una curiosa carabina, corta y con la culata deforme. Abrió la recámara, puso algo en ella y cerró de golpe, después de lo cual apoyó la escopeta en la ventana abierta y vi el brillo de su ojo al aplicarlo al punto de mira. Un suspiro de satisfacción escapó de sus labios cuando, al acercar la culata al hombro, vio que el blanco quedaba perfectamente nítido en su campo de visión. Durante unos instantes permaneció rígido y quieto, y después su dedo apretó el gatillo. Se oyó un extraño y penetrante zumbido e inmediatamente el sonido de unos cristales rotos. En ese momento, Holmes saltó como un tigre a la espalda del tirador y le hizo caer de bruces, pero él reaccionó con rapidez y logró incorporarse, haciendo presa en la garganta de Holmes. Entonces le golpeé en la cabeza con la culata de mi revólver y cayó nuevamente de bruces sobre el pavimento. Mientras le sujetaba, mi amigo emitió un agudo silbido e inmediatamente se oyó el repiqueteo de pies que corrían por la calle, apareciendo, al cabo de unos momentos, dos policías de uniforme, acompañados de uno de paisano, que se precipitaron hacia la puerta de delante y entraron en la habitación.

—¿Es usted, Lestrade?

—Sí, señor Holmes. Llevo el caso personalmente. Me alegro mucho de encontrarle de nuevo en Londres.

—Creo que necesita un poco de ayuda extraoficial, Lestrade. Tres asesinatos sin resolver, en un solo año, son demasiado. Sin embargo, usted llevó el caso de Holseley peor de lo usual, es decir, bastante bien.

Todos estábamos en pie y nuestro prisionero resollaba entre dos fornidos policías. Algunos curiosos desocupados se habían empezado a congregar en la calle y Holmes se dirigió a la ventana, la cerró y bajó las persianas. Lestrade venía provisto de dos velas y los agentes habían encendido sus linternas, por lo que entonces pude echar una buena ojeada a nuestro prisionero. Tenía un rostro vil y siniestro, con una frente amplia y una mandíbula sensual que hablaba de una gran inteligencia y propensión al mal. Sus crueles ojos azules, con cínicos párpados caídos; su nariz agresiva y la línea amenazadora de sus cejas, confirmaban esta impresión. No hizo caso de ninguno de nosotros, pero sus ojos se clavaron en el rostro de Holmes, con una expresión en la que se mezclaban el odio y el asombro.

—¡Maldito demonio! —musitó entre dientes—. ¡Astuto, astuto enemigo!

—¡Ah!, coronel —dijo Holmes—: «Los viajes terminan en amorosos encuentros», como dice la vieja obra. No creo que hayamos tenido el placer de vernos desde que usted me dedicó todas sus atenciones al borde del abismo de Reichenbach, cuando yo estaba en una cornisa.

El coronel seguía mirando a mi amigo como extasiado y no era capaz más que de repetir:

—¡Maldito demonio!

—Todavía no les he presentado —dijo Holmes—. Este caballero es el coronel Sebastian Moran, perteneciente al Ejército de Su Majestad en la India y uno de los mejores tiradores de caza mayor que el Imperio del Este ha dado nunca. ¿Estoy en lo cierto al afirmar que el número de tigres cazados por usted no ha sido igualado todavía?

El hombre no dijo nada, pero siguió mirando a mi compañero; parecía él mismo un tigre con sus salvajes ojos y su caído bigote.

—Me pregunto cómo una estratagema tan simple ha podido engañar a un viejo cazador como usted. Tuvo que serle una escena familiar. ¿No ha atado nunca un cabrito a un árbol, se ha apoyado en su rifle y ha esperado que el cebo atrajese al tigre? Esta casa vacía es mi árbol y usted es mi tigre. Supongo que habrá tenido en sus esperas varios rifles en reserva, por si viniesen varios tigres o para el caso, inverosímil, de que le fallase la puntería. Éstas son mis armas de reserva —dijo, señalando alrededor—. El paralelo es exacto.

El coronel Moran saltó hacia adelante con un gruñido de ira, pero los agentes le hicieron volver atrás. Su rostro reflejaba la terrible furia que le dominaba.

—Confieso que me ha dado una pequeña sorpresa —dijo Holmes—. No esperaba que utilizase esta casa vacía y esta ventana tan a propósito. Había imaginado que actuaría usted desde la calle, donde mi amigo Lestrade y sus simpáticos muchachos le esperaban. Salvo esta excepción, todo ha sido como esperaba.

El coronel Moran se volvió hacia el detective oficial.

—Usted puede tener o no motivos para arrestarme, pero no hay ninguna razón por la que deba aguantar las burlas de este hombre. Si estoy en manos de la Ley, deje que las cosas se hagan legalmente.

—Bien, tiene usted razón. ¿Quiere decir algo más, señor Holmes, antes de que nos marchemos?

Holmes había levantado la carabina del suelo y estaba examinando su mecanismo.

—Un arma admirable y única —dijo—. Sin ruido y de tremendo poder. Funciona por aire comprimido. Conocí a Von Herder, el armero ciego alemán que la construyó, por orden del profesor Moriarty. Hace varios años que sé de su existencia, pero nunca, hasta hoy, había tenido oportunidad de examinarla. Se la recomiendo, Lestrade, así como las balas que encajan en ella.

—Buscaremos todo, no se preocupe —respondió Lestrade, mientras el grupo se dirigía hacia la puerta—. ¿Tiene algo más que decir?

—Sólo preguntar qué cargos van a presentar.

—¿Cómo qué cargos? Intento de asesinato de Sherlock Holmes, naturalmente.

—¡Eso no, Lestrade! No quiero aparecer en el asunto para nada. A usted, y solamente a usted, le corresponde el mérito de este extraordinario arresto, que ha realizado con su habitual y feliz combinación de ingenio y audacia. Usted le ha capturado.

—¿A quién he capturado, señor Holmes?

—Al hombre que está buscando toda la policía inútilmente, el coronel Sebastian Moran, que disparó al honorable Ronald Adair una bala expansiva con una escopeta de aire comprimido, a través de la ventana abierta del segundo piso exterior del 427 de Park Lane, el día treinta del mes pasado. Ése es el cargo, Lestrade. Y ahora, Watson, si usted puede soportar la corriente de aire a través de una ventana rota, creo que media hora en mi estudio, con un buen cigarro, le proporcionará un rato de agradable entretenimiento.

Nuestras antiguas habitaciones no habían experimentado ningún cambio, gracias a la intervención de Mycroft Holmes y a los solícitos cuidados de la señora Hudson. Cuando entré, estaba todo pulcramente aseado y las cosas tal como las había visto por última vez. El rincón de química continuaba igual, con el ácido colorante y la mesa cubierta en parte. Sobre un cajón estaban alineados los álbumes de recortes y los libros de notas que gustosamente hubieran quemado muchos de nuestros conciudadanos. La caja del violín, las cachimbas e, incluso, la pantufla persa para el tabaco aparecieron ante mi vista, cuando miré a mi alrededor.

Había dos figuras en la habitación: una era la señora Hudson, que se nos acercó radiante cuando entramos, y la otra la extraña imitación de mi amigo que había jugado tan importante papel en la aventura de aquella tarde. Era un modelo de cera, admirablemente hecho, que estaba sobre una especie de peana y llevaba puesto un batín de Holmes artísticamente colocado, de modo que, desde la calle, el engaño era total.

—Espero que habrá tomado precauciones, señora Hudson —dijo Holmes.

—Me acerqué de rodillas, tal como usted me dijo.

—Excelente. Ha hecho todo muy bien. ¿Observó dónde fue a parar la bala?

—Sí, señor. Me temo que ha destrozado su hermoso busto, porque atravesó la cabeza y luego chocó contra la pared. La recogí de la alfombra. Aquí está.

Holmes me pasó la bala.

—Una ligera bala de revólver, como puede apreciar, Watson. Es genial, porque, ¿quién podría suponer que esto ha sido disparado con una escopeta de aire? Muy bien, señora Hudson, le estoy muy agradecido por su ayuda. Y ahora, Watson, siéntese de nuevo en su antiguo sillón, porque hay varios puntos que quiero discutir con usted.

Se había despojado de la levita andrajosa y volvía a ser de nuevo el Holmes que yo conocía, con el batín marrón que había quitado a su figura.

—Los nervios del viejo cazador no han perdido su firmeza ni sus ojos la agudeza —dijo riéndose, mientras inspeccionaba la frente destrozada de su busto—. Justamente en medio de la parte posterior de la cabeza, atravesando el cerebro. Era el mejor tirador de la India y espero que haya en Londres pocos de su categoría. ¿Había oído hablar de él?

—No, nunca.

—Bien, bien, ¡así es la fama! Pero, si no recuerdo mal, usted tampoco había oído hablar del profesor Moriarty, uno de los cerebros más grandes de nuestro siglo. Deme del estante el índice de biografías.

Pasó las hojas perezosamente, arrellanado en su sillón y dando grandes bocanadas a su cigarro.

—Mi colección de la letra «M» es un interesante lote. El mismo Moriarty es suficiente para escribir una gran biografía, y aquí están Morgan el envenenador; Merridew, de abominable memoria; Mathews, que me saltó el colmillo izquierdo en la sala de espera de Charing Corr, y, finalmente, nuestro amigo de esta noche.

Me entregó el libro y leí: «Moran, Sebastian. Coronel. Sin empleo. Antiguamente sirvió en el primer batallón de pioneros bengalíes. Nacido en Londres en 1840. Hijo de sir August Moran, C. B., en otro tiempo ministro británico en Persia. Educado en Eton y Oxford. Sirvió en las campañas de Sowaki, Afganistán, Charariab, Sherpur y Cabul. Autor de *Caza mayor en el oeste de Himalaya* (1881), *Tres meses en la jungla* (1884). Dirección: Conduit Street. Clubs: Angloindio de Tankerville y Club de Juego Bagatelle.»

Al margen estaba escrito con la mano precisa de Holmes «El segundo hombre más peligroso de Londres.»

—Es asombroso —dije, mientras le devolvía el volumen—. Su carrera es la de un honorable soldado.

—Hasta un determinado momento de su vida, se portó decentemente. Fue siempre un hombre de gran valor y sangre fría, y todavía se cuenta en la India cómo escapó por un torrente al ser herido por un tigre devorador de hombres. Hay algunos árboles, Watson, que crecen bien hasta una cierta altura y, de repente, desarrollan alguna deformidad extraña. Con los humanos ocurre lo mismo. Tengo la teoría de que en cada individuo hay algo de todos

sus antepasados y que cualquier desviación hacia el bien o el mal está influenciada por algo que llegó antes a su línea genealógica. La persona llega a ser un compendio de su propia familia.
—Eso es algo bastante aventurado.
—Bien, no insistiré sobre ello. Cualquiera que sea la causa, el coronel Moran empezó a torcerse. Sin provocar ningún escándalo abiertamente, hizo que la India se convirtiese en un sitio incómodo para él. Pidió el retiro y se vino a Londres, donde también adquirió mala reputación. Por esta época fue cuando conoció a Moriarty y le sirvió como jefe de la banda. Moriarty le suministró dinero con generosidad y le utilizó para uno o dos asuntos delicados, que no se podían encomendar a un criminal corriente. ¿Recuerda usted la muerte de la señora Stewart, de Lauder, en 1887? Pues estoy seguro de que Moran estaba metido de lleno en el asunto, pero no se pudo probar nada; el coronel fue tan bien encubierto, que cuando la banda de Moriarty fue desarticulada no pudimos incriminarle. ¿Recuerda también que cuando le hablé en sus habitaciones cerré las contraventanas, por miedo a las escopetas de aire? Usted, seguramente, me consideró un fantástico, pero sabía lo que hacía, porque no ignoraba la existencia de este arma extraordinaria y sabía también que la manejaba uno de los mejores tiradores del mundo. Cuando estábamos en Suiza, nos siguió con Moriarty, y fue él, sin duda, quien intentó matarme en el barranco de Reichenbach. Durante mi estancia en Francia leí los periódicos, buscando una oportunidad para capturarle. Mientras estuviese libre en Londres, mi vida no valdría nada, ya que su sombra habría estado encima de mí constantemente y, más tarde o más temprano, encontraría su oportunidad. ¿Qué podía hacer yo? O le disparaba nada más verle o acabaría flotando en los muelles. No serviría tampoco apelar a un magistrado, ya que no pueden intervenir por algo que no son más que simples sospechas. Decidí permanecer a la espera, atento a todas las noticias criminales y sabiendo que antes o después le atraparía. Con la muerte del honorable Ronald Adair se presentó la ocasión que esperaba. Él había estado jugando a las cartas con el muchacho, le siguió a su casa desde el club y le disparó a través de la ventana abierta. No tenía ninguna duda de que así había sucedido y las balas resultarán suficientes para llevarle a la horca. Llegué inmediatamente y me vio el centinela, que dio aviso al coronel Moran, el cual no pudo dejar de relacionar mi repentina llegada con su crimen y esto debió asustarle terriblemente. Estaba seguro de que no tardaría en hacer un intento de librarse de mí y también de

que traería su mortífera arma consigo. Le preparé un blanco adecuado en la ventana y, habiendo avisado a la policía que podían ser necesitados sus servicios —por cierto, Watson, que usted señaló su presencia en aquel portal con gran astucia—, me instalé en lo que parecía ser un buen puesto de observación, sin pensar, ni por lo más remoto, que él elegiría el mismo lugar para su ataque. Ahora, querido Watson, ¿queda algo por explicar?

—Sí, no me ha aclarado el motivo que tuvo el coronel Moran para matar a Ronald Adair.

—¡Ah!, mi querido Watson, aquí llegamos a esos puntos oscuros donde, haciendo conjeturas, puede fallar la mente más lógica. Cualquier hipótesis acerca de este punto puede tener tanta validez como la mía.

—Entonces, ¿tiene usted alguna?

—Creo que no es difícil explicar los hechos. Existe la evidencia de que el coronel Moran y el joven Adair habían ganado, jugando unidos, una considerable cantidad de dinero. Moran, sin duda, jugaba sucio y, probablemente, el día de su muerte, Ronald Adair descubrió esto. Debió hablar privadamente con él y amenazar con que le descubriría, a menos que abandonase voluntariamente el club y le prometiese no volver a jugar a las cartas. No parece probable que un hombre como Adair promoviese un escándalo y dejase en evidencia a una persona bien conocida, mucho mayor que él. Seguramente actuó como he sugerido. Abandonar el club significaba la ruina para Moran, que vivía de las ganancias, poco lícitas, de las cartas. Así pues, mató a Adair, que en ese momento estaría tratando de saber cuánto dinero tendría que devolver, ya que él no querría sacar ninguna ventaja de las trampas de su compañero. Cerró la puerta para que no pudiesen sorprenderle y preguntarle qué hacía con aquella lista de nombres y aquel dinero. Creo que así fue todo.

—No tengo ninguna duda de que ha dado usted en el clavo.

Eso se confirmará o se negará en el juicio. De momento, el coronel Moran ya no nos molestará más; la famosa escopeta de aire de Von Herder embellecerá el museo de Scotland Yard y de nuevo el señor Sherlock Holmes se encuentra libre para dedicar su vida a examinar los interesantes problemas que la compleja vida de Londres presenta con tanta frecuencia.

LA AVENTURA DE LA CICLISTA
SOLITARIA

El período que va de 1894 a 1909 fue de gran actividad para Sherlock Holmes. Estoy seguro de que no hubo un solo caso público importante en el que no le consultasen, durante esos ocho años, y existían, además, cientos de casos privados, algunos de ellos realmente intrincados y de carácter extraordinario, en los que Holmes jugaba un papel muy destacado. Muchos logros y algunos fallos, inevitables, fueron el resultado de este largo período de continuo trabajo. Como he conservado anotaciones completas de estos casos, y estuve personalmente comprometido en muchos de ellos, hay que imaginarse que no es nada fácil saber qué selección podría ofrecer al público. Mantendré, sin embargo, mi costumbre de dar preferencia a aquellos casos cuyo interés estriba no tanto en la brutalidad del crimen, como en la ingenuidad y calidad dramática de su solución. Por esta razón, expondré ante el lector los hechos relacionados con la señorita Violet Smith, la ciclista solitaria de Charlington, y el curioso resultado de nuestra investigación, que terminó en una inesperada tragedia. Es cierto que las circunstancias no permitieron ningún lucimiento sorprendente de aquellas facultades por las que mi amigo era famoso, pero había algunos detalles en el caso que le hicieron destacar, entre aquellos largos informes de crímenes de los que yo reúno el material para estas pequeñas narraciones.

Al acudir a mis notas del año 1895, encontré que fue un sábado, 23 de abril, cuando oímos hablar, por primera vez, de la señorita Violet Smith. Su visita fue, según recuerdo, bastante mal acogida por Holmes, que estaba, en aquel momento, sumergido en un problema muy oscuro y complicado, relacionado con la extraña persecución a que John Vincent Hardent, el bien conocido rey del tabaco, había sido sometido. Mi amigo, que gustaba de concentrarse profundamente en sus asuntos, se quejaba de cualquier cosa que distrajera su atención del caso que tenía entre manos. Sin embargo, era imposible no querer escuchar la historia de la hermosa joven, esbelta y distinguida, que se presentó en Baker Street a una hora avanzada de la tarde y pidió ayuda y consejo. Era inútil explicarle que Holmes tenía todo su tiempo ocupado, porque la joven había venido con la determinación de contar su historia, y era evidente que no se iría sin hacerlo. Con aire cansado y una sonrisa de resignación, Holmes rogó a la bella intrusa que se sentara y nos informara de cuál era su problema.

—Desde luego, su problema no debe ser la salud —dijo mientras sus penetrantes ojos se fijaban en ella—. Una ciclista tan lozana como usted debe estar llena de energía.

Ella miró con sorpresa sus pies y observó la ligera aspereza de un lado de la suela, causada por el roce con el borde del pedal.

—Sí, monto bastante en bicicleta y eso tiene que ver con mi visita a usted.

Mi amigo tomó la mano desnuda de la dama y la examinó con el detenimiento que pondría un científico al estudiar un espécimen raro.

—Perdone mi atrevimiento, pero se trata de un interés profesional —dijo, mientras la soltaba—. Casi caigo en el error de creer que es usted mecanógrafa. Observe, Watson, el dedo meñique un poco espatulado, que es común a ambas profesiones. Sin embargo, hay un aire de espiritualidad en su rostro —y lo volvió suavemente hacia la luz—, que me dice que su profesión es la de músico.

—Sí, señor Holmes, soy profesora de música.

—Supongo que en el campo. Lo digo por su aspecto.

—Sí, cerca de Farham, en los límites de Surrey.

—Un hermoso lugar lleno de recuerdos interesantes. ¿Se acuerda, Watson, de que fue cerca de allí donde cogimos a Archie Stanford, el falsificador? Ahora, señorita Smith, ¿qué le ha ocurrido a usted cerca de Farham, en los confines de Surrey?

La joven expuso, con gran claridad, el siguiente y curioso relato.

—Mi padre murió, señor Holmes. Era director de la orquesta del antiguo Teatro Imperial. Mi madre y yo nos quedamos sin ningún pariente, excepción hecha de un tío, Ralph Smith, que emigró a África hace veinticinco años y cuyo paradero desconocíamos hasta hace poco. Cuando mi padre murió, quedamos completamente desamparadas, hasta que un día supimos que había un anuncio en el *Times* preguntando por nuestro paradero. Ya puede imaginarse nuestra excitación; llegamos a pensar que alguien nos había dejado su fortuna. Fuimos en seguida a visitar al abogado, cuyo nombre aparecía en el periódico, y allí conocimos a dos caballeros: el señor Carruthers y el señor Woodley, que acababan de regresar de Sudáfrica. Ellos nos dijeron que mi tío era amigo suyo y que había muerto unos meses antes, en la más absoluta miseria, en Johannesburgo, pidiéndoles en sus últimos momentos que se hicieran cargo de nosotras, caso de que fuera necesario. Nos pareció muy extraño que el tío Ralph, que no se preocupó de nosotras en vida, se preocupase a la hora de la muerte. El señor Carruthers nos explicó que al anterarse de la muerte de su hermano, se sintió responsable de nosotras.

—Perdóneme —dijo Holmes—. ¿Cuándo tuvo lugar esta entrevista?

—El último diciembre —respondió—, hace cuatro meses.

—Continúe, por favor.

—El señor Woodley me pareció odioso. Me hacía siempre la corte. Era un joven de rostro blando y vulgar, bigote rojizo y el cabello peinado con raya en medio. Me resultaba tremendamente antipático y estoy segura de que Cyril no desearía que tuviese tratos con semejante individuo.

—¡Ah!, ¿de modo que se llama Cyril? —dijo Holmes, sonriendo.

La joven se sonrojó y sonrió también.

—Sí, señor, Cyril Morton. Es ingeniero electricista y esperamos casarnos a finales del verano. ¡Dios mío! ¿Por qué estoy hablando ahora de él? Lo que deseaba decirle era que el señor Woodley me resultó muy desagradable. Por el contrario, el señor Carruthers, mucho mayor que él, resultaba mucho más agradable. Era un hombre cetrino, de carácter reservado, ademanes corteses y sonrisa agradable. Nos preguntó en qué situación habíamos quedado, y al saber lo lamentable que era, me ofreció enseñar música a su única hija de diez años. Me lamenté de no poder dejar sola a mi madre, y él, entonces, me sugirió que podía volver a casa todos los fines de semana. Me ofreció un sueldo de cien libras al año, que es bastante elevado, y acabé aceptando y marchándome a la granja Chiltern, a seis millas de Farham. El señor Carruthers era muy amable y un gran amante de la música, y pasamos tardes muy agradables los dos juntos. Era viudo y tenía un ama de llaves muy anciana, la señora Dixon. La niña era un encanto y todo se presentaba muy halagüeño. Los fines de semana volvía a casa con mi madre. El primer disgusto me lo causó la llegada del señor

Woodley. Vino de visita durante una semana, que se me hizo interminable. Era una persona muy desagradable; camorrista con los demás y conmigo algo mucho peor, ya que me hacía la corte, jactándose continuamente de su fortuna, y me dijo que si me casaba con él tendría el diamante más hermoso de todo Londres. Finalmente, cuando vio que no conseguiría nada de mí, se atrevió a besarme. Fue un día, después de la cena; me abrazó y me dijo que no me dejaría ir hasta que no le besase. En ese momento entró el señor Carruthers y le separó de mí, pero él se volvió y le derribó de un golpe, produciéndole una cortadura en la cara. Como puede figurarse, allí terminó su visita, y el señor Carruthers me dio toda clase de explicaciones al día siguiente, asegurándome que nunca más volvería a suceder aquello. No he vuelto a ver al señor Woodley desde entonces. Y paso ahora, señor Holmes, al hecho concreto que me ha impulsado a venir para solicitar su consejo. Todos los sábados por la mañana voy en bicicleta a la estación de Farham, para coger el tren de las doce y veintidós a Londres. La carretera desde la granja Chiltern es muy solitaria, sobre todo en un tramo de una milla que tiene el brezal de Charlington a un lado y los bosques que rodean a la mansión de Charlington por otro. No creo que haya un trayecto más solitario en ningún sitio, y es muy raro encontrar un carro o un campesino hasta que no se llega al camino principal, cerca de Crooksbury Hill. Al pasar por este lugar hace dos semanas, volví casualmente la cabeza y vi, a unas doscientas yardas detrás de mí, a un hombre que parecía ser de mediana edad y con una corta barba negra. Volví a mirar antes de llegar a Farham, pero el hombre había desaparecido y ya no volví a preocuparme. Pero, imagínese mi sorpresa, señor Holmes, cuando al regresar el lunes vi al mismo hombre en el mismo sitio. Mi asombro fue en aumento cuando el hecho se repitió el sábado y lunes siguientes. Siempre guardaba la misma distancia y no me molestaba en absoluto, pero, a pesar de todo, resultaba muy extraño. Se lo dije al señor Carruthers, que pareció interesarse en lo que le conté, y me dijo que había comprado un coche y un caballo para que en el futuro no tuviese que pasar por aquel camino tan solitario sin ir debidamente acompañada. El caballo y el coche debían haber llegado esta semana, pero por alguna razón no fueron entregados y tuve que ir otra vez en bicicleta a la estación. Fue esta mañana y, como puede comprender, volví a mirar hacia atrás cuando llegué al brezal de Charlington y allí estaba, otra vez, el hombre de las dos semanas anteriores. Se mantenía siempre tan alejado de mí, que me era imposible verle el rostro, pero desde luego es alguien que no conozco. Llevaba un traje oscuro y una gorra de paño, y lo único que se veía claramente de su rostro era la barba negra. Hoy no estaba asustada, sino llena de curiosidad y dispuesta a descubrir quién era y qué quería. Acorté el paso y él hizo lo mismo. Me paré y él también se paró. Entonces le preparé una trampa. Hay una curva cerrada en la carretera y pedaleé antes de llegar a ella, doblándola a gran velocidad, parando luego y esperándole allí, porque pensaba que pasaría por la curva, y por delante de mí, antes de poder parar. Sin embargo, no apareció, y entonces volví e inspeccioné la curva y la carretera hasta una milla, pero el ciclista no estaba allí. Parecía haberse evaporado y, para que todo fuese más extraordinario, no había ningún camino lateral por donde pudiese haber ido.

Holmes rió por lo bajo y se frotó las manos.

—Indudablemente, este asunto presenta algunos aspectos muy interesantes —dijo—. ¿Cuánto tiempo pasó desde que usted dobló la curva hasta que volvió a inspeccionar la carretera y vio que no había nadie?

—Dos o tres minutos.

—En ese caso, el hombre no tuvo tiempo de retroceder. ¿Y dice usted que no hay caminos laterales en este tramo?

—Ninguno.

—Entonces debió tomar alguna senda, por alguno de los dos lados.

—No pudo ser por el lado del brezal, porque entonces le habría visto.

—Así que, siguiendo un proceso de eliminación, llegamos a la conclusión de que se dirigió a la mansión de Charlington, que si no he entendido mal se halla situada dentro de sus propios terrenos, a un lado de la carretera. ¿Algo más?

—Nada, señor Holmes, sino que todo esto me dejó tan perpleja que tuve el convencimiento de que no me sentiría tranquila hasta que hablase con usted y recibiese su consejo.

Holmes permaneció sentado durante un rato, en silencio, y por fin preguntó:

—¿Dónde se encuentra ese caballero con el que está usted prometida?

—Trabaja en la Midland Electric Company, en Coventry.

—¿No se le habrá ocurrido darle a usted una sorpresa?

—¡Oh!, señor Holmes, ¿cree usted que no le hubiese reconocido?

—¿Ha tenido usted otros admiradores?
—Varios, antes de conocer a Cyril.
—¿Y desde entonces?
—Ese hombre odioso, Woodley, si es que se le puede llamar admirador.
—¿Nadie más?
Nuestra hermosa cliente pareció quedar un poco dudosa.
—¿Quién más? —volvió a preguntar Holmes.
—Bueno, quizá sean fantasías mías, pero el señor Carruthers parece muy interesado por mí. Pasamos bastante tiempo juntos y durante las veladas suelo acompañarle al piano. Él no me ha dicho nunca nada, porque es un perfecto caballero, pero las mujeres siempre nos damos cuenta de estas cosas.
Holmes se puso serio.
—¿Y de qué vive este señor?
—Es un hombre rico.
—¿Y no tiene coches ni caballos?
—Bueno, por lo menos parece un hombre acomodado. Viene a la ciudad, dos o tres veces por semana, y parece que está muy interesado en las acciones de las minas de oro de Sudáfrica.
—Señorita Smith, téngame al corriente de cualquier novedad que surja. Me encuentro muy atareado en estos momentos, pero encontraré tiempo para hacer alguna investigación sobre su caso. Entre tanto, no haga nada sin comunicármelo. Hasta pronto, y espero que sólo tenga que darme buenas noticias.
—Dentro del orden establecido por la Naturaleza, es lógico que alguien como la señorita Smith tenga admiradores —dijo Holmes, mientras daba bocanadas a su pipa—, pero no de los que se dedican a perseguir muchachas indefensas por carreteras solitarias. Debe ser, indudablemente, algún admirador secreto. Sin embargo, existen en este asunto algunos curiosos y sugestivos detalles, Watson.
—Por ejemplo, el que sólo aparezca en un lugar determinado.
—Exactamente. Lo primero que tenemos que averiguar es quiénes son los habitantes de la mansión de Charlington. Luego, la relación que existe entre dos hombres tan distintos como Woodley y Carruthers. ¿Cómo es que se preocupaban tanto por dar con el paradero de los familiares de Ralph Smith? Otro detalle más: ¿qué clase de mecenas es ese que paga a una institutriz un sueldo doble del corriente y sin embargo no dispone de un solo caballo, aunque vive a seis millas de la estación? Es extraño, Watson, muy extraño.
—¿Va a ir usted allí?

—No, querido amigo, irá usted. Puede que sea un asunto sin importancia y yo tengo entre manos un asunto muy importante. El lunes procure llegar temprano a Farham, escóndase en el brezal de Charlington y observe con sus propios ojos todo lo que pase, actuando como considere mejor. Investigue después sobre los habitantes de Charlington y tráigame un informe de todo. Y ahora, Watson, ni una palabra más del asunto, hasta que no tengamos una base sólida en que apoyar nuestras deducciones.

La joven nos había informado que saldría el lunes en el tren de las 9:50 de la estación de Waterloo, de modo que me puse en movimiento muy temprano y conseguí coger el de las 9:13. Desde la estación de Farham llegué fácilmente al brezal de Charlington. Era imposible confundir el escenario donde se desarrolló la aventura de la joven, porque a un lado de la carretera se encuentra el brezal abierto y al otro un seto de tejos que circunda una finca llena de árboles magníficos. Había una entrada principal de piedra, cubierta de musgo, cuyos pilares estaban profusamente adornados con emblemas heráldicos, y existían también varios senderos que partían de pequeñas aberturas en el seto. No se divisaba la mansión desde la carretera, pero todos los alrededores hablaban de tristeza y ruina.

El brezal estaba cubierto de dorados islotes de aulaga que brillaban esplendorosamente bajo el sol primaveral. Me escondí tras uno de ellos, dominando desde allí la entrada de la mansión de Charlington y una gran extensión de carretera por ambos lados. Cuando salí de ella estaba completamente desierta, pero en seguida vi venir a un ciclista en dirección contraria a la que yo había traído. Llevaba un traje oscuro y su barba era negra. Al llegar a la altura de los jardines de la mansión Charlington, saltó de su bicicleta y se metió por uno de los huecos del seto, desapareciendo de mi vista. Transcurrió un cuarto de hora y apareció un segundo ciclista. Esta vez era la joven, que venía de la estación. Cuando llegó al seto de Charlington miró a su alrededor y, un instante después, salió el hombre de su escondite, subió a su bicicleta y la siguió. En todo el ancho panorama eran las únicas figuras que se movían, ella esbelta y erguida en su bicicleta y el hombre detrás, inclinado sobre el manillar. La joven miró hacia atrás y disminuyó la velocidad. El hombre hizo lo mismo. Ella se detuvo y él hizo lo mismo, manteniéndose a unas doscientas yardas detrás de ella. Entonces, la joven hizo algo tan inesperado como valeroso. Giró rápidamente y se dirigió hacia su perseguidor. Sin embargo, él fue tan rápido como ella y se alejó en desesperada huida. Ella volvió a dar la vuelta y siguió su camino con la cabeza alta, sin volver a prestar atención a su silencioso acompañante.

Él dio también la vuelta y siguió tras ella, manteniendo la distancia, hasta que una curva de la carretera les ocultó a mi vista. Yo continué en mi escondite e hice bien, porque al poco rato volvió a aparecer el hombre, pedaleando en dirección contraria. Se metió por la entrada del palacio y se apeó de la bicicleta. Durante algunos minutos pude verle entre los árboles, con las manos levantadas como si se arreglara la corbata. Después montó en su bicicleta y se alejó en dirección al palacio. Corrí entre los arbustos y miré a través de los árboles, pero sólo pude ver el viejo edificio gris, con altas chimeneas estilo Tudor, recortándose al fondo, porque mi hombre se había esfumado tras la densa espesura que bordeaba el paseo.

Sin embargo, me pareció que había hecho un buen trabajo aquella mañana y regresé muy contento a Farham. El agente local de inmuebles no pudo decirme nada acerca del palacio Charlington, pero me dijo que fuese a una conocida oficina situada al final de Pall Mall. Cuando volvía hacia casa, me pasé por estas oficinas, en donde fui cortésmente atendido por el representante. No, no podía alquilar Charlington durante el verano, porque ya lo había alquilado hacía un mes. El inquilino era el señor Williamson, un anciano de aspecto respetable. El agente sintió no poder decirme nada más, pero los asuntos de sus clientes no eran cosa de su incumbencia.

Sherlock Holmes escuchó atentamente el largo informe que le presenté aquella tarde, pero no salió de sus labios la concisa frase de alabanza que yo esperaba y que tanto habría agradecido. Por el contrario, su austero rostro estuvo más serio que de costumbre, mientras comentaba mis fallos y mis aciertos.

—Su escondite, querido Watson, no fue muy adecuado. Debió haberse ocultado detrás del seto y de este modo habría podido ver el rostro de este interesante personaje con toda claridad. Como estuvo usted a varios cientos de yardas de él, puede decirme menos cosas todavía que la señorita Smith. Ella cree que no le conoce, pero yo estoy convencido de lo contrario, porque si no él no pondría el empeño que pone en ocultar sus facciones. Usted me ha dicho que iba inclinado sobre el manillar, esto es, tratando de evitar que le viesen la cara. Lo ha hecho bastante mal, Watson. El hombre vuelve al palacio, y a usted, para averiguar quién es, no se le ocurre más que visitar a un agente de inmuebles en Londres.

—¿Qué debería haber hecho? —pregunté algo irritado.

—Pues haber ido a la posada más cercana, que es siempre un centro de chismorreo, y allí le habrían dicho todos los nombres, desde el del amo hasta el del último sirviente. ¡Williamson! No nos dice nada. Si es un anciano, no puede ser el ciclista que se aleja tan rápidamente cuando una joven vigorosa le persigue. ¿Qué hemos sacado en consecuencia de su viaje? Saber que la historia de la muchacha es cierta, lo que nunca puse en duda. Que hay una relación entre el ciclista y la mansión de Charlington. Tampoco lo he dudado. Y que Charlington está arrendado por Williamson, con lo que no adelantamos nada. Pero no se quede tan deprimido, amigo mío; no podemos hacer nada hasta el próximo sábado y entre tanto haré un par de averiguaciones por mi cuenta.

A la mañana siguiente, recibimos una carta de la señorita Smith, en la que nos relataba, breve y exactamente, los hechos que yo había presenciado el día anterior. Sin embargo, lo más importante de la carta estaba en la posdata.

«Estoy segura de que será discreto acerca de lo que voy a decirle. Mi puesto aquí se ha vuelto incómodo, porque mi jefe me ha pedido que me case con él. Estoy segura de que sus sentimientos son profundos y verdaderos, pero ya sabe usted que estoy comprometida con otro hombre. Mi negativa le afectó mucho, pero aceptó cortésmente. A pesar de ello, comprenderá que mi situación aquí es muy delicada.»

—Nuestra joven amiga parece estar llegando a aguas profundas —dijo Holmes, mientras doblaba la carta—. Verdaderamente, el caso está tomando más importancia y se va haciendo más interesante de lo que yo pensé en un principio. No estaría nada mal pasar un día en el campo, y me está apeteciendo ir esta misma tarde y comprobar un par de ideas que se me han ocurrido.

El tranquilo día de campo de Holmes tuvo un final singular, porque llegó a Baker Street tarde, con un labio partido y un llamativo bulto en la frente, además de un aspecto de juerguista que habría despertado las sospechas de Scotland Yard. Parecía muy satisfecho de su aventura y se rió cordialmente al relatármela.

—Hago tan poco ejercicio físico que cualquier ocasión que me brinda un poco de actividad es un deleite para mí. Sabrá que tengo alguna destreza en el antiguo y noble deporte del boxeo, lo que es de cierta utilidad en algunas ocasiones. Hoy, por ejemplo, habría acabado bastante mal de no conocerlo tan bien.

Le pedí enconces que me relatara lo ocurrido.

—Encontré esa fonda que le había recomendado a usted y empecé a hacer allí mis discretas averiguaciones. Me senté en la barra del bar y, hablando con un obtuso posadero, me fui enterando de todo lo que quería saber. Williamson es un hombre de barba blanca que vive sólo con algunos criados. Existe el rumor de que ha sido clérigo, pero uno o dos incidentes que han ocurrido durante su corta estancia en el palacio me parecen poco usuales en un clérigo. He hecho algunas averiguaciones ante las autoridades eclesiásticas y me han dicho que había un hombre llamado así, en la clase sacerdotal, cuya carrera ha sido bastante oscura. El posadero me informó de que todos los fines de semana le visita un grupo de gente. «Un grupo de cuidado, señor», sobre todo un caballero con bigote rojo, el señor Woodley, que estaba siempre allí. Nos encontrábamos en ese punto cuando se acercó este individuo en persona, que había estado oyendo todo mientras bebía cerveza en el fumadero. ¿Quién era yo?, ¿qué quería?, ¿a qué venían tantas preguntas? Tenía una manera de hablar muy delicada y sus epítetos eran de lo más fuerte. Terminó su serie de incorrecciones con un perfecto revés, que no pude evitar en absoluto. Los cinco minutos siguientes fueron deliciosos y salí de ello tal como usted me ve, pero al señor Woodley tuvieron que llevarle a casa en un carro. Así terminó mi excursión y debo confesar que, aunque lo pasé muy bien, mi día en Surrey no ha sido más provechoso que el suyo.

El jueves recibimos otra carta de nuestra cliente.

«No creo que le sorprenda saber, señor Holmes, que voy a dejar el empleo del señor Carruthers, porque ni siquiera el elevado sueldo puede compensarme de lo incómodo de mi situación. El sábado regreso a la ciudad y no pienso volver. El señor Carruthers ha comprado un coche, de manera que los peligros de la carretera solitaria, si es que alguna vez ha habido algún peligro, han desaparecido.

»La causa de mi marcha no es solamente la tirantez de relaciones con el señor Carruthers, sino también el regreso de ese hombre odioso, el señor Woodley, que siempre me pareció repugnante, pero más ahora, porque parece que ha sufrido algún accidente y tiene la cara desfigurada. Le vi desde la ventana y me alegra poder decirle que no me encontré con él. Tuvo una larga conversación con el señor Carruthers, que parecía muy excitado después. Woodley debe vivir cerca, porque no ha dormido en la casa, y sin embargo le vi otra vez esta mañana escurriéndose entre los arbustos. Prefiriría que anduviese suelto por aquí un animal salvaje. Le aborrezco y le odio como no se puede imaginar. ¿Cómo puede aguantar el señor Carruthers a semejante ser, ni siquiera por un momento? Pero, en fin, creo que mis angustias acabarán el sábado.»

—Así lo espero, Watson, así lo espero —dijo Holmes gravemente—. Hay una misteriosa intriga alrededor de esta mujercita y tenemos la obligación de que nadie la moleste en este último viaje. Creo, Watson, que debemos irnos juntos el sábado por la mañana, para asegurarnos de que este curioso e inconcluso asunto no tenga un final desagradable.

He de confesar que hasta entonces yo no había considerado que el asunto fuese muy grave y me había parecido más grotesco y singular que peligroso. El que un hombre aceche y persiga a una mujer hermosa no es nada raro, y si, además, tiene tan poco valor que no sólo no se atreve a dirigirse a ella, sino que huye cuando se le acerca, no es un asaltante temible. El rufián Woodley era un elemento muy diferente, pero, excepto en una ocasión, no había molestado a nuestra cliente. El hombre de la bicicleta era, sin duda, uno de los asistentes a aquellas fiestas de los fines de semana en el palacio, que la gente había comentado; pero su identidad y sus fines seguían tan oscuros como al principio.

Sin embargo, la importancia que había dado Holmes a todo esto y el hecho de que se metiese un revólver en el bolsillo antes de marcharnos, me impresionaron profundamente y tuve la sensación de que la tragedia acechaba tras aquella cadena de acontecimientos. Después de una noche lluviosa, amaneció un día magnífico y el paisaje, cubierto de arbustos coronados por macizos de aulagas en flor, aparecía hermosísimo para unos ojos cansados de ver las parduzcas y sombrías pizarras de Londres. Holmes y yo caminábamos por la ancha y arenosa carretera, respirando con deleite el aire fresco de la mañana y disfrutando con el piar de los pájaros y el hálito suave de la primavera. Desde una elevación de la carretera, en la ladera de Crooksbury Hill, pudimos ver la adusta mansión, elevándose entre añosos robles que, a pesar de su antigüedad, eran más jóvenes todavía que el edificio que rodeaban. Holmes señaló el largo trazo de la carretera que aparecía como una cinta anaranjada, entre el marrón de los arbustos y el verde del bosque. A lo lejos se movía un punto negro, un vehículo que venía en dirección contraria a la nuestra. Holmes emitió una exclamación de impaciencia.

—Había calculado un margen de media hora —dijo—. Si ése es su coche, debe de ir a tomar el primer tren, y me temo, Watson, que habrá pasado Charlington antes de que hayamos podido encontrarnos con ella.

Después de pasar aquella elevación, ya no volvimos a ver el vehículo, pero seguimos avanzando a un paso tan rápido que la vida sedentaria empezó a pesar sobre mí y me fui rezagando. Holmes, sin embargo, siempre estaba en forma, porque tenía inextinguibles reservas de energía nerviosa. Su paso elástico se mantuvo firme y regular, hasta que, al estar a unas cien yardas por delante de mí, se detuvo y le vi levantar la mano con un gesto de rabia y desesperación. En ese mismo momento, un coche vacío con el caballo a medio galope y las riendas sueltas, apareció en la curva de la carretera viniendo hacia donde estábamos nosotros.

—¡Demasiado tarde, Watson! ¡Demasiado tarde! —gritó Holmes—. ¡Qué estúpido he sido al no coger el tren más temprano! ¡Esto es un rapto, Watson! ¡O un asesinato! ¡Dios sabe qué! ¡Bloquee la carrera! Está bien. Subamos al coche y veamos si todavía puedo remediar las consecuencias de mi propio desatino.

Subimos al coche, y Holmes, después de dar la vuelta, le dio un fuerte latigazo al caballo. Avanzamos por la carretera y después de doblar la curva apareció ante nosotros todo el tramo de la misma que iba entre la mansión y el brezal. Cogí el brazo de Holmes y le dije entrecortadamente:

—¡Ése es el hombre!

Un ciclista solitario venía hacia nosotros por la carretera, con la cabeza baja y la espalda curvada, aplicando todo su esfuerzo en los pedales y conduciendo igual que un corredor. De repente, levantó su rostro barbudo y, al vernos, se detuvo y bajó de la bicicleta. Su barba oscura contrastaba singularmente con la palidez de su rostro, y sus ojos tenían un brillo febril. Nos miró primero a nosotros y después al coche, pintándose el asombro en su rostro.

—¡Eh, paren! —gritó, mientras bloqueaba la carretera con su bicicleta—. ¿De dónde han sacado ese coche? ¡Paren! —gritó, sacando una pistola del bolsillo—. ¡Paren o le meto un balazo al caballo!

Holmes paró el coche, me dio las riendas y saltó de él.

—Le estábamos buscando. ¿Dónde está la señorita Violet Smith? —dijo Holmes, rápida y escuetamente.

—Eso le pregunto yo a usted, que va en su coche. Usted debe saber dónde está.

—Encontramos el coche, completamente vacío, en la carretera, cuando nos dirigíamos a ayudar a esta joven:
   —¡Dios mío! ¡Dios mío!, ¿qué voy a hacer? —dijo el desconocido, en un arrebato de desesperación—. La tienen ese maldito Woodley y el sinvergüenza del pastor. Venga conmigo, si es verdaderamente su amigo. Acompáñeme y la salvaremos, aunque tenga que dejar el pellejo en el bosque de Charlington.
   Corrió velozmente, con la pistola en la mano, hacia un hueco del seto y Holmes le siguió. Yo dejé el caballo pastando junto a la carretera y fui tras ellos.
   —Aquí es donde esperaron al coche —dijo, señalando las huellas de varios pies en el sendero lleno de barro—. ¡Eh! ¡Paren un momento! ¿Quién está en ese arbusto?
   Se trataba de un joven, de unos diecisiete años, vestido como los mozos de cuadra, con polainas de cuero y borceguíes. Estaba tendido boca abajo, con las rodillas dobladas, y tenía una enorme brecha en la cabeza. Estaba sin sentido, pero con vida, y una ojeada a su herida me hizo ver que no había llegado al hueso.
   —Éste es Peter, el mozo de cuadra. Él llevaba el coche y esos bestias le han golpeado. Déjenle, no podemos ayudarle ahora, y, sin embargo, a lo mejor podemos librarle a ella del peor destino que puede esperarle a una mujer.
   Corrimos frenéticamente por el sendero que iba entre los árboles, y habíamos llegado ya a los arbustos que rodeaban a la casa, cuando Holmes se detuvo.
   —No han ido a la casa. Vea sus huellas aquí, a la izquierda, junto a los arbustos de laurel. ¡Ah!, ¿no dije?
   Mientras Holmes hablaba, se había oído un agudo grito de mujer, un grito lleno de horror que salió de un espeso grupo de arbustos situado delante de nosotros y que se trocó, repentinamente, en un murmullo ahogado.
   —¡Por aquí! ¡Por aquí! Están en la bolera —gritó el desconocido, metiéndose entre aquellos arbustos—. ¡Ah, perros cobardes! ¡Síganme, caballeros! ¡Demasiado tarde! ¡Demasiado tarde! ¡Por todos los demonios!
   Habíamos irrumpido en un hermoso claro del bosque, tapizado de césped y rodeado de viejos árboles. En la parte más alejada de nosotros, a la sombra de un enorme roble, había un grupo singular, formado por tres personas. Una era una mujer, nuestra cliente, que estaba apoyada en el árbol como desmayada y que tenía puesta una mordaza. Enfrente de ella estaba un joven de rostro brutal que lucía

un bigote rojizo y que tenía las piernas, calzadas con fuertes borceguíes, abiertas y un brazo en jarras, mientras que con la otra mano agitaba una fusta en actitud desafiante.

Entre ambos estaba un anciano de barba gris, que llevaba puesta una corta sobrepelliz sobre un ligero traje de paño y que, sin duda, acababa de celebrar el servicio de boda, porque llevaba un libro de oraciones en la mano cuando nosotros aparecimos y le daba golpecitos en la espalda, como felicitándole, al siniestro novio.

—¡Están casados! —dije.

—¡Vamos! —gritó nuestro guía, y se lanzó en medio del claro con Holmes y yo pegados a sus talones.

Mientras nos acercábamos, la joven se reclinó contra el árbol; Williamson, el ex clérigo, nos hizo una reverencia burlona, y el rufián Woodley avanzó con aire de triunfo, riéndose brutalmente.

—Puedes quitarte la barba, Bob —dijo—. Te conozco bastante bien. Bueno, tú y tus compañeros habéis llegado a tiempo de conocer a la señora Woodley.

La contestación de nuestro guía fue arrancarse la barba postiza que llevaba, poniendo al descubierto un rostro pálido y alargado, perfectamente afeitado. Después levantó el revólver y apuntó al rufián que venía hacia él blandiendo peligrosamente la fusta, y dijo:

—Sí, soy Bob Carruthers y trataré que se le haga justicia a esta mujer, aunque para ello tenga que empuñar un arma. Te dije lo que haría si volvías a molestarla y... ¡por Dios que cumpliré mi palabra!

—Has llegado tarde. Es mi mujer.

—No, es tu viuda.

Su revólver restalló y una mancha de sangre empezó a extenderse por el chaleco de Woodley, que se retorció dando un grito y cayó de espaldas, mientras su horrible rostro, congestionado, se ponía espantosamente pálido. El viejo, todavía revestido con la sobrepelliz, soltó una retahíla de blasfemias y sacó su pistola, pero antes de que pudiese amartillarla se vio encañonado por el arma de Holmes.

—Ya es suficiente —dijo mi amigo con frialdad—. ¡Suelte esa pistola! ¡Watson, recójala y apúntele con ella a la cabeza! Gracias. Usted, Carruthers, déme ese revólver. No habrá más violencia. ¡Vamos, démelo!

—¿Quién es usted?

—Mi nombre es Sherlock Holmes.

—¡Dios mío!

—Veo que ha oído hablar de mí. Representaré al oficial de policía hasta que llegue él. ¡Eh, tú, acércate! —gritó el asustado mozo de cuadra, que acababa de aparecer en un extremo del claro—. Acércate. Lleva esta nota, tan deprisa como puedas, a Farham —garrapateó algunas palabras en una hoja de su cuaderno—. Dáselo al superintendente de la comisaría de policía. Hasta que él llegue, quedan todos ustedes bajo mi custodia personal.

La fuerte personalidad de Holmes se impuso en aquel trágico escenario y todos fueron como marionetas en sus manos. Williamson y Carruthers transportaron a Woodley hasta la casa y yo di mi brazo a la asustada joven. El herido fue llevado a su cama y le examiné a petición de Holmes. Le llevé mi informe al viejo comedor revestido de tapices, en donde se había instalado con los dos prisioneros.

—Vivirá —le dije.

—¿Cómo dice? —gritó Carruthers, levantándose de la silla—. Voy a subir y a acabar con él en seguida. ¿Quiere usted decir que la joven, ese ángel, va a quedar unida a Jack Woodley para toda su vida?

—No tiene que preocuparse por eso —dijo Holmes—. Hay dos buenas razones por las que no puede estar casada con él ni remotamente. En primer lugar, debemos poner en duda que el señor Williamson pueda celebrar un matrimonio.

—He sido ordenado —dijo el viejo tunante.

—Y también le han suprimido las licencias.

—El clérigo lo es hasta la muerte —replicó.

—Me parece que no. ¿Y qué me dice de la licencia de matrimonio?

—Nosotros la sacamos. La tengo en el bolsillo.

—Seguramente se hizo con ella valiéndose de algún truco. Pero forzar a alguien a contraer matrimonio es un delito muy grave, como podrá apreciar cuando termine todo esto. Tendrá tiempo para pensar en ello durante los próximos diez años, más o menos, si no me equivoco. En cuanto a usted, Carruthers, habría hecho mejor dejando la pistola en el bolsillo.

—También lo creo yo así, señor Holmes. Pero yo amaba a esta joven y creo que es la única vez que he sabido lo que es el amor. Al pensar que, a pesar de todas las precauciones que tomé para protegerla, estaba en poder del matón más bestial de toda Sudáfrica, cuyo nombre inspira terror desde Kimberley hasta Johannesburgo, casi me vuelvo loco. Porque quizá no lo crea, señor Holmes, pero desde que la joven ha estado trabajando para mí, nunca la dejé pasar por este lugar, donde sabía que la acechaban estos bribones, sin seguirla en mi bicicleta, para estar seguro de que no la sucedería nada. Guardaba siempre una distancia prudencial con ella y me ponía una barba postiza para que no pudiera reconocerme, porque era honrada y decidida y no habría seguido con el empleo si hubiera sabido que yo la seguía por la carretera.

—¿Por qué no la advirtió del peligro que corría?

—Porque entonces me habría dejado y yo no lo hubiera soportado. Aunque sabía que no me amaba, era un placer para mí ver su delicada figura por la casa y escuchar el sonido de su voz.

—Bien —dije yo—, usted le llama amor a eso, pero yo lo llamaría egoísmo.

—Puede que ambas cosas vayan juntas. De cualquier manera, yo no podía dejarla ir. Además, con toda esta gentuza a su alrededor, era conveniente que tuviese a alguien que la cuidara. Supe que estaba tramando algo cuando recibí el cable.

—¿Qué cable?

—Éste —dijo Carruthers, sacando un cablegrama de su bolsillo. Era un mensaje corto y conciso: «El viejo ha muerto.»

—¡Hum! —dijo Holmes—. Creo que voy comprendiendo todo este asunto y creo que sé por qué este mensaje les puso a todos de cabeza. Sin embargo, mientras esperamos, podría irme contando todo lo que sepa.

El viejo renegado, que todavía llevaba puesto la sobrepelliz, estalló en un nuevo torrente de indecencias.

—¡Por todos los diablos! —dijo—. Si nos delatas, Bob Carruthers, te pagaré en la misma moneda con que pagaste a Jack Woodley. Puedes hablar todo lo que quieras de la joven, si eso satisface tu corazón, pero si te vas de la lengua con este policía de paisano, en perjuicio de tus compañeros, habrás hecho el peor negocio de tu vida.

—No se excite, su reverencia —dijo Holmes, mientras encendía un cigarrillo—. Hay suficiente evidencia en contra de ustedes y yo sólo le estoy pidiendo algunos detalles, movido por mi curiosidad. Pero si tiene alguna dificultad en contármelo, yo mismo dirigiré la conversación, y verá entonces qué lejos está de poder conservar sus secretos. En primer lugar, ustedes tres, Williamson, Carruthers y Woodley, vinieron desde Sudáfrica para preparar todo este asunto.

—Suprima al primero —dijo el viejo—. No conocía a ninguno de los dos hasta hace un par de meses y no he estado en África en mi vida; así que ponga todo eso en su pipa y fúmeselo, entremetido.

—Lo que dice es verdad —dijo Carruthers.

—Bien, bien. Vinieron ustedes dos y su reverencia es un artículo de fabricación nacional. Cuando ustedes conocieron a Ralph Smith en Sudáfrica, tenía motivos para suponer que no duraría mucho y que su sobrina heredería su fortuna. ¿Qué me dice de esto?

Carruthers asintió con la cabeza y Williamson emitió un juramento.

—Ella era, sin duda, el pariente más cercano y ustedes sabían que el viejo no haría testamento.

—No sabía leer ni escribir —dijo Carruthers.

—Con estos antecedentes, se vinieron ustedes dos a Inglaterra y buscaron a la joven por todas partes. La idea que tenían es que uno de los dos se casara con ella y repartiera después la herencia con el otro. Por alguna razón, Woodley fue elegido como marido. ¿Por qué?

—Nos lo jugamos a las cartas durante el viaje y él ganó.

—Ya veo. Usted tomó a la joven a su servicio y Woodley iba a su casa a hacerle la corte, pero ella se dio cuenta de la clase de individuo que era y no quiso saber nada más de él. Entre tanto, sus planes se vieron bastante afectados por el hecho de que usted se había enamorado de la muchacha. No podía soportar por más tiempo la idea de que ese canalla la poseyera.

—No, por San Jorge que no.

—Hubo una pelea entre ustedes y él se separó de usted bastante enojado. A partir de entonces empezó a trazar sus propios planes sin contar con usted.

—Me da la impresión, Williamson, de que no hay mucho que podamos contarle a este caballero —dijo Carruthers con amarga sonrisa—. Sí, nos peleamos y él me golpeó, pero en eso ya estamos iguales ahora. Después de eso le perdí de vista y fue entonces cuando él se alió con esta especie de capellán. Supe que se habían venido a vivir por aquí cerca, precisamente en el trayecto que ella tenía que hacer para ir a la estación. A partir de ese momento, no les quité la vista de encima, porque barruntaba que estaban tramando algo y les espiaba de cuando en cuando, porque quería saber, a toda costa, lo que se proponían. Hace dos días, Woodley vino a casa con este cable, que anunciaba la muerte de Ralph Smith. Quiso saber si nuestro trato seguía en pie y yo le dije que no. Me dijo que me casara yo con la joven y que le diera una parte del botín. Yo le respondí que lo haría de buena gana, pero que ella no aceptaría. Él dijo: «Casémosla primero y después de una semana o dos verá las cosas muy diferentes.» Contesté que no haría nada con violencia y él se fue maldiciendo, como el matón malhablado que era, y me dijo que la conseguiría a pesar de todo. Ella se despedía esta semana, y yo le puse un carruaje para que fuese a la estación. A pesar de eso, estaba inquieto y decidí seguirla en mi bicicleta, pero ella había partido ya, y cuando conseguí dar alcance al coche, el daño estaba hecho. La primera noticia que tuve de lo que había pasado fue verles a ustedes dos montados en el carruaje y viniendo en dirección contraria a la que yo llevaba.

Holmes se levantó y arrojó la colilla a la chimenea.

—He sido muy torpe, Watson —dijo—. Cuando me contó que vio al ciclista entre los arbustos, con las manos levantadas como si se arreglara la corbata, debí sospechar quién era. Sin embargo, debemos felicitarnos por haber resuelto un caso curioso y, en algunos aspectos, único. Por el paseo vienen tres policías del condado y me alegra ver que el mozo de cuadras puede seguirles, de manera que ni él ni el interesante novio sufrirán ningún daño por los sucesos de esta mañana. Creo, Watson, que en su calidad de médico podría atender a la señorita Smith y decirla que si ya se encuentra bien, podemos acompañarla a casa de su madre. Si no se ha repuesto del todo, telegrafiaremos a un joven ingeniero de Middland y Compañía, que, probablemente, la curará rápidamente. En cuanto a usted, señor Carruthers, creo que ha hecho todo lo posible para contrarrestar su participación en este feo asunto. Aquí tiene mi tarjeta, y si mi testimonio puede serle de alguna ayuda en el juicio, estaré a su disposición.

* * *

En el remolino de nuestra constante actividad, he tenido a menudo dificultades para redondear mis narraciones, como ya habrá advertido el lector, y dar esos detalles finales que él espera. Cada uno de nuestros casos ha sido como un preludio del siguiente, y una vez que hicieron crisis, sus actores desaparecieron de nuestras vidas. He encontrado, sin embargo, una breve nota al final de mis escritos relacionada con este caso, en la que he registrado que la señorita Violet Smith heredó verdaderamente una gran fortuna y que es ahora la esposa de Cyril Morton, socio mayoritario de Morton y Kennedy, la famosa compañía de electricidad de Westminster. Williamson y Woodley fueron acusados de rapto y condenados a siete y diez años, respectivamente. Del destino del señor Carruthers no tengo noticias, pero estoy seguro de que su agresión a Woodley no fue castigada con mucha severidad, dado que este último tenía fama de ser un rufián peligroso, y creo que unos meses fueron suficientes para satisfacer las exigencias de la justicia.

El perro de los Baskerville

Este relato debe su concepción a mi amigo el señor Fletcher Robinson, quien colaboró conmigo, no sólo en el argumento general de la historia, sino también en algunos de sus detalles.

A. C. D.

1. SHERLOCK HOLMES

Sherlock Holmes, quien tenía por costumbre levantarse muy tarde por las mañanas, salvo en las no escasas ocasiones en las que no se acostaba, se encontraba sentado a la mesa del desayuno. Yo estaba de pie sobre la alfombra colocada enfrente de la chimenea y cogí el bastón que nuestro visitante de la noche anterior había dejado olvidado. Se trataba de un grueso trozo de madera de la mejor calidad, con empuñadura en forma de bulbo. El tipo de bastón que se conoce habitualmente con el nombre de «Abogado de Penang». Justo debajo de la empuñadura había una gran placa de plata de casi una pulgada de ancho, en la que aparecía grabado «A James Mortimer, MRCS, de sus amigos del HCC», junto con la fecha «1884». Era el tipo de bastón que los médicos de medicina general chapados a la antigua utilizaban, de aspecto sólido, digno y que ayudaban a transmitir confianza.

—Y bien, Watson, ¿qué conclusiones puede extraer de él?

Holmes estaba sentado de espaldas a mí y yo no le había dado ningún indicio de lo que estaba haciendo.

—¿Cómo ha sabido lo que estaba haciendo? Empiezo a pensar que de verdad tiene ojos en la nuca.

—Bueno, al menos tengo delante de mí una cafetera bañada en plata bien bruñida —replicó él—. Pero, por favor, Watson, dígame qué conclusiones saca del bastón de nuestro visitante. Ya que desgraciadamente no estábamos aquí cuando vino y no tenemos ni idea de adónde ha ido, este souvenir accidental cobra una inusitada importancia. Permítame escuchar qué tiene que decir usted del hombre a partir del examen del objeto.

—Creo —empecé a decir, intentando aplicar en la medida de lo posible los métodos de mi compañero— que el doctor Mortimer es un caballero de cierta edad que ha alcanzado un cierto éxito como médico y que es una persona apreciada, como demuestra que quienes le conocen le regalaron como muestra de afecto este bastón.

—¡Bien! —exclamó Holmes—. ¡Excelente!
—Creo también que es probable que se trate de un médico rural y que la mayor parte de sus visitas las realice a pie.
—¿Qué le hace pensar eso?
—Pues que este bastón, que originariamente debió ser muy bonito, está tan machacado, que no soy capaz de imaginarme a un médico de ciudad llevándolo. La gruesa pieza de hierro de la punta está tan desgastada que es evidente que han caminado mucho con él.
—¡Perfectamente lógico! —dijo Holmes.
—Además, tenemos también la inscripción «sus amigos del HCC». Imagino que se tratará de «Lo-que-sea» Club de Caza. El club de caza local, a uno de cuyos miembros es posible que haya prestado asistencia médica en alguna ocasión y a raíz de la cual recibiera este pequeño obsequio.
—Sinceramente Watson, se supera a sí mismo —dijo Holmes, retirando su silla de la mesa y encendiendo un cigarrillo—. Me atrevo incluso a decir que, en esas ocasiones en las que usted ha sido tan amable de escribir un relato consignando mis habilidades, se ha subestimado a sí mismo. Puede que usted no sea especialmente brillante, pero consigue llevar la luz a los demás. Hay personas que, sin ser ellos auténticos genios, consiguen estimular las cualidades de quienes les rodean. Le confieso, mi querido amigo, que estoy en franca deuda con usted.

Jamás me había dicho nada parecido y confieso que sus palabras me halagaron enormemente, pues con frecuencia su indiferencia hacia la admiración que yo le profesaba y hacia mis intentos de hacer sus logros del dominio público, había conseguido molestarme. Me sentí orgulloso de haber conseguido por fin dominar el sistema de deducción que él utilizaba y haber sido capaz de aplicarlo de una manera que a él le resultase acertada. Cogió el bastón de mis manos y lo examinó durante unos minutos simplemente con la mirada. Después, visiblemente interesado, lo acercó a la ventana y siguió examinándolo con su lupa.

—Interesante, aunque bastante elemental, sin embargo —dijo mientras regresaba a su rincón favorito en el sofá—. Hay un par de detalles claros en el bastón que nos permiten apoyarnos en ellos para hacer algunas deducciones razonables.

—¿He pasado algo por alto? —pregunté con algo de suficiencia—. Espero no haber olvidado nada que sea realmente importante.

—Me temo, mi querido Watson, que la mayoría de sus deducciones son erróneas. Al decir que usted me resulta estimulante quise decir, para serle franco, que ninguna de las cosas que usted dijo me llevó a la verdad. Pero no se equivocó en todo. El hombre es de hecho un médico rural y camina muchísimo.

—Entonces no me equivoqué.

—Hasta ahí, no.

—Eso es todo lo que hay.

—No, no, mi querido Watson; eso no es cierto en absoluto. Me atrevo a sugerir que es mucho más probable que un médico reciba un regalo de compañeros de un hospital que de miembros de un club de caza. Y si las letras CC siguen a la palabra Hospital, el nombre Charing Cross viene automáticamente a la cabeza.

—Puede que tenga razón.

—Es lo más probable. Y si tomamos estos datos como hipótesis de trabajo, tenemos una nueva base sobre la que edificar nuestras deducciones sobre nuestro desconocido visitante.

—De acuerdo, supongamos que las siglas HCC significan Hospital Charing Cross. ¿Qué más podemos sacar a partir de ahí?

—¿No le sugiere nada? Conoce mis métodos; aplíquelos usted mismo.

—Lo único que se me ocurre es que este hombre tuvo que ejercer la medicina en este hospital antes de trasladarse al campo.

—Yo creo que podemos atrevernos a hacer alguna suposición más aventurada. Mírelo de esta forma: ¿en qué ocasión cree usted que es más probable que nuestro hombre recibiera este regalo? ¿Cuándo se unirían sus amigos para darle esta muestra de sus buenos deseos? Obviamente, cuando el doctor Mortimer abandonó el hospital para establecerse por su cuenta. Sabemos que recibió un regalo. Creemos que abandonó el ejercicio de la medicina en un hospital para trasladarse al campo. ¿Es demasiado temerario suponer que el regalo se hizo entonces en dicha ocasión?

—Parece lo más probable, ciertamente.

—Ahora bien, fíjese que no debía pertenecer al personal fijo del hospital, pues sólo un médico bien establecido en Londres podría tener un puesto así. Y sin duda un hombre de esas características no se trasladaría al campo. ¿De quién se trataba entonces? Trabaja en el hospital pero no pertenece a su plantilla; debe tratarse de un médico o de un cirujano residente, poco más que un recién licenciado. Y abandonó el hospital hace cinco años: la fecha aparece en el bastón. Así pues, su circunspecto médico de medicina general, se convierte en un joven doctor que no ha cumplido los treinta todavía, poco ambicioso, despistado, simpático y que tiene un perro favorito que describiría como algo más grande que un terrier y más pequeño que un mastín.

Reí con incredulidad mientras Holmes se recostaba en el sofá y lanzaba danzantes volutas de humo hacia el techo.

—Por lo que respecta a lo último que ha dicho, no puedo comprobarlo —le dije—, pero es fácil consultar algún detalle acerca de su edad y trayectoria profesional.

Tomé de la estantería donde ponía mis volúmenes médicos el *Directorio Médico* y busqué el nombre en cuestión. Leí en voz alta su ficha.

Mortimer, James. Miembro del Real Colegio de Cirujanos, 1882, Grimpen, Dartmoor, Devon. Cirujano residente desde 1882 hasta 1884 en el Hospital Charing Cross. Ganador del premio Jackson en el apartado de Patología Comparativa gracias a su ensayo titulado *¿Es la enfermedad un paso atrás?* Miembro a su vez de la Sociedad de Patólogos Sueca. Ha publicado *Anomalías atávicas* (Lancet, 1882), *¿Avanzamos?* (Revista de Patología, marzo de 1883). Médico titular de los distritos de Grimpen, Thorsley y High Barrow.

—Vaya, parece que no dice nada de ningún club de caza local, ¿no es cierto Watson? —dijo Holmes con una pícara sonrisa—. Pero se trata de un médico rural como astutamente apuntó usted. Creo que puedo justificar razonadamente mis deducciones y los adjetivos con los que le describí. Simpático, poco ambicioso y despistado, si no recuerdo mal. Por lo que llevo observado en esta vida, sólo un hombre simpático recibe regalos, sólo uno poco ambicioso hubiese abandonado Londres para trasladarse al campo y sólo un hombre despistado es capaz de esperar durante una hora en un apartamento, no dejar tarjeta de visita y dejar olvidado su bastón.

—¿Y respecto al perro?

—Tiene la costumbre de ir tras su amo llevando su bastón. Como se trata de un bastón pesado, el perro tiene que cogerlo por su parte central. Las marcas de su dentadura son muy visibles. La mandíbula del perro, como puede ver por el espacio entre marca y marca, es en mi opinión demasiado ancha para tratarse de un terrier y demasiado estrecha para que se trate de un mastín. Podría ser... Sí, ¡por todos los demonios!, se trata de un *spaniel* de pelo rizado.

Se había levantado y había caminado por la habitación mientras hablaba. Ahora permanecía de pie frente a la ventana. Había tal convencimiento en su voz que levanté los ojos para mirarle.

—Querido amigo, ¿cómo puede estar tan seguro de lo que dice?

—Por la sencilla razón que estoy viendo al perro a la puerta de nuestra casa y es el dueño en persona el que acaba de timbrar. No se marche, Watson, se lo ruego. Se trata de un compañero de profesión de usted y su presencia podría resultarme muy útil. Y ahora llega el dramático momento de la verdad, cuando el destino hace que unos pasos se aproximen escaleras arriba hacia nuestras vidas sin que sepamos si será para bien o para mal. ¿Qué será lo que el doctor Mortimer, un hombre de ciencia, desea de Sherlock Holmes, especialista del crimen? ¡Adelante!

El aspecto de nuestra visita me chocó, pues esperaba a alguien con el aspecto típico de un médico rural, y quien entró fue un hombre muy alto y delgado, con una gran nariz ganchuda que sobresalía entre dos ojos verdes y penetrantes, bastante juntos entre sí y que brillaban alegremente detrás de unas gafas de montura dorada. Vestía de manera correcta y algo desaliñada, pues su levita estaba manchada y sus pantalones deshilachados. A pesar de ser un hombre joven, su larga espalda se curvaba hacia delante y caminaba con la cabeza algo adelantada respecto del cuerpo y con un cierto aire de benevolencia hacia el resto de sus semejantes. Al entrar, sus ojos se dirigieron inmediatamente al bastón que Holmes sostenía entre las manos y corrió hacia él lanzando un grito de alegría.

—¡Cómo me alegro! —dijo—. No estaba seguro de si lo había dejado aquí o en la oficina de envíos. No quisiera perder este bastón por nada del mundo.

—¿Se trata de un regalo, señor? —preguntó Holmes.

—Así es.

—¿Del Hospital Charing Cross?

—De uno o dos amigos que hice allí. Recibí el regalo con motivo de mi matrimonio.

—Vaya, vaya, ¡es una lástima! —dijo Sherlock Holmes sacudiendo la cabeza.

El doctor Mortimer parpadeó tras sus gafas, claramente sorprendido.

—¿Por qué es una lástima?

—Simplemente porque acaba de destrozar nuestras deducciones. Su matrimonio, ¿ha dicho?

—Sí señor. Me casé y abandoné el hospital poniendo todas mis esperanzas en una consulta privada. Era necesario que me estableciera por mi cuenta.

—Bueno, en ese caso, no nos hemos equivocado demasiado —dijo Holmes—. Y ahora bien, doctor James Mortimer...

—Señor Mortimer, señor Mortimer, un humilde miembro del Real Colegio de Cirujanos, simplemente.

—Y, evidentemente, un hombre de ideas claras.

—Y que se aventura ocasionalmente en el mundo de la ciencia, un buscador de conchas en las orillas del gran océano de lo desconocido. Supongo que es usted Sherlock Holmes y no...

—No, él es mi amigo, el doctor Watson.

—Encantado de conocerle, señor. He oído hablar de usted también relacionado con su amigo. No esperaba que tuviese usted un cráneo tan marcadamente dolicocéfalo ni un desarrollo supraorbital tan marcado. ¿Le importa que recorra con mi dedo su fisura parietal? Un molde de su cráneo ocuparía un lugar de honor en mi museo antropológico, hasta que el original estuviese disponible. No deseo parecer excesivamente adulador, pero le confieso que me encantaría tener su cráneo.

Sherlock Holmes indicó con un gesto a nuestro extraño visitante dónde sentarse.

—Me parece que es usted un entusiasta en su campo tan grande como yo lo soy en el mío —dijo—. Observo en sus dedos que lía usted sus propios cigarrillos; por favor, encienda uno si así lo desea.

El hombre sacó papel y picadura y lió la una en el otro con una habilidad asombrosa. Sus dedos, largos y nerviosos, recordaban las inquietas y ágiles antenas de un insecto.

Holmes permanecía callado, pero las miradas que lanzaba a nuestro visitante demostraban el interés que éste le despertaba.

—Supongo, señor, que no debo el placer de su visita de ayer y la de hoy a un mero interés en examinar mi cráneo, ¿no es cierto?

—No señor, en absoluto. Me alegro de haber tenido la oportunidad de examinar de paso su cráneo, pero si vine hasta aquí, señor Holmes, es porque reconozco que no soy un hombre pragmático y porque me veo envuelto en un problema muy serio. Y como sé que es usted el segundo experto en Europa...

—¿Cómo dice? ¿Puedo preguntarle quién tiene el honor de estar situado en el lugar número uno? —preguntó Holmes con aspereza.

—Para el hombre de ciencia, monsieur Bertillon debe ser siempre un claro referente.

—En ese caso, ¿no sería mejor que se dirigiera a él?
—Dije para el hombre de ciencia. Si se trata de la vida real, usted no tiene competidor. Espero, señor, no haberle...
—Un momento, por favor —dijo Holmes—. Creo que lo mejor sería, doctor Mortimer, que sin más dilación me explicase exactamente en qué consiste el problema en el cual precisa mi ayuda.

2. LA MALDICIÓN DE LOS BASKERVILLE

—Traigo un manuscrito en mi bolsillo —empezó a decir el doctor Mortimer.
—Me di cuenta cuando entró usted en la habitación —dijo Holmes.
—Es un documento antiguo.
—Principios del siglo dieciocho, salvo que se trate de una falsificación.
—¿Cómo puede saberlo, señor?
—Desde que usted empezó a hablar he podido observar una pulgada o dos de él. No sería un gran experto si no pudiese datar un documento con un margen de error de una década. Es posible que haya tenido ocasión de leer una pequeña monografía que escribí al respecto. Yo situaría ése en 1730.
—La fecha exacta es 1742 —el doctor Mortimer sacó el manuscrito del bolsillo del pecho de su levita—. Fue Sir Charles Baskerville quien me confió este documento familiar. Su repentina y trágica muerte hace tres meses causó un gran revuelo en Devonshire. Yo no era sólo su médico, sino que puedo decir que era amigo personal suyo. Era un hombre decidido, agudo, pragmático y tan poco dado a fantasear como pueda serlo yo mismo. Y a pesar de eso, se tomaba este documento muy en serio y su mente había aceptado un final tan trágico como el que acabó sufriendo.

Holmes estiró su mano en demanda del manuscrito y lo estiró sobre sus rodillas.

—Fíjese, Watson, en el uso alterno de la *s* larga y la *s* corta. Es uno de los detalles, entre otros muchos, que me permitió datarlo.

Miré por encima de su hombro el papel amarillento escrito con tinta ya descolorida. En el encabezado podía leerse: «Mansión de los Baskerville» y debajo, en cifras enormes: «1742».

—Parece algún tipo de declaración.

—Sí, es el relato de una antigua leyenda que afecta a la familia de los Baskerville.
—Imagino que la consulta que desea hacerme tiene relación con un asunto algo más moderno e inminente, ¿no es así?
—Completamente moderno, de índole práctica y urgente. La decisión debe tomarse en menos de veinticuatro horas. El manuscrito es breve y está estrechamente relacionado con nuestro asunto; así que, con su permiso, se lo leeré a ustedes.

Holmes se reclinó en su asiento, juntó las yemas de sus dedos y, con expresión resignada, cerró los ojos. El doctor Mortimer orientó el manuscrito para que quedara bien iluminado por la luz y, con voz cascada, leyó en alta voz el curioso documento de redacción anticuada.

«Hay muchas versiones acerca del origen del linaje de los Baskerville, pero siendo yo descendiente directo de Hugo Baskerville y habiendo escuchado el relato de los labios de mi padre, quien, a su vez, lo escuchó de los del suyo, he llegado al convencimiento pleno de que lo que a continuación relataré son hechos ciertos y probados. Y desearía, queridos hijos, que creyeseis que la misma justicia que castiga los pecados es también capaz de aplicar su gracia a la hora de perdonarlos, y que ninguna carga es tan pesada que no pueda ser eliminada gracias al arrepentimiento y la oración. Que este relato sirva no para que temáis los frutos del pasado, sino para que seáis comedidos en el futuro y que esas pasiones locas que han sido la causa de los dolorosos sufrimientos de esta familia no se desaten de nuevo y sean nuestro fin.

Sabed que en la época de la Gran Revuelta (sobre cuyos detalles, os aconsejo que consultéis al erudito Lord Clarendon) el señorío de Baskerville estaba gobernado por un tal Hugo de nuestro mismo linaje y del que no puede decirse otra cosa salvo que era un hombre salvaje, blasfemo y ateo. Esto no habría importado excesivamente a sus vecinos, pues bien sabido es que el páramo no ha sido nunca tierra de santos, pero era además un hombre desenfrenado y despiadado, de manera que su nombre se convirtió en un sinónimo de crueldad. Ocurrió que Hugo se enamoró (si es que puede darse un nombre tan digno a un sentimiento de tan oscura naturaleza) de la hija de uno de sus vasallos, cuyas tierras estaban próximas a las del señorío de los Baskerville. La doncella, que era de buena reputación y discreta, evitaba en toda ocasión a don Hugo, pues le temía. Así pues, en la festividad de San Miguel, con la ayuda de cinco o seis de sus ociosos y malvados compañeros de tropelías, raptó a la doncella aprovechando que ni su padre ni sus hermanos estaban en la granja, cosa que Hugo sabía. Una vez llegaron a la mansión, llevaron a la doncella a una de las habitaciones del piso superior, mientras que Hugo y sus amigos organizaban abajo una de sus habituales juergas nocturnas. Los gritos, juramentos y canciones procedentes del piso inferior tuvieron que aterrorizar a la pobre chiquilla, pues dicen que el vocabulario que utilizaba el tal Hugo cuando el vino le gobernaba podía fulminar al hombre que osase repetirlo. Finalmente y llevada por el terror, la doncella hizo lo que seguramente hombres más valientes y de más experiencia que ella no se hubiesen atrevido a hacer: con ayuda del tapiz de hiedra que cubría (y todavía cubre) la pared sur de la casa, descendió desde los aleros hasta el suelo y se puso en marcha a través del páramo hacia su casa, que distaba unas tres leguas de la mansión de los Baskerville.

Algún tiempo después don Hugo decidió llevar comida y bebida, y tal vez otras cosas peores, a su prisionera, descubriendo así que la paloma había escapado de la jaula. Como era de esperar, su ira le hizo parecer endemoniado. Se lanzó escaleras abajo y, saltando sobre la mesa del comedor, proclamó, mientras jarros y platos volaban a su alrededor, que ofrecía esa misma noche su cuerpo y su alma a las Fuerzas del Mal si conseguía a cambio recuperar a la doncella. Y si bien los pillastres permanecían mudos ante la furia desplegada por Hugo, uno de ellos más malvado o, tal vez, más borracho que los demás, gritó que deberían soltar a los perros tras ella. Al oírlo, don Hugo corrió fuera de la casa gritando a sus mozos que ensillaran su yegua y que preparasen a la jauría. Dio a oler a los perros un pañuelo de la doncella y los soltó, saliendo tras ellos a través del páramo bajo la luz de la luna.

Durante algún tiempo los demás juerguistas permanecieron inmóviles, incapaces de comprender todo lo que acababa de suceder, debido a la rápida sucesión de acontecimientos. Pero una vez sus mentes fueron capaces de concebir los acontecimientos que iban a desarrollarse en el páramo, empezaron a pedir a gritos sus pistolas, otros sus caballos y algunos de ellos, más vino. Por fin, algo de sentido común llegó a sus enloquecidas mentes y todos ellos, trece en total, montaron a caballo y comenzó la persecución. La luna iluminaba su camino y avanzaban a gran velocidad, siguiendo la ruta que con toda seguridad habría seguido la doncella para regresar a su hogar.

Habían recorrido una milla o dos cuando se encontraron con uno de los pastores que recorrían el páramo por la noche y le preguntaron si sabía algo de la cacería que se estaba desarrollando. Y cuenta la leyenda, que el hombre estaba tan aterrorizado que casi no podía hablar y que les contó que había visto a la desdichada joven correr perseguida por los perros. "Pero he visto más", les dijo, "he visto a Hugo Baskerville a lomos de su yegua negra pasar cabalgando por mi lado. Y a su lado, en silencio, iba un perro procedente del Infierno, que quiera Dios que jamás me persiga a mí."

Los borrachos maldijeron al pastor y siguieron cabalgando, pero al poco tiempo el terror les dejó helados, pues oyeron un galope que se acercaba a ellos y al poco pasó por su lado la yegua negra, con el hocico cubierto de espuma blanca, las riendas caídas y sin nadie sobre la silla. Los tarambanas se acercaron unos a otros presas del miedo, pero siguieron cabalgando por el páramo a pesar de que cada uno de ellos, de haber ido sólo, hubiese hecho girar en redondo su caballo y hubiese picado espuelas. Siguieron adelante, cabalgando despacio hasta que encontraron a la jauría, famosa por su arrojo, gimiendo en lo alto de un barranco. Algunos de los perros se alejaban un poco del resto de la jauría y otros permanecían con los pelos del lomo completamente erizados, mirando fijamente al fondo del barranco.

El grupo se detuvo, ya bastante más sobrio que cuando iniciaron la cabalgada. La mayoría de ellos no tenían ni la menor intención de seguir avanzando, pero tres de ellos, los más valientes, o tal vez los más borrachos, se aventuraron barranco abajo. Al final se abría un claro en el que se erguían dos de esas enormes piedras que todavía pueden verse por ahí que los pueblos antiguos levantaban. La luna iluminaba el claro. En el centro vieron a la desdichada doncella donde por fin, vencida por el terror y la fatiga, había caído. Pero no fue la visión de su cadáver o la visión del cadáver de don Hugo lo que erizó el pelo de las nucas de los tres temerarios perdularios, sino una enorme bestia negra con forma de perro que atrapaba entre sus mandíbulas el cuello de don Hugo. Era más grande que ninguno de los perros que un humano haya visto jamás. Y a pesar de que ellos le observaban completamente inmóviles, el animal terminó de desgarrar el cuello del infeliz Hugo y, con las fauces abiertas, fijó su mirada sobre ellos. Los tres huyeron de allí, gritando como locos y picando espuelas a través del páramo para salvar la vida. Uno de ellos, dicen, murió esa misma noche. Y ninguno de los otros dos volvió a ser el mismo hombre de antes.

Ésa es la leyenda, hijos míos, del terrible perro del que se dice que desde entonces ha presidido el triste destino de la familia. Si he consignado aquí la historia es porque se teme menos aquello que se conoce que aquello que sólo se intuye o se adivina. No puede negarse que las muertes de algunos de los miembros de la familia han sido repentinas, violentas y misteriosas. Aun así, encomendémonos a la infinita bondad de la Divina Providencia, que jamás castigaría a ningún inocente más allá de la tercera o cuarta generación, como consta en las Sagradas Escrituras. A esa Divina Providencia os encomiendo, hijos míos, y por vuestro bien os aconsejo que jamás os aventuréis en el páramo cuando la oscuridad protege a las fuerzas del mal.»

(«Hugo Baskerville escribió esto para sus hijos Rodger y John, con instrucciones de que no revelaran nada de ello a su hermana Elizabeth.»)

Una vez el doctor Mortimer terminó de leer tan singular relato, subió sus lentes sobre su frente y miró fijamente a Sherlock Holmes. Este último bostezó y lanzó la colilla de su puro a la chimenea.

—Bueno —dijo él.
—¿Le parece interesante?
—Para alguien interesado en historias de miedo, tal vez.

El doctor Mortimer sacó de su bolsillo un periódico doblado.

—Ahora, señor Holmes, le leeré algo más moderno. Es un artículo del 14 de junio de este año publicado en el *Devon Country Chronicle* que trata de los hechos que rodearon la muerte del señor Charles Baskerville, ocurrida unos días antes de dicha fecha.

Mi amigo se inclinó ligeramente hacia delante y su expresión se tornó intensa. Nuestro visitante volvió a colocarse los lentes y comenzó a leer:

«La reciente y repentina muerte de Sir Charles Baskerville, cuyo nombre había sonado como candidato liberal por el condado de Mid-Devon en las próximas elecciones, ha oscurecido el condado. Aunque no hacía mucho tiempo que Sir Charles habitaba la mansión de los Baskerville, la amabilidad de la que hacía gala, así como su gran generosidad, le había granjeado el cariño y respeto de todos los que tuvieron ocasión de tratarle. En estos días de *nouveaux riches* resulta consolador que el descendiente de una antigua familia del condado caída en la desgracia fuera capaz de amasar su propia fortuna y regresar a la patria para restaurar la pasada grandeza de su linaje. Como es bien sabido, Sir Charles consiguió una enorme fortuna especulando en Sudáfrica y regresó a Inglaterra con ella. Hace tan sólo dos años se instaló en la mansión familiar y es del dominio público su intención de ampliar y restaurar la gran casa. Planes que su súbita muerte ha interrumpido. Al no tener descendencia, era su intención que todo el condado pudiera disfrutar con él de su fortuna y son muchos los que tienen sobrados motivos para llorar su muerte. En estas páginas nos hemos hecho eco en muchas ocasiones de sus generosos donativos a distintas iniciativas caritativas en el condado.

No puede decirse que la investigación llevada a cabo haya aclarado del todo las extrañas circunstancias en las que se produjo la muerte de Sir Charles, pero al menos ha servido para acallar los rumores que habían dado alas a la superstición local. Nada hace sospechar que se trate de nada más que una muerte natural. Sir Charles era viudo y se decía de él que era un hombre de costumbres algo excéntricas. A pesar de su considerable fortuna, era un hombre frugal y tenía sólo dos sirvientes en la mansión, el matrimonio Barrymore. Él era el mayordomo y ella el ama de llaves. Ellos han afirmado, extremo que ha sido corroborado por algunos amigos del finado, que la salud de Sir Charles se había visto resentida en los últimos tiempos por una afección cardiaca. Se manifestaba ésta por cambios en el color de su rostro, falta de aliento y ataques agudos de depresión nerviosa. El doctor Mortimer, amigo del fallecido, ha confirmado estos puntos.

Los hechos son sencillos. Sir Baskerville tenía la costumbre de dar un paseo todas las noches por el famoso paseo de tejos de la mansión de los Baskerville. Los Barrymore han confirmado que ésa era su costumbre. El día 4 de junio, Sir Charles manifestó su intención de partir al día siguiente hacia Londres y ordenó a Barrymore que preparara su equipaje. Esa misma noche salió como de costumbre a dar un paseo, en el transcurso del cual había cogido el hábito de fumarse un puro. Nunca regresó. A las doce en punto, Barrymore, alarmado al descubrir que la puerta de la mansión seguía abierta, cogió una luz y salió en busca de su señor. El día había sido húmedo y le resultó fácil seguir las huellas de Sir Charles a lo largo del paseo. A medio camino, hay una puerta que se abre al páramo. Había pruebas de que Sir Charles se había detenido allí durante unos minutos. Siguió avanzando por el paseo y al final de éste descubrió el cadáver de Sir Charles. Uno de los hechos que sigue sin haber sido explicado es la afirmación de Barrymore de que las huellas de su señor cambiaron después de haber permanecido de pie frente a la puerta y que, aparentemente, siguió hasta el final del paseo caminando de puntillas. Un tal

Murphy, tratante de caballos gitano, estaba en ese momento en el páramo y no muy lejos del lugar donde tuvieron lugar los hechos. Pero, según su propia declaración, estaba tan borracho que sólo puede asegurar que oyó gritos, pero no puede decir de qué dirección procedían. El cuerpo de Sir Charles no mostraba signos de violencia, pero su rostro estaba tan deformado por una mueca que su propio amigo el doctor Mortimer no podía creer que se tratase de Sir Charles, su paciente y amigo. Este síntoma no es raro en casos de disnea y muerte por fallo cardíaco, extremos que la autopsia realizada al cadáver confirmó, así como la existencia de la enfermedad durante largo tiempo antes del fallecimiento. De forma que el informe del forense confirmó lo que el primer examen médico había ya revelado. Esta afortunada coincidencia resulta de vital importancia para que el heredero de Sir Charles decida instalarse en la mansión y continuar la obra que ha quedado interrumpida debido a las tristes circunstancias. Si el informe forense no hubiese puesto fin a las habladurías que ya circulaban por la zona, podría haber resultado difícil encontrar inquilino para la mansión de los Baskerville. El heredero de Sir Charles, en caso de que se encuentre con vida, ha resultado ser el hijo de su hermano menor. Se está intentando localizar al joven, de quién lo último que se sabe es que residía en América, para informarle de su buena fortuna.»

El señor Mortimer dobló el periódico y lo guardó de nuevo en su bolsillo.

—Éstos son los datos que han sido hechos del dominio público, señor Holmes, en relación a la muerte de Sir Charles.

—Debo darle las gracias —dijo Holmes— por reclamar mi atención sobre un hecho que presenta puntos de interés. Recuerdo haber leído algo sobre él en su momento en el periódico. Pero por entonces me hallaba ocupado resolviendo aquel pequeño asunto de los camafeos vaticanos y, debido a mi interés por satisfacer al Papa, perdí el contacto con asuntos domésticos. ¿Y dice que el artículo contiene todos los datos que se hicieron públicos?

—Así es.

—En ese caso, cuénteme por favor los que no se hicieron públicos —se recostó en su asiento, unió las yemas de sus dedos y su rostro adoptó una expresión de juez imperturbable.

—Al hacerlo —dijo el doctor Mortimer, que empezaba a dar muestras de sentir una gran emoción— le confiaré cosas que no he contado a nadie. Mi motivo para no habérselo revelado al forense es que un hombre de ciencia evita la ocasión de dar la impresión en público de que da crédito a una superchería popular. Y además, como dice el periódico, era posible que la mansión quedase sin habitantes si hubiésemos empeorado su ya sombría reputación. Así que ambas razones me empujaron a contar menos de lo que realmente sabía, puesto que nada bueno se derivaría de ello. Pero no tengo ningún motivo para no ser totalmente franco con usted.

»El páramo es un lugar muy poco habitado y aquellos que viven relativamente próximos entre sí acaban trabando relación estrecha entre ellos. Por este motivo, Sir Charles y yo nos veíamos muchísimo. Los hombres con estudios escasean por allí, y salvo el señor Frankland de la mansión Lafter y el señor Stapleton, el naturalista, no hay ninguno más en millas a la redonda. Sir Charles no salía apenas de casa, pero a causa de su enfermedad llegamos a conocernos y, gracias a nuestro mutuo interés por la ciencia, intimamos. Él había traído mucha información científica de Sudáfrica y pasamos muchas tardes deliciosas comentando las particularidades anatómicas de bosquimanos y hotentotes.

»En los últimos meses me resultó cada vez más evidente que el sistema nervioso de Sir Charles se acercaba a un punto peligroso. Se había tomado la leyenda que les he leído demasiado en serio. Tanto que, aunque seguía paseando por sus tierras, por nada del mundo se internaba en le páramo de noche. Aunque le parezca del todo increíble, señor Holmes, estaba completamente convencido de que algún destino maldito perseguía a su familia. Y la verdad es que los datos que proporcionaba de sus antepasados no eran alentadores. Le atormentaba la idea de que alguna presencia fantasmal se cernía sobre él y en más de una ocasión en la que le visité por la noche me preguntó si había visto alguna criatura extraña o había oído el aullido de un perro. Esto último me lo preguntó muchas veces y siempre con voz presa de una gran excitación.

»Recuerdo que fui en coche hasta su casa una noche tres semanas antes de que falleciera. Resultó que él estaba a la puerta de su casa. Acababa de bajar yo de mi calesa cuando me di cuenta de que tenía los ojos fijos en algo tras de mí y que estaba aterrorizado. Me giré y vi algo que me pareció un enorme ternero negro que pasaba por delante del paseo. Estaba tan asustado y nervioso que me suplicó que fuese a mirar por donde el animal había desaparecido y lo buscase. Ya no estaba por allí, y este incidente tuvo la peor influencia en su ánimo. Me quedé con él toda la tarde y, para justificar su reacción, me confió el documento que les leí nada más llegar. Les cuento este detalle porque tiene alguna importancia tal como se desarrollaron después los hechos. Aunque entonces yo no le di ninguna y decidí que no había motivo alguno para su alarma.

»Fui yo quien aconsejó a Sir Charles que viniese a Londres. Sabía que su corazón sufría mucho debido al estado de ansiedad permanente en el que vivía, y que, por muy quiméricos que fuesen los motivos, sus efectos en su salud eran graves. Creí que unos meses de expansión en la ciudad le harían bien y le convertirían en un hombre nuevo. El señor Stapleton, amigo común de ambos, también lo creía así. Y entonces sucedió la catástrofe.

»La noche que Sir Charles murió, el mayordomo, Barrymore, envió a caballo a Perkins, el mozo, en mi busca. Y como yo permanecía despierto, llegué a la mansión de los Baskerville menos de una hora después de que hubiesen descubierto el cuerpo. Comprobé los datos que se hicieron públicos tras la investigación y seguí el recorrido que él había seguido en su paseo. Vi el lugar en la puerta de salida al páramo en la que se había detenido y comprobé el cambio en el tipo de huellas que dejaron sus pies a partir de ahí. No había más huellas en la gravilla aparte de las de Barrymore. Finalmente, examiné con cuidado el cuerpo que nadie había tocado antes de que yo llegara. Sir Charles estaba tumbado boca abajo, con los brazos extendidos y los rasgos torcidos en una mueca tal que no hubiese podido jurar que era él. No había signos de agresión física de ningún tipo. Pero hay una cosa que Barrymore dijo en la investigación, la cual no es cierta. Él declaró que no había nada cerca del cuerpo. Él no vio nada. Pero yo sí. A alguna distancia del cadáver, pero bien visible y claro.

—¿Huellas?

—Huellas.

—¿De un hombre o de una mujer?

El doctor Mortimer nos miró asombrado durante unos instantes y en un susurro contestó:

—Señor Holmes, ¡eran las huellas de un perro gigantesco!

3. EL PROBLEMA

Confieso que al oír esas palabras sentí un escalofrío por todo el cuerpo. El tono en la voz del doctor dejaba ver la intensa emoción que sentía al contarnos todo aquello. Holmes, vivamente interesado, inclinó el cuerpo hacia delante. En sus ojos brillaba la dura mirada que demostraba su intenso interés en aquel asunto.
—¿Las vio usted mismo?
—Tan claramente como le veo a usted ahora.
—¿Y no se lo contó a nadie?
—¿Con qué propósito?
—¿Cómo es posible que nadie más viera las huellas?
—Las huellas estaban a unas veinte yardas del cadáver y nadie estaba pendiente de algo así. Supongo que yo tampoco hubiese reparado en ellas de no haber conocido la leyenda.
—¿Hay muchos perros pastores en el páramo?
—Sin duda. Pero las huellas no eran de un perro pastor.
—¿Y dice usted que eran de un perro grande?
—De un perro enorme.
—Pero no se acercó al cuerpo.
—No.
—¿Qué noche hacía?
—Húmeda y desapacible.
—Pero no llovía.
—No.
—¿Podría describir ese paseo?
—Está flanqueado por dos hileras de tejos, de unos veinte pies de altura, que forman un seto impenetrable. La zona central tiene unos ocho pies de ancho.
—¿Hay algo entre los setos y el paseo central?
—Sí, hay una franja de césped de unos seis pies de ancho a cada lado del camino.

—He creído entender que el seto de tejos queda accesible en un punto mediante una puerta.
—Así es, un portillo que comunica con el páramo.
—¿Existe algún otro tipo de abertura?
—Ninguno.
—Por tanto para acceder al paseo flanqueado por los tejos es necesario entrar por la mansión o entrar desde el páramo por esa puerta.
—También es posible entrar en él por su extremo más alejado a través de una residencia de verano.
—¿Había llegado Sir Charles a ese punto?
—No, estaba a unas cincuenta yardas de él.
—Dígame, doctor Mortimer, esto es importante: las huellas que vio ¿estaban en el paseo pero no sobre el césped?
—No había ninguna huella sobre el césped.
—¿Estaban en el mismo lado en que se encuentra el portillo?
—Sí, estaban sobre el límite del camino del mismo lado que el portillo.
—Está usted consiguiendo avivar mi interés por momentos. Otra pregunta: ¿estaba ese portillo cerrado?
—Cerrado y con la tranca echada.
—¿Qué altura tiene?
—Unos cuatro pies.
—Así pues, cualquiera puede saltarlo.
—Sí.
—¿Qué huellas observó en los alrededores de esa puerta?
—Ninguna en especial.
—¡Por el amor de Dios!, ¿es que nadie miró?
—Sí, yo mismo lo hice.
—¿Y no vio ninguna?
—Era todo muy confuso. Era evidente que Sir Charles había permanecido allí durante unos cinco o diez minutos.
—¿Qué le hace afirmar eso?
—Cayó ceniza de su puro dos veces.
—¡Magnífico! Watson, tenemos aquí a un colega que sigue nuestros mismos métodos. ¿Y respecto a las huellas?
—Reconocí las huellas dejadas por Sir Charles en una pequeña zona de gravilla. Y no vi ninguna distinta a éstas.
Sherlock Holmes se golpeó una rodilla con gesto impaciente.
—¡Ojalá hubiese estado allí! —exclamó—. Es un caso de un interés extraordinario y que ofrece un campo inmenso de investigación

para un científico experto. Ese sendero de gravilla en el que hubiese podido recoger tantísimos datos lleva tiempo ya destrozado por la lluvia y las pisadas de los curiosos. ¡Doctor Mortimer, doctor Mortimer! ¡Y pensar que habría podido requerir mis servicios entonces! Se lamentará de no haberlo hecho.

—No podía reclamar sus servicios, señor Holmes, sin hacer públicos estos hechos y ya le he dado mis razones para desear evitarlo. Además, además...

—¿Qué es lo que le preocupa?

—Existe un ámbito en el que la inteligencia y experiencia de un detective no sirven de nada.

—¿Quiere decir que todo este asunto es de naturaleza sobrenatural?

—Yo no he dicho eso.

—Pero resulta evidente que es lo que usted piensa.

—Desde que sucedió esta tragedia, señor Holmes, he tenido noticias de varios incidentes que contradicen el orden establecido en la naturaleza.

—¿Por ejemplo?

—Me han contado que antes de que sucediese esta terrible desgracia, varias personas habían visto por el páramo una criatura que se ajusta bastante bien a la descripción que tenemos del demonio de los Baskerville y que no puede tratarse de ningún animal que la ciencia haya identificado. Todos los que lo vieron coinciden en decir que se trataba de una criatura enorme, luminosa, de apariencia fantasmal; un espectro. He examinado las declaraciones de estos hombres, uno de ellos un campesino duro de mollera, otro un herrero y otro un granjero del páramo, en busca de contradicciones. Las declaraciones de los tres lo describen como una aparición terrorífica que coincide con el perro del infierno de la leyenda. Le aseguro que la población de la región está aterrorizada y prácticamente nadie se aventura a cruzar el páramo de noche.

—Y usted, un hombre de ciencia avezado, ¿cree que se trata de algo sobrenatural?

—No sé qué creer.

Holmes se encogió de hombros.

—Hasta este momento he restringido mi campo de trabajo a este mundo —dijo—. He combatido el mal modestamente, pero intentar reducir al Señor del Mal es una tarea demasiado ambiciosa. A pesar de todo, reconocerá usted que las huellas son algo bien tangible.

—El perro original era lo bastante tangible como para desgarrar el cuello de un hombre y, a pesar de todo, un ser diabólico.

—Ya veo que se ha pasado al bando de los creyentes en fenómenos paranormales. Pero, doctor Mortimer, dígame una cosa: si su opinión es ésa, ¿por qué ha recurrido usted a mí? Por un lado me dice que es inútil investigar la muerte de Sir Charles y por otro desea que lo haga.

—Yo no he dicho que quiero que investigue su muerte.

—En ese caso, ¿para qué requiere mi ayuda?

—Necesito que me aconseje qué debo hacer con Sir Henry Baskerville, quien llega a la estación de Waterloo —el doctor Mortimer miró su reloj— exactamente dentro de una hora y cuarto.

—¿Es el heredero?

—Sí. Al morir Sir Charles buscamos a este joven caballero y descubrimos que era granjero en Canadá. Por las referencias que de él tenemos, se trata de un tipo estupendo en todos los aspectos. Hablo no sólo como médico sino como fideicomisario y albacea del testamento de Sir Charles.

—Supongo que no existe ningún otro demandante.

—Ninguno. El único otro pariente cuya existencia fuimos capaces de descubrir es Rodger Baskerville, el más joven de los tres hermanos, de los que el pobre Sir Charles era el mayor. El hermano mediano, padre de este Henry, murió joven. El tercero, Rodger, era la oveja negra de la familia. Salió a la poderosa rama de antaño de la familia y, por lo que me han contado, era clavadito al retrato que la familia conserva del Hugo Baskerville de la leyenda. Inglaterra se le quedó pequeña, se marchó a Centroamérica y murió allí en 1876 de fiebre amarilla. Henry es el último de los Baskerville. Dentro de una hora y cinco minutos debo encontrarme con él en la estación de Waterloo. He recibido un telegrama de él esta mañana en el que me decía que había llegado a Southampton. Dígame, señor Holmes, ¿qué debo hacer con él?

—¿Y por qué no debería establecerse en la tierra de sus antepasados?

—Parece lo más natural, ¿no es cierto? Pero debe usted tener presente que todos los miembros del linaje que lo hacen sufren un fatal destino. Estoy seguro que, si Sir Charles hubiese tenido oportunidad de hablar conmigo del tema antes de su muerte, me hubiese pedido que no llevara al último representante de la familia y heredero de una considerable fortuna a encontrarse con la muerte, en ese lugar. Pero tampoco podemos olvidar que la prosperidad de un lugar tan inhóspito y pobre como el páramo depende de su presencia allí. Todo el trabajo que Sir Charles llevó a cabo se desmoronará si no hay ningún habitante en la mansión. Creo que estoy demasiado implicado en el asunto debido a mis propios intereses y es por esto por lo que he venido a consultarle a usted.

Holmes reflexionó durante unos instantes.

—Hablando claramente, se trata de lo siguiente —dijo—: Usted cree que hay una presencia maligna en Dartmoor que resulta letal para cualquier Baskerville que pretenda instalarse allí. ¿Es eso?

—Al menos puedo afirmar que hay alguna evidencia de que podría ser así.

—Exacto. Pero si su teoría sobre el ente sobrenatural es correcta, sería tan peligroso que ese joven se instalase en Devonshire como que lo hiciese en Londres. No resulta creíble un representante del maligno que tenga sólo poderes locales, como si se tratase del sacristán de una parroquia.

—Me parece, señor Holmes, que se lo toma menos en serio de lo que se lo tomaría si hubiese tenido contacto directo con estas cosas. Si no le he entendido mal, usted dice que este caballero estará tan seguro en Londres como en Devonshire. Llega dentro de cincuenta minutos, ¿qué me aconseja que haga?

—Mi consejo es que coja un coche, recoja a ese *spaniel* que no deja de arañar mi puerta y se reúna con Sir Henry Baskerville en la estación de Waterloo.

—¿Y entonces?

—Y entonces no le dice nada de este asunto hasta que yo haya llegado a alguna conclusión.

—¿Cuánto tardará en eso?

—Unas veinticuatro horas. Le estaría muy agradecido si mañana a las diez en punto, doctor Mortimer, regresara usted aquí. Igualmente me ayudaría mucho en mis planes de futuro que trajese con usted a Sir Henry Baskerville.

—Así lo haré, señor Holmes.

Anotó la cita en el puño de su camisa y salió a toda velocidad con su aire despistado y extraño, escudriñando todo a su alrededor. Holmes le detuvo en el rellano de la escalera.

—Una única cosa más, doctor Mortimer. Antes ha dicho que anterior a la muerte de Sir Henry Baskerville varias personas vieron esta aparición por el páramo, ¿no es así?

—Tres personas la vieron.

—¿Alguien la vio después?

—No he tenido noticias de que así haya sido.
—Gracias. Buenos días.
Holmes regresó a su sillón con el aspecto relajado que una satisfacción interna le confería, lo que significaba que tenía en mente una labor que le satisfacía.
—¿Va a salir, Watson?
—Sí, salvo que pueda resultarle de ayuda que me quede aquí.
—No, mi querido amigo. Cuando llegue la hora de entrar en acción recurriré a usted. Todo esto es extraordinario, realmente único desde diversos puntos de vista. Cuando pase por delante de Bradley, ¿les dirá por favor que me envíen una pinta de la mezcla de tabaco más fuerte que tengan? Gracias. Sería estupendo que no regresase usted antes de la noche. Entonces me complacerá intercambiar impresiones con usted respecto a este interesante problema que nos han planteado esta mañana.

Sabía que mi amigo necesitaba soledad y aislamiento en estas horas de intensa concentración en las que sopesaba todos los datos, elaboraba distintas teorías y las enfrentaba entre sí, ponderando qué aspectos eran relevantes y cuáles carecían de importancia. Por tanto, permanecí en mi club todo el día y no regresé a Baker Street hasta la noche. Eran casi las nueve cuando me encontré de nuevo en nuestra sala de estar.

Lo primero que pensé al abrir la puerta es que se había declarado un incendio en nuestras habitaciones, pues el humo era tan intenso allí dentro que hasta la luz de la lámpara aparecía borrosa. Al entrar, mis miedos se disiparon al darme cuenta que el humo era irritante y se debía a un tabaco tan fuerte y tan áspero que me irritó la garganta y empecé a toser. Me pareció ver entre la bruma a Holmes embutido en su batín y encogido en el sillón, sosteniendo entre sus labios su pipa negra de barro. A su alrededor había varios papeles enrollados.

—¿Ha cogido frío Watson? —preguntó.
—No, es esta atmósfera envenenada.
—Ahora que lo menciona, supongo que *está* bastante cargada.
—¡Cargada! Esto es insoportable.
—Abra la ventana, pues. Veo que ha pasado todo el día en el club.
—¡Querido Holmes!
—¿He acertado?
—Sí, pero ¿cómo...?
Se rió ante mi asombrada expresión.

—Su inocencia es deliciosa, Watson. Ello hace que disfrute enormemente ejercitando mis capacidades a su costa. Un caballero sale de casa en un día lluvioso con las calles llenas de barro. Regresa por la noche inmaculado y con las botas todavía lustrosas. Por tanto ha estado a cubierto todo el día. Este hombre no tiene amigos íntimos en la ciudad, ¿dónde puede haber estado? ¿No resulta obvio?

—Bueno sí, es bastante obvio.

—El mundo está lleno de cosas que son obvias y en las que nadie repara ni por casualidad. ¿Dónde cree que he estado yo?

—Aquí a cubierto también.

—En absoluto. He estado en Devonshire.

—¿En espíritu?

—Exacto. Mi cuerpo ha permanecido en este sillón y, por lo que veo, en mi ausencia ha consumido dos cafeteras completas y una enorme cantidad de tabaco. Nada más irse usted me dirigí a Standford en busca del mapa del servicio oficial de cartografía de esa zona del páramo y mi espíritu ha vagado por ella durante todo el día. Y puedo presumir de no haberme perdido.

—Un mapa a gran escala, supongo.

—Enorme. Imagino que el paseo de los tejos, aunque no aparece aquí señalado, debe extenderse a lo largo de esta línea, con el páramo, como puede ver, a su derecha. Este pequeño grupo de casas es Grimpen, donde nuestro amigo el doctor Mortimer ha establecido su cuartel general. Como puede ver, en un radio de cinco millas hay muy pocas residencias y muy alejadas unas de otras. Tenemos aquí la mansión Lafter que se mencionó en el relato. Aparece aquí una casa que debe ser la residencia del naturalista Stapleton, si no recuerdo mal su nombre. Hay dos granjas en el páramo: High Tor y Foulmire. Y a cuarenta millas la prisión de Princetown. Entre estos puntos habitados y alrededor de ellos se extiende el páramo desolado y yermo. Éste es el escenario en el que se ha desarrollado la tragedia y en el que es posible que tengamos que actuar nosotros.

—Debe ser un lugar inhóspito.

—Sí, la vida debe ser dura allí. Si el diablo decidiera inmiscuirse en los asuntos de los hombres...

—Se inclina entonces usted por la explicación sobrenatural.

—Los agentes del demonio pueden ser de carne y hueso, ¿no es así? De entrada debemos resolver dos cuestiones: en primer lugar, si ha habido algún crimen o no, y la segunda, qué crimen exactamente se ha cometido y cómo. Si las suposiciones del doctor Mortimer fuesen correctas, nos estaríamos enfrentando a fuerzas de fuera de este mundo y la investigación llegaría a su fin. Debemos agotar todas las hipótesis restantes antes de recurrir a ésa. Creo que deberíamos cerrar de nuevo la ventana, si no le importa. Es extraño, pero una atmósfera concentrada me ayuda a concentrarme y pensar. No he llegado al extremo de tener que meterme dentro de una caja para pensar, pero así están las cosas. ¿Ha pensado en este asunto?

—Sí, he pensado bastante en ello a lo largo del día.

—¿Y qué opina?

—Es de lo más desconcertante.

—Sí, es muy particular. Tiene algunos puntos muy peculiares. El cambio en las huellas, por ejemplo. ¿Qué opina sobre esto?

—Mortimer dijo que ese hombre empezó a caminar de puntillas a lo largo de esa parte del paseo.

—Se limitó a repetir lo que algún idiota dijo durante la investigación. ¿Para qué demonios iba alguien a caminar de puntillas por ese paseo?

—¿Entonces qué?

—Ese hombre corría, corría desesperadamente para salvar su vida. Corrió hasta que le falló el corazón y cayó de bruces al suelo.

—Corría ¿de qué?

—Ése es nuestro problema. Hay indicios de que el hombre estaba aterrorizado y fuera de sí cuando empezó a correr.

—¿Cómo puede afirmar algo así?

—Estoy suponiendo que lo que le llenó de terror provenía del páramo. Si eso fue así, que es lo más probable, sólo un hombre que hubiese perdido la cabeza correría *alejándose* de la casa en vez de hacia ella. Si lo que afirmó el gitano es cierto, corrió dando gritos de socorro en la dirección menos probable de recibir ayuda. Además, ¿a quién esperaba esa noche y por qué le esperaba en el paseo en vez de dentro de la casa?

—¿Cree que estaba esperando a alguien?

—El hombre era de edad y enfermo. Es comprensible que diera un paseo todas las noches, pero el terreno estaba demasiado húmedo y la noche era desapacible. ¿Le parece normal que permaneciera quieto durante diez minutos tal como el doctor Mortimer, con más sentido común del que le hubiese atribuido, dedujo por la ceniza de puro que encontró?

—Pero salía todas las noches.

—No creo que sea probable que esperase en la puerta del páramo todas las noches. Tenemos, al contrario, evidencia de que evitaba el páramo. Y esa noche esperó allí. Era la noche previa a que saliese para Londres. La cosa empieza a tomar forma, Watson, empieza a ser coherente. ¿Le importaría pasarme mi violín por favor? Pospondremos cualquier otra reflexión sobre este asunto hasta que no tengamos el placer de reunirnos con el doctor Mortimer y Sir Henry Baskerville por la mañana.

4. SIR HENRY BASKERVILLE

Retiraron los restos de nuestro desayuno muy temprano y Holmes esperaba en batín la entrevista prevista. Nuestros clientes fueron puntuales a su cita, pues el reloj estaba dando las diez cuando el doctor Mortimer era conducido a nuestras habitaciones, seguido por el joven barón. Este último era un hombre de pequeña estatura, despierto, con los ojos oscuros, de unos treinta años, muy robusto, con gruesas cejas negras y una cara belicosa y fuerte. Llevaba un traje de *tweed* rojizo y tenía el aspecto de alguien que ha desarrollado gran parte de su vida al aire libre y ha sufrido las inclemencias del tiempo. A pesar de todo, había algo en su tranquila pose y en la firmeza de su mirada que indicaba que se trataba de un caballero.

—Éste es Sir Henry Baskerville —dijo el doctor Mortimer.

—Así es —dijo éste— y lo raro, señor Sherlock Holmes, es que, si mi amigo no me hubiese sugerido venir a verle a usted esta mañana, hubiese venido yo solo. Tengo entendido que ha estado usted reflexionando sobre nuestros pequeños misterios. A mí me ha sucedido otro esta mañana que escapa a mi capacidad de análisis.

—Le ruego que tome asiento, Sir Henry. ¿Dice que algo misterioso le ha sucedido desde que llegó a Londres?

—No es nada importante, señor Holmes. Algo parecido a una broma. Se trata de esta carta, si es que puede llamarse así a esto, que he recibido esta mañana.

Dejó un sobre encima de la mesa, sobre el que nos inclinamos todos. Era de papel normal y grisáceo. El destinatario, «Sir Henry Baskerville, Hotel Northumberland», estaba escrito con caligrafía tosca y tenía el matasellos de la oficina de Charing Cross y fecha de la tarde anterior.

—¿Quiénes sabían que iba a alojarse en el hotel Northumberland? —preguntó Holmes mirando penetrantemente a nuestro visitante.

—Nadie podía haberlo sabido. Lo decidimos después de reunirnos.

—Pero sin duda el doctor Mortimer se alojaba en él.
—No, he estado en casa de un amigo —dijo el doctor Mortimer—. No había ningún indicio de que fuésemos a alojarnos en ese hotel.
—Vaya, alguien está vivamente interesado en sus movimientos. Sacó del sobre medio pliego de papel doblado en cuatro. Lo abrió y lo alisó sobre la mesa. En medio del papel aparecía una única frase que había sido compuesta recortando palabras de un periódico y pegándolas sobre el papel después. Decía: «Si aprecia su vida y su cordura, se mantendrá a distancia del páramo.» «Páramo» era la única palabra que aparecía escrita a mano.
—Bien, señor Holmes —dijo Sir Henry Baskerville—, tal vez pueda usted decirme qué rayos significa todo esto y quién tiene tanto interés en mis asuntos.
—¿Qué opina doctor Mortimer? Reconocerá que no hay nada sobrenatural en esto.
—No señor. Pero podía provenir de alguien que esté convencido de que el asunto es de índole sobrenatural.
—¿Qué asunto? —preguntó Sir Henry con brusquedad—. Me da la impresión, caballeros, que saben ustedes más de mis asuntos que yo mismo.
—Compartiremos con usted todo lo que sabemos antes de que abandone esta habitación, Sir Henry. Se lo prometo —dijo Sherlock Holmes—. De momento, y con su permiso, vamos a concentrarnos en este documento tan interesante que tuvo que componerse y enviarse ayer por la tarde. ¿Tiene el *Times* de ayer, Watson?
—Está en esa esquina.
—¿Le importa pasármelo, por favor? La página correspondiente al editorial —sus ojos recorrieron a toda velocidad el artículo, rastreando las columnas arriba y abajo—. Un artículo muy interesante sobre el libre comercio. Permítanme que les lea un fragmento. «Puede resultarle muy placentero imaginar que su negocio, del que está tan orgulloso, o su empresa, a la que tanto aprecia, van a recibir un estímulo mediante la aplicación de una tarifa especial. Pero si mantenemos la cordura y la cabeza sobre los hombros, resulta obvio que una legislación de ese tipo, a largo plazo, sólo mantendrá a distancia la riqueza de este país, se reducirá el valor de nuestras importaciones y, en definitiva, empeorarán las condiciones de vida de nuestra nación.» ¿Qué le parece Watson? —exclamó Holmes frotándose las manos radiante de felicidad—. ¿No le parece formidable?

El doctor Mortimer escrutó a Holmes con interés profesional y Sir Henry Baskerville giró hacia mí sus ojos oscuros genuinamente sorprendido.

—Mis conocimientos respecto a impuestos y cosas así dejan mucho que desear —dijo—, pero me da la impresión de que nos hemos alejado un poco de nuestro asunto, por lo que a la nota se refiere.

—Al contrario. Opino que nos hemos puesto sobre su rastro, Sir Henry. Watson, aquí presente, conoce mejor mis métodos que ustedes. Pero me temo que él tampoco ve la relación con esta frase.

—Confieso que no veo conexión alguna.

—Y sin embargo, Watson, ésta es muy profunda, pues la una procede del otro. «Su», «del», «se», «su», «aprecia», «cordura», «mantendrá a distancia». ¿No se dan cuenta de dónde han cogido estas palabras?

—¡Diablos, es cierto! ¡Qué astuto! —exclamó Sir Henry.

—Y por si quedaba alguna duda, las palabras «mantendrá a distancia» en un único bloque.

—Caramba, es cierto.

—Realmente, Holmes, esto supera cualquiera de mis expectativas —dijo el doctor Mortimer, mirando francamente sorprendido a mi amigo—. Cualquiera podría haber afirmado que las palabras habían sido recortadas de un periódico, ¡pero saber de cuál y que se trataba del editorial es de lo más sorprendente que he visto jamás! ¿Cómo lo ha sabido?

—Supongo que es usted capaz de distinguir la calavera de un negro de la de un esquimal, doctor.

—Ciertamente.

—¿Y cómo lo hace?

—Se trata de una afición especial. Las diferencias entre una y otra son obvias: la cresta supraorbital, el ángulo facial, la curva del maxilar, el...

—Ésta es una de mis aficiones favoritas y para mí, las diferencias son igual de obvias. A mis ojos, la diferencia entre la distinguida y burguesa tipografía que utiliza el *Times* en sus artículos y el tipo de impresión desaliñada que se utiliza en cualquier periódico barato de la tarde es tan obvia como la que para usted existe entre los cráneos de un negro y un esquimal. Para un experto en criminología reconocer la tipografía de imprenta es una de las ramas básicas del conocimiento, aunque confieso que cuando era muy joven tomé al *Leeds Mercury* por el *Western Morning News*. Pero el tipo de letra que utiliza el *Times* en su editorial es inconfundible y estas palabras impresas no podrían haber sido sacadas de ningún otro sitio. Como la carta se compuso ayer, lo más probable es que se hubiese utilizado el periódico de ayer.

—Entonces, si le he comprendido bien, señor Holmes —dijo Sir Henry Baskerville—, alguien cogió unas tijeras...

—Tijerillas de manicura —dijo Holmes—. Puede ver que se trataba de tijeras con la hoja muy corta. Necesitó dar más de un corte para conseguir recortar «mantendrá a distancia».

—Así es. Tenemos entonces que alguien recortó el mensaje con un par de tijerillas de hoja corta, lo pegó en este pliego con cola...

—Goma arábiga —corrigió Holmes.

—Con goma arábiga. ¿Pero por qué demonios escribió «páramo» con su puño y letra?

—Porque no fue capaz de encontrar esa palabra impresa. Las otras palabras son bastante corrientes y las habría encontrado en cualquier ejemplar, pero «páramo» no es tan habitual.

—Naturalmente, eso lo explica. ¿Ha descubierto algo más en este mensaje?

—Hay un detalle o dos más, aunque se han tomado grandes molestias en borrar cualquier pista. Si se dan cuenta, la dirección ha sido garabateada de cualquier manera. Pero es muy difícil que alguien que no haya recibido educación muy esmerada lea el *Times*. Podemos deducir que quien envió esta nota es un hombre refinado que intentaba hacerse pasar por alguien de un estrato social inferior. Y su intento de disimular su propia caligrafía sugiere que podría resultarle conocida ahora o en un futuro. Puede también observar que las palabras se han pegado sin respetar una horizontalidad estricta, algunas palabras quedan mucho más elevadas que otras. «Vida», por ejemplo, está totalmente fuera de sitio. Esto sugiere descuido o que quien lo hizo tenía muchísima prisa. Me inclino por la segunda hipótesis, pues sin duda se trata de algo importante y no creo que quien compuso esta nota deseáse hacerlo de cualquier manera. Si tenía tanta prisa podemos preguntarnos por qué; de haber enviado la carta esta mañana temprano, también la habría recibido usted antes de salir del hotel. ¿Temía ser interrumpido? ¿Y por quién?

—Parece que nos adentramos en el terreno de la adivinación —dijo el doctor Mortimer.

—Es mejor decir que nos adentramos en el terreno de la probabilidad, en el que tenemos que elegir la explicación más probable de las disponibles. Tenemos que utilizar la imaginación como hombres de ciencia, pero debemos tener una base especulativa de partida. Ustedes me dirán que es pura especulación, pero estoy seguro que esta nota se preparó en un hotel.

—¿Cómo puede saber eso, por el amor de Dios?

—Si se fija en la nota con atención, verá que tanto la pluma como la tinta causaron problemas al autor. La pluma ha dejado una misma palabra entrecortada dos veces y se ha quedado sin tinta tres veces al escribir una dirección breve. Esto indica que en el tintero no quedaba casi tinta. Es muy raro que tanto la pluma como un tintero personal queden abandonados a este estado los dos a la vez. Pero es lo habitual en la pluma y tintero de un hotel, donde resulta difícil conseguir algo mejor. Me atrevo a sugerir que si examinamos las papeleras de los hoteles próximos a Charing Cross es muy probable que encontremos los restos mutilados del editorial del *Times* y podamos echarle el guante a quien envió este mensaje tan singular. Vaya, vaya, ¿qué tenemos aquí?

Examinaba cuidadosamente el pliego de papel donde se habían pegado las palabras, manteniéndolo a una o dos pulgadas de sus ojos.

—¿Y bien?

—Nada —respondió dejándolo caer—. Es medio pliego de papel en blanco que no tiene siquiera filigrana en él. Creo que hemos extraído de esta carta tan peculiar todo lo que tiene que contarnos. Y ahora bien, Sir Henry, ¿le ha sucedido algo más singular desde que está en Londres?

—Creo que no, señor Holmes.

—¿Le ha parecido que alguien le observaba o le seguía?

—Parece que me he metido de cabeza en una novela policíaca —dijo nuestro visitante—. ¿Para qué demonios iba alguien a seguirme o espiarme?

—En seguida llegaremos a eso. ¿No tiene entonces nada más que contarme?

—Eso depende de lo que usted crea que merece la pena que le cuente.

—Cualquier cosa que escape de la rutina diaria.

Sir Henry sonrió.

—No conozco todavía el estilo de vida británico, pues he pasado gran parte de mi vida en Estados Unidos y Canadá, pero confío que perder una bota no sea parte de las costumbres que tienen ustedes aquí.

—¿Ha perdido una de sus botas?

—Querido señor mío —dijo el doctor Mortimer—, sólo la ha extraviado. La encontrará en cuanto regrese al hotel. ¿Qué sentido tiene molestar al señor Holmes con una tontería así?

—Él ha pedido cualquier cosa fuera de lo habitual.

—Exacto —dijo Holmes—, por estúpido que el incidente en cuestión parezca. Así que dice que ha perdido una de sus botas.

—O la he extraviado de alguna manera. Dejé mis botas fuera de la habitación anoche y esta mañana sólo quedaba una. No pude averiguar nada del tipo que las limpia. Lo peor de todo es que las compré ayer por la tarde en el Strand y todavía no las he estrenado.

—Si no las había estrenado, ¿por qué decidió que las limpiaran?

—Eran botas de cuero y no habían sido engrasadas todavía. Por eso las dejé fuera de la habitación.

—Entonces, ¿llegó ayer a Londres y se fue a comprar unas botas?

—Realicé muchas compras junto con el doctor Mortimer. Verá, si voy a tener que ser un terrateniente, será mejor que vista como tal. Y hasta ahora, mientras vivía en Canadá, mi aspecto no me ha preocupado gran cosa. Entre otras cosas, compré estas botas marrones que me costaron seis dólares y me las han robado antes de que pudiera estrenarlas.

—Resulta bastante inútil robar algo así —dijo Holmes—. Comparto la opinión del doctor Mortimer de que aparecerá en breve.

—Y ahora señores —dijo el baronet con firmeza—, creo que hemos hablado ya más que de sobra de lo poco que yo sé. Ha llegado el momento de que cumpla su promesa y me ponga al corriente de lo que está pasando.

—Su petición es de lo más razonable —replicó Holmes—. Creo, doctor Mortimer, que lo mejor será que le cuente su historia tal como nos la contó a nosotros.

Animado de esta manera, nuestro amigo y hombre de ciencia sacó de su bolsillo el documento y explicó de nuevo la historia tal como lo había hecho con nosotros la mañana anterior. Sir Henry Baskerville le escuchó con atención extrema, dejando escapar ocasionalmente alguna exclamación de sorpresa.

—Parece entonces que he recibido toda una herencia —comentó cuando terminó el largo relato—. Naturalmente, conocía la historia del perro desde que estaba en la guardería. Es la historia favorita de la familia, aunque nunca me la he tomado muy en serio. Pero por lo que respecta a la muerte de mi tío... todo está demasiado confuso y no alcanzo a comprenderlo. Parece que usted tampoco tiene claro si debemos avisar a la policía o a un exorcista.

—Exactamente.

—Y ahora además tenemos el asunto este de la carta que he recibido en mi hotel. Supongo que debe encajar en algún sitio.

—Parece demostrar que alguien sabe más que lo que nosotros sabemos acerca de lo que sucede en el páramo —dijo el doctor Mortimer.

—Indica, además, que esa persona no es un enemigo —dijo Holmes—, puesto que le avisa del peligro.

—También podría convenirle que me alejase de allí.

—Naturalmente, eso es también posible. Le debo mucho, doctor Mortimer, por haberme presentado un problema que presenta tantas y tan interesantes alternativas. Pero debemos tomar una decisión sobre una cuestión práctica, Sir Henry: ¿es conveniente para usted o no instalarse en la mansión Baskerville?

—¿Por qué no debería ir?

—Parece ser que podría ser peligroso.

—¿Quiere decir peligroso debido a este viejo amigo de la familia o peligroso debido a seres humanos?

—Bueno, eso es lo que debemos averiguar.

—Señor Holmes, no hay demonio en el infierno ni hombre sobre la faz de la Tierra que me impida instalarme en el hogar de mis antepasados. Y puede considerar ésta como mi última palabra —habló con el ceño fruncido y con un tinte rojizo en el rostro. Era evidente que el último representante de los Baskerville no había perdido el fiero temperamento de la familia—. Mientras tanto —continuó—, pensaré sobre todo lo que acaban de contarme. No puede exigírsele a un hombre que escuche todo esto sentado y además tome una decisión así al instante. Desearía disfrutar de al menos una hora de tranquilidad conmigo mismo y aclarar mis ideas. Mire, señor Holmes, son las once y media y me voy derecho de vuelta a mi hotel. ¿Le parece bien que usted y su amigo el doctor Watson se reúnan con nosotros a eso de las dos y comamos juntos? Podré decirle con mayor claridad qué opino de todo esto.

—¿La parece bien, Watson?

—Sí, perfectamente.

—En ese caso, allí estaremos. ¿Les pido un coche?

—Prefiero andar, la verdad. Todo este asunto me ha agitado enormemente.

—Será para mí un placer acompañarle en su paseo —dijo su compañero.

—Nos encontraremos de nuevo a las dos. *Au revoir*, buenos días.

Escuchamos los pasos de nuestros visitantes descender escaleras abajo y el portazo de la puerta de entrada al cerrarse. En un instante Holmes dejó su languidez atrás y se convirtió en un hombre de acción.

—Rápido, Watson, póngase sus botas y coja su sombrero. ¡No tenemos ni un instante que perder!

Entró dentro de su dormitorio en su batín y salió segundos después embutido en una levita. Corrimos escaleras abajo hasta la calle. Podíamos ver todavía al doctor Mortimer y Sir Henry Baskerville a unas doscientas yardas de distancia, encaminándose hacia Oxford Street.

—¿Quiere que me adelante y les alcance?

—Por nada del mundo, Watson. Estoy perfectamente satisfecho con su compañía, si usted tolera la mía, claro. Nuestros amigos tienen mucha razón, hace una mañana perfecta para pasear.

Apretó el paso hasta que redujimos nuestra distancia de ellos a la mitad. A partir de ese momento, mantuvimos una distancia fija de unas cien yardas, les seguimos por Oxford Street y a continuación por Regent Street. Nuestros amigos se detuvieron a mirar un escaparate y lo mismo hizo Holmes. Un momento después lanzó una exclamación de satisfacción. Al seguir su excitada mirada descubrí un hermoso carruaje con un ocupante que se había detenido en el otro extremo de la calle y arrancaba de nuevo, avanzando lentamente.

—Ése es nuestro hombre, Watson. ¡Venga conmigo! Por lo menos le echaremos una buena ojeada si no tenemos oportunidad de hacer nada más.

En ese momento pude ver una frondosa barba negra y un par de penetrantes ojos que se fijaron en nosotros a través de la ventanilla lateral del carruaje. Inmediatamente se abrió la trampilla superior del coche, gritó una orden al cochero y el carruaje salió disparado Regent Street abajo. Holmes miró en todas direcciones desesperadamente en busca de otro coche, pero no había ninguno por allí. Se lanzó como loco entre el tráfico en persecución de nuestro carruaje. Pero era inútil: en breves instantes el coche desapareció de nuestra vista.

—¡Maldita sea! —exclamó Holmes amargamente, cuando regresó casi sin aliento y blanco de vergüenza de entre la riada de vehículos—. ¿Hubo jamás suerte más negra y una organización peor que ésta? Watson, Watson, cuando escriba sobre mí deberá reflejar también, si es usted un hombre honesto, este fracaso mío.

—¿Quién era ese hombre?

—No tengo ni idea.

—¿Un espía?

—Bueno, por lo que hemos oído, alguien está muy interesado por conocer al dedillo los movimientos de este Baskerville desde su llegada a esta ciudad. ¿Cómo si no podrían haberse enterado con tanta rapidez de que se alojaba en el hotel Northumberland? Razoné que si le habían seguido el primer día, seguramente lo harían el segundo. Se habrá dado cuenta que mientras el doctor Mortimer leía esa leyenda me he acercado dos veces a la ventana.

—Sí, lo recuerdo.

—Comprobaba si había algún merodeador en la calle, pero no vi ninguno. Tratamos con un hombre inteligente, Watson. Este asunto tiene muchas implicaciones y, aunque no termino de ver si quien se ha puesto en contacto con nosotros trabaja a nuestro favor o en nuestra contra, soy capaz de reconocer su capacidad y planificación. Cuando nuestros amigos se marcharon, les seguí al instante en espera de descubrir a su amigo invisible. Es tan astuto que no se arriesgó a ir a pie, sino que alquiló un coche, lo que le permitiría pegarse a ellos o adelantarles a gran velocidad de manera que no le descubriesen. Además, con su elección contaba con una ventaja inmediata: si decidían coger un coche, él estaba ya preparado para seguirles. Aunque tiene también una gran desventaja.

—Le pone en manos del cochero.

—Efectivamente.

—¡Lástima que no hayamos cogido el número!

—Watson, por Dios, por muy torpe que yo haya demostrado ser hoy, no creerá que no he cogido la matrícula de ese coche. Nuestro hombre es el conductor del coche 2704. Pero eso no nos sirve de nada ahora.

—No veo qué más podría haber hecho usted.

—Si al ver el coche hubiese dirigido mis pasos en cualquier otra dirección, podría haber cogido cualquier otro carruaje y haber seguido al primero a una prudente distancia. O mejor aún: podría haberme dirigido al hotel Northumberland y esperar allí. Una vez nuestro desconocido amigo hubiese llegado allí siguiendo a Baskerville, hubiésemos podido darle a probar a él su misma medicina y ver adónde se dirigía. Pero como nuestro adversario ha sido muy rápido aprovechándose de nuestro exceso de celo, nosotros mismos hemos metido la pata y hemos perdido a nuestro hombre.

Habíamos seguido caminando tranquilamente Regent Street abajo mientras conversábamos y hacía ya rato que habíamos perdido de vista al doctor Mortimer y a Sir Henry.

—No tiene ningún sentido que les sigamos —dijo Holmes—, su sombra les ha abandonado y no regresará. Veamos qué otros ases tenemos en la manga y juguémoslos con decisión. ¿Reconocería la cara de ese hombre si volviese a verla?

—Sólo la barba.

—Igual que yo. De lo que deduzco que probablemente es postiza. Un hombre tan inteligente y con una misión tan delicada que deja ver así su barba pretende sin duda esconder sus rasgos. Venga aquí Watson.

Acababa de entrar en la oficina de envíos de nuestro distrito, donde fue calurosamente recibido por el encargado.

—Wilson, veo que no ha olvidado el asuntillo aquel en el que pude ayudarle.

—En absoluto señor. Salvó usted mi reputación y posiblemente también mi vida.

—Mi querido amigo, exagera usted. Creo recordar que uno de sus muchachos, un tal Cartwright, demostró ser especialmente hábil en aquel caso.

—Sí señor, todavía trabaja para mí.

—¿Podría llamarle, por favor? Gracias. Necesito cambio de este billete de cinco libras.

Un chaval de unos quince años apareció a la llamada del dueño del negocio. Tenía una cara honesta y despierta. Miraba con admiración al famoso detective.

—Déjenme el directorio de hoteles —dijo Holmes—. ¡Gracias! Escucha, Cartwright: éstos son los veintitrés hoteles que existen en las proximidades de Charing Cross. ¿Lo ves?

—Sí, señor.

—Irás a cada uno de ellos.

—Sí, señor.

—Empezarás por dar a cada uno de sus porteros una moneda de un shilling. Aquí tienes veintitrés shillings.

—Sí, señor.

—Les dirás que se ha perdido un telegrama importante, que lo estás buscando y que necesitas ver los papeles que se tiraron ayer. ¿Has entendido?

—Sí, señor.

—Lo que buscas en realidad es una página central del *Times* de ayer en la que se han practicado varios agujeros con tijeras. Éste es el ejemplar del *Times*. Es esta página. Podrás reconocerla fácilmente, ¿no es así?

—Sí, señor.

—En todos los casos, el portero de la puerta llamará al portero del vestíbulo, a quien también darás un shilling. Aquí tienes otros veintitrés shillings. En unos veinte casos de los veintitrés posibles te dirán que los restos de papel de ayer han sido ya quemados o se han deshecho de ellos de una u otra forma. En los casos restantes te conducirán a una montaña de papeles entre la que debes buscar la página del *Times* que te he enseñado. Es prácticamente imposible que des con ella. Te doy otros diez shillings para emergencias. Envíame por telegrama un informe a Baker Street antes de que se haga de noche. Y ahora, Watson, lo único que nos queda por hacer es poner un telegrama para averiguar la identidad del cochero 2704 y a continuación dejarnos caer por la galería de arte de Bond Street y pasar allí el rato hasta que llegue el momento de ir a nuestra cita en el hotel.

5. TRES CABOS SUELTOS

Una de las características más impresionantes de Sherlock Holmes era la asombrosa capacidad que tenía para separar las cosas en su cabeza. Durante las dos horas siguientes pareció haberse olvidado del extraño asunto en el que estábamos envueltos y permaneció concentrado en las pinturas de los modernos maestros belgas. En nuestro trayecto de la galería al hotel Northumberland habló sólo de arte, sobre el que tenía unas ideas la mar de ordinarias.

—Sir Henry Baskerville les espera en su habitación, señores —nos dijo el recepcionista—. Me pidió que les llevara de inmediato allí en cuanto ustedes llegasen.

—¿Le importa que eche una ojeada al libro de huéspedes? —preguntó Holmes.

—En absoluto.

En el libro de huéspedes aparecían dos entradas posteriores al nombre de Baskerville. Uno de los nombres era Theophilus Johnson y familia, de Newcastle. El otro correspondía a la señora Oldmore y doncella, de High Lodge, Alton.

—Debe tratarse sin duda de mi viejo conocido Johnson —dijo Holmes al recepcionista—. Abogado, ¿no es cierto?, con el cabello grisáceo y una ligera cojera.

—No, señor. Este Johnson es el propietario de una mina de carbón, un caballero muy activo y no mayor que usted.

—¿Está seguro que no se confunde respecto a su ocupación?

—No, señor. Lleva años alojándose en este hotel y es bien conocido en esta casa.

—En ese caso, no tengo más que decir. Y también la señora Oldmore; el nombre me resulta familiar. Perdone mi curiosidad, pero más de una vez al visitar a un amigo me he encontrado con otro.

—Es una dama inválida, señor. Su marido fue alcalde de Gloucester. Siempre se aloja con nosotros cuando viene a la ciudad.

—Gracias. Creo que no les conozco. Acabamos de descubrir algo muy importante, Watson —me dijo en voz baja mientras subíamos juntos las escaleras—. Ahora sabemos que las personas que están tan interesadas en nuestro amigo no se han hospedado en el mismo hotel que él. Eso significa que, a pesar de lo ansiosos que están por no perderle de vista, están igualmente ansiosos por no ser descubiertos. Eso es un dato muy indicador.

—Indicador de qué.

—Indica que... ¡demonios! ¿Qué pasa ahora?

Al terminar de subir el tramo de escaleras y girar en el rellano nos topamos con Sir Henry Baskerville en persona. Tenía la cara congestionada por la ira y sostenía una vieja bota polvorienta en una mano. Estaba tan furioso que casi no podía ni articular palabra y, cuando comenzó a hablar, lo hizo en un dialecto americano mucho más cerrado y de manera bastante más ruda de lo que le habíamos escuchado esa mañana.

—Parece que en este hotel me toman por imbécil —gritó—. Voy a tener que demostrarles que le toman el pelo al hombre equivocado, como no se anden con más cuidado. Por todos los demonios que como ese tío no encuentre mi otra bota, va a saber lo que son problemas. Puedo aceptar una broma, señor Holmes, pero acaban de pasarse de la raya.

—¿Sigue buscando su bota?

—Sí. Y tengo intención de dar con ella.

—Pero dijo usted que se trataba de una bota nueva de color marrón.

—Naturalmente que lo era, caballero. Y ahora hay que sumarle esta vieja bota negra.

—¿Cómo? ¿Quiere decir...?

—Sí, señor, eso es lo que quiero decir. Sólo tengo tres pares de zapatos: las botas nuevas de color marrón, las viejas de color negro y las de charol que llevo puestas ahora mismo. Anoche se llevaron una de las marrones y hoy me han birlado una de las negras. Y bien, ¿la tiene? ¡Habla de una vez hombre, y no te quedes ahí como un pasmarote!

Un nervioso mozo alemán acababa de hacer aparición en escena.

—No, señor. He preguntado y buscado por todo el hotel, pero no he podido dar con ella.

—Muy bien. O la bota aparece antes de que se ponga el sol o le comunicaré al gerente que abandono el hotel de inmediato.

—La encontraremos, señor. Le ruego que tenga un poco de paciencia y verá cómo aparece. Se lo prometo.

—Más te vale. Te advierto que es lo último que pierdo en esta cueva de ladrones. Vaya, señor Holmes, lamento importunarle con esta pequeña trifulca.

—Creo que es una trifulca justificada.

—Parece tomárselo muy en serio.

—¿Cómo explica este hecho?

—No sé cómo rayos explicarlo. Para mí es lo más absurdo y raro que me ha pasado en la vida.

—Lo más raro quizá —dijo Holmes pensativamente.

—¿Qué opina usted?

—Bueno, no termino de entenderlo del todo. Este problema suyo es muy complejo, Sir Henry. Si a él le añadimos la muerte de su tío, dudo que en los quinientos casos de importancia a los que me he enfrentado haya ninguno con implicaciones tan profundas. Tenemos en nuestras manos varios cabos que seguir y lo más probable es que alguno de ellos nos conduzca a la verdad. Es posible que perdamos el tiempo siguiendo la pista equivocada, pero antes o después llegaremos a la solución.

Disfrutamos de una agradable comida en la que apenas se hizo mención al hecho por el que habíamos entablado relación. No fue hasta que ésta terminó cuando en la sala de estar privada de Sir Charles Holmes le preguntó a Sir Henry acerca de sus planes.

—Ir a la mansión Baskerville.

—¿Cuándo?

—A finales de esta semana.

—Creo que, en general —dijo Holmes—, su decisión es la más acertada. Tengo pruebas más que sobradas para afirmar que alguien sigue sus pasos en Londres y en esta ciudad tan llena de gente es difícil saber de quién se trata y con qué intención lo hace. Si tienen malas intenciones, es posible que intenten causarle algún mal y no podríamos evitarlo. ¿Sabía, doctor Mortimer, que esta mañana les han seguido desde mi casa?

El doctor Mortimer estalló violentamente:

—¡Nos han seguido! ¿Quién?

—Eso por desgracia no puedo decírselo. ¿Alguno de sus amigos o conocidos en Dartmoor tiene una espesa barba negra?

—No. Bueno, déjeme pensar. Sí, Barrymore, el mayordomo de Sir Charles tiene una barba negra y espesa.

—Ajá. ¿Y dónde está ese Barrymore?

—A cargo de la mansión.
—Deberíamos comprobar si efectivamente está allí o si es posible que esté en Londres.
—¿Cómo va a conseguir algo así?
—Páseme un papel para telegramas. «¿Está todo preparado para recibir a Sir Henry?» Esto bastará. Destinatario: señor Barrymore, mansión Baskerville. ¿Cuál es la oficina de telégrafos más cercana? Grimpen. Muy bien, enviaremos un segundo telegrama al jefe de la oficina de correos de Grimpen: «Entregar telegrama dirigido al señor Barrymore en propia mano. Si ausente, comuníquelo por favor a Sir Henry Baskerville, Hotel Northumberland.» Con esto deberíamos saber antes de la noche si efectivamente Barrymore está en su puesto en Devonshire o no.
—Así es —dijo Baskerville—. Por cierto, doctor Mortimer: ¿quién es este Barrymore?
—Es el hijo del antiguo guarda, ya fallecido. Su familia lleva cuatro generaciones ocupándose de la mansión Baskerville. Por lo que yo sé, él y su mujer son una pareja tan respetable como cualquier otra del condado.
—Y al mismo tiempo —dijo Baskerville— resulta obvio que mientras nadie ocupe la mansión ellos tienen un buen hogar y nada que hacer.
—Eso es cierto.
—¿Recibió Barrymore algún legado en el testamento de Sir Charles? —preguntó Holmes.
—Tanto él como su mujer recibieron quinientas libras.
—¡Vaya! ¿Sabían que recibirían esa cantidad?
—Sí, a Sir Charles le gustaba mucho hablar de lo que había dejado dispuesto en su testamento.
—Eso es muy interesante.
—Espero —dijo el doctor Mortimer— que no desconfíe de todos los que heredaron algo en virtud del testamento de Sir Charles. Yo mismo recibí mil libras.
—Caramba. ¿Alguien más?
—Muchas personas recibieron sumas no muy altas de dinero, al igual que muchísimas organizaciones de caridad. Todo lo que quedó lo ha recibido Sir Henry.
—¿Y a cuánto asciende el resto?
—Setecientas cuarenta mil libras.
Holmes arqueó sorprendido las cejas.
—No imaginaba que se trataba de una cifra tan enorme —dijo.

—Sir Charles tenía fama de ser un hombre muy rico, pero no supimos la gran fortuna que poseía hasta que abrimos su caja fuerte. El valor total de su patrimonio era de casi un millón de libras esterlinas.

—¡Dios mío! Esa suma haría que casi cualquier hombre se arriesgase a cometer una locura por conseguirla. Otra pregunta, doctor Mortimer. Supongamos que, perdónenme por hacer una hipótesis tan desagradable, algo sucediese a Sir Henry: ¿quién heredaría los bienes?

—Como Sir Rodger Baskerville, el hermano más pequeño de Sir Charles, murió soltero, el patrimonio iría a parar a los Desmond, unos primos lejanos. James Desmond es un sacerdote ya anciano que vive en Westmorland.

—Gracias, todos estos datos son muy interesantes. ¿Conoce al señor James Desmond?

—Sí, visitó a Sir Charles en una ocasión. Es un hombre de apariencia venerable y que lleva una vida de santidad. Declinó recibir ningún dinero por parte de Sir Charles a pesar de que éste insistió en ello.

—¿Y este hombre de vida tan austera sería el heredero de tal fortuna?

—Sería el heredero de los bienes inmuebles, porque así está dispuesto. Heredaría además el dinero, salvo que el actual propietario dispusiese lo contrario en su testamento. Por supuesto, este último puede hacer lo que estime oportuno.

—¿Ha hecho ya testamento, Sir Henry?

—No, señor Holmes. Todavía no he tenido tiempo. Hasta ayer no supe cómo estaban las cosas por aquí. En cualquier caso, soy de la opinión de que quien herede las propiedades debe también recibir el dinero. Mi pobre tío lo opinaba así también. ¿Cómo podría el propietario de la mansión devolverle su antiguo esplendor si carece del dinero con que hacerlo? La mansión, las tierras y el dinero deben ir en el mismo lote.

—Tiene usted razón. Creo que debería marchar usted hacia Devonshire lo antes posible. Pero me veo en la obligación de hacerle una recomendación: no debe usted ir solo.

—El doctor Mortimer viene conmigo.

—El doctor Mortimer debe hacerse cargo de su consulta y además su residencia está a millas de la suya. Por mucho que quisiera, no estará en condiciones de ayudarle. No, Sir Henry; debe acompañarle alguien de confianza que permanezca en todo momento a su lado.

—¿Podría venir usted mismo, señor Holmes?

—En caso de que se produjera una crisis haría lo imposible por acudir en persona. Pero debe usted comprender que mi profesión me impide ausentarme de Londres por tiempo indefinido, pues los asuntos que llegan hasta mí proceden de cualquier parte del mundo. En estos momentos una de las personalidades más conocidas de Inglaterra está siendo víctima de chantaje y sólo yo puedo impedir que salte el escándalo. Así pues, verá que me resulta del todo imposible acompañarle a Dartmoor.

—¿Y qué me aconseja entonces?

Holmes puso una mano sobre mi brazo.

—Si mi amigo estuviese dispuesto a ir con usted, él es el hombre a quien hay que tener al lado en una situación difícil. Nadie mejor que yo lo sabe.

Esta propuesta me cogió completamente por sorpresa, pero antes de que pudiese contestar, Baskerville estrechaba efusivamente mi mano.

—Es muy amable por su parte, doctor Watson —dijo—. Usted ya me conoce y sabe tanto de este asunto como yo mismo. Si se instalara conmigo en la mansión Baskerville hasta que esto termine, jamás lo olvidaría.

Siempre me ha fascinado tener una aventura en perspectiva. Y tanto las palabras de Holmes como la reacción del joven barón al saberme su compañero me habían halagado profundamente.

—Será un placer acompañarle —dije—. No se me ocurre nada mejor en lo que ocupar mi tiempo.

—Además me informará a mí con todo detalle —dijo Holmes—. Cuando se desate una crisis, cosa que sucederá, le diré lo que debe hacer. ¿Podrán tener todo dispuesto para salir el sábado?

—¿Le vendrá bien al doctor Watson?

—Perfectamente.

—En ese caso, salvo que avisemos de lo contrario, nos encontraremos en el tren de las 10:30 con destino a Paddington.

Nos habíamos levantado para despedirnos cuando Baskerville lanzó un grito de alegría. Se agachó y sacó de debajo de un armario situado en una esquina una bota de color marrón.

—¡La bota que perdí!

—Ojalá todos nuestros problemas se resolvieran así —dijo Holmes.

—Esto es muy raro —comentó el doctor Mortimer—. Registré cuidadosamente toda la habitación antes de que bajásemos a comer.

—Y yo también: centímetro a centímetro.
—En ese caso, seguramente el mozo la colocó ahí mientras comíamos.

Llamamos al alemán, que juró no saber nada del asunto, y no conseguimos aclarar lo sucedido. De esta manera aumentamos algo más la cadena de pequeños misterios, aparentemente sin sentido, sin resolver, que crecía velozmente. Excluyendo la sombría muerte de Sir Charles, en dos días habíamos vivido una sucesión de pequeños incidentes entre los que se incluían la recepción de la nota anónima, el misterioso espía del coche de caballos, el extravío de la bota marrón nueva, el extravío de la bota vieja de color negro y ahora la reaparición de la de color marrón. Holmes permaneció sentado en silencio durante todo el trayecto de regreso a Baker Street. Su ceño fruncido y su expresión concentrada me indicaban que estaba pensando intensamente, como yo también lo hacía, intentando concebir una hipótesis en la que encajasen todos los hechos aparentemente inconexos de los que habíamos tenido noticia. Permaneció toda la tarde y parte de la noche fumando sin parar y perdido en sus pensamientos.

Justo antes de la cena, recibimos dos telegramas. El primero decía:

«Acabo de saber que Barrymore está en la mansión – BASKERVILLE.»

Y el segundo:

«He estado en los veintitrés hoteles y no he encontrado la página recortada. Lo siento – CARTWRIGHT.»

—Acabo de perder dos de mis cabos por los que desenmarañar el ovillo. No hay nada más estimulante a la hora de resolver un problema que el que todo se ponga en contra de uno. Debemos buscar otro rastro que seguir.

—Todavía nos queda el cochero que condujo el coche del espía.

—Exacto. He mandado un telegrama al Registro Oficial preguntando el nombre y dirección de ese hombre. No me sorprendería que ese timbrazo en la puerta fuese la respuesta a mis preguntas.

La llamada resultó ser algo todavía más satisfactorio, pues al abrirse la puerta apareció un tipo de aspecto duro que era, evidentemente, el cochero en persona.

—He recibido un mensaje de mis jefes en el que me decían que andaba usted preguntando por el cochero 2704 —dijo el hombre—.

Hace siete años que conduzco un coche de caballos y jamás he recibido ninguna queja. He venido directamente de la cochera a preguntarle a usted cara a cara qué queja tiene de mí.

—No tengo ni la menor queja sobre usted, buen hombre —dijo Holmes—. Al contrario: tengo medio soberano para usted si responde con claridad a mis preguntas.

—Bien, he tenido un buen día y sin ningún problema —dijo el cochero con una amplia sonrisa—. ¿Qué es lo que desea saber?

—En primer lugar, deseo saber su nombre y dirección por si necesito localizarle de nuevo.

—John Clayton, Turpey Street número 3, Borough. Guardo mi coche en las cocheras Shipley, cerca de la estación Waterloo.

Sherlock Holmes tomó nota de ello.

—Y ahora Clayton, cuénteme lo que sepa del pasajero al que trajo a vigilar esta casa a las diez de la mañana del día de hoy y con el que siguió a dos caballeros más tarde a lo largo de Regent Street.

El hombre pareció algo violento.

—La verdad es que no sé qué sentido tiene que yo se lo cuente: usted parece saber lo mismo que sé yo —dijo—. Ese caballero me dijo que era detective y que no debía contarle nada a nadie.

—Amigo mío, éste es un asunto muy serio y podría usted verse en una situación comprometida si intenta ocultarme algo. ¿Le dijo que era detective?

—Así es.

—¿Cuándo se lo dijo?

—Al bajarse del coche.

—¿Le dijo algo más?

—Su nombre.

Holmes me dirigió una mirada triunfante.

—Vaya, le dijo su nombre. Eso es un poco imprudente. ¿Cómo le dijo que se llamaba?

—Me dijo que se llamaba —respondió el cochero— Sherlock Holmes.

Nunca vi a Holmes tan hundido como al oír la respuesta del cochero. Durante unos instantes la sorpresa le impidió responder. Y entonces rompió a reír a carcajadas.

—Este hombre desde luego tiene algo, tiene algo —dijo Holmes—. Creo que me he topado con un adversario tan ágil y rápido como yo mismo. Ha sabido darme esquinazo. ¿Así pues su nombre es Sherlock Holmes?

—Ése era el nombre del caballero, sí.

—Excelente. Cuénteme, pues, dónde recogió al caballero y lo que sucedió después.

—Subió a mi coche a las nueve y media en Trafalgar Square. Me dijo que era detective y que me daría dos guineas si estaba a su disposición todo el día, seguía sus órdenes y no hacía preguntas. Me pareció bien y acepté. En primer lugar nos dirigimos al hotel Northumberland y esperamos hasta que salieron dos caballeros que montaron en uno de los coches que aguardaban en fila. Les seguimos hasta que su carruaje se detuvo cerca de aquí.

—Se detuvo a la puerta de este edificio —dijo Holmes.

—Eso no podría decírselo, pero estoy seguro que mi pasajero sí lo sabía. Avanzamos algo calle abajo y esperamos durante una hora y media. Entonces los caballeros pasaron caminando por nuestro lado y les seguimos a lo largo de todo Baker Street...

—Lo sé —dijo Holmes.

—Cuando llegamos a la tercera manzana de Regent Street, el caballero abrió la trampilla y me ordenó que le llevara de inmediato a la estación Waterloo. Fustigué a la yegua y llegamos a destino en menos de diez minutos. Me pagó las dos guineas como me había prometido y se metió en la estación. Cuando se alejaba se giró y me dijo: «Puede que le interese saber que Sherlock Holmes ha sido su pasajero hoy.» Así supe su nombre.

—Entiendo. ¿No ha vuelto a verle?

—No desde que se metió en la estación.

—¿Cómo describiría al señor Sherlock Holmes?

El cochero se rascó la cabeza.

—No es un hombre fácil de describir. Debe tener unos cuarenta años, de mediana estatura, dos o tres pulgadas más bajo que usted. Vestía muy encopetado, tenía el rostro más bien pálido y llevaba barba negra cuadrada en su extremo inferior. No creo que pueda añadir nada más.

—¿Color de ojos?

—Ni idea.

—¿Recuerda algo más?

—No, señor, nada más.

—En ese caso aquí tiene su medio soberano. Y otro medio le espera si puede proporcionarme más información. Buenas noches.

—Buenas noches, señor, y gracias.

John Clayton se marchó riéndose entre dientes y Sherlock Holmes me miró encogiéndose de hombros y mostrando una sonrisa compungida.

—Y así desaparece mi tercer cabo. Estamos en el punto de partida —dijo—. ¡El muy puñetero! Sabía dónde vivimos, sabía que Sir Henry Baskerville vendría a consultarme, descubrió quién era yo y, como se dio cuenta de que apuntaría el número del cochero y le buscaría, nos ha hecho llegar su mensaje. En esta ocasión nos batimos con un contrincante digno de nuestro acero. En Londres me ha dado jaque mate. Sólo puedo desearle a usted suerte en Devonshire, pero no las tengo todas conmigo.

—¿Sobre qué?

—Sobre enviarle a usted allí. Este asunto es peligroso. Y cuanto más avanzo en él, más peligroso me parece y menos me gusta. Ríase todo lo que quiera, querido amigo, pero le doy mi palabra de que no estaré tranquilo hasta que no le tenga conmigo de regreso, sano y salvo, en Baker Street.

6. LA MANSIÓN DE LOS BASKERVILLE

Sir Henry Baskerville y el doctor Mortimer tenían todo preparado en la fecha acordada y, como habíamos planeado, salimos hacia Devonshire. Sherlock Holmes me acompañó a la estación y, antes de nuestra partida, me dio sus últimos consejos y recomendaciones.

—No contaminaré su mente llenándola de sospechas y teorías, Watson —dijo—. Lo que espero de usted son informes completos y precisos. Deje que yo me encargue de elaborar teorías.

—¿Qué clase de cosas son las que le interesan?

—Cualquier cosa que tenga relación, por remota que parezca, con nuestro caso. En especial me interesan las relaciones del joven Baskerville con sus vecinos o cualquier nueva evidencia sobre la muerte de Sir Charles. En los últimos días he estado haciendo algunas averiguaciones y me temo que los resultados no arrojan mucha luz sobre el caso. Lo único que parece seguro es que el señor James Desmond, el siguiente heredero, es un anciano caballero de naturaleza afable, así que no es él el responsable de esta persecución. Estoy seguro de que podemos olvidarnos de él. Pero debemos tener en cuenta a quienes vivirán con Sir Henry Baskerville en el páramo.

—¿No sería conveniente despedir al matrimonio Barrymore antes de nada?

—En absoluto; no podría cometer usted mayor error. Si son inocentes, cometería usted una gran injusticia con ellos, y si son culpables no habría forma de probarlo. No, no; permanecerán en nuestra lista de sospechosos. Tenemos además a un mozo en la mansión, si no recuerdo mal. Tenemos además a dos granjeros, nuestro amigo el doctor Mortimer, quien yo creo que es enteramente de fiar, y su esposa, de quien no sabemos absolutamente nada. También tenemos al naturalista Stapleton. Y a su hermana, que parece ser una joven dama muy atractiva. También el señor Frankland de la mansión Lafter, de quien tampoco sabemos nada, y un vecino o dos más. Ellos son su material de estudio.

—Lo haré lo mejor que sepa.
—Llevará con usted algún arma, supongo.
—Sí, me pareció conveniente traerlas conmigo.
—Ha hecho bien. Tenga su revólver a mano noche y día y no baje nunca la guardia.

Nuestros amigos habían hecho reservas en un vagón de primera clase y nos esperaban en el andén.

—No hemos sabido nada nuevo —dijo el doctor Mortimer en respuesta a las preguntas formuladas por Holmes—. Lo único que puedo asegurar es que nadie nos ha seguido en los dos últimos días. Hemos estado alerta y no se nos hubiese escapado algo así.

—Habrán permanecido juntos en todo momento, supongo.

—Excepto ayer por la tarde. Siempre que vengo a Londres reservo un día para el esparcimiento y pasé la tarde de ayer en el Museo de la Universidad de Medicina.

—Y yo estuve dando un paseo por el parque, viendo la gente —dijo Baskerville—. Pero no tuve ningún problema.

—Fue muy imprudente por su parte —contestó Holmes sacudiendo la cabeza muy serio—. Le ruego, señor Baskerville, que no vaya nunca solo. Podría sucederle cualquier desgracia. ¿Recuperó la segunda bota?

—No, desapareció para siempre.

—Efectivamente. Resulta muy interesante. Bien, adiós —añadió mientras el tren se ponía en marcha—. Tenga siempre presente, Sir Henry, una de las frases que se dice en la inquietante y vieja leyenda que el doctor Mortimer nos leyó y evite el páramo cuando la oscuridad protege a las fuerzas del mal.

Miré de nuevo al andén, una vez ya lo habíamos dejado atrás. Allí vi, de pie, la alta y austera figura de Sherlock Holmes, quieto y con la mirada fija en nuestra partida.

El viaje fue rápido y muy agradable. Lo empleé en conocer mejor a mis dos compañeros y en jugar con el *spaniel* del doctor Mortimer. En pocas horas la tierra parduzca adquirió una tonalidad rojiza, los ladrillos se transformaron en bloques de granito y empezamos a ver vacas de color casi rojo pastando en campos con buenos cercados. Los pastos eran abundantes, exuberantes. Eran muestra de que el clima de la zona era mucho más propicio para ellos y mucho más húmedo. El joven Baskerville miraba con mucha atención por la ventanilla y dejó escapar alguna exclamación de júbilo al reconocer el paisaje característico de Devon.

—He dado muchas vueltas por el mundo desde que me marché de aquí, doctor Watson —dijo—, pero nunca he encontrado un lugar comparable a éste.

—Y yo jamás he conocido a un hombre de Devonshire que no amara su tierra —le contesté.

—Depende no sólo de la tierra, sino también de la raza del hombre en cuestión —dijo el doctor Mortimer—. Si echa una ojeada al cráneo de nuestro amigo, podrá ver que tiene la curvatura de los cráneos celtas. Eso hace que lleve en su interior el entusiasmo celta y la sensación de pertenencia a un lugar. La cabeza del desdichado Sir Charles era de un tipo muy poco frecuente, medio gaélica, pero con rasgos típicos de los irlandeses. Pero era usted muy joven cuando se marchó de aquí, ¿no es así?

—Era un adolescente cuando mi padre falleció. Jamás vi la mansión, pues mi padre vivía en una granja próxima a la costa del sur. De ahí marché directamente a casa de un amigo en América. Esto es tan nuevo para mí como puede serlo para el doctor Watson, ya le digo. Y estoy ansioso por ver el páramo.

—¿En serio? En ese caso su deseo es fácil de satisfacer. Ahí tiene el páramo, delante de usted por primera vez —dijo señalando a través de la ventanilla de nuestro vagón.

Sobre el damero verde de los campos de cultivo y el perfil curvilíneo de un bosque se elevaba a lo lejos una colina gris y melancólica, rematada por una extraña cumbre cortada a serrucho. En la distancia aparecía borrosa y vaga, como un misterioso paisaje producto de un sueño. Durante mucho tiempo Baskerville permaneció sentado, inmóvil, con los ojos fijos en el páramo, y pude ver en la expresión de su cara lo mucho que significaba para él ver por primera vez aquel lugar sobre el que sus antepasados habían ejercido durante tanto tiempo su señorío y sobre el que habían dejado una huella tan profunda. Estaba allí, sentado en el interior de un vulgar vagón de tren, con su traje de tweed y su acento americano, y a pesar de ello, al mirar su rostro de piel morena pude ver en sus expresivas facciones a un auténtico descendiente de aquel linaje de orgullosos, feroces y poderosos hombres. Sus gruesas cejas, su delicada nariz y sus grandes ojos castaños revelaban el orgullo, valor y fuerza de su propietario. Si en aquel páramo maldito íbamos a encontrarnos con un difícil y peligroso desafío, en él encontraría sin duda un compañero con quien afrontar cualquier riesgo, con la certeza de que estaría dispuesto a enfrentarse a él con valor.

El tren se detuvo en una pequeña estación secundaria y descendimos de él. Fuera de la estación, más allá de una valla blanca de escasa altura, nos esperaba un coche tirado por dos jacas. Nuestra llegada suponía sin duda todo un evento, pues el jefe de la estación y todos los mozos se apiñaron a nuestro alrededor para llevar nuestro equipaje. Era un pequeño y sencillo pueblecito en el campo y me sorprendió ver apostados a la puerta de la estación a dos guardias vestidos con un uniforme oscuro. Al pasar por su lado nos miraron fijamente mientras sostenían con fuerza sus carabinas. El cochero, un hombre pequeño, nudoso, de cara pétrea, saludó a Sir Henry Baskerville y pocos minutos después avanzábamos a gran velocidad a lo largo de un ancho camino de color blanco. Campos de pastos flanqueaban nuestro camino y viejas casas con tejados a dos aguas se asomaban por entre el tupido follaje verde, pero más allá de la soleada y tranquila campiña se elevaba claramente el páramo. Su larga y curvilínea silueta se recortaba claramente, sombría y sólo interrumpida por siniestras y dentadas colinas, contra el cielo vespertino.

El coche se desvió por un camino secundario y comenzamos a ascender siguiendo la curvatura de un camino de cierta profundidad y ya destrozado por el continuo pasar de ruedas. A ambos lados se elevaba un terreno cuajado de musgo, cargado de humedad y frondosos helechos. Helechos de color dorado y zarzamoras llenas de frutos resplandecían bajo la luz de un sol que comenzaba a descender. Seguíamos subiendo de manera continua; atravesamos un estrecho puente de granito y bordeamos un arroyo de aguas ruidosas que discurrían veloces curso abajo, formando espuma y estruendo entre las grandes rocas grises que la erosión había pulido y suavizado. El arroyo y el camino parecían cicatrices que surcaban un valle cuajado de maleza, robles y abetos. A cada momento, Baskerville dejaba escapar una exclamación de admiración. No dejaba de mirar atentamente a su alrededor ni de formular innumerables preguntas. Todo le parecía hermoso, pero en mi opinión una capa de melancolía cubría todo el paisaje, que mostraba los signos evidentes de que el año tocaba a su fin. Hojas amarillas alfombraban los caminos y caían sobre nosotros a nuestro paso. La vegetación en descomposición que cubría el terreno enmudecía el traqueteo de las ruedas de nuestro carruaje. Me daba la impresión de que las ofrendas que la Naturaleza ofrecía en señal de bienvenida, a los pies del carruaje del heredero de los Baskerville, eran algo pobres.

—¡Eh!, ¿qué ocurre? —exclamó el doctor Mortimer.

Teníamos enfrente de nosotros una escarpada curva cubierta de brezo, una estribación del páramo. En la cumbre, bien visible y firme, como si de una estatua ecuestre sobre su pedestal se tratase, podía verse un soldado a caballo. Oscuro y severo, tenía el fusil preparado sobre su antebrazo y vigilaba la carretera por la cual avanzábamos.

—¿Qué ocurre, Perkins? —preguntó el doctor Mortimer.

Nuestro cochero se medio giró en su asiento.

—Se ha escapado un prisionero de Princetown, señor. Se fugó hace tres días y los guardias tienen bajo vigilancia todos los caminos y estaciones de ferrocarril, pero de momento no han podido dar con él. A los granjeros de por aquí no les hace ni pizca de gracia este asunto, así de claro.

—Bueno, tengo entendido que recibirían cinco libras en caso de dar algún tipo de pista.

—Así es, señor. Pero cinco libras no es nada comparado con el riesgo de que te rebanen el cuello. No se trata de un prisionero corriente; este tipo no se detendría ante nada.

—¿De quién se trata?

—Es Selden, el asesino de Notting Hill.

Recordaba bien ese caso; la ferocidad con la que se cometió el crimen y la brutalidad gratuita que rodeó las acciones del criminal despertaron el interés de Holmes. El hecho fue tan atroz, que al asesino se le conmutó la pena de muerte por la de cadena perpetua, pues existían dudas acerca de su salud mental. Nuestro coche acababa de llegar a una elevación del terreno y delante de nosotros se extendía el páramo, salpicado de escarpados y abruptos montones de piedras y peñascos. De él procedía un aire helado que nos hizo tiritar. En algún lugar de esa desolada planicie acechaba este hombre tan cruel, escondiéndose en alguna madriguera como un animal salvaje y con el corazón rebosante de odio hacia la sociedad que le había expulsado de ella. Esto era lo único que faltaba para completar el inquietante cuadro que ya componían la estéril extensión de terreno, el viento helado y un cielo que comenzaba a oscurecerse. Incluso Baskerville quedó silencioso y cerró más firmemente su abrigo alrededor de su cuerpo.

Habíamos dejado las tierras de cultivo a nuestra espalda y por debajo de nosotros. Al volvernos para mirarlas pudimos contemplar cómo los oblicuos rayos de un sol a punto de desaparecer convertían los arroyos en hilos de oro, haciendo brillar la tierra recién removida por el arado y los vastos bosques. El camino que seguíamos se volvía cada vez más descolorido y agreste. Discurría sobre enormes colinas de color rojizo y verde aceituna, salpicadas de grandes rocas. De cuando en cuando pasábamos por delante de alguna granja de tejado y paredes de piedra, en las que ni una sola enredadera rompía sus austeras siluetas. De repente, llegamos a una depresión del terreno similar a un cuenco, cubierta por robles y abetos, a quienes la furia de las tormentas sufridas durante años habían retorcido y abatido. Sobre las copas de los árboles se elevaban dos torres altas y esbeltas. El conductor las señaló con su látigo.

—La mansión Baskerville —dijo.

Su dueño se había puesto en pie y la miraba fijamente, con los ojos brillantes y las mejillas encendidas. Pocos minutos después habíamos llegado a las verjas de la casa de los guardeses de la finca, un impresionante conjunto de hierro forjado en fantásticas formas. La meteorología había castigado los pilares que flanqueaban la verja. Éstos estaban cubiertos por líquenes y estaban rematados por las cabezas de jabalí que representaban la casa de los Baskerville. La casa de los guardeses era en realidad una ruina de granito negro, con el costillar de las vigas al aire. Enfrente podía verse a medio construir una nueva edificación, el primer fruto del oro sudafricano de Sir Charles.

Tras las verjas, nos introdujimos en la avenida. Las ruedas de nuestro carruaje seguían deslizándose sordamente sobre el lecho de hojas muertas y sobre nuestras cabezas las ramas de los árboles se entrelazaban formando un sombrío túnel. Baskerville se estremeció al contemplar el largo y oscuro paseo que nos separaba de la mansión que brillaba a lo lejos como una visión fantasmal.

—¿Fue aquí donde sucedió? —preguntó quedamente.

—No, no. El paseo de los tejos queda al otro lado de la casa.

El joven heredero miró a su alrededor con expresión adusta.

—No me extraña que mi tío se sintiera inseguro aquí —dijo—. Este lugar asusta a cualquiera. Antes de seis meses habré instalado farolas a lo largo de todo este paseo. No lo reconocerán después de que el poder de la potencia luminosa de mil bujías marca Swan y Edison lleguen hasta la puerta de entrada de la mansión.

La avenida terminaba en una amplia extensión de césped y llegamos frente a la casa. La luz ya agonizante me permitió ver un bloque central macizo del que sobresalía un porche. Toda la pared frontal estaba cubierta por hiedra, excepto en algunos puntos aquí y allá en los que había sido recortada y por donde asomaban entre el tapiz oscuro ventanas y escudos de armas. De este bloque central sobresalían las dos torres gemelas, antiguas, almenadas y perforadas por muchos agujeros. A ambos lados de las torres se encontraban alas más modernas construidas en granito negro. Una tenue luz brillaba sobre las ventanas, todas ellas divididas por maineles, y de las altas chimeneas que sobresalían por encima del escarpado y empinado tejado salía una única columna de humo negro.

—¡Bien venido, Sir Henry! ¡Bien venido a la mansión Baskerville!

De entre las sombras del porche había surgido un hombre que había abierto la puerta del carruaje. Sobre la luz amarilla del hall se recortaba la silueta de una mujer. La mujer salió para ayudar al hombre a transportar nuestro equipaje.

—No le importa que me marche directamente a mi casa, ¿verdad Sir Henry? —dijo el doctor Mortimer—. Mi mujer me espera.

—¿Está seguro de que no desea quedarse a cenar?

—No, debo irme. Seguramente encontraré asuntos esperándome. Me quedaría para mostrarle la casa, pero sin duda Barrymore será mucho mejor guía que yo. Adiós y no dude en enviar a buscarme siempre que me necesite, sea de día o de noche.

El sonido de las ruedas se alejó paseo arriba hasta desaparecer, mientras Sir Henry y yo entrábamos en el hall y la puerta se cerraba ruidosamente a nuestras espaldas. Nos encontramos en una estancia agradable, grande, de techos elevados y con grandes y numerosas vigas de roble que el tiempo había oscurecido. Un enorme fuego crepitaba y chisporroteaba en la enorme y antigua chimenea por detrás de los protectores de hierro. Sir Henry y yo acercamos nuestras manos al fuego, pues se nos habían quedado insensibles a consecuencia de nuestro largo viaje. Miramos a nuestro alrededor: el alto ventanal con la antigua vidriera, las planchas de madera de roble que revestían las paredes, las cabezas de ciervo, los escudos de armas en las paredes, todo en penumbra bajo la tenue luz de la lámpara central.

—Es tal como lo imaginaba —dijo Sir Henry—. ¿Es o no es la viva imagen del hogar de una vieja familia? ¡Y pensar que mi familia ha vivido en este hall durante quinientos años! No puedo evitar sentirme solemne al pensarlo.

Un entusiasmo infantil iluminaba su rostro moreno mientras miraba a su alrededor. La luz caía directamente sobre Baskerville, pero su sombra se alargaba y proyectaba sobre las paredes de manera que se cernía como un dosel negro sobre él. Barrymore acababa de regresar de llevar nuestro equipaje a nuestras habitaciones.

Permanecía de pie, delante de nosotros, con la actitud servicial de un criado que conoce bien su papel. Era un hombre con una presencia inmejorable, alto, guapo, con barba cuadrada y de facciones pálidas y distinguidas.

—¿Desea el señor que sirva la cena ahora?

—¿Está preparada?

—En cinco minutos, señor. Encontrarán agua caliente en sus habitaciones. A mi esposa y a mí nos gustaría quedarnos con usted, señor, hasta que se haya instalado. Comprenderá usted que, debido a la nueva situación, la casa necesitará bastante servicio.

—¿Qué nueva situación?

—Quiero decir, señor, que Sir Charles llevaba una vida muy tranquila y nosotros podíamos hacernos cargo de sus necesidades. Usted querrá, con toda seguridad, tener más compañía, y necesitará por tanto hacer algunos cambios en el personal de servicio.

—¿Significa eso que usted y su esposa desean abandonarme?

—Sólo cuando sea posible, señor.

—Pero su familia ha trabajado para la mía durante generaciones, ¿no es así? Lamentaría mucho comenzar mi vida aquí rompiendo un vínculo tan antiguo.

Me pareció ver algún signo de emoción en el pálido rostro del mayordomo.

—Mi esposa y yo también lo lamentaremos, señor. Pero, honestamente, ambos estábamos muy unidos a Sir Charles. Su muerte ha sido un golpe muy duro para nosotros y este sitio nos trae dolorosos recuerdos. Temo que no volveremos a vivir tranquilos en la mansión Baskerville.

—¿Qué planes tienen?

—No tengo ninguna duda de que podremos abrir nuestro propio negocio y establecernos. La generosidad de Sir Charles nos ha proporcionado medios para hacerlo. Creo que será mejor que les enseñe sus habitaciones.

Una balaustrada, a la que se accedía a través de una doble escalera, recorría la parte superior del viejo hall. Del punto central partían dos pasillos que abarcaban toda la longitud del edificio y en ellos se encontraban los dormitorios. El mío estaba en el mismo ala que el de Baskerville y era prácticamente contiguo al de él. Estas habitaciones parecían ser mucho más modernas que la parte central de la casa y, entre el colorido papel de las paredes y la gran cantidad de candiles, parte del sombrío estado de ánimo que se había apoderado de mí al llegar desapareció.

Pero el comedor al que el hall daba acceso era un lugar tenebroso y lleno de sombras. Era una estancia de gran longitud en la que existía un entarimado que separaba la zona en la que se sentaba la familia de la zona a menor altura, en la que se colocaban sus vasallos. En un extremo, y a cierta altura, estaba el lugar reservado al juglar. Vigas negras cruzaban el espacio por encima de nuestras cabezas y, por encima de ellas, el techo oscurecido por el humo. Seguramente, con el colorido y la ruda hilaridad de un banquete antiguo, y una gran cantidad de antorchas que iluminasen la estancia, la impresión no sería tan abrumadora; pero éramos tan sólo dos caballeros vestidos de negro, sentados dentro del estrecho círculo de luz que proporcionaba una lámpara con pantalla, con el espíritu subyugado por el escenario y cuya voz se tornaba un susurro. Una borrosa colección de antepasados, cuyas ropas recorrían la moda desde la época isabelina hasta la de la Regencia, nos contemplaba e intimidaba con su silenciosa presencia. Hablamos poco y me sentí aliviado cuando terminó la cena y pasamos a la moderna sala de billar para fumar un cigarrillo.

—Caramba, no es precisamente un lugar alegre —dijo Sir Henry—. Supongo que uno se acostumbra a él, pero me siento un poco incómodo ahora mismo. No me extraña que mi tío estuviera tan intranquilo viviendo solo en un sitio así. Si le parece bien, propongo que nos retiremos temprano. Es posible que las cosas resulten más alegres por la mañana.

Abrí mis cortinas antes de meterme en la cama y miré al exterior. Mi ventana daba al espacio de césped situado enfrente de la casa. Más allá había dos bosquecillos, cuyos árboles se cimbreaban y gemían debido al viento que subía de intensidad. Media luna asomaba por entre los jirones que dejaban las nubes al pasar. Bajo esta fría luz vi, más allá de lo árboles, una línea discontinua de rocas y la larga y baja curva que indicaba la presencia del melancólico páramo. Cerré las cortinas con la sensación de que mis últimas impresiones eran del todo acordes con las que ya había tenido.

Pero no eran las últimas. Estaba agotado y, sin embargo, no era capaz de dormirme. No dejaba de revolverme en la cama de un lado para otro, intentando conciliar un sueño que se negaba a llegar. Lejos, un reloj daba los cuartos de las horas. Pero, salvo por ese sonido, la casa estaba en un silencio absoluto. Y de repente, en lo más profundo de la noche, llegó hasta mí con total claridad un sonido inconfundible. Eran los sollozos de una mujer, el sordo y amortiguado lamento de alguien deshecho por un dolor incontrolable. Me senté en mi cama y escuché con atención. El sonido no provenía de lejos; sucedía dentro de la casa. Durante media hora esperé, con todos mis sentidos alerta, pero sólo llegaron hasta mí las campanadas del reloj y el susurro de la hiedra de la pared.

7. LOS STAPLETON, HABITANTES DE LA CASA MERRIPIT

La novedosa belleza de la mañana siguiente ayudó a eliminar de nuestras mentes la impresión de tristeza sombría que nuestra primera visión de la mansión Baskerville nos había producido. Mientras desayunábamos, la luz del sol entraba a raudales por los altos ventanales, iluminando con acuosos reflejos de colores los escudos de armas que cubrían los maineles. Los paneles de roble refulgían como si fuesen de bronce bajo los rayos dorados y resultaba asombroso que ésta fuese la misma estancia que nos había deprimido tanto la noche anterior.

—¡Creo que la culpa es nuestra y no de la casa! —dijo el joven barón—. Estábamos agotados por el viaje y ateridos de frío por el camino en carruaje. Vimos este lugar con malos ojos. Ahora que estamos descansados y en buen estado, todo vuelve a resultar alegre.

—De todas formas, no creo que fuese todo producto de nuestra imaginación —respondí—. ¿No escuchó usted durante la noche, por ejemplo, sollozar a alguien, creo que una mujer?

—Es curioso, pues me pareció oír algo de ese estilo cuando me dormía. Presté atención durante bastante rato, pero no volví a oírlo y decidí que había sido un sueño.

—Yo lo oí con claridad y estoy seguro de que se trataba del llanto de una mujer.

—Debemos aclarar esto de inmediato.

Hizo sonar la campana y preguntó a Barrymore qué información podía proporcionar él de este hecho. Me dio la impresión de que los pálidos rasgos del mayordomo palidecían aún más al escuchar la pregunta de su señor.

—Sólo hay dos mujeres en la casa, Sir Henry —respondió—. Una es la fregona, que duerme en el otro ala. La otra es mi esposa y puedo dar fe de que no fue ella.

Y, sin embargo, mentía, pues dio la casualidad de que al terminar de desayunar me encontré con la señora Barrymore en el largo pasillo de manera que la luz del sol iluminaba enteramente su rostro. Era una mujer de gran tamaño, imperturbable, de rasgos toscos. Su boca transmitía siempre una sensación de severidad. Pero sus ojos eran reveladores. Estaban enrojecidos y me miraron a través de unos párpados inflamados. Por tanto, era ella la que había estado llorando aquella noche. Y si así era, su marido debía saberlo. A pesar de todo, él había decidido correr el riesgo de ser descubierto al afirmar todo lo contrario. ¿Por qué lo había hecho? ¿Y por qué lloraba ella tan amargamente? Alrededor de este hombre de rostro pálido, apuesto y de barba negra, existía una atmósfera de misterio y opacidad. Había sido él la primera persona que había descubierto el cadáver de Sir Charles y, por lo que respectaba a la veracidad del relato que había hecho sobre las circunstancias de la muerte de éste, sólo teníamos su palabra. ¿Era posible que después de todo fuese Barrymore el hombre que vimos en el carruaje de Regent Street? La barba podía ser perfectamente la misma. El cochero lo había descrito como un hombre de estatura algo menor, pero era fácil confundirse en un aspecto así. ¿Cómo podía yo esclarecer este punto de una vez por todas? Obviamente, lo primero que tenía que hacer era hablar con el jefe de la oficina de correos de Grimpen y averiguar si el telegrama había sido entregado a Barrymore en persona. Fuese cual fuese la respuesta, por lo menos tendría algo de lo que informar a Holmes.

Terminado el desayuno, Sir Henry tenía un montón de papeles que examinar. Así pues, la ocasión resultaba propicia para mi excursión. El camino resultó ser un agradable paseo de cuatro millas a lo largo del límite del páramo que desembocaba en una pequeña aldea de color gris, cuyas dos edificaciones de mayor tamaño eran la posada y el domicilio del doctor Mortimer, cuya altura le hacía sobresalir por encima de cualquier otro edificio. El jefe de la oficina de correos, que era también un tendero local, recordaba perfectamente el telegrama en cuestión.

—Efectivamente, señor —dijo—, hice que se entregara el telegrama al señor Barrymore tal como se me indicó que lo hiciera.

—¿Quién lo entregó?

—Este hijo mío. James, entregaste la semana pasada en la mansión el telegrama para Barrymore, ¿no es así?

—Sí padre, lo entregué.

—¿A él en persona? —pregunté.

—En aquel momento él estaba en el desván, así que no pude entregárselo en persona. Se lo di a su mujer; ella me prometió que se lo daría al instante.

—¿Viste a Barrymore?

—No, señor. Ya le he dicho que estaba en el desván.

—Si no le viste, ¿cómo sabes que efectivamente estaba en el desván?

—Bueno, seguro que su esposa sabía con certeza dónde estaba —dijo cabezonamente el jefe de correos—. ¿No llegó el telegrama? Si ha habido algún error, debería ser Barrymore el que pusiese la queja.

Resultaba del todo inútil seguir con las pesquisas. Era evidente que, a pesar del celo de Holmes, no teníamos ninguna prueba de que Barrymore no hubiese estado todo aquel tiempo en Londres. Si suponíamos que así hubiese sido, si suponíamos que aquel hombre había sido la última persona en ver con vida a Sir Charles y el primero en seguir al heredero a su regreso a Inglaterra, ¿qué era lo que teníamos? ¿Trabajaba para otros o había concebido algún plan siniestro por su cuenta y riesgo? ¿Qué interés podía tener en perseguir a la familia Baskerville? Pensé en el extraño aviso hecho con las palabras recortadas del editorial del *Times*. ¿Era cosa de él o era un intento de otra persona para interponerse en sus planes? El único motivo posible era el que había apuntado Sir Henry: si conseguían asustar a la familia Baskerville y alejarla de la mansión, los Barrymore se aseguraban el disfrute de un hogar confortable de manera permanente. Pero una explicación así no justificaba una planificación tan compleja y sutil que parecía tejer una red invisible alrededor del joven barón. El mismo Holmes había reconocido que, en el curso de sus asombrosas investigaciones, nunca antes se había encontrado con un caso tan complejo como éste. Mientras caminaba de regreso a lo largo del gris y solitario camino, rogué que mi amigo se liberara de sus ocupaciones con prontitud y pudiese venir hasta donde nos encontrábamos para liberarme de la responsabilidad que había cargado sobre mis hombros.

De repente mis pensamientos fueron interrumpidos por el sonido de alguien que corría tras de mí al tiempo que una voz me llamaba por mi nombre. Me giré, esperando encontrarme con el doctor Mortimer, pero, para mi sorpresa, vi que era un extraño quien intentaba alcanzarme. Era de pequeña estatura, delgado, bien afeitado, con aspecto estirado y el pelo muy rubio. Tenía la barbilla afilada y debía andar entre los treinta y los cuarenta años. Vestía un traje gris que acompañaba con un sombrero de paja. De su hombro colgaba una caja de lata para guardar especímenes botánicos y llevaba entre las manos una gran red verde para cazar mariposas.

—Podrá disculpar con toda seguridad mi presunción, doctor Watson —dijo al llegar jadeando hasta donde yo estaba—. Aquí en el páramo somos gente muy sencilla y no esperamos a ser presentados formalmente. Es posible que nuestro común amigo el doctor Mortimer le haya hablado de mí. Mi nombre es Stapleton y vivo en la casa Merripit.

—Su caja y la red que lleva le hubiesen delatado, pues sabía que era usted un naturalista —dije—. Pero, ¿cómo me ha reconocido usted a mí?

—Estaba haciendo una visita a Mortimer cuando él le señaló a través de la ventana de su consulta al pasar usted por delante. Como hemos de seguir el mismo camino, pensé en alcanzarle y presentarme yo mismo. Confío en que Sir Henry se encuentre bien tras el viaje.

—Está muy bien, gracias.

—Todos temíamos que tras la muerte de Sir Charles el nuevo barón no quisiera instalarse aquí. Es demasiado pedir pretender que un hombre de buena posición se entierre en un lugar como éste, pero imagino que no tengo que explicarle lo mucho que el buen desarrollo del campo depende de ello. Supongo que Sir Henry no cree en las supersticiones que rodean este caso, ¿no es así?

—No lo creo.

—Naturalmente, conoce usted la leyenda acerca del perro maldito que persigue a la familia.

—La he oído, sí.

—Es sorprendente lo crédulos que pueden llegar a ser los campesinos de por aquí. Muchos de ellos están dispuestos a jurar que han visto a un perro como el de la leyenda por el páramo —hablaba sonriendo, pero me dio la impresión de que se tomaba la cosa más en serio de lo que aparentaba—. La historia se apoderó de la imaginación de Sir Charles y no tengo ninguna duda de que eso fue lo que le llevó al trágico final que tuvo.

—Pero ¿cómo pudo ser?

—Sufría tal tensión nerviosa que la aparición de cualquier perro pudo tener consecuencias fatales en su enfermo corazón. Imagino que sí vio realmente algo aquella noche fatal en el paseo de los tejos. Yo temía que algo malo le sucediese, pues le tenía auténtico aprecio y sabía que estaba delicado del corazón.

—¿Cómo sabía usted eso?

—Mi amigo Mortimer me lo había dicho.

—¿Cree entonces que algún perro persiguió a Sir Charles y, como consecuencia, murió presa del pánico?
—¿Tiene usted alguna explicación mejor?
—No he llegado todavía a ninguna conclusión.
—¿Y el señor Holmes?

Sus palabras me dejaron sin aliento durante unos instantes, pero con una simple mirada a sus serenas facciones y tranquilos ojos me convencí de que no pretendía causar sorpresa.

—Es inútil fingir que no le conocemos, doctor Watson —dijo—. El relato de las aventuras de su detective ha llegado hasta aquí y es imposible conocerle a él sin haber oído hablar de usted. Cuando Mortimer me dijo su nombre, no pudo negar quién era usted. Si usted está aquí, significa que el señor Sherlock Holmes en persona está interesado en este asunto y, naturalmente, estoy interesado en conocer su punto de vista.

—Me temo que no puedo contestar su pregunta.

—¿Y puedo preguntarle si nos honrará con su presencia?

—No le resulta posible abandonar la ciudad en estos momentos. Otros asuntos ocupan por completo su atención.

—Es una lástima. Él podría arrojar alguna luz sobre un asunto que nos tiene a los demás sumidos en una completa oscuridad. Pero por lo que respecta a sus propias pesquisas, si hay algo en lo que yo pueda ayudarle, confío en que me lo diga. Si supiese en qué sentido avanzan sus pesquisas o cómo se propone investigar este caso, tal vez podría darle algún consejo o ayudarle de alguna manera.

—Le aseguro que estoy aquí con el único propósito de visitar a mi amigo Sir Henry y que no necesito ningún tipo de ayuda.

—¡Excelente! —exclamó Stapleton—. Tiene usted todo el derecho a ser precavido y discreto. Soy justificadamente reprendido por una intromisión injustificable. Le prometo que no volveré a hacer ninguna mención a este asunto.

Acabábamos de llegar a un punto en el camino en el que un sendero de hierba se desviaba y se adentraba en el páramo. A la derecha se veía una colina escarpada y cubierta de pedruscos que en tiempos pasados hubo de ser una cantera de granito. La cara que se ofrecía a nosotros formaba un precipicio oscuro en cuyos agujeros crecían zarzas y helechos. A lo lejos se veía una columna de humo.

—Tras un paseo no muy largo por este camino que cruza el páramo se llega a la casa Merripit —dijo—. Tal vez sería posible que tuviese usted una hora libre y podría tener el placer de presentarle a mi hermana.

Lo primero que pensé fue que debía regresar al lado de Sir Henry. Pero recordé la montaña de papeles y facturas que cubría la mesa de su despacho. Estaba seguro de que no podría serle de la menor ayuda al respecto. Y Holmes me había dicho explícitamente que debía estudiar a los vecinos de Sir Henry en el páramo. Acepté la invitación de Stapleton y juntos nos desviamos por el sendero.

—El páramo es un lugar magnífico —dijo él, contemplando las ondulantes depresiones, el enorme mar de grandes olas verdes con crestas de granito que se extendía a nuestro alrededor creando fantásticas formas—. Es imposible cansarse del páramo. No se imagina los increíbles secretos que esconde. Es tan grande, tan estéril, tan misterioso.

—¿Usted lo conoce bien?

—Llevo aquí tan sólo dos años. Para los habitantes de aquí soy un recién llegado; llegamos poco después de que Sir Charles se instalase. Pero, a causa de mis aficiones, me dediqué a explorar los alrededores y dudo que haya muchos hombres que lo conozcan tan bien como yo.

—¿Tan difícil de conocer es?

—Mucho. Mire por ejemplo esa gran planicie al norte de la que sobresalen esas extrañas cumbres. ¿Ve algo sorprendente en ella?

—Parece un lugar excelente en el que galopar.

—Sí, pensar eso es lo normal. Y ello ha costado muchas vidas hasta ahora. ¿Ve esas manchas de color verde brillante que la cubren por muchas zonas?

—Sí. Parece terreno mucho más fértil que el resto.

Stapleton se rió.

—Ésa es la Gran Ciénaga Mire —dijo—. Un paso en falso significa la muerte para el hombre o animal que lo dé. Ayer mismo vi a uno de los ponis del páramo aventurarse en ella. Nunca salió. Durante largo rato vi su cabeza sobresaliendo por encima del embolsamiento de lodo. Pero, finalmente, el pantano le succionó. Es peligroso cruzarlo incluso en la estación seca, pero tras las lluvias otoñales es un lugar endemoniado. Sin embargo, yo puedo adentrarme en él hasta su mismo corazón y volver a salir vivo. ¡Demonios! Ahí está otro de esos pobres ponis.

Una cosa de color marrón se revolvía y agitaba por entre los juncos verdes. El largo y agonizante cuello se retorcía y luchaba por elevarse mientras un grito espeluznante recorría el páramo. Me helé de terror, pero los nervios de mi compañero eran más templados que los míos.

—Se fue —dijo—. El páramo se ha apoderado de él. Dos en dos días, y es posible que muchos más, pues acostumbran a moverse por esa zona en la estación seca y no notan la diferencia hasta que la garra de la ciénaga se apodera de ellos. La gran ciénaga Mire es un mal lugar.

—¿Y dice que usted puede aventurarse por ella?

—Sí; hay uno o dos caminos por los que un hombre en forma puede desenvolverse y yo los he encontrado.

—¿Y para qué quiere usted adentrarse en un lugar tan horrible?

—Bueno, ¿ve esas colinas ahí detrás? Son como islas independientes que la ciénaga aísla impasiblemente; ha ido rodeándolas a lo largo de los años. Ahí es donde se encuentran las plantas y mariposas más extraordinarias, si es que se tienen redaños de ir a por ellas.

—He de probar a ir hasta allí alguna vez.

Me miró sorprendido.

—Por el amor de Dios, aleje esa idea de su mente —dijo—. Cargaría con la culpa de su muerte sobre mi conciencia. Le aseguro que no tiene la menor posibilidad de regresar con vida. Para ser capaz de hacerlo, he de recordar señales sobre el terreno muy complicadas.

—¡Caramba! —exclamé—. ¿Qué es eso?

Un largo y grave lamento, de una indescriptible tristeza, recorrió todo el páramo. Llenó el aire y resultaba del todo imposible saber de dónde procedía. Comenzaba siendo un murmullo sordo que se intensificaba hasta convertirse en un rugido profundo y que terminaba por ser un murmullo palpitante y melancólico una vez más. Stapleton me miró con expresión de curiosidad.

—El páramo es un lugar extraño —comentó.

—Pero ¿qué ha sido eso?

—Los campesinos creen que es el perro de los Baskerville en busca de su presa. Ya lo había oído una o dos veces antes, pero nunca tan alto.

Miré a mi alrededor con el corazón helado por el miedo. Nada se movía por la planicie ondulante, salpicada por las manchas verdes de los juncos, salvo un par de cuervos que graznaban escandalosamente sobre un peñasco a nuestras espaldas.

—Usted es un hombre culto. No es posible que crea una insensatez así —dije—. ¿Cuál cree que es el origen de un sonido tan extraño como éste?

—Algunas veces las ciénagas emiten sonidos muy extraños. Los produce el fango al asentarse, o la subida del agua o algo de eso.

—No, no; era un sonido de algo vivo.

—Es posible que así fuera. ¿Alguna vez escuchó a un avetoro?
—No. Jamás.
—Es un pájaro muy poco frecuente en Inglaterra en la actualidad. Prácticamente extinguido. Pero todo es posible en el páramo. Sí, no me sorprendería descubrir que se trata del bramido de uno de los últimos avetoros.
—Ha sido la cosa más escalofriante y extraña que he oído en toda mi vida.
—Sí, es un lugar bastante peculiar en su conjunto. Mire las laderas que hay más allá. ¿Qué cree que son?

Era una ladera escarpada, totalmente cubierta de círculos de piedra de gran tamaño. Un buen número de ellos.

—¿De qué se trata? ¿Refugios para los pastores?
—No. Son los hogares de nuestros antepasados. El páramo estuvo muy poblado por el hombre prehistórico y, como nadie ha vuelto a habitarlo con mucha densidad desde entonces, encontramos las cosas tal como las dejaron ellos. Éstas son sus cabañas, pero sin sus techos. Si tiene curiosidad y entra en su interior, podrá ver sus chimeneas y sus sofás.
—Parece toda una ciudad. ¿Cuándo estuvo habitada?
—En la época del hombre neolítico. Sin fecha.
—¿Y qué fue de él?
—Llevaba su ganado a pastar por estas colinas y aprendió a extraer el estaño del suelo en la época en la que las espadas de bronce comenzaron a ser superiores a las hachas de piedra. Mire aquella gran zanja en la colina de enfrente. Ésa es la señal. Sí, encontrará muchas características del páramo que lo convierten en un lugar único, doctor Watson. Vaya, discúlpeme un instante. Con toda seguridad se trata de una *cyclopidea*.

Una mosca o polilla de pequeño tamaño se había cruzado en nuestro camino y, al instante, Stapleton salió disparado tras ella en todo un despliegue de energía y velocidad. Para mi angustia, aquella criatura empezó a volar directamente hacia la ciénaga; mi recién conocido no se detuvo en ningún momento. Saltaba de un lugar a otro sobre la hierba, siempre tras el animal, con su red verde flotando tras él. Sus ropas de color gris y su irregular manera de desplazarse, saltando en zigzag, le hacía parecer a él mismo una enorme polilla. Le contemplaba de pie, admirando su sorprendente vitalidad y al mismo tiempo temiendo que cometiera un error en aquella traicionera ciénaga, cuando escuché unos pasos. Al girarme vi a una mujer que caminaba hacia mí por el sendero. Avanzaba desde el punto en el que la columna de humo indicaba la posición de la casa Merripit, pero una hondonada del páramo la había ocultado hasta que estuvo muy cerca.

No tenía ni la menor duda de que se trataba de la señorita Stapleton, de la que ya me habían hablado. En primer lugar porque en el páramo no abundaban las mujeres y además recordé que me habían dicho que era una belleza. Y la mujer que se acercaba hacia mí, sin duda, lo era. Y de un tipo poco frecuente además. El contraste entre ambos hermanos difícilmente podría ser mayor. Stapleton era de tez neutra, cabello claro y ojos grises. Ella era la morena con la tez más oscura que jamás vi en Inglaterra. Era alta, delgada y elegante. Los rasgos de su orgullosa cara habían sido finamente cincelados y tan perfectos que parecería un ser imperturbable, de no ser por una boca que denotaba su sensibilidad y unos hermosos e inquietos ojos oscuros. Con su elegante y perfecto vestido resultaba una aparición inusitada en aquel solitario camino del páramo. Cuando me giré tenía la mirada fija en su hermano; en ese momento aceleró el paso. Me había quitado el sombrero y estaba a punto de ofrecerle alguna explicación cuando sus palabras cambiaron por completo el curso de mis pensamientos.

—¡Márchese! —dijo—. Regrese a Londres de inmediato.

Mi sorpresa sólo me permitió mirarla estúpidamente. Clavó en mí su mirada centelleante y su pie golpeó el suelo con impaciencia.

—¿Por qué debería marcharme? —pregunté.

—No puedo explicárselo —habló en voz baja, con urgencia. Tenía un curioso ceceo—. Por el amor de Dios, haga lo que le digo. Márchese de aquí y no vuelva a poner un pie en el páramo.

—Pero si acabo de llegar.

—¡Hombre de Dios! ¿No es capaz de reconocer cuándo le están previniendo por su propio bien? ¡Regrese a Londres! Esta misma noche. Abandone este lugar cueste lo que cueste. ¡Silencio! Por ahí se acerca mi hermano. No le diga ni una palabra de lo que le he dicho. ¿Podría por favor coger para mí la orquídea esa que está entre las hierbas de caballo? Tenemos muchas orquídeas en el páramo; aunque llega usted un poco tarde para ver las maravillas del lugar.

Stapleton había abandonado la persecución y regresaba hacia donde nos encontrábamos nosotros con el rostro encendido y la respiración entrecortada a causa del esfuerzo.

—¡Hola Beryl! —dijo. Me dio la impresión de que el tono de su saludo no era completamente cordial.

—Caramba, Jack, pareces acalorado.

—Sí. He estado persiguiendo una *cyclopidea*. Es un ejemplar muy poco frecuente y es raro encontrarlo a finales de otoño. Es una lástima que se me haya escapado.

Hablaba despreocupadamente, pero sus ojos no dejaban de mirarnos alternativamente a mí y a la chica.

—Veo que ya se conocen.

—Sí. Le estaba diciendo a Sir Henry que ha llegado algo tarde para ver las auténticas maravillas del páramo.

—¿Quién crees que es este caballero?

—Me imagino que será Sir Henry Baskerville.

—Oh, no, no —repliqué—. Un plebeyo vulgar y corriente, pero amigo de Sir Henry. Soy el doctor Watson.

Enrojeció de vergüenza.

—Le he hablado entonces tontamente —dijo ella.

—Bueno, no habéis tenido tiempo de conversar mucho —comentó su hermano con la misma mirada inquisitoria.

—Me dirigí a él como si fuese un habitante permanente del páramo, no alguien que está de paso —dijo ella—. No creo que le importe mucho si la época de las orquídeas ha terminado ya o no. Nos acompañará y conocerá nuestra casa, ¿no es así?

Llegamos a ella después de un corto paseo. Se trataba de una típica casa descolorida del páramo. En tiempos tuvo que ser el hogar de un próspero ganadero. Ahora había sido modernizada y restaurada. Un huerto la rodeaba, pero los árboles, como era habitual en el páramo, estaban retorcidos y atrofiados. El lugar desprendía una atmósfera de maldad y melancolía. Nos abrió la puerta un criado arrugado y oxidado de aspecto extraño, que parecía ir a juego con la casa. Sin embargo, una vez estuve en el interior, me pareció reconocer el buen gusto de la dama en la elegancia con la que se habían decorado las amplias estancias. Al mirar por la ventana el mar de flecos de granito que se extendía hasta el horizonte, no pude evitar preguntarme cómo un hombre tan culto como él y una mujer tan hermosa como ella habían acabado yendo a parar a aquel lugar.

—Un lugar un poco extraño para vivir en él, ¿no le parece? —dijo él como si pudiese leer mis pensamientos—. Y aun así nos las apañamos para ser moderadamente felices, ¿no es así Beryl?

—Bastante felices —contestó ella. Aunque no sonaba muy convincente.

—Era dueño de un colegio en el norte del país —dijo Stapleton—. Para un hombre de mi carácter el trabajo era poco interesante y muy mecánico. Pero era todo un privilegio estar en contacto con la juventud. Me gustaba ayudar a moldear sus mentes, hacerlas partícipes de los propios ideales y el carácter de uno. Pero la cosa no acabó bien. Se desató una epidemia y tres de los chicos murieron. No pude reponerme del golpe y perdí gran parte de mis bienes. De no ser por lo mucho que añoro la compañía de la gente joven, podría alegrarme de mi mala suerte, pues soy un entusiasta de la botánica y la zoología y aquí tengo un campo de trabajo ilimitado. A mi hermana le entusiasma la Naturaleza también. He visto en la expresión de su cara al mirar por la ventana que pensaba en esto.

—Ciertamente se me ha ocurrido pensar que esto podría resultarle un poco aburrido; si no a usted, sí a su hermana.

—No, no, yo no me aburro jamás —contestó ella rápidamente.

—Tenemos nuestros libros, nuestros estudios y, además, tenemos vecinos interesantes. El doctor Mortimer es todo un experto en su campo. El desdichado Sir Charles era también una compañía excelente. Le conocíamos bien y le echamos de menos mucho más que lo que las palabras son capaces de expresar. ¿Cree que pecaré de entremetido si me paso esta tarde a visitar a Sir Henry?

—Estoy seguro de que estará encantado de que lo haga.

—En ese caso, tal vez no le importe a usted avisarle de que me propongo hacerlo. A nuestro humilde modo, tal vez nos resulte posible facilitarle la tarea de instalarse aquí hasta que se acostumbre al nuevo entorno. ¿Quiere venir arriba conmigo, doctor Watson? Le enseñaré mi colección de lepidópteros. Creo que es la más completa de todo el sudeste de Inglaterra. Para cuando terminemos la comida estará ya prácticamente lista.

Pero yo estaba ansioso por volver a mi puesto. Los sucesos vividos —la melancolía que transmitía el páramo, la muerte del desgraciado pony, el escalofriante sonido asociado a la lúgubre leyenda de los Baskerville— teñían de tristeza mi espíritu. Y por si estas quizá vagas impresiones no bastaban, tenía también el claro y concreto aviso se la señorita Stapleton. La manera en la que lo había expresado denotaba tal ansiedad, que no me cabía ni la menor duda de que se apoyaba en motivos de importancia. Resistí las insistentes invitaciones para que me quedase a comer allí y me puse de inmediato en camino para regresar por el mismo sendero de hierba por el que habíamos llegado hasta la casa Merripit.

Debía existir algún tipo de atajo que sólo algunos conocían, pues antes de llegar al camino descubrí atónito a la señorita Stapleton, sentada sobre una piedra en el borde del sendero. Tenía las manos en los costados y el rostro bellamente coloreado después del ejercicio físico que había realizado.

—He corrido hasta aquí sin parar para poder alcanzarle, doctor Watson —dijo—. Ni siquiera he tenido tiempo de ponerme el sombrero. No puedo entretenerme si no quiero que mi hermano me eche en falta. Quiero disculparme por el error tan estúpido que cometí antes al confundirle con Sir Henry. Por favor, olvide lo que le dije. No tiene nada que ver con usted.

—Es imposible que lo olvide, señorita Stapleton —contesté—. Soy amigo de sir Henry y su bienestar es una de mis preocupaciones. Dígame, por favor, por qué tiene ese interés tan intenso en que Sir Henry regrese a Londres.

—Es una intuición femenina, doctor Watson. Cuando llegue a conocerme mejor, verá que en ocasiones no puedo proporcionar razones por las que hago o digo las cosas.

—No. Recuerdo la angustia en su voz. Recuerdo la mirada que tenían sus ojos. Por favor, sea sincera conmigo, señorita Stapleton; desde que he llegado no veo más que sombras a mi alrededor. La vida aquí se asemeja a esa ciénaga Mire, llena de puntos de vegetación que suponen ser atrapado si uno se aventura en ellos y de los que no existe advertencia en contra alguna. Dígame, pues, qué es lo que significa su aviso y le prometo que se lo transmitiré a Sir Henry.

Su rostro dejó entrever una pasajera indecisión, pero al instante sus ojos se endurecieron de nuevo cuando me respondió.

—Le da demasiada importancia, doctor Watson —dijo—. La muerte de Sir Charles nos ha afectado mucho a mi hermano y a mí. Le conocíamos mucho, pues su paseo favorito era cruzar el páramo hasta nuestra casa. Le preocupaba enormemente la maldición que pesaba sobre su familia y cuando sufrió un fin tan trágico, naturalmente, pensé que había algo de fundamento real en el miedo que él manifestaba. Me preocupó terriblemente que otro miembro de la familia se instalase también aquí y sentí que debía prevenirle en contra del peligro que sufría. Es lo único que pretendía.

—¿Qué peligro es ése?

—¿No conoce la historia del perro?

—Es imposible que usted dé crédito a tal simpleza.

—Pues lo hago. Si de verdad tiene usted algún influjo sobre Sir Henry, lléveselo de aquí, de un lugar que siempre ha resultado ser tan pernicioso para su familia. El mundo es muy grande. ¿Por qué habría de querer instalarse en el único que es peligroso para él?

—Porque *es* peligroso. Sir Henry es así. Me temo que si no puede expresar sus temores de una manera más concreta, será imposible persuadirle de que debe marcharse de aquí.

—No puedo decir nada más concreto, porque no dispongo de datos más concretos.

—Quisiera hacerle una última pregunta, señorita Stapleton. Si de verdad no pretendía nada más que esto la primera vez que habló conmigo, ¿por qué tenía tanto interés en que su hermano no se enterase de lo que me había dicho? No es nada a lo que ni él ni nadie pudiese poner la menor objeción.

—Mi hermano desea fervientemente que la mansión esté habitada, pues cree que será beneficioso para los habitantes del páramo. Se enfadaría mucho si se enterase de que he dicho algo que pudiera inducir a Sir Henry a marcharse de aquí. Ya he cumplido con mi obligación y no añadiré ni una palabra más. He de marcharme o mi hermano me echará en falta y sospechará que he hablado con usted. Adiós.

Dio media vuelta y en pocos minutos desapareció tras los peñascos que aparecían diseminados aquí y allá, mientras que yo, con el corazón lleno de vagos temores, continué mi camino hacia la mansión Baskerville.

8. PRIMER INFORME DEL DOCTOR WATSON

A partir de este momento comenzaré a relatar lo sucedido utilizando transcripciones directas de las cartas que en su momento escribí a Sherlock Holmes y tengo ahora delante de mí sobre mi mesa. Falta una página, pero, por lo demás, están tal como yo las escribí y reflejan lo que yo pensaba y sospechaba por aquel entonces con más fidelidad que mi memoria, por muy frescos que los trágicos sucesos que tuvieron lugar estén en ella.

Mansión Baskerville, 13 octubre

Mi querido Holmes:

En mis anteriores cartas y telegramas le he mantenido informado de lo que sucedía en este remoto lugar olvidado de la mano de Dios. Cuanto más tiempo permanece uno aquí, más penetra el espíritu del páramo en su alma; no sólo su magnitud, sino también su sombrío encanto. Al adentrarse en él, uno es consciente que ha dejado cualquier traza de la Inglaterra moderna atrás, pero también es posible ver por todas partes el hogar y los esfuerzos de los antiguos pueblos de la prehistoria. Sea cual sea la dirección en la que uno dirija sus pasos, acaba encontrándose con las viviendas de estos pueblos olvidados, sus tumbas y los monolitos con los que se cree que señalaban la ubicación de sus templos. Al mirar sus asentamientos sobre estas desgarradas colinas da la impresión de que uno deja su propio tiempo atrás. Y que uno está a punto de encontrarse a un ser peludo y desnudo, agachándose para salir a través de la pequeña puerta al exterior de su cabaña y tensando la cuerda del arco en el que colocaría una flecha con la punta de sílex. Él sería una presencia más lógica en este sitio que uno mismo. Lo raro es que debió ser una población muy numerosa sobre un terreno que ha debido ser siempre igual de estéril. No soy un experto en la edad antigua, pero tengo la sospecha de que se trató de una raza poco violenta, pero sí hostigada por otros, y que se vieron obligados a vivir donde nadie más quiso hacerlo.

Sin embargo, todo esto no tiene nada que ver con la misión que me encomendó y seguramente no resultará de ningún interés a alguien con un sentido práctico tan desarrollado como usted. Recuerdo todavía su completa indiferencia frente al hecho de si era la tierra la que giraba alrededor del sol o al revés. Por tanto, permítame que retome los asuntos concernientes a Sir Henry Baskerville.

Si no ha recibido ningún informe mío en los últimos días ha sido porque hasta hoy no ha sucedido nada digno de mención. Pero ahora ha sucedido algo muy sorprendente que relataré cuando llegue el momento. Antes debo ponerle al corriente de otros hechos relacionados con nuestra situación.

Uno de ellos, del que no he dicho gran cosa, es ese prisionero evadido que anda suelto por el páramo. Hay indicios claros de que ha debido marcharse de aquí, lo que ha tranquilizado bastante a los habitantes de las casas más aisladas de este distrito. Han pasado ya quince días desde que se escapó y en todo este tiempo ni se le ha visto, ni se ha tenido la menor noticia de él. Es del todo inconcebible que haya sobrevivido todo este tiempo en el páramo. Naturalmente, es obvio que hubiese encontrado lugares en donde esconderse; cualquiera de las chozas de piedra le hubiese servido. Pero no habría encontrado nada que comer, a no ser que hubiese cazado alguna de las ovejas del páramo. Pensamos por tanto que ha debido marcharse de aquí, lo que hace que los granjeros de la zona duerman más tranquilos.

Bajo nuestro techo vivimos cuatro varones capaces y por tanto podíamos protegernos a nosotros mismos, pero confieso que he sentido preocupación al pensar en los Stapleton. Viven a millas de distancia de cualquier tipo de socorro. Y en esa casa viven una doncella, un viejo criado y los dos hermanos. Siendo él un hombre no precisamente fuerte. Si éste asesino de Notting Hill hubiese conseguido entrar en la casa, habrían estado en sus manos. Tanto Sir Henry como yo estábamos preocupados y llegamos a sugerir que Perkins, el mozo, durmiese en aquella casa, pero Stapleton no quiso ni oír hablar de ello.

El caso es que nuestro joven amigo el barón empieza a demostrar un más que considerable interés en nuestra bella vecina. No es de extrañar, pues para un hombre inquieto como él, el tiempo debe transcurrir demasiado despacio en un lugar tan solitario como éste. Y ella es una mujer fascinante y muy hermosa. Hay algo exótico en ella que recuerda el trópico y que contrasta enormemente con su frío y poco emotivo hermano. Aunque él da la impresión de tener pasiones ocultas. Él tiene una innegable influencia sobre ella, pues me he dado cuenta de que ella habla siempre buscando con la mirada la aprobación del hermano. Confío en que se porte bien con ella. Él tiene un brillo frío en la mirada y una expresión de firmeza en los delgados labios que indican una naturaleza segura de sí y muy posiblemente severa. Usted le encontraría un sujeto de estudio muy interesante.

Ese primer día vino a visitarnos a la mansión Baskerville y, al día siguiente, nos llevó al lugar en el que se supone comenzó la leyenda del perverso Hugo. Tuvimos que caminar varias millas a través del páramo. El sitio era tan lúgubre que no es de extrañar que fuera el origen de la leyenda. A través de un pequeño valle situado entre peñascos escarpados llegamos a un espacio abierto cubierto de césped y salpicado de blanco por los erioforos. En medio de la pradera había dos grandes rocas desgastadas y afiladas en su parte superior, que parecían los colmillos corroídos de alguna bestia monstruosa. Era idéntica en todos los detalles a la descripción del lugar donde había ocurrido la antigua tragedia. Sir Henry demostraba un gran interés y preguntó más de una vez a Stapleton si creía realmente en la posibilidad de que algún poder sobrenatural pudiese llegar a involucrarse en los asuntos humanos. Hablaba con ligereza, pero era evidente que estaba muy interesado en el asunto. Stapleton fue muy comedido en sus respuestas, pero dejaba entrever que sabía más de lo que decía y que, seguramente por respeto a los sentimientos de Sir Henry, no decía todo lo que pensaba. Nos contó casos parecidos de otras familias que también habían sufrido alguna influencia maligna y nos dejó con la impresión de que compartía la creencia popular respecto a esta historia.

Ya de regreso, nos detuvimos a comer en la casa Merripit. Entonces fue cuando Sir Henry conoció a la señorita Stapleton. Desde el primer momento me di cuenta de que él se sentía profundamente atraído por ella y, o mucho me equivoco, o fue un sentimiento mutuo. No dejó de hablar de ella en nuestro camino de regreso a casa y desde entonces raro es el día en que no tenemos noticias de ella o de su hermano. Cenarán aquí esta noche y ya se ha hablado de que lo hagamos nosotros en su casa la semana que viene. Uno pensaría que un enlace de estas características haría feliz a Stapleton, pero, sin embargo, en más de una ocasión he sorprendido una mirada suya de reprobación en su cara cuando Sir Henry tiene algún detalle con su hermana. Está sin duda muy unido a ella y viviría una vida muy solitaria sin ella, pero sería el colmo del egoísmo si se interpusiese entre ella y un matrimonio tan brillante. Sin embargo, estoy seguro de que no tiene el menor deseo de que la intimidad entre su hermana y Sir Henry se convierta en amor. Y en varias ocasiones le he observado hacer lo indecible para evitar que ellos dos conversasen *tête-à-tête*. Por cierto, sus instrucciones acerca de no dejar a Sir Henry salir solo de la casa jamás se complicarían terriblemente en caso de que añadiésemos un asunto amoroso a nuestros problemas. Dejaría de estar tan bien considerado si hubiese de seguir sus instrucciones al pie de la letra.

El otro día (el jueves, para ser exactos) el doctor Mortimer comió con nosotros. Había realizado excavaciones en una cabaña en Long Down y había descubierto una calavera prehistórica, lo que le llenaba de alegría. No debe haber en todo el mundo mayor entusiasta en su campo. Los Stapleton llegaron justo después y el doctor Mortimer, a petición de Sir Henry, nos llevó al paseo de los tejos para explicarnos cómo había sucedido todo aquella noche fatal. Es un paseo largo y triste, el tal paseo de los tejos, que discurre entre dos altas paredes de arbustos recortados y con dos estrechas bandas de césped a los lados. En el extremo más alejado del paseo hay una vieja casa de verano prácticamente derruida. En su parte media está la puerta que da al páramo y en donde se encontró la ceniza dejada por el viejo caballero. Es una puerta de madera de color blanco con una tranca. Más allá se extiende el vasto páramo. Recordé su teoría acerca de los hechos e intenté imaginarme lo sucedido. Mientras el anciano caballero esperaba allí, vio algo que se acercaba a él a través del páramo que le aterrorizó de tal manera, que le hizo perder la cabeza y salir corriendo hasta que el pánico y la extenuación provocaron su muerte. Allí estaba el largo y tétrico túnel por el que había huido. ¿Y de qué huía? ¿Un perro pastor del páramo o un monstruoso perro fantasmal, negro y silencioso? ¿Estaba la mano del hombre detrás de todo aquello? ¿Sabía el pálido y vigilante Barrymore algo más de lo que decía? Era todo muy vago y difuso, pero en todo momento la sombra de un crimen lo rodeaba.

Desde la última vez que le escribí he conocido a otro vecino. Se trata del señor Frankland, que vive en la mansión Lafter, a unas cuatro millas al sur de nuestra casa. Es un hombre ya de edad, con la cara enrojecida, el pelo cano y de temperamento colérico. Es un entusiasta de la legislación británica y ha gastado gran parte de su fortuna en litigios. Pelea por el mero placer de hacerlo y está tan dispuesto a dar apoyo a una de las partes involucradas en un asunto como a la contraria, con lo que no es sorprendente que su pasatiempo se haya convertido en algo muy caro. En ocasiones cancela un derecho de paso y desafía al Consejo del distrito a que le obligue a abrirlo de nuevo, y en otras derriba con sus propias manos la cancela de otro hombre, afirmando que ese camino ha existido desde tiempo inmemorial y le reta a que le lleve a los tribunales. Es todo un experto en derecho comunal y feudal y utiliza sus conocimientos a veces a favor y a veces en contra de los habitantes de Fernworthy, con lo que en ocasiones le llevan a hombros por las calles y en otras, en función de la que haya sido su última hazaña, una efigie suya acaba ardiendo por ellas. Dicen que anda embarcado en siete juicios a la vez en estos momentos y que probablemente éstos acaben con lo que queda de su fortuna, con lo que le arrancarán el aguijón y quedará inerme a partir de ahora. De no ser por su afición legal, parece un hombre de buena naturaleza y agradable, y sólo le hablo de él porque usted expresó el deseo de conocer a las personas que nos rodean. En la actualidad está ocupado en una peculiar tarea: tiene un telescopio, pues es astrónomo aficionado, y se pasa el día recorriendo con él el páramo desde lo alto del tejado de su casa con el objetivo de descubrir al preso fugado. Si se limitase a esto, las cosas no marcharían mal, pero se dice que tiene la intención de llevar al doctor Mortimer a los tribunales por haber profanado una tumba sin el consentimiento del pariente más cercano debido a la calavera que extrajo en las excavaciones que éste realizó en Long Down. Aleja nuestras vidas de la monotonía y nos proporciona un pequeño alivio cómico que necesitamos desesperadamente.

Y una vez que le he puesto al corriente respecto al prisionero fugado, los Stapleton, el doctor Mortimer y el señor Frankland de la mansión Lafter, permítame que acabe con la cuestión de mayor relevancia y le hable acerca de los Barrymore y, en concreto, de los sorprendentes sucesos de anoche.

En primer lugar, respecto al telegrama que usted envió desde Londres para comprobar si Barrymore estaba aquí, ya le he contado que el relato del jefe de la oficina de correos demostraba que había resultado inútil y que no teníamos ninguna prueba ni en un sentido ni en otro. Le conté a Sir Henry cómo estaban las cosas y de inmediato, siguiendo esa forma de ser tan impulsiva suya, llamó a

Barrymore y le preguntó si había recibido él mismo el telegrama. Barrymore dijo que así había sido.

—¿Se lo entregó el chico a usted en persona? —preguntó Sir Henry.

Barrymore pareció sorprendido y reflexionó durante unos instantes.

—No —replicó—. En ese momento estaba en el desván. Mi mujer me lo subió.

—¿Contestó usted mismo?

—No. Dije a mi esposa lo que debía responder y ella bajó a escribir la respuesta.

Por la tarde él mismo volvió a sacar a colación este asunto.

—No puedo comprender el objeto de sus preguntas esta mañana, Sir Henry —dijo—. Espero no haber hecho nada que haya traicionado su confianza.

Sir Henry le aseguró que eso no había sucedido y para congraciarse de nuevo con él le regaló una gran parte de su antiguo guardarropa, pues ya habían llegado de Londres las compras que allí realizó.

Estoy muy interesado en la señora Barrymore. Es un ser grande y tosco, muy limitada, de lo más respetable y rayando en el puritanismo. Es difícil imaginarse alguien menos dado a las efusiones emotivas. Y sin embargo, como ya le dije, nuestra primera noche aquí la escuché sollozar amargamente. Y desde entonces he podido observar huellas de lágrimas en su rostro. Alguna pena profunda le acongoja. A veces creo que podría tratarse de remordimientos y a veces creo que tal vez Barrymore podría ser el responsable. Siempre he tenido la impresión de que existe algo extraño y dudoso en la manera de ser de este hombre, pero los sucesos de la noche pasada dan algún sentido a mis sospechas.

Puede parecer algo poco relevante en sí mismo. Sabe que no duermo profundamente y desde que estamos aquí, mi sueño es si cabe aún más ligero. Anoche, a eso de las dos de la madrugada, me despertó el sonido de unos pasos muy sigilosos pasando por delante de mi puerta. Me levanté, abrí la puerta y espié el exterior. Pude ver una sombra negra y alargada que desaparecía por el extremo del pasillo. La causaba un hombre que avanzaba silenciosamente pasillo abajo con una vela en la mano. Vestía camisa y pantalones, pero iba descalzo. Sólo pude ver su silueta, pero por su estatura supe que se trataba de Barrymore. Andaba de manera lenta y grave y había algo indescriptiblemente furtivo y culpable en su forma de proceder.

Ya le he dicho que el pasillo desemboca en la galería que rodea el hall y que continúa por el otro lado. Dejé que avanzase hasta que le perdí de vista y entonces salí tras él. Cuando llegué a la galería, él ya había alcanzado el extremo más alejado del otro pasillo y el resplandor de la luz a través de una puerta abierta fue lo que me indicó que había entrado en una de las habitaciones. Todas esas habitaciones están sin amueblar y nadie las ocupa. Su deambular era más misteriosa que nunca. La luz brillaba estática, como si él no se moviese. Avancé lo más sigilosamente que pude por el pasillo y asomé la cabeza por la puerta.

Barrymore estaba en cuclillas delante de la ventana con la luz de la vela contra los cristales. Su perfil estaba parcialmente vuelto hacia mí y daba la impresión de que la expectación no le permitía mover ni un músculo de la cara mientras miraba fijamente el negro vacío del páramo. Estuvo mirando intensamente durante algunos minutos. Finalmente, dejó escapar un gruñido sordo y con gesto impaciente apagó la luz. Al instante regresé a toda velocidad a mi dormitorio y al poco tiempo oí de nuevo los pasos sigilosos que recorrían su camino de regreso. Mucho después, cuando yo ya había caído en un sueño ligero, escuché girar una llave en alguna cerradura, pero soy capaz de decir de dónde provenía el sonido. No tengo ni idea de lo que significa todo esto, pero antes o después conseguiremos esclarecer el misterio que rodea esta casa tan sumida en las sombras. No le incomodaré con mis teorías, pues me dijo claramente que yo debía suministrarle tan sólo los datos que hallara. He tenido una larga conversación con Sir Henry esta mañana y hemos desarrollado un plan de campaña en función a mis descubrimientos de la noche pasada. No le contaré ahora en qué consisten con el fin de que mi próximo informe le resulte interesante.

9. UNA LUZ EN EL PÁRAMO

[Segundo informe del doctor Watson]

MANSIÓN BASKERVILLE, 15 de octubre

Mi querido Holmes:

No tuve más remedio que dejarle sin recibir muchas noticias durante los primeros días de mi misión aquí, pero usted mismo reconocerá que estoy recuperando el tiempo perdido, pues no dejan de suceder cosas a toda velocidad. Mi último informe finalizaba en el punto álgido del relato en el que le contaba cómo había sorprendido a Barrymore en la ventana. Ahora tengo toda una historia que contarle, la cual, salvo que me equivoque mucho, le va a sorprender de veras. Las cosas han tomado un rumbo que nunca hubiese previsto. En las últimas cuarenta y ocho horas, parte de nuestros misterios se han simplificado y, al mismo tiempo, parte de nuestros asuntos se han complicado aún más. Pero será mejor que se lo cuente y que juzgue usted mismo.

A la mañana siguiente de mi aventura, antes del desayuno, recorrí el pasillo y examiné la habitación en la que Barrymore había estado la noche anterior. Esta ventana del ala oeste, a través de la cual había mirado con tanta intensidad, tenía una particularidad frente a las demás ventanas de la casa: domina la vista más próxima al páramo. Existe un espacio abierto entre dos árboles que permite ver el páramo directamente, mientras que desde cualquier otra ventana de la casa lo único que se consigue es tener una visión fugaz e incompleta de éste. Y ya que ésta es la única ventana que sirve para tal propósito, llegamos a la conclusión de que Barrymore miraba a través de ella buscando a alguien o algo que debía estar en el páramo. La noche era muy oscura, así que no soy capaz de imaginarme cómo pretendía ver a nadie. He pensado que tal vez se trate de un asunto amoroso. Esto explicaría sus movimientos encubiertos y la intranquilidad de su esposa. Se trata de un hombre de muy buena planta y muy bien preparado para robar el corazón de una chica del campo, con lo que esta teoría tiene algo de fundamento. El sonido de una puerta abriéndose que oí después podría significar que él salía para celebrar un encuentro clandestino. Ésas fueron las conclusiones a las que llegué por la mañana. Le cuento mis sospechas aun cuando resultaron ser totalmente infundadas.

Pero, independientemente del objeto de los movimientos de Barrymore, sentí que no podía soportar el peso de la responsabilidad de mantener estos hechos en secreto antes de dar con una explicación para ellos. Tras el desayuno, me reuní con el barón en su despacho y le conté lo que había visto. Demostró menos sorpresa de la que yo esperaba.

—Sabía que Barrymore se movía por la casa de noche y tenía previsto hablar con él al respecto —dijo—. Le he oído ir y venir dos o tres veces aproximadamente a la hora que usted dice.

—En ese caso, es posible que todas las noches acabe yendo a la misma ventana —sugerí.

—Es posible. En ese caso, deberíamos seguirle y descubrir qué es lo que pasa. Me gustaría saber qué es lo que haría su amigo Holmes si estuviese aquí.

—Creo que haría exactamente lo mismo que usted propone: seguirle y ver qué es lo que hace.

—En ese caso deberíamos hacerlo juntos.

—Nos oirá.

—Está bastante sordo y, en cualquier caso, debemos arriesgarnos. Esperaremos despiertos en mi habitación esta noche y esperaremos a que pase —Sir Henry se frotó las manos con placer. Era evidente que para él esta aventura era un alivio frente a la tranquila vida en el páramo.

El joven barón se ha puesto en contacto con el arquitecto que preparaba los planos que Sir Charles deseaba y con un contratista londinense. Así que en breve sucederán por aquí grandes cambios. Desde Plymouth han venido decoradores y fabricantes de muebles. Es evidente que nuestro amigo tiene grandes ideas y la capacidad para no escatimar medios ni dinero en restaurar el antiguo esplendor de su familia. Una vez haya terminado de remodelar y amueblar la casa, ya sólo le quedará conseguir una esposa. Entre usted y yo, hay indicios muy claros de que eso no se hará esperar mucho si la dama está interesada, pues pocas veces he visto a un hombre con el seso tan sorbido por una mujer como Baskerville con nuestra bella vecina, la señorita Stapleton. Sin embargo, este amor no discurre entre aguas tranquilas como cabría esperar. Hoy por ejemplo ha sucedido algo que ha enturbiado su superficie y que ha dejado a nuestro amigo bastante perplejo y molesto.

Cuando finalizó la conversación sobre Barrymore que le he remitido, Sir Henry se puso su sombrero y se dispuso a salir. Y, naturalmente, yo hice lo mismo.

—¿Cómo? ¿Viene usted, Watson? —me dijo mirándome de una forma un tanto peculiar.

—Bueno, eso depende si va usted al páramo —contesté yo.

—Sí, allí voy.

—Ya conoce cuáles son mis instrucciones. Lamento interferir, pero sabe con qué insistencia me rogó Holmes que jamás le dejase sólo y bastante menos cuando fuese usted al páramo.

Sir Henry apoyó su mano en mi hombro sonriendo con felicidad.

—Querido amigo —dijo—, Holmes, a pesar de su sabiduría, no pudo prever algunas de las cosas que han sucedido desde que llegué al páramo. ¿Me comprende? Estoy seguro que es usted el último hombre en el mundo que desea ser un aguafiestas. Debo ir solo.

Quedé en la peor posición posible. No sabía ni qué hacer ni qué decir, y antes de que yo hubiese conseguido reaccionar, cogió su bastón y se marchó.

Cuando me di cuenta de lo que acababa de suceder, comencé a reprocharme amargamente el haberle permitido con cualquier pretexto salir y perderle de vista. Imaginé lo que sentiría yo si tuviese que regresar y confesarle que algo terrible había sucedido por no hacer caso de sus instrucciones. Le aseguro que se me encendieron las mejillas de sólo pensarlo. Me di cuenta de que no era demasiado tarde para darle alcance. Así que me puse en marcha en dirección a la casa Merripit.

Corrí tanto como pude a lo largo del camino sin ver ni rastro de Sir Henry. Llegué al punto del camino en el que está el sendero que se adentra en el páramo. Al llegar allí, temiendo que quizá había tomado el camino equivocado, me dirigí a una elevación del terreno desde la que podría dominar los alrededores: la colina en la que está excavada la oscura cantera. Le vi al instante. Estaba en el sendero del páramo a un cuarto de milla de distancia. Con él estaba una dama que sólo podía ser la señorita Stapleton. Era evidente que estaban de acuerdo y aquello era una cita concertada de antemano. Caminaban lentamente, sumidos en profunda conversación. Ella movía sus manos rápidamente como para mostrar la sinceridad de sus palabras mientras que él la escuchaba atentamente y una o dos veces negó vehementemente con la cabeza. Permanecí entre las rocas observándoles sin saber qué hacer. Unirme a ellos e interrumpir su conversación me parecía un ultraje y, sin embargo, mi misión consistía en no perderle de vista ni un instante. Me repugnó tener que espiar a un amigo, pero no se me ocurriría nada mejor que seguir observándoles desde la colina y tranquilizar mi conciencia a posteriori confesándole a Baskerville lo sucedido. Es cierto que de surgir cualquier peligro, yo estaba demasiado lejos como para poder intervenir. Pero convendrá conmigo que mi posición era muy difícil y que no tenía muchas alternativas.

Nuestro amigo, Sir Henry, y la dama se detuvieron en un punto del sendero, totalmente absortos en su conversación. Algo llamó mi atención y me di cuenta de que no era el único testigo de su conversación. Vi un destello de color verde que flotaba en el aire y una segunda mirada me permitió ver que colgaba de un palo que portaba un hombre que se desplazaba por el irregular terreno. Eran Stapleton y su caza mariposas. Él estaba mucho más cerca de la pareja de lo que yo lo estaba y parecía estar aproximándose a ellos. En ese instante, de repente, Sir Henry atrajo a la señorita Stapleton hacia sí. Su brazo la rodeaba, pero me ido la impresión de que ella intentaba desasirse retirando el rostro. Él inclinó su cabeza sobre la de ella y ella levantó una mano como para detenerle. Al instante siguiente, les vi separarse de un respingo y girarse rápidamente. Era Stapleton quien les había interrumpido. Corría ferozmente hacia ellos con su absurda red colgando tras él. Estaba tan excitado, que, más que gesticular, parecía que bailaba frente a los dos amantes. Yo no tenía ni la menor idea de lo que significaba esa escena, pero me pareció que Stapleton estaba insultando a Sir Henry, quien intentaba ofrecer una explicación y se enfadaba cada vez más ante la negativa del otro a aceptarla. La dama permanecía de pie en un silencio altivo. Finalmente, Stapleton se giró sobre sus talones e hizo imperiosas señas a su hermana para que ésta le siguiera. Ella lanzó una mirada indecisa a Sir Henry y se marchó caminando al lado de su hermano. Los gestos de enfado del naturalista demostraban que también ella había incurrido en su desagrado. El barón les siguió con la mirada durante un minuto y después comenzó a andar lentamente de regreso por donde había venido, con la cabeza inclinada, la viva imagen del abatimiento.

No podía imaginarme qué significaba todo esto, pero estaba muy avergonzado de haber sido testigo de una escena tan íntima sin que mi amigo lo supiera. Así que corrí colina abajo y me encontré con el barón a los pies de ésta. Tenía el rostro encendido por la ira y las cejas entrelazadas como si, por duramente que pensase, no fuese capaz de dar con la solución de algo.

—Caramba, Watson, ¿de dónde sale usted? —dijo—. Significa esto que me ha seguido después de todo?

Le expliqué todo: cómo me había resultado imposible quedarme atrás, cómo le había seguido y cómo lo había visto todo. Por un momento sus ojos me fulminaron, pero mi franqueza le desarmó y explotó en una carcajada más bien algo compungida.

—En fin, cualquiera creería que una pradera era un sitio apropiado para sentirse en privado —dijo—, pero, por todos los demonios, parece que todo el condado ha sido testigo de mi cortejo. De mi más bien desgraciado cortejo. ¿Dónde consiguió asiento?

—Estaba sobre esa colina.

—Una de las últimas filas, ¿eh? Su hermano estaba bien cerca del escenario. ¿Vio cómo se abalanzó sobre nosotros?

—Sí.

—¿Alguna vez ha tenido la impresión de que este hermano suyo estuviese loco?

—No, nunca.

—Yo tampoco lo hubiese imaginado. Hasta hoy le creí completamente cuerdo, pero créame si le digo que o bien él o yo deberíamos estar dentro de una camisa de fuerza. ¿Qué tengo de malo? Usted ha vivido conmigo ya varias semanas, Watson. Hable claro. ¿Hay algo en mí que me impida ser un buen esposo para la mujer a la que ame?

—Creo que no.

—Él no puede ponerle pegas a mi posición social, así que debe ser mi persona lo que no le gusta. ¿Qué puede tener en contra mía? Que yo sepa, jamás he perjudicado a hombre o mujer alguna. Y sin embargo, no me deja ni mirarla.

—¿Eso dijo?

—Dijo eso y muchas más cosas. Mire, Watson; la conozco sólo desde hace unas pocas semanas, pero desde la primera vez me di cuenta de que estaba hecha para mí. Y ella también. Juraría que es feliz cuando está conmigo. Hay una luz especial en la mirada de las mujeres más explícita que las palabras. Pero él no nos deja ni a sol ni a sombra y hasta hoy no he encontrado la oportunidad de reunirme con ella para poder charlar a solas. Ella quería encontrarse conmigo, pero no para hablar de amor. Y no me habría dejado que yo lo hiciera de haber encontrado la manera de detenerme. No dejaba de repetir que este lugar es peligroso y que jamás sería feliz hasta que yo me marchase de aquí. Le dije que desde que la había conocido no tenía ninguna prisa por irme y que si quería que me marchase de aquí, la única forma de conseguirlo era viniendo conmigo. Le pedí que se casara conmigo, pero antes de que pudiera responder llegó ese hermano suyo, corriendo y con la cara descompuesta como si estuviese loco. Estaba pálido de ira y la furia centelleaba en sus ojos. ¿Qué le estaba haciendo a la dama? ¿Cómo osaba hacerle insinuaciones que a ella le resultaban tan desagradables? ¿Pensaba que porque era un barón podía hacer lo que me viniese en gana? Si no fuese porque es su hermano habría encontrado una mejor manera de responderle. Pero como resulta que lo es, le dije que mis sentimientos hacia su hermana no son vergonzantes y que esperaba que ella me hiciese el honor de convertirse en mi esposa. Eso no pareció mejorar las cosas. Yo también perdí los nervios y le contesté más airado de lo que tal vez debería haberlo hecho, teniendo en cuenta que ella estaba presente. La cosa ha terminado con él marchándose con ella, como ha visto, y aquí estoy, más desconcertado que cualquier otro hombre de este país. Explíqueme qué está pasando aquí, Watson, y tendré con usted una deuda que jamás seré capaz de saldar.

Intenté ofrecerle una o dos explicaciones, pero yo mismo estaba totalmente perdido. La posición de nuestro amigo, su fortuna, su edad, su carácter, su aspecto... todo está a su favor. No le conozco ningún defecto salvo ese oscuro sino arraigado en su familia. Me resulta del todo extraordinario que se le rechace de esa manera sin tener en cuenta los deseos de la dama y que ella misma acepte la situación sin rechistar. A pesar de todo, todas nuestras conjeturas terminaron cuando Stapleton en persona nos visitó esa misma tarde. Vino a disculparse por su grosería en esa mañana y el resultado de una larga charla en privado con Sir Henry en el despacho de éste fue que la brecha entre ellos ha quedado prácticamente cerrada y que, como muestra de ello, cenaremos en su casa el viernes que viene.

—No digo que ya no esté loco —dijo Sir Henry—. No puedo olvidar cómo me ha mirado esta mañana mientras corría hacia mí, pero debo admitir que ningún hombre podría ofrecer mejores disculpas que las que él acaba de ofrecerme.

—¿Le ha dado alguna explicación de por qué se comportó así?

—Dice que su hermana es todo lo que tiene en esta vida. Eso es comprensible y me alegro de que él la estime en lo que vale. Siempre han estado juntos y, por lo que me ha contado, siempre ha sido un hombre solitario y la ha tenido a ella por única compañera. La idea de perderla le resulta insoportable. Me ha dicho que no se había dado cuenta de lo unido que yo estaba a ella hasta que lo vio con sus propios ojos. Pensar que ella podría alejarse de él le causó tal conmoción que durante ese rato dejó de ser responsable de lo que decía o hacía. Dice que lamenta profundamente lo sucedido y que reconoce que fue estúpido y muy egoísta por su parte pretender retener a una mujer hermosa como su hermana a su lado durante toda su vida. Y que si ella había de abandonarle, era preferible que fuese a causa de un vecino como yo que a causa de cualquier otro. Pero que, de todas formas, es un golpe muy duro para él y necesita tiempo para hacerse a la idea. Dice que retirará cualquier tipo de oposición por su parte si yo prometo dejar las cosas como están durante tres meses y me conformo con cultivar la amistad de la dama sin intentar ganarme su amor. Así se lo he prometido y eso es lo que hay.

Y así hemos conseguido resolver uno de nuestros pequeños misterios. Menos mal que hemos conseguido hacer pie en algún punto del fangal por el que intentamos avanzar. Ya sabemos por qué Stapleton miraba con tan malos ojos al pretendiente de su hermana..., aunque fuera un pretendiente tan bueno como Sir Henry. Y paso ya a hablarle de otro cabo que hemos conseguido separar de esta intrincada madeja: el misterio de los sollozos nocturnos, la cara mojada por las lágrimas de la señora Barrymore y los paseos secretos del mayordomo a la ventana de celosía del ala oeste. Felicíteme Holmes y dígame que no le he defraudado como ayudante, que no he defraudado la confianza que depositó en mí cuando me envió aquí. Conseguimos aclarar todas estas cosas en sólo una noche.

He dicho «en sólo una noche», pero es falso. En realidad necesitamos dos noches, pues la primera no sirvió de nada. Permanecí sentado junto con Sir Henry en su dormitorio hasta las tres de la madrugada, pero no escuchamos nada a excepción de las campanadas del reloj de la escalera. Fue una vigilia de lo más melancólica y terminó con nosotros dos dormidos en nuestras sillas. Por fortuna no perdimos la esperanza y decidimos probar suerte otra vez. A la noche siguiente bajamos la intensidad de la lámpara y permanecimos sentados, fumando cigarrillos y sin hacer el menor ruido. Era increíble la lentitud con la que transcurrían las horas. Sin embargo, el mismo paciente interés que mantiene al cazador en guardia frente a la trampa en la que espera que caiga la presa nos ayudó en la espera. Una campanada. Dos. Ya estábamos a punto de rendirnos, desesperados, cuando nos pusimos de pie de un salto con todos nuestros agotados sentidos alerta una vez más. Habíamos oído un crujido provocado por una pisada en el pasillo.

Con sigilo, escuchamos cómo los pasos se alejaban hasta perderse en la distancia. En ese momento, el joven barón abrió suavemente la puerta de su dormitorio y comenzamos nuestra persecución. Nuestro hombre acababa de dar la vuelta a la galería y todo el pasillo estaba a oscuras. Avanzamos con cuidado hasta llegar al otro ala. Llegamos justo a tiempo para ver por un breve instante a la alta figura de barba negra que avanzaba de puntillas y con los hombros ligeramente encorvados. Atravesó la misma puerta que la otra vez. La luz de la vela enmarcó la puerta en la oscuridad dejando escapar un único rayo de luz amarilla a través de las tinieblas del pasillo. Seguimos avanzando con cuidado hacia ella arrastrando los pies y tanteando cada plancha de la tarima antes de cargar por completo el peso de nuestro cuerpo sobre ella. Habíamos tenido la precaución de dejar nuestras botas en la habitación, pero aun así las viejas tablas protestaban y crujían a nuestro paso. En ocasiones parecía imposible que no nos oyera aproximarnos, pero afortunadamente está bastante sordo y estaba totalmente concentrado en lo que estaba haciendo. Cuando por fin llegamos a la puerta y espiamos lo que ocurría dentro, vimos a Barrymore en cuclillas frente a la ventana, con la vela en la mano y con su pálida cara pegada al cristal, tal como yo le había visto dos noches atrás.

No habíamos planeado nada, pero el barón es un hombre para quien el mejor sistema es el camino más directo. Entró en la habitación y, tan pronto lo hizo, Barrymore se puso en pie de un respingo dejando escapar un agudo siseo. Permaneció firme delante de nosotros, temblando y lívido. Los ojos oscuros brillaban en aquella pálida cara y parecían ir a salírsele de las órbitas, mirándonos llenos de horror y asombro a Sir Henry y a mí.

—¿Qué está haciendo aquí, Barrymore?

—Nada, señor —estaba muy nervioso y casi no podía hablar; el pulso le temblaba tanto que las sombras que la luz de su vela proyectaba no dejaban de danzar por la habitación—. Es la ventana, señor. Doy una ronda por la noche para comprobar que están todas bien cerradas.

—¿Las del segundo piso?

—Sí, señor. Todas las ventanas.

—Mire, Barrymore —dijo Sir Henry con firmeza—, estamos decididos a sacarle la verdad, así que le ahorrará disgustos contárnosla cuanto antes mejor. ¡Vamos, sin cuentos! ¿Qué estaba haciendo en esa ventana?

El pobre hombre nos miraba desesperado y se retorcía las manos como alguien totalmente desesperado y perdido.

—No hacía ningún daño, señor. Acercaba una vela a la ventana.

—¿Y por qué acercaba una vela a la ventana?

—No me lo pregunte, Sir Henry, ¡no me pregunte eso! Le doy mi palabra que no es un secreto que me concierna a mí y no puedo contárselo. Si fuese exclusivamente asunto mío, no le ocultaría nada.

Tuve una idea de repente y cogí la vela del alféizar, donde el mayordomo la había dejado.

—Debe haber estado haciendo señales con ella —dije—. Veamos si obtenemos alguna respuesta.

Sostuve la vela como él lo había hecho y miré al exterior a través de la oscuridad de la noche. La luna se ocultaba tras las nubes y con dificultades pude ver el negro grupo de árboles y la mancha algo más clara que formaba el páramo. Y en ese momento di un grito de alegría, pues una diminuta mancha amarilla acababa de atravesar el oscuro velo y brillaba de manera constante en el centro del cuadrado que formaba el marco de la ventana.

—¡Ahí está! —exclamé.

—No, no, señor; eso no es nada... no es nada —interrumpió el mayordomo—. Le aseguro señor...

—¡Mueva su luz a lo ancho de la ventana, Watson! —exclamó el barón—. Mire, la otra también se mueve. Dinos, pillo, ¿niegas ahora que sea una señal? ¡Vamos, habla! ¿Quién es ese cómplice que tienes ahí fuera y qué tipo de conspiración es ésta?

El rostro del hombre se volvió claramente desafiante.

—Es asunto mío y no suyo, señor. No se lo diré.

—En ese caso márchese de esta casa al instante. Está despedido.

—Muy bien, señor. Si ha de ser así, así será.

—Se marcha deshonrado. Por todos los demonios, debería darle vergüenza. Su familia ha vivido con la mía durante más de cien años bajo este mismo techo y ahora le encuentro metido en una oscura conspiración en contra mía.

—No, no, señor. No es en contra suya.

Era una voz de mujer. La señora Barrymore, más pálida y más aterrorizada que su esposo, estaba de pie en la puerta. Su voluminosa figura vestida con un chal y una falda habría resultado cómica de no ser por la intensidad de sentimientos que demostraba su cara.

—Debemos marcharnos, Eliza. Hemos llegado al final. Puedes hacer nuestro equipaje —dijo el mayordomo.

—Oh, John, John, ¿cómo he podido meterte en esto? Es culpa mía Sir Henry, es todo culpa mía. Él no ha hecho nada malo, lo ha hecho todo por mi bien y porque yo se lo pedí.

—¡Hablen entonces! ¿Qué está pasando aquí?

—Mi desdichado hermano está en el páramo muerto de hambre. No podemos dejarle morir en nuestras propias puertas. La luz es la señal de que tenemos su comida lista y su luz nos indica adónde hay que llevarla.

—¿Y su hermano es...?

—El recluso fugado, Selden el criminal.

—Es la verdad señor —dijo Barrymore—. Ya le dije que no era un secreto mío y que yo no podía contárselo. Pero ya lo ha oído y verá que si esto es un complot, no está dirigido en su contra, señor.

Éste era pues el motivo de las silenciosas expediciones nocturnas y la vela en la ventana. Sir Henry y yo mirábamos totalmente sorprendidos a la mujer. ¿Cómo era posible que esta persona de reputación intachable fuese pariente de uno de los más famosos criminales del país?

—Sí, señor. Mi apellido de soltera era Selden y él es mi hermano pequeño. Le consentimos mucho cuando era pequeño y le dejamos siempre a su aire hasta que llegó a convencerse de que todo el mundo había de plegarse a sus caprichos y él podía hacer lo que le viniese en gana. Se hizo mayor, se juntó con malas compañías y el demonio se apoderó de él. Destrozó el corazón de mi madre y arrastró nuestro nombre por el fango. Con cada uno de sus crímenes se hundía más y más hasta que sólo la misericordia divina le ha salvado de la horca. Pero para mí, señor, siempre será el niño de rizos a quien cuidé y con quien jugué como cualquier otra hermana mayor hubiese hecho. Por eso se escapó de la cárcel, señor. Sabía que yo vivía aquí y que no seríamos capaces de negarle nuestra ayuda. ¿Qué podíamos hacer la noche que se arrastró hasta aquí, cansado y muerto de hambre y con los guardias pisándole los talones? Le metimos en la casa, le dimos de comer y le cuidamos. Y entonces, vino usted, señor. Mi hermano pensó que estaría más seguro en el páramo que en cualquier otro sitio hasta que las aguas se calmasen un poco. Y allí sigue escondido. Cada dos noches acercábamos la luz a la ventana para comprobar si seguía ahí fuera. Si teníamos respuesta mi marido le llevaba algo de pan y carne. Todos los días confiábamos en que se hubiese marchado de aquí, pero mientras siguiese ahí, no podíamos abandonarle. Ésta es toda la verdad, como buena cristiana que soy. Puede ver que si hay algo censurable en este asunto, no es culpa de mi marido sino mía, pues todo lo que él ha hecho ha sido por mí.

La mujer hablaba con gran intensidad y seriedad, de manera que sonaba totalmente convincente.

—¿Es esto cierto, Barrymore?

—Sí, Sir Henry. Hasta la última palabra.

—En ese caso no puedo culparle por ayudar a su esposa. Olvide lo que dije. Vayan los dos a su dormitorio y ya seguiremos hablando de esto por la mañana.

Una vez se fueron, volvimos a mirar por la ventana. Sir Henry la había abierto de par en par y el viento helado nos dio de lleno en la cara. Allá a lo lejos, en medio de la oscuridad, todavía brillaba el diminuto punto de luz amarilla.

—Me maravilla que se atreva —dijo Sir Henry.

—Puede que coloque la luz de manera que sólo pueda verse desde aquí.

—Es muy probable. ¿A qué distancia cree que está?

—Creo que próxima a la Roca Hendida.

—No más allá de una milla o dos de distancia de aquí.

—Como mucho.

—No puede estar muy lejos si Barrymore salía a llevarle la comida. Y el muy villano está ahí esperando al lado de la vela. Por todos los demonios, Watson, voy a salir a por ese hombre.

Yo había pensado lo mismo. La situación no hubiese sido la misma si los Barrymore nos hubiesen hecho la confidencia por propia voluntad, pero les habíamos obligado a contarnos su secreto. Este hombre era un peligro para la sociedad, un sinvergüenza sin límite para el que jamás podría haber piedad ni excusa posible. Intentando atraparle para llevarle a donde no pudiera seguir causando daño no hacíamos más que cumplir con nuestro deber. Dado el violento y brutal carácter de este hombre, si no hacíamos nada, otros podrían acabar pagando el precio de nuestra inacción. Por ejemplo, cualquier noche podría atacar a nuestros vecinos los Stapleton. Posiblemente ésta misma idea había cruzado la mente de Sir Henry y era lo que le impulsaba a embarcarse tan decididamente en esta aventura.

—Iré con usted —dije.

—En ese caso, cálcese sus botas y coja su revólver. Cuanto antes salgamos mejor; nos arriesgamos a que apague la vela y se marche.

Cinco minutos después salíamos por la puerta de la casa y comenzábamos nuestra expedición. Corrimos por entre los arbustos, rodeados por el lúgubre lamento del viento otoñal y el susurro de las hojas que caían de los árboles. La noche olía profundamente a humedad y a naturaleza en descomposición. Una y otra vez, la luna asomaba un instante por entre las nubes y éstas la borraban de nuevo del cielo. Tan pronto como llegamos al páramo empezó a llover. Delante de nosotros, seguía ardiendo la vela.

—¿Va usted armado? —pregunté.

—Llevo un palo de caza.

—Debemos acercarnos a él con rapidez, pues dicen que es un hombre desesperado. Debemos atacarle por sorpresa y reducirle antes de que tenga tiempo a oponer resistencia.

—Y digo yo, Watson —dijo el barón—, ¿qué opinaría Holmes de todo esto? ¿Qué pasa con todo aquello de «jamás os aventuréis en el páramo cuando la oscuridad protege a las fuerzas del mal»?

Como si de una respuesta su pregunta se tratase, de la siniestra oscuridad del páramo surgió aquel extraño aullido que ya había escuchado yo en las proximidades de la ciénaga Grimpen Mire. El viento trajo el aullido hasta nosotros a través del silencio de la noche. Un murmullo profundo y largo que se convertía en un aullido que se elevaba hasta acabar muriendo en un triste lamento. Sonó una y otra vez. Todo el aire resonaba con ese estridente y amenazante grito salvaje. El barón se agarró a una de mis mangas y pude ver palidecer su rostro en la oscuridad.

—¡Cielo santo, Watson! ¿Qué ha sido eso?

—No lo sé. Es uno de los sonidos que se escuchan en el páramo. Lo he oído en otra ocasión.

Se desvaneció y un silencio absoluto cayó encima de nosotros. Permanecimos inmóviles, alerta, pero no volvió a oírse.

—Watson —dijo el barón—, eso ha sido el aullido de un perro.

En su voz podía escucharse claramente el espanto que se había apoderado de él y esto hizo que se me helase la sangre en las venas.

—¿Qué nombre tiene este perro? —preguntó.

—¿Cuál?

—El que le ha puesto esa gente.

—Se trata de gente inculta, ¿qué más da el nombre que le hayan puesto?

—Dígamelo, Watson. ¿Qué es lo que dicen de él?

Dudé pero no podía zafarme de la pregunta.

—Creen que es el perro de los Baskerville.

Gimió y quedó silencioso por unos instantes.

—Era un perro —dijo por fin—, pero parecía estar a millas de distancia de nosotros.

—Es difícil saber de dónde venía.

—Aumentó y desapareció con el viento. La ciénaga Grimpen Mire está por ahí, ¿verdad?

—Sí, así es.

—Vino de esa dirección. Vamos Watson, ¿qué cree usted? ¿Era o no era un perro? No soy un niño, no le dé miedo decirme la verdad.

—Stapleton estaba conmigo cuando lo oí por primera vez. Él dice que podría tratarse del sonido que emite un pájaro poco frecuente.

—No, no, era un perro. Dios mío, ¿habrá algo de verdad en esas historias? ¿Es posible que yo esté en peligro debido a algún poder siniestro? Usted no cree en ello, ¿verdad Watson?

—No, no.

—Una cosa es reírse de ello en Londres y otra muy distinta estar en medio de la oscuridad del páramo y escuchar un aullido así. ¡Y mi pobre tío! A su lado encontraron huellas de un perro. Todo encaja. No me tengo por cobarde, Watson; pero ese sonido me ha dejado helado, ¡toque mi mano!

Estaba fría como un trozo de mármol.

—Mañana se encontrará perfectamente.

—No creo que pueda olvidar ese aullido. ¿Qué cree que deberíamos hacer ahora?

—¿Quiere que regresemos?

—No, por todos los demonios. Hemos venido a coger a ese hombre y lo haremos. Nosotros perseguimos a un recluso fugado y un perro del infierno, tanto si nos gusta como si no, nos persigue a nosotros. Vamos. Resolveremos esto aunque todas las fuerzas del averno estén campando por el páramo.

Avanzamos a trompicones en la oscuridad, por entre las negras siluetas de las agrestes lomas que se cernían sobre nosotros y viendo siempre la diminuta luz amarilla delante de nosotros. No hay nada más frustrante que una luz a lo lejos en una noche oscura como la boca de un lobo. Unas veces parecía que la luz estaba lejos sobre el horizonte y otras parecía que estaba a tan sólo unas pocas yardas de nosotros. Pero al fin vimos de dónde provenía y nos dimos cuenta de que estábamos realmente cerca de ella. La vela estaba escondida en una hendidura de las rocas, de manera que éstas la flanqueaban protegiéndola del viento y de que alguien fuera de la mansión

Baskerville pudiera verla. Una roca enorme de granito nos permitió acercarnos. Escondidos tras ella pudimos observar lo que había alrededor de la señal luminosa. Resultaba de lo más extraño ver esta vela ardiendo en medio del páramo, sin ningún signo de vida a su alrededor; tan sólo una lucecita amarilla y su reflejo en las rocas que la flanqueaban.

—¿Y qué hacemos ahora? —susurró Sir Henry.

—Esperaremos aquí. Debe estar cerca de la luz. Intentemos verle.

No había terminado de decir estas palabras cuando le vimos. De la hendidura en las rocas, por encima del lugar en que ardía la vela, surgió una cara amarillenta llena de maldad; era el rostro de un animal salvaje, recorrida en toda su extensión por pasiones viles. Estaba cubierta de lodo, la barba completamente enredada y mezclada con la maraña que tenía por pelo. Bien podría haber pertenecido a uno de los salvajes de antaño que vivían en las cabañas de las colinas. La luz debajo de él se reflejaba en sus ojos pequeños y astutos que no dejaban de mirar fieramente a derecha y a izquierda en la oscuridad, como un hábil animal salvaje que ha oído los pasos de los cazadores.

Era obvio que algo le había puesto alerta. Era posible que Barrymore utilizase algún tipo de señal secreta que nosotros no habíamos dado. O quizá era otra cosa lo que le hacía sospechar que algo no marchaba bien, pero vi reflejados todos sus temores en su malvado rostro. En cualquier momento podría apagar la luz y desvanecerse en las sombras. Esto me hizo saltar hacia delante y Sir Henry me siguió. En ese instante el fugitivo nos gritó una maldición y nos lanzó una roca que se partió en dos al chocar contra la enorme piedra que nos servía de refugio a nosotros. Tuve una visión fugaz de su pequeño, compacto y fuerte cuerpo, cuando se puso en pie de un salto y echó a correr. Afortunadamente, la luna salió en ese momento de entre las nubes. Echamos a correr por la cima de la colina mientras que nuestro hombre descendía a toda velocidad por el otro lado, saltando por encima de las piedras que se encontraba en su camino como si fuese una cabra montesa. Tal vez hubiese podido dejarle cojo con un tiro afortunado de mi revólver, pero sólo lo había llevado conmigo para defenderme si era atacado, no para disparar contra un hombre desarmado que huía.

Sir Henry y yo estábamos en buena forma y éramos buenos corredores, pero nos dimos cuenta rápidamente de que no podríamos darle alcance. Durante mucho tiempo le vimos, bajo la luz de la luna; era una manchita cada vez más pequeña que se movía ágilmente por entre las rocas de la falda de una colina lejana. Corrimos y corrimos hasta que no pudimos más, pero la distancia entre él y nosotros era cada vez mayor. Finalmente, nos detuvimos y nos sentamos sobre dos rocas, jadeantes, contemplando cómo desaparecía en la distancia.

Y en ese preciso momento ocurrió algo realmente sorprendente. Nos habíamos levantado de las rocas y comenzábamos a regresar a casa dando por perdida cualquier esperanza de atrapar al fugitivo. La luna estaba a baja altura a nuestra derecha y un abrupto pináculo de granito se recortaba contra la silueta curva más baja del disco lunar. Y allí, a contraluz, negra como el ébano bajo esa luz, vi la figura de un hombre sobre el peñasco. No crea que se trataba de un espejismo, Holmes. Le aseguro que no he visto en toda mi vida nada con mayor claridad. Por lo que creo, se trataba de un hombre alto y delgado. Permanecía en pie con las piernas ligeramente separadas, los brazos cruzados y la cabeza ligeramente inclinada, como si meditase sobre la inmensa vastedad de turba y granito que se extendía tras él. Perfectamente podría haberse tratado del espíritu de ese terrible lugar. No era el fugitivo. Este hombre estaba lejos del lugar por el que el otro había desaparecido y, además, era mucho más alto. Dando un grito de sorpresa se lo señalé al barón, pero desapareció en el breve lapso de tiempo en el que me giré para coger al barón del brazo. El afilado pináculo de granito seguía recortándose sobre el extremo inferior del disco lunar, pero sobre su cima ya no estaba la solitaria e inmóvil figura.

Deseaba ir en esa dirección y registrar el peñasco, pero estaba algo lejos. Los nervios del barón estaban todavía muy tensos después de haber escuchado el aullido que le hizo recordar la historia de su familia y no era el mejor momento para embarcarle en una nueva aventura. Él no había visto a ese hombre solitario sobre la roca y no podía sentir la emoción que su extraña presencia y su actitud de mando me hacían sentir a mí. «Sin duda algún guarda», dijo. «El páramo ha estado lleno de ellos desde que este tipo se escapó.» Bueno, puede que tenga razón, pero a mí me gustaría tener pruebas de ello. Hoy nos pondremos en contacto con la gente de Princetown para decirles por dónde deben buscar al prisionero evadido, pero es una auténtica lástima que no hayamos conseguido el triunfo de traerle con nosotros en calidad de nuestro prisionero. Éstas son todas nuestras aventuras de anoche y debe reconocer usted, mi querido Holmes, que he hecho un gran trabajo redactando este informe. Muchas de las cosas que escribo son sin duda irrelevantes, pero sigo pensando que lo mejor es que se lo cuente todo y que usted mismo decida cuáles son los que le resultan útiles a la hora de llegar a sus conclusiones. Sin ninguna duda, avanzamos. Por lo menos, por lo que respecta a los Barrymore, sabemos por qué se comportan como lo hacen y eso ha aclarado mucho la situación. Pero los misterios del páramo y sus habitantes siguen siendo tan inescrutables como antes. Es posible que en mi próximo informe seré capaz de arrojar también algo de luz sobre esto. Lo mejor sería que pudiera usted reunirse con nosotros.

10. ALGUNOS FRAGMENTOS DEL DIARIO DEL DOCTOR WATSON

Hasta aquí he podido utilizar los informes que yo mismo escribí a Holmes durante los primeros días. Sin embargo, he llegado a un punto en mi relato en el que me veo obligado a abandonar este sistema y debo fiarme nuevamente de mis recuerdos ayudado por las notas del diario que llevaba por entonces. Algunos de sus fragmentos me permitirán introducir alguno de aquellos momentos vividos que permanecen indelebles en mi memoria con todo detalle. Continúo pues mi relato a partir de la mañana que siguió a nuestro frustrado intento de captura del prisionero evadido, durante el que vivimos tan extrañas experiencias en el páramo.

16 de octubre

Día gris y neblinoso. Llovizna un poco. La casa está cubierta por remolinos de nubes que se levantan de cuando en cuando y permiten ver las monótonas curvas del páramo. Delgadas líneas plateadas similares a venas recorren las laderas de las colinas y a lo lejos refulgen los peñascos cada vez que los rayos golpean sus húmedas superficies. La melancolía se extiende dentro y fuera de la casa. Los sobresaltos de la pasada noche han tenido un efecto nefasto sobre el barón. Yo mismo siento una opresión en el corazón y tengo la sensación de que un peligro inminente se cierne sobre nosotros. Un peligro siempre presente, que es lo peor, ya que no soy capaz de definirlo.

¿No tengo acaso motivos para sentir algo así? Si tenemos en cuenta la siniestra secuencia de acontecimientos que estamos viviendo, todo indica que algún influjo maléfico está obrando a nuestro alrededor. Tenemos la muerte del anterior habitante de la mansión, siguiendo lo descrito en la leyenda familiar, y tenemos también los informes de los campesinos de la zona que repiten con insistencia en la presencia de una criatura extraña en el páramo. En dos ocasiones yo mismo he oído el sonido que parece un perro aullando a lo lejos. Un perro espectral que deja huellas y llena el aire con sus aullidos, es del todo increíble, imposible y desafía todas las leyes de la Naturaleza. Impensable. Es posible que Stapleton y Mortimer se hayan dejado arrastrar por la superstición, pero si tengo una cualidad, ésa es el sentido común y nada me hará creer en algo así. Si lo hiciese, me pondría al mismo nivel que los pobres campesinos, que, no contentos con un perro sanguinario, lo describen como una criatura que echa fuego por los ojos y por la boca. Holmes jamás daría crédito a estas majaderías y yo trabajo para él. Pero los hechos son los hechos y por dos veces he escuchado ese aullido en el páramo. Supongamos que existe realmente suelto por el páramo un perro de gran tamaño. Esto no lo explicaría todo. ¿Dónde se escondería? ¿Cómo consigue su alimento, de dónde vino, cómo es que hasta ahora no se le ha visto nunca?

Debo confesar que la explicación científica ofrece al menos tantas dificultades como la sobrenatural. Y, además del perro, no podemos olvidar que en Londres tuvimos pruebas de la intervención humana en este asunto: el hombre del carruaje y la carta de alerta que recibió Sir Henry. Esto por lo menos es algo tangible, pero puede ser obra tanto de un amigo como de un enemigo. ¿Dónde está ahora ese amigo o enemigo? ¿Ha permanecido en Londres o nos ha seguido hasta aquí? Sería, sería posible que fuese el extraño que vi sobre el peñasco.

Es cierto que sólo le vi un momento, pero hay ciertas cosas de las que estoy completamente seguro. No es nadie de por aquí, y de eso estoy seguro porque ya he conocido a todos los vecinos. Era alguien mucho más alto que Stapleton y mucho más delgado que Frankland. Podría tratarse de Barrymore, pero le habíamos dejado atrás y estoy seguro de que no nos siguió. Un extraño nos sigue la huella, tal como nos la siguieron en Londres. En ningún momento hemos conseguido darle esquinazo. Si pudiese echarle el guante a ese hombre, es posible que por fin pusiésemos fin a todos nuestros problemas. A partir de ahora, debo concentrar todos mis esfuerzos en conseguir esto.

Lo primero que pensé fue contarle a Sir Henry todos mis planes. Lo segundo, y más sensato, es seguir a mi aire y hablar lo menos posible de esto con nadie. Él está callado y angustiado. El ruido que escuchamos en el páramo ha alterado mucho sus nervios. No diré nada que pueda aumentar su inquietud, pero seguiré mis propios planes a fin de alcanzar mi objetivo.

Hemos tenido una pequeña escena esta mañana tras el desayuno. Barrymore pidió permiso a Sir Henry para hablar con él en privado y los dos se recluyeron en el despacho de Sir Henry durante un rato. Yo estaba sentado en la sala de billar y oí más de una vez cómo sus voces subían de tono y me imaginaba bastante bien cuál sería el motivo de la discusión. Después de algún rato, el barón abrió la puerta y me llamó.

—Barrymore se considera ultrajado —dijo—. Cree que no obramos con limpieza al perseguir a su cuñado, pues él nos reveló su secreto por propia voluntad.

El mayordomo permanecía de pie ante nosotros muy pálido pero digno.

—Es posible que me haya excedido, señor —dijo el mayordomo—, y si así ha sido le ruego que me disculpe. También quiero añadir que me sorprendió mucho verles regresar esta mañana y enterarme de que habían intentado capturar al fugado Selden. El pobre hombre ya tiene bastantes cosas encima como para que yo además ponga a más personas sobre su pista.

—Si nos lo hubiese contado por voluntad propia, la situación habría sido completamente distinta —dijo el barón—. Pero sólo nos lo confesó; mejor dicho, su esposa nos lo confesó, cuando no les quedó más remedio que contarnos lo que sucedía.

—Jamás pensé que ustedes se aprovecharían de la situación, Sir Henry. Jamás.

—Ese hombre es un peligro público. Hay casas solitarias desperdigadas por todo el páramo y se trata de alguien que no se detendría ante nada. Eso se ve con sólo echar una mirada a su rostro. Fíjese en la casa del señor Stapleton, por ejemplo, en la que el único defensor es él. Nadie estará seguro hasta que no esté bajo llave.

—No forzará ninguna casa, señor. Le doy mi palabra. Y nunca más molestará a nadie en este país. Le aseguro, Sir Henry, que dentro de muy pocos días ya tendremos todo dispuesto para que se marche a Sudamérica. Por el amor de Dios, señor, le suplico que no dé parte a la policía local de que está en el páramo. Ya han abandonado la búsqueda por ahí y puede permanecer escondido hasta que pueda embarcar. No puede delatarle a él sin mezclarnos a mi esposa y a mí en el asunto. Se lo ruego, señor; no le diga nada a la policía.

—¿Qué opina usted, Watson?

Me encogí de hombros.

—Si sale del país, los contribuyentes se ahorrarán su carga.

—No cometerá ninguna locura, Sir Henry. Le hemos dado todo lo que puede necesitar. Si cometiese algún crimen, se delataría él solo.

—Eso es cierto —dijo Sir Henry—. Bien, Barrymore...

—Dios le bendiga, señor. Y gracias de todo corazón. Mi pobre esposa se moriría si le metiesen en la cárcel de nuevo.

—Tengo la impresión de que estamos encubriendo una felonía, Watson. Pero después de todo lo que he oído no creo que pudiera delatarle. Así que se acabó. Muy bien, Barrymore, puede retirarse.

Con unas pocas más palabras entrecortadas de agradecimiento el hombre se giró para marcharse, pero dudó y regresó.

—Ha sido tan amable conmigo, señor, que me gustaría ayudarle en todo lo que esté en mi mano. Sé algo, Sir Henry, que quizá debería haber contado antes, pero no lo descubrí hasta tiempo después de haber concluido la investigación. No se lo he contado a nadie. Tiene relación con la muerte del desdichado Sir Charles.

El barón y yo nos pusimos de pie de un salto.

—¿Sabe cómo murió?

—No, señor, eso no lo sé.

—Entonces, ¿de qué se trata?

—Sé por qué estaba a esas horas en la puerta del páramo. Tenía que encontrarse con una mujer.

—¡Para encontrarse con una mujer! ¿Él?

—Sí, señor.

—¿Cómo se llama esa mujer?

—No sé su nombre, pero sus iniciales son L. L.

—¿Cómo sabe todo esto, Barrymore?

—Bueno, Sir Henry, su tío recibió una carta esa mañana. Normalmente recibía muchas cartas, pues era una personalidad pública y famoso por su generosidad y buen corazón. Así que todos los que necesitaban algún tipo de ayuda acudían a él. Pero esa mañana dio la casualidad de que sólo recibió esa carta. Y por eso me fijé más en ella. Venía desde Coombe Tracey y la letra era de mujer.

—¿Y bien?

—No le di más importancia al asunto y no lo habría hecho nunca de no ser por mi esposa. Unas pocas semanas más tarde, mientras limpiaba el despacho de Sir Charles, al que nadie había entrado desde su muerte, encontró restos calcinados de una carta por detrás de la rejilla. La mayor parte de la carta había sido totalmente destruida por el fuego, pero una pequeña tira, el final del papel, todavía no se había convertido en cenizas y era todavía legible a pesar de que las letras eran ya manchas grises sobre fondo negro. Parecía ser una posdata al final de la carta: «Por favor, por favor, como caballero que es, queme esta carta una vez la haya leído y esté en la puerta que da al páramo a las diez en punto.» Y debajo estaba firmada por las iniciales L. L.

—¿Conserva todavía esa tira de papel?

—No, señor. Se hizo pedazos en cuanto lo tocamos?

—¿Había recibido Sir Henry alguna otra carta escrita por la misma persona?

—La verdad, señor, no me fijé nunca en su correspondencia; no me habría fijado en esta carta si no hubiese sido la única que recibió ese día.

—¿Y no sospecha quién podría ser esta L. L.?

—No, no señor. No más que usted. Pero creo que si conseguimos averiguar quién es esta dama, sabremos más cosas acerca de la muerte de su tío.

—No consigo comprender, Barrymore, cómo ha mantenido durante tanto tiempo información de tanta importancia como ésta en secreto.

—Lo descubrimos nada más llegar usted. Tanto mi esposa como yo estábamos muy unidos a Sir Charles y recordábamos todo lo que él había hecho por nosotros. Sacar esto a la luz no beneficiaría en nada al desdichado caballero. Y además cuando una dama está involucrada, es preferible ser prudente. Hasta el mejor de nosotros...

—¿Cree que este asunto podría manchar su reputación?

—Bueno, señor, pensé que no conseguiríamos nada bueno. Pero ha sido usted tan amable con nosotros, que me parecía una traición no contarle todo lo que sabíamos.

—De acuerdo, Barrymore. Puede usted retirarse.

Una vez el mayordomo nos dejó solos, Sir Henry se volvió hacia mí.

—¿Qué opina de esta nueva pista, Watson?

—Parece que complica todo mucho más.

—Yo también opino lo mismo. Pero si pudiésemos dar con L. L. conseguiríamos aclarar este asunto de una vez por todas. Por lo menos ahora tenemos eso. Sabemos que existe una persona que puede contarnos qué pasó; solo que hay que localizar a esa persona. ¿Qué cree que deberíamos hacer?

—Contárselo a Holmes inmediatamente. Esto es la pista que ha estado buscando. O mucho me equivoco, o vendrá de inmediato.

Subí corriendo a mi habitación y escribí un informe a Holmes detallándole la conversación que habíamos mantenido esa mañana con el mayordomo. Era evidente que Holmes tenía mucho trabajo por aquellos días, pues las cartas que yo recibía de Baker Street eran escasas y breves, sin ninguna mención a la información que yo proporcionaba y escasa referencias a la misión que yo estaba desarrollando. Sin ningún género de dudas el caso de chantaje en el que Holmes estaba trabajando absorbía sus facultades por completo. Y sin embargo, este nuevo detalle de nuestro caso captará de nuevo su atención y renovará su interés en él.

17 de octubre

Ha llovido todo el día. El agua de lluvia gotea desde los aleros haciendo susurrar la hiedra. Me he imaginado al fugitivo en ese páramo descolorido, frío e inhóspito. ¡Pobre hombre! Cualesquiera que sean sus crímenes, su sufrimiento inspira clemencia. Recordé al otro: aquel rostro que vimos en el carruaje, la silueta que vi recortada sobre la luna. ¿El hombre misterioso, el hombre de las tinieblas, estaba también por ahí fuera? Por la tarde me puse mi impermeable y me interné en el empapado páramo; no dejará de ver imágenes siniestras mientras la lluvia me daba en la cara y el viento silbaba en mis oídos. Que Dios se apiade de quienes anden por la ciénaga Grimpen More ahora, pues incluso la tierra firme que la rodea se está convirtiendo en un fangal. Llegué hasta la gran roca Black sobre la que vi al vigía solitario. Subí a su escarpada cima y desde allí contemplé las melancólicas tierras que se extendían por debajo de ella. Riachuelos de agua de lluvia corrían por su rojiza superficie y enormes nubes del mismo color que la pizarra se cernían a baja altura sobre el paisaje, con sus grises jirones rodeando las laderas de las extrañas colinas. En la distante hondonada de la derecha y medio escondidas por la niebla, podían verse las delgadas torres de la mansión Baskerville que sobresalían por encima de las copas de los árboles. Ellas eran el único signo de vida humana que podía ver desde donde estaba, además de las cabañas prehistóricas que abundaban en las laderas de las colinas. Por ningún sitio podía ver ni el menor rastro del hombre que había visto allí mismo dos noches atrás.

Mientras regresaba me crucé con el doctor Mortimer que viajaba en su carruaje por uno de los senderos agrestes del páramo que llevaba hasta la lejana granja Foulmire. Es muy atento con nosotros. Prácticamente todos los días ha pasado por la mansión para ver cómo estábamos. Insistió en que subiera a su carruaje y me llevó a casa. Estaba muy preocupado por la desaparición de su pequeño *spaniel*. Salió a correr por el páramo y no regresó nunca. Le di todo el consuelo que pude, pero después de haber visto lo que le pasó al pony en la ciénaga Grimpen Mire, no tengo ninguna fe en que vuelva a ver a su perro de nuevo.

—Por cierto, Mortimer —le dije mientras traqueteábamos por el sendero—, imagino que habrá poca gente de los alrededores que usted no conozca.

—Creo que prácticamente nadie.

—En ese caso, ¿puede decirme a qué mujer corresponden las iniciales L. L.?

Pensó durante unos minutos.

—No —contestó—. Hay algunos gitanos y peones a los que no conozco, pero no conozco a ningún granjero ni ningún habitante del pueblo que responda a esas iniciales. Espere un momento —añadió tras una pausa—, Laura Lyons, sus iniciales serían L. L. Pero ella vive en Coombe Tracy.

—¿De quién se trata? —pregunté.

—Es la hija de Frankland.

—¿Qué? ¿Frankland el majadero?

—Exacto. Se casó con un artista de nombre Lyons, que vino a hacer bocetos del páramo. Resultó ser un canalla y la abandonó. Por lo que he oído, él no es el único responsable de lo que sucedió. Ella se casó sin el consentimiento de su padre, así que éste se negó a saber nada del asunto cuando ella resultó abandonada. Y tal vez tenía más motivos para desentenderse del tema. Así que la relación entre el viejo pecador y la hermosa jovencita no es precisamente buena.

—¿De qué vive ella?

—Sospecho que Frankland le pasa algo de dinero, pero debido a los problemas que él mismo tiene no puede ser una gran cantidad. Por muchas cosas que ella haya hecho, no se puede dejar que caiga por completo en el arroyo. Su historia se supo en la comarca y algunas personas han hecho lo posible por proporcionarle un medio de vida digno. Entre ellas Stapleton y Sir Charles. Yo también di algo de dinero. El objetivo era conseguir que se estableciera como mecanógrafa.

Intentó averiguar el motivo de mi interés, pero me las ingenié para no darle demasiadas explicaciones. No hay ningún motivo para confiar este asunto a nadie más. Mañana mismo iré a Coombe Tracy y si puedo entrevistarme con esta Laura Lyons de dudosa reputación, habré conseguido esclarecer algo en toda esta cadena de misterios. Empiezo a ser astuto como un zorro, sin duda, porque cuando Mortimer empezó a hacer preguntas demasiado insistentes respecto al porqué de mi interés, le pregunté acerca del tipo craneal de Frankland y no dejó de hablar de craneología a partir de ese momento y hasta el final de nuestro trayecto. No en vano llevo años viviendo con Sherlock Holmes. Sólo una cosa más de interés ha sucedido en este tempestuoso y melancólico día y ha sido la conversación que acabo de tener con Barrymore. Que además me proporciona un nuevo as que ya jugaré en el momento oportuno.

Mortimer se había quedado a cenar y él y el joven barón se pusieron a jugar a las cartas tras la cena. El mayordomo me llevó el café a la biblioteca y tuve la ocasión de hacerle algunas preguntas.

—¿Y bien? ¿Sigue esa joya de pariente que tiene escondido en algún sitio del páramo o ya se ha marchado?

—No lo sé, señor. Pido al Cielo que se haya marchado, pues sólo nos ha traído disgustos. Supe de él por última vez cuando le llevé comida. Y de eso hace ya tres días.

—¿No le vio entonces?

— No, señor. Pero la comida ya no estaba allí cuando volví al lugar.

—Entonces estaba con seguridad por allí.

—Sí, eso es lo que uno se imaginaría, señor. A no ser que la cogiera el otro hombre.

Miré fijamente a Barrymore con la taza de café a medio camino de mis labios.

—¿Sabe entonces que hay otro hombre ahí fuera?

—Sí, señor. Hay otro hombre en el páramo.

—¿Le ha visto?

—No, señor.

—Entonces, ¿cómo sabe que existe?

—Selden me habló de él, señor. Hará una semana o algo más. También se está escondiendo, pero, por lo que sé de él, no se trata de un recluso. No me gusta, doctor Watson; francamente, no me gusta nada —habló de una forma sincera y apasionada.

—Escúcheme, Barrymore; lo único que me interesa de todo lo que sucede aquí es el bienestar de su patrón. Sólo he venido a ayudarle. Dígame con total franqueza qué es lo que no le gusta.

Barrymore dudó durante un instante. Parecía que se arrepentía de su súbita explosión o bien no era capaz de dar con las palabras adecuadas para expresar sus sentimientos.

—Es todo lo que está sucediendo, señor —dijo por fin. Con una mano señaló la ventana bañada por la lluvia que se abría sobre el páramo—. ¡Estoy seguro de que se está tramando algo y de que se va a cometer alguna villanía! No sabe cómo me gustaría ver a Sir Henry de vuelta en Londres.

—Pero ¿qué es lo que le preocupa?

—¡Mire cómo murió Sir Charles! Por lo que dijo el forense, eso ya fue bastante extraño. Y los ruidos que se escuchan de noche en el páramo. Ningún hombre de por aquí cruzaría el páramo de noche aunque le pagasen por ello. ¿Y qué pasa con ese extraño que anda por ahí fuera, escondiéndose, observando y a la espera? ¿Por qué está ahí? No significa nada bueno para nadie que lleve el apellido Baskerville. Estaré muy contento de alejarme de aquí el día que el nuevo servicio de Sir Henry se instale en la mansión.

—¿Qué puede decirme de este extraño? —pregunté—. ¿Qué le ha contado Selden de él? ¿Descubrió Selden dónde se esconde o qué es lo que está haciendo aquí?

—Le vio una vez o dos. Pero es un tipo muy reservado y no habla mucho. Al principio pensó que se trataba de un policía, pero pronto se dio cuenta de que también se estaba escondiendo. Por lo que pudo ver, parecía ser algún tipo de caballero, pero no consiguió descubrir ni quién era ni qué estaba haciendo aquí.

—¿Dónde vive?

—En las viejas casas de la colina, en las cabañas de piedra en las que vivían los antiguos habitantes de la zona.

—¿Y cómo consigue comida?

—Selden descubrió que un chaval trabaja a su servicio y le procura todo lo que necesita. Me atrevería a decir que va a Coombe Tracy si necesita algo.

—Muy bien, Barrymore. Es posible que volvamos a hablar de esto más adelante.

Cuando el mayordomo se marchó me acerqué a la negra ventana y miré al exterior. A través de un cristal empañado vi las nubes desplazándose por el cielo y la agitada silueta de los árboles que el viento sacudía. Era una noche cruda a cubierto. ¿Cómo sería ahí fuera en alguna cabaña en medio del páramo? ¿Cómo de virulento debe ser el odio que un hombre siente para que acabe escondiéndose en un lugar así en semejante noche? ¿Y qué clase de objetivo le mueve para soportar semejante prueba? Ahí, en esa covacha en medio del páramo, parece encontrarse el nudo central del problema que tan profundamente me ha enojado. Juro que no dejaré pasar ni un día más sin hacer todo lo humanamente posible para llegar al corazón de este misterio.

11. EL HOMBRE SOBRE LA ROCA

Con los fragmentos de mi diario que utilicé para redactar el anterior capítulo hemos llegado hasta el día 18 de octubre, momento a partir del cual todos los extraños sucesos se aceleraron hasta llegar a su terrible final. Todo lo que sucedió en unos pocos días siguientes a esta fecha, permanece grabado en mi memoria y puedo continuar mi relato sin necesidad de consultar las anotaciones que realizaba en aquellos momentos. Comienzo, por tanto, a partir del día en que hice dos descubrimientos de importancia. El primero, que la señora Laura Lyons, residente en Coombe Tracy, había escrito a Sir Charles Baskerville para concertar con él una cita en el mismo lugar y hora en el que tuvo lugar el fallecimiento de este último. Y el segundo, que debo buscar al extraño que se esconde en el páramo en una de las casas de piedra de la colina. Con estos dos importantes datos en mi poder, sentí que debía faltarme valor o inteligencia si no era capaz de arrojar algo de luz en la oscuridad que nos rodeaba.

No tuve oportunidad de contarle esa noche al barón lo que había descubierto acerca de la señora Lyons, pues el doctor Mortimer se quedó jugando a las cartas con él hasta muy tarde. No obstante, durante el desayuno le informé de todos mis descubrimientos y le pregunté si deseaba acompañarme a Coombe Tracy. En un primer momento se mostró deseoso por acompañarme, pero pensándolo mejor decidimos que tal vez sería mejor que fuese yo solo. Era posible que cuanto más formalidad diésemos a la visita, menos información obtuviésemos. Dejé pues a Sir Henry, no sin remordimientos, y me adentré en mi nueva búsqueda.

Al llegar a Coombe Tracy le pedí a Perkins que detuviera los caballos e investigué dónde podía encontrar a la dama a la que había ido a interrogar. No tuve ninguna dificultad para encontrar dónde se alojaba, pues se trataba de un sitio conocido y céntrico. Una doncella me introdujo sin ceremonias y al entrar yo en el salón de estar, me encontré con una dama, sentada frente a una máquina de escribir Remington, que se apresuró a levantarse para recibirme con una dulce sonrisa de bienvenida. Sin embargo, cuando vio que yo era un desconocido se le quitó la sonrisa de golpe, se sentó de nuevo y me preguntó el objeto de mi visita.

Al mirarla por primera vez, daba la impresión de que la señora Lyons era toda una belleza. Sus ojos y su pelo eran de un profundo color castaño y sus mejillas, aunque bastante pecosas, tenían la exquisita tonalidad de las morenas, ese rosa delicado que sólo se encuentra en el corazón de las rosas amarillas . Como ya he dicho, lo primero que despertaba al verla era admiración. Pero una segunda visión inspiraba la crítica. Había algo en aquel rostro que desentonaba sutilmente, era quizá una expresión excesivamente vulgar, la dureza de la mirada o tal vez un labio inferior algo caído. Allí había algo que evitaba que su belleza fuese perfecta. Pero de todo esto, naturalmente, me di cuenta después. En aquel momento sólo fui consciente de que estaba delante de una mujer muy hermosa y de que ella esperaba que le contase el motivo de mi visita. Hasta ese momento no me había dado cuenta de lo delicada que era mi misión.

—Tengo el placer de conocer a su padre —le dije.

Fue una presentación de lo más torpe y la dama me hizo darme cuenta de ello.

—Mi padre y yo no tenemos nada en común —contestó—. No le debo nada. De no haber sido por la generosidad de Sir Charles Baskerville y algunas otras personas consideradas, podría haberme muerto de hambre sin que mi padre moviera un dedo.

—He venido a verla, precisamente, para hablar de Sir Charles Baskerville.

Las pecas destacaron aún más sobre el cutis de la dama.

—¿Y qué puedo contarle yo sobre él? —preguntó mientras sus dedos jugaban nerviosos con los marginadores de su máquina de escribir.

—Usted le conocía, ¿no es así?

—Acabo de decirle que debo mucho a su generosidad. Si ahora tengo un medio de vida es gracias al interés que se tomó en solucionar mi desdichada situación.

—¿Mantenía correspondencia con él?

Levantó la mirada rápidamente y sus ojos castaños me lanzaron una mirada airada.

—¿Por qué me hace estas preguntas?

—Con el objeto de evitar un escándalo público. Es preferible que las preguntas se las haga yo aquí a que la cosa escape a nuestro control.

Estaba callada y muy pálida. Finalmente, me miró de una manera algo imprudente y desafiante.

—En ese caso contestaré a sus preguntas —dijo—. ¿Qué desea preguntarme?

—¿Mantenía correspondencia con Sir Charles?

—Desde luego, le escribí una o dos veces para agradecerle su delicadeza y su generosidad.

—¿Recuerda la fecha en la que escribió esas cartas?

—No.

—¿Alguna vez se ha reunido con él?

—Sí, una o dos veces cuando él venía por Coombe Tracy. Él vivía una vida muy retirada y prefería hacer el bien de incógnito.

—Y si le veía tan pocas veces y le escribía con tan poca frecuencia, ¿cómo es posible que él supiese cómo marchaban los asuntos de usted para poder auxiliarla como usted dice que él lo hizo?

Ella solventó la dificultad que yo le planteaba rápidamente.

—Eran varios los caballeros que estaban al corriente de mis desdichas y todos ellos se aliaron para ayudarme. Uno de ellos fue el señor Stapleton, vecino y amigo íntimo de Sir Charles. Siempre fue extremadamente amable conmigo y fue él quien contó mi historia a Sir Charles.

Yo ya sabía que Sir Charles había utilizado en más de una ocasión a Stapleton como intermediario, así que lo que la dama decía tenía todos los visos de ser cierto.

—¿En alguna ocasión le pidió que se reuniera con usted? —continué yo.

El enfado le hizo enrojecer.

—La verdad, señor, esta pregunta es realmente sorprendente.

—Lo lamento, señora, pero debo repetírsela.

—En ese caso, la responderé. No, claro que no.

—¿Acaso no lo hizo el mismo día en que Sir Charles murió?

El rubor desapareció de sus mejillas en un instante y el que me miraba era un rostro lívido, como si estuviera muerta. Tenía los labios tan secos que apenas podía articular palabra. El «No» que pronunció, más que escucharlo, lo leí en sus labios.

—Me temo que su memoria la traiciona —dije—. Puedo hasta citar un fragmento en concreto de su carta en el que usted decía: «Por favor, por favor, como caballero que es, queme esta carta una vez la haya leído y esté en la puerta que da al páramo a las diez en punto.»

Pensé que iba a desmayarse. Haciendo un supremo esfuerzo, se recuperó.

—¿Es que ya no quedan caballeros? —dijo casi sin aliento.

—Está siendo injusta con Sir Charles. Él *quemó* su carta; pero en ocasiones una carta puede ser leída incluso tras haber sido quemada. ¿Reconoce entonces que escribió dicha carta?

—Sí, la escribí —exclamó al fin, poniendo todo el alma en el torrente de palabras que pronunció—. Escribí esa carta, sí. ¿Por qué habría de ocultarlo? Pensé que si me entrevistaba con él, le convencería para que me ayudara en un asunto, así que le pedí que se encontrase conmigo.

—¿Pero por qué a esa hora?

—Porque acababa de enterarme de que él partía al día siguiente hacia Londres y que seguramente se quedaría allí durante varios meses. Tengo mis rezones para no haber concertado la cita a una hora más temprana.

—¿Y por qué concertó una entrevista en el jardín en vez de en la mansión?

—¿Cree de veras que una mujer puede ir sola a la casa de un hombre soltero a esas horas?

—De acuerdo. ¿Qué sucedió una vez llegó usted allí?

—No acudí a la cita.

—¡Señora Lyons!

—Se lo juro por lo más sagrado. No fui. Sucedió algo que me impidió ir.

—¿Qué fue lo que sucedió?

—Es algo personal. No puedo contárselo.

—¿Reconoce pues que concertó una cita con Sir Charles en el mismo lugar y en la misma hora en la que éste encontró la muerte, pero niega haber acudido a la cita?

—Así es.

Continué interrogándola, pero por más que le pregunté no conseguí que cambiase su declaración.

—Señora Lyons —dije al levantarme para marcharme después de esta larga e infructuosa entrevista—, asume una gran responsabilidad y se pone en una situación muy comprometida si no dice todo lo que sabe al respecto. Si he de recurrir a la policía, se dará cuenta de la situación tan comprometida en la que se encuentra. Si es usted totalmente inocente, ¿por qué inicialmente negó haber escrito esa carta a Sir Charles?

—Porque temí que cualquiera pudiese sacar una conclusión falsa y verme envuelta en un escándalo.

—¿Y por qué pidió tan insistentemente a Sir Charles que destruyera dicha carta?

—Si la ha leído lo sabrá.

—En ningún momento he dicho que haya leído esa carta.

—Recitó un fragmento de ella.

—Recité la posdata. Como ya le dije, la carta había sido quemada y era ilegible. Le pido de nuevo que me diga por qué insistió tanto a Sir Charles que destruyera una carta que recibió el mismo día de su muerte.

—Es un asunto privado.

—En ese caso, razón de más para que me lo cuente si realmente desea evitar una investigación pública.

—Se lo contaré entonces. Si ha oído algo acerca de mí, sabrá que me casé imprudentemente y que he tenido motivos para arrepentirme por ello.

—Eso es todo lo que sé.

—Un esposo al que aborrezco me persigue constantemente. Tiene la ley de su parte y todos los días me enfrento a la posibilidad de que consiga obligarme a convivir con él. Cuando escribí esa carta Sir Charles acababa de enterarme de que existía una manera de recuperar mi libertad si desembolsaba una cierta cantidad de dinero. Eso significaba todo para mí: paz espiritual, felicidad, recuperar el respeto por mí misma... todo. Sabía que si yo en persona le contaba esto a Sir Charles, su generosidad le movería a ayudarme.

—En ese caso ¿por qué no acudió a la cita?

—Porque en el intermedio recibí ayuda de otra fuente.

—¿Y cómo no escribió a Sir Charles contándoselo?

—Así lo hubiese hecho de no haber leído en el periódico al día siguiente que había fallecido.

Toda su historia encajaba perfectamente y por mucho que le preguntase no conseguiría encontrar ningún fallo en ella. Lo único que podía hacer era comprobar si, efectivamente, ella había iniciado los trámites para divorciarse de su esposo en la época en la que había tenido lugar la tragedia.

Era altamente improbable que ella se arriesgase a decir que no había estado en la mansión Baskerville si era mentira, pues habría necesitado algún tipo de carruaje para llegar hasta allí y no habría podido regresar a Coombe Tracey hasta primeras horas de la mañana. Era imposible mantener en secreto una excursión de ese tipo. Lo más probable por tanto era que estuviese diciendo la verdad. O al menos parte de la verdad. Me marché de allí descorazonado y desconcertado. Una vez más había llegado a uno de los callejones sin salida que cerraban todos los caminos que tomaba para intentar cumplir con el objetivo de mi misión. Y cuanto más pensaba en el rostro de aquella dama y en su manera de comportarse, más seguro estaba de que me ocultaba algo. ¿Por qué palideció tanto? ¿Por qué negó con tanta insistencia hasta que la forcé a reconocer la realidad? ¿Por qué no dijo nada cuando sucedió la tragedia? Estaba seguro de que la explicación a todo esto no era tan inocente como ella intentaba hacerme creer. Por el momento, no podía avanzar más en esa dirección, pero debía seguir ahora la otra pista e investigar las antiguas cabañas de piedra del páramo.

Y eso era una pista de lo más vaga. Mientras regresaba me di cuenta de que en todas las colinas había restos de antiguos poblados. Lo único que Barrymore había dicho es que este extraño vivía en una de esas cabañas abandonadas. Y había cientos de ellas repartidas a todo lo ancho y largo del páramo. Pero mi propia experiencia podía guiarme, ya que había visto a ese hombre de pie sobre la roca Negra. Ése debía ser el punto de partida para mi búsqueda. A partir de ahí exploraría todos los refugios del páramo hasta que diera con el que buscaba. En caso de que ese hombre estuviese allí oiría de sus propios labios, a punta de pistola si era preciso, quién era y por qué nos había seguido durante tanto tiempo. Es posible que se nos hubiese escapado entre el gentío de Regent Street, pero no lo conseguiría en el solitario páramo. Por otra parte, si localizaba su escondite pero él no estaba allí, le esperaría montando guardia todo el tiempo que fuese preciso hasta que regresase. A Holmes se le había escapado en Londres; sería todo un logro si consiguiese triunfar en lo que mi maestro había fracasado.

Habíamos tenido todo en contra en nuestra investigación, pero por fin la suerte acudía en mi ayuda. Y el portador de la buena nueva resultó ser, nada más y nada menos, el señor Frankland, de grises patillas y colorado rostro, quien estaba de pie fuera de su jardín junto a la puerta del mismo, que daba a la carretera por la que yo viajaba.

—¡Buenos días, doctor Watson! —exclamó con un desacostumbrado buen humor—, debería dejar que sus caballos descansasen, entrar en casa y tomar un vaso de vino a mi salud.

Después de haberme enterado de qué manera trataba a su hija no sentía especial simpatía hacia él, pero deseaba enviar a Perkins con el carruaje a casa y la oportunidad era buena. Bajé del coche y envié un mensaje a Sir Henry diciéndole que llegaría a casa para la hora de la cena. Por fin, seguí a Frankland hasta su sala de estar.

—Es un gran día para mí, señor. Uno de los mejores días de mi vida —exclamó entre risitas—. He conseguido un objetivo doble. Quiero decir que he conseguido que en estas tierras se enteren de que la ley es la ley y también que existe un hombre que no teme invocarla. He conseguido establecer un derecho de paso en el centro del parque del viejo Middleton. Cruza justo por medio del parque a menos de cien yardas de la puerta principal de su casa. ¿Qué le parece? Les enseñaremos a esos magnates que no pueden pasarse por debajo de la pata los derechos comunales, Dios les confunda. Y he cerrado al público el bosque que las gentes de Fernworthy solían utilizar para ir de picnic. Parece que esa gente del demonio está convencida de que no existe una cosa que se llama propiedad privada y que pueden inundarlo todo con sus botellas y papeles. Se ha dictado sentencia en ambos casos, y a mi favor en los dos. No he tenido un día tan magnífico desde que conseguí que condenaran a Sir John Morland por furtivo cuando se puso a cazar en su propio coto.

—¿Cómo demonios consiguió usted eso?

—Léalo, doctor Watson, léalo. Todo está en los libros y podría serle útil. Frankland vs. Morland, Juzgado de Queen's Bench. Me costó doscientas libras, pero conseguí ganar el juicio.

—¿Y qué consiguió usted con ello?

—Nada, señor mío, nada. Puedo decir con orgullo que el asunto me resultaba por completo indiferente. Si actué así fue por puro deber cívico. Por ejemplo, no tengo ni la menor duda de que esta noche esas gentes de Fernworthy quemarán un muñeco representándome. La última vez que lo hicieron, pedí a la policía que evitara espectáculos de tan mal gusto como ése. El estado de la policía local es francamente lamentable y no me han proporcionado la protección que merezco. El juicio de Frankland *vs.* Regina sacará todo esto a la luz. Les dije que se arrepentirían del trato que me estaban dispensando y mis advertencias están a punto de cumplirse.

—¿Y cómo es eso?

El anciano puso cara de sabérselas todas.

—Porque podría contarles algo que se mueren por saber; pero por nada del mundo ayudaría a esos bribones.

Llevaba un rato intentando pergeñar alguna excusa que me permitiera librarme de la palabrería maliciosa del viejo, pero de repente empecé a sentir un súbito interés por lo que contaba. Ya me había dado cuenta de lo contradictorio de su carácter y sospechaba que si demostraba el menor interés en el asunto no soltaría prenda.

—¿Algún caso de caza furtiva? —dije con indiferencia.

—Ja, ja, ja, algo mucho más importante que eso, mi querido amigo. ¿Y si le digo que se trata del prisionero evadido?

Me quedé pasmado.

—¿Quiere decirme que sabe dónde está? —dije.

—No sé con precisión dónde está, pero estoy seguro de que podría ayudar a que la policía le echara el guante. ¿Nunca se ha dado cuenta de que la manera de atrapar a este hombre era descubrir cómo se alimentaba y seguir a la persona que se encargaba de ello?

Estaba empezando a acercarse a la verdad, lo que resultaba de lo más inconveniente.

—Desde luego —dije—, ¿pero cómo sabe que sigue en el páramo?

—Lo sé porque he visto con mis propios ojos a la persona que se encarga de llevarle la comida.

Empecé a sentir preocupación por Barrymore. Era muy peligroso estar en las manos de un cotilla rencoroso como éste. Pero su siguiente comentario me hizo respirar aliviado.

—Le sorprenderá saber que la comida se la lleva un niño. Le veo todos los días con el telescopio que tengo instalado en el tejado. Sigue el mismo camino todos los días, a la misma hora, ¿a quién va a ver si no es al preso fugado?

¡Esto sí que era estar de suerte! Reprimí cualquier muestra de interés. ¡Un niño! Barrymore había dicho que era un chiquillo el que se encargaba de aprovisionar a nuestro hombre misterioso. Frankland había dado con su rastro y no con el de Selden. Si consiguiera sacarle todo lo que sabía, me ahorraría mucho trabajo largo y tedioso. Mis mejores bazas eran la indiferencia y la incredulidad.

—Yo diría que se trata del hijo de algún pastor del páramo que le lleva el almuerzo a su padre.

El menor signo de llevarle la contraría hizo que el viejo autócrata se encendiera en cólera. Me miró con maldad y sus grises bigotes parecieron erizarse como los de un gato enfadado.

—¡Naturalmente, caballero! —dijo señalando la vasta inmensidad del páramo—. ¿Ve la roca Negra allí a lo lejos? Bien, ¿ve esa colina baja detrás de ella que tiene esos espinos en la cima? Ésa es la parte más rocosa del páramo, ¿cree que es el lugar en el que un pastor acamparía? Su sugerencia es completamente absurda, señor mío.

Respondí dócilmente que me había limitado a hablar sin conocer todos los detalles. Mi sumisión le agradó y le incitó a seguir compartiendo confidencias conmigo.

—Tenga por seguro que antes de formarme una opinión sobre algo, me aseguro de conocer bien el asunto. He visto una y otra vez a ese muchacho portando el hatillo. Todos los días; y algunos de ellos dos veces. He podido... ¡espere un momento, doctor Watson! ¿Me engañan mis ojos o ahora mismo hay algo que se mueve por la ladera de esa colina?

Estaba a varias millas de distancia, pero pude ver perfectamente un pequeño punto oscuro que se movía sobre el monótono gris y verde del fondo.

—¡Vamos, señor, corra! —gritó Frankland corriendo escaleras arriba—. Lo verá con sus propios ojos y podrá juzgar por sí mismo.

El telescopio en cuestión era un fantástico aparato que estaba montado sobre un trípode en los emplomados lisos de la casa. Frankland pegó su ojo a él y lanzó una exclamación de satisfacción.

—Rápido, doctor Watson, rápido, antes de que pase al otro lado de la colina.

Y allí estaba: un crío joven con un hatillo sobre el hombro, trepando lentamente la ladera de la colina. Cuando llegó a la cresta de la misma vi su figura, harapienta y ordinaria, recortándose contra el frío cielo azul. Miró a su alrededor, con el aire furtivo y sigiloso de alguien que no desea que le sigan. Y en ese instante desapareció al otro lado de la colina.

—Y bien, ¿tengo razón?

—Desde luego, ese chico tiene pinta de estar cumpliendo un encargo secreto.

—Y hasta un miembro de la policía local podría adivinar de qué tipo de encargo secreto se trata. Pero no les diré ni una palabra y le ruego discreción a usted también, doctor Watson. ¡Ni una palabra! ¿De acuerdo?

—Como usted desee.

—Me han tratado de manera vergonzosa. Vergonzosa. Cuando todo salga a la luz en el juicio Frankland *vs.* Regina me imagino que todo el condado arderá en indignación. Pero nada me hará ayudar a la policía. Por lo que a ellos respecta, bien podrían estos malditos bribones quemarme a mí mismo en vez de a un muñeco. ¡No puede irse ahora, tiene que ayudarme a vaciar la bodega para celebrar una ocasión tan grandiosa!

Pero me resistí a todos sus ruegos y conseguí disuadirle de su empeño en acompañarme caminando hasta casa. Me mantuve sobre la carretera mientras permanecía a su vista y después me desvié y me interné en el páramo en dirección a la colina rocosa tras la que había desaparecido el muchacho. Tenía todo a mi favor y me juré que no desperdiciaría la oportunidad que Fortuna me ofrecía por falta de empeño o tenacidad por mi parte.

El sol estaba a punto de desaparecer cuando llegué por fin a la cima de la colina y las largas laderas que se extendían por debajo de mí eran, a un lado, de un color verde dorado por el sol y al otro estaban ya cubiertas de sombras grises. Una ligera bruma cubría el perfil más lejano del páramo que se recortaba sobre el horizonte y en él se distinguía la silueta de las rocas que llamaban Belliver y Zorra. No se oía ningún sonido ni se veía el menor movimiento sobre la gran superficie. Un pájaro de buen tamaño, una gaviota o un zarapito, volaba a gran altura por el cielo azul. Parecía que él y yo éramos los únicos seres vivos entre la inmensa bóveda celeste y el desierto que se extendía bajo él. La aridez del lugar, la sensación de soledad y lo misterioso y urgente de mi misión, hicieron que se me helara el corazón. No veía al chaval por ningún sitio, pero por debajo de donde yo estaba había un círculo de viejos refugios de piedra y, en medio de ellos, uno que conservaba todavía suficiente techumbre como para resguardar de las inclemencias del tiempo. El corazón me saltó en el pecho cuando lo vi. Ésa era con seguridad la madriguera en la que se escondía el extraño. Finalmente, ponía un pie en el umbral de su escondite: su secreto estaba por fin a mi alcance.

Mientras me acercaba al refugio, avanzando con tanto sigilo como el que desplegaba Stapleton cuando cubría con su red una mariposa posada, me di cuenta, lleno de júbilo, de que aquel sitio estaba siendo habitado. Algo parecido a un camino conducía por entre las piedras hasta la ruinosa abertura que hacía las veces de puerta. En su interior todo estaba en silencio. El desconocido podía estar escondido en su interior o podía estar merodeando por el páramo. La aventura excitó mis nervios. Lancé mi cigarrillo a un lado, apreté con fuerza la culata de mi revólver y, avanzando con rapidez hacia la puerta, miré en el interior. Allí no había nadie.

Pero abundaban las pruebas de que la pista que había seguido era buena. Mi hombre vivía aquí sin el menor género de duda. Encima de la misma piedra plana sobre la que ya había dormido el hombre prehistórico vi varias mantas enrolladas dentro de un impermeable. En el tosco hogar podía ver los restos de un fuego y a su lado algunos utensilios de cocina y un cubo lleno de agua hasta la mitad. Un montón de latas de comida vacías mostraba que el lugar llevaba algún tiempo habitado. Una vez mis ojos se acostumbraron a la penumbra, vi una lata metálica y a su lado una botella de licor en el rincón. En medio del refugio había una piedra plana que hacía las veces de mesa y sobre ella, sin la menor duda, el mismo hatillo que había visto a través del telescopio sobre el hombro del chiquillo. Contenía una hogaza de pan, una lengua en conserva y dos latas de melocotón en almíbar. Cuando lo dejé de nuevo sobre la mesa después de haberlo examinado, me dio un vuelco el corazón al ver que debajo de él había un pedazo de papel escrito. Lo levanté y, toscamente escrito, leí lo siguiente:

«El doctor Watson ha ido a Coombe Tracy.»

Durante un minuto permanecí con el papel en las manos, pensando qué sentido tenía este mensaje. Era a mí a quien este hombre vigilaba y no a Sir Henry. No me había seguido en persona, sino que había puesto algún agente (quizá este mismo chaval) sobre mis pasos. Y ése era su informe. Era posible que desde que llegué al páramo no hubiese dado ni un solo paso sin que alguien hubiese informado de ello después. Constantemente existía la sensación de que alguna fuerza oculta, con una gran habilidad y delicadeza, nos estaba envolviendo en una red de malla muy fina e invisible, que nos había atrapado con tanta delicadeza que sólo en momentos muy puntuales y especiales podíamos percibir su existencia.

Si había un informe era muy posible que hubiese más, así que registré la cabaña en busca del resto. Sin embargo, no encontré ni rastro de ningún otro informe ni tampoco ninguna pista acerca del carácter o de las intenciones del hombre que vivía en un lugar tan singular como aquél; salvo que debía ser de hábitos espartanos y que el confort no debía preocuparle mucho. Al recordar las abundantes lluvias que habían caído y ver el techo prácticamente inexistente, me di cuenta de lo inmutable y firme que debía ser su determinación para conseguir vivir en un refugio tan inhóspito. ¿Era éste nuestro encarnizado enemigo o se trataba al contrario de nuestro ángel guardián? Me juré que no me marcharía de allí hasta que no lo descubriera.

En el exterior el sol se ponía con rapidez. El cielo ardía en llamas escarlatas y doradas por el oeste. A lo lejos, los charcos y lagunas que había diseminados por la ciénaga Grimpen Mire reflejaban la luz solar convertidos en brillantes manchas de color rojizo. Allí seguían las dos torres de la mansión Baskerville y una nube de humo señalaba dónde estaba la ciudad de Grimpen. Entre las torres y Grimpen, detrás de la colina, estaba la casa de Stapleton. Bajo la luz del atardecer todo resultaba dulce, sereno y apacible. Pero por mucho que mirase a mi alrededor, mi alma no podía compartir la serenidad de la Naturaleza, sino que estaba inquieta por el terror y la incertidumbre que el inminente encuentro provocaba. Me senté en el extremo más oscuro de la cabaña, con los nervios en tensión, pero con un objetivo claro. Y esperé tenaz y pacientemente a que su ocupante regresara.

Y, por fin, le oí. Desde lejos llegaba el sonido claro y tintineante de unas botas que avanzaban sobre las rocas. Un paso, otro y otro, acercándose cada vez más. Me arrebujé en el rincón más oscuro y amartillé la pistola que llevaba en el bolsillo, dispuesto a no descubrir mi presencia hasta que no hubiese visto a este extraño. Hubo una larga pausa, señal de que se había detenido, y a continuación los pasos que de nuevo se acercaban hasta que una sombra cubrió el hueco de la puerta.

—Hace una tarde estupenda, Watson —dijo una voz familiar—; estoy convencido de que estará más a gusto aquí fuera que ahí.

12. UNA MUERTE EN EL PÁRAMO

Durante un instante permanecí sentado. Sin aliento. Incapaz de creer lo que acababa de oír. Por fin, mi voz y mis sentidos regresaron al tiempo que un gran peso pareció quitárseme de encima. Esa voz fría, irónica y mordaz sólo podía pertenecer a una persona de este mundo.
—¡Holmes! —grité—. ¡Holmes!
—Salga —dijo— y, por favor, tenga cuidado con ese revólver.
Me detuve bajo el dintel y le vi, sentado sobre una piedra y con la risa bailando en sus ojos grises al contemplar la sorpresa en mi atónito rostro. Estaba delgado y desmejorado, pero alerta y despierto. Su rostro estaba moreno por el sol y curtido por el viento. La gorra de cuadros que llevaba le hacía parecer un turista cualquiera de paseo por el páramo y se las había ingeniado para conservar ese aspecto inmaculado, que era uno de sus rasgos distintivos más característicos: estaba tan impecablemente vestido y afeitado como si estuviese en Baker Street.
—En mi vida me he alegrado tanto de ver a alguien —le dije estrechándole la mano.
—Ni tampoco se ha sorprendido tanto ¿eh?
—Tampoco, lo confieso.
—Le aseguro que no ha sido usted el único sorprendido. No tenía ni la menor idea de que había descubierto usted mi guarida y mucho menos de que se había escondido dentro hasta que estuve a menos de veinte pasos de la puerta.
—Mis huellas, imagino.
—No, Watson. Creo que no sería capaz de distinguir sus huellas de cualquier otras. Pero si lo que realmente quiere es despistarme, debe cambiar de proveedor de tabaco. En el momento que vi una colilla marca *Bradley*, Oxford Street, supe que mi amigo Watson andaba cerca. La tiene ahí mismo, al lado del sendero. La tiró ahí, sin duda, en el instante supremo en el que entró en la cabaña vacía.
—Exacto.
—Lo imaginé. Y conociendo lo tenaz que es, estaba seguro de que se había sentado, preparando una emboscada, con un arma al

alcance de la mano y esperando a que el habitante del refugio regresara. ¿Así que pensaba que yo era el criminal?

—No tenía ni idea de quién se trataba. Pero me había propuesto descubrirlo.

—Excelente, Watson. ¿Y cómo dio conmigo? ¿Me vio tal vez la noche en la que persiguieron al fugado, cuando fui tan imprudente como para dejar que la luna me iluminase por detrás?

—Sí, le vi en aquella ocasión.

—Y sin duda, ha registrado todas las cabañas hasta que dio con la buena.

—No. Vieron al chico que le trae la comida y me dieron una pista para encontrarle.

—El anciano caballero del telescopio, sin duda. No pude imaginar de qué se trataba la primera vez que vi el reflejo de la luz en las lentes —se levantó y miró dentro de la cabaña—. Ajá, veo que Cartwright me ha traído provisiones. ¿Qué es este papel? Así que ha estado en Coombe Tracy, ¿no es así?

—Sí.

—¿Visitando a Laura Lyons?

—Exacto.

—¡Bien hecho! Veo que nuestras investigaciones han seguido caminos paralelos. Espero que cuando unamos nuestros descubrimientos tengamos una visión bastante completa del caso.

—La verdad es que estoy muy contento de que esté aquí. La responsabilidad y el misterio empezaban a ser una carga demasiado fuerte para mis nervios. Pero ¿cómo demonios vino hasta aquí y qué ha estado usted haciendo? Pensaba que estaba en Baker Street resolviendo aquel caso de chantaje.

—Eso es lo que yo quería que usted creyera.

—¡Así que me utiliza, pero no confía en mí! —exclamé con cierta amargura—. Pensé que merecía mejor trato que este de usted, Holmes.

—Mi querido amigo, su ayuda me ha sido indispensable en todo este asunto como en tantos otros, y le ruego que me perdone si da la impresión de que he estado jugando con usted. En parte, fue por su propio bien si obré así y si vine fue porque me di cuenta del peligro que corría usted y deseé observar lo que sucedía por mí mismo. De haber estado con Sir Henry y con usted, habría tenido el mismo punto de vista que ustedes dos y, además, mi presencia hubiese puesto a nuestros formidables adversarios en guardia. Tal como he actuado, he podido moverme con una libertad que no habría tenido si me alojase en la mansión y permanecer oculto hasta el momento decisivo.

—¿Pero por qué no me ha dicho nada?

—El que usted lo supiera no nos habría reportado ningún beneficio y, en cambio, tal vez me hubiese descubierto. Habría querido decirme algo o su amabilidad le habría impulsado a procurarme alguna comodidad y habríamos corrido algún riesgo innecesario. Traje a Cartwright conmigo, ¿le recuerda? Es el chiquillo de la oficina de correos, y se ha ocupado de mis necesidades elementales: una hogaza de pan y un cuello limpio. ¿Quién necesita nada más? Además me ha proporcionado otro par de ojos junto con un par de piernas ágiles. Ambas cosas sin precio.

—Ninguno de mis informes sirvió de nada —me tembló la voz al recordar el esmero con el que los había escrito.

Holmes sacó un fajo de papeles de su bolsillo.

—Aquí tengo sus informes, mi querido amigo, y le aseguro que bien leídos. Dispuse las cosas de manera que llegaban hasta mí con sólo un día de retraso. Debo felicitarle por el celo y la inteligencia que ha demostrado en este extraordinariamente complejo caso.

Estaba bastante herido todavía por la decepción sufrida, pero los elogios de Holmes eran tan sinceros que olvidé mi enfado. Y en mi corazón me di cuenta de que lo que Holmes había dicho era cierto y que lo que más nos convenía era que nadie en el páramo supiera de su presencia allí.

—Eso está mejor —dijo Holmes al ver en mi cara que desaparecía mi enfado—. Cuénteme ahora el resultado de su visita a la señora Laura Lyons; no me costó trabajo adivinar que era ella la persona a quien había ido usted a visitar, pues ya me he dado cuenta de que ella es la única persona en Coombe Tracy que puede resultarnos de utilidad en todo este asunto. De hecho, si no hubiese ido usted hoy, es muy probable que hubiese ido yo mañana.

El sol se había ocultado y el crepúsculo se extendía por el páramo. El aire era helado y nos refugiamos dentro de la cabaña en busca de calor. Y allí, sentados ambos en la penumbra, le conté a Holmes mi conversación con aquella dama. Estaba tan interesado que hube de repetir algunos fragmentos dos veces antes de que quedase satisfecho.

—Esto es de la mayor importancia —dijo cuando hube concluido—. Explica una laguna que no había sido capaz de rellenar en todo este complejo asunto. ¿Es usted, tal vez, consciente de la intimidad que existe entre la señora Lyons y el señor Stapleton?

—No sabía que existiese ninguna intimidad entre ellos.

—No hay ninguna duda al respecto: se encuentran, se escriben y hay un total entendimiento entre ellos. Esto pone un arma formidable en nuestro poder. Si pudiese utilizarlo para apartar a su esposa...

—¿Esposa?

—Le daré información a cambio de toda la que usted me ha dado a mí. La dama que ustedes creen que es la señorita Stapleton es en realidad su esposa.

—¡Cielo santo, Holmes! ¿Está seguro de lo que dice? ¿Cómo habría permitido que Sir Henry se enamorara de ella?

—El que Sir Henry se enamore no hace daño a nadie salvo a sí mismo. Y tomó todas las precauciones a su alcance para que Sir Henry no *cortejase* a su esposa, como usted mismo se habrá dado cuenta. Repito: esa dama es su esposa y no su hermana.

—¿Y para qué elaboró este engaño?

—Porque se dio cuenta de que ella le resultaría mucho más útil si la hacía pasar por soltera.

De repente todas mis vagas sospechas, todos los avisos que me había dado mi instinto, tomaron forma y se centraron en el naturalista. Ese hombre impasible y gris, con su sombrero de paja y su cazamariposas. Me pareció descubrir una criatura terrible, alguien de habilidad y paciencia infinitas, capaz de poner una cara amable mientras planeaba un asesinato.

—¿Es él entonces nuestro enemigo, el que nos siguió en Londres?

—Ésa es mi deducción.

—¡Y fue ella la que compuso el mensaje de aviso!

—Exacto.

Una monstruosa villanía medio vista, medio intuida comenzaba a emerger de entre las sombras que me habían rodeado durante tanto tiempo.

—¿Está usted seguro de lo que dice, Holmes? ¿Cómo sabe que esa mujer es su esposa?

—Porque él se confió tanto como para darle a usted un apunte biográfico real la primera vez que ustedes se vieron. Y sospecho que debe estar arrepintiéndose desde entonces. Anteriormente *fue* maestro de escuela en el norte de Inglaterra. No hay nada más fácil de rastrear que un maestro. Existen agencias escolares que conservan registros que permiten identificar a cualquiera que haya ejercido de maestro. Con un poco de trabajo de investigación descubrí que un colegio se hundió tras una tragedia y que su propietario (utilizaba un nombre distinto) había huido junto con su esposa. Cuando descubrí que el hombre que había huido era un entomólogo entusiasta, confirmé la identidad del mismo.

La oscuridad comenzaba a aclararse, pero aún quedaban muchas zonas en sombra.

—Si esa mujer es en realidad su esposa, ¿qué pinta Laura Lyons en todo esto? —pregunté.

—Sus investigaciones han arrojado mucha luz sobre este punto en concreto. En su entrevista con esa dama quedó clara gran parte de la situación. Yo no sabía nada de sus intenciones de divorciarse de su esposo, pero en ese caso, teniendo en cuenta que ella cree que Stapleton es soltero, estoy convencido de que ella cree que se convertirá en su esposa.

—¿Y cuándo descubra la verdad?

—Ahí empezará a sernos útil. Lo primero que haremos mañana usted y yo será ir a verla. ¿No cree Watson que ya se ha ausentado durante demasiado tiempo de su puesto? Debería estar usted en la mansión Baskerville.

Las últimas manchas rojizas habían desaparecido ya por el oeste y la noche se extendía por el páramo. Unas pocas estrellas no muy luminosas brillaban en un cielo de color violeta.

—Una última pregunta, Holmes —dije mientras me levantaba—. Seguro que ya no es necesario que haya secretos entre nosotros dos. ¿Qué ocurre aquí? ¿Cuál es el propósito de todo esto?

La voz de Holmes se hizo muy profunda antes de responder.

—Asesinato, Watson. Un asesinato refinado, premeditado y a sangre fría. No me pida detalles ahora. Estoy cerrando mis redes alrededor de él como él cierra las suyas alrededor de Sir Henry. Gracias a usted, ya le tengo prácticamente en mis manos. El único riesgo que tenemos es que puede que él se decida a actuar antes de que lo hayamos hecho nosotros. En un día, dos a lo sumo, tendré todo zanjado. Pero hasta entonces cuide de su protegido con el mismo celo con el que una madre cuidaría de su bebé enfermo. A pesar de que su misión de hoy justifica que se haya alejado de su puesto, preferiría que no se hubiese alejado de él. ¡Escuche!

Un grito terrible, prolongado y lleno de terror y angustia estalló en el silencio del páramo. Aquel grito espantoso me heló la sangre en las venas.

—¡Dios mío! —dije con dificultad—. ¿Qué es eso? ¿Qué significa?

Holmes se había puesto en pie de un salto y vi su atlético y oscuro contorno recortarse en el hueco de la puerta, con los hombros algo inclinados, la cabeza adelantada para observar en la oscuridad.

—Silencio —susurró—. Silencio.

El grito había sonado fuerte debido a su vehemencia, pero procedía de algún lugar a gran distancia de la planicie en sombras. Ahora estalló otra vez en nuestros oídos más cerca, a mayor volumen, más urgente que antes.

—¿De dónde procede? —susurró Holmes; percibí un estremecimiento en su voz que me demostró que el hombre de nervios de acero estaba profundamente conmocionado.

—De ahí, creo —dije señalando un punto en la oscuridad.

—No, ¡de ahí!

Una vez más un grito agonizante barrió la noche, a más volumen y más cerca de nosotros que nunca. Oímos un nuevo sonido mezclado con éste, un zumbido sordo, profundo, musical y, al mismo tiempo, amenazante, que se elevaba y descendía con una cadencia parecida al profundo y constante murmullo del mar.

—¡El perro! —gritó Holmes—. ¡Vamos, Watson, venga! ¡Que el cielo nos ayude si llegamos demasiado tarde!

Salió corriendo a toda velocidad por el páramo y yo pegado a sus talones. En algún punto delante de nosotros, por entre el irregular terreno, sonó un último grito desesperado y tras él un gran golpe sordo. Nos detuvimos a escuchar. Ningún otro sonido rompió el pesado silencio de aquella noche de viento en calma.

Holmes se llevó una mano a la cabeza como un hombre trastornado. Golpeó el suelo con uno de sus pies.

—Nos ha vencido, Watson. Hemos llegado demasiado tarde.

—¡No, no, seguro que no!

—¡Que idiota fui por esperar! Y usted Watson, ¡mire las consecuencias de abandonar su puesto! Pero, ¡por los dioses!, si ha sucedido lo peor, ¡le vengaremos!

Corrimos a ciegas por la oscuridad, tropezando con las piedras y abriéndonos paso a través de los arbustos de aulaga, subiendo casi sin aliento las colinas y corriendo como locos ladera abajo, corriendo siempre en la dirección de la que provenían aquellos horribles sonidos. En cada elevación del terreno Holmes miraba a su alrededor, pero la oscuridad en el páramo era total y ni un solo músculo de su cara se movía.

—¿Puede ver algo?

—Nada.

—Silencio, ¿qué es eso?

Acabábamos de escuchar un aullido grave. Y sonó de nuevo a nuestra izquierda. En aquel lado una cordillera de rocas acababa abruptamente en un precipicio que dominaba una ladera moteada de piedras. Sobre la irregular superficie podía verse un objeto extendido y oscuro, irregular. Al acercarnos corriendo su perfil difuso comenzó a tomar forma. Era un hombre tumbado boca abajo en el suelo con la cabeza doblada formando un ángulo imposible debajo del cuerpo, los hombros encogidos y el cuerpo recogido como si diera un salto mortal. Su postura era tan grotesca que por un instante no me di cuenta que aquel aullido terrible había señalado el momento en que su alma abandonaba su cuerpo. La figura oscura sobre la que nos inclinábamos ya no emitía ni el menor suspiro. Ni un roce. Holmes puso una de sus manos sobre él y la levantó en seguida con una exclamación de horror. Encendimos una cerilla y bajo su luz vimos sus dedos crispados y el horrible charco que manaba incesantemente de su abierto cráneo y que aumentaba de tamaño a gran velocidad. Vimos también algo que hizo que nos diera un vuelco el corazón: era el cuerpo de Sir Henry Baskerville.

Ninguno de los dos había olvidado aquel traje rojizo, el mismo que llevaba puesto la mañana que nos conocimos en Baker Street. Lo vimos durante un instante, pues la llama de la cerilla tembló y se apagó al igual que el último rescoldo de esperanza se había apagado en nuestras almas. Holmes rugió. En la oscuridad vi la palidez de su rostro.

—¡Esa bestia, esa bestia! —exclamé apretando los puños—. ¡Oh, Holmes, no me perdonaré jamás haberle abandonado a su suerte.

—Yo soy más responsable que usted, Watson. Por tener mi problema perfectamente resuelto y cerrado he desperdiciado la vida de mi cliente. Es el mayor golpe que he recibido en toda mi carrera. Pero ¿cómo iba a saber yo, cómo *iba a saber yo* que arriesgaría su vida de esta manera adentrándose solo en el páramo a pesar de todas mis advertencias?

—Que hayamos tenido que escuchar sus gritos, Dios ¡esos gritos!, sin poder ayudarle. ¿Dónde está ese perro infernal que le ha llevado a la muerte? Podría estar escondido entre las rocas en este instante. ¿Y dónde está Stapleton? Pagará lo que ha hecho.

—Lo hará; me ocuparé de que así sea. El tío y el sobrino han muerto asesinados; uno murió de terror al ver un animal que creyó sobrenatural y el otro halló la muerte saltando al vacío para huir de ella. Ahora tenemos que relacionar a la bestia con nuestro hombre. De no ser por lo que hemos oído, no tendríamos ninguna constancia de que dicho animal exista, pues es obvio que Sir Henry ha muerto a consecuencia de la caída. Pero por Dios que por muy inteligente que sea nuestro hombre, le tendré a mi merced en un día.

Permanecimos de pie, amargados, uno a cada lado del deshecho cuerpo, con el peso de este desastre irreparable que hacía inútiles todos nuestros esfuerzos, por muy duros y dolorosos que hubiesen sido. La luna ascendía en el cielo mientras nosotros subíamos a la cima de las rocas desde las que había caído nuestro desdichado amigo. Desde allí arriba contemplamos el páramo en sombras, parte de él plateado y parte sumido en las tinieblas. Muy lejos de donde estábamos, a varias millas de distancia en la dirección de Grimpen brillaba una luz fija de color amarillo. Sólo podía ser la solitaria residencia de los Stapleton. Al mirar hacia allí les maldije amargamente mientras agitaba uno de mis puños.

—¿Por qué no podemos ir a por él de inmediato?

—No tenemos nada a lo que agarrarnos. Este tipo es extremadamente astuto y precavido. La cuestión no es lo que sabemos, sino lo que podemos demostrar. Si damos un paso en falso este truhán puede escapársenos.

—¿Qué podemos hacer?

—Mañana será un día duro. Lo único que podemos hacer esta noche es procurar los últimos oficios a nuestro amigo.

Bajamos juntos por la escarpada ladera y nos acercamos al cadáver, oscuro, que resaltaba sobre las piedras plateadas. Al ver la agonía de los retorcidos miembros sentí una punzada de dolor y se me llenaron los ojos de lágrimas.

—Debemos pedir ayuda, Holmes. Nosotros dos solos no podremos llevarlo hasta la mansión. Por el amor del cielo, Holmes, ¿se ha vuelto usted loco?

Había dado un grito y se había inclinado sobre el cuerpo. Al momento se puso a bailar y reír sacudiendo con fuerza una de mis manos. ¿Era posible que fuese éste mi serio e impasible amigo?

—¡Barba! ¡Barba! ¡Este hombre lleva barba!

—¿Barba?

—No es el barón. Es... ¡vaya! Es mi vecino, el recluso fugado.

Con prisa febril dimos la vuelta al cadáver. Su larga barba apuntaba hacia la fría y brillante luna. No había ninguna duda: la frente prominente, los ojos hundidos como un animal. Era la misma cara que me había mirado a la luz de la vela desde lo alto de aquella roca. Era el rostro de Selden, el asesino.

En un instante vi todo claro. Recordé que el barón me había dicho que había dado su antiguo guardarropa a Barrymore. Barrymore se lo había dado a Selden para ayudarle a escapar. Las botas, la camisa, la gorra... todo era de Sir Henry. El hecho no dejaba de ser una tragedia, pero este hombre había sido condenado a muerte por las leyes de nuestro país. Le conté a Holmes lo que sabía al respecto. Mi corazón rebosaba de alegría y gratitud.

—En ese caso, estas ropas han sido las que le han llevado a la muerte —dijo—. Es evidente que el perro ha olido alguna prenda personal de Sir Henry, probablemente la bota que desapareció en el hotel de Londres. Y así consiguió seguir el rastro de este hombre. De todas formas, hay algo muy misterioso: ¿cómo supo Selden en la oscuridad que el perro le estaba persiguiendo?

—Le oiría.

—Oír a un perro por el páramo no asustaría a un hombre como Selden hasta el extremo de correr aterrorizado y gritar a pleno pulmón pidiendo ayuda, con el riesgo que ello suponía de ser capturado. A tenor de sus gritos, tuvo que correr durante un buen rato después de que se diese cuenta de que el animal le perseguía. ¿Cómo se dio cuenta?

—Para mí es un misterio aún mayor por qué este perro, si nuestras suposiciones son correctas...

—No son suposiciones.

—De acuerdo; en ese caso, ¿por qué está este perro suelto esta noche? Supongo que habitualmente no andará suelto por el páramo. Stapleton no lo soltaría si no supiese que Sir Henry está por aquí.

—Mi duda es aún mayor, pues creo que pronto sabremos la respuesta a la suya, mientras que es posible que la mía no deje nunca de ser un misterio. La cuestión ahora es qué vamos a hacer con el cuerpo de este desgraciado. No podemos dejarlo aquí a merced de los zorros y de los cuervos.

—¿Y si lo ponemos en una de las cabañas hasta que podamos comunicar su muerte a la policía?

—Exacto. Estoy seguro de que entre los dos podremos llevarlo hasta allí. ¡Caramba, Watson! ¿Qué es eso? Es nuestro hombre en persona, por todos los demonios. No diga ni una palabra que pueda hacerle sospechar o mis planes se irán al garete.

Una figura se acercaba a nosotros a través del páramo y pude ver la mancha incandescente de la colilla de un puro. Al iluminarle la luna vi también la figura impecable y los andares desenfadados del naturalista. Se detuvo al vernos y continuó acercándose.

—¡Vaya, doctor Watson! ¿Es usted, verdad? Es usted la última persona a quien esperaba ver por aquí a estas horas. ¡Dios mío! ¿Quién es este hombre? ¿Está herido? No... no me digan que es nuestro amigo Sir Henry.

Pasó con rapidez por mi lado y se inclinó sobre el fallecido. Le oí aspirar aire con fuerza y se le calló el puro de la mano.

—¿Quién, quién es este hombre? —tartamudeó.

—Selden, el prisionero que se fugó de Princetown.

El rostro de Stapleton estaba palidísimo cuando se giró para mirarnos, pero con un supremo esfuerzo fue capaz de sobreponerse a su desilusión y asombro. Nos miró intensamente de uno a otro.

—¡Dios mío! Qué asunto tan desagradable. ¿Cómo murió?

—Parece que se cayó desde esas rocas y se partió el cuello. Mi amigo y yo estábamos paseando por el páramo cuando oímos un grito.

—Yo también oí un grito. Eso es lo que me trajo hasta aquí. Estaba preocupado por Sir Henry.

—¿Y por qué por Sir Henry, precisamente? —pregunté sin poder contenerme.

—Porque le pedí que nos encontrásemos por aquí. Me sorprendió que no acudiera a la cita y, naturalmente, me preocupé por su seguridad cuando empecé a oír los gritos por el páramo. Por cierto —sus ojos nos taladraron a Holmes y a mí—, ¿han oído ustedes algo más aparte de los gritos?

—No —dijo Holmes—. ¿Usted sí?

—No.

—¿A qué se refiere entonces?

—Oh, ya sabe: esas historias que cuentan los campesinos acerca de un perro espectral y demás. Dicen que puede oírsele en el páramo por la noche. Me preguntaba si habían oído algo del estilo esta noche.

—No hemos oído nada similar a eso —contesté yo.

—¿Tiene alguna teoría que explique la muerte de este pobre diablo?

—No tengo ni la menor duda de que la ansiedad y la vida a la intemperie han debido hacerle perder la cabeza. Corrió por el páramo fuera de sí y, finalmente, cayó desde lo alto de esas rocas y se partió el cuello.

—Parece la explicación más lógica —dijo Stapleton y dio un suspiro que creí que indicaba su alivio—. ¿Qué opina de todo esto señor Holmes?

Mi amigo inclinó la cabeza apreciando el ser reconocido.

—Es rápido identificando a las personas —comentó.

—Llevamos esperando su presencia aquí desde que el doctor Watson llegó. Ha llegado justo a tiempo de presenciar una tragedia.

—Desde luego. Estoy convencido de que la explicación de mi amigo es exacta. Mañana me llevaré de vuelta a Londres una experiencia bastante desagradable.

—¿Regresa a Londres mañana?

—Ésa es mi intención.

—Confío en que su visita haya arrojado algo de luz sobre los acontecimientos que nos tienen tan desconcertados a nosotros.

Holmes se encogió de hombros.

—No siempre salen las cosas como uno desea. Un investigador trabaja con hechos, no rumores o leyendas. No he obtenido resultados satisfactorios.

Mi amigo habló con su estilo más despreocupado y franco. Stapleton le miró fijamente. Y me miró a mí.

—Les sugeriría que llevásemos a este pobre hombre a mi casa, pero mi hermana se llevaría tal susto que creo que es preferible que no lo hagamos. Creo que con que le cubramos el rostro con algo podemos olvidarnos de él hasta mañana por la mañana.

Y eso fue lo que hicimos. Después de rechazar las ofertas de hospitalidad de Stapleton nos dirigimos hacia la mansión Baskerville, dejando que el naturalista regresase solo. Nos giramos y le vimos avanzando despacio por el vasto páramo. Y detrás de él, la mancha oscura sobre la ladera plateada, el sitio donde yacía el hombre que había encontrado allí su triste destino.

—Por fin estamos cerca de tenerle en nuestras garras —dijo Holmes mientras caminábamos juntos cruzando el páramo—. ¡Menuda presencia de ánimo tiene este tipo! Hay que ver cómo fue capaz de disimular el shock que ha debido ser para él descubrir que el hombre que ha caído en su trampa no es el que él quería. Ya se lo dije en Londres, Watson, y se lo repito ahora: por fin nos hemos topado con un adversario digno de nuestro acero.

—Lamento que le haya visto a usted.

—Y al principio también yo lo lamenté. Pero no había manera de evitarlo.

—¿Cómo cree que afectará a sus planes el que él sepa que está usted aquí?

—Es posible que sea más cauteloso o puede que decida llevar a cabo alguna acción desesperada de inmediato. Es probable que, como la mayoría de los delincuentes, confíe en exceso en su propia inteligencia y esté convencido de que nos ha engañado por completo.

—¿Y por qué no le arrestamos de inmediato?

—Querido Watson, nació usted para ser un hombre de acción; su primera idea es siempre hacer algo impulsivo. Supongamos, por suponer algo, que le arrestamos esta noche: ¿en qué rayos mejoraría nuestra situación? No podemos probar nada en su contra. ¡Esto es lo más endiabladamente complicado de todo este asunto! Si él utilizase algún cómplice humano, podríamos conseguir algún tipo de prueba; pero aunque hiciésemos pública la existencia del perro no conseguiríamos por ello implicar a su amo.

—En cualquier caso, tenemos material para una denuncia.

—En absoluto. Sólo tenemos sospechas y conjeturas. Se reirían de nosotros en cualquier tribunal si presentásemos esta historia y las pruebas que hasta ahora tenemos.

—Pero tenemos el cadáver de Sir Charles.

—Que fue encontrado sin una sola señal de violencia en el cuerpo. Usted y yo sabemos que murió de un ataque de pánico y también sabemos qué fue lo que le asustó, ¿pero cómo conseguiríamos que un jurado compuesto por doce hombres cabales también lo supiese? ¿Hay alguna señal de que hubiese allí un perro? ¿Dónde están las marcas de sus colmillos? Nosotros sabemos que un perro, claro está, no muerde un cadáver, y que Sir Charles estaba ya muerto antes de que la bestia estuviese a su lado. Pero debemos ser capaces de probar todo eso, y ahora mismo no podemos.

—¿Y qué pasa con lo sucedido esta noche?

—No hemos mejorado gran cosa. No hay conexión directa entre el perro y la muerte de este hombre. No hemos visto el perro. Le oímos. Pero no podemos probar que estuviese siguiendo el rastro de este hombre. No tenemos un móvil. No, mi querido amigo, debemos resignarnos a que de momento no tenemos nada y que merece la pena arriesgarnos para conseguir pruebas.

—¿Y qué propone usted?

—Confío en que la señora Laura Lyons nos ayude en cuanto sepa lo que está sucediendo realmente. Y también tengo un plan propio. Hasta mañana tendremos al mal ahí, pero confío en que antes de que acabe el día lo habré resuelto todo.

No conseguí sacarle nada más y caminó hasta las puertas de la mansión absorto en sus propios pensamientos.

—¿Viene?

—Sí, ya no hay motivo para seguir escondiéndome. Una última cosa, Watson: no le diga ni una palabra sobre el perro a Sir Henry. Déjele creer que la muerte de Selden fue de la manera que Stapleton quería hacernos creer. Estará en mejores condiciones de enfrentarse a la difícil experiencia de mañana, pues si no recuerdo mal debe cenar en casa de los Stapleton.

—Y yo también.

—En ese caso tendrá que poner alguna excusa, pues Sir Henry debe ir solo. Tiene fácil arreglo. Y ahora, si llegamos tarde a la cena, podremos apañárnoslas para devorar lo que nos den.

13. TENDEMOS LA TRAMPA

Sir Henry, más que sorprenderse, se alegró enormemente de ver a Sherlock Holmes, pues hacía ya varios días que estaba convencido de que los acontecimientos de los últimos tiempos le llevarían hasta allí. Sin embargo, enarcó las cejas al comprobar que éste no traía equipaje ni tampoco daba ninguna explicación acerca de los motivos para permanecer ausente. Entre nosotros dos conseguimos satisfacer las necesidades de Holmes rápidamente y en una tardía cena explicamos al barón una versión conveniente de nuestras aventuras durante la tarde. Pero en primer lugar tuve que cumplir con el desagradable deber de informar de la muerte de Selden a Barrymore y a su esposa. Seguramente para él fue un alivio indescriptible, pero ella lloró amargamente sobre su delantal al saberlo. Para el mundo entero Selden era un ser violento, un cruce entre un demonio y una bestia, pero para ella siempre fue el muchachito obstinado que conoció cuando era también una chiquilla, el que siempre iba cogido de su mano. Realmente malvado ha de ser el hombre que no tenga ni una sola mujer que le llore.

—Desde que se marchó, Watson, he estado todo el día vagando por la casa sin saber muy bien qué hacer —dijo el barón—. Creo que deberían confiar algo en mí, pues me he mantenido fiel a la promesa que hice. De no tener palabra, a lo mejor habría pasado una tarde algo más entretenida, pues recibí un mensaje de Stapleton pidiéndome que me reuniera con él.

—Estoy seguro de que su tarde hubiese sido mucho más entretenida —dijo Holmes con sequedad—. Por cierto, supongo que le gustará saber que le hemos llorado convencidos de que se había desnucado.

A Sir Henry se le pusieron los ojos como platos.

—¿Y cómo ha sido eso?

—El desgraciado Selden llevaba puesta su ropa. Me temo que su criado se la dio y eso podría ponerle en una situación comprometida con la policía.

—No es probable. Por lo que sé, esa ropa no tenía ninguna señal que pudiera identificarla.

—Eso es una suerte para su criado; de hecho, es una suerte para todos ustedes, ya que todos se han saltado la ley. No tengo claro si, dado que soy un detective consciente de mi deber, mi primera labor no debería ser arrestar a todos los habitantes de esta casa. Los informes de Watson son altamente comprometedores.

—¿Y respecto a nuestro caso? —preguntó el joven barón—. ¿Ha conseguido desenmarañar la madeja? Creo que Watson y yo no hemos conseguido aclarar mucho las cosas desde que llegamos aquí.

—Creo que no va a pasar mucho tiempo antes de que pueda explicarle qué es lo que está pasando aquí. Se trata de un asunto extremadamente difícil de desentrañar y de lo más complejo. Quedan todavía algunas cuestiones que aclarar, pero está todo prácticamente resuelto en cualquier caso.

—Vivimos toda una experiencia, como seguramente ya le ha contado Watson. Hemos oído al perro por el páramo, así que estoy seguro de que no se trata únicamente de una superstición. Trabajé con perros cuando estuve en el Oeste y sé distinguir uno cuando lo oigo. Si es capaz de ponerle bozal y correa a éste, creeré que realmente es usted el mejor detective de todos los tiempos.

—Podré ponerle el bozal y la correa si usted me ayuda a hacerlo.

—Haré todo lo que me pida.

—Magnífico. Además debo pedirle que lo haga a ciegas, sin preguntar constantemente el porqué.

—Como desee.

—Si lo hace, creo que resolveremos pronto el problema que nos atañe. No dudo...

Se calló de golpe, con la mirada fija en algún punto por encima de mi cabeza. La luz de la lámpara le daba de lleno en la cara. Su mirada era tan intensa que parecía una estatua griega, la personificación de la expectación y la alerta.

—¿Qué ocurre? —preguntamos nosotros dos a la vez.

Me di cuenta cuando miró hacia abajo que disimulaba una fuerte emoción interna. Su cara mostraba una expresión normal, pero sus ojos brillaban de entusiasmo e hilaridad.

—Disculpen el entusiasmo de un *connoisseur* —dijo mientras señalaba con su mano la colección de retratos familiares que tapizaban la pared frente a la que él estaba—. Watson jamás reconocerá que sí tengo conocimientos de arte, pero son simples celos por su parte, ya que tenemos puntos de vista opuestos al respecto. Esta colección de retratos es realmente buena.

—Celebro oírle decir eso —dijo Sir Henry mirando sorprendido a mi amigo—. No fingiré ser un entendido en este tema y soy capaz de juzgar mucho mejor la calidad de un caballo o un buey que la de un cuadro. No tenía ni idea que dedicaba tiempo a algo así.

—Sé si algo es bueno cuando lo veo, y lo que veo ahora lo es. Juraría que ese de ahí, la dama vestida de seda azul, es un Kneller. Y el caballero grueso de la peluca debe ser un Reynolds. Supongo que son retratos familiares, ¿no es así?

—Todos ellos.

—¿Sabe sus nombres?

—Barrymore ha estado instruyéndome y creo que puedo recitar bien mi lección.

—¿Quién es el caballero del telescopio?

—Ése es el contraalmirante Baskerville, que sirvió a las órdenes de Rodney en las Indias Occidentales. El hombre del abrigo azul y que lleva un rollo de papel en la mano es Sir William Baskerville. Fue presidente de las Comisiones de la Casa de los Comunes durante el gobierno de Pitt[1].

—¿Y quién es el caballero que está enfrente de mí, el que va vestido con terciopelo negro y encaje?

—Tiene derecho a pedir información sobre él. Ése es el causante de todas nuestras desgracias, el malvado Hugo, el hombre que originó la leyenda del perro de los Baskerville. No creo que seamos capaces de olvidarle.

Miré el retrato con interés y algo de sorpresa.

—¡Caramba! —exclamó Holmes—. Parece un hombre tranquilo y de modales elegantes. Aunque me atrevería a decir que hay un brillo maligno en sus ojos. Me lo había imaginado más robusto y con más aspecto de rufián.

—No hay ninguna duda respecto a la veracidad de la identidad: en la parte posterior del lienzo aparece su nombre y la fecha, 1647.

Holmes no habló mucho más, pero parecía que el cuadro del viejo truhán ejercía algún tipo de fascinación sobre él, pues no dejó de

---

[1] Pitt: William Pitt, político británico nacido en 1759. Nombrado primer ministro en 1783, cuando tenía 24 años de edad, ha sido la persona más joven que ha ocupado el cargo hasta el momento. Fue primer ministro de 1783 a 1801 y posteriormente de 1804 a 1806. Es uno de los políticos más relevantes de toda la historia de Inglaterra.

mirar el cuadro durante toda la cena. No fue hasta más tarde, una vez Sir Henry se hubo retirado a su habitación, que pude seguir el hilo de sus pensamientos. Me llevó de nuevo a la sala de banquetes y con la vela de su dormitorio iluminó el retrato manchado por el tiempo.

—¿No ve nada?

Miré el amplio sombrero de plumas, los tirabuzones, el cuello de encaje y el rostro severo que quedaba enmarcado entre ellos. No era el semblante de una bestia, pero sí era estirado, duro, severo. La boca, de labios finos, tenía una expresión adusta y los ojos eran fríos e intolerantes.

—¿No le recuerda a nadie que conozca?

—La mandíbula es parecida a la de Sir Henry.

—Tal vez, sí. Espere un instante.

Se subió a una silla y mientras sujetaba la vela con la mano izquierda, con el brazo derecho tapó el enorme sombrero y los tirabuzones.

—¡Cielo santo! —exclamé asombrado.

El rostro de Stapleton surgió de aquel lienzo.

—¡Ajá, ahora lo ve! Mis ojos están acostumbrados a fijarse en los rostros, no en los adornos. De lo primero que debe ocuparse un detective criminal es de aprender a ver a través de los disfraces.

—Es asombroso. Podría ser su retrato.

—Sí, las similitudes entre ambos, tanto físicas como espirituales, son muy interesantes. El estudio de los retratos familiares convierte a cualquier hombre en un devoto de la teoría de la reencarnación. Es evidente que ese tipo es un Baskerville.

—Y pretende heredar.

—Exacto. Este cuadro nos ha proporcionado de pura casualidad uno de los datos que más falta nos hacía. Ya es nuestro, Watson, ya es nuestro. Me atrevo a decir que mañana estará revoloteando indefenso en nuestra red como una de esas mariposas que él mismo colecciona. Sólo necesitaremos un poco de corcho, un alfiler y una tarjeta para incluirle en nuestra colección de Baker Street.

A esto siguió una de sus poco frecuentes carcajadas mientras se alejaba del cuadro. Le he oído reír en pocas ocasiones y siempre ha significado la desgracia de alguien.

Al día siguiente me levanté temprano, pero Holmes se había levantado todavía más temprano, pues le vi acercarse por el camino totalmente vestido.

—Tenemos un día completo por delante —comentó y se frotó las manos feliz ante la perspectiva de entrar en acción—. Las redes están ya colocadas y la cacería está a punto de empezar. Antes de que termine el día sabremos si hemos conseguido cobrarnos este gran lucio de fuertes mandíbulas o si bien se nos ha escapado por entre la malla de las redes.

—¿Viene del páramo?

—He ido a Grimpen a enviar un informe a Princetown respecto a la muerte de Selden. Creo que puedo prometer que ninguno de ustedes tendrá ningún problema al respecto. Y me he puesto también en comunicación con mi fiel Cartwright, quien se habría quedado rondando alrededor de la puerta de mi cabaña como un perro alrededor de la tumba de su amo si no le hubiese tranquilizado.

—¿Cuál es nuestro próximo movimiento?

—Ver a Sir Henry. ¡Ah, ahí está!

—Buenos días, Holmes —dijo el barón—. Tiene usted el aspecto de un general que junto a su comandante en jefe prepara una batalla.

—Eso es exactamente lo que estamos haciendo. Watson me estaba pidiendo sus órdenes.

—Yo también deseo las mías.

—Muy bien. Debe ir a cenar esta noche a casa de los Stapleton si no me equivoco.

—Espero que pueda acompañarnos. Son gente muy hospitalaria y estoy seguro de que les gustará mucho verle.

—Me temo que Watson y yo tenemos que marcharnos a Londres.

—¿Londres?

—Sí, creo que tal como están las cosas, le seremos de más utilidad allí.

El joven barón puso cara larga.

—Creía que me ayudaría usted a salir de este atolladero. Ni esta mansión ni el páramo son lugares precisamente agradables cuando uno está solo.

—Mi querido amigo, debe confiar en mí y hacer exactamente lo que yo le diga. Dígales a sus amigos que nos hubiese complacido acompañarle esta noche, pero que asuntos urgentes nos han obligado a volver a la ciudad. Esperamos estar pronto de regreso en Devonshire. ¿Se acordará de darles este mensaje?

—Si insiste en ello...

—Le aseguro que no tenemos elección.

El ceño fruncido del barón mostraba lo herido que estaba por lo que él creía ser una deserción.

—¿Cuándo desean marcharse? —preguntó fríamente.

—Inmediatamente después del desayuno. Iremos en coche hasta Coombe Tracy. Watson dejará aquí sus cosas como garantía de que regresará a su lado. Watson, debe escribir usted una nota a Stapleton excusando su asistencia esta noche.

—Me apetece ir a Londres con ustedes —dijo el barón—. ¿Por qué he de quedarme aquí?

—Porque su puesto está aquí. Porque me dio su palabra de que haría lo que yo le dijera.

—De acuerdo, me quedaré aquí.

—Una última cosa. Quiero que vaya en coche hasta la casa Merripit, pero mande el carruaje de regreso a la mansión y dígales a los Stapleton que regresará a casa caminando.

—¿Quiere que regrese caminando a través del páramo?

—Sí.

—Pero eso es precisamente lo que me dijo que no debería hacer jamás.

—En esta ocasión podrá hacerlo sin preocuparse ni lo más mínimo. Si no confiase en su valor y en su temple no le pediría que lo hiciera, pero es fundamental que me haga caso.

—En ese caso, así lo haré.

—Y si en algo tiene aprecio a su vida, no ande por el páramo salvo por el sendero que une la casa Merripit con la carretera de Grimpen, es decir: el camino natural para regresar hasta aquí.

—Así lo haré.

—Excelente. Ojalá podamos marcharnos justo después del desayuno de manera que estemos en Londres a mediodía.

A pesar de que recordaba que Holmes le había dicho a Stapleton la noche anterior que su visita terminaría al día siguiente, yo estaba muy sorprendido por este programa de mano. No se me había ocurrido que Holmes pretendiera que yo le acompañase y tampoco entendía por qué quería que los dos nos marchásemos de allí en un momento que él mismo definía como crucial. En cualquier caso, lo único que podíamos hacer era obedecer. Nos despedimos de nuestro amigo, que quedó muy compungido, y un par de horas después estábamos en la estación de Coombe Tracy despidiendo al carruaje para que iniciara su camino de regreso. En el andén nos esperaba un muchachito joven.

—¿Alguna instrucción, señor?

—Regresa en este tren a la cuidad, Cartwright. En cuanto llegues envía un telegrama en mi nombre a Sir Henry Baskerville y le

dices que si encuentra la libreta de notas que he olvidado en su casa, la mande por correo certificado a Baker Street.
—Sí, señor.
—Y pregunta en la oficina de correos de la estación si tienen algún mensaje para mí.
El niño regresó con un telegrama que Holmes me dio a leer. Decía:

«Recibí telegrama. Llego con orden de arresto. Llegaré cinco cuarenta-LESTRADE.»

—Éste es en respuesta a uno que yo le envié a él esta mañana. Es el mejor del gremio. Creo que puede que necesitemos su ayuda. Y ahora, Watson, creo que la mejor manera en la que podemos ocupar nuestro tiempo es visitando a su ya conocida Laura Lyons.
Su plan de campaña empezaba a ser evidente. Se serviría del barón para hacer creer a los Stapleton que nos habíamos marchado de allí realmente y, en cambio, estaríamos preparados para intervenir en el momento en el que Sir Henry nos necesitase. Si Sir Henry hablaba de este telegrama a los Stapleton, éstos quedarían convencidos de que realmente nos habíamos marchado a Londres. Vi cómo nuestras redes rodeaban al lucio de fuertes mandíbulas.
La señora Laura Lyons estaba en su oficina y Sherlock Holmes inició nuestra entrevista directo al grano y con una franqueza que a ella la dejó completamente sorprendida.
—Estoy investigando las circunstancias que rodearon la muerte de Sir Charles Baskerville —dijo—. Mi amigo me ha informado de la charla que mantuvo con usted y también del hecho de que usted ocultó información relacionada con este suceso.
—¿Qué es lo que oculté? —preguntó ella desafiante.
—Ha confesado usted que pidió a Sir Charles que estuviera en la puerta que comunica con el páramo a las diez de la noche. Sabemos que ése es el lugar y el momento de su muerte. Usted ha ocultado deliberadamente la relación entre ambos hechos.
—No hay ninguna relación.
—En ese caso, la casualidad es francamente sorprendente. Pero creo que, a pesar de todo, conseguiremos establecer un nexo entre ambos sucesos. Voy a ser totalmente franco con usted, señora Lyons. Estamos investigando este caso como un caso de asesinato y creemos que en él está implicado, no sólo su amigo Stapleton, sino también su esposa.
La dama se levantó de un salto de su silla.

—¡Su esposa! —exclamó.
—Ha dejado de ser un secreto. La mujer que ha estado haciéndose pasar por su hermana es en realidad su esposa.

La señora Lyons se sentó de nuevo. Sus manos estaban aferradas a los brazos de su silla con tanta fuerza que las uñas eran de color blanco.

—¡Su esposa! —repitió—. ¡Su esposa! Él decía que era soltero.

Sherlock Holmes se encogió de hombros.

—¡Demuéstrelo! ¡Demuéstrelo! Y si puede hacerlo... —el feroz brillo de sus ojos era más elocuente que sus palabras.

—Vengo preparado —dijo Holmes sacando varios papeles de su bolsillo—. Aquí tiene una fotografía de esa pareja tomada en York hace cuatro años. En el reverso está escrito «Señor y señora Vandeleur»; a él lo reconocerá sin dificultad alguna. Y a ella también si la ha visto alguna vez. Tengo aquí también descripciones de los señores Vandeleur, quienes en aquella época dirigían el colegio privado St. Oliver, escritas por testigos de fiabilidad probada. Léalas y dígame si le queda la menor duda acerca de la identidad de estas personas.

Las miró y a continuación levantó la vista hacia nosotros con rostro rígido y todo el aspecto de una mujer desesperada.

—Señor Holmes —dijo—, este hombre me dijo que se casaría conmigo si yo conseguía el divorcio de mi marido. El muy canalla me ha mentido, me ha mentido en todo. No me ha contado ni una sola cosa que sea verdad. Pero ¿por qué? ¿Por qué? Yo pensaba que todo era por mi bien. Pero ahora me doy cuenta de que para él no fui nada más que una herramienta. ¿Por qué habría de seguir siéndole fiel cuando él nunca me lo fue a mí? ¿Por qué habría de intentar protegerle de las consecuencias de los terribles actos que ha cometido? Pregúnteme lo que quiera, no ocultaré nada. Pero le juro una cosa: cuando escribí esa carta, jamás sospeché que nada malo sucedería al anciano caballero. Él siempre fue mi más estimado amigo.

—Le creo completamente, señora —dijo Holmes—. El relato de lo sucedido podría resultarle muy penoso y quizá sea más sencillo que yo le cuente a usted lo que sucedió y usted me corrija donde sea necesario. ¿Fue Stapleton el que le sugirió que escribiera la carta?

—Me la dictó él.

—Supongo que para que usted la escribiera utilizó como pretexto el que así usted podría conseguir el dinero que necesitaba para divorciarse.

—Exacto.

—¿Y una vez envió la carta la convenció para que no acudiera a la cita?

—Me dijo que le resultaba humillante que otro hombre tuviera que procurarme el dinero que necesitaba para algo así. Y que, por pobre que él fuera, utilizaría hasta el último penique en destruir los obstáculos que nos mantenían separados.

—Parece ser un hombre muy coherente. ¿Y no supo usted nada más hasta que no vio en el periódico la noticia de la muerte de Sir Charles?

—No.

—¿Y le hizo jurar que no diría nada a nadie de su cita con Sir Charles?

—Así es. Me dijo que había sido una muerte muy sospechosa y que si se sabía lo de nuestra cita, me convertiría en sospechosa. Me asustó para que no contase nada.

—Lo más probable. Pero usted sospechaba algo, ¿no es así?

Dudó y bajó la mirada.

—Sabía cómo era —dijo—. Pero si no me hubiese mentido, nunca le habría traicionado.

—Creo que ha tenido mucha suerte —dijo Sherlock Holmes—. Usted le ha tenido en sus manos, él lo sabe y usted vive para contarlo. Lleva usted varios meses viviendo en el filo de la navaja. Debemos despedirnos ya de usted, señora Lyons. Es probable que reciba noticias nuestras en breve.

—Empezamos a vencer todas las dificultades de este caso y éste empieza a estar claro —dijo Holmes mientras esperábamos la llegada del expreso de Londres—. En breve podré hacer el relato completo del crimen más singular y asombroso de los últimos tiempos. Si nos remontamos a los anales del crimen, encontramos hechos parecidos en Grodno, Rusia, en el año 66. Y no podemos olvidar a los asesinos Anderson en Carolina del Norte. Pero este asunto tiene rasgos propios muy característicos. Todavía no tenemos pruebas concretas contra este hombre tan extraordinariamente inteligente. Pero me sorprendería enormemente no haberlo resuelto todo esta noche antes de que nos acostemos.

El expreso de Londres entró ruidosamente en la estación y de un vagón de primera clase bajó de un salto un hombre pequeño, nervudo y con aspecto de buldog. Nos dimos la mano y en la reverente mirada que Lestrade dedicó a mi compañero vi que había aprendido mucho desde los primeros días en los que trabajaron juntos.

Recordaba perfectamente las burlas que las teorías de Holmes provocaban en el pragmático investigador.

—¿Algo que merezca la pena?

—Lo mejor con lo que nos hemos encontrado en años —dijo Holmes—. Tenemos por delante dos horas antes de que tengamos que ponernos a trabajar. Podríamos emplearlas en comer y en quitarle a usted la bruma que trae de Londres, dándole un baño del saludable aire nocturno de Dartmoor. ¿No lo conoce? Ah, pues no creo que olvide fácilmente su primera visita.

14. EL PERRO DE LOS BASKERVILLE

Uno de los defectos de Holmes, si es que se le puede llamar defecto, era lo reacio que era a contar sus planes en detalle a cualquier otra persona hasta el mismo instante de ponerlos en práctica. En parte, era obvio que obraba así debido a esa naturaleza suya de líder que le impulsaba a sorprender y quedar por encima de quienes le rodeaban. Pero en parte también se debía a su cautela profesional, que le obligaba a no correr riesgos jamás. En cualquier caso, el resultado era que quienes trabajaban como colaboradores o ayudantes suyos lo pasaban mal. Muchas veces he sufrido a causa de ello, pero nunca tanto como durante aquel largo trayecto nocturno en carruaje. Teníamos delante el gran desafío final, por fin íbamos a realizar nuestro último esfuerzo y Holmes no soltaba prenda. Yo sólo podía imaginar qué era lo que íbamos a hacer. Tenía los nervios en tensión cuando por fin, en la oscuridad, recibí el frío aire en el rostro, vi el espacio despejado a ambos lados de la estrecha carretera y supe que estábamos de nuevo en el páramo. Cada zancada de los caballos, cada giro de las ruedas nos aproximaba a nuestra gran aventura final.

La presencia del cochero del carruaje que habíamos alquilado limitaba nuestra conversación, así que estuvimos conversando de cosas sin importancia a pesar de que nuestros nervios estaban excitados por la emoción y la impaciencia. Me sentí aliviado después de tener que reprimirnos de una manera tan artificial al ver que dejábamos la casa de Frankland atrás y que por fin nos acercábamos a la mansión y, por tanto, a nuestro escenario. No llegamos hasta la misma puerta sino que nos detuvimos cerca de la puerta que se abría al paseo. Pagamos el transporte y lo enviamos inmediatamente de regreso a Coombe Tracy. Nosotros comenzamos a caminar hacia la casa Merripit.

—¿Lleva algún arma, Lestrade?

El pequeño detective sonrió.

—Mientras lleve pantalones, llevaré un bolsillo, y mientras lleve un bolsillo, llevaré algo dentro de él.
—¡Bien! Mi amigo y yo vamos también preparados para cualquier contingencia.
—Es usted muy reservado con este asunto, señor Holmes. ¿A qué jugamos ahora?
—Jugamos a esperar.
—Caramba, no parece un lugar muy alegre —dijo el detective con un escalofrío mientras miraba las deprimentes laderas de la colina y el enorme banco de niebla que cubría la Gran Ciénaga Grimpen—. Veo las luces de una casa enfrente de nosotros.
—Es la casa Merripit, nuestro destino. Debo pedirles que caminen de puntillas y que, si han de hablar, susurren.
Avanzamos con cautela por el sendero como si nos dirigiésemos a la casa, pero Holmes nos detuvo doscientas yardas antes de llegar a ella.
—Aquí está bien —dijo—. Estas rocas de la derecha nos cubrirán.
—¿Tenemos que esperar aquí?
—Sí, desde aquí tenderemos nuestra emboscada. Métase en este agujero, Lestrade. Usted ha estado en la casa, ¿no es así Watson? ¿Sabe dónde están las habitaciones? ¿A dónde corresponden esas ventanas con maineles?
—Creo que son las ventanas de la cocina.
—¿Y la que está más allá, la que brilla con tanta intensidad?
—Eso sin duda es el comedor.
—Las persianas están levantadas. Usted conoce el terreno mejor. Vaya hasta allí con sigilo y mire qué están haciendo, pero, por el amor de Dios, ¡que no le descubran espiándoles!
Caminé de puntillas por el sendero y me detuve detrás de la pared baja que rodeaba el atrofiado huerto. Moviéndome con cautela en la oscuridad llegué hasta un punto desde el que podía observar a través de la ventana, que tenía las cortinas descorridas.
En la habitación sólo había dos hombres, Sir Henry y Stapleton. Estaban sentados uno a cada lado de la mesa circular de manera que me ofrecían sus perfiles. Los dos estaban fumando un puro y tenían café y vino delante de ellos. Stapleton charlaba animadamente, pero el barón parecía pálido y preocupado. Quizá le inquietaba el paseo que tenía que dar por el páramo maldito.
Mientras miraba, Stapleton se levantó y salió de la habitación; Sir Henry llenó su copa de vino y se reclinó en su asiento fumando su puro. Oí crujir la puerta y los pasos de alguien sobre la gravilla. Los

pasos avanzaron a lo largo del sendero al otro lado de la pared tras la que yo me escondía. Mirando por encima de ella pude ver cómo el naturalista se detenía frente a la puerta de una caseta situada en una esquina del huerto. Oí girar una llave dentro de una cerradura y mientras él entraba se oyó un curioso ruido que parecía como si alguien estuviese raspando algo. Estuvo un minuto o algo así allí dentro y a continuación oí de nuevo la llave en la cerradura. Pasó una vez más por mi lado y entro otra vez en la casa. Vi cómo se reunía de nuevo con su invitado y me arrastré de regreso sigilosamente hasta donde mis compañeros esperaban que les contase lo que había visto.

—¿Y dice, Watson, que la dama no está con ellos? —preguntó Holmes cuando terminé de informarle.

—No.

—¿Dónde puede estar? No hay luz en ninguna otra habitación, salvo en la cocina.

—No se me ocurre dónde puede estar.

Como ya he dicho, sobre la ciénaga Grimpen Mire flotaba una densa mancha de niebla de color blanco. Se aproximaba lentamente hacia donde estábamos, a baja altura, impenetrable y bien definida. La luz de la luna brillaba sobre ella y parecía una enorme placa de hielo de resplandor trémulo. Por encima de la niebla sobresalían las cimas de los lejanos peñascos, que parecían flotar sobre ella. Holmes miraba cómo esta lenta marea se nos aproximaba y mascullaba entre dientes impaciente.

—Se está acercando a nosotros, Watson.

—¿Es grave?

—Es muy grave. De hecho es lo único que podría torcer mis planes. No puede tardar mucho ya; son casi las diez. Nuestro éxito y su vida incluso dependen de que avance por ese camino antes de que se nos eche la niebla encima.

Por encima de nuestras cabezas la noche era agradable y sin nubes. Las estrellas brillaban, frías, a lo lejos y la media luna del firmamento bañaba el lugar con una luz tenue y misteriosa. Delante de nosotros teníamos el gran mazacote que era la casa, cuyo tejado dentado y las altivas chimeneas se recortaban nítidamente contra un cielo de brillo argénteo. Rayos de luz dorada procedentes de las ventanas del primer piso cruzaban el huerto y el páramo. De repente, una de ellas se cerró. Los criados acababan de salir de la cocina. Sólo permanecía encendida la luz de las lámpara del comedor, en el que los dos hombres, el anfitrión homicida y el invitado ajeno a lo que sucedía, seguían charlando y fumando sus puros.

A cada minuto que pasaba, la nube blanca y algodonosa que ya cubría la mitad del páramo se acercaba más y más a la casa. De hecho, los primeros jirones de niebla rozaban ya el rectángulo iluminado de la ventana. El extremo más alejado del cercado del huerto era ya invisible y los árboles sobresalían de entre vaharadas de humo blanco. Mientras observábamos, remolinos de niebla rodearon las esquinas de la casa y formaron un banco de niebla denso a baja altura sobre el que sobresalían el primer piso y el tejado. La casa parecía un extraño bajel que flotaba en un mar de sombras. Holmes golpeaba con una mano, impaciente, la roca que nos ocultaba y sus pies pateaban el suelo.

—Si no sale antes de un cuarto de hora la niebla cubrirá el sendero. Dentro de media hora no nos veremos las manos.

—¿Y si nos alejamos un poco y nos situamos sobre terreno algo más elevado?

—Sí, eso servirá.

Así pues, mientras el banco de niebla avanzaba, nosotros nos alejamos hasta que estuvimos a media milla de la casa. El mar denso y blanquecino seguía avanzando y avanzando lenta pero inexorablemente, mientras la luna daba reflejos plateados a su superficie.

—Nos estamos alejando demasiado —dijo Holmes—. No podemos arriesgarnos a que le den alcance antes de que llegue a nuestra posición —cayó de rodillas y pegó una de sus orejas al suelo—. ¡Gracias a Dios! Creo que ya viene.

Pasos rápidos rompieron el silencio del páramo. Agazapados entre las rocas, mirábamos fijamente el banco de niebla plateado que teníamos delante. Los pasos se aproximaron y de la niebla surgió el hombre que estábamos esperando. Miró a su alrededor sorprendido al salir a la clara noche cuajada de estrellas. Empezó a avanzar rápidamente por el sendero, nos dejó atrás y comenzó a subir la ladera de la colina que teníamos a nuestra espalda. Caminaba mirando continuamente por encima de sus hombros, como un hombre que no las tiene todas consigo.

—¡Silencio! —gritó Holmes al tiempo que amartillaba su revólver—. ¡Atención! ¡Ahí viene!

Se oía el continuo avanzar crujiente de algo que se acercaba a nosotros a través del corazón del banco de niebla. La nube estaba a cincuenta yardas de nosotros y los tres la observábamos horrorizados sin saber muy bien qué saldría de ella. Yo estaba al lado de Holmes y miré durante un instante su rostro. Estaba pálido y exultante, con los ojos brillantes bajo la luz de la luna. De repente sus ojos fijaron la mirada en un punto fijo y sus labios se entreabrieron por la sorpresa. Al mismo tiempo Lestrade dio un grito de terror y se tiró al suelo boca abajo. Me puse en pie de un salto aferrando mi pistola con una mano inerte y con la mente paralizada ante la espantosa figura que acababa de surgir de la niebla frente a nosotros. Era un perro, un enorme perro negro como el carbón, distinto a cualquier otro que el ojo humano haya visto antes. Lanzaba fuego por las fauces y los ojos le brillaban con un resplandor ardiente. El hocico, los pelos del lomo y la papada estaban envueltos por las llamas. Ni el delirio de una mente enferma habría podido concebir jamás una imagen más feroz, más infernal y más aterradora que aquella forma salvaje y maligna que surgió de la niebla.

La criatura galopaba a toda velocidad por el sendero tras las huellas de nuestro amigo. Nos quedamos paralizados y no recobramos nuestro temple hasta que pasó de largo por nuestro lado. En ese momento Holmes y yo disparamos contra él a la vez. La criatura emitió un horrible aullido y supimos que al menos uno de nuestros disparos le había alcanzado. Sin embargo, no se detuvo, sino que siguió avanzando a grandes saltos. Vimos a Sir Henry, lejos de donde estábamos nosotros. Se había girado hacia nosotros. Bajo la luz de la luna vi que estaba palidísimo. Tenía las manos levantadas y miraba lleno de espanto la cosa que estaba a punto de echársele encima.

Pero el grito de dolor de la criatura había eliminado todos nuestros miedos por completo: era vulnerable, mortal. Si habíamos sido capaces de herirlo, podíamos matarlo. En mi vida he visto correr a un hombre como vi correr a Holmes esa noche. Soy un buen corredor, pero Holmes me sacó muchísima ventaja aquella noche. Al igual que yo saqué mucha ventaja al pequeño detective. Mientras corríamos por el sendero oíamos los repetidos gritos de Sir Henry y los profundos rugidos del perro. Llegué a tiempo para ver cómo la bestia saltaba sobre su presa, la derribaba sobre el suelo y se lanzaba a su cuello, pero en ese preciso instante Holmes descargó cinco balas de su revólver en el flanco del animal. La bestia dio un último aullido agónico y cayó sobre el suelo con las cuatro patas, frenéticas, en el aire. Me incliné sobre ella, jadeando, y apoyé mi revólver sobre la terrible cabeza que continuaba brillando, pero era inútil efectuar el disparo: el enorme perro estaba muerto.

Sir Henry permanecía inmóvil donde había caído. Le quitamos el collar y Holmes murmuró una plegaria dando las gracias a Dios cuando vimos que no tenía ninguna herida. Habíamos conseguido rescatarle justo a tiempo. Los párpados de nuestro amigo temblaban incontrolables y hacía tan sólo débiles esfuerzos por moverse. Lestrade metió su petaca de brandy entre los dientes del barón y al instante dos ojos aterrorizados nos miraron.

—¡Dios mío! —susurró—. ¿Qué ha sido eso? Por el amor del cielo ¿qué era eso?

—Sea lo que quiera que sea, está muerto. Hemos acabado con el fantasma de la familia de una vez por todas.

Si sólo teníamos en cuenta su tamaño y fuerza, la criatura que teníamos delante era una bestia extraordinaria. No era un sabueso puro ni tampoco un mastín puro, pero parecía ser un cruce de ambos: delgado, salvaje y tan grande como una leona de pequeño tamaño. Todavía ahora, en la inmovilidad de la muerte, parecía que sus mandíbulas seguían desprendiendo llamas azuladas y los pequeños y hundidos ojos seguían rodeados por una aureola llameante. Toqué el hocico incandescente y al levantar mis dedos éstos también brillaban en la oscuridad.

—Fósforo —dije.

—Un preparado francamente astuto —dijo Holmes olisqueando el cadáver del animal—. Ningún otro olor puede disimular el del fósforo. Le debo una disculpa, Sir Henry, por haberle aterrorizado de esta manera. Esperaba un perro, pero no esta bestia. Y la niebla ha impedido que pudiéramos estar preparados antes.

—Me ha salvado la vida.

—Después de haberla puesto en peligro. ¿Puede ponerse en pie?

—Deme otro trago de ese brandy y estaré listo para cualquier cosa. ¡Ahora! ¿Me ayudan, por favor? ¿Qué propone que hagamos a continuación?

—Dejarle a usted aquí. Ya ha tenido bastante emociones por esta noche. Si nos espera aquí uno de nosotros le acompañará a la mansión.

Intentó sostenerse sobre sus pies, pero todavía estaba extremadamente pálido y le temblaban todos los miembros. Le ayudamos a sentarse sobre una roca y, temblando aún, se cubrió el rostro con las manos.

—Ahora debemos dejarle —le dijo Holmes—. Tenemos que terminar nuestro trabajo y cada segundo que pasa cuenta. Ya podemos presentar cargos, pero tenemos que atrapar a nuestro hombre.

—Es altamente improbable que le encontremos a estas alturas en su casa —continuó diciendo Holmes mientras deshacíamos nuestros pasos sendero arriba a toda velocidad—. Los disparos le habrán hecho darse cuenta de que todo ha terminado.

—Estábamos bastante lejos y seguramente la niebla los amortiguó.

—Tenga por seguro que salió tras el perro para llamarle de vuelta. No, no, ¡ya se nos habrá escapado! Pero registraremos la casa y nos cercioraremos.

La puerta principal estaba abierta, así que entramos y corrimos de habitación tras habitación para sorpresa de un viejo criado tembloroso con el que nos cruzamos en uno de los pasillos de la casa. Sólo había luz en el comedor, pero Holmes cogió una lámpara y no dejó ni un solo rincón de la casa sin registrar. No vimos ni rastro del hombre al que perseguíamos. En la planta de arriba, sin embargo, encontramos un dormitorio cerrado con llave.

—¿Hay alguien aquí dentro? —gritó Lestrade—. Oigo cómo se mueve. ¡Abra la puerta!

Oíamos un murmullo ahogado y algo que rozaba contra otra cosa. Holmes dio una patada a la puerta, justo por encima de la cerradura, y la abrió de par en par. Empuñando nuestras pistolas, los tres nos lanzamos dentro de la habitación.

Pero no nos encontramos al rufián desafiante al que buscábamos, sino un objeto tan extraño como inesperado, que nos dejó clavados en el suelo, mirándolo sorprendidos.

La habitación parecía un pequeño museo. Contra las paredes se alineaban cajas con la tapa de cristal llenas de mariposas y polillas en distintas etapas de su desarrollo, cuya colección constituía el pasatiempo de aquel hombre tan complejo y peligroso. En el centro de la habitación había un pilar que en alguna época se colocó allí para reforzar las vigas comidas por las termitas que cruzaban el techo. Una figura estaba atada a este pilar, tan envuelta y cubierta por las sábanas que habían utilizado para atarla, que no era posible saber si se trataba de un hombre o de una mujer. Una toalla le rodeaba el cuello y estaba atada por la parte posterior del poste. Otra cubría la parte inferior del rostro, dejando asomar tan sólo dos ojos negros, llenos de vergüenza, pena e interrogantes que nos miraron fijamente. En un minuto habíamos conseguido rasgar la mordaza y desatar los nudos, y la señora Stapleton cayó a nuestros pies. Su cabeza cayó sobre su pecho y vimos la huella que había dejado un latigazo en su cuello.

—¡El muy animal! —exclamó Holmes—. Traiga esa petaca de brandy Lestrade. Póngala en la silla. Se ha desmayado a causa de los malos tratos y de agotamiento.

Ella abrió los ojos de nuevo.

—¿Está bien? —preguntó—. ¿Se ha salvado?

—No podrá escapar de nosotros, señora.
—No, no, no hablo de mi esposo. Sir Henry ¿está bien?
—Sí.
—¿El perro?
—Muerto.

Dio un largo suspiro de satisfacción.

—¡Gracias a Dios! ¡Gracias a Dios! ¡Miren cómo me ha tratado este villano! —se arremangó las mangas del vestido y vimos que tenía los brazos llenos de moratones—. Pero esto no es nada, nada. Lo que ha torturado, lo que ha mancillado ha sido mi alma, mi mente. Podía soportarlo todo: malos tratos, soledad, una vida de mentiras, todo, siempre y cuando pudiera mantener la esperanza de que tenía su amor. Pero ahora sé que también en eso he sido su juguete, una herramienta —rompió a sollozar apasionadamente mientras hablaba.

—No le debe nada, señora —dijo Holmes—. Díganos dónde podemos encontrarle. Si alguna vez ha colaborado con él en el mal, redímase ayudándonos.

—Sólo puede haber huido a un lugar —respondió ella—. Hay una vieja mina de estaño, abandonada, en una isla en el corazón de la ciénaga. Era allí donde escondía al perro y allí fue donde preparó un refugio. Es ahí donde se esconderá.

El banco de niebla parecía lana blanca apretándose contra la ventana. Holmes acercó la lámpara a él.

—Miren —dijo—. Nadie sería capaz de internarse por la ciénaga Grimpen esta noche.

Ella rió y dio palmas; sus ojos y sus dientes brillaban con una alegría feroz.

—Es posible que consiga internarse en la ciénaga, pero no conseguirá salir jamás —exclamó ella—. ¿Cómo podría seguir esta noche las señales que pusimos? Entre los dos plantamos las varitas que le sirven de guía por dentro de la ciénaga. ¡Si hubiese podido quitarlas hoy! Ahora le tendrían en sus manos.

Era evidente que era inútil iniciar la persecución hasta que no se hubiese levantado la niebla. Mientras eso sucedía, dejamos a Lestrade al cuidado de la casa y Holmes y yo regresamos junto con el joven barón a la mansión Baskerville. Ya no podíamos ocultarle durante más tiempo lo que realmente sucedía con los Stapleton y soportó con valor el duro golpe que supuso para él conocer la verdad acerca de la mujer de la que estaba enamorado. Las emociones de la noche le habían destrozado los nervios y antes de que amaneciera cayó en un delirio provocado por la fiebre. El doctor Mortimer permaneció a su cuidado. Decidimos que los dos se embarcasen en un viaje alrededor del mundo a fin de que Sir Henry volviese a ser el mismo hombre saludable y cordial que era antes de que tomase posesión de una fortuna marcada por la desgracia.

Y me dispongo ya a relatar cómo terminó una historia tan extraordinaria como la que es objeto de este relato, en el que he intentado que el lector compartiera los miedos y vagas sospechas que durante tanto tiempo ensombrecieron nuestras vidas y terminaron de una manera tan trágica. La mañana que siguió a la noche en la que murió el perro amaneció sin niebla y la señora Stapleton nos acompañó hasta el punto en donde comenzaba el sendero que ella y su marido habían encontrado por el interior de la ciénaga. La alegría y entusiasmo que la mujer mostraba al ponernos sobre la pista de su marido nos ayudó a comprender el infierno en el que debía haber vivido. La dejamos en la delgada península de turba que formaba una parte de tierra firme que se adentraba en la inmensa ciénaga. Donde finalizaba la península comenzaba un zigzagueante sendero marcado por varitas que señalizaban un camino seguro por entre matojos de juncos y evitaban esas manchas de color verde sucio que ocultaban los fosos y peligrosos barrizales que mantenían alejados a los forasteros. Exuberantes cañaverales fétidos y plantas acuáticas de aspecto viscoso emitían un olor a podredumbre. Una atmósfera de miasmas nos rodeaba y cualquier paso en falso nos hundía hasta el muslo en el fango de la ciénaga. Ésta temblaba continuamente y no dejaba de ondularse a nuestro alrededor, sus garras se pegaban a nuestros talones mientras avanzábamos y cuando nos hundíamos en ella era como si una mano maligna tirase de nosotros hacia las obscenas profundidades; así de fuerte y aparentemente deliberado era el agarre que sentíamos. Sólo en una ocasión tuvimos constancia de que alguien había recorrido aquel peligroso camino antes que nosotros. Una mancha de erioforos mantenía a flote por encima del lodo un objeto oscuro. Holmes se salió del sendero para poder cogerlo y al instante estaba hundido hasta la cintura en el fango. Si no hubiésemos estado allí para tirar de él, seguramente no hubiese sido capaz de volver a poner los pies en tierra firme. En el interior de la vieja bota de piel de color negro que sostenía podía leerse: «Meyers, Toronto».

—Conseguirla bien merece un baño en el lodo —dijo—. Es la bota que nuestro amigo Sir Henry perdió.

—Y aquí la tiró Stapleton mientras huía.

—Exacto. La conservó en su poder después de habérsela dado a oler al perro para que pudiera seguir el rastro de Sir Henry. Huyó aferrándola. Incluso cuando todo terminó para él. Y se deshizo de ella al llegar aquí. Bueno por lo menos sabemos que hasta aquí llegó sano y salvo.

Pero no estaba escrito que llegásemos a saber nada más de él, aunque pudiésemos imaginarnos el resto. Era imposible encontrar huellas en la ciénaga: el lodo rezumaba y se extendía anegándolo todo a gran velocidad. Cuando llegamos a tierra firme después de atravesar la ciénaga las buscamos afanosamente, pero no vimos ni el menor rastro de ellas. Si las apariencias no engañaban, Stapleton jamás llegó al refugio que había preparado en aquella isla; la niebla se lo impidió. En algún punto de aquella ciénaga traicionera, bajo el lodo, está el cuerpo de aquel hombre frío y cruel.

En la isla escondida en el centro de la ciénaga en la que escondía a su cómplice salvaje encontramos múltiples huellas de su presencia. Una enorme rueda y un pozo medio lleno de porquería indicaban dónde había estado la antigua mina. Cerca estaban las casas medio derruidas de lo que fue un poblado minero antes de que la hedionda ciénaga acabase con él. En una de ellas, una argolla con una cadena y un montón de huesos roídos indicaban la presencia del perro. Sobre el montón de desperdicios había un esqueleto con un puñado de pelos de color marrón pegados a él.

—¡Un perro! —dijo Holmes—. ¡Por todos los demonios, un *spaniel* de pelo marrón rizado! El pobre Mortimer no volverá a ver a su perro nunca más. Dudo que este lugar esconda ningún secreto que no hayamos descubierto ya. Fue capaz de esconder su perro, pero no pudo enmudecerlo. De aquí procedían esos aullidos que ni siquiera a plena luz del día eran agradables de escuchar. En caso de emergencia podía llevar al perro a la caseta en Merripit, pero eso siempre fue un riesgo y no lo hizo hasta el día supremo en el que decidió atreverse a culminar su plan. La pasta de esta lata es sin duda esa mezcla luminosa con la que untaba al animal. La idea se la sugirió, sin duda, la leyenda familiar y los deseos de aterrorizar a Sir Charles para provocarle la muerte. No es de extrañar que el desdichado fugitivo corriera y gritara como hizo nuestro amigo al ver lo que se le echaba encima en la oscuridad del páramo. Era una treta muy inteligente, pues no sólo era capaz por sí misma de causar la muerte de la víctima, sino que si algún pastor veía a la criatura por el páramo, como le sucedió a muchos, era dudoso que se animase a investigar mucho. Ya se lo dije en Londres, Watson, y se lo repito ahora: nunca hemos ayudado a atrapar a un ser tan peligroso como el hombre que yace en algún lugar de ahí fuera —señaló con su mano la inmensa llanura salpicada de manchas verdes que constituían la ciénaga y que se extendía hasta las rojizas laderas del páramo.

15. UNA MIRADA ATRÁS

Una noche cruda y neblinosa de finales de noviembre, estábamos Holmes y yo sentados en el cuarto de estar de nuestro apartamento de Baker Street, cada uno de nosotros a un lado de la chimenea en la que ardía con fuerza el fuego. Desde que concluyó el trágico asunto que nos llevó a Devonshire, él había estado inmerso en otros dos casos de gran relevancia. En el primero de ellos hizo pública la vergonzosa conducta del coronel Upwood en lo referente al escándalo relativo a las partidas de cartas en el club Nonpareil, y en el segundo defendió a la desdichada Mme. Montpensier del cargo de asesinato con el que se la acusó en relación a la muerte de su hijastra Mlle. Carère; dama que, como se recordará, fue encontrada sana y salva y casada meses más tarde en Nueva York. Esta sucesión de casos extremadamente complejos que había resuelto con éxito hacía que mi amigo estuviese de un humor excelente y así fue que pude por fin hacerle hablar de algunos detalles respecto al caso Baskerville. Había estado esperando esta oportunidad pacientemente, pues sabía que Holmes nunca permitía que dos casos distintos se superpusiesen en su cerebro, ni que se intentase hacer que su mente se olvidase del caso en el que estaba trabajando para llevarla a recordar el pasado. Sin embargo, el doctor Mortimer y Sir Henry estaban en Londres para iniciar el largo viaje que se había recomendado a este último a fin de conseguir que sus nervios recobrasen la serenidad. Habían pasado a visitarnos esa misma tarde, así que era natural que hablásemos del tema.

—Todo lo que sucedió —dijo Holmes—, desde el punto de vista del hombre que se hacía llamar a sí mismo Stapleton, era de lo más simple y directo, aunque para nosotros en un primer momento no tuviera ni pies ni cabeza, ya que no teníamos manera de saber los motivos que le inducían a obrar así y sólo teníamos acceso a parte de lo que sucedía. He podido entrevistarme dos veces con la señora Stapleton y ya he conseguido esclarecer este caso por completo y dudo que se nos haya escapado el menor detalle. En mi archivo, en el apartado B, tiene las notas al respecto.

—¿Podría hacerme por favor un breve resumen de los hechos, aunque sea de memoria?

—Naturalmente, aunque no le aseguro que sea capaz de recordar todos los detalles. La concentración intensa tiene una peculiar forma de borrar los recuerdos. Un abogado que domina todos los entresijos del caso en el que está trabajando y es capaz de discutir hasta el más mínimo detalle del mismo con cualquier experto descubrirá que tras dos semanas de trabajo en los tribunales lo ha olvidado por completo. De la misma manera, cada uno de mis casos echa de mi mente al anterior; así pues, la señorita Carère me ha hecho olvidar los detalles del caso Baskerville. Y si mañana me presentaran otro problema, éste relegará al olvido a la bella dama francesa y al infame Upwood. De todas maneras, por lo que respecta al caso del perro, intentaré darle un relato de los hechos lo más fidedigno posible. E indíqueme aquello que yo pase por alto:

La investigación que he llevado a cabo demuestra más allá de cualquier duda que el retrato familiar no mentía y que este hombre era un Baskerville. Era hijo de Rodger Baskerville, el hermano menor de Sir Charles, quien huyó de Inglaterra con una infame reputación rumbo a Sudamérica. Se dijo que había muerto allí y que no se había casado. Esto resulto ser falso, pues sí se casó y tuvo un hijo, este tipo, al que se bautizó con el mismo nombre que su padre. Se casó con Beryl García, una belleza de Costa Rica, y tras haber robado una considerable suma de dinero público, cambió su nombre a Vandeleur y huyó a Inglaterra, país en el que abrió un colegio en el este de Yorkshire. El motivo por el que montó un negocio de este tipo es que durante su vuelta al hogar entró en contacto con un profesor tísico. Utilizó los conocimientos de este hombre y la empresa fue un éxito. Pero cuando Fraser, el profesor, murió, el colegio que tan bien había comenzado se hundió en la infamia. Los Vandeleur creyeron conveniente cambiar su nombre por el de Stapleton y él decidió traer al sur de Inglaterra lo que quedaba de su fortuna, sus planes de futuro y su afición por la entomología. Me enteré en el British Museum de que nuestro hombre era toda una autoridad en el tema y que el nombre de Vandeleur estará por siempre asociado a una polilla que él fue el primero en describir durante sus días en Yorkshire.

Y llegamos ahora a la parte de su vida que ha resultado ser de vital interés para nosotros. Obviamente, estuvo investigando y descubrió que entre él y la inmensa fortuna sólo se interponían dos personas. Cuando llegó a Devonshire sus planes debían ser, creo, bastante vagos, pero alguna intención malévola tenía, ya que desde el primer momento hizo pasar por hermana suya a su propia esposa. Ya había pensado en utilizarla como señuelo, aunque no tuviera muy claro cómo. Su fin último era tener todo el patrimonio en su poder y estaba dispuesto a recurrir a cualquier cosa y a correr cualquier riesgo con tal de salirse con la suya. Lo primero que hizo fue instalarse lo más cerca posible del hogar de sus antepasados, y lo segundo, cultivar su amistad con Sir Charles Baskerville y demás vecinos.

El mismo barón le contó la leyenda familiar respecto al perro y preparó de esta manera su propia muerte. Stapleton, seguiré llamándole así, sabía que Sir Charles tenía un corazón débil y que una impresión fuerte le mataría. Eso es lo que el doctor Mortimer le había dicho. Sabía también que Sir Charles era muy supersticioso y que se había tomado muy en serio la tétrica leyenda. Con su ingenio en seguida planeó cómo matar al barón sin que fuese posible descubrir al asesino.

Una vez tuvo la idea, se dedicó a llevarla a la práctica con una gran finura. Otro se hubiera conformado con conseguir un perro feroz, pero Stapleton añadió una muestra de su propio genio y utilizó medios artificiales para hacerlo parecer un engendro del demonio. Compró el perro en Ross y Mangles, Londres, los comerciantes de Fulham Road. Se lo llevó al sur utilizando la línea de North Devon y caminó una gran distancia por el páramo a fin de evitar habladurías. Durante sus cacerías de insectos había aprendido a internarse sin peligro por la ciénaga Grimpen, con lo que tenía un escondite para el animal. Lo dejó allí y esperó a que llegase su oportunidad.

Pero ésta tardó en llegar. No había manera de persuadir al anciano caballero de que saliera de sus tierras de noche. En varias ocasiones Stapleton esperó acechando junto con el perro por los alrededores de la casa, pero fue en vano. En estas estériles ocasiones fue cuando algunos campesinos le vieron, más bien vieron a su cómplice, y contribuyeron a dar verosimilitud a la leyenda. Él confiaba que su esposa podría atraer a Sir Charles a su muerte, pero se encontró con que ella tenía ideas propias al respecto y se negó a atraer al anciano caballero a un *affaire* sentimental que le pondría en manos de su enemigo. A pesar de las amenazas y, siento tener que decirlo, los golpes, ella se mantuvo inflexible. Se negó a intervenir y durante algún tiempo Stapleton estuvo en punto muerto.

Pero, por pura casualidad, encontró una salida a sus problemas cuando el anciano caballero le hizo el intermediario de sus ayudas en el caso de la desdichada Laura Lyons. Al presentarse a sí mismo como un hombre soltero, adquirió una completa influencia sobre ella y le dio a entender que si se divorciaba de su marido se casaría con ella. Tuvo que poner sus planes en práctica a toda velocidad en el momento que supo que, por consejo del doctor Mortimer, Sir Charles abandonaba la mansión. Consejo que él fingió compartir. Tenía que actuar de inmediato o la víctima podría ponerse fuera de su alcance. Presionó a la señora Lyons para que escribiera la carta en la que imploraba al anciano caballero que se reuniera con ella la noche anterior a su viaje a Londres y después, con una excusa sospechosa, impidió que ella acudiera a la cita. Así consiguió la oportunidad que durante tanto tiempo había esperado.

Volvió en carruaje desde Coombe Tracy aquella noche, recogió al perro con el tiempo justo de embadurnarlo con la pintura infernal y lo llevó cerca de la puerta que comunicaba el jardín de la mansión con el páramo y en la que sospechaba que estaría el anciano caballero esperando. El perro, azuzado por su dueño, saltó por encima de la cancela y comenzó a perseguir al pobre barón, el cual corrió gritando por el Paseo de los Tejos. Tuvo que ser realmente horrible ver a lo largo de ese tétrico túnel a la enorme criatura negra, echando fuego por la boca y los ojos en llamas, galopando detrás de su víctima. Murió al final del paseo de una parada cardiaca provocada por el terror. El perro corrió a lo largo del césped que flanquea el sendero, mientras que el barón corrió por el sendero. Por eso sólo eran visibles las huellas del hombre. Al verle caído, es posible que el perro se acercara a olisquearle y, al ver que estaba muerto, diese media vuelta y se fuese. En ese momento dejó la huella que vio el doctor Mortimer. Stapleton llamó al perro y lo llevó de regreso a su escondite en la ciénaga, dejando atrás un misterio que desconcertó a las autoridades, asustó a la población y, finalmente, nos trajo a nosotros.

Esto es todo lo que respecta a la muerte de Sir Charles Baskerville. Se da cuenta, supongo, de lo astuto del plan, pues es prácticamente imposible tener material para realizar una acusación formal. Era imposible que su único cómplice pudiera delatarle y lo grotesco e inconcebible del método utilizado lo hacía aún más efectivo. Las dos mujeres involucradas en el caso tenían fuertes sospechas respecto a Stapleton. La señora Stapleton sabía qué intenciones tenía él respecto al anciano y conocía la existencia del perro. La señora Lyons no sabía nada de esto, pero sí sabía que la muerte había tenido lugar en el lugar y a la hora de una cita que nadie había cancelado y de la que sólo Stapleton había oído hablar. Ambas estaban bajo su influencia y no tenía nada que temer de ellas. Había llevado a cabo con éxito la primera mitad de su labor; pero todavía tenía por delante la parte más difícil.

Es posible que Stapleton no supiera que había un heredero en Canadá. Pero en cualquier caso seguro que su amigo Mortimer se lo dijo en seguida. Y éste mismo le dio los detalles de la llegada de Sir Henry Baskerville. Lo primero que se le ocurrió a Stapleton es que este joven extranjero recién llegado desde el Canadá podría encontrar la muerte en Londres sin necesidad de que fuera a Devonshire. Desde el momento en que su esposa se negó a ayudarle a tender una trampa al anciano barón, había perdido la confianza en ella y temía perder la influencia sobre ella si pasaban mucho tiempo separados. Por esto la llevó a Londres con él. Se alojaron, he podido descubrir, en el Hotel Mexborough Private en Craven Street, uno de los que mi agente estuvo buscando pruebas. Mientras él, parapetado tras una barba, seguía al doctor Mortimer hasta Baker Street, a la estación y, más tarde, al Hotel Northumberland, su esposa estaba encerrada en la habitación de su hotel. Su esposa sabía algo de sus planes, pero le tenía tanto miedo a su esposo (miedo más que justificado teniendo en cuenta el trato brutal que recibía de él) que no se atrevía a escribir al hombre que sabía que estaba en peligro. Si la carta acababa cayendo en manos de Stapleton también su vida estaría en peligro. Finalmente, como sabemos, optó por recortar las palabras que componían el mensaje y escribir la dirección ocultando su propia caligrafía. El barón la recibió y, con ella, también recibió un primer mensaje de aviso.

Stapleton necesitaba a toda costa una prenda del vestuario de Sir Henry para que el perro pudiera olerla y, así, seguir el rastro del hombre. Con su audacia y arrojo característicos se puso de inmediato manos a la obra. Sin duda sobornó a la doncella del hotel o al limpiabotas para conseguir su colaboración. Sin embargo, la primera bota que le consiguieron era nueva y no le servía para sus planes. Hizo que la devolvieran y que le consiguieran una usada, detalle de la mayor importancia gracias al que supe que nos las estábamos viendo con un perro real, pues de otra manera no tendría sentido el interés por conseguir una bota usada y la completa indiferencia frente a una nueva. El detalle más grotesco y *outré* es con frecuencia el que debe ser estudiado con mayor atención, y cuando parece que algo complica más que antes un caso, si se le estudia científica y sistemáticamente, normalmente suele ser la pista que ayuda a clarificarlo por completo.

A la mañana siguiente recibimos la visita de nuestro amigo, con Stapleton en un carruaje pegado a sus talones. Deduzco que este asunto de Baskerville no ha sido la única vez que Stapleton comete un crimen: conocía dónde vivíamos, sabía qué aspecto tenía yo y su conducta general reafirma mi tesis. En los últimos tres años, casualmente, ha habido cuatro robos de importancia en casas del West County y en ninguno de los casos se ha detenido al culpable. El último de estos robos tuvo lugar en mayo en Folkestone Court y fue sonado por el asesinato a sangre fría de un joven sirviente que descubrió al ladrón. Estoy seguro que Stapleton conseguía sus exiguos ingresos de este modo y que durante años ha sido un hombre desesperado y peligroso.

Nos dio una muestra de su rapidez de reflejos la mañana en la que se nos escapó. Y también nos dio una muestra de su audacia al darle al cochero mi propio nombre para que éste me lo hiciera llegar a mí. A partir de ese instante él tuvo claro que no tenía nada qué hacer en Londres y se marchó de aquí. Regresó a Dartmoor y esperó a que llegase el barón.

—¡Un momento! —dije—. Sin duda ha relatado usted correctamente la secuencia en la que tuvieron lugar los sucesos, pero hay una cosa que ha pasado por alto: ¿qué fue del perro mientras su amo estaba en Londres?

—He pensado en ello, ciertamente, y es de clara importancia. Es seguro que Stapleton tenía algún confidente, aunque es muy poco probable que confiara tanto en él como para ponerse en sus manos y contarle al detalle sus planes. Tenemos al viejo criado de la casa Merripit, de nombre Anthony. Llevaba con los Stapleton varios años, remontándonos incluso a la época en la que tenían el colegio, así que él debía saber que sus amos eran en realidad marido y mujer. Este hombre ha desaparecido y ha salido del país. Es bastante sugerente el que Anthony sea un nombre poco frecuente en Inglaterra, mientras que Antonio sí lo es en España y en Hispanoamérica. Este hombre, al igual que la señora Stapleton, hablaban buen inglés, pero con un curioso ceceo. Yo mismo he visto a ese hombre cruzar la ciénaga siguiendo el mismo camino marcado por Stapleton. Es muy probable, por tanto, que cuando su amo no estaba fuese él quien se ocupase del perro. Aunque no supiese el objetivo de tener allí al perro.

Los Stapleton regresaron a Devonshire seguidos por Sir Henry y usted. Diré algo sobre lo que hice yo por entonces. Es posible que recuerde que, cuando examiné la filigrana del papel sobre el que se habían pegado las palabras recortadas del periódico, lo acerqué bastante a mis ojos. Pude oler una esencia que se llama jazmín blanco. Existen setenta y cinco tipos de perfumes que todo detective debe poder reconocer y, de hecho, puedo decir por propia experiencia que en alguna ocasión el éxito en la resolución de un caso se lo debo a haber podido reconocer un perfume con rapidez. Esa esencia me hizo ver que había una dama involucrada y de inmediato pensé en los Stapleton. Así pues, antes de partir hacia el West County ya tenía certeza de la existencia del perro y sabía quién era el asesino.

Mi juego consistía en atrapar a Stapleton. Es evidente que si estaba con usted no podría hacerlo, pues el asesino hubiese estado en guardia. Así que les engañé a todos, usted incluido, y les hice creer que estaba en Londres cuando en realidad había ido hasta allí en secreto. No lo pasé tan mal como usted supone, aunque esas minucias no deben interferir jamás en el proceso de resolución de un caso. Casi todo el tiempo estuve en Coombe Tracy y sólo me quedé en la cabaña del páramo cuando era imprescindible que estuviese cerca de donde transcurría la acción. Había llevado conmigo a Cartwright y, con su disfraz de campesino, me fue de gran ayuda. Era él quién me procuraba mudas limpias y comida. Mientras yo vigilaba a Stapleton, Cartwright le vigilaba a usted y de esta manera yo me garantizaba el tener el control total de todos los hilos.

Ya le he contado que sus informes me llegaban rápidamente, pues eran reenviados instantáneamente de Baker Street a Coombe Tracy. Me resultaron de gran ayuda, en especial cuando me contó usted un fragmento real de la biografía de Stapleton. Eso me permitió averiguar la identidad real del hombre y de la mujer y saber exactamente qué terreno pisaba yo. Las cosas se complicaron algo debido al fugitivo de la prisión y su relación con los Barrymore. Pero eso también consiguió aclararlo usted, aunque yo ya había llegado a las mismas conclusiones por mis propios medios.

Cuando me encontró usted en el páramo, yo ya sabía todo lo que había que saber respecto a nuestro caso, pero no tenía nada con lo que presentar una acusación en un tribunal. Ni siquiera el intento de asesinato contra Sir Henry que llevó a cabo esa noche Stapleton y en el que resultó muerto el fugitivo servía para probar nada contra nuestro hombre. Parecía que lo único que podíamos hacer era pillarle con las manos en la masa. Para ello teníamos que utilizar a Sir Henry como cebo, solo y aparentemente indefenso.

Así lo hicimos y conseguimos la destrucción de Stapleton y la completa resolución de nuestro caso, pagando el precio de haber causado un grave trauma a nuestro cliente. Debo confesar que el haber expuesto de semejante manera a Sir Henry desacredita mi manera de resolver este asunto, pero era imposible que pudiésemos prever la espantosa visión que suponía la bestia ni tampoco la niebla que nos dio tan poco margen de maniobra. Nuestro éxito tuvo un precio que tanto el doctor Mortimer como el especialista aseguran que será temporal. Un viaje de larga duración permitirá que nuestro amigo recobre no sólo el temple de sus nervios, sino que también curará sus sentimientos. Amaba profunda y sinceramente a la dama y para él lo peor y más triste de este asunto es que ella le engañó.

Ya sólo queda por comentar el papel que ella jugó en todo esto. Sin duda, Stapleton tenía un gran poder sobre ella; pudo tratarse de amor, de miedo o tal vez ambas cosas, ya que en absoluto son incompatibles. En cualquier caso, era de lo más efectivo. A una orden suya, ella consintió en hacerse pasar por su hermana; aunque él descubrió que su influencia sobre ella tenía sus límites cuando intentó utilizarla como cómplice directa de un asesinato. Ella intentó repetidamente avisar a Sir Henry del peligro que corría con todos los medios a su alcance, pero sin implicar a su esposo. Parece que Stapleton podía sentir celos, pues cuando vio al barón hacer la corte a su mujer, aun cuando formaba parte del plan que él mismo había tramado, no pudo evitar intervenir y dar una muestra de lo violento de su naturaleza que tanto trabajo se tomaba en ocultar. Si alentaba la intimidad entre ellos dos se aseguraba el que Sir Henry visitase con frecuencia la casa Merripit y así, antes o después, tendría su oportunidad. El día señalado, sin embargo, su esposa le dio la espalda. La muerte del prisionero fugado le había dado qué pensar y ella sabía que el perro estaba en la caseta del jardín esa noche. Atacó a su esposo a cuenta del crimen que él pensaba cometer y a continuación tuvo lugar una violenta escena en la que él le demostró a ella por primera vez que tenía una rival en su amor. Su fidelidad se transformó en odio en un instante y él se dio cuenta de que ella le traicionaría. Por tanto, la ató para que ella no pudiera poner a Sir Henry sobre aviso y confió en que, cuando todo el mundo aceptase, como era lo más probable, que la muerte del barón se había debido a la maldición familiar, podría convencerla a ella de que aceptase algo que ya no tenía vuelta atrás y mantuviese silencio al respecto. Creo que cometió un error de cálculo, pues de no haber estado nosotros allí, ella se hubiese encargado de vengarse de él. Una mujer de sangre española no perdona una afrenta de ese tipo fácilmente. Y ya, mi querido Watson, no puedo darle más detalles respecto a este curioso caso sin recurrir a mis notas. Creo que no he dejado sin explicar nada de importancia.

—No podía pretender matar de un infarto a Sir Henry como había hecho con su anciano tío, utilizando este perro de la ciénaga.

—El animal era feroz y estaba medio muerto de hambre. Y si su aspecto no aterrorizaba a su víctima hasta la muerte, por lo menos le paralizaría lo suficiente como para que no pudiera ofrecer mucha resistencia.

—Sin duda. Sólo queda una dificultad por aclarar. Si Stapleton llegaba a ser heredero, ¿cómo pretendía explicar el hecho de haber estado viviendo de incógnito tan cerca de la propiedad? ¿Cómo pretendía reclamar los bienes sin levantar sospechas y originar una investigación?

—Eso es un gran problema y me temo que no puedo contestarle. Yo trabajo con el pasado y el presente, pero es difícil saber lo que hará un hombre en el futuro. La señora Stapleton oyó reflexionar a su marido acerca de este problema en varias ocasiones. Tenía tres posibles alternativas: Podía irse a Sudamérica y reclamar la propiedad desde allí, proporcionar su identidad a las autoridades británicas de allí y obtener la fortuna sin necesidad de venir nunca a Inglaterra. O utilizar un complejo disfraz durante el tiempo que necesitase estar en Londres, o también procurarse un cómplice al que proveería de papeles y pruebas que demostrasen su identidad, hacerle el heredero y mantenerle en el puesto a cambio de parte de los ingresos. Por lo que sabemos de él, hubiese dado con la manera de resolver la dificultad. Y ahora, mi querido Watson, tras unas semanas de duro trabajo, podemos dedicar una tarde a actividades más placenteras. Tengo un palco para *Les Huguenots*. ¿Ha escuchado alguna vez a los hermanos De Reszke? ¿Puedo pedirle entonces que esté listo en media hora y así podemos detenernos a tomar una cena ligera en Marcini de camino al teatro?

ÍNDICE

Introducción	5
Estudio en escarlata	13
Primera parte	15
Segunda parte	71
El signo de los cuatro	127
El regreso de Sherlock Holmes	237
El perro de los Baskerville	385